T0267120

EL DÍA QUE MI MADRE CONOCIÓ A AUDREY

YOLANDA GUERRERO

EL DÍA QUE MI MADRE CONOCIÓ A AUDREY

PLAZA JANÉS

Papel certificado por el Forest Stewardship Council®

Primera edición: mayo de 2023

© 2023, Yolanda Guerrero. Representada por Agencia Literaria Dos Passos
©2023, Penguin Random House Grupo Editorial, S. A. U.
Travessera de Gràcia, 47-49. 08021 Barcelona

Penguin Random House Grupo Editorial apoya la protección del *copyright*.
El *copyright* estimula la creatividad, defiende la diversidad en el ámbito de las ideas y el conocimiento,
promueve la libre expresión y favorece una cultura viva. Gracias por comprar una edición autorizada
de este libro y por respetar las leyes del *copyright* al no reproducir, escanear ni distribuir ninguna
parte de esta obra por ningún medio sin permiso. Al hacerlo está respaldando a los autores
y permitiendo que PRHGE continúe publicando libros para todos los lectores.
Diríjase a CEDRO (Centro Español de Derechos Reprográficos, http://www.cedro.org)
si necesita fotocopiar o escanear algún fragmento de esta obra.

Printed in Spain – Impreso en España

ISBN: 978-84-01-03180-9
Depósito legal: B-5770-2023

Compuesto en M. I. Maquetacion, S. L.

Impreso en Rodesa
Villatuerta (Navarra)

L 0 3 1 8 0 9

*A los bienaventurados que aman,
porque de ellos es el reino de este mundo*

*A todas las #Marielas, porque
no hay cuidadora que no ame*

*Y a Juma, por ser el amor de mi vida
y por vivir la suya conmigo. Siempre*

Good night, good night! Parting is such sweet sorrow
that I shall say good night till it be morrow.

¡Buenas, buenas noches! Decirte adiós es un dolor
tan dulce que diré buenas noches hasta el alba.

WILLIAM SHAKESPEARE, *Romeo y Julieta*,
traducción de Pablo Neruda

La noche no quiere venir
para que tú no vengas
ni yo pueda ir.

Pero yo iré
aunque un sol de alacranes me coma la sien.
Pero tú vendrás
con la lengua quemada por la lluvia de sal.

FEDERICO GARCÍA LORCA,
«Gacela del amor desesperado»

El día que mi madre conoció a Audrey, mi abuelo y Franco jugaban al golf en Sotogrande.

Pero esto no es una crónica de alta sociedad. Si quisiera escribirla como tal, la presencia de mi abuelo resultaría irrelevante. No, todo lo contrario. Es, más bien, el relato de una sociedad ignorada.

Consigno los acontecimientos de aquel día porque supusieron el decisivo aleteo de mariposa que, como todo suceso insignificante, apenas un año más tarde dio origen al consabido huracán: yo.

Mucho más que yo, en realidad. El día que mi madre conoció a Audrey, todos nosotros comenzamos a tocar el cielo y el infierno a la vez con ambas manos.

Al primero nos invitó aquella a la que Dios en persona había besado en la mejilla como solo se besa a una hija predilecta. Lo dijo de ella Billy Wilder, y él también era Dios. Audrey Hepburn, la mujer perfecta; Dios y Wilder la crearon con sus dedos igual que crearon a Adán. Hoy sé que Adán fue mujer. O sea que fue Eva. Adán solo era una costilla. Y, para mí, Audrey fue mucho mejor que perfecta. Era la perfectísima imperfección.

En el envés de la moneda, y en dirección contraria a las puertas del Edén, estaba lo del partido de golf con Franco.

Matizo: si lo menciono no es solo porque sea parte necesaria de esta historia, sino porque, en puridad, fue el obstáculo imprescindible, la antesala a los infiernos que de vez en cuando las divinidades permiten que los mortales conozcamos para que abramos bien los ojos.

A mí me costó hacerlo, a pesar de que ellos me la contaron mil veces; era la historia del mundo, decían. Una hecha de casualidades, azares, separaciones y reencuentros que llamaban destino. Es decir, lo que fue porque no pudo ser de otra manera, según creen todos los amantes, que tienen una incapacidad fisiológica natural para simplificar su propia historia.

Pero yo replicaba que eso se llama sencillamente vida. Era joven y aún tenía los ojos cerrados. Oír constantemente el mismo relato de lo que aquel día supuso para nuestro universo me hizo mantenerlos así durante años, dormidos de aburrimiento.

Sin embargo, ahora que me rodea el silencio y Ellos ya no están, los he abierto de pronto y lo he entendido todo.

Lo primero que he comprendido es que, si consiguieron pisar el umbral del cielo mientras las llamas del averno los abrasaban, fue porque eran más que dioses. Eran héroes. Y los dioses resultan ordinarios en su divinidad, pero los héroes son extraordinarios en su humanidad.

Lo segundo, que yo, aunque ordinaria en mi ordinariez, he recibido la misión moral de garantizar que sus gestas terrenales perduren y asciendan a inmortales. Pero para eso es necesario que cuente lo que sucedió el día que Audrey dijo «Hágase la luz», y la luz se hizo sobre nosotros, y el mundo, ciego y cerril, pudo recuperar algo de vista.

De modo que empezaré a contarlo ahora mismo, enseguida, mientras aún resuena el eco de sus últimos latidos, antes de que se apague para siempre y no quede siquiera quien los olvide.

Voy a contarles, sencillamente, la historia de un amor. O tal vez debería decir de muchos amores.

Qué más da. En definitiva, voy a hablarles de amor, porque, en lo que a cielo e infierno se refiere, nada hay tan inmortal.

ANTES

1945-1965

When I was younger,
so much younger than today...

Cuando era más joven,
mucho más joven que hoy...

THE BEATLES, «Help», 1965

MANUEL

El día que Manuel Calle Martínez vino al mundo era la segunda vez que algo así ocurría, solo que en esta ocasión era viernes.

Dos días antes, el 25 de abril, un Mussolini acosado decidió huir de Italia amparado por tropas nazis junto a su amante, Claretta Petacci, y dejar en la cuneta a su esposa Rachele y a sus cinco hijos. Y otros dos después, el domingo 29, apenas pasada la medianoche, Hitler se casó con Eva Braun en un búnker de Berlín.

Pero de ninguna de estas escenas de lóbrego amor se habló en Ronda ni en su serranía el 27 de abril de 1945. En primer lugar, porque nadie sabía de ellas en esa parte abrupta de Málaga. Aun así, aunque alguien las hubiera leído en algún periódico de contrabando, la profusión y expansión de opiniones, variadas y desplegadas en abanicos de todos los colores, estuvieron dedicadas en solitario al fruto de un amor clandestino alumbrado en una casa de cabreros del corazón mismo de la calle San Francisco de Asís: la llegada de un nuevo Manuel Calle Martínez.

Se habló de él y, sobre todo (en realidad, exclusivamente), de su madre.

A mí me describieron a Mariquilla Martínez Palmar, la Búcara, mucho más tarde, y lo primero que me dijeron fue que se le murió de hambre un hijo de tres años al final de la guerra. Después añadieron, así como de pasada, que era corpulenta, guapa a su manera, de grandes ojos castaños bajo un ceño siempre fruncido, pelo gris huidizo en guedejas y cubierto por un pañuelo negro que llevaba atado en la nuca del desayuno a la cena, analfabeta, ignorante, muy lista, malhumorada, malpensada, malhablada y malvivida.

Sin embargo, para pintar su retrato, lo que mejor la definía era la muerte del hijo. De ese tipo de mujer era Mariquilla, una a la que se le había muerto un niño, y eso lo decía todo. La Búcara lo llevaba escrito en la frente y en el alma, aunque lo último solo lo sabían los que la conocían bien, que eran pocos, y muchos menos los que alguna vez le vieron el alma.

Jamás le vio nadie tampoco una sonrisa. Al menos, nadie que lo recordara desde el 39.

Un jueves 30 de abril, meses antes de que estallara la guerra, vio la luz el primer Manuel Calle Martínez. Y un jueves 4 de mayo del último año, cuando todavía no había terminado la contienda, al niño, con solo tres primaveras, se le acabó el aliento después de mucho tiempo alimentándose con las escasas tagarninas silvestres sobrantes de marzo que Mariquilla pudo encontrar entre matojos, en medio de la sequía meteorológica y existencial de la sierra.

Tras la muerte del hijo ni dos días tardó el padre de la criatura, Raimundo Calle González, guardia civil leal a la República, en echarse al monte.

Sus vecinos nunca más volvieron a tropezarse con él. Dejó en Ronda a una mujer de luto a la que ya no le quedaban lágrimas para llorar su ausencia y el cadáver de un niño todavía sin cristiana sepultura.

* * *

Raimundo salió vivo del pueblo, eso sí lo sabían todos.

Era primo de Bernabé López Calle, otro guardia civil declarado en rebeldía contra el régimen golpista, montejaqueño famoso por ser el maquis más amado y odiado y el único ser vivo de la tierra por el que Raimundo estuvo dispuesto a dar la vida desde que ambos eran unos mocosos y más tarde al convertirse juntos en beneméritos. Lo hizo. Se la dio cuando Bernabé ya no tenía la suya y a

España no le servían de nada ninguna de las dos vidas, pero a Raimundo le duró más que a su primo, al menos hasta entrados los años cincuenta.

Entre medias, sin duda encontró más de una ocasión para bajar a hurtadillas de alguna cueva escondida entre Ronda y Medina Sidonia sin que lo viera la parroquia, robar varias gallinas y, en el 44, hacerle otro hijo a Mariquilla.

Ni siquiera entonces, según contaba la imaginería popular, debió de sonreír la Búcara, y eso que «hasta para que te hagan un bombo en plena posguerra algo de alegría hace falta», murmuraban socarrones los paisanos ante un chato de jerez, ignorando el silencio discrepante de sus mujeres.

Seguro que la Búcara no sonrió entonces ni en los siguientes nueve meses, pero sí llegó a preguntarle ansiosa a la partera Paquita entre resoplidos, sucia de sangre y heces, con el cordón umbilical pegajoso aún entre las piernas:

—¿Es niño?

—Niño es, Mariquilla, ya tienes otro varoncito, qué alegría, hija de mi vida.

—Que se llame Manuel.

—Anda ya, chiquilla, cómo vas a ponerle el mismo nombre que al que se murió, tú también… Desde luego, qué ideas tienes, negras como cucarachas, por Dios bendito.

—Te digo que Manuel, Paqui, cojones. Quiero otro como el que tenía, que Dios me lo estaba debiendo, asín que con este me lo cobro. Manuel le llamo y sanseacabó, coño ya.

Lo dijo de corrido, todavía jadeante, pero sin dar lugar a más discusión. Manuel se llamó y como tal fue inscrito.

En cuanto a los apellidos, no hubo quien se atreviera a ponerlos en interrogante ni en el libro de familia, porque tampoco hubo quien dudara de que el segundo Manuel era hijo de Raimundo, el ausente.

Eso gracias a la intervención de la tía de la criatura y a pesar de que durante el embarazo no habían faltado los escépticos ni las malas lenguas.

—Ya, ya. Raimundo, que ha bajado del monte, dice esa. No tiene cuento ni nada la matutera.

Mariquilla, que para todo lo demás tenía siempre una respuesta, callaba. Pero a su hermana mayor, Toñi, más conocida como la Diezduros, aunque de verbo parvo y poco dada a la prodigalidad, ante la infamia no había nacido quien le cosiera los labios.

—¿Cuento mi hermana, so guarra? ¿Cuento, dices tú? Pues mejor estás calladita, coño, que bien que te bajas las medias de seda que Mariquilla te trae del inglés cada vez que el Pepón te pega a la puerta por las noches, que te crees que los demás nos chupamos el dedo y que no sabemos que a ti otros te chupan todo lo demás.

Gracias a ella, el esfuerzo dialéctico que convierte un ataque en la mejor defensa ya estaba medio hecho antes de que Manuel naciera. Sin embargo, tras el parto no hizo falta incrementarlo, porque fue el propio niño quien se convirtió en argumento irrefutable.

—Pero ¿no le has visto el guisante al crío, hijoputa, que tú sí que eres un malparido y no mi sobrino? —espetó la Diezduros a la primera víbora que todavía tenía agallas para malmeter contra su hermana.

Porque el niño nació con marca de agua: un lunar con forma de guisante en la mejilla izquierda, muy cerca del lóbulo de la oreja, que era el mismo que se le vio durante tres años al primer Manuel y casi cuarenta al padre huido, como probablemente a todas las generaciones de los Calle anteriores. Era un lunar identitario.

Así nació y así creció, con el sello de hijo legítimo grabado a fuego junto a la oreja, con la protección de escudera fiel de su tía ante los zarpazos del mundo inhóspito que lo rodeaba, con los barrotes entre los que su madre lo encerró para alejarlo de la parca por si también venía a reclamar a su nuevo Manuel y con el nombre y el recuerdo de un hermano muerto que le pesaba como una losa en el corazón.

Por todo eso y por alguna cosa más, en los siguientes veinte años tampoco nadie vio al segundo Manuel Calle Martínez sonreír.

Hasta 1965.

LISA

El día que Elisabeth de la Inmaculada Concepción Drake-Requena nació no fue recibida con alegría, a pesar de que era domingo.

Un día antes, el sábado, a Benito Mussolini lo fusilaron el puñado de partisanos que lo habían detenido cuando trataba de alcanzar la frontera suiza con Claretta Petacci. Y el de después, lunes, Adolf Hitler se suicidaba junto con su flamante esposa, Eva Braun, en el búnker de Berlín en el que se habían casado para evitar correr la misma suerte que el italiano mientras las tropas soviéticas estaban a punto de aporrear sus puertas.

El 29 de abril de 1945, situado entre dos sucesos clave para la historia europea, pero, sobre todo, para la del grupo de evacuados gibraltareños que se refugiaban en un barracón militar de Belfast, también fue el día que Consuelo-Connie Requena González parió a su hija con muchos dolores y muchas lágrimas.

A causa de este hecho y sin duda por ignorancia, el padre, Emil Drake, no tuvo tiempo de celebrar las muertes de Hitler y Mussolini. Lo hizo después, cuando supo de ellas, aunque había más desapariciones que también le habría gustado festejar. Ellos y sus fascismos fueron los culpables primigenios, pero no los únicos, de que Connie y él estuvieran en esa especie de campo de concentración de la madrastra patria. Y de que su hija Elisabeth (por la futura reina, Dios la salve) de la Inmaculada (porque así la mantendría tanto como le fuera posible) Concepción (por la añorada Línea en la que

21

Connie se había criado y donde todavía la llamaban Chelo), Lisa para abreviarlo todo, hubiera nacido apátrida, lejos de la Roca en la que estaba su verdadero hogar.

Sí, a Emil le habría gustado poder celebrar más venganzas aquel 29 de abril, pero se conformó con la primera y única que le había regalado su miserable vida: un pecho pequeño que palpitaba ajeno a la podredumbre, una promesa de futuro para él y una maldición del pasado para Connie.

Desde el momento en que Emil abrazó por primera vez aquel trozo de carne aún viscoso, no pudo dejar de acariciarlo. Fue como si se le licuara el corazón de golpe.

Pero, al mismo tiempo, comenzó a dejar de amar a su esposa. Tres días tardó la parturienta en mirar a la cara a su hija. Cuando lo hizo, ni siquiera la tocó. Que estaba agotada, que seguía agotada, que era posible que tenerla la hubiera dejado agotada para siempre. Eso dijo. Se dio media vuelta, de espaldas a la bebé, e hizo como que dormía. Nadie lo entendió y todos la censuraron. Qué pésima maternidad auguraba ese comportamiento desnaturalizado.

El que menos lo comprendió fue Emil, ya enamorado sin remedio de su hija. Al hombre no le entraba en la cabeza cómo una mujer que había sufrido lo indecible para que esa niña lograse respirar ahora se negara a compartir con ella el oxígeno de una misma habitación.

Sin embargo, Connie, a su vez, no llegaba a comprender cómo Emil no entendía que juntos habían cometido la peor de las atrocidades: traer a un nuevo ser vivo a este mundo desgarrado y desgarrador en el que había guerras que los obligaban a huir de noche y de mala manera de sus casas para tratarlos después como ganado en corrales. Un mundo cruel que, desde el día en que se prendó de los ojos de un llanito rubio y guapo que decía descender de piratas, a ella la había convertido en esclava nómada y la había desgajado de los suyos, que a saber dónde y cómo vivirían los pobres en aquella España triste que había dejado atrás. El mismo mundo que le daba días de euforia en los que creía que la pesadilla era eso, nada más que un mal sueño, y otros en los que la tormenta se le instalaba en la cabeza y anhelaba quedarse dormida para siempre bajo el aguacero.

A un mundo como ese no debían traerse hijos. Pero a ese había llegado, sin desearlo, una criatura bella y plácida que gorjeaba en brazos de su padre, que la besaba con arrobo y le recordaba a Consuelo que ella jamás había recibido un beso así, ni siquiera la mitad de un beso así, de labios de su marido.

* * *

Emil no sabía cómo revertir la situación, contraria a toda ley de la naturaleza humana, para conseguir que entre los tres formaran algo que pudiera llamarse familia.

Recordó el éxodo de los últimos años: las sirenas atronando sobre Gibraltar; las amenazas de hacer saltar por los aires el apéndice de tierra que todos deseaban y nadie amaba; la evacuación, con la llegada a Casablanca días antes de que Francia se rindiera ante Hitler y el protectorado pasara de ser lugar de acogida a zona hostil; el regreso de nuevo a la patria perdida sin poder siquiera desembarcar; los nervios, el llanto, la preocupación, la incógnita, el peligro, el futuro borroso, otra expulsión; la travesía por un mar sembrado de submarinos hasta Gran Bretaña; los días aterradores bajo la cúpula de cristal del Empress Hall de Londres, que reverberaba cuando la sobrevolaban los bombarderos y que se hizo añicos horas después de que lo abandonaran; el posterior traslado a un barracón irlandés de desplazados sin domicilio y sin bandera…, y la sopa con gusanos que llevaban tres años comiendo.

—Se acabaron los gusanos, *love*. Nos vamos para atrás, *back* de una vez, volvemos a casa. He encontrado quien nos dé techo en Málaga hasta que podamos recuperar el nuestro en el Peñón, si es que queda en pie —anunció Emil a su esposa en junio de 1945, cuando la guerra en Europa se había dado por acabada y la costura mal cosida que casi partió por la mitad a Connie para hacerle sitio a Lisa empezaba a cicatrizar.

A ella se le iluminaron los ojos, solo un brillo fugaz.

—¿En serio me lo estás diciendo, mi alma?

Connie siempre se preguntó cómo pudieron concebir una criatura en aquel barracón. Ella, constantemente embargada de tristeza, pesimismo y añoranza. Él, arrastrando una cojera y otras secuelas menos visibles de la polio que sufrió con cinco años y que más de veinte después, declarado inútil para servir a Su Majestad, le granjeó un lugar junto a su esposa en la evacuación de mujeres, niños, ancianos y enfermos de la Roca.

Pero allí estaba Lisa, como allí estaba también Emil profetizando el regreso a la tierra prometida. Si ese ser tan pequeño que jamás lloraba y aún no podía hablar había conseguido que, al fin, todos pudieran sacudirse el horror de encima con solo clavar los ojos abiertos en su padre, quizá no fuera tan malo haberlo parido.

—En serio, *love*. *Back* para Gibraltar.

Volvieron, aunque la travesía por el desierto duró más tiempo del previsto y, cuando acabó, el futuro se les convirtió en pasado como en un suspiro.

Mientras, tanto Emil como Connie se esforzaron en un mismo empeño, aun cuando cada uno creía que los movían intenciones diferentes. Emil, la de criar a un ser humano a su imagen y semejanza, aunque fuera mujer, solo que más libre y valiente, mucho más de lo que jamás llegó a serlo él, esposado a la obsesión con el fantasma de todos los que querían encadenarlo. Connie, la de procurar con todas sus fuerzas, que a veces eran pocas y otras le permitían levantar montañas con una mano, que su hija jamás llegara a enamorarse para que nunca tuviera que renunciar a sí misma.

Y, atada en el centro de la cuerda de la que cada uno tiraba por un extremo, Lisa.

Hasta 1965.

MANUEL

El día, o mejor dicho la noche, que Manuel conoció a su padre, se convenció de que, por más que su tía le dijera que era un cuento, el hombre del saco existía. Se llamaba Raimundo.

Era domingo, 18 de julio de 1954. Y tarde, muy tarde, cuando los fuegos artificiales, los desfiles y las salvas de la fiesta de exaltación nacional ya se habían apagado. Pero Manuel tenía el oído ligero y sintió a su madre trastear en la cocina: entrechoque de cacharros, un líquido que caía en cascada sobre el vaso, chisporroteo de brasas, susurros a menos de media voz y una tragedia que flotaba y volvía espeso el aire que se respiraba en toda la casa.

Vio un riachuelo rojo que iba desde la puerta del corralón de las cabras hasta la de la cocina y supo que era sangre arrastrada por el piso, como la que suelta algo que alguien no tiene fuerzas para elevar en el aire y que, en lugar de chorrear, deja un reguero impreso a su paso. Como el que dejaría un saco lleno de niños muertos.

Debería haberse metido en la cama de nuevo y tapado hasta arriba para rezar las avemarías necesarias que conjurasen al hombre del saco hasta que se marchara sin conseguirle a él como trofeo.

Pero no lo hizo. Se quedó paralizado en la puerta de la cocina. Respiraba ruidosamente. Miraba. Veía cómo su madre, arrodillada, lo mismo daba bofetadas en la cara a un hombre tirado en el suelo que se la cubría de besos y de lágrimas.

Y escuchaba:

—Esto no te lo perdono, me cago en todos tus muertos, Raimundo, si te mueres no te lo voy a perdonar, ¿te enteras? Te vas a ir de este mundo sin mi perdón, porque yo te quiero aquí, aunque no pueda tenerte y la montaña vuelva a tragarte, cojones, que te prefiero vivo y lejos que muerto a mi vera, hijoputa, no te mueras, te lo mando yo, que asín se fuera ido a pudrirse en el infierno el merdellón del Bernabé, pero tú no, por Dios y por la Virgen te lo pido, cabrón, no te mueras, amor mío, no te mueras, que como te mueras te mato...

El hombre del saco la miraba tendido en el suelo, con un boquete en el lado izquierdo de la tripa del que salía más sangre de la que Manuel había visto en toda su vida, y eso que cuando le daban un balonazo su nariz solía convertirse en una fuente, pero nada, absolutamente nada comparable con aquel mar inagotable.

—Deja en paz al Bernabé, mujer, que hace ya que lo mataron, y lo mismo que a él es lo que me ha pasado a mí. Que a mí también me han vendido. Porque me han vendido, Mari, me han vendido...

Y dale, una vez y otra, que lo habían vendido, era lo único que decía. O lo único que Manuel creyó que decía, sin entender muy bien en qué clase de mercado se puede vender a una persona.

La respiración del niño se agitó aún más. Siempre le pasaba, le venía en oleadas. De repente, cuando se pegaba con otros en el descampado o cuando una cabra se le escapaba y tardaba horas en encontrarla, sentía que le faltaba aire o pulmones y que de lo que le quedaba de ambos salía un silbido agudo.

Esa noche, el extraño oyó un resoplido que chiflaba. Dejó de mirar a la mujer que lo abrazaba y lo insultaba al mismo tiempo, extendió la vista, buscó el origen de ese sonido tan familiar y sus ojos lo encontraron a él, el pequeño Manuel, medio escondido entre las sombras, aunque, al parecer, no lo suficiente.

—Ven acá pacá, muchacho.

Y este, sin saber por qué y muy en contra de su voluntad, con el pecho silbando, fue.

El hombre del saco tenía un guisante en la mejilla izquierda, cerca del lóbulo de la oreja, y hablaba con voz ronca de pozo oscuro, también entrecortada por un jadeo de agonía parecido a su pitido.

—Mira que estás crecido, chiquillo, ya eres todo un hombre.

Esbozó una mueca que tenía más de dolor que de sonrisa mientras con una mano se aferraba a un saco de arpillera ensangrentado y con la otra, igual de empapada en sangre, trataba de rozar al niño.

En un primer movimiento instintivo, Manuel, asustado, se retiró. Después, también sin saber por qué y sin poder evitarlo, dio un paso al frente y se acercó a la mano tendida sin tocarla, citándola como a un toro.

La mano entró al trapo y se posó sobre el algodón blanco lejía del pijama de Manuel hasta impregnarlo de rojo.

El hombre del saco siguió hablando, muy despacio:

—Escucha, criatura, lo que te voy a decir, que, si no me salen mal las cuentas, ya tienes años suficientes pa saber a lo que me quiero referir.

Un estertor de silbato muy parecido al de Manuel le interrumpió. El extraño tosió y escupió más sangre, pero no le soltó la manga del pijama.

—Lo que te vengo a decir es que tú eres un Calle y, a partir de ahora, te quedas como el hombre de esta casa. Y ni los hombres ni los Calle abandonan a sus mujeres como perros en la cuneta, ¿me estás oyendo, mi alma?

Más tos.

—Yo lo he hecho todo mal en mi vida, hijo. He faltado a todo, o séase, a la hombría y al apellido. Pero tú no, ¿me estás oyendo?, tú no, Manolillo, tú no hagas na de lo que he hecho yo. Tú, con tu madre toda la vida, asín le tengas que dar tu última boqueada pa que ella pueda respirar, ¿estamos? Tú siempre con tu madre, que pa ti es lo más sagrado que tienes a partir de ahora. ¿Me estás oyendo o no me estás oyendo?

De nuevo toses y de nuevo sangre.

—Prométemelo, hijo de mi alma, prométemelo. Dime que tú nunca dejarás sola a tu madre. Por encima de todo y de todos, tú eres un Calle y los Calle no hacen lo que yo. Dime que me has entendido, niño.

Ante el apremio del moribundo, Manuel asintió sin estar seguro de a qué estaba diciendo que sí. Después, una vez más sin saber por qué y todavía muy en contra de su voluntad, salió corriendo.

Esa noche la pasó escondido debajo de la cama, sin dormir, llorando tan silenciosamente como pudo, rezando avemarías, ahogándose en sus propios silbidos y tratando de que se oyeran lo menos posible.

* * *

A la mañana siguiente ya no había un reguero de sangre en el suelo ni ningún hombre tirado en él con un boquete en la tripa. Todo parecía limpio, relucía y olía a Zotal.

Encontró a su tía la Diezduros sentada ante la mesa camilla de la cocina. Estaba callada, extrañamente callada, más de lo que solía, y eso que solía estarlo con frecuencia. Sorbía café migado en un lebrillo de barro al tiempo que su hermana calentaba un cazo de leche sobre el carbón con el ceño fruncido pero sereno, en lugar del rostro desencajado de desesperación de la noche. Todo era raro y distinto, pero al menos no quedaba rastro de nada ni de nadie.

Y qué rastro iba a quedar si, con toda seguridad, lo que fuera que hubiera sucedido solo había pasado en la cabeza de Manuel. Las pesadillas son así.

El tiempo que tardó en tranquilizarse a sí mismo con esos pensamientos bastó para exasperar a Mariquilla.

—Pero ¿se puede saber qué te pasa a ti hoy, jodío, tieso bajo la puerta como un pelo del culo, que no haces más que estorbar? Aligera y mueve, bébete la leche de una vez, cojones, ahí tienes la palangana, te lavas y te peinas, bien escamondao te quiero antes de tirar pa la escuela, que no tengo yo todo el día pa mirar tu cara bonita. ¡Andando, coño ya con el niño!

Manuel se dispuso a hacer lo que le decían y solo entonces se dio cuenta: la manga de su pijama blanco lejía estaba teñida de rojo y, encima de la mesa, junto a la palangana, descansaba el saco de arpillera que traía el hombre de aquel mal sueño.

Aún estaba boquiabierto de espanto cuando su madre, sin mirarlo, le ordenó en un murmullo por encima del hombro y en voz bajita, suave y desconocida:

—Deja ahí el saco y no lo abras, Manuel, que aún eres muy chico pa ver lo que hay dentro. Yo te lo guardo y te lo doy cuando te hagas grande, te lo juro por estas, pero mientras, no te se vaya a olvidar que tú eres un Calle, y las madres, pa un Calle como Dios manda, tienen que ser sagradas, asín que si un día tu madre te pide venganza, tú te vas al fin del mundo pa dársela. Entodavía no lo ves, pero ya lo entenderás. Recuérdalo pa entonces, que tu padre te lo ha dicho.

El silencio se hizo oscuro como el humo y largo como la noche. Lo rompió la Diezduros, que logró lo que nadie más que ella lograba de su hermana: traerla de vuelta al suelo que pisaba.

—Deja en paz a la criatura, Mari, coño, que te estás poniendo muy espesa.

Mariquilla salió del trance, cambió de tono y recuperó el iracundo habitual mientras se volvía de espaldas para que su hijo no la viera secarse los ojos con la punta del delantal.

—Pues ea, tira pa la escuela de una vez, porque, como me vuelva y te vea ahí entodavía, me saco la zapatilla y hoy sales caliente de casa, coño ya con el niño.

Manuel obedeció, porque era un hijo sumiso y sin inclinación alguna a la sublevación. Pero mil hombres del saco, a los que otros hombres aún peores que el que la noche anterior había visitado su casa trataban de vender en una subasta, lo acompañaron en sus sueños y en sus madrugadas durante muchos años.

Incluso más allá de la infancia.

Hasta 1965.

LISA

El día de 1954 que Emil le levantó la mano a su hija fue el primero y el penúltimo. La descargó con poca fuerza, como si se hubiera arrepentido a medio camino, pero a Lisa le dolió como cien bofetadas juntas y, lo peor, viniendo como venía del hombre que más amaba en su vida, le rompió el corazón.

Al evocar aquel episodio, Lisa siempre reconoció que lo fácil fue culpar después a la matutera que les vendía chacinas recién traídas de Ronda el segundo lunes de cada mes. Ese era el día que llegaba a Gibraltar para remendar los uniformes del colegio Loreto Convent School, junto al batallón de mujeres de La Línea que diariamente atravesaban con sus pases especiales la barrera de las *four corners*, conocida como la Focona.

—La culpa ha sido de la matutera y no se hable más —repitió Emil durante mucho tiempo, hasta que todos terminaron creyéndolo.

Culparla fue lo fácil, sí, porque culparse a sí misma y a su padre dolía más, así que Lisa siempre trató de evitarlo.

Hasta el 10 de mayo de 1954, la niña se llevaba bien con las españolas vestidas de negro que se presentaban en el Peñón cargadas como Santa Claus en Navidad, solo que ellas con exquisiteces escondidas de las que disfrutaban en la cena como si fueran una familia de verdad. La noche de la chacina no había gritos ni discusiones ni llantos en casa de los Drake. Sobre todo, no había los silencios de después, que le dejaban a la cría los sueños en blanco, deseando que vinieran de nuevo las matuteras y les vendieran a módico precio un banquete de salchichón que los convirtiese en gente normal.

Le gustaba sobre todo una de esas mujeres: alta, con un pañuelo atado en la nuca y mechones grises que se escapaban por debajo con tanta rebeldía como la de su lengua cuando despotricaba.

—La madre que os parió a cada uno, so hijos de la Gran Bretaña, hay que ver, ¿eh?, hay que ver, que me dais medio chelín por mis manjares y eso que en la puta vida habéis comido zurrapa con manteca colorá mejor que la mía, y después me cobráis cojón y medio por esta mierda de pastillas, que ustedes le decís azucarina o yo qué sé, pero a mí me saben a aspirina dulce, cago en todo, coño ya. —Así regateaba con los comerciantes que la abastecían de mercancías desconocidas o escasas en España a cambio de alimentos que en el Peñón no se producían.

Nunca había oído Lisa tantas palabras prohibidas disparadas por una misma boca, y menos por la de una mujer, hasta que conoció a aquella. Lo mismo que nunca antes se había sentido al filo del precipicio de la vulgaridad que reinaba al otro lado de la valla, y contra la que tanto le había advertido su padre, como comenzó a sentirse los días que llegaba a su casa aquella rondeña ordinaria y deslenguada.

A la recovera le resultaba fácil conseguir con desparpajo para su contrabando de matute lo que la España pobre necesitaba: café, harina, telas, medias, latas de carne *combí*, chocolate, penicilina y, lo más importante, sacarina, que endulzaba el triple que el azúcar y abultaba una quinta parte.

Pero lo que le obsesionaba por encima de todo era hacerse con un producto muy concreto. Un día se lo explicó a Connie mientras trasladaba a la fresquera de su cocina el jamón serrano y la morcilla que les había traído para la cena de esa noche:

—Es que yo tengo una criatura y lo crío sola, que el padre se largó, me han dicho que por la cueva del Hoyo de Medina anda con todos los suyos, el muy desgraciado, que ya ni baja ni na por Ronda, y yo no tengo ni pa darle de comer al niño… El tiempo del mío tendrá la suya, calculo yo.

La matutera miraba a Lisa mientras trajinaba, calibrándola y comparándola con su hijo en la memoria.

—El crío me nació con unos silbidos en el pecho que, cuando le atacan los muy cabrones, lo dejan sin aliento en el pulmón y el pobre me se ahoga. Usted no vea, doña Consuelo, la angustia que le entra a una cuando siente que un hijo no puede respirar.

Connie asentía callada. No, no lo sabía. Pero sí sabía de la angustia que se sufre cuando unas tenazas comprimen el pecho a la altura del corazón y comienza a galopar en busca de oxígeno.

—Porque a mí ya me se murió uno en la guerra, sabe usted, con solo tres años, pero ese fue de hambre. Al que me queda vivo, que se llama igual que el otro, cada vez que le pita el pecho sin que le entre el aire me dan ganas de soplarle yo todo el mío y quedarme muerta en el sitio. Un médico muy enterado que viene una vez al mes por el barrio me tiene dicho que lo que le pasa es que le ha dado el asma, asín lo llama, y que le tengo que hacer vapores en una olla con agua y un mejunje que solo se vende aquí en la Roca, y con eso, si no lo curo, al menos lo alivio, asín que a por ese pringue vengo, que aquí en el inglés tenéis ustedes de todo, aunque al moro hasta incluso me tendría ido si fuera sido necesario para quitarle los silbidos a mi criatura.

La matutera, siempre de luto de los pies a la cabeza, contaba historias raras con un lenguaje más raro todavía. Raras y tristes. Nunca estaba alegre ni traía buenas noticias ni tenía un motivo para estar contenta. Y jamás callaba.

A la madre y a la hija les gustaba su compañía. A Lisa, los discursos con muchos tacos juntos, que le raspara la mejilla con su mano áspera y que le dirigiera una mueca mellada y de medio lado como gesto de despedida cada vez que se iba. A Connie, la verborrea, que daba algo de música a sus tardes de silencio.

Pero, a su marido, ninguna de esas cosas. Ni una sola.

* * *

Lisa nunca olvidaría el 10 de mayo de 1954, porque le pusieron el vestido de los domingos, le colocaron al cuello una guirnalda roja, blanca y azul y le dieron una banderita de los mismos colores que debía agitar sin descanso en lo alto aunque le doliera la muñeca. Y porque ese segundo lunes del mes había tantos uniformados rodeando los límites de Gibraltar por tierra y por mar que era imposible que por allí se colara una mosca ni siquiera con permiso de trabajo.

Lisa se resistió a salir de su casa y, cuando no le quedó más remedio que claudicar, lo hizo enfurecida. De esa guisa, vestida de árbol de Navidad y de morros, la llevaron al estadio Victoria para ver junto a cientos de niños cómo el Britannia, vencedor sobre el Europa en el partido de la víspera, recibía la Copa Isabel II de manos de quien le daba nombre, Su Graciosa Majestad en persona, que se había dignado a hacer una visita al Peñón durante una travesía.

A Lisa no le importaba el fútbol, que era cosa de niños. Ni la reina ni sus hijos de paso por la ciudad, que eran cosa de mayores. Ni las serpentinas, los aplausos o los estandartes que ondeaban por las calles, que eran cosa de estúpidos. A ella lo que realmente le preocupaba era que por la noche se iría a la cama sin la Mariquita Pérez que la matutera había prometido llevarle ese lunes, justo el lunes del mes que le tocaba visita al Peñón, por culpa de una señora que, por muy rica e importante que fuera, llevaba colgando del brazo un bolsito ridículo, y quizá vacío, que movía y movía la mano como si desenroscara una bombilla, que nunca antes había pisado Gibraltar y que lo más probable es que nunca volviera a hacerlo en el futuro.

Triste y furiosa, además de agotada, volvió Lisa a su casa por la noche aquel 10 de mayo.

También debía de estar Connie triste y furiosa, porque a ella, cuando se sentía así, le daba por comer. Al llegar, se dirigió a la fresquera antes incluso de quitarse los zapatos, metió los dedos en el frasco de lomo con manteca y lo devoró a dos manos, masticando con la boca abierta y sin apenas respirar.

—Ahora entiendo cómo te has puesto últimamente, *love*. —Emil soltó la risita irónica que solía preceder a un comentario doloroso como herida de navaja—. Te estás volviendo una ballena, la *whale* del Estrecho voy a llamarte a partir de ahora.

—Tú ya sabes que como cuando estoy preocupada, Emil...

—Preocupada estás siempre, pero hoy es día de fiesta y muchos motivos no tienes.

—¿Te parece poco motivo el carnaval que habéis montado para recibir a la reina y de paso enfadar a España? ¿Y ahora qué? ¿Qué crees que va a pasar mañana, tú que lo sabes todo? Ya se han llevado al cónsul español y a saber si lo devuelven. ¿Qué va a hacer Franco, según tú? ¿Quedarse de brazos cruzados? ¿Y si no puedo salir más ni volver a ver a mi madre, Emil? ¿Y si me dejan aquí encerrada contigo?

—Sí que te interesará a ti mucho lo que haga o deje de hacer ese Hitler de El Pardo, ya veo, como si no hubiera pasado un siglo desde que dejaste de ser española, que por algo estás casada conmigo. Pues nada, hija, si tienes ganas de preocuparte, sigue haciéndolo por tonterías y soluciónalo comiendo, come y come, no pares ni para toser. Pero olvídate de venir conmigo ni a una celebración más, que me da vergüenza llevarte del brazo, *yes indeed*. Además, no creo que nadie tenga que encerrarte a ti, *love*, te vas a tener que encerrar tú sola porque a este paso no vas a caber por la puerta.

Hasta ahí pudo soportar Lisa las torturas del día.

—¿Queréis callaros ya de una vez? —gritó— ¡Y tú deja en paz a *mummy*, vamos, hombre!

Fue tanta la sorpresa que Emil ni pestañeó.

—Qué hartita me tenéis los dos, pero más tú, *dad*, todo el día insultando a mamá, que ya está bien, vamos, hombre. ¿Que quiere comer?, que coma, y, si está gorda, mejor para ella, asín no se morirá de tisis como mistress Gertru, que estoy hasta los pelos de tanta pelea.

Por primera vez en su vida, Connie le dedicó a Lisa una sonrisa. Solo años más tarde supo que aquella no fue una sonrisa de madre, sino de mujer. O sea, una de agradecimiento, que es de las que menos alegran el rostro, pero de las que más iluminan la mirada.

La reacción de su padre fue muy distinta. Lisa no supo si lo que más lo ofendió fue que le plantara cara sin haber cumplido los diez o que construyera mal y feas las frases, como si fuera una matutera española, y que incluso las adornara con un «asín» tan sonoro que le hizo daño en los oídos.

Tuvo que ser lo segundo. Lo sospechó cuando, de un solo alarido, Emil la mandó a la cama sin cenar y ella no consiguió dominarse. En respuesta, se le escapó de las tripas un exabrupto atroz, aprendido de su amiga la estraperlista de Ronda, sin entender siquiera lo que decía ni darse cuenta de a quién se lo dirigía:

—¡Y un mojón para ti, vamos, hombre! —le soltó a su padre mirándolo a los ojos, de golpe y con los brazos en jarras.

Emil no tenía dudas de que la causante de que su mujer se cebara a sí misma con embutidos grasientos y de que su hija se le insubordinara con palabras malsonantes incluidas, absolutamente inaceptables en una niña, era esa contrabandista alta, ejemplo vivo de la España atrasada. Pero aquel estallido era el comienzo de algo y no presagiaba nada bueno.

Estar rodeado de mujeres era como atravesar un campo de minas, él lo sabía, por eso se empeñaba tanto en mantenerlas a raya. Sin embargo, lo que nunca imaginó es que, entre todas ellas, su hija le saldría la más explosiva.

Fue entonces cuando le levantó la mano y, aunque la descargó sin mucha fuerza, a Lisa le dolió como cien bofetadas juntas.

* * *

Al día siguiente, nada más amanecer, Emil se fue derecho al Loreto Convent School arrastrando la pierna deforme y balanceándose, algo que no le restaba velocidad cuando estaba enfadado, y habló con *sister* Madeleine.

—Tienen ustedes que estar muy *aliquindoi*[1] *sister*, que la española que viene de Ronda una vez al mes a coserles los uniformes no es trigo limpio. —Bajó la voz hasta el tono de confidencia inconfesable—.

---

1. «Estar alerta», del inglés *look and do it* («mira y hazlo»), la voz que el capitán de barco daba al vigilante para que impidiera que robaran la carga en las operaciones portuarias.

Me ha contado una de mis fuentes de San Roque que la matutera, además de coser y vender chorizos, también espía para Franco, que en España quieren saber cosas de nosotros, a ver si pueden invadirnos. Tiene al marido escapado por los montes de Medina Sidonia, en una cueva que llaman del Hoyo, ya ve usted qué nombre les ponen a esos sitios…, así que la mujer quiere hacer méritos ante el régimen para que le perdonen la vida cuando lo apresen. En fin, que le digo que tenga cuidado porque esa es capaz de traicionar al mundo entero para salvar a su hombre, y no imagina usted cómo se han puesto las cosas ahí fuera, ahora que está tan de moda gritar eso de Gibraltar español y se les están despertando las ganas de comernos, no le digo más…

La monja empalidecía por momentos, ya se veía en el ojo del huracán de una trama de espionaje internacional que podía acabar con su Roca, tan pequeña y a la vez tan amenazada desde siempre. Se santiguó tres veces.

—Pero ¿cómo va a ser eso posible, si en el fondo somos lo mismo, España que Gibraltar y que Inglaterra, y nos llevamos de maravilla, y ni aquí ni allí nadie hace distinciones de dónde ha nacido cada cual, que todos somos hijos de Dios?

—Así habrá sido hasta ahora, *sister*, pero el diablo enreda y ya no somos tan hijos del mismo padre, son tiempos difíciles.

—Eso sí que es verdad, *indeed*, difíciles lo son un rato. Usted lo sabrá mejor que nadie, que para eso es periodista. No se preocupe, mister Emil, que esa mujer no vuelve a poner aquí los pies. ¿Qué va a ser de nosotros, Dios santo, con el mal siempre acechando? Si es que yo no sé ya qué más podemos hacer…

—Algo pueden, *sister*, estar *aliquindoi*. Pero todo el tiempo y sin bajar la guardia.

Emil Drake se marchó satisfecho de la escuela y con la conciencia intacta. Aquella mentira difamatoria era la única forma de evitar que su familia se fuera a pique. Porque la culpa de lo sucedido la noche anterior había sido única y exclusivamente de la matutera.

«Y no se hable más».

Jamás volvieron a verla en la casa de los Drake ni en sus alrededores.

Sin embargo, a Lisa, que no llegó a enterarse de la visita de su padre al Loreto, pero intuyó que su comportamiento irrespetuoso de la noche de la reina había tenido consecuencias, sí que se le quedó sucia la conciencia.

Eso, unido al bofetón y a la ausencia de su única amiga la española, fue lo que le dejó el corazón roto.

Hasta 1965.

MANUEL

El día que Milú apareció en Ronda preñada de un tocadiscos fue el primero feliz en diecinueve años para Manuel Calle.

La Búcara y la Diezduros eran la pareja de hermanas más conocida en el pueblo, pero también la más respetada por unos y la más temida por otros. Solo había que fijarse en sus apodos.

A Mariquilla le pusieron el suyo veinte años antes por sus habilidades en el comercio prohibido con Gibraltar. Si lo hacían los hombres, era estraperlo, y, si lo hacían las mujeres, matute, pero en el fondo se trataba más o menos de lo mismo: obtener de fuera lo que en la España de posguerra no se encontraba y se necesitaba. O lo que hacía ilusión tener, que de eso también se vive.

Se inició en el matute en el otoño del 44 por pura necesidad al quedarse sola con Raimundo echado al monte y un segundo Manuel en camino.

Por pura necesidad y porque Cefe la convenció:

—Si todas las matuteras juntas fueran la mitad de listas que tú, a ver de qué iban a comer los civiles de la sierra.

Cefe era un hombre como fabricado de cartón o, mejor dicho, de esa pasta de papel que primero se moja y después se endurece hasta convertirse en un tablón rugoso pero irrompible. Y del color de la mojama, que es el que da vivir en lo alto y con el sol al alcance de la piel. Era circunspecto, duro, tallado a golpe de martillo y yunque, los mismos de la fragua en la que se crio, en la que se ganaba el pan y en la que siguió los pasos de todos los Ceferinos que fueron antes que él.

Solo que el Cefe de cartón, el enjuto y apergaminado Cefe, tenía un punto débil que le ablandaba el cuerpo entero hasta convertirlo en simple papel mojado: Mariquilla.

Toda Ronda veía cómo el rostro se le desdoblaba en mil pliegues alrededor de la boca evocando una sonrisa cada vez que le compraba leche. Toda Ronda oía cómo se le cortaba la respiración siempre que ambos se cruzaban y, sin detenerse siquiera, se lanzaban un «a las buenas» sin otra intención que saludarse. Toda Ronda lo sabía. Como sabía también que Cefe, amigo leal del fugitivo Raimundo y sobre todo fiel a sí mismo, podía tener la cara acecinada, pero el corazón lo conservaba íntegro, liso y llano, y jamás le diría a Mariquilla palabras que ella no estaba dispuesta a oír.

Toda Ronda lo sabía, menos Mariquilla. Aunque tampoco le habría importado, porque lo único que a la mujer le preocupaba de verdad no era su virtud, que esa la dejó enterrada en una fosa con el primer niño Manuel, sino los cuartos que necesitaba para que el segundo naciera y, además, llegara a viejo.

Cefe era el mejor maestro herrero de toda la serranía. Tan bellos al tiempo que eficaces eran sus pestillos, cerraduras, verjas y enrejados para ventanas y balcones que, nada más acabar la guerra, su fama le trascendió y se vio abocado a la exportación.

—A Casares, San Roque, Los Barrios y hasta Tarifa tengo yo ido más de una vez a poner cerrojos, que los de allá abajo solo se fían de los hierros de Ronda para protegerse de los bandidos que bajan de las montañas muertos de hambre —le explicó un día a Mariquilla, cuando ya llevaba unos cuantos viajes fuera de la serranía haciendo patria chica con su forja.

La intención era persuadirla para que probara con el estraperlo.

—Que tienes que tirar para delante, mujer, con o sin Raimundo, porque las cabras de tu hermana no dan para criar tú sola a la criatura esa que tienes dentro cuando llegue. Me han contado que en el inglés te quitan de las manos lo que les lleves, vamos, que te lo compran todo a punta pala porque esa piedra no sirve ni para plantar papas.

—Qué inglés ni qué cojones, Cefe, qué pinto yo en eso, a ver cómo llego yo tan lejos si no tengo ni las cuatro letras…

—Yo te puedo acercar una vez al mes hasta la frontera. Una parte de las montañas te la haces tú andando para que los civiles no se cosquen, y la otra, la más larga, te llevo yo en la camioneta. Por probar…

Bien mirado, no era mal negocio. De hecho, era el único negocio que podía permitirse y que muchas otras ya hacían cada día al cruzar los montes sin un Cefe que las acompañara.

Meses después se dio cuenta de que era también su única esperanza. En el paraíso del inglés, donde los productos mágicos colgaban de los árboles, sin duda encontraría la medicina que curase a su hijo de los pitidos en el pecho con los que había nacido y le garantizase la vida eterna.

Cefe la convenció y ella se dejó convencer. Lo demás lo puso su inteligencia.

* * *

Eran tiempos duros. Y los viajes, mucho más de lo que Cefe le había dicho. Pero en una cosa el herrero tenía razón: Mariquilla era más lista que todas las contrabandistas juntas. Así que, poco tiempo después de comenzar en el asunto del matute, ya eran innumerables los ingenios que había discurrido su cabeza para escapar de la vigilancia en la sierra.

Uno de ellos tenía forma de botijo. Con él atravesaba la valla del Peñón y después, tras unas cuantas horas en la camioneta de Cefe, un trecho corto aunque peligroso a pie, el de los bosques que rodeaban Ronda.

En el interior del botijo escondía las mercancías más pequeñas del contrabando, como la penicilina o la sacarina. Las metía y sellaba en tubos finitos que cupieran por la boca ancha del búcaro, bien envueltos en tela o corcho, de forma que flotaran en el agua sin hacer ruido si entrechocaban entre sí o con las paredes del cántaro.

Si alguno de verde la paraba por el camino y le preguntaba de malos modos por lo que llevaba, Mariquilla siempre contestaba:

—¿Y qué voy a llevar yo en un botijo, señor civil? Pues agua, como todo quisqui. Ande, tome usted un traguito, que ya veo que le anda haciendo falta.

Y le tendía la vasija por el pitón. Los guardias, malhumorados por la evidencia, a veces la dejaban pasar para no perder el tiempo con obviedades y otras bebían un chorrillo sin saber que estaban bebiendo estraperlo en sopa.

Hasta que, un día, a la mujer se le rompió un búcaro de barro a los pies de un tricornio. Fue la única vez en su vida que la matutera no supo qué decir.

La suerte vino en su auxilio.

—¿Tú eres la Mariquilla? ¿La mujer del Velorio?

Así llamaban a Raimundo porque era delgado como un cirio de muertos y circunspecto como un funeral. Sin embargo, por prudencia siguió callada.

—Sí, yo te reconozco, que alguna vez te saqué a bailar en la feria antes de la guerra. A mí me salvó la vida el Velorio cuando estuvimos juntos en el frente. Aluego él se echó a perder por culpa de ese comunista, su primo Bernabé, pero yo nunca me olvidé.

La mujer continuaba en silencio, solo levantó la cabeza y lo miró directa. Se sostuvieron los ojos hasta que el guardia civil dijo:

—Ea, tira ya para arriba que yo no te he visto. Pero con esto pago la deuda, no le debo nada al Velorio, esté donde esté escondido si es que está vivo todavía, ni a ti, conque díselo si lo ves, porque como te vuelva a agarrar vas derecha al calabozo y no respondo, ¿estamos?

Estuvieron.

Nunca más se encontraron en el bosque. Solo una vez en la romería de la Virgen de la Cabeza y no se hablaron ni nadie imaginó que se hubiesen visto antes en circunstancias comprometidas.

Tampoco volvió Mariquilla a usar botijos en el matute, por si se hubiera corrido la voz de que en ellos había algo más que agua. Le echó imaginación e inventó cien formas diferentes de ganarse el sustento transportando entre los muslos, con refajos y bragas de doble fondo, entre muchos otros escondrijos, todo aquello por lo que hubiera quien estuviera dispuesto a pagar dos perras, además de medicinas para su hijo.

Las últimas las buscó de punta a punta de Gibraltar durante años, a pesar de que, en el nefasto 1954, de golpe le vino todo en contra.

* * *

Primero, inexplicablemente y justo unos días después de que fuera a verlos su reina, la echaron de malas formas de una escuela religiosa en la que zurcía.

—Mire, doña María, puede usted ir yéndose a su casa y no aparezca más por el colegio, que las niñas van a aprender a coserse solitas sus uniformes y de paso un oficio para la vida. Ya me gustaría a mí no tener que decirle esto, *Holy Mother of God*, porque yo creo que a este y al otro lado de la valla somos todos los mismos siervos del Señor, solo que no me lo ha puesto usted nada fácil, qué falta nos hará que venga nadie a espiarnos, pero ya ve, lo que pasa es que no queremos que nos llamen traidoras, esto es muy pequeño y con la buena gente ya llenamos la Roca. Hala, vaya con Dios.

No solo la andanada de la monja —llena de frases indescifrables para ella, por mucho que después las analizara y se las repitiera en la cabeza para encontrarles algún sentido— dejó a Mariquilla sin palabras, sino que estuvo a punto de dejarla sin el pase de trabajo que le garantizaba la entrada en el inglés y el abastecimiento de lo otro, que no por secreto dejaba de ser su principal, aunque magra, fuente de ingresos.

A partir de aquel momento, además, las cosas habían empezado a ponerse peligrosamente desagradables a los pies de la Roca.

Los vistas de la aduana miraban con recelo y mucha desconfianza a las mujeres que cruzaban desde La Línea y las examinaban de arriba abajo aunque tuvieran los papeles en regla. Las españolas empezaron a criticar a sus empleadores y a quejarse de que las hacían de menos, algo que era verdad y se convirtió en más frecuente de lo normal. Y todos, los de dentro y los de fuera, comenzaron a observarse de reojo por las calles de uno y otro lado en cada una de sus ciudades, como si temieran que, al cruzarse, alguno robase la cartera al vecino.

Unas semanas después de su despido ocurrió lo peor: Raimundo llegó a casa de noche con un tiro de fusil. Se lo había disparado alguien que sabía dónde se escondía gracias a la delación de un traidor, algún día averiguaría ella quién fue, vamos que lo haría. Le había dejado un agujero en el vientre que era un volcán de sangre, pero Mariquilla no pudo hacer nada por cerrárselo.

Murió en sus brazos y la dejó sola. Irremediablemente sola.

Menos mal que al año siguiente, a pesar de las nuevas dificultades, la vida se le enderezó un poco y consiguió encontrar empleo en el otro extremo de Gibraltar fregando los suelos de una de las casas nuevas que estaban camino del Faro. Era la de un señor judío muy educado llamado Abraham Cazes, que resultó ser médico y no la trataba como otros trataban a las demás españolas. Tan bien la trataba que hasta le facilitaba muchos de los medicamentos que Manuel necesitaba. Al menos, eso que salió ganando tras el disgusto de lo de las monjas.

Al cabo de dos décadas, en 1964, de aquella primera etapa de su actividad como matutera solo le quedaba el mote de la Búcara.

* * *

La historia del apodo de la Diezduros era más conocida en Ronda.

Antonia Martínez Palmar no se hizo famosa por su atuendo estrafalario, vestida siempre de los colores del parchís para compensar su sobriedad filosófica, sino por haber encontrado una fortuna perdida junto a la Cueva del Moro: cien billetes de diez pesetas metidos en un sobre. Ni un minuto dudó de quién podía ser su propietario.

—Dale esto al señor, haz favor —le dijo al criado que abrió la puerta del cortijo del marqués de Rómboli mientras el señor en persona la observaba de lejos—, y dile que a ver si tenemos más cuidado y mete en cintura al capataz, coño, que la jornalera de los que se desloman todos los días en su huerta es sagrada y no puede perderla el cabrón del Domingo asín como asín ni dejar tirados los sobres en cualquier esquina siempre que sale como una cuba de en Ca Paco.

Al día siguiente, alguien le metió por debajo de la puerta un sobre con seis billetes, cinco de diez pesetas y otro en blanco con una sola palabra escrita: «Gracias».

Las gracias le sirvieron para abrirle la cancela del cortijo una tarde al mes, cuando el marqués la invitaba a una partidita de chinchón a dúo. Y los diez duros, para granjearse el apodo, montar un pequeño almacén en la calle Santa Cecilia en el que guardar los bidones para la leche que daban sus cabras y comprarle una perra a su hermana para que la ayudara en sus labores ilícitas.

Así llegó a sus vidas la dulce Milú.

* * *

No puede decirse que, en las casi dos décadas que llevaba vividas, Manuel hubiera sido desgraciado. Tampoco dichoso. A veces sufría altibajos entre uno y otro estado, eso sí, pero la mayor parte del tiempo se había sentido plano. Callado, reconcentrado en espiral lo mismo que una caracola, con mucho bulléndole dentro sin que ni él lo entendiera ni pudiera definirlo, ni siquiera discernía si era bueno o malo, ni mucho menos sabía cómo liberarlo para que le pesara menos en los intestinos. Un espectador de sí mismo.

Si algo podía sacarle de vez en cuando de la llanura árida de su vida y transportarlo a un pico de emoción era la compañía de los perros. Sobre todo, la de aquella mastina gigante de color canela que lo miraba con ojos de arrobo y se le acurrucaba junto a las pantorrillas en las noches serranas.

Milú estaba bien educada y eso que, por aquel entonces, a los perros matuteros se les enseñaba por las malas: los entrenadores se vestían de color oliva y tricornio, se perfumaban de vino peleón y apaleaban a los animales con la cara tapada; así los adiestraban para huir de los guardias civiles como de los rayos en la tormenta cuando transportasen sobre los lomos sus cargas ilegales.

Pese a todo ello, Milú seguía siendo dulce. Por eso Manuel la quería tanto. Dar dulzura cuando solo se recibían amarguras era para muchos un defecto, pero para el chico era un don. Y un sino.

Fue él quien le dio el nombre.

Manuel dejó pronto la escuela, no hubo otro remedio, aunque algo se le quedó: las cuatro reglas y la afición de leer todas las letras juntas que le pusieran por delante. Hasta entonces, lo primero le había servido para echar una mano en los negocios respectivos de su madre y de su tía, pero para lo segundo pocas ocasiones se le habían presentado.

Hubo una, sin embargo, que lo enganchó al carro de la lectura.

—Anda, toma, Manolo, que me ha sobrado esta revista de las que uso pa apañar el fuego cuando hay poca leña —le dijo un día su tía mientras le tendía un ejemplar antiguo de *Blanco y Negro*—. A ver si encuentras ahí algo que te interese, tú que eres el único de la familia que sabe leer, y dejas de andar todo lánguido, chiquillo, que pareces un alma escapada del día de difuntos, me cago en tu sombra.

Lo encontró. Venía en forma de viñetas y contaba las aventuras de un extraño muñeco. El dibujo se llamaba Tintín, y su mascota, Milú. Se hizo adicto a ellas y ya nunca más pudo la Diezduros quemar ni un solo *Blanco y Negro*, por muy bien que prendieran sus páginas.

Rebuscó en la leñera hasta que reunió todos los que pudo para dárselos a su sobrino.

—Pero si tienen la tira de años, chiquillo...

Lo decía sonriendo, qué más le daba a ella la actualidad si lo que importaba era el brillo en la mirada de Manuel cuando los recibía.

En honor a Tintín y Milú quedó bautizada la mastina. Y ella, en agradecimiento, nunca lo defraudó, como tampoco el fox terrier a su dueño.

El día que su madre trajo a Milú del inglés con un Cosmo de maleta, atado bajo la tripa y tapado con una manta tosca de pelo largo que imitaba el de la perra en forma y color para camuflar el

45

cargamento, fue el día que Manuel cumplía diecinueve años y el más feliz de su vida, sí.

El tocadiscos no venía solo. Traía dentro un disco plano y negro con el que probarlo. Manuel no sabía cómo hacerlo funcionar, de modo que colocó la aguja en mitad del vinilo y, puede que solo fuera casualidad, la magia de la música hizo el resto.

Primero sonó una armónica y después una estrofa que lo describía a él:

> *There is a place*
> *where I can go*
> *when I feel low,*
> *when I feel blue,*
> *and it's my mind.*
> *and there's no time*
> *when I'm alone.*
>
> Hay un lugar
> al que puedo ir
> cuando estoy deprimido,
> cuando estoy triste,
> y es mi mente.
> Y el tiempo no existe
> cuando estoy solo.

Supo lo que significaba cada palabra. Era una de las ventajas de ser avispado, tener buen oído y trabajar de temporero en Las Abejeras, una finca de más arriba, por donde el camino a La Indiana, que en tiempos albergó decenas de colmenas y ahora pertenecía a un señor apellidado Giles que llegó de Liverpool hacía mucho. Trataba bien a Manuel y le pagaba buenas pesetas, pero a cambio el chico tuvo que aprender los rudimentos de su idioma porque el jefe jamás se rebajó a hacerlo con los del español.

Por eso pudo entender y, más aún, sentir cada palabra de aquella canción. Esos cuatro chavales de la portada del disco, asomados a una escalera y con caras de niños a punto de cometer una travesura, le habían dado en pleno centro de la diana.

El primer día que Manuel Calle Martínez oyó a los Beatles cantar a los cuatro vientos que le conocían a él, supo también lo que quería a partir de entonces: ser como ellos, aprender a contarse a sí mismo como le contaban ellos.

Manuel tenía diecinueve años y no había vivido. Pero, gracias a aquellos cuatro chicos, eso iba a cambiar muy pronto.

Concretamente, en 1965.

LISA

El día que Lisa oyó a la *nanny* Pepa llamar a su padre el Llanito Solitario casi se atraganta con el hueso de una aceituna chupadedos del ataque de risa que le dio.

No le vino mal reír, que ya tenía ganas. Porque motivos para entregarse a la risa como cualquier chica de su edad no había encontrado demasiados antes de ese 29 de abril de 1964, el de su decimonoveno cumpleaños. De hecho, había tenido poquísimos desde que llegaron de Belfast con ella recién nacida.

En las casi dos décadas que mediaron entre el regreso y el casi atragantamiento de Lisa habían sucedido tantas cosas y, al mismo tiempo, tan pocas que en medio de las risas y las toses, a la joven se le pasaron todas por la mente como en cinemascope.

Al concluir la guerra, la familia Drake abandonó Irlanda e hizo una escala de varios meses en España, el único país en el que aún quedaba el mismo fascismo que a Europa tanto dolor le había costado derrotar, según le explicó su padre.

Fueron los invitados de un escritor británico, de nombre Gerald Brenan, aunque respondía con más agrado al de don Gerardo. Emil lo había conocido por casualidad en 1935, justo antes del desastre, cuando coincidieron en un tren y Brenan le pidió que le sirviera de traductor con los albañiles mientras adecentaba una casa en una barriada malagueña peculiar, Churriana. En ella los acogió en su periplo hacia más al sur años después mientras Emil hacía gestiones para averiguar si la herencia de los Drake en la Roca seguía habitable tras la guerra.

Puede que fuera en los meses que vivieron en Churriana cuando, además de la desazón, a Emil se le despertó la rabia, dormida mientras le caían encima las bombas, comía sopa de gusanos y tenía una hija.

Al fin, a comienzos del 46, con un par de maletas escasas de pertenencias, pero llenas de los libros que les había regalado don Gerardo —algunos prohibidos y por tanto secretos—, concluyeron su largo viaje y llegaron a Gibraltar.

Respiraron aliviados al ver que la herencia continuaba allí: era el edificio vetusto del número 1 de Armstrong Steps, justo enfrente de los astilleros, que habían abandonado casi con lo puesto. Todavía miraba a poniente, aún olía a mar y a barcos recién hechos y seguía teniendo ventanas desde las que casi se tocaba África. Pero ya no era el mismo. Era una casa cansada, desconchada y envejecida. Como Europa.

Tampoco los Drake eran los mismos. Ni la bahía. Ni el azul del Mediterráneo ni el verde del Atlántico.

Nada era lo mismo ya.

* * *

Emil era hombre de pocos encantos. Ya no quedaba casi nada del intrépido y joven periodista que describía las bellezas de la Roca en el *Gibraltar Chronicle* antes de la guerra ni tampoco del heredero de piratas que conquistó a Connie con dos ojos tan azules como el mar del Estrecho mientras trataba de aprender a bailar sevillanas cojeando, con escasísimo éxito y menos gracia todavía, durante La Velada de La Línea de 1935.

En 1945, de Belfast volvió alguien distinto, un señor calvo, con bigote, de barriga redonda y creciente, desaliño improvisado y americana, tirantes y pantalón siempre mal conjuntados. Sin embargo, mantenía desde la juventud un detalle de coquetería atemporal: una pajarita que le adornaba el cuello en invierno y en verano, en fiestas formales o salidas al campo, en el Corpus de junio o en la comida de Navidad. Pajaritas de muchos colores, de lunares y estrellitas o en mil variaciones del tartán escocés. Era su seña de identidad, como el apellido, la de un pirata que había cambiado el garfio por la pajarita.

Connie, en cambio, no tenía identidad. Ella decía que la perdió el día que parió a Lisa. En ese mismo momento se convirtió en la mujer desgraciada que suspiraba de la mañana a la noche y los arrastraba a todos hacia su agujero de tristeza, oficialmente con jaqueca, aunque se la oyera llorar durante horas pese a que, como su familia sabía bien, de dolor de cabeza no se llora tanto tiempo.

Por culpa de Lisa, todo por culpa de Lisa.

La niña creció con una pesada bola de hierro atada al tobillo, la de ser la única y última causante de que su madre hubiera extraviado el rumbo. Y así lo creyó durante sus nueve primeros años, hasta que la *nanny* Pepa le explicó la verdad: que, en realidad, su madre había nacido sin rumbo.

Se lo dijo una vez que la cría rompió un jarrón de baratillo y la reacción de Consuelo se multiplicó hasta el infinito en ondas concéntricas que iban ampliando su ira y su pena como si fueran una piedra arrojada al río. Connie terminó postrada en la cama, a oscuras y gimiendo con la cara hundida en la almohada durante una semana, sin querer siquiera oír la voz de su hija.

—No, mi alma, mi niña bonita, mi niña morena, no es tu culpa —explicó la abuela Pepa a su nieta apretando los dientes, acariciándole la mejilla y mirándola muy fijo a los ojos—. A tu madre le importaba un carajo ese jarrón, que era más feo que Carracuca. Tu madre, mi Chelito, que es mi hija, Dios me perdone, ya nació enritá. Desde muy chica nos montaba estos chochos por cualquier chuminada. Y lo que sufría tu abuelo Fede, que en paz descanse, cuando la veía así. «Esta niña no está sana, Pepa, que te lo digo yo, esta niña acaba en un loquero», me decía. Pero después vino la guerra, y a tu abuelo lo mataron, y a los loqueros también, y los que quedamos vivos nos volvimos tan majaras como tu pobre madre, y ya no quedaba loquero que nos curase. Conque no, que no es tu culpa,

Lisa, mi vida, que se te quite eso de la mollera. Que tu madre nació con la enfermedad de la enritación y ya está, no te vayas a creer tú lo que no es.

No llegó a convencer del todo a Lisa, aunque la niña, que era muy lista y sabía atar cabos, sí que se sintió algo más ligera de carga. Pero, desde entonces, optó por cambiar una porción de culpa por otra de responsabilidad, la de conseguir que Connie no se hundiera por el camino en busca del rumbo perdido.

Por eso la defendía ante los embates de Emil. Por eso le enfriaba la frente con paños mojados cuando amanecía torcida y todo le daba igual, porque todo le provocaba llanto. Por eso llegó a pasar noches enteras ovillada junto a ella en la cama, acariciándola hasta que se quedaba dormida.

Pero, por todo eso, tampoco supo hasta que ya fue tarde que los seres de la noche que se comen los miedos de los demás terminan atragantados y corren el riesgo de contagiarse de lo que nunca fueron ni desearon ser.

* * *

Al recuperar su trabajo en el *Gibraltar Chronicle*, Emil vio reverdecer viejas amistades y encontró otras distintas, se embebió de corrientes frescas y enarboló nuevas banderas.

La visita de la reina Isabel II en 1954 sirvió para que, azuzado por tantas amistades, corrientes y banderas, la rabia que se le despertó en Churriana comenzara a desperezarse. Y a nublarle la vista, a pesar de los esfuerzos por aclarársela de su esposa Consuelo.

A Emil no se le escapaba que los días brillantes de Connie eran realmente luminosos. Hablaba con una inteligencia de mayor calado que el que nadie en la familia le atribuyó jamás, excepto Lisa, que era quien mejor la conocía, mejor incluso que su abuela.

En sus momentos de euforia, Connie era locuaz, aguda, afilada, intuitiva, un lince. Y disparaba dardos con una precisión quirúrgica.

¿Se quedará Franco de brazos cruzados? ¿Volverá el cónsul? ¿Qué pasará ahora? Fueron las preguntas que escupió a su esposo el 10 de mayo de 1954, preocupada por las consecuencias de una visita real que, nadie se engañaba a uno y otro lado de la valla, tenía más de provocación a España que de muestra de afecto de Buckingham por los gibraltareños.

Emil habría hecho bien en pararse a reflexionar sobre las dudas de su mujer antes de despreciarlas. No eran disparates de depresiva ni farfullas de comilona ni llantina de migraña.

Connie, como siempre que hablaba sin llorar, tuvo razón: el cónsul español nunca regresó. España y, lo que no era lo mismo, Franco se dieron por provocados. Y los gibraltareños, tras la partida del Britannia con Isabel II a bordo, se sintieron igual de desamparados que antes de que atracara.

—Si es que los de aquí no sois ni españoles para el del bigotillo, que solo os quiere como moneda de cambio para que le den de una vez la soberanía de esta piedra, ni ingleses para vuestra reina, que no deja que tengáis la nacionalidad de verdad. ¿O es que ya no te acuerdas de lo que nos llamaban en Londres a todos los evacuados, Emil?

El padre de Lisa se acordaba, cómo iba a olvidarlo. Tuvo que soportarlo durante tres años. Los primos pobres de Gibraltar eran para los altivos londinenses *dagos*, *wogs* y *rock scorpions*; desde *diegos* hispanos, pasando por orientales de categoría despectiva, hasta escorpiones de roca. Los más educados les decían «nativos». Es decir, ni ingleses ni españoles ni sal ni pimienta.

—Y vosotros nos llamáis sosos, siesos, malajes y no sé cuántas cosas más.

—Vas a comparar, hombre, por Dios, vas a comparar...

Emil callaba porque sabía que era verdad; los insultos no eran comparables. Al menos, los españoles de a pie de toda la comarca del Campo de Gibraltar, que eran los más cercanos, conocían mucho mejor a los vecinos de la Roca que sus compatriotas británicos a miles de kilómetros y no los despreciaban, eso era innegable. Todo lo más, echaban en falta en ellos algo de salero.

Pero enseguida contraatacaba:

—O sea que hemos aguantado lo que hemos aguantado en Europa para que ahora, según tú, nos tengamos que dejar invadir por el tal generalísimo y nos convirtamos en ciudadanos de un país militar y fascista, con tanta cantinela de Gibraltar español...

—A mi familia no se lo habrás oído tú, que en La Línea no hay ni uno que lo diga, ni se nos ocurre, porque para nosotros esta piedra es tan nuestra como vuestra, o mejor dicho de nadie, y Dios en las piedras de todos.

—A tu familia de La Línea puede que no, pero a tus primos sevillanos estoy harto de oírselo, te digo que estoy por no visitarlos más *whatsoever*. A ver si os enteráis todos de que vosotros y vuestro Franco tendréis que pasar por encima de mi cadáver para que a mi tierra se la quede la tuya.

—Parece mentira que me digas tú eso, sabiendo como sabes que a mi padre lo pasearon los nacionales. Ni es mi Franco, mal rayo le parta, ni yo quiero pisotearte muerto, aunque a veces me entran ganas, *my dear*. Lo que te digo es que Gibraltar es muy chico e Inglaterra muy grande. Y está muy lejos, no como España, que nos tiene a tiro de piedra, o de cañón si se lo propone. Como las cosas se pongan más feas de lo que se están poniendo, vete buscando otro barracón para exiliarnos, porque en la Roca no vamos a poder vivir. Pero esta vez que sea en Jamaica, que al menos hace calor como aquí.

Connie, la perspicaz Connie cuando no estaba enritá, apuntaba bien al centro de la diana.

En 1954, con la excusa de la queja oficial española por la visita de la reina Isabel II a su colonia, se endureció el juego del gato y el ratón que hacía tiempo se había iniciado entre España y Gran Bretaña. Los políticos lo llamaban medidas y contramedidas. Los ciudadanos, la partidita de pimpón. Los primeros querían que su bandera ondeara solitaria en Gibraltar. Los segundos, vivir en paz con sus vecinos y seguir disfrutando de la prosperidad que se proporcionaban los unos a los otros.

Pero no. El *game* había empezado.

Primero fueron las restricciones al paso de personas a través de La Línea en ambos sentidos. Lisa recordaba bien las colas interminables en la aduana, que no podían cruzar más de una vez al día cuando deseaban ir a ver a la *nanny* Pepa, y también las de los españoles que querían pasar en dirección contraria y solo podían hacerlo si eran obreros afiliados al sindicato que el régimen de Franco había creado para poder trabajar en la Roca.

Y lo más preocupante: separado unos cien metros del enrejado que Gran Bretaña ya había construido unos cuarenta años antes para controlar el comercio ilegal, España levantó otro, una cancela de barrotes duros e impenetrables. El rastrillo, le decían algunos. La Verja, con mayúscula, lo bautizó el régimen. Cualquier cosa menos llamarlo frontera.

Se hizo todo lo posible, en fin, para apretarse mutuamente los tornillos que anclaban a España y a Gran Bretaña al Tratado de Utretch, hasta que uno de los dos decidiera dejar de forcejear.

La siguiente vuelta de tuerca llegó hasta la ONU, que ya había advertido al mundo sobre la obligación de descolonizar lo colonizado. España, recién admitida en el organismo y a pesar de que no le gustaba globalizar los asuntos internos, que para eso el caudillo sabía muy bien cómo barrer hacia dentro, aprovechó ese insólito reconocimiento internacional para reclamar la soberanía de Gibraltar. Y consiguió que se le escuchara: en 1964 ya estaba un comité a punto de pronunciarse a favor de España y contra Gran Bretaña.

La Connie serena era una profeta certera en su tierra.

—¿Y todavía no sabes por qué estoy preocupada, Emil, mi alma, en serio que no lo sabes…?

* * *

La que no lo sabía era Lisa y, aunque trató de entenderlo poco a poco, nunca llegó a hacerlo del todo. Oía discutir a sus padres, oía a la gente discutir por la calle, oía discutir a los españoles que perdían empleos que ningún llanito quería hacer, pero eran imprescindibles para el buen funcionamiento de la ciudad, oía discutir a los gibraltareños que siempre habían vivido como si compartieran el mismo país con sus familiares de La Línea, San Roque y Algeciras, y cada día tenían más difícil visitarlos… Los oía a todos, pero no entendía mucho.

Solo comprendía que aquel día era el de su cumpleaños número diecinueve y que lo único que deseaba era pasarlo en La Línea con su abuela y no en el Peñón, porque le había prometido un regalo especial y, aunque Lisa sabía que no podía ser caro porque a la mujer la pensión de viudedad apenas le daba para comer, sí sabía que sería literalmente lo prometido: especial.

Emil se resistió, como siempre, pero Pepa no lo dejó seguir:

—Anda y cállate ya, desaborío, Llanito Solitario, que vas a terminar quedándote solo predicando en el desierto. Tú déjame aquí a la niña y vete para tu pedrusco, hombre, que te la devuelvo mañana y virgen, como me la has traído.

Siempre que Pepa sacaba a relucir la sal de su Sevilla natal, Lisa se desternillaba. Esa vez estuvo a punto de atragantarse con el hueso de la chupadedos de la carcajada que le subió como un tornado por el pecho.

La tos no tuvo consecuencias, pero le abrió los alveolos, cerrados durante tanto tiempo.

Su regalo estaba en la calle del Clavel, a dos esquinas de la casa de Jardines donde vivía la abuela, que pagó una entrada para su nieta y mostró a la taquillera una tarjeta de pensionista que le daba derecho a precio reducido para el Imperial Cinema y el Teatro Parque.

Se apagaron las luces.

Amanecía en una gran ciudad. Una joven en traje de noche negro, gafas de sol y collar de perlas enormes descendía de un taxi y se detenía embelesada ante el escaparate de una joyería mientras sujetaba un cruasán con la boca y una bolsa de papel y un café con las manos.

Y, a partir de ahí, la magia del celuloide hizo el resto.

Lisa siguió mirando, con los labios apretados y sin pestañear. Ni siquiera se rio cuando oyó la voz de un actor de doblaje llamar «señorita Galigai» a Holly Golightly. No pudo reír ni llorar, porque estaba hechizada.

Y embrujada siguió, como en un trance, fuera de su propio cuerpo, hasta que aquella mujer perfectamente imperfecta, de rostro besado por un dios y corazón mordido por un demonio, la despertó.

Acababa de describir su vida, exactamente la vida de Lisa en Armstrong Steps al lado de su madre, cuando la casa se envolvía en días rojos y negros.

Los días negros se está triste y nada más, vino a decirle Holly mirando a Lisa a los ojos desde la inmensidad de la pantalla. Pero los rojos son terribles, continuó, porque de repente se tiene miedo y no se sabe por qué.

Entonces Lisa sí que lloró.

Los días negros de Connie eran mejores que los rojos. Discutía con su marido, se deshacía en disquisiciones políticas y añoraba su Línea. La casa estaba triste. Solo triste.

Pero los rojos eran un infierno. Eran los días de lágrimas, oscuridad y silencio. De miedo. La casa tenía miedo y Lisa también; temía que alguna vez anocheciera un día rojo que a la mañana siguiente no tuviera despertar.

La tarde que desayunó en Nueva York frente a Tiffany con su *nanny* Pepa para celebrar que cumplía diecinueve años, un balcón se le abrió en el espíritu y lo barrió una ráfaga de viento. Los alveolos se le inflaron de nuevo.

Volvió a abrírsele muchas veces más el resto de su vida. Incluso frente a la misma joyería y en el Nueva York de verdad, no solo en el de sus fantasías, años más tarde.

Pero lo que sintió aquel día junto a su abuela fue diferente a todo y tuvo la sensación de que era irrepetible, porque hay cosas que solo se viven de una forma la primera vez y nos marcan para siempre.

No supo cuánto de verdad hubo en aquel sentimiento hasta un tiempo después.

Concretamente, en 1965.

MANUEL

El día que Manuel vivió otro día más feliz de su vida fue mucho más feliz que el anterior.

—Ya sé qué me va a decir, madre, que no y que no. Pero esta vez es que sí y que sí.

—¿Lo qué?

—Que me voy a Madrid, me da igual cómo se ponga. Me voy, madre.

—¿Que lo qué...? Pero ¿que lo qué has dicho tú? No, hijo, no, tú no vas a ninguna parte, habrase visto con lo que me sale este ahora, valiente chalaúra.

—Si es que...

—Si es que na. Se acabó la tontería he dicho, cojones. Aligera, arrea pa la finca del inglés que hoy llegas tarde, coño ya con el niño.

—No soy un niño, madre, tengo veinte años y, si quiero ir, voy, que siempre hago lo que usted manda, para una vez que soy yo el que le pide algo...

A Manuel le temblaba la voz y entonces fue cuando intervino la Diezduros, la única que, si estaba de Dios que tuviera el día del derecho, podía conseguir que su hermana atendiese a razones.

—Ha sido cosa mía, Mari, mi alma, que esto me lo ha regalado el marqués, y soy yo la que le ha encandilado con el viaje. Déjale ir, anda. Si no le va a pasar na, mujer, no seas tú también... Que es joven, coño, y ya va siendo hora de que vea mundo.

Manuel miró a su tía con los mismos ojos con los que lo miraba Milú a él.

Obedeció a su madre y salió de la casa para dejarlas a solas. Sabía que eso era lo que debía hacer en el momento en que intuía que las dos estaban a punto de saltar al cuadrilátero.

Cuando regresó de trabajar por la noche, Mariquilla había cambiado de gesto y Manuel comenzó a adivinar qué hermana se había hecho con la victoria, no sin antes lanzarse ambas a la cara más de una palabra gruesa, de esas que hacen daño.

Sea como fuere, lo cierto es que su madre tenía las cejas menos juntas y la voz sonaba algo más asequible:

—Te vas, pero con una condición —le dijo durante la cena, después de la sopa—: te quiero de vuelta de seguida, al día siguiente, ni a dormir te quedas, y si estás cansado te jeringas, que peores cornadas da la vida que quedarse sin sueño por oír berrear a cuatro tontos del nabo.

Manuel no podía creer su suerte.

—Si te buscas la vida y encuentras la forma de llegar a Madrid, yo me encargo de convencer a tu madre pa que te afloje la cuerda —le había dicho la Diezduros esa mañana mientras le daba un sobre a escondidas—. No hay muchas como esta en toda España, no te vayas a creer. Al hermano pequeño del marqués se la ha mandado no sé qué ministro mismamente en persona. Pero él dice que no la quiere porque no le gustan los melenudos y mucho menos ir a la capital, asín que yo le he dicho que igual a ti te aprovecha, Manolo, tú verás.

Dentro del sobre había una cartulina de color amarillo pálido con publicidad de Fundador por un lado y, por el otro, una entrada para la plaza de toros de Las Ventas, tendido bajo diez, asiento treinta y seis de barrera, al exorbitante precio de doscientas cincuenta pesetas.

Pero el verdadero valor de aquel trozo de papel estaba impreso, como pintado a carboncillo, en la parte izquierda. Las reconoció enseguida: eran las cuatro caras con expresión de estar a punto de cometer una travesura que Manuel llevaba un año contemplando antes de cerrar los ojos y oír las catorce canciones del disco una y otra vez, hasta que se quedaba dormido o su madre le daba un grito.

Cuando se le encendió la luz verde en el camino y recibió permiso para viajar, volvió a leer el texto de la entrada de Las Ventas. Allí estaban los nombres de cada rostro. Uno por uno: George, John, Paul y Ringo.

La cartulina, el primer as que la vida le regalaba a Manuel, decía que aquella entrada era suya y que los cuatro lo esperaban. Tenía una cita con ellos en apenas cinco días.

Es decir, el 2 de julio.

Era, por fin, 1965.

LISA

El día que Emil se lanzó a competir con su suegra por el cariño de Lisa, lo hizo a lo grande.

Las discusiones y los silencios seguían alternándose en el 1 de Armstrong Steps como se alternan invariablemente y sin remedio la noche y el día, la luna y el sol, el mar y la arena. Pero Lisa había encontrado varios modos de evadirse de ambos.

El primero se lo enseñó Pepa la tarde de hacía un año. Desde entonces, sin faltar ni uno y puesto que los pases de fin de semana estaban suspendidos, cada jueves iba a La Línea de visita a casa de su abuela nada más salir de la academia en la que estudiaba secretariado y juntas se instalaban en el Imperial Cinema en sesión continua durante horas.

No le gustaban mucho las películas del oeste ni tampoco las de guerra, suficiente de lo último tenía en casa cada vez que su padre hablaba de la de verdad o cuando se la declaraban Connie y él para librar sus propias batallas.

Pero, del resto, ni la *nanny* Pepa ni ella se perdieron una sola. Entre todas, había unas que eran sus preferidas, a gran distancia de las demás, las de Audrey Hepburn, siempre.

Lisa estaba de suerte, porque durante un tiempo la dirección del Imperial recurrió a ellas con frecuencia para ocupar las sesiones de tarde entre semana con ciclos de todo su repertorio: recorriendo Roma en motocicleta, bajando las escaleras del Louvre vestida de rojo, huyendo de un asesino en París, bailando lánguida en la Rusia de Tolstói, impostada en doblajes delirantes que a Lisa la enternecían... Audrey Hepburn siempre. Elegante, expresiva, suave, decidida, feroz, dulce, enigmática. Ella siempre.

El resto de las tardes y noches de la semana Lisa lo llenaba con otras dos pasiones: los libros y la música.

De la primera tenía un favorito, un pequeño tomo que, cada vez que lo leía, debía devolver inmediatamente al baúl en el que dormían los que llegaron de Churriana hacía veinte años y otros que don Gerardo había seguido enviando a su amigo Emil desde entonces. Lo había escrito un poeta que murió en la cárcel por defender lo mismo por lo que, según le explicó su padre, Europa se había desangrado: la libertad.

«Entre las flores te fuiste, entre las flores me quedo», se recitaba cada noche antes de dormir y soñar que vivía en un jardín, en lugar de en un sepulcro con forma de casa.

Y después de disfrutar de su otra pasión: la música. Se sabía de memoria cincuenta y seis canciones cuya letra era capaz de entonar a voz en grito en cuanto oía el primer acorde.

Despertaba a la familia pidiendo *please please me like I please you*,[2] aunque nadie le hiciera caso. Se acostaba recordándole al mundo que había sido una *hard day's night*[3] sin que nadie la hubiera hecho *feel alright*.[4] Dormía después y soñaba que alguien le decía que cerrara los ojos *and I'll kiss you...*[5]

Se las sabía todas. Una por una, de memoria, del derecho y del revés.

Lisa vivía del cine, los libros y la música. De sus propias pasiones, personales, privadas y solitarias, que realmente daban sentido a su vida.

Vivía, en fin, de cualquier desvío de salida que la ayudara a alejarse de la turbina que sus padres mantenían en continuo movimiento y

2. Por favor, compláceme como yo te complazco a ti.
3. La noche de un día duro.
4. Sentirse bien.
5. Y te besaré.

bajo cuyas aspas habría terminado descuartizada si se hubiera dejado ensartar por ellas.

* * *

En una de esas pasiones Emil creyó encontrar el modo de recuperar el afecto de su hija.

Tuvo suerte. Convenció a Ricky, un joven colega del *Chronicle* a quien le habían asignado la cobertura informativa del acontecimiento del siglo —así lo llamó—, para que le cediera el encargo, incluida la entrada del fotógrafo.

—¿Quieres ir tú, Emil? ¿A Madrid? ¿Estás seguro, con lo poco que te gusta a ti España, que solo con cruzar a La Línea ya vuelves que no hay quien te aguante? Mira que solo hemos podido conseguir una entrada. Ni siquiera tenemos garantizado el pase oficial del periódico para un segundo periodista, a saber si el régimen nos lo da, lo vas a tener que sacar allí y lo mismo te haces el viaje para nada.

Estaba segurísimo. Era su oportunidad de oro. Le pagó unas cuantas libras a su compañero bajo cuerda y una mañana se lo anunció eufórico a Lisa:

—Toma, *sweetie*, esto es para ti. Nos vamos a Madrid.

Al mismo tiempo que hablaba, le tendió una cartulina de color amarillo pálido con publicidad de Fundador.

—¿Qué es esto, *dad*? Yo no bebo, ya lo sabes, y, si vas a trabajar, a ver qué pinto yo en Madrid contigo.

—En esto sí que pintas, ya verás. Dale la vuelta, mujer, que lo que te doy no tiene nada que ver con ese coñac.

Giró la cartulina y los vio: cuatro rostros conocidos, que parecían pintados a carboncillo. Le sonreían. Al lado, sus nombres: George, John, Paul y Ringo. Como si la invitasen ellos en persona.

Era el concierto del siglo, tenía razón Ricky, todo el mundo lo sabía. Lisa habría matado o muerto por verlos una sola vez en su vida. Pues claro que estaba dispuesta a acompañar a su padre, contestó en un susurro porque la voz no le brotaba de la garganta. Desde luego que sí.

Miró la fecha boquiabierta y para asegurarse de que no estaba soñando. Faltaban apenas cinco días. Debía darse prisa, tenía mucho que hacer antes del viaje.

Como Audrey en Roma, encontró en una bocacalle de Trafalgar Road una peluquería barata y, el destino así lo quiso, una peluquera ingenua.

—Corte, por favor —le dijo Lisa señalando su larga melena castaña con el mismo gesto de Audrey ante un peluquero romano.

—¿Por aquí? —preguntó la peluquera.

—Más arriba. —Lisa se sentía, minuto a minuto, una princesa huida de palacio.

La mujer señaló con la tijera y cara de incredulidad un punto que estaba un palmo por debajo del hombro.

—¿Por aquí?

—Más arriba.

—¿Más...?

—Que sí, que más le digo.

Así, tres veces.

Todo habría acabado antes si Lisa se lo hubiera dicho desde el principio, pero la peluquera no sabía que estaba interpretando un papel que ya había sido inventado antes de que aquella muchacha atravesara la puerta y, sin darse cuenta, lo hizo casi al pie de la letra; a la cuarta, escandalizada, acertó.

Por ahí lo quería. Justo por ahí quería esa clienta tan rara que le cortara el pelo, a la altura de la nuca, raya en medio y un flequillo tan avaro que dejaba ver la mitad de la frente. Y, por supuesto, sin cardar.

Al salir del salón, la joven ya era la princesa Anna que cruzó Roma en moto. Algún día Gregory Peck se enamoraría de ella, pero ambos tendrían que renunciar al amor porque el trabajo de Lisa sería tan importante que su cerebro no le dejaría espacio al corazón para que latiera.

Y también era otra Anna, la de la canción «Go to Him», la mujer a la que las cuatro sonrisas de la cartulina amarilla que le había dado su padre le devolverían su libertad.

Con eso soñó y como esas dos Annas libres se sintió cuando caminaba de vuelta a casa con su flamante y excéntrico corte de pelo.

Acarició la entrada, que llevaba en el bolsillo para no perderla de vista, y leyó de nuevo: plaza de toros de Las Ventas, tendido bajo diez, asiento treinta y siete de barrera, al precio de unas dos libras y media que el periódico donde trabajaba Emil había pagado para que ella se sintiera la mujer más feliz de la tierra.

Lo único realmente importante que le había pasado en la vida después de nacer durante una guerra tendría lugar el siguiente 2 de julio.

Era, por fin, 1965.

1965

And when I awoke I was alone,
this bird had flown...

Y cuando desperté estaba solo,
este pájaro había volado...

The Beatles,
«Norwegian Wood», 1965

MANUEL

El 2 de julio de 1965 Madrid era una fiesta. O eso le pareció a Manuel Calle. Sería porque la ciudad olía a churros y le recordaba a cuando su amigo Vicente y él eran capaces de comerse solos una atada de calentitos entera en las romerías de su infancia.

Una fiesta. Madrid era una auténtica fiesta.

A Manuel no se le ocurrió nadie mejor a quien pedir el favor de que lo llevara hasta la capital que Cefe. Pocos meses antes, el herrero de piel de cartón había estado en Madrid. Viajó hasta allí para entregar en persona un cargamento entero de herrajes con los que equipar algunos hotelitos nuevos de una colonia muy chic y muy de moda llamada El Viso que querían presumir de auténtica cerrajería artesanal.

Y lo más importante: Cefe era el único al que la Búcara estaba dispuesta a confiarle la vida de su hijo.

—Por tus muertos, Cefe, mi alma, cuídamelo, haz favor, que como no me lo traigas entero de vuelta le prendo fuego a tu fragua.

—El hierro no arde con una cerilla, Mariquilla. —A Cefe no se le movió ni un surco de los que le recorrían la cara.

—Pero tus huevos sí y te juro que te los achicharro, me cago en todo, coño ya con la guasa del socarrón este, pero qué coraje me das a veces.

Cefe no le hacía favores a Mariquilla por miedo, sino por amor, pero le gustaba oírla desbarrar. Tanta amistad labrada a lo largo de los años en los viajes del matute le daba derecho a provocarla con todas sus arrugas resecas y hondas impertérritas. La risa iba por dentro.

Accedió a llevarse a Manuel, por supuesto que accedió. Lo hizo en una flamante furgoneta Ebro azul clarito, el único capricho que se había permitido en la vida gracias a las pesetas de su forja universal.

Tuvo que aparcarla en la parte más alta del arroyo del Abroñigal, porque la calle de Alcalá, al parecer, estaba tomada por la policía casi desde el principio del barrio de Salamanca hasta poco antes del punto en el que enlazaba ya con el camino de Aragón.

—Yo me quedo durmiendo, niño, que a mí no se me ha perdido nada donde los melenudos y ahí detrás llevo las balconadas que tengo que entregar en Linares a la vuelta, ni harto de vino me las quito yo de la vista. —Cefe se atrincheró en el asiento del conductor mientras hablaba.

—Venga, hombre, que tú ya has estado aquí antes y yo no me conozco las calles, me voy a perder, qué te cuesta, anda, acompáñame solo un rato…

—Hala, tira, Manuel, ya te he dicho por dónde tienes que ir, no vaya a ser que llegues tarde y los de gris no te dejen entrar. Tú te vas a ver a los peludos saltar como gorrinos, disfruta si puedes y, cuando acabes, vuelves, que yo de la camioneta no me muevo. Pues no hay chorizos ni nada en la capital, a ver qué te has creído tú, como para dejar esto solo en medio de la calle, digo… —Cefe se recostó contra la puerta del conductor, apoyó los pies en el asiento de al lado a modo de barricada y cruzó los brazos para ratificar que de ahí no lo sacaba nadie.

Así que Manuel echó a andar. Y a observar.

* * *

Lo primero en lo que se fijó, además del olor, fue el cielo. Era azul, muy azul, del mismo azul que su sierra, pero con otro matiz. Y es que era posible, solo posible, que en Madrid se estuviera aún más cerca de esa inmensidad celeste que en Ronda, tanto que casi podía tocarse con la mano.

—Pero ¿se pue saber dónde vas tú, mirando pa arriba todo el rato, chalao? Que como te abras la cocotera con esta viga se te sale el poco cerebelo que tienes, fijo, gilipollas.

Le increpaba un hombre moreno, con una camiseta de tirantes que algún día fue blanca bañada en sudor, el mono azul bajado y las mangas atadas a la cintura, pañuelo de cuatro esquinas en la cabeza y un Bisonte sin filtro coronándole una oreja.

—¿Y la zanja? ¿Es que no estás viendo la zanja, pringao? Que vas de cabeza al hoyo, tontolaba. —Eso se lo dijo otro muy parecido al primero, casi gemelo y de idéntico uniforme.

Después, los dos rieron a carcajadas y, con acento de un pueblo cualquiera del Albacete profundo, soltaron, entre la pena y la burla, varias burradas sobre los paletos que llegaban a Madrid, «La de hostias que se va a llevar este aquí».

Lo más triste, pensó Manuel, es que razones para mofarse de él no les faltaban.

Caminar y al mismo tiempo contemplar ese cielo extraordinariamente azul en una avenida en construcción era un acto más que temerario, era jugarse la vida.

Entonces Manuel se dio cuenta de que Madrid, además de oler a churros y a ozono de cielo azul, olía a gasolina, a cemento y a ladrillo. En cada esquina había operarios con la misma indumentaria que los de Albacete de pañuelos y Bisontes en la cabeza que todavía se reían de él a lo lejos. Todos trataban de apurar las taladradoras para llegar los primeros al fondo del globo terráqueo.

Su tía la Diezduros se lo había avisado:

—Mira bien por dónde pisas, Manolillo, que Madrid está hueco. Allí los trenes no van por arriba, los meten bajo tierra y hacen tanto ruido que parecen terremotos. Como se abra una raja en la calle, sales corriendo, porque si te traga ya no vuelves a salir.

Los hombres de las taladradoras abrían rajas mortales para urbanizar las calles que discurrirían por encima y daban los últimos toques a las casas en las que vivirían los propietarios de los coches que circularían por ellas. Todo un paradigma del desarrollismo en el extrarradio.

El de aquella zona de Madrid costaba treinta mil pesetas de entrada única, y el resto, en cómodas letras de ochocientas cuarenta al mes hasta el fin de la eternidad. Manuel se detuvo a observar los carteles que lanzaban la invitación: VISITE LA AMPLIACIÓN DEL BARRIO DE LA CONCEPCIÓN.

Después se fijó en los esqueletos de las viviendas. Un panal. Eso eran, un panal, igualito que los de Las Abejeras, la finca del señor Giles. Solo que en aquella ciudad era dudoso que alguien pudiera llegar a oír el zumbido de un solo insecto ni de hacer que creciera romero para que la miel saliese más rica.

Aturdido por apisonadoras, cementeras y excavadoras, Manuel empezó a pensar, según andaba esquivando cascotes, que tal vez no todo en Madrid fuera una fiesta.

LISA

El 1 de julio de 1965, Madrid olía a baúl viejo sin orear. O eso le pareció a Elisabeth Drake, pero no al principio, sino cuando ya llevaba en la ciudad unas cuantas horas.

Lisa y Emil llegaron agotados tras un larguísimo viaje a setenta kilómetros por hora en el Topolino verde botella que había pertenecido en vida al padre de Connie y que criaba malvas en un garaje de la calle Real cercano al Imperial. Con una puesta a punto los llevaría a Madrid sin problemas y con matrícula de Cádiz no llamaría la atención, les dijo la *nanny* Pepa. Pero Emil, por si acaso, lo dejó aparcado en una zona remota y discreta, la calle dedicada a un urbanista llamado Arturo Soria en la que apenas se erigían un par de palacetes que incluso parecían deshabitados.

Un taxi negro y rojo los condujo hasta Barajas, donde Lisa, al fin, despertó de la ensoñación en la que había levitado los últimos días.

Aquello sí que era un aeropuerto de verdad, con sus pistas de aterrizaje y sus señores de azul que agitaban banderas y hacían gestos extraños a quienes pilotaban aparatos monumentales cuajados de ventanillas. Un aeropuerto con sala de espera y todo. O sea, un aeropuerto de verdad y no el de Gibraltar. El del Peñón, en realidad, no era ni siquiera aeropuerto. Era una calle más en medio del istmo por la que estaba permitido caminar siempre que las luces rojas y las barreras no lo prohibieran, y eso solo sucedía cuando había un avión en lontananza. En realidad, era un aeródromo en zapatillas de andar por casa.

Barajas, eso sí que era un aeropuerto.

Lisa se lo repetía extasiada, hasta que su padre, preocupado al ver que la mirada de la joven volaba con cada avión que llegaba o se iba, la obligó a volver a ponerla en la tierra en el mismo momento en que se deslizaba sobre ella uno de Air France procedente de Niza.

—Vamos a lo que vamos, *sweetie*. Tú, conmigo, siempre pegada a mí. —Emil no dejaba de advertir a Lisa—. Sujeta bien la cámara, haz muchas fotos, que ya veré yo luego las que valen y las que no. Para todo el mundo, oficialmente eres la fotógrafa de un periódico. No sonrías a nadie, no hables con nadie, no mires a nadie. Y muy *aliquindoi*, que esto es la España de verdad y ya sabes que aquí nada de Gibraltar es bienvenido, no vayamos a tener un susto.

Lisa le obedeció y no soltó ni por un instante la réflex, una Nikon F a estrenar que a partir de ese momento fue sus ojos y su corazón.

Faltaba poco ya, padre e hija estaban silenciosos y expectantes. Y eso que no estaban solos. En Barajas se había congregado un grupo vociferante de fans —dos de ellas, gemelas, vestidas de faralaes en azul y blanco—, que debían de estar igual de nerviosos, solo que de un modo mucho más ruidoso.

Lisa notó que, mientras trataba de fotografiar la euforia del ambiente, alguien le apretaba fuerte el brazo.

—Ya acabo, *dad*, espera.

Pero no era Emil. Era una joven muy joven, prácticamente una niña. ¿Qué tendría? No más de catorce, pensó Lisa, con peinado estilo Karina, incluido un lazo a juego con cinturón, bolso y zapatitos de charol amarillos. Una muñeca de capital. Y lloraba.

—Pero ¿qué te pasa, chata? ¿Te encuentras mal? ¿Busco a tus padres?

—Que no, que no, que estoy bien. Es que los amo, los amo tanto... —Se volvió hacia la gran cristalera para observar excitada cómo una escalerilla de Iberia rodaba por la pista y se aproximaba a la puerta del avión, a punto de abrirse.

Al verlo entre lágrimas, súbitamente de la boca de la criatura brotó un alarido agudo, estruendoso, inimaginable en una gargantita casi infantil.

—Calla, mujer, que te vas a quedar afónica. —Lisa estaba muerta de risa.

—¿Me sacaría usted una foto, por favor? Aquí, así, que se vea bien el avión detrás de mí a través del cristal.

—Pues claro. —Lisa disparó varias veces—. ¿Cómo te llamas?

—Alicia. Alicia Anchorena-Vélez de la Mora y Valcárcel, señora. Y esta es la dirección de mi tata —escribió algo en una tarjeta y se la dio—, mándeme ahí la foto mejor, en lugar de adonde vivo, si fuera usted tan amable.

¿Cómo podía una cría tan pequeña tener memoria suficiente para almacenar una ristra así de apellidos? Lisa ni siquiera fue capaz de contestar diciendo el suyo, que era solo uno, para que no la delatase una carcajada.

—¿Y qué pasa, que te has escapado de casa o qué? Porque no te veo acompañada. ¿Has venido sola?

La mirada de Alicia dejó de ser la de una jovencita enamorada y se transformó en la de la niña que era. Miró alrededor y después se acercó a Lisa para susurrarle:

—Si mi padre se entera de que estoy aquí, me mata. Dice que son unos melenudos y que como se me ocurra ennoviarme con uno remotamente parecido a ellos me deshereda. Pero él no sabe la verdad.

—¿Y cuál es la verdad, hija?

—Que yo no me voy a ennoviar ni a casar nunca. Voy a encontrar trabajo y voy a vivir de un sueldo. Lo mismo que un hombre, ¿qué le parece?

No tuvo Lisa tiempo de contestar. Un griterío les advirtió de que en ese mismo momento, en aquel aeropuerto de verdad y frente a ellas, los cuatro rostros de papel de las carátulas de sus discos estaban bajando de un avión hechos carne.

Eran ellos.

Sencillos y vestidos de gente normal: John llevaba gorra de cuadros, George y Ringo se escondían tras unas gafas de sol y Paul lucía una chaqueta de ante. Eran ellos.

Alicia debió de pensar lo mismo: ellos, las cuatro razones por las que había huido del palacio en el que seguramente vivía. Ya no estaba dispuesta a perder más tiempo junto a aquella señora mayor con una cámara de fotos en la mano y, lanzando un grito aún más agudo que el primero, dejó a Lisa a solas con sus ganas de reír para arrojarse de bruces ante George, el más guapo y su favorito.

* * *

Alicia y todos los demás eran intrépidos, listos como águilas. Sin que nadie, ni siquiera los policías asignados a preservar las normas de la decencia en el aeropuerto, supiera explicar cómo, la niña y unos cuantos adolescentes más llegaron hasta la pista, a los pies del avión. Lisa aprovechó el tumulto para emboscarse entre ellos y tomar fotos más de cerca.

El delirio. Aquello se convirtió en el delirio, el descontrol en estado absoluto.

Los policías, desbordados, no pudieron impedir que los cuatro se separaran en el trayecto a pie hasta las instalaciones del aeropuerto. Por un lado, George; después, Paul y John, y, al final, Ringo.

Lisa callaba, ni se le ocurría chillar, solo les enfocaba con su Nikon y recogía para siempre en treinta y cinco milímetros esa otra primera vez fundamental en su vida. Estaba viviendo un sueño. Eran ellos.

Seguía pulsando sin descanso el disparador cuando un agente que no tenía ni idea de lo que sucedía la tomó con un descarriado, el último de la fila de todos los seguidores, vestido de blanco de la coronilla a la punta del pie, pelo largo y patillas hasta la mandíbula.

«Mira cómo va este, disfrazado de bola de merengue para parecerse a los melenudos, si es que están todos amariconados, pues se va a enterar», pensó el hombre azuzado por una sobredosis de adrenalina debido a la tensión del momento.

Empujó con fuerza al descarriado y levantó la porra, dispuesto a descargarla sobre aquella cabeza peluda, qué buen rapado le hacía si lo dejaban a solas con él en el calabozo.

Los flashes arreciaron. Solo que, afortunadamente, fue el sargento quien sujetó en el aire el brazo coronado por la porra.

—Pero ¿qué hace, imbécil? Que ese es uno de ellos, el tal Ringo, por Dios, ¿no lo ha visto en las fotos que les di para que los reconocieran?

Lo dijo muy rápido y muy bajo, susurrando con los dientes apretados y con una mirada aún más expresiva que sus palabras. El de la porra sabía lo que significaban esos ojos. Se dio cuenta tarde, pero no le cupo duda alguna: acababa de cometer el error de su vida, había dejado a España al borde de uno de los mayores —otro más— ridículos internacionales ante la flor y nata del periodismo gráfico y ya podía ir haciendo las maletas, porque su próximo destino sería un pueblo nevado de Soria, el más frío y triste.

—A ver, ustedes, esos de ahí al fondo con las cámaras —ordenó el sargento dirigiéndose en voz muy alta para hacerse oír sobre el vocerío a los periodistas que acababan de presenciar la escena—, le van dando al agente mismamente aquí conmigo que me acompaña, pero a la voz de ya, los carretes o películas o como se llamen porque en esta parte de Barajas están prohibidas las fotos. Lo hacemos por seguridad, señores míos, no por otra cosa, a ver si ahora escribimos lo que no es, seguridad, que para eso estamos aquí nosotros y somos la autoridad pertinente, ya están tardando, eso, eso, al agente, se lo dan todo a este oficial con bigote y cara de malas pulgas, no saben ustedes cómo se las gasta cuando no se le obedece, arreando, venga, que no tenemos todo el día, vamos, vamos…

El sargento hablaba de corrido, sin detenerse ni en las comas, y jaleaba a los fotógrafos batiendo palmas mientras su subordinado comenzaba a requisar lo que había dentro de las cámaras que unos segundos antes habían centelleado para inmortalizar la escena de un Ringo en trance de ser golpeado por un uniformado español.

Al gris solo se le escapó una y fue porque Lisa se había anticipado. Antes de que el sargento iniciara la arenga, guardó su Nikon en el bolso y entonces sí, entonces gritó. Con todas sus fuerzas, con todas sus ganas. Imitando a la perfección a la pequeña Alicia, una buena maestra en el arte de la mitomanía vociferante, qué suerte había tenido de encontrarla y aprender de ella.

Lisa se hizo pasar en Barajas por la más histérica de las admiradoras de los Beatles e interpretó bien el papel porque tenía una misión: que nadie supiera que guardaba una Nikon cargada de dinamita en el bolso.

MANUEL

El 2 de julio de 1965, a treinta y seis grados a la sombra y después de varias horas de caminata, Manuel comenzó a darse cuenta de que, fuera Madrid una fiesta o un funeral, él estaba allí para una celebración, una propia e íntima que le cambiaría la vida. Tenía que sacarle partido a ese viaje, tenía que hacerlo. Era libre.

«Tú en el río no te bañas, Manolo, que no me entere yo, que te cruzo la cara aunque la traigas mojada».

«Tú a conducir no aprendes, Manolo, los coches son cosa del diablo, y que no me entere yo de que el Cefe te enseña, porque te estampo, mira lo que te digo, te estampo a ti y a él, y te se quitan las ganas de ruedas y volante pa el resto de tu puta vida».

«Tú la cerveza y el carajillo ni probarlos, Manolo, que no conozco familia a la que el pimple le haiga traído na bueno».

«Tú no y tú nunca, Manolo..., y que no me entere yo, coño ya».

Mariquilla tenía su propio decálogo, un compendio de obligaciones opresor e inapelable. Porque, ante el más mínimo intento de rebeldía, todos sus mandamientos se resumían en dos:

«Que a una madre se le debe respeto, y tú, conmigo pa toda la vida. Recuerda lo que te mandó tu padre».

Por eso, aquel día lejos de ella y con tantas primeras veces por estrenar, sin normas ni límites, a Manuel lo invadió una mezcla de entusiasmo y miedo.

Entonces fue cuando se dio cuenta de que se había perdido. En alguna esquina había malinterpretado las indicaciones de Cefe y seguramente había torcido a la izquierda cuando debió hacerlo a la derecha. Se sintió muy solo; era la gran ciudad, que se le estaba abovedando encima.

Sin embargo, no se atrevía a preguntar, por si recibía la misma befa que la de los obreros de la zanja y la viga, porque todo le delataba: el acento, los andares, la mirada… todo él iba gritando a los cuatro vientos que no encajaba.

Pero siguió andando. Y pensando.

Después de mucho hacer ambas cosas, llegó a una conclusión. Había necesitado perderse para entenderlo, la burbuja en la que Mariquilla lo tenía encerrado desde que nació le había convertido en timorato, en un ser desvalido que necesitaba de una mano, la de su madre, la de su tía, la de Cefe…, la de cualquiera que le evitara a él el enorme esfuerzo de vivir.

Puede, incluso, que aquellos ataques de asma que padecía desde que tenía memoria fueran un símbolo. Porque en la burbuja de su madre no se podía respirar. El pecho de Manuel siempre silbó en busca de aire y no era oxígeno lo que necesitaba, sino libertad. Solo cuando cantaba a pleno pulmón, a coro con los Beatles en la privacidad de su cuarto, desaparecía la opresión en el torso. El asma y los Beatles eran para él lo que en algún lugar había leído que los escritores llamaban metáforas. Su vida y su respiración eran una metáfora.

—Disculpe, ¿está usted bien? ¿Necesita ayuda?

Se lo decía un anciano corvo y de pelo ralo y muy blanco que se había parado a su lado en un semáforo, tambaleándose con la mano apoyada en un bastón. Más bien parecía él quien estuviera necesitado de auxilio.

«Tú, ni una palabra con extraños en Madrid, Manolo, pero ni mijita a nadie, por muy amables que te parezcan. En la capital todos van a querer engatusarte pa darte unos polvos blancos y hacerte un drogadito de esos como los americanos». Manuel oía el eco de otro de los mandamientos de su madre. «Madrid está lleno de hijoputas que solo van a lo suyo, no te fíes de nadie, ¿me estás escuchando,

Manolo? En Madrid nadie, nadie pero que nadie es bueno, desconfía de todo el mundo».

Sin embargo, aquel hombre oscilante no parecía a punto de robarle ni de engañarle ni de drogarle.

—Que si le pasa algo, joven, que me da que anda usted perdido. Pregúnteme lo que quiera, que yo he vivido en la Fuente del Berro los últimos setenta y cinco años de mi vida, desde que cumplí los siete, y me conozco Madrid como la palma de la mano.

—Pues muchas gracias, caballero...

—Hombre, ese deje, cuánto hace que no lo oía... ¿Andaluz o extremeño?

—Andaluz, señor, y malagueño, a mucha honra, concretamente de Ronda, ¿sabe usted dónde está?

—No voy a saberlo, joven... Yo también soy de por allá cerca, nací en Grazalema, aunque perdí el acento hace mucho, pero mi mujer, que en paz descanse, era de Benaoján. Se vino a Madrid con diecisiete y un año después nos casamos. Anda que no tenemos ido a los montes de esa sierra por verano y Navidad...

—Una paisana, qué casualidad. ¿Y murió hace mucho?

—La enterré la semana pasada. —Pausa de silencio amargo—. Pero bueno, joven, no quiero yo contarle mis tristezas, que viene usted muy arregladito y seguro que tiene fiesta, hasta puede que le espere una gachí. Déjeme adivinar: o va de boda o va al concierto ese de los melenudos.

Manuel rio.

—A los melenudos voy, sí, señor, pero me temo que no encuentro el camino.

—Muy fácil, joven, yo le indico: no tiene usted más que girar en la próxima a la izquierda y, en cuanto llegue a una calle muy ancha, al fondo verá la plaza. Está cuesta abajo, así que no tiene pérdida.

—Muy amable, caballero, no sabe cuánto se lo agradezco. ¿Me permite que le pregunte el nombre de su señora de usted, por si me tropiezo con algún familiar en mi tierra, y así le envío saludos suyos?

—Elvira Pedregales García, joven, la malagueña más bonita que jamás pisó esa serranía, sin faltar a la novia o a la madre de usted, o a las dos si las tiene. Y yo, Antonio Marchena Fernández, para servir a Dios y a usted.

Se estrecharon las manos. Manuel lo hizo de corazón, feliz de haberse cruzado con un hombre así, alguien que contradecía uno de los preceptos de su madre. Sí que había gente amable en la capital.

Antes de que Manuel reemprendiera su ruta, el anciano le tiró del brazo y le dijo al oído:

—Ah, una cosita se me olvidaba decirle: llevarán las melenas un poco largas, no digo yo que no, pero cantan que da gusto. Ya era hora de que alguien nos abriera las ventanas en este país y corriera el aire. Disfrute del concierto, joven.

Y el anciano siguió su camino, haciendo equilibrios con el bastón sobre los adoquines.

Manuel también. Pero ya no tenía miedo. Meditó sobre las palabras del hombre y sobre las ventanas abiertas; eso, sin lugar a dudas, era otra metáfora.

Ya no veía sombras ni oía voces. Caminando bajo un sol de justicia en pleno verano madrileño, con la americana a la espalda colgada del dedo índice, Manuel llegó a la conclusión de que lo que le hizo su amigo Cefe al dejarle solo había merecido la pena, aunque solo fuera por haber conocido a Antonio Marchena.

Se detuvo para oír el silencio. Sí, lo había en medio del estrépito. Únicamente en Madrid era posible distinguirlo entre una sinfonía de ruidos. Allí no eran palabras que distraían, solo sonidos. Lo demás, silencio para pensar.

Madrid le gustaba. Le gustaba mucho.

LISA

El 1 de julio de 1965 ya no quedaban taxis libres en Barajas. Padre e hija bajaron hacia Madrid caminando al ritmo que marcaba la cojera de Emil, hasta que milagrosamente encontraron uno y pudieron llegar a la pensión de Legazpi en la que se alojaban y en la que, por casualidad, también dormían los chicos de uno de los grupos teloneros del concierto del día siguiente.

Poco más tarde volvieron a recorrer andando el camino hasta el hotel Gran Meliá Fénix, en la plaza de Colón. Allí empezó el auténtico espectáculo.

Los Beatles estaban ya sentados en el asiento y en el respaldo de un sofá de rayas muy derechos y muy quietos, impasibles, inalterables. Ringo bebía y fumaba y Paul se puso un clavel en la boca. Los cuatro callaban. Sonreían con sonrisa fija, como de piedra.

Era el momento más esperado por los periodistas, la rueda de prensa con las estrellas del momento, que habían sido aleccionadas por su representante, Brian Epstein, sobre el país en el que acababan de aterrizar para que no se llevaran sorpresas.

Allí estaban los cantantes con sus pelos largos, bien instruidos y dispuestos a aguantar estoicos el interrogatorio. Enfrente, solo periodistas acreditados por el régimen.

Lisa y Emil se habían camuflado con un pase falsificado de otro periódico tocayo y ficticio, también el *Crónica*, pero de Logroño, cuya existencia ningún funcionario se molestó en verificar.

81

¿Cómo lo consiguió Emil? «La guerra enseña muchas cosas, Lisa, *darling*». Punto en boca. Cuando se mentaba la guerra, no había más que hablar.

Lo que no logró el hombre fue permiso para que su hija sacara fotos en la rueda de prensa. El único de la sala estaba concedido en exclusiva a otra chica, que acompañaba a una estrella en alza del periodismo patrio, Jesús Hermida. Mejor asegurarse de que se fotografiaba solo lo que había que fotografiar, ni una sola imagen de más después del patinazo del gris con Ringo en Barajas.

Lisa tuvo que resignarse a escuchar, nada más. Y en buena hora lo hizo.

Comenzó el turno de preguntas. Un reportero levantó la mano y, muy serio, lanzó el primer dardo:

—Buenas tardes. Yo quería saber… ¿conocéis a Marisol?

Enseguida, otro:

—¿Y al Cordobés?

La traductora bisbiseó y los cuatro, sin que se les moviera un milímetro la sonrisa de la boca, negaron con la cabeza a las dos cuestiones.

Los demás siguieron en el mismo tono.

—¿Os gusta la tortilla de patatas?

—¿Y las españolas? ¿Os gustan las españolas?

—¿Habéis venido aquí a buscar novia?

—¿Habéis ido ya a los toros?

—¿Tenéis las melenas aseguradas?

—¿Podéis ver bien a través del flequillo?

Lisa no sabía si reír o enfadarse. Tardaría en borrar de sus oídos la acumulación de imbecilidades que estaba oyendo.

La supuesta rueda de prensa avanzaba.

Levantó la mano el menos sutil:

—¿Os vais a cortar el pelo?

George se atrevió a dar una de las pocas contestaciones de la tarde y lo hizo a base de sarcasmo británico, sonriendo siempre:

—Yo me lo corté ayer…

Risas.

Después del menos sutil, le tocó el turno al más atrevido.

—Pues no se nota. ¿Es que no cobráis lo suficiente por cada concierto para ir a un peluquero? En España los tenemos muy buenos, por si queréis aprovechar.

Más risas generalizadas en la tropa. Las sonrisas de los cuatro, impávidas. Sin respuesta.

Y, después del valiente, llegó el chisposo, maestro de la fina ironía hispana:

—¿No os da miedo encontraros con Dalila? Que a España nos llega de todo desde el extranjero, no hay más que veros.

La carcajada brotó al unísono de sus colegas.

La traductora, en cambio, sudaba. Era, junto a Lisa, de las personas que más estaban sufriendo con aquel sinsentido. No podía creer que un periodista realmente hubiera comparado al cuarteto con Sansón, de modo que se lio al traducir la pregunta surrealista y, en lugar del símil bíblico, les dijo algo del pintor Dalí.

Aun así, a ninguno de los cuatro se le difuminó la mueca de la boca, cincelada a punzón. O a jarabe psicodélico, era la única explicación.

—*Bunch of fucking idiots!*

Alguien lo dijo entre dientes. Casi nadie lo oyó, solo Lisa, pero ella sabía de dónde venía el improperio. Miró a su padre aterrorizada. Emil se había aflojado la pajarita y se estaba poniendo del color de una tarde nublada, podía verlo. Eso significaba que se aproximaba la tempestad.

* * *

No le hizo falta más que una pizca de inteligencia en medio de aquella bacanal de despropósitos para desatarla. Antes de que su hija pudiera evitarlo, Emil soltó su pregunta en un inglés pronunciado con acento andaluz bien marcado:

—¿Es cierto que el Ministerio de la Gobernación no quería dar permiso para el concierto y que cambió de idea después de que se supiera que la reina os va a conceder la Orden del Imperio Británico? ¿Y es cierto que por eso accedió Franco a que vinierais, para no enemistarse todavía más con Gran Bretaña y enturbiar, también todavía más, las reclamaciones sobre la soberanía de Gibraltar en la ONU? Quizá el señor Epstein, aquí presente, pueda confirmar esto que digo...

Lisa oyó con claridad el silencio estrepitoso de varios segundos que siguió a las palabras de su padre, hasta que alguien que no era la intérprete oficial, muda y petrificada en un rincón, tradujo en voz alta la pregunta para los españoles.

De lo que pasó después no recordaba mucho más.

Los periodistas abuchearon a Emil, algunos gritaron a tres centímetros de su nariz «Gibraltar español», dos policías lo sacaron de la sala en volandas y Lisa huyó por una puerta trasera del hotel.

Durante las siguientes cuatro horas no dejó de oír a su padre diciéndole, mientras se lo llevaban los grises, cada uno agarrándole por un brazo:

—*Back*, *sweetie*, para atrás a la pensión y no te muevas de allí, que enseguida me sueltan.

—Pero, *dad*...

—Por Dios y por tu madre te lo pido, quédate en la pensión y no salgas, por tu madre, para atrás y *stay there*...

Lisa pasó las peores cuatro horas de su vida en aquella habitación mientras se repetía a sí misma la orden de su padre, sujetándose las ganas de lanzarse a la calle, tratando de telefonear a todas las comisarías y cuartelillos aunque nunca conseguía línea y esperaba la más terrible de las noticias.

En esas cuatro horas, tuvo tiempo para pensar y fue entonces cuando se le ocurrió lo del baúl viejo sin orear.

Y que Madrid era una ciudad en blanco y negro, no solo porque ella la hubiera captado así hasta entonces a través de su Nikon, sino porque acababa de verla de cerca con sus propios ojos, sin que mediara un objetivo.

Y que su padre había tenido mucha razón todos esos años en los que le dijo que los fascismos pintan de gris las almas y después cuesta una guerra lavárselos de encima.

Cuando, al cabo de esas cuatro horas, ya de madrugada, Emil apareció en la pensión, primero respiró aliviada y le abrazó.

Pero enseguida se sintió invadida por una oleada de pánico; en ese instante supo que los sueños y las ilusiones de sus últimas cinco noches estaban a punto de desvanecerse.

MANUEL

El 2 de julio de 1965, Manuel vio, al fin, el gran edificio redondo de ladrillo rojo de Las Ventas al final de una cuesta abajo, como le había anticipado Antonio Marchena.

Entonces descubrió otro Madrid. Ya no olía a cal y a hormigón, sino a algodón de azúcar, a garrapiñadas, a palomitas, a buñuelos. Y a churros. Una vez más, a churros y a romería de la Virgen.

Las ventanas de arcos redondeados del coso le recordaron a los Baños Árabes, testigos del pasado musulmán de Ronda. La cerámica vidriada de su fachada, a los azulejos del patio del rey Abomelic en el palacio de Mondragón. La rotonda sobre la que se levantaba el ruedo, barrida por una ligera corriente incluso en aquel verano cañí, a la Puerta del Viento. Las calles de alrededor, a una insólita exhibición de pantalones de colores, minifaldas y cabelleras unisex que se enredaban con uniformes grises, gorras de plato y bigotes a la moda de posguerra, es decir, un torrente de estampas que discurrían con la misma velocidad y vida efímera que el río Guadalevín.

Aquello era Madrid. Posiblemente, el verdadero. Porque el que estaba en obras se terminaría algún día, pero la figura colosal que desafiaba a los aires cruzados en un descampado de la capital y a la que llamaban Las Ventas del Espíritu Santo, pensó Manuel, estaría ahí toda la vida.

A él le bastaba con que durase aquella tarde.

Y después de los Beatles, el diluvio.

LISA

—Dame la cámara, niña, se acabaron las fotos, *yes indeed*. Ya no quiero seguir aquí ni un minuto más. No hay reportaje ni Beatles que valgan. Venga, vámonos para atrás de una vez, *back home*.

Había peligro en esa España contra la que tanto la había prevenido su padre, era cierto, y más para él, con cuya cara se habían quedado ya unos cuantos policías tras la rueda de prensa enloquecida. Además, el pase de Emil como reportero de un periódico falso de Logroño estaba requisado, imposible entrar en Las Ventas.

Pero Lisa aún conservaba su entrada, una entrada común y corriente que nadie podría relacionar con la prensa. Le quedaba una oportunidad.

No se resignó. Lloró y suplicó. Prometió todo lo que se le ocurrió e incluso juró.

—No, no, no. No me hagas esto. Déjame ir al concierto, *dad*, por Dios y por la Virgen te lo pido. Voy yo sola, no te preocupes, no me da ningún miedo. Te aseguro que no voy a hablar con nadie, no voy a decir esta boca es mía ni me voy a meter en problemas.

—¿Estás loca? ¿De verdad que quieres ir a un sitio que va a estar plagadito de grises como los que se han llevado a tu padre para humillarlo en una comisaría?

—Yo lo que quiero es ver a los Beatles, *dad*, si es que solo te pido eso, que me dejes oírlos cantar. Te lo suplico, *please*, por favor,

I beg on my knees, de rodillas me pongo si quieres, pero no me dejes sin el concierto…

Emil nunca olvidó el día en que, hacía más de una década, le había levantado la mano a su hija. En Madrid se le vino una vez más a la cabeza, al tiempo que recordaba la atmósfera de cementerio que le esperaba a la criatura, que ejercía de madre de su madre en esa triste casa de la Roca a la que no tendrían más remedio que volver cuando acabara la aventura de la capital.

Después, llegó a la conclusión de que Lisa solo iba a ser joven una vez.

Por eso, aunque a regañadientes y lleno de dudas y miedos, cedió.

—Con una condición: la Nikon se queda en la pensión conmigo. Nada de fotos. Tú, al concierto como una fan de los melenudos más y que nadie te tome por periodista. O eso, o nos vamos ahora mismo para casa.

Lisa también cedió. No fue un sacrificio demasiado duro.

Tenía ojos, ellos serían su cámara. Y lo que grabaran jamás se le borraría de la retina, de eso estaba segura.

MANUEL

A las seis de la tarde, Manuel tuvo que admitir que tenía calor, hambre y sed.

Pero ni por todo eso, ni por largo que hubiera sido su peregrinaje, se le habría ocurrido por un solo momento dudar de que estaba siendo la mejor tarde de su vida ni aflojarse la corbatita negra, estrecha y yeyé como la de sus ídolos, que resaltaba tan bien sobre la camisa blanca recién almidonada y planchada. Viajó desde Ronda con ella colgada en una percha y se la puso en la furgoneta nada más aparcar en Madrid. Llevaba muchos días soñando con recibir a los Beatles vestido así, no iba a cambiar eso un paseo a pie por la capital.

Miró el reloj de pulsera que había pertenecido a su abuelo y se dijo que, puesto que tenía calor, hambre y sed, aún estaba a tiempo de solucionar al menos dos de esas tres cosas.

Se dispuso a hacerlo en un lugar con nombre muy poco original para la ubicación en la que se encontraba, justo enfrente de Las Ventas. Bar El Coso, leyó en letras de neón apagado y muy posiblemente, adivinó, fundido.

Pero los problemas de mantenimiento del local no eran de su incumbencia. Para él, con que pudieran darle un pincho de tortilla y un café con los que resistir en pie la que, después de la tarde, sería también la mejor noche de su vida, era suficiente.

En la puerta de El Coso, justo antes de entrar, sacó el peine que guardaba en un bolsillo del pantalón y convirtió en flequillo el tupé

89

que llevaba estirado hacia atrás y que hacía poco tiempo que su madre había dejado de peinarle con saliva.

Ya era, él también, un melenudo.

Y entró en el bar.

LISA

El 2 de julio de 1965, a las seis de la tarde, Lisa llegó sola a Las Ventas y causó sensación a su paso por la Guindalera.

Había meditado mucho la forma en que debía vestir para que la dejaran entrar en el concierto. Su padre había insistido, los guardias de la puerta no se andarían con chiquitas.

De modo que pidió inspiración a Audrey y la consiguió. Se enfundó de negro de la cabeza a los pies, como ella: un suéter de perlé de cuello vuelto, aunque se asfixiara, y manga sisa; pantalón pitillo a la altura del tobillo, y *flats*, unos zapatos planos en cuya versión española se conocían como manoletinas en honor a Manolete y a los que Lisa llamaba sabrinas en honor a su actriz favorita. Solo una pequeña horquilla de color rojo intenso para sujetar el lado derecho del pelo muy corto y sin cardar, grandes gafas de sol con montura también roja y un bolso forrado de tela de pata de gallo blanca y negra rompían el luto riguroso.

Se sintió sofisticada y bella, como Audrey. La más elegante de los aledaños y posiblemente de todo Madrid.

Aunque eso no era difícil, ironizó con una pizca de soberbia. Porque, para ella, Madrid olía a alcanfor y a laca, a todo el Elnett L'Oréal Paris que hacía falta para mantener inalterable tanto moño esponjoso y de alturas imposibles, a caras lavadas con jabón Lux y camisas con Persil, y a Soberano, que era cosa solo de hombres, por suerte para las mujeres.

Madrid olía a rancio y sabía a pajaritos fritos. O eso le pareció a Elisabeth Drake.

Y después estaban los grises, los mismos o parecidos grises del aeropuerto y del hotel de Colón. Muchos grises, grises en cada esquina. Sobre todo, grises en las inmediaciones de Las Ventas.

Pronto entendió a qué se refería Emil con sus advertencias. Los guardias espantaban porra en alto a los jóvenes de indumentaria zarrapastrosa o demasiado extravagante que se acercaban a la plaza de toros, y las cargas eran violentas, algunas muy violentas.

Al menos, pensó, ataviada como la emperatriz Hepburn todas las puertas se abrirían ante ella. Solo así podría superar sin problemas ese primer obstáculo.

Más valía prevenir.

MANUEL

También a las seis de la tarde, Manuel hizo un descubrimiento terrible: que su madre tenía razón.

Antes de encargar la tortilla y el café en El Coso, echó mano al pantalón solo para asegurarse de que la cartera con las treinta pesetas que traía desde Ronda seguía allí. Pero lo que encontró fue un bolsillo vacío.

Hubo un instante de pánico y confusión, hasta que enseguida le cruzó la mente como un relámpago la imagen de Antonio Marchena tirándole del brazo para decirle al oído lo buenos que eran los Beatles, justo lo que Manuel quería oír, mientras miraba para otro lado y el anciano inofensivo le vaciaba de dinero y de dignidad.

Menos mal que le quedaban algunas pesetas sueltas.

«Los dineros, siempre por separado, Manolo. Los billetes en billetera y las monedas en monedero. Si es que los mismos nombres lo dicen, hijo mío». Mariquilla le ordenaba todo a Manuel, hasta los bolsillos del pantalón.

El viejecito astuto se había llevado la billetera de uno de ellos, pero Manuel aún conservaba el monedero en el otro. Algo era algo y, en aquellas circunstancias, algo ya era mucho.

El chico sintió pena. Por dos cosas: una, porque Antonio Marchena le había caído bien y le habría gustado llevarse a Ronda un recuerdo dulce de su breve encuentro; dos, por la constatación de que su madre siempre tenía razón. Pero siempre siempre.

Y esto último significaba que él jamás podría ser libre. Estaba encadenado a la persona que le dio la vida, que era la única que también podía salvársela en este mundo. La única de la que podía fiarse.

Daba igual, ya reflexionaría sobre su triste sino al día siguiente.

Entre obreros burlones, calles levantadas, bloques de hormigón, extravíos y ladronzuelos de ochenta años que decían metáforas... entre todos habían tratado de arruinarle la tarde, pero no lo iban a conseguir, le quedaban cinco pesetas.

Así que, aunque lo del calor no y lo del hambre tampoco porque el dinero no le alcanzaba, pensó que lo de la sed sí tenía remedio y estaba dispuesto a ponérselo inmediatamente.

Se apoyó en una barra muy larga de madera pegajosa y pidió amablemente un café con un vaso de agua.

—Marchando un cortadito para el lolailo melenudo —gritó el camarero.

Más que ofenderlo, a Manuel le hizo gracia. Sí que eran chulos los madrileños, como le habían contado, aunque de nacimiento hubiera pocos.

Sorbió el café, que estaba ardiendo, y aquello le acarreó dos suertes. Después rio para sí por habérsele ocurrido un término tan taurino. La mala fue que, al temblarle la taza caliente, le cayó una gota de café en el blanco impoluto de la camisa nueva; la buena, que, con un poco de maña y mucho cuidado, si no la perdía de vista, podría mantenerla todo el rato oculta bajo la corbatita para que nadie la viera.

La tarde, vaticinó el eterno optimista, se estaba enderezando.

LISA

Allí estaba Lisa, junto a Las Ventas.

Al fin los oiría cantar y no solo responder a preguntas absurdas en ruedas de prensa descabelladas. Al fin comprobaría que sus voces no estaban hechas de vinilo.

Faltaba cada vez menos para el concierto y Lisa seguía sin tener miedo, solo calor y sed.

Entró en un bar llamado El Coso. Se acomodó al final de una barra de madera muy larga en la que se le quedaban los codos encolados si los apoyaba.

Pidió un café y un vaso de agua.

—Marchando otro cortadito para la flor de pitiminí. —Esa tarde el camarero se sentía inspirado.

El bar estaba lleno de hombres ajenos al centro del mundo, que, aunque ellos no lo supieran, se había desplazado hasta una plaza de toros, a solo unos metros más allá del local. Unos jugaban al dominó en las mesas. Otros bebían sol y sombras en silencio. Todos miraban a Lisa.

Todos menos un chico con flequillo, alto y muy delgado que, al otro extremo de la barra, trataba de esconder una mancha de café debajo de su corbatita ridícula.

España, aquello era España, Emil no había exagerado.

EL COSO

El 2 de julio de 1965, en el bar El Coso, Lisa y Manuel miraron sus respectivos relojes casi a la vez.

Solo faltaban diez minutos para que se abrieran las puertas y el cinturón de acero gris que rodeaba la plaza de toros. En diez minutos, los pocos privilegiados a los que las fuerzas del orden diesen el visto bueno sin aporrearlos, por mucha entrada cara que llevaran en la mano, tendrían ante sí vía libre al paraíso.

Lisa y Manuel, separados por seis metros de barra y por el barullo de una radio que alguien acababa de encender, sintieron que el corazón se les desbocaba de emoción al saber que había llegado el momento por el que habían viajado cientos de kilómetros.

Levantaron al unísono una mano y, sin mirarse ni oírse el uno al otro, dijeron al mismo tiempo:

—Oiga, ¿cuánto se debe?

Un rato después, la magia del destino hizo el resto.

LISA Y MANUEL

Elisabeth Drake y Manuel Calle buscaron sus asientos por separado, convencidos de que aquello era como el cine, pero sin acomodador. Lo había, solo que estaba lejos y sudaba sobrepasado por la situación, una plaza de toros sin toros era un disparate inmanejable.

Mientras lo hacían, descubrieron una tercera España, distinta a las otras dos que ellos conocían. La primera era triste y ojerosa, anclada en el pasado, el atraso y la resignación; en la serranía y en la Roca la conocían bien. La segunda era la de la gran ciudad, ahogada en su estrechez, adiestrada en no reclamar mucho más y, sin embargo, convertida en un El Dorado al que la primera soñaba con ir a buscar fortuna. A ambas las separaba una eternidad de la tercera: la España del futuro. Y estaba prácticamente toda en Las Ventas.

Encontraron su lugar al mismo tiempo.

Ella, tendido bajo diez, barrera, treinta y siete.

Él, justo al lado, pero con sorpresa: en el treinta y seis, un señor de la primera España, orondo, de gesto terco y al parecer duro de oído, comía pipas impertérrito, la vista clavada en el ruedo y ajeno al apremio tímido de Manuel:

—Discúlpeme, caballero, es que creo que ha debido de confundirse de asiento porque este es el mío, mire, aquí tengo la entrada, ¿la ve?, que si usted es tan amable y me enseña la suya a lo mejor yo mismo puedo ayudarlo a encontrar…

Silencio por respuesta. El señor comía pipas y escupía la cáscara con habilidad de prestidigitador, vista al frente, pertinaz, como si estuviera solo en el universo.

El chico se aflojó nervioso la corbata. Mientras miraba alrededor en busca de un acomodador que estaba a punto de echarse a llorar y que poco habría podido hacer por él, reconoció a la ocupante de la localidad contigua: era la joven de negro tan distinta a todas las que había visto en Ronda y que hacía unos minutos tomaba café sola en un bar lleno de hombres; por Dios, qué valiente debía de ser.

Lisa también lo reconoció. Era el tipo alto con flequillo de la barra de El Coso que luchaba contra una mancha de café y trataba de taparla.

Presenció callada el diálogo para sordos entre Manuel y el orondo, hasta que no pudo más y se encaró con quien, según ella, era claramente el usurpador:

—A ver, señor mío, deje de comer tanta pipa, que me está poniendo perdidos los zapatos. Si no nos enseña su entrada, ahora mismo llamo a un policía de estos, que aquí los hay a patadas, y le sacan a usted a base de las mismísimas.

Nada. Ni una palabra.

Lisa se levantó, con los brazos en jarras. Entonces el hombre la miró y Manuel comprendió que, si Lisa seguía hablando, de una de sus manos rechonchas y llenas de sal se escaparía una bofetada.

Pero no le dio tiempo, porque ella hizo lo que menos esperaba el estafador que hiciera una joven tres veces más pequeña que él: se echó a reír a carcajadas.

—Pues que le den, señor mío, que ninguno de los dos se va a pasar el concierto discutiendo con imbéciles. —Al orondo se le cayó al suelo el cucurucho ante la burla inesperada; después, Lisa se volvió a Manuel—. Anda, chaval, ven y sígueme, que hay sitio de sobra con tanta porra echando para atrás a la gente, y este de aquí no es ni para ti ni para mí. Nos merecemos más.

Lisa se alisó la ropa, se sacudió los zapatos llenos de cáscaras de pipas e hizo un gesto a Manuel con la mano. Solo que él, enrojecido hasta las orejas, se había quedado inmóvil. ¿Irse? ¿Seguirla? ¿De verdad? Pero si tenía una entrada que…

—¿Qué haces ahí parado, hombre? ¿No te vienes conmigo? ¿Estás en el concierto más importante del mundo, qué digo, de toda la historia de la humanidad, y vas a pasártelo entero aquí de pie con el maleducado de las pipas?

Manuel miró al expoliador de su asiento y después a ella. Tenía razón, no quería estar allí cuando salieran los Beatles al escenario.

Comenzó a seguirla hipnotizado. Anduvo tras los pasos de aquella efigie divina vestida de negro, con el pelo muy corto, delgadísima y etérea, de brazos de porcelana y espalda recta, perfecta, que zigzagueaba con agilidad por las gradas y le conducía hacia la zona prohibida, la arena.

Habían dispuesto asientos allí, algunos reservados para la segunda España: familias de señores calvos con barba, esposas de pechos puntiagudos y faldas de tubo y una media de tres nenes por pareja, a los que el NO-DO había colocado estratégicamente en las primeras filas para demostrar que los Beatles y sus «tocados capilares» no eran más que una atracción de feria, como cuando esas mismas familias iban al circo a ver a la mujer barbuda. Así, el altavoz del régimen pudo contar después jocosamente que en Las Ventas solo había un puñado de «bullidor elemento joven», pero sobre todo «familias tranquilas», «representantes del servicio doméstico» y alguna que otra «muchacha nerviosa de las llamadas fans».

Pero lo cierto era que, aunque hubiera de todo eso, hubo más, mucho más.

Los grises rodeaban las pocas sillas del ruedo, dispuestas en forma de estrella y, aun así, quedaban puntos ciegos que escapaban a la vigilancia de hierro. Para que resultase operativa, la orden que las autoridades dieron a sus efectivos aquella tarde fue que la plaza estuviera medio vacía cuando los melenudos salieran al escenario. Y que los medios para hacerlo fueran los más eficaces: entradas a precios disparatados, cargas policiales en los accesos a la plaza y padres asustados que, al ver el panorama, prohibieron a sus hijos acercarse siquiera a Las Ventas.

Al final, había casi más uniformados que espectadores, tantos que «con uno más se podía tomar Gibraltar», ironizó después Edgar Neville. Así resultaba todo mucho más fácil de controlar, que ese, y no la música, era el objetivo último de la noche.

Cómo encontró Lisa uno de esos puntos ciegos, el más apartado, el mejor, el que tenía la visibilidad perfecta del escenario para ellos y ninguna para los policías, Manuel no llegó a saberlo. Posiblemente, ni la propia Lisa lo sabía.

—Nos quedamos aquí, ¿te parece? No estamos sentados, pero quién quiere sentarse cuando se puede bailar. *Hello?* ¿Me oyes? Vamos, despierta, que vas a ver a los Beatles...

Manuel continuaba embelesado. Fascinado. Sonreía como no recordaba haber sonreído antes, pero no era capaz de decir ni una palabra.

Lisa se armó de paciencia. Faltaba al menos una hora para que alguien, quien fuera, se subiera al escenario. Si tenía que pasarla con ese tipo tan callado y aburrido, se le haría la hora más larga de su vida. No sabía por qué le había dicho que la siguiera, quizás le dio pena.

—Bueno, ¿y no me vas a decir cómo te llamas? Yo, Elisabeth Drake, pero puedes llamarme Lisa.

La mano del saludo era enérgica, apretaba fuerte, pero también suave. Tocarla fue para Manuel como acariciar una perla del collar de su tía. No, como el terciopelo del abrigo de los domingos de su madre. No, más suave, mucho más suave que los dos. Más suave que ninguna superficie conocida. Tocarla fue acariciar otra dimensión.

—Yo, Manuel Calle Martínez, para servirte.

Lisa rio.

—A ver, hijo de mi alma, que estamos en los sesenta, di «Encantado» o «Un placer», pero lo de servir no, por favor.

Manuel rio tímidamente y comenzó a desinhibirse. Un poco solo.

—Mi madre me ha enseñado a la antigua y padre no tengo. Soy de Ronda, un pueblo muy grande de la serranía de Málaga. ¿Y tú?

—Anda, malagueño... Pues yo, de cerca, de Gibraltar. A ver, nací en Irlanda, pero, ser ser soy de Gibraltar.

Del inglés. Así que en el inglés del que tantas cosas le contaba Mariquilla también había mujeres bonitas a las que les gustaban los Beatles y hablaban el mismo idioma que él.

—No me pongas esa cara, que los de Gibraltar no tenemos dos cabezas ni nos comemos a la gente, como dice vuestro... —bajó mucho la voz y se acercó a Manuel— vuestro Franco. Si tú y yo hasta tenemos el mismo acento, bien que se nos nota a los dos que gallegos no somos, fíjate si nos parecemos.

Manuel ni siquiera sabía que alguien fuera capaz de referirse a la política con esa ligereza. En el régimen se creía a pies juntillas. Para hablar mal de él, mejor marchar a la emigración. Las burlas, o sea, las medias tintas estaban igual de castigadas que la disidencia.

Lisa seguía hablando, ya lanzada:

—Las diferencias no están en las fronteras, creo yo, sino en cómo vemos cada uno la vida y cómo actuamos después. Mira, mira a todos estos chicos, que son como nosotros, da igual dónde hayan nacido.

Ella misma hizo lo que decía, giró los ojos buscando a Alicia y enseguida la vio; no exactamente a la niña que había conocido en el aeropuerto, sino a cientos de Alicias en su propio país de las maravillas, todas dispuestas a poner el mundo del revés como un calcetín de lana vieja.

—Mira cómo les brillan los ojos —continuó—. Mira con qué ganas están deseando ver lo mismo que nosotros, oír la misma música que nosotros y respirar el mismo aire limpio que nosotros, que ya estamos todos hartos de tanta naftalina, *yes indeed*.

Manuel, arrebatado, la imitó; observó lo que tenía enfrente, pero enseguida los ojos regresaron a ella, que no detenía la perorata.

—Ninguno de estos cree las tonterías esas de que la música moderna nos estropea el espíritu y que es un instrumento de Satanás para echarnos a perder.

—Algo así me ha dicho hoy un señor muy viejo por la calle, solo que después resultó que Satanás era él...

—A mí también me lo dijo ayer una niña, que no quiere casarse porque quiere vivir de su trabajo, como si se lo fueran a poner fácil, aunque al menos va a luchar por conseguirlo. Pues a eso es a lo que me refiero, que esto está cambiando, lo quieran o no. Y empezamos por aquí. Lo que está pasando hoy en esta plaza es mucho más que un concierto, es el fin del pasado y el comienzo del mañana, es… es…

—Una metáfora.

Nada que hubiera salido de la boca de Manuel podría haber sorprendido más a Lisa.

—Pues sí, mira tú, una metáfora *indeed*… —corroboró ella muy despacio.

—*Oh yes indeed!* —repitió él con los temores cada vez más sueltos y sonriendo.

Lisa le devolvió la sonrisa y empezó a verlo de otro modo.

No solo era alto, delgado, de piel cetrina, ojos grandes, pelo muy negro, con un extraño lunar junto a la oreja y guapo, bastante guapo, sorprendentemente guapo, sino que sabía inglés y su pronunciación era buena.

Pero, sobre todo, se fijó en que el aura melancólica se le mezclaba en la mirada con algo más hondo.

—¿Tú sabes de metáforas?

—No, pero quiero tener una.

—¡Tener una…!

Vaya forma de decirlo, qué chico tan extraño.

—Sí, una que me sirva para entender la vida.

Lisa notó que algo empezaba a subirle por dentro. A lo mejor el chico no era raro, sino que tenía alma de poeta, que eran cosas parecidas.

Recordó una obra de teatro que montaron en el colegio hacía muchos años como ejercicio para aprender buena pronunciación en inglés, y que, por cierto, Audrey Hepburn acababa de llevar al cine en una película que todavía no había llegado a La Línea, aunque Lisa la aguardaba como la hierba al rocío.

Allí, de pie en la arena de una plaza de toros y en un alarde de arrogancia juvenil, Lisa fantaseó con poder ser algún día el Pigmalión, y no la Eliza Doolittle, de alguien.

Por ejemplo, de aquel joven melancólico.

—Pues ya la has encontrado: los Beatles son tu metáfora, tú mismo lo has dicho. Si quieres más, tengo otras. Aquí...

Olvidó las advertencias de su padre y le salió la temeridad innata. Indicó a Manuel con un gesto que se volvieran de espaldas al escenario para que con sus cuerpos ocultaran lo que estaba a punto de enseñarle.

Además de la temeridad, del bolso salió un libro.

—Es de un poeta de Alicante. Era cabrero...

—Mira, como mi tía Toñi.

Las sorpresas no habían hecho más que empezar aquella noche.

—Murió en una cárcel de la posguerra. Dicen que de tuberculosis, que tenía bronquitis y no sé cuántas cosas más en los pulmones.

—Yo tengo asma...

—Vaya, pues lo siento. Pero a este poeta, en realidad, lo mataron de pena. ¿Sabes que escribió varios libros de poemas, que están todos prohibidos en España y que este, aunque no le dio tiempo de terminarlo, es uno de los que no se pueden leer?

—¿Este libro está prohibido?

—Como lo oyes.

Manuel miró a los lados, todos llenos de grises, temeroso de que alguno los viera. Pero la tercera España estaba demasiado ocupada edificando su libertad, y la primera y la segunda, reprimiendo a la tercera.

Cancionero y romancero de ausencias, leyó en la portada.

—Miguel Hernández —le informó Lisa—. Es mi favorito. Nos lo ha mandado un escritor inglés que vive en Churriana. Lo publicaron hace unos años en Argentina, aquí ya te digo que no se puede, y lo tenemos siempre escondido. Me lo he traído sin que mi padre lo sepa, por si me aburría antes del concierto.

—¿Te has venido desde Gibraltar con un libro prohibido en el bolso? ¿Y querías leerlo aquí, con tantos policías que no nos quitan ojo?

—¡Digo! Y a más de uno me han entrado ganas de darle un mandoble con todo el lomo desde que llegué ayer, que no sabes las cosas que he visto y oído aquí.

—Conque llevas ya un día en Madrid, qué suerte, a mí ni siquiera me dejan quedarme a dormir, tengo que volverme a Ronda esta misma noche.

—No tanta suerte. Si yo te contara…

—Ya. Te entiendo muy bien, si también te contara yo…

—Bueno, el caso es que estamos aquí y eso es lo que importa, ¿no?

—Pues sí, eso es lo que importa. ¿Y de qué habla el libro prohibido?

—De gente que se va y no vuelve, y de gente que se queda y llora.

—De metáforas.

—Eso mismo, de metáforas, exactamente.

* * *

Un chirrido interrumpió el hechizo. Eran los altavoces en modo de prueba.

Las señoras se taparon los oídos con las manos, los niños rieron a carcajadas, los chicos silbaron y aplaudieron, las chicas chillaron de emoción.

Lisa guardó el libro rápidamente, sonrió y se llevó el dedo índice a la boca para indicarle a Manuel que no contara lo que había visto. Tenían un secreto.

Después, se volvió de nuevo hacia el escenario y se transformó en la joven saltarina que había arrastrado intrépidamente a un desconocido hasta el ruedo como Ordóñez guiaba al toro, pero ella sin banderillas ni capote, solo con un libro, y no para matarlo, sino para embrujarlo. Él también se volvió, aunque siguió mirándola de reojo entre la veneración y la intriga.

Y empezó el espectáculo.

Primero, atronó una trompeta con «Poupée de cire, poupée de son» sin France Gall, pero con ímpetu suficiente para que muchos entonaran una letra que, ante el asombro de la segunda España, la tercera se sabía de memoria y en francés.

Lisa cantó a voz en grito que era una muñeca de cera, después recitó las glorias de Johnny B. Goode y más tarde coreó a los

Martin's Brothers y a los jamaicanos de la Trinidad Steel Band; uno de ellos la saludó desde el escenario, tan cerca estaban Lisa y Manuel de los artistas desde su esquina estratégica.

—No le pongas esa cara al que me hace así con la mano, hombre. Lo conozco porque está en la misma pensión que yo.

Lisa se burlaba del azoramiento de Manuel y de que no le quitara ojo, pero él no la miraba porque le extrañase lo que veía o lo que hacía. Esa tarde era tan extraordinaria que todo podía suceder, nada le chocaba ya, ni siquiera que un cantante de raza exótica para él saludara a aquella mujer deslumbrante vestida de negro que llevaba metáforas prohibidas en el bolso y que el destino había colocado en un asiento al lado del suyo.

Manuel la miraba porque un imán lo había atrapado. Estaba magnetizado.

Esa fue la razón de que siguiera observándola a medida que se sucedían los grupos que servían de preámbulo a los ídolos por venir.

Siguió mirándola mientras ella, muerta de impaciencia, se sumaba a los que exigían a Torrebruno que presentara de una vez al cuarteto más admirado del mundo.

Siguió mirándola cuando dejó de protestar, cuando se le encendieron las mejillas al ver a Los Pekenikes y cuando comenzó a contorsionarse al son de su «Tururururú» y de su «Bamba».

Siguió mirándola cuando Torrebruno, al fin, gritó las palabras más esperadas:

—Aquí están, por primera vez en España, los fantásticos, los únicos… ¡los Beatles!

Manuel siguió mirando y mirando a Lisa todo el tiempo. No dejó de mirarla. No podía.

Por muchos esfuerzos que hizo para fijar la vista en el estrado, y a pesar de que hacía días que fantaseaba con lo que iba a contemplar en ese momento mágico, los ojos de Manuel se perdieron en la bifurcación que llevaba hasta Lisa, habían tomado vida propia y dejado de obedecer sus órdenes.

Tardó sesenta años en recuperar el control sobre ellos, pero fue porque se le cerraron.

* * *

El 2 de julio de 1965, la tercera España bailó en Las Ventas hasta romperse.

Acto seguido, se rehízo y siguió bailando. Cantó, gritó, lloró, rio. Lo hizo hasta romperse otra vez para recomponerse inmediatamente y volver a bailar. Así, durante algo más de media hora.

Empezó a hacerlo cuando cuatro chicos como la mayoría de los presentes asomaron por la puerta de chiqueros, impecables en sus trajes negros, camisas blancas y corbatitas iguales a la de Manuel. Tres llevaban los instrumentos colgados: John, su acústica Rickenbacker; Paul, su bajo Höfner, y George, la rítmica Gretsch. Ringo, detrás, inseparable de su Ludwig. Siempre fieles al sonido de su identidad, lo ajustaron ligeramente al escenario. Sonrieron al verlo: dibujos psicodélicos e infantiles, iguales que ellos. Después, sonrieron al respetable y saludaron con la mano levemente, como si acabaran de verse y volvieran al encuentro de un público conocido que ya sabían entregado por entero.

Paul y George se apostaron ante el mismo micrófono. Comenzaron con un coro *in crescendo*. Lennon, que lucía sombrero cordobés, lanzó el primer grito...

Y entonces sí que pareció estallar el cielo de Madrid. La noche se abría con «Twist and Shout».

El público obedeció. La España del futuro se retorció y gritó también, cada uno como pudo. Algunos se pusieron de pie y bailaron apiñados en sus apenas cincuenta centímetros de grada. Otros saltaron a la arena para moverse sin trabas. Los había que daban volteretas en el aire, unos más buscaron parejas de baile entre desconocidos y los que no las encontraron siguieron el ritmo ellos solos... El frenesí.

Lisa y Manuel formaban parte de aquella marea de libertad sin siquiera advertir cómo o cuándo se habían incorporado a ella. Ya no estaban solos en su esquina. Otros chicos se les habían unido y formaban juntos una rueda que bailaba en movimiento sin freno.

Por un momento todos olvidaron dónde estaban, hasta que de pronto vieron aparecer a un policía bajito que se les aproximaba. Se echaron a temblar.

Pero Lisa estaba dispuesta a plantarle cara.

—Tranquilos, que este y todos los suyos tienen conmigo una deuda pendiente. Del gris me encargo yo.

Llevaba dentro más coraje que prudencia, era obvio. Dio un paso al frente y le miró con desafío.

La sorpresa llegó de inmediato: el policía sonrió, se hizo un hueco a codazos en la rueda, se quitó la gorra y comenzó a bailar el twist.

—Venga, chicos, que no se diga, no me dejéis solo —les gritaba animándolos a acompañarle en sus cabriolas de volatinero.

Ya nadie dudaba de que aquella noche sería única, distinta a las demás, una que nadie olvidaría.

Se sucedieron canciones que todos conocían, bailaban y seguían, aunque muchos lo hicieran moviendo los labios sin sentido e inventándose la letra de un idioma desconocido.

Llegaron «She's a Woman», «I'm a Loser» y «Can't Buy Me Love».

Y, después, la única lenta de la noche. La canción que Paul y John habían escogido exclusivamente para Lisa y Manuel, de eso estuvieron seguros durante toda su vida.

Lennon y McCartney siempre decían que les gustaba compartir micrófono, así fusionaban las voces y perfeccionaban la simbiosis. Los dos muy juntos enviaron a los jóvenes elegidos su mensaje a un ritmo parecido al de un vals:

> *Oh dear, what can I do?*
> *Baby's in black and I'm feeling blue.*
> *Tell me, oh what can I do?*

> Oh, querida, ¿qué puedo hacer?
> Mi chica va de negro y yo me siento triste.
> Dime, ¿qué puedo hacer?

Manuel tenía a una hermosa mujer de negro a su lado y, como los Beatles, tampoco sabía qué debía hacer exactamente. Pero fue ella quien resolvió la duda:

—¿Bailas conmigo?

El policía bajito del twist que, aunque trabajase a sueldo de las Españas viejas, sin saberlo, ya era irrenunciablemente parte de la nueva, no podía creer lo que veía, una mujer sacando a bailar a un hombre. Y lo más raro: el hombre, ruborizado, aceptando con más emoción de la que estaba bien vista en alguien con pantalones.

Lisa y Manuel comenzaron a bailar.

Se movieron al son de «Baby's in Black» con los cuerpos pegados por primera vez y se encajaron el uno en el otro, miembro a miembro, hasta que quedaron acoplados como dos piezas de un rompecabezas.

Manuel ni siquiera sabía por dónde debía enlazar la cintura estrecha de Lisa y lo hizo con cuidado, no fuera a romperla, dispuesto a alejarse a la mínima señal de rechazo.

Sin embargo, ella se apretó más contra él y apoyó la mejilla sobre su pecho blanco almidonado.

«Voy a dejarle la camisa perdida de maquillaje», pensó Lisa, pero no se retiró.

«He sudado demasiado en el paseo hasta aquí, lo va a notar», pensó él, pero tampoco se apartó.

«Huele a leña y jabón, a inocencia y bondad. Huele a verdad y franqueza», suspiró ella.

«Huele a mar, a agua de jazmín y a primavera. Huele como debe de oler una diosa del cielo», supo él.

* * *

Los Beatles cantaban una y otra vez a una mujer de luto y a los pensamientos que no regresan. Lisa y Manuel seguían bailando. Cada vez más juntos, más cómodos. Cada vez más felices.

—Escucha, escucha, la canción habla de una chica que va de negro porque sabe que el amor de su vida no va a volver, ¿lo has oído? Mi poeta decía lo contrario: «En este campo estuvo el mar. Alguna vez volverá» —musitó Lisa al oído de Manuel—. O sea que no es por llevarles la contraria a los Beatles, pero yo creo que no hay que perder la esperanza.

—¿Eso es una metáfora?

—De las más bonitas.

> *I think of her*
> *but she thinks only of him…*

> Yo pienso en ella,
> pero ella solo piensa en él…

—Dime alguna otra de tu libro. —Él también le hablaba en susurros, muy cerca de su mejilla.

—Por ejemplo, una que nos está pasando ahora: «Canción que vuelve las alas hacia arriba y hacia abajo…».

—¿Esa qué significa?

—Yo creo que quiere decir que la música nos lleva por el aire, que nos levanta de la tierra, que hace que olvidemos lo que nos hace daño y nos conduce volando adonde nosotros nos propongamos ir. ¿A ti no te ha pasado nunca?

Tantas y tantas veces. Los dos ya habían volado antes, sabían cómo se hacía. Callaron un instante para llegar más alto con aquella canción.

> *And though it's only a whim*
> *she thinks of him…*

> Y aunque solo sea un capricho,
> ella piensa en él…

—Sigue…

—¿Que te diga otra metáfora del libro?

—Sí, cualquiera, me gustan todas.

—Pues esta, a ver qué te parece: «Muerte reducida a besos, a sed de morir despacio».

—Esa es una metáfora del amor, ¿a que sí?

—Y del dolor, que a veces van unidos. Como esta otra: «Dando a la grana sangrante dos tremendos aletazos».

—Un beso. Los aletazos son besos.

Manuel empezaba a entender todas las metáforas.

—«El labio de arriba el cielo y la tierra el otro labio».

—Esto también lo sé... creo... —Se detuvo indeciso.

—Que en un beso a veces cabe el mundo entero —completó ella lo que trataba de decir él.

—Eso.

Lisa se apartó un poco y lo miró. Después, sintió un impulso, se alzó de puntillas y le besó en pleno vuelo, sin interrumpir el baile.

A ella el beso le supo dulce y él volvió a sentir, esta vez en los labios, el roce de una perla y el tacto del terciopelo. Y entre ambos, el mundo entero.

Ella siguió, quizá para ponerse a prueba.

—«Beso que va a un porvenir de muchachas y muchachos». Ese verso me recordará siempre a esta noche.

La España del porvenir rugía y aplaudía.

—Yo no voy a olvidarla nunca.

Fue él quien la besó. Después, los dos al mismo tiempo.

Oh how long will it take
till she sees the mistake she has made?

Oh, ¿cuánto tiempo pasará
hasta que ella vea el error que ha cometido?

—«Hundo en tu boca mi vida...» —susurró ella.

Se hundían juntos.

—Y yo la mía en la tuya... —musitó él inseguro buscando qué metáfora añadir, pero sin saber cómo estar a la altura del poeta.

Continuaron besándose y bailando.

—También dice que «el infinito parece que sobre mí se ha volcado». —Quiso darle ella una idea que le animase a seguir.

Se besaron infinitamente.

—Pues si esto es el infinito, a mí se me ha hecho muy corto —se atrevió él, algo más afianzado en las artes poéticas, siempre al oído.

—Eso es que ya has encontrado tu metáfora —murmuró ella.

Sonrieron. Todo, beso y sonrisa, en un mismo aletazo.

Tell me, oh what can I do...?

Dime, ¿qué puedo hacer...?

La canción había concluido el vuelo, la plaza de toros aplaudía hasta desplomarse. Pero ellos seguían en el aire y no dejaron de besarse ni de bailar.

Sin música, daba igual. Eran dos piezas de un rompecabezas. Volaban.

Estaban descubriendo el mundo.

* * *

Los Beatles no atendieron a las muchas peticiones de bises. Después de los últimos acordes de «Long Tall Sally», Torrebruno se despidió en nombre de los cuatro, ya habían cumplido con el número de canciones y el tiempo pactados. No hubo vuelta al ruedo porque no era bueno tentar a la suerte; el concierto había acabado sin altercados ni cargas policiales graves, era mejor dejarlo así.

Pero Lisa y Manuel seguían bailando. Habrían seguido haciéndolo hasta que el mundo recién descubierto se acabara.

Cuando advirtieron que, si no se iban, los sacarían de allí por las malas, salieron a la noche de Madrid de la mano.

Anduvieron sin rumbo por la calle de Alcalá, besándose en cada tramo, hasta que llegaron a un parquecillo, el jardín de una quinta llamada de los Leones, silencioso y solitario.

Siguieron besándose en un banco. No había luna. Tampoco la necesitaban.

Pero sí sintieron la necesidad de hablar. Se lanzaron a contarse el uno al otro como si trataran de explicarse por dentro y entonces se dieron cuenta de que no se conocían a sí mismos de verdad hasta ese momento.

Lisa le habló de su vida pequeña y comprimida en Gibraltar, de la sima negra en la que a veces caía su madre y a la que la arrastraba con ella, de la ira de su padre, de cómo estudiaba lo que una mujer debía estudiar porque nadie le había preguntado cuáles eran sus sueños, de cómo los soñaba solo cuando leía, oía música o iba al cine con su abuela, de cómo viajar a Madrid había sido para ella lo mismo que atravesar una puerta.

También le dijo que quería ser Audrey en París, en Roma o en Nueva York. Le dijo que quería ser libre. Pero no libre como su padre pretendía, es decir, libre bajo su yugo.

—Yo quiero ser libre de verdad. Yo lo que quiero es respirar.

Manuel asintió. Qué bien la entendía.

Él le habló de la burbuja con aire viciado de una madre a la que se le murió un hijo antes de que él naciera y de su asma. De cómo lo asfixiaban ambos. De que hay amores que ahogan y llegan incluso a atrofiar el cuerpo. De que él estaba atado a los suyos por una promesa pronunciada en el lecho de muerte de su padre y que lo dicho al borde del abismo es como colgarse sobre el vacío sin rama a la que agarrarse. De que su tía Toñi era para él lo que la *nanny* Pepa para Lisa, conscientes los dos de que ambas, pese a sus buenas intenciones, no tenían fuerzas suficientes para liberarlos y dejarlos volar, condenados a ser siempre pájaros que picotean una jaula cerrada.

—Yo también quiero respirar. Y volar, como he volado contigo esta noche.

Lisa y Manuel descubrieron el mundo en Las Ventas y, en un parquecillo a oscuras, el suyo propio, que era más grande y más profundo que el resto de los demás mundos.

Juntos volaron hasta su mismo borde. Después, saltaron.

Mucho más tarde, al recordarlo, siempre juraron que aquella

noche los dos vieron brillar en el aire de Madrid polvo lleno de motas de colores. Que lo distinguieron claramente y con sus propios ojos.

Que fue un fenómeno meteorológico real, decían. Y lo decían en serio.

* * *

Envueltos en una nube de polvo de arcoíris que solo ellos veían, recostados desnudos entre los arbustos, les sorprendió el anuncio aún lejano del amanecer.

Lisa habló primero mientras se atusaba y se recomponía.

—Dios mío, tengo que irme, mi padre me va a matar.

—Sí… A mí me estará esperando Cefe y seguro que llamándome de todo menos guapo.

Se besaron, se lamieron, se acariciaron, se abrazaron y se volvieron a besar. Aún no estaban saciados.

Hasta que ella preguntó:

—¿Qué hacemos?

—Yo no me quiero separar de ti, quiero estar contigo, contigo siempre, vámonos juntos adonde sea… —suplicó Manuel.

—Yo también, pero…

—No puedes…

—No sin hablar con mi padre.

—Ni yo con mi madre, la verdad.

—A los dos nos pasa lo mismo.

—Lo mismo…

Salieron del parque y caminaron un trecho enlazados, felices, tristes, llenos, vacíos, callados.

A Lisa se le ocurrió algo:

—A ver, Ronda y Gibraltar no están tan lejos, ¿no? Y además, a nosotros nos pilla de camino, que Despeñaperros tenemos que pasarlo igual para ir a un sitio y a otro.

—Eso es verdad. —A Manuel se le encendieron los ojos, seguro de que a ella se le estaba ocurriendo una idea brillante.

Lisa calló otra vez mientras redondeaba la idea. Al fin se la contó, no muy segura de que fuera brillante.

—¿Y si te vienes con nosotros en el coche? Cefe puede seguirnos en la furgoneta y así no se preocupa. Yo convenzo a mi padre para que paremos en Ronda de camino a casa y después...

—¿Después...?

—Después, allí... ya iremos viendo.

Conociendo a Mariquilla, Manuel dudó de que aquello fuera a salir bien. Pero era idea de Lisa y, por tanto, sin duda inteligente.

—Mira —siguió la chica—, me voy en taxi ahora mismo a la pensión y hablo con mi padre. Estará hecho una furia, pero ya veré cómo me las apaño con él. Tú vas donde Cefe y nos encontramos dentro de una hora en el bar El Coso, que es un sitio que conocemos los dos y no tiene pérdida. De ahí podemos salir enseguida a la nacional, creo que no queda muy lejos.

Manuel dudó. La estrechó con su abrazo, todo lo cerca de él que pudo.

—No, no quiero que te vayas... ¿Y si te arrepientes? ¿Y si no vuelves? ¿Y si te olvidas?

Lisa lo besó de nuevo. Suavemente, con labios de espuma.

—Nunca podría olvidar esta noche. Tú eres lo mejor que me ha pasado en ella, mejor incluso que los Beatles, y nunca creí que diría algo así.

—¿Me prometes que vendrás?

—*Oh yes indeed*, lo prometo, te doy mi palabra. Espera, quiero que tengas algo más. —Sacó el libro prohibido del bolso—. Toma, solo te lo doy en prenda. Es la garantía de que no voy a olvidarme de ti. A nadie se lo dejaría si no estuviera segura de que me lo va a devolver. Quédatelo hasta que nos veamos otra vez dentro de un rato, así será como si siguiera a tu lado —sonrió—. Y espérame «inclinado como el trigo a la era», que lo dice nuestro poeta.

Volvieron a besarse. Manuel le tendió algo:

—Yo también quiero que te quedes una cosa mía. Nada, una tontería, pero a mí me importa mucho.

Sacó del monedero una medallita de latón malo con el filo mellado.

—Es la Virgen de la Paz Coronada. Mi madre me ha obligado a traerla para que me dé suerte y anda que no me la ha dado. Es de las pocas cosas que nos dejó mi padre en un saco la noche que murió. La llevaba siempre en un bolsillo. Me contaron que la bala que lo mató pasó por su lado rozándola, por eso está medio abollada. Me la das también en El Coso a cambio del libro.

Se besaron una vez más.

—Y ya veremos cómo hacemos después.

—Eso... y ya veremos después.

MANUEL

Esa mañana, frente a las puertas cerradas de El Coso, sentado en la acera, Manuel tuvo que oír los gritos de Cefe —«O nos vamos ya o tu madre me mata, me cago en tu puta vida, pero qué guantazo te daba, la noche que me has hecho pasar buscándote»— mientras lloraba como cuando era niño y aún creía en el hombre del saco.

Así, llorando frente a un bar de mala muerte, se lo había encontrado Cefe, que no había dejado de dar vueltas durante horas por los alrededores de la plaza de toros, tiritando solo de pensar en la ira desatada de Mariquilla si aparecía sin su hijo.

—¿Y qué te creías tú, desgraciado? ¿Que una niña fina de la capital se iba a ir contigo a Ronda? Seguro, a llevar las cabras de tu tía al monte contigo cogiditos de la mano.

—No es de la capital, es de Gibraltar.

—Peor me lo pones. Del inglés no viene nada bueno.

—Ella, sí. Ella es buena.

—Ya, y por eso te ha dejado aquí plantado como una maceta de hierbabuena, ¿no? Vivía de ilusiones el tonto de los cojones, me lo decía mi padre y qué razón tenía el hombre.

Cefe calló, seguro de que la enseñanza filosófica de su padre había calado hondo en el muchacho. Pero no pudo evitar que algo se le estremeciera en las tripas. El amor… el amor no correspondido fue lo que se le removió al herrero de piel de cartón. Él sabía de eso. Él también era un tonto de los cojones como Manuel.

Callaron los dos. El chico lloró un rato más. Cefe, ablandado por su propia tristeza, se sentó en la acera con él y le abrazó por los hombros en silencio. Ya no le quedaban consejos que darle.

Al cabo de una hora, a Manuel tampoco le quedaron lágrimas y aceptó la realidad.

—Ea, sí, vámonos, que tienes que descargar en Linares. Es verdad, ella no va a venir.

Entonces, al ponerse en pie, la vio. Era su cartera. Estaba allí, tirada en el suelo y sucia, medio escondida bajo el escalón que daba entrada a El Coso y con sus treinta pesetas intactas dentro. Lo entendió todo: el bolsillo era demasiado pequeño, la cartera siempre sobresalía y debió de escurrírsele cuando sacó el peine para arreglarse el flequillo, justo antes de entrar en el bar.

No había sido Antonio Marchena. No lo había timado el anciano de la metáfora. El de Grazalema no era una mala persona.

Pero su madre seguía teniendo razón: no podía fiarse de nadie. Ni siquiera de las mujeres bellas vestidas de negro que robaban corazones y después escapaban con ellos dejándole un hueco vacío en el cuerpo para siempre.

Se montó en la camioneta Ebro azul clarito y se preguntó si, en realidad, aquella noche habría sido real, si el concierto, los Beatles, el parque, ella… si todo habría sido un sueño. O una jugada del demonio para tentarle con una felicidad que a él y a los que habían nacido como él en la primera España, la triste y ojerosa, les estaba vedada.

Hasta que palpó la chaqueta y volvió a tocar el libro. Entonces se echó a llorar otra vez. No, no había sido un sueño ni una treta del diablo, sino una profecía.

Él había ido a Madrid en busca de una metáfora que le sirviera para entender la vida y se marchaba con un ramillete de ellas que le decían cómo sería a partir de ese momento. A él, lo mismo que a aquel poeta cabrero, ya no le quedaba más que morirse de pena.

LISA

Cuando Lisa llegó a la pensión de Legazpi, su padre estaba en la puerta y metía las maletas en el Topolino. Nunca había tenido la cara tan pálida. Nunca se le había acentuado tanto la cojera. Nunca lo había visto así de desencajado.

Con todo, para mayor asombro, no salió de su boca ni una recriminación. Solo le tendió temblando un telegrama: «Connie en hospital Línea. Intoxicación. Grave. Ven enseguida. Pepa».

A Lisa se le escapó el telegrama de las manos con una ráfaga de viento, pero no intentó recuperarlo. Estaba paralizada.

Su madre, a cuyo alrededor había girado la vida de Lisa durante veinte años, tenía en peligro la suya justo el mismo día en que ella creía haber encontrado otra, una plena que estaba dispuesta a vivir por sí misma, una vida propia.

Al cerrar la portezuela del maletero, dudó. A pesar de la gravedad de la situación, sabía que no habría otra oportunidad.

Al fin, se atrevió a hablar:

—*Dad*, espera un momento...

—¿Qué pasa ahora?

—Que he conocido a un chico...

Lo vio apretar los puños para evitar que salieran disparados hacia su cara. No dejó que siguiera hablando.

—Has pasado toda la noche por ahí como una cualquiera y no te he dicho ni esta boca es mía. Llevo horas de cuartelillo en cuartelillo preguntando por ti, sin que me importara que pudieran meterme a mí en la cárcel si me veía un gris de los de la rueda de prensa. Pero has aparecido de repente, todavía no sé cómo, justo cuando me entero de que tu madre está grave en una habitación de hospital y yo iba a salir a buscarte por todo Madrid aunque hubiera tenido que meterme en las alcantarillas, que seguramente es donde has estado todo el rato... ¿De verdad que te parece el momento para decirme que has conocido a... un chico?

—Es que, si no te lo digo, igual no lo vuelvo a ver. Vive en Ronda y he quedado con él en algo menos de una hora, a lo mejor podría venir con nosotros, no tardamos nada en recogerlo...

Emil la miró con ojos que parecían de sangre, la agarró fuerte de un brazo y le dijo en voz baja, entre dientes, muy despacio, casi incapaz de contener la furia que amenazaba con arrasar la ciudad si se desataba:

—Tu madre acaba de tragarse un bote de pastillas, ¿me entiendes?, me lo ha dicho tu *nanny*, que se lo ha tomado porque sí, porque le ha dado la real gana, bueno, no, porque la hemos dejado sola. Sola, ¿lo oyes?, sola para que tú pudieras ver cantar a cuatro gansos que no han oído a Beethoven en su vida y pasar la noche con vete a saber quién. Hace una hora yo estaba dispuesto a matarte, pero ahora lo único que quiero es ir donde tu madre. Así que no me hagas repetirlo: métete en el coche de una vez y no vuelvas a abrir la boca hasta que lleguemos a la Verja o de verdad que te mato. Te mato, *serious*, *sweetheart*, te mato.

Algo le dijo a Lisa que era verdad. Que era capaz de matarla, aunque lo hiciera de pena.

Pensó en su madre y su corazón se dividió entre el amor, la rabia, el remordimiento y la angustia. De nuevo, todo era culpa suya: si no hubiera viajado a Madrid, si no se hubiera empeñado en ir al concierto, si no hubiera vivido una noche entera de felicidad, si no hubiera sido tan egoísta, si no hubiera nacido...

De nuevo, Lisa, la culpable.

Sin embargo, aunque sabía que debía correr al lado de su madre sin malgastar un minuto para purgar tanta culpa, también sabía que, cuando lo hiciera, lo mejor que le había pasado y que le pasaría jamás se perdería en el olvido.

Trató de hacer frente a su padre, pero la ferocidad de su mirada la disuadió. Si él se lo proponía, podía mandarla al territorio de la reina en ultramar más lejano que encontrase en el mapa y hacer que no volviera a pisar nunca más este lado del mundo. A eso se refería cuando amenazaba con matarla. No había alternativa. Decidió acatar la orden, no abrió la boca en todo el viaje.

Sin embargo, sí que pensó. Y la primera conclusión a la que llegó, después de mucho meditar, es que su abuela siempre tuvo razón. Ella no era la culpable de lo que le había pasado a Connie. Su madre había hecho lo que había hecho por venganza o por tristeza. O por enritación. O por todo junto. Pero no por su culpa. Estaba empezando a comprender el mundo adulto que la rodeaba y en el que ella se sentía una bomba de mano lanzada de un lado a otro de la barricada y siempre a punto de estallar.

La segunda fue un juramento: si su madre se salvaba, se quedaría a su lado hasta que se pusiera bien del todo, pero después dedicaría las fuerzas que le quedasen a encontrar la forma de volver junto a Manuel. Emil podía mandar en su boca menor de edad y encima de mujer, ambas malas cosas para ser libre, pero en su corazón solo reinaba ella.

Llegaron a La Línea guiados por una nube gris y, aún envuelta en ella, Lisa se instaló en la habitación del hospital de su madre para ayudarla a ganar la batalla contra la muerte.

Lo consiguieron juntas, pero tardaron un mes. Un mes exacto, que Lisa pasó acariciándole la frente, encogida a los pies de su cama, sin moverse, sin hablar, sin llorar, hasta que los médicos dictaminaron que ambas podían regresar a Gibraltar, aunque advirtiendo muy seriamente del peligro de recaída y de la necesidad de vigilancia estrecha.

* * *

Después, el tiempo, que es lo único inexorable en esta vida, siguió transcurriendo y lo hizo sin misericordia.

Todos continuaron con lo de antes, solo que peor. Emil, encerrado en una concha de furia sin palabras, de reproches guardados y de rencores sin caducidad. Connie, absorta en un día rojo permanente, con la vista perdida en el mar y con una nueva melancolía —o tal vez fuera la antigua pero agigantada— anidándole en el alma. Y Lisa, con sus discos y sus libros, tragándose las lágrimas y la pena, empeñada en encontrar la mejor manera de manejarlas de modo que nadie pudiera verlas hasta que su madre se recuperase lo suficiente como para que ella pudiera alejarse de todo lo que las causaba y ahogarlas para siempre.

Sin embargo, algo sí que había cambiado respecto a la vida que tenía antes del viaje a Madrid. Lisa ya no estaba sola. Cada noche se acariciaba el vientre todavía plano con una sonrisa, segura de que allí dentro iba creciendo la metáfora que Manuel y ella plantaron en un parquecillo y que sin duda tendría un lunar en forma de guisante junto a la oreja cuando naciera.

Cada noche. A oscuras y en silencio.

Después, justo antes de dormir, rozaba con los labios una medallita de latón malo con la imagen de la Virgen de la Paz y se repetía los versos sueltos que podía recordar del libro añorado: «He de volverte a besar, he de volver, hundo, caigo, mientras descienden los siglos hacia los hondos barrancos».

Pero el tiempo que dedicó a todo eso fue corto y, aunque inexorable, resultó más inmisericorde que nunca. Y trajo algo peor: los barrancos se hicieron hondos, Lisa cayó por ellos y en el camino abajo sucedieron cosas, muchas cosas.

Hasta que, un buen día, llegó Audrey.

Y entonces… pasó lo que pasó entonces.

ENTONCES

1965-1966

He's a real nowhere man
sitting in his nowhere land
making all his nowhere plans
for nobody...

Es un auténtico hombre de ninguna parte
sentado en su tierra de ninguna parte,
haciendo todos sus planes de nada
para nadie...

THE BEATLES,
«Nowhere Man», 1965

TOÑI Y MARIQUILLA

Manuel sabía que el infierno existía, el padre Guerrero hablaba mucho de él, de hecho en cada misa, aunque la diera en latín y de espaldas, que el cura era muy tradicional. Lo que no había dicho nunca en ninguna lengua viva o muerta es que el infierno estaba en Ronda. Para ser más exactos, en el corazón destrozado de Manuel. Fuera donde fuera, desde la noche de gloria y de miseria que pasó en Madrid, supo que lo llevaría siempre con él.

—¿Quieres decirme de una puñetera vez qué te pasó a ti en la capital, copón, que no hay día que no te encuentre arrugado y llorando como un mariquita por las esquinas?

—Nada, madre, la calor… —Su madre lo escudriñaba de cerca—. La calor, que me ha dado muy fuerte hoy en la finca… —Y más de cerca—. ¡Que sí, que es solo la calor, leche, que me deje ya!

Pero no convencía a la Búcara, porque a ella jamás se le escapaba ni un solo gesto de su hijo. Esta vez lo veía en sus ojos, algo había cambiado en su interior y algo se le había quedado roto por ahí dentro. Lo que no sabía era si estaba roto para siempre.

—La culpa es tuya, Antonia —le dijo una noche a su hermana la Diezduros—, no sé a santo de qué tenías tú que empicarle en eso de vivir su vida y marcharse de mi vera.

—No era eso lo que quería, Mari, y tú lo sabes. Yo lo que quería era que el muchacho se desengrasara un poco. Que lo llevas muy achuchado, coño, y le hace falta que lo dejen respirar un rato.

—¿Respirar? ¿Respirar dices tú, cuando aquí tiene el aire más limpio de España y se pasa el día tomándolo donde el inglés ese que le da faena?

—Respirar digo, sí, mi alma, respirar digo, porque cerca de ti no es fácil, que ya va siendo hora de que oigas las verdades, asín de claras te las digo, coño, que eres como el aire de la cueva del Gato, que cuando entras parece que tragas tierra podrida y ya no sabes si vas a poder salir. Si es que lo tienes apollardado, pobre chavalillo de mis entrañas.

Mariquilla calló, rumiando el símil de la cueva hasta que lo entendió. Solo unos segundos. Después contraatacó directa, sin comparaciones, derecha a la diana y a voz en grito.

—De tus entrañas, no, Antonia. De las mías y solo de las mías. Mira, hermana, que tú te fueras follado al marqués o no pa conseguir las entradas de los cojones yo no te lo he preguntado entodavía ni te lo voy a preguntar. Solo una cosa te voy a decir: la paga de tu puterío si quieres te la gastas en bragas pa que te las bajen otros, pero no en vicios pa mi hijo. La siguiente vez que el marqués te pague en especies, te largas tú a Madrid, que allí seguro que una puta vieja cobra más que aquí. Pero a mi Manolo ni mirarlo.

Así quedaron dichas las palabras que la una nunca quiso pronunciar ni la otra oír. Es decir, las palabras que no logra llevarse el viento, porque son las más difíciles de olvidar.

Tuvieron réplica, quién lo habría dudado conociéndolas a las dos. La voz de Toñi fue feroz, aunque bajita y honda, que de esa forma duele todavía más.

—Yo he criado a tu Manolo más y mejor que tú, mala pécora, asín que sí, es de mis entrañas, más mío que tuyo, porque que te haigas pasado la vida pisándole la sombra no te convierte en su madre. ¿Qué sabes tú, a ver, qué sabes de él, de por qué está asín de chuchurrío, si el pobritico por no tener no tiene ni valor de hablarlo contigo? Pa que veas, yo sí que sé lo que le pasa, que él a mí me lo cuenta todo, pero a ti, ni mu.

—¿Y qué coño le pasa si puede saberse?

—Pues no, mi alma, no puede saberse si él no deja que se sepa. ¿Tú quieres que te lo diga de verdad? Pregúntaselo por las buenas, sin insultarle, y a lo mejor tienes más suerte.

—Yo no le insulto...

—¿Ah, no?

—No. Yo lo que voy a hacer es matarlo a guantazos y ya verás como me lo cuenta, te digo yo que me lo cuenta.

—¿Lo ves? Apollardado perdido, el pobre. Pues na, ea, tú dale de mascás, valiente, que eres una valiente, pero por los cojones que le vas a sacar tú algo que no sean mentiras, na más que siga con lo de la calor, y también que cada día se vaya más lejos de ti aunque lo tengas cerca...

—A mí eso no me lo repites, hijaputa, que porque nos haiga parido la misma no te consiento...

Las dos se miraban con ojos inyectados en sangre y un número infinito de barbaridades bulléndoles en los labios. Pero Toñi fue más rápida y consiguió interrumpirla.

—Te lo repetiré lo que me dé la gana hasta que dejes tranquilo a Manolo. Y mira, ya de paso, mientras le das varias cucharadas de ese remedio tuyo de cruzarle la cara, le preguntas también si prefiere venirse a vivir conmigo o quedarse contigo en esta cueva de mierda. Eso sí, aluego si tienes huevos me cuentas lo que te contesta pa que me dé yo una pechá de reír. Y si no se lo preguntas tú, descuida, que lo hago yo, pero como me sé la respuesta, ya mismito le voy preparando el catre.

Por primera vez, Mariquilla, aterrorizada, no supo qué responder.

Lo último que oyó de boca de su hermana antes de salir por la puerta de su casa fue una cadena de puñaladas.

—Y no se dice pagar en especias, sino en especie, que a mí Manolillo me enseña las cosas que lee, so lerda, que por inculta y por tu malafollá en el pueblo no te quiere nadie, solo el Cefe, y encima el pobre cabrón ni siquiera se atreve a decírtelo.

Fue la puntilla. Después, la Diezduros terminó de hundírsela en la cerviz.

—Avíate, Mari, que te has quedado sin hijo. Asín lo mismo que te quedaste sin el otro, na más que a este lo vas a matar tú.

El portazo resonó durante mucho tiempo en el cerebro de la Búcara.

MANUEL

Manuel pasó cinco meses y cuarto llorando. No era capaz de hacer otra cosa. Llorar y trabajar. Nada más.

No tenía fuerzas para enfrentarse a Mariquilla, pero sí las suficientes para no ceder a sus presiones. El infierno de su madre no era más que un purgatorio. Sin embargo, el infierno que llevaba dentro era suyo y solo suyo.

Nada contribuía al alivio, sino al contrario. No existía medicina ni venda para su alma. No paraba de leer y releer a todas horas el libro prohibido que contenía toda la pena del mundo en cada página, pese a saber que eso no lo ayudaba. Y echaba en falta la medallita de su padre, lo que acentuaba las mismas ausencias de las que hablaba el poemario, las más dolorosas, las que le hacían sangrar hasta dejarle sin venas, a sabiendas de que recordarlas tampoco le reportaba ningún bien.

Ni siquiera los Beatles fueron benévolos con su tristeza. Sacaron un álbum nuevo y en una de sus canciones, una vez más, volvieron a mencionarle a él con nombre propio:

> *Yesterday came suddenly...*
> *Why she had to go, I don't know,*
> *she wouldn't say...*
>
> *Love was such an easy game to play,*
> *now I need a place to hide away...*

El ayer llegó de repente
¿Por qué ella tuvo que irse? No lo sé,
no lo dijo...

El amor fue un juego tan fácil,
ahora necesito un lugar donde esconderme...

Sin embargo, fueron los Beatles, una vez más, quienes lo sacaron del pozo.

Se reencontró con ellos donde menos los esperaba, en la finca del señor Giles. Y venían en la maleta de su hijo Bobby, al que el padre había decidido traerse a España para que ayudara a Manuel en los muchos y variados oficios de Las Abejeras y, de paso, se le tranquilizara un poco el espíritu inquieto.

—Es un *madcap*... ¿cómo decís ustedes?, cabeza loca... —Así trató Giles de presentar a su hijo ante Manuel un día antes de que llegara de Liverpool y también para demostrar a su mejor empleado, aunque también el más triste, que al fin se había dado cuenta de que aprender un idioma distinto del inglés no solo es bueno, sino además muy útil si se vive en el país en el que se habla.

—No se preocupe, mister, que yo le haré compañía —le prometió Manuel, siempre servicial.

—Y enseñar *behaviour*, tú muy formalito, *I mean*, le ayudas seguro.

No era formalidad lo que mantenía siempre callado a Manuel, pero Giles no lo sabía.

A bote pronto, la tarea no le pareció nada fácil, porque Bobby era un muchacho de veintiún años que aparentaba tener quince. No por su pelo rubio y alborotado, y sin embargo ya con alguna entrada que presagiaba una alopecia que le llegaría inevitablemente más pronto que tarde. Ni por su torso, moldeado como una tableta de chocolate; ni por sus brazos, abultados como los del carbonero Pepón. Ni por los trajes de sastre y corbatitas yeyés cubiertos por una parka verde oliva raída que jamás se quitaba, aunque cayera a plomo el sol de la serranía.

Parecía un adolescente porque trotaba en lugar de andar, cantaba en lugar de hablar, preguntaba en lugar de callar, reía en lugar de llorar y abrazaba en lugar de dar la mano.

En efecto, Bobby era un cabeza loca. Pero no un cabeza loca cualquiera. Uno que tenía momentos de penumbra de los que siempre conseguía salir nadando hasta la superficie para terminar encontrando el *bright side of life*, que es el lado menos malo de la vida. Un ejercicio complicado, pero muy reconfortante, como Bobby trató de explicar a Manuel de mil formas diferentes desde el mismo día en que se conocieron, con palabras y, sobre todo, con hechos, algunos desbocados y otros muy ilustradores.

—¿Tú sabes por dónde queda el cementerio? —le preguntó Bobby en perfectísimo español, aprendido durante todas las vacaciones de su infancia en España, tan pronto como Manuel sacó su maleta del Renault Cuatro Cuatro que usaban todos en la finca y la dejó cerrada con candado y todo encima de la cama.

—Pues claro, no lo voy a saber, si ahí está enterrada mi bisabuela.

—Pues vamos.

—¿Al cementerio? ¿Ahora? Pero ¿tú para qué quieres ir a ver tumbas, hombre, con la de cosas bonitas que hay por aquí?

—Llévame y lo verás.

A Manuel le pudo la curiosidad y fue con él a San Lorenzo. Bobby caminó entre nichos y lápidas mientras los observaba detenidamente y tomaba notas en una libretita de hojas amarillas.

Al final, cerró el cuaderno y le dijo a Manuel:

—*Here we are*, trabajo terminado, con esto tengo bastante. Ahora llévame al bar que más te guste, que tenemos que brindar.

El rondeño se mordía la lengua para no preguntar y el inglés, divertido al adivinar la carcoma de la curiosidad en la mirada de su acompañante, se la mordía para no hablar. Bastaron dos rondas de mistela para que se desataran las dos casi al unísono.

—Pero ¿qué se te ha perdido a ti en un cementerio que no has visto en tu vida, alma de Dios, que eres más raro que un camello sin joroba?

—Busco nombres y sus historias posibles. —Qué extraño tan extraño, pensó Manuel de aquel extranjero que hablaba español igualito que un serrano y al que solo traicionaba un ligero deje delator en las erres más vibrantes; pero qué extrañísimo—. Fíjate: una tumba sin flores, la de Robustiana Ventorrillo Pérez, muerta a los ochenta y cuatro años, sin hijos ni marido, solo una hermana, una tal Salustiana, que murió antes que ella y está enterrada justo a la izquierda. ¿No te das cuenta de lo que busco?

Manuel recordaba haber visto de niño a la pobre Robustiana caminando encorvada y siempre del brazo de su hermana; era una mujer enjuta, apenas un delantal negro que fue deshilachándose poco a poco tras la muerte de Salustiana hasta disiparse en el olvido de los que la conocieron. Para qué querría aquel marciano rubio a Robustiana y su lápida. Manuel estaba tan confundido como fascinado. Pero calló, a la espera de más información.

—Pues busco gente solitaria, amigo. Tanto como para morir sin nadie al lado. Imagino sus vidas, *I make up*... ¿cómo se dice?, invento historias. Que tuvieron un amor que les dejó y ya no quisieron a nadie más... En fin, cualquier *nonsense*, pero posible. Y luego brindo por ellos. Se merecen que alguien los recuerde después de muertos, porque me parece que no muchos lo hicieron en vida. ¡Otro trago de estos, camarero! ¡Tenemos que brindar por Robustiana!

Aquello le dio que pensar a Manuel. Él tuvo un amor intenso aunque efímero y estaba seguro de que ya nunca sería capaz de querer a nadie más. Entonces supo que iba a morir solo. Solo y de pena, como el poeta de Alicante. Pero, cuando eso sucediera, le gustaría saber, justo en el último suspiro, que quedaría alguien vivo que brindaría por él.

De pronto, entendió a Bobby y se alegró de que existiera.

—Por Robustiana —brindó el de Liverpool.

—Por Robustiana —correspondió Manuel.

Las voces se elevaron al unísono, los vasos tintinearon y la mistela se evaporó. Y así varias veces antes de regresar cada uno a su lugar.

Al día siguiente, cuando amainó un poco la resaca de aquella primera jornada en la que el señor Giles creyó que Manuel estaba simplemente ejerciendo de guía con su hijo por las bellezas naturales de la sierra, no es que se hiciera amigo del inglés, es que se convirtió en su sombra. Total, la tarea de redimirle iba a ser tan titánica como inútil, no necesitaba redención.

Y, una semana después, pensó que lo mejor era unirse a él y aprender lo que tuviera que enseñarle, de modo que le salió de las tripas una pregunta sin haberla pensado siquiera:

—¿Me dejaría tu padre venirme a vivir aquí con vosotros un tiempo? Mi madre y mi tía se han peleado porque las dos me quieren con ellas y yo no puedo elegir a una sin que la otra se pille un berrinche que tiembla el Tajo. Si me quedo con vosotros, además, me ahorro el camino de La Indiana cada mañana…

Nada pudo hacer más feliz a Bobby ni tampoco al señor Giles, tal vez el único de toda la serranía a quien la ira de Mariquilla le traía al fresco porque ni siquiera la entendía cuando hablaba.

Así se hicieron mejores amigos los dos muchachos.

Más aún, Manuel se volvió incondicional de Bobby y rendido a sus pies cuando el inglés le contó que un 9 de febrero de hacía cuatro años su cabeza adolescente, que sin duda ya estaba loca, lo había llevado por intuición a un lugar de Liverpool con el que después medio mundo iba a soñar.

Se llamaba The Cavern Club.

Sí, un cabeza loca gracias al cual, cuando arrancó 1966, Manuel dejó de llorar a ratos.

LISA

Las primeras semanas de Lisa en Gibraltar a su vuelta del concierto de los Beatles transcurrieron como en un duermevela, sonámbula entre un mundo nuevo de fantasía que tal vez en el futuro se hiciera real y el de verdad que pisaba cada día, permanentemente al cuidado de su madre, y anhelaba olvidar cuanto antes.

—Quita ya de ahí, mi alma, que no puedo ni respirar teniéndote siempre cerca, qué niña esta —le dijo un día Connie, aventándola lejos de ella con un gesto de la mano—. Y deja ya de traerme consomés, que yo lo que quiero es un buen gazpacho con mucha miga de pan. Anda, ¿por qué no te llegas a La Línea y que te lo haga la abuela Pepa?

Connie había regresado, pensó Lisa. Ya está, volvía a ser ella. Había regresado de su interminable día rojo. Volvía a ser la madre enritada a la que le molestaba la sola presencia de su hija y trataba de encontrar una razón, la que fuera, para mandarla a cualquier lugar donde su sombra no le tapara la luz.

—Ah, y dile a tu *nanny* que te ponga gazpacho para mí sola —le gritó cuando ya salía por la puerta—, que ya sabes que a tu padre no le gusta y tú estás engordando, mi alma, ten cuidado, mira que la juventud y la delgadez son enfermedades pasajeras.

A diferencia de lo que había ocurrido en los anteriores veinte años, por primera vez Lisa sonrió al escuchar a su madre y, sobre todo, al leer todo lo demás en sus ojos sin que fuera preciso que lo dijera.

Ya no necesitaba que la cuidara. «Soy libre», pensó.

—Pues por una vez voy a tener que darle la razón a tu madre, *sweetie*, es verdad que has engordado. —Emil la despertó de sus ilusiones.

Sus ojos eran dos centinelas, como en el poema de Rafael de León, desde que volvieron de Madrid. ¿Qué había ocurrido aquella noche en blanco, cuando Lisa regresó a la pensión más de siete horas después de que acabara el concierto? Solo sabía que había conocido a alguien, pero nunca se atrevió a preguntarle por él. En cambio, sí que dejaba caer insinuaciones, comentarios velados, indirectas con mayor o menor grado de incisión. Todo con el objetivo de acertar con la hebra de la que tirar hasta dar con la madeja, con el meollo de la cara triste y a la vez iluminada de Lisa.

Se dio cuenta de que tal vez la hubiera hallado en el comentario de Connie. Era verdad, la niña había engordado. Si eso significaba lo que creía que significaba, ahí estaba la hebra.

Que había llegado a una indirecta que podía convertirse en directa se lo confirmó la respuesta de su hija.

—Pues sí, habré engordado, qué se le va a hacer. Eso es que he salido a vosotros dos, en algún momento me tendría que pasar.

Claro que su cuerpo había cambiado y más que lo iba a hacer. Después de casi tres meses, el segundo corazón que le crecía dentro y del que nadie se había percatado aún comenzaba a latir y su vientre debía hacerle sitio para que sonara con más fuerza. Cómo no se le iba a abultar si estaba lleno de felicidad.

Los centinelas de Emil se achicaron al acercarse a ella, que trataba de esquivarle.

—*Dad*, no me mires así, que tengo que ir a por el gazpacho y ya sabes cómo se pone *mummy* si no come…

No, Emil no le dejaría libre el paso hasta que la exprimiera y le sacara hasta la última gota de pensamiento.

—¿Qué está pasando? Lisa, mírame y dime la verdad.

Se aproximó aún más a su rostro.

—Lisa, *sweetie*, mírame.

Tardó unos segundos, pero la muchacha, al fin, lo hizo. Firme, altiva, levantó lentamente la vista y la clavó en la de Emil.

Su vientre se estaba abultando de felicidad, era cierto, pero hasta ese momento también lo había hecho de miedo, de dudas, de incertidumbre ante una maternidad en soledad y una vida repudiada. Hasta ese mismísimo instante, hubo noches en las que no se creyó capaz de seguir adelante e incluso algunas en las que tomó la determinación de no hacerlo.

Pero ya no. La mirada inquisitorial de Emil le dio el valor que necesitaba.

Se la devolvió, decidida y retadora. Sabía que su padre lo sabía, había llegado al punto que tanto había necesitado: el de la verdad por fin revelada. A partir de ahí, el futuro, fuera cual fuese.

—Sí, *dad*, he engordado y tú ya sabes por qué.

EMIL

Emil había encontrado en la política una válvula de escape para dejar salir el vapor acumulado y venenoso que le envolvía en cuanto ponía un pie en Armstrong Steps.

Se iba de buena mañana rumiando las ideas más iracundas de la noche, las masticaba a lo largo del día y las regurgitaba después, en bucle, sin parar hasta amasar una bola gigantesca que poco a poco, semana a semana, se iba agrandando sin límites aparentes.

Emil era una granada sin anilla. Se la quitó su amigo Tony Balloqui, un periodista venido a menos que conservaba muy buenas relaciones y mejores fuentes. Lo hizo a finales de 1964, cuando el para ellos infausto Comité de los Veinticuatro de la ONU abordó el asunto de las descolonizaciones, necesarias para dejar atrás las rémoras del nuevo orden mundial tras las dos guerras, e incluyó a Gibraltar en la lista.

Emil encontró en Balloqui a uno de ideas y palabras vehementes que lo encandiló.

—Que nosotros somos otra cosa, Emil; puede que no seamos británicos del todo, pero desde luego ni mucho menos españoles. Prefiero mil veces ser un transferido, aunque sea a Mauricio, que quedarme aquí bajo la soberanía de un fascista.

Y Balloqui había encontrado en Emil al espectador perfecto, el que siempre asiente y jamás contradice.

—El caso Gibraltar, ¿lo has oído, Emil? El caso Gibraltar, dicen esos de la ONU. Pero ¿qué caso ni qué *bullshit*? Que somos gente, hombre, por favor, gente de carne y hueso, no un caso.

Cada una de las verdades de su amigo entraban en el cerebro de Emil y no salían. Se le quedaban dentro, engordándole el lóbulo de la ira y empujando la anilla de la granada cada vez más lejos.

* * *

El estallido fue de efectos retardados. Comenzó durante una cena que Connie, aún convaleciente, se avino a compartir con su familia poco antes de pedir el gazpacho de Pepa. Era una noche de paréntesis negro en su día permanentemente rojo, por eso se permitió opinar.

—Franco, Franco, Franco… todo el día habláis de Franco como si fuera el único que nos reclama. Pero no os dais cuenta de que es él quien os utiliza a los de Gibraltar para prender la leña del fuego patriótico ese que tan bien se le da y que tanto le gusta y de paso cargarse a los que se le sublevan.

—Estás muy equivocada, *love*. —Emil trataba de emplear su tono más conciliador para evitar desatar el ciclón que había llevado a su mujer al hospital de La Línea y del que aún no estaba recuperada del todo—. Es Franco el que detesta a Gibraltar, él y su fascismo.

—Mira, Emil, en España unos odian a Franco y otros le veneran, a unos les gustaría que volviera José Antonio, a otros los Borbones y a muchos la Pasionaria. Pero en lo que todos, pero todos toditos, tanto los que no quieren a ese tirano como los que le adulan, de izquierdas o de derechas, de un lado, de otro y del medio centro…, en lo que el régimen ha puesto a todos de acuerdo es en una sola cosa: que Gibraltar es español. No hay nada como encontrar un enemigo común para volver camaradas a los que se aborrecen, hijo mío. Entre todos, los de allí y los de aquí, le habéis hecho el juego. Después os quejaréis de lo que ese monstruo, porque eso es lo que es, haga con nosotros. Ay, Señor, qué tontos sois, pero qué tontos.

Emil calló, aunque se le acumuló dentro. Eso también.

La granada de mano estaba a punto de estallar.

* * *

—Sí, *dad*, he engordado y tú ya sabes por qué.

Lisa se lo dijo un tiempo después, pero, para entonces, entre Balloqui, Connie y varias soflamas más de las que diariamente oía o leía y conseguían incendiarle a cada minuto, Emil ya se había convertido en un hombre cargado de nitroglicerina. Lo que su hija creyó que era un acto de valentía resultó ser una cerilla prendida junto a un polvorín.

Entonces fue cuando la granada estalló.

Fue un bofetón tan espontáneo, fue tan grande la sorpresa y tanta la energía con la que descargó la palma abierta sobre el rostro de su hija que esta perdió pie y cayó rodando por las escaleras.

Quedó tendida al final de ellas, boca abajo y bisbiseando algo que nadie entendió.

«Hundo, caigo, mientras descienden los siglos hacia los hondos barrancos», fue lo último de lo que se acordó mientras estaba consciente.

Cuando se la llevó la ambulancia, en el suelo al pie de las escaleras del número 1 de Armstrong Steps, el barranco más hondo del Peñón, solo quedó una mancha de sangre.

La limpiaron a conciencia un día después.

Pero yo siempre he sabido el lugar exacto de la casa en el que mi hermano mayor, a quien nunca nadie llegó a conocer, quedó disuelto aquel día tras el estallido de una granada de mano sin anilla.

MANUEL

Manuel, entretanto, intentaba vivir la vida a sorbos largos, tal y como Bobby le enseñaba a hacer.

Mientras el rondeño trataba de mostrar a su amigo la diferencia entre un quejigo y una encina, o entre un pinsapo y un abeto común de los que se adornan en Navidad, el de Liverpool le devolvía la sabiduría en forma de lecciones sobre flora arbórea que, aunque de tamaño mucho más manejable, también era mucho más interesante, según él. De hecho, cabían en su maleta, que siempre guardaba con candado debajo de la cama.

Ahí escondía Bobby unas hojas de perejil machacadas que, al mezclarse convenientemente con las hebras de los Celtas largos sin filtro que nunca faltaban en el bolsillo de Manuel, se convertían en una máquina de la risa.

—En Liverpool tomaba unas cápsulas azules que me hacían el mismo efecto, pero una vez me dieron un mal viaje. Ya estoy mayor, así que mejor esto, que es más sano.

Manuel no sabía lo que hacían aquellas cápsulas azules, pero fumar perejil era ver la vida de otro color. Y olvidar lo que era mejor olvidar, aunque también aquello que convenía guardar en la memoria.

Eso a veces asustaba a Manuel. Le gustaban los pitillos rellenos de perejil que envolvía Bobby con sus manos, aunque al mismo tiempo sentía miedo. No quería olvidar el rostro de Lisa ni la perla de su piel ni el terciopelo de su caricia. Pero los cigarritos de perejil no hacían distinciones en su cabeza, lo mismo le ayudaban a olvidar a su madre y a su tía por un rato que al primer y único amor de su vida. Y eso no. Eso no le gustaba. Así que administraba el perejil con precaución.

Que Manuel se fuera a vivir a Las Abejeras con los Giles desató un terremoto entre las hermanas Martínez, él era consciente. Pasó los primeros días decaído y destrozado de culpabilidad.

—Vamos, *mate*, *cheer up*, que no se acaba el mundo. Que es ley de vida que volemos, hombre, y a tus madres seguro que pronto se les pasa el soponcio.

—Ya veo, por eso estás tú aquí, ¿verdad, Bobby?, lejos de la feliz Inglaterra y en la triste España, viviendo con tu *daddy*.

Risas y más risas. Con los pitillos verdes, hasta las verdades más incisivas hacían gracia.

Así, a base de cigarrillos de la risa, chapuzones en el río y mucho trabajo duro en la finca, logró sobrellevar aquellos días.

Después, todo fue suavizándose. Mariquilla comenzó a llevarle puchero con pringá algún que otro domingo, primero de una ración y después de diez, para que todos, incluidos los ingleses, los peones y el servicio, comieran de él bien servidos. El puchero se convirtió en la bandera blanca, la rama de olivo que trajo una especie de bonanza en la relación entre la madre y el hijo, aunque las tormentas aún les llovieran por dentro.

La vida, entonces, comenzó a transcurrir con relativa placidez. Al menos, sin llantos ni gritos. Solo por eso ya había merecido la pena irse a vivir con los Giles, aunque el resto de la de Manuel siguiera siendo una vida de tristeza por el amor perdido.

* * *

Fue una tarde de fumeteo bajo uno de los sauces del Guadalevín cuando Bobby sacó el tema.

—Oye, Manuel, ¿qué sabes tú de Pura? Es tan calladita que nunca he cruzado más de dos palabras con ella.

Manuel sabía lo que sabían todos en el pueblo, que al padre de Pura lo mataron en la guerra y que ella y su madre vivían de limpiar y cocinar en las casas de los medio ricos aduladores del régimen que se habían hecho con las tierras fértiles que rodeaban Ronda. Era una belleza morena de enormes pupilas castañas, siempre con el pelo recogido en una coleta muy tirante que a veces parecía querer separarle los ojos hasta dejárselos en las sienes, bajita, con camisa abrochada hasta el cuello bajo un delantal que no ocultaba unos pechos generosos, llenos de amor sin estrenar y ante los que muchos se relamían bebiendo chatos a la puerta de los bares sin atreverse a lanzarle ni un solo piropo. Porque, además de todos esos encantos, Pura era la encarnación de la virtud. Era de dominio público que iba para monja. Como para meterse con la futura novia de Dios.

Pero Manuel creyó ver en los ojos de Bobby que ahí no estaba la chispa de morbosidad por lo santo que algunos botarates tenían en la mirada, ni tampoco la del deseo sucio y pringoso que la blasfemia despierta en otros. En la del inglés había otra cosa. Pura le gustaba. Y le gustaba por las buenas, limpiamente.

Manuel sintió una punzada de envidia seguida de otra de tristeza. Allí estaba empezando un amor. Él tuvo uno que comenzó y acabó en una noche. Jamás volvería a sentirlo por nadie. Jamás.

Se alegró por su amigo. Que al menos Bobby disfrutara mientras pudiera. Ojalá la felicidad le durase más que la suya.

—Lánzate, hombre, Bobby, que seguro que no te da la patada. Dile algo, invítala a una Mirinda, sácala de paseo… Yo creo que tú también le gustas —le dijo una tarde en que, como todas las demás, pasaban las horas hablando de Pura.

—Tú eres, ¿cómo se dice *prick*?, gilipollas, sí, más o menos. Eres gilipollas, Manuel. ¿No te das cuenta de que a Pura le gustas tú, so animal de bellota? Si es que hay que estar ciego o incluso tuerto para no verlo, *mate*, por Dios.

¿Manuel? ¿A Pura le gustaba Manuel? ¿Era por Manuel por quien se la encontraba a veces suspirando y lanzando miradas furtivas que él siempre interpretó dirigidas a Bobby? Aunque, ahora que lo pensaba, eran miradas fáciles de confundir porque los dos siempre andaban juntos. ¿Manuel, de verdad que era él?

—No, Bobby, ni lo sueñes. Yo no estoy para chicas, pues no me faltaba a mí otra cosa. Vamos, que le digo a mi madre que me voy a echar novia y termino de matarla. Quita, quita.

—No, si yo me quito, pero la que no se quita es Pura. Dale una oportunidad, hombre, que ustedes ya sabéis por aquí con qué se quita una mancha de mora…

Manuel le había hablado a Bobby de Lisa, de lo intensamente que la amó solo durante unas horas y de cómo con una medalla de su padre aquella gibraltareña se había llevado para siempre su corazón. Imposible amar a ninguna otra sin él.

La solución la tenía Bobby. El de Liverpool tenía remedios para todo y, si no parecían aceptables, se les daba otra vuelta después de un pitillo verde de los suyos.

—¿Y qué falta hace que le des tu corazón? Sal con ella, te diviertes un rato y, si se pone a tiro, pues ya sabes…

—Tú sí que eres gilipollas, Bobby. Muy gilipollas.

LISA Y CONNIE

De la aciaga mañana en que Lisa perdió el mejor de los recuerdos que guardaba de su noche de amor obtuvo a cambio dos cosas buenas.

La primera fue un paño de lágrimas. Se llamaba Mariela, una enfermera de origen aragonés que llegó a Gibraltar junto a cientos de exiliados españoles que perdieron la guerra y, con ella, todo lo que tenían, incluida la patria.

Lo que nunca les faltó, sin embargo, fue la memoria. Mariela era pariente lejana de una enfermera legendaria del Moncayo que curó cuerpos y espíritus durante la gripe española, la Primera Guerra Mundial y la Revolución rusa. De ella recibió en herencia el nombre y la vocación de cuidar a los demás.

Mariela atendió a Lisa en los momentos críticos, aquellos en los que perdió tanta sangre que su vida corrió peligro. Fue la única que tomó su mano y secó su llanto hasta que pasaron las horas decisivas, como también fue la única a quien la muchacha confesó lo que su alma llevaba varios meses encerrando.

Y de Mariela recibió el primer bálsamo en ese tiempo.

—Hoy crees que lo has perdido todo, pero no sabes lo que la vida tiene preparado para ti. ¿Quieres que te cuente lo que me han contado que decía mi tía abuela, esa pionera de la que tanto habla mi familia, la primera Mariela?

—Seguro que algo muy sabio, conociéndote a ti.

—Pues sí, algo muy sabio: que no se olvida lo que se lleva en el corazón, solo es necesario elegir bien lo que guardamos en él.

Lisa se detuvo a pensar. Le habían quitado lo que llevaba en el vientre, pero lo que llevaba en el corazón era suyo. Solo suyo. Eso no habría Emil ni bofetón que pudiera arrebatárselo.

—Ahora sé por qué a las enfermeras os llaman ángeles, porque sabéis curar las almas igual de bien que los cuerpos.

—Anda ya, moceta, que me vas a sacar los colores. Deja, deja. Mira, aquella que llega por ahí debe de ser tu madre, que hoy es día de visitas y tú ya estás para recibirlas. Os dejo solicas. Y cuéntale a ella, mujer, cuéntale, que verás cómo te entiende.

También en esto la segunda Mariela era tan sabia como la primera, su tía abuela. Porque esa fue la otra cosa nueva que le trajo la tragedia: su madre. Con esa palabra en su pleno significado.

Al fin, tuvo una madre.

* * *

El charco de sangre al pie de las escaleras de su casa le abrió a Connie los ventrículos del corazón y, por primera vez en más de veinte años, le despertó el amor maternal que, si mantenía escondido, nunca demostró.

—Mi niña, mi hija, mi vida…

Eso suspiró noche y día durante tres meses, primero a los pies de la cama del hospital Saint Bernard y después a los de la suya, en una habitación de Armstrong Steps que Lisa había pintado de color verde esperanza cuando volvió de Madrid, calmándole la frente con paños fríos y tomándole las manos para infundirles calor, lo mismo que hacía su hija cuando era ella quien precisaba cuidados, pero con un servicio añadido: Connie, además, pasó ese tiempo, con todas sus horas en blanco, secándole las lágrimas.

—No llores, mi alma. Si es que yo tendría que habértelo dicho antes, es mi culpa por no haber sabido ser tu madre; no te enamores, mi vida, no te enamores nunca, que el amor hace daño.

Al principio, Lisa la miraba sin fuerzas siquiera para responderle que no, mamá, que no, que lo que duele es no tener al amor al lado, pero no lo decía primero porque no tenía voz suficiente y segundo porque, al menos, sí tenía una madre, bastante más de lo que se le había dado hasta entonces.

Al cabo del primer mes, Lisa aceptó lo que se le ofrecía, aunque jamás se habría atrevido si Connie no le hubiera dado pie, y se aventuró a preguntar.

—Pero, *mummy*, ¿qué te pasa cuando te pones tan triste? ¿Tengo yo la culpa de verdad? ¿Te he hecho algo malo? Si soy yo, perdona, ya no lo vuelvo a hacer más, pero antes tengo que saber qué es lo que es…

Connie enrojeció y Lisa temió que fuera por otro arrebato de los suyos. No lo era, no, era de vergüenza.

—Mi vida, perdóname, tienes que perdonármelo todo. Es que… a ver cómo te lo explico yo, que esto no se lo he contado nunca a nadie, ni siquiera a tu *nanny* Pepa.

Lisa supo que se le venía encima una confesión. Calló y tomó con su mano huesuda una de las carnosas de su madre, que siguió:

—Es que yo desde chica tengo una rata en la cabeza. Es un comecome, chiquilla, un raca raca raca que me araña el cerebro y me vuelve negros los pensamientos. Entonces lo veo todo oscuro, como si la vida se me fuera por cada poro de la piel y empiezo a recordar cada minuto de ella, pero solo los minutos malos. Y tu padre está siempre en ellos, mi alma. La rata lo sabe, porque, cada vez que me raspa la cabeza por dentro, solo saca todo lo malo que me ha hecho tu padre.

Lisa trataba de comprenderla y aventuró:

—Mamá, dime la verdad, ¿*dad* te ha pegado alguna vez a ti también?

Los ojos de Connie se volvieron vidriosos.

—¿Pegar, pegar? ¿Con las manos, dices, como a ti? Eso no. Lo que pasa es que hay otros golpes que duelen tanto como una bofetada. Yo no puedo evitar vivir con una rata dentro, pero trato con todas mis fuerzas de mantenerla a raya, que no se pase ni mijilla, para poder llevar una vida casi normal. Hay días en que lo veo todo azul y hermoso y me siento bien, y soy casi feliz. El problema es que a tu padre se le da estupendamente hacer que la rata se me vuelva salvaje y, cuando eso pasa, se acabaron los días buenos. Tú sabes lo bien que juega con las palabras, ¿verdad? Pues hay palabras que hacen el mismo daño que un tortazo en la cara, mi alma. Veintitantos años oyéndolas son muchos años.

Ahí estaba, por fin, Connie admitiendo que no, que ella no tenía la culpa de su desgracia, que su hija era inocente. Que durante veinte años solo había estado descargando en la cabeza de Lisa lo que Emil había arrojado antes sobre la suya.

—¿Y qué te pasó, mamá, cuando nos fuimos a Madrid? ¿Por qué te tomaste aquellas pastillas?

—¿Que qué me pasó, mi alma? —Fue la sonrisa más triste que Lisa le vio jamás—. Pues que creí que te habías ido para siempre y que me iba a quedar sola con tu padre. Y la rata se me volvió loca.

Lisa había necesitado un dolor inmenso, un peligro cierto de muerte por desangramiento, una pena más honda que la locura de Connie y una convalecencia de aflicción infinita para oír lo que estaba oyendo de la boca de quien hasta entonces parecía haberla odiado. Y se dijo que, si de tanta tristeza salía algo bueno, de algo habría servido.

Solo que se equivocaba.

Las ratas siempre saben encontrar el camino de vuelta.

MARIQUILLA Y TOÑI

—Abre, Antonia, que soy yo.

—¿Y quién es yo?

Silencio.

—Ea, pues no me abras si no quieres. Me voy, que ya sé pa dónde queda el camino a tomar por culo sin necesidad de que me manden.

La puerta se abrió antes de que Mariquilla se diera media vuelta y la Diezduros se encontró con el fantasma de la que un día fue su hermana.

Era el 15 de agosto de 1966. Había pasado más de un año. No habían vuelto a hablarse desde el día de 1965 en el que la una amenazó con quitarle el hijo a la otra, y la otra, con matarlo a guantazos.

Las dos habían vivido ese tiempo repartiéndose la culpa a partes iguales.

Durante la primera mitad, para cada una la causante de todos los males del universo estaba en la casa de enfrente.

—La mala bicha, siempre con los putos celos porque yo he parido y ella está seca por dentro, seguro que el marqués de los cojones es solo un metesaca que ni gusto le da, ni pa puta vale la Antonia, me cago en sus muelas, pero a mi niño que ni se le acerque que le doy una hostia que la pongo mirando pa Cádiz, la jodía Diezduros de mierda, mala muerte le dé...

—La muy cabrona, parece mentira que lleve mi sangre, coño, que me ha destrozado la vida desde chicas, siempre cuidándola pa que no se metiera en charcos y va ahora y se quiere cargar la vida del hijo, pues no la voy a dejar, me cago en todo lo que se menea, que ya va siendo hora de que a la Búcara alguien le pare los pies, con tanta mala leche que nos está agriando el café a todos...

En la segunda mitad del año, las tornas cambiaron en la cabeza de las dos y viraron enteras.

—Si es que mira que me lo decía mi hermana, la pobre, qué razón tenía y yo no le hacía caso, que te se va de casa, Mari, que te se va, y me se fue, que ya va pa diez meses y cada día estoy más desesperadita en un sinvivir sin mi Manuel y encima sin mi Antonia, ay, mi niño, que ahora para ahí arriba, en Las Abejeras o como se llame la puta finca, mala muerte le dé al inglés que me ha quitado a mi criatura, y eso que yo le llevo pucheritos con su pringá todos los domingos, pero él no quiere volver, y mira que ya me lo decía la Antonia, que te se va de casa, Mari, que te se va, y me se fue...

—Qué pena más grande tengo por la Mari, ay, Señor, pero qué lástima, coño, ahí solilla en la casa de enfrente, seguro que dándose con la cabeza dura en todas las paredes porque ha perdido a su Manuel, y es que entre las dos le habemos echado, pobre muchacho, con tanta pelea y tanta bulla entre nosotras, que entre hermanas eso no se hace, coño, que no, que eso no se hace, y es más culpa mía que de ella, que soy la mayor y al menos yo estoy aprendiendo a leer, asín que eso me da una responsabilidad... Ay, Señor, qué pena más grande mi pobre hermana...

Al final, cuando las dos mitades del tiempo se agotaron, la noche del lunes 15 de agosto de 1966 fue Mariquilla quien cruzó la calle y llamó a la puerta de su hermana, llorando a moco tendido y tiritando de frío en plena canícula.

—La he cagado muy gorda, Antonia, ay, chiquilla, que la he cagado muy grande y muy gorda. Ya sé lo que le pasó al niño en Madrid...

—Pero de eso hace una pila de tiempo, no es pa que te pongas asín ahora, que una follá de juventud no hace al monje.

—No, pero es que hoy me he enterado de una cosa que tú no sabes... Y lo que he hecho yo aluego tú tampoco lo sabes.

—A ver, chiquilla, ¿quieres hablarme claro de una vez, coño? Y sin adivinanzas, que yo a estas horas estoy muerta y mañana tengo que madrugar.

Y Mariquilla contó, se lo contó todo. Y se echó a llorar. Y siguió contando. Y siguió llorando.

Y después lloraron las dos.

LISA Y EMIL

Emil no fue a ver a su hija ni un día al hospital. Solo durante la convalecencia, mientras ya en casa Lisa luchaba contra una anemia galopante, hizo un tímido intento una tarde que se limitó a quedarse parado en la puerta, sin dar un paso dentro.

—Hija, *sweetie*, yo... no sé qué decirte...

—Pues ya has dicho suficiente, no hace falta ni una sola palabra más hasta que sepas qué es lo que tienes que decirme. —El tono de Lisa era de hielo.

Efectivamente, pensó él, no podía decir lo que no sentía, y el problema era que no sentía nada. Así que hizo lo mejor que supo en aquel momento: se fue.

Lisa terminó de recuperarse y regresó a su vida habitual, pero más callada, triste y solitaria que nunca. No hablaba con nadie, solo de vez en cuando con la *nanny* Pepa y algo más con Connie, con quien la relación había mejorado, aunque ahora los días negros y rojos fueran los de Lisa.

Los dejaba pasar lentamente, cumpliendo cansina con sus obligaciones en la casa y con sus estudios de secretariado, y deseando tener la ocasión de volver a encerrarse en su cuarto para seguir llorando todo lo que todavía llevaba en el alma sin llorar.

Emil, cada vez más preocupado por la situación, volvió pronto con una ofrenda de paz bajo el brazo.

—Ea, *sweetie*, ya está, *enough is enough*. No puedes estar para siempre llorando, tienes que seguir con tu vida.

—¿Ya está, *dad*, de verdad que ya está? ¿Aún no has descubierto qué es lo que tienes que decirme?

Emil calló un instante.

—Mira, Lisa, no debí pegarte, es verdad. Si pudiera, daría marcha atrás. Pero es imposible, solo se puede caminar hacia delante. Y tú tampoco estás libre de culpa; ¿tres meses sin decirme lo que llevabas en la tripa? ¿Tres meses sin contarme qué pasó aquella noche? ¿Tres meses sin saber que mi hija es una fulana?

—*Stop* ahí, que eso no te lo consiento. —Lisa se le enfrentó con el rostro tintado de rojo y alzó la voz como cuando tenía diez años—. Tres meses, sí, y tres meses sin preguntarme tú ni una sola vez qué me pasó en Madrid, ni siquiera ahora. Como tampoco me has preguntado nunca si yo quiero cuidar a mamá cuando le dan los arrechuchos, porque esa es mi obligación, ¿verdad?, tú eres el que la saca de quicio y yo la que la traigo de vuelta, ¿no?

—Pero qué sabrás tú...

—Mucho, yo sé mucho, *dad*, que tonta del todo no he salido, aunque a veces a mí también me lo quieras hacer creer, como a la desgraciada de tu mujer. Sí, yo sé mucho porque soy la que la cuida y tú el que se va con sus amigos a hablar de política para después volver a mesa puesta...

Emil quiso intervenir de nuevo, pero Lisa no le dejó, gritó más de lo que habría gritado él si le hubiera dejado hacerlo.

—¿Y ahora vienes a acusarme de fulana porque una noche, solo una noche, hice lo que tú jamás has hecho por mamá y así está la pobre? Yo lo que hice aquella noche fue llenarme de amor, *dad*, amor, eso que tú ni siquiera sabes qué es. ¿Y quieres que me arrepienta? Escucha bien lo que te voy a decir: si volviera a ver al hombre que me dejó preñada, te juro, *dad*, pero es que te lo juro por lo más sagrado, que volvería a acostarme con él cien veces y a tener cien hijos. Y, si follar por amor es ser una fulana, ¿qué eres tú, que tuviste que hacerlo sin él para tenerme a mí?

Emil, noqueado, no respondió.

Fin del primer asalto.

Lisa, creyó ella, acababa de devolverle el bofetón a su padre.

* * *

El segundo asalto fue más sosegado, pero más práctico.

Se libró algunas semanas después. Emil entró en el cuarto verde esmeralda con un periódico aún húmedo de tinta bajo el brazo.

Habló con mucha suavidad.

—Mira, *sweetie*, a ver qué te parece.

Lisa se fijó en la cabecera: *Calpe Mirror*. ¿Un periódico nuevo? ¿En Gibraltar, donde el *Chronicle* era rey absoluto? Después desplegó la hoja, de tamaño tabloide. Leyó un titular a cinco columnas y por lo menos cuerpo cincuenta que en una frase resumía su línea editorial y advertía de que España tenía a la ciudad bajo asedio: «Gibraltar, under siege».

Número cero, también se percató Lisa. O sea, una maqueta, un proyecto. Entonces lo entendió. Aquellas hojas eran lo que Emil siempre había deseado y a lo que solo se atrevió a lanzarse azuzado por su amigo Balloqui.

Un periódico nuevo, efectivamente. Y, como correspondía con el talante de sus creadores, usando el nombre de Calpe, uno significativo que evocaba el pasado fenicio del Peñón. O quizá más antiguo aún, el nombre que dio Hércules a las grandes rocas del Mediterráneo, Gibraltar e Ifac, sur y norte, atalayas gemelas de los mares. Una auténtica declaración de independencia histórica.

—Tenemos que hacer algo para que España no nos invada, Lisa, y yo no sé de trincheras, solo de periódicos. Tony y yo nos hemos tirado al agua para evitarlo, a ver qué pasa…

—Pues qué va a pasar, *dad*, que os vais a ahogar y nosotros nos vamos a morir de hambre, porque aquí no hay suficientes lectores para tanto periódico. Si al *Chronicle* ya le cuesta sobrevivir, hombre, tú lo sabes mejor que nadie.

—Por eso te necesito, hija. Quiero ofrecerte un trabajo, ahora

155

que has terminado los estudios y ya estás más recuperada de tu... del incidente. ¿Querrías ser —Lisa contuvo el aliento— nuestra secretaria, la secretaria del *Calpe Mirror*?

La joven soltó un bufido y una carcajada.

—¿En serio, *dad*? ¿Secretaria? ¿Eso es lo que más falta os hace en un periódico que nace medio muerto? ¡Anda ya, hombre!

Emil se sintió confuso por primera vez en su vida.

—¿No quieres ser secretaria? Si has estudiado para eso... Entonces ¿qué trabajo esperabas que te diera?

—Pues uno de periodista. He estudiado secretariado porque no me dejabas hacer otra cosa y así al menos salía un rato de casa. Pero yo lo que quiero es ser periodista. Aprendí mucho en Madrid de aquella rueda de prensa. O eso, o me voy de esta piedra y me busco un trabajo en España aunque sea fregando suelos, porque aquí me ahogo. Tú verás.

El hombre se rindió. Lisa había tenido que pagar un altísimo precio por la segunda bofetada de su vida, era justo que ahora quisiera cobrarse al menos una mínima parte de la deuda.

—De acuerdo, periodista serás si tanto lo quieres, pero cuando practiques y aprendas a serlo de verdad.

A la joven, por primera vez en más tiempo del que recordaba, se le volvieron a encender los ojos.

—Tengo muchas ideas, *dad*, verás...

—De ideas nada. En el *Mirror* las ideas son mías, que soy el director. Ya se me ocurrirá alguna, déjame pensar, y a ver cómo te sale. ¿Estamos?

—Estamos. —Lisa frunció el ceño, aunque aceptó, todavía no había llegado el momento de tensar la cuerda hasta que se rompiera.

—Solo tengo una condición.

Peligro. Ahí había peligro.

—Mi condición es que, mientras quieras jugar a ser periodista, no salgas de Gibraltar, ni siquiera a La Línea. La *nanny* Pepa puede venir a verte, que ahora es más fácil para una española entrar que para una gibraltareña salir. La cosa está muy fea. Tú te quedas en la Roca o no hay periodismo que valga. Elige.

Lisa lo meditó un rato. No había desistido de encontrar algún día a Manuel, pero eso le parecía un sueño cada vez más lejano. La razón principal, porque habían pasado demasiadas cosas y demasiado tiempo. Y se había quedado sin fuerzas. Sin fuerzas y sin ganas. Poco a poco se había ido dando cuenta de la locura que sería partir en su busca a un pueblo de las montañas de Málaga en el que sin duda sería ella quien terminaría extraviándose. Una mujer extranjera preguntando por un español que seguramente a esas alturas tendría novia, si no había terminado casándose ya y esperando familia… No, no tenía sentido. Además, para qué buscar al que pudo haber sido el padre de su hijo si no había hijo ni apenas recuerdo vivo.

—*Okey*, lo que tú digas. Pero yo tengo otra condición.

Emil se sorprendió.

—Mi condición es que dejes en paz a mamá. Si vuelves a hablarle mal, me voy de aquí y no vuelves a verme en tu vida. Esa condición o no hay *deal*.

Su padre la miró entre confuso, admirado y abochornado. Sí, sin duda, de todas las mujeres de su vida, aquella le había salido la más explosiva.

Lisa aprovechó el desconcierto de Emil para ganarse el punto final.

—Y que te quede esto claro: te pongas como te pongas, yo voy a ser periodista.

TOÑI Y MARIQUILLA

—¿Te acuerdas de Pepe Rebollo, Antonia, el de la verruga en la ceja?

Así comenzó Mariquilla su historia la noche de la reconciliación en la que llamó a la puerta de su hermana tras un año de testarudez. Porque del Rebollo que levantaba las faldas a las niñas cuando saltaban a la rayuela en la Alameda al Rebollo cuya existencia la Búcara acababa de conocer habían pasado casi treinta años, pero ninguno de ellos bueno.

Todo empezó cuando las matuteras de la serranía intuyeron que, desde la visita de la reina Isabel II a Gibraltar en 1954, una especie de soga se iba enredando lentamente alrededor de quienes vivían en y del Peñón, los de dentro y los de fuera. Las que se mantenían a duras penas de sus pequeños contrabandos, entre ellas Mariquilla, decidieron intensificar sus viajes para exprimir al máximo la ubre antes de que Franco la secara. Eso podía ser de repente, de la noche a la mañana, conque mejor ir sacando provecho mientras se podía.

Mariquilla le pidió a Cefe que la llevara a Gibraltar una vez a la semana, en lugar de una al mes.

—Ni hablar, vamos, que no. ¿Tú sabes cuánto me puede costar a mí tanto viaje a la cancela del inglés? Y encima, el doble de peligro. Que no, que ni hablar, vamos, que no.

Por supuesto que la llevó una vez a la semana hasta la misma Focona, todos los lunes de todos los meses, no solo los segundos, sin faltar ni uno. Más aún, ahí se quedaba Cefe, sin moverse; no la perdía de vista hasta que cruzaba la Verja y no pestañeaba hasta que volvía a verla aparecer, ya anochecido.

El trabajo en casa del doctor Abraham Cazes no daba para tanta frecuencia, porque también los gibraltareños empezaban a notar el asedio y el buen médico no podía pagarle una limpieza semanal, teniendo en cuenta que el sueldo de Mariquilla en su casa era de veinte chelines por un solo día de faena, casi el doble de lo que las españolas cobraban por trabajos mucho más arrastrados en la Roca. Sin embargo, consintió en que el pase de la rondeña sirviera para todos los lunes del mes. Ella sabría lo que hacía con él.

Mariquilla sabía. Pasaba los lunes libres negociando con sus proveedores, cada día más enfadados con España y los españoles, y llenándose el refajo con cuarterones de picadura de tabaco, chocolate, jabones El Abanico, regalices *liquirbá* y, cuando encontraba lugares adecuados donde esconderlos, preciados botes de leche evaporada.

Por eso, en la fiesta de la Virgen del 15 de agosto de 1966, aunque no fuera segundo, sino tercer lunes del mes, Mariquilla estaba en Gibraltar.

Por eso y porque ese día, además de trapichear, tenía una cita.

* * *

La Main Street estaba llena de *olive skins*, como llamaban a las españolas de piel morena y aceitunada. La Main Street parecía esa tarde un olivar. Mariquilla era una de ellas, porque el doctor Cazes le había pedido un favor. Él a ella y no al revés. Con la de medicinas que le tenía dadas el galeno para el asma de Manuel, cómo iba a decirle que no.

—Se llama Elisabeth, pero todos la conocen como Lisa. Es hija de un amigo y dice que te conoció de pequeña, Mariquilla, cuando ibas a su casa a venderles chorizos de esos que traes tú. Ya es una señorita, muy guapa aunque un poco triste. Ahora dice que quiere ser periodista, como su padre, locuras de juventud. Se quedó muy asombrada cuando supo que trabajabas en mi casa, casualidades de

159

la vida, y le gustaría mucho volver a verte. Queda con ella, *come on*, mujer, qué te cuesta, a ver si así le das gusto, la haces feliz un rato y se le quitan las ojeras.

No, a Mariquilla no le costaba nada quedar con esa niña respondona y saladísima a la que vio por última vez cuando tenía nueve años. Lo que le costaba era revivir aquellos días incomprensibles en los que fue expulsada de su casa de malos modos y sin explicaciones.

Quedaron en la terraza de un *coffee shop* recóndito y escondido de miradas indiscretas.

Es verdad que la niña se había convertido en una mujer triste. Era una joven muy bella, pero de una delgadez tan extrema que, en lugar de bolsas bajo los ojos, tenía dos valles hundidos y amoratados que acentuaban su aire de amargura.

Mariquilla, sentada en el borde de la silla como a punto de salir corriendo, sin tocar siquiera su gaseosa, aferrada al bolso como el náufrago al salvavidas, callada y ceñuda, la observaba mientras Lisa le contaba intrascendencias de su vida.

Pero el monólogo no fue largo, la chica tardó muy poco en llegar al núcleo.

—No la voy a entretener mucho, doña María, ya sé que tiene que cruzar la reja pronto. Es que hay algo que acabo de conocer y usted debe saberlo. No sé si hago bien en decírselo…, pero se lo voy a contar.

Se lo contó. Y lo que le dijo fue un navajazo derecho al corazón.

LISA

Emil tenía una carpeta llena de recortes de periódico, algunos de cuando la guerra española y otros de la europea, pero todos de guerra. Cientos de papeles amarillentos, testigos de un pasado ya no tan reciente, pero todavía doloroso.

—*Here you are*, Lisa. Este va a ser tu primer reportaje. —Su padre le tendía un gurruño de papeles viejos—. Quiero que escribas sobre los republicanos valientes que llegaron a Gibraltar para escapar de Franco después de la guerra. ¿Sabes que algunos lo hicieron a nado?

¿Republicanos? ¿Españoles? ¿Guerra? ¿Historia? ¿Pasado? Su primer impulso fue decir que no. Estaba harta de mirar a la espalda, la suya y la del mundo. Cuánto necesitaba que alguien le hablara del futuro.

Pero después lo pensó mejor. Si la única condición para su primer artículo era escribir lo que su padre quería que escribiera, tal vez ese no fuera el peor de los temas. Porque había que reconocer que aquellos hombres fueron valientes, sin duda alguna, y escribir sobre valientes de quienes la propia Lisa tendría mucho que aprender no era mala idea del todo.

—*Okey*, voy a ver si encuentro a uno de esos republicanos…

—No hace falta, ya lo he buscado yo por ti. —¿Así sería su carrera como periodista, con Emil manejando los hilos de sus propias investigaciones? Lisa volvió a dudar si debía aceptar el gurruño—. Es que lo puedes encontrar aquí mismito, en el Loreto. Habla con *sister* Madeleine. Por lo visto, tiene contratado como limpiador de la escuela a uno de esos republicanos que cruzaron nadando. Pepe Rebollo, se llama. Anda, vete al colegio y entrevístale, *will you*. Si no te cuenta nada interesante, ya vas tú y te buscas otro.

Que Pepe Rebollo tuviera una verruga peluda justo encima de la ceja izquierda no fue lo que más llamó la atención de Lisa acerca de esa ceja, fue que la tenía encogida, como la otra. Era un hombre de cejas enfadadas.

—Tengo entendido que vino usted nadando a Gibraltar... ¿cuándo fue? ¿En el 39?

—No, señorita, más tarde, en el 54. Yo no me largué como los cobardes, yo me quedé en las montañas luchando.

—Entonces, usted fue maquis.

—Maquis nos llamaban, sí, señorita, usted no lo sabrá, que es muy joven.

—Pues ya ve usted que sí lo sé. Además, para eso estoy aquí, para saber.

—Aquí está, sí, señor, y muy guapa, seguro que se lo dicen mucho, no entiendo yo que una chavala con tantos moscones como debe tener usted alrededor necesite trabajar, anda que si yo tuviera veinte años menos se me iba a escapar...

—Ya, como si cazara topos, ¿no? Señor Rebollo, yo, con usted, ni con treinta menos.

—Qué carácter, hay que joderse, ya se ve por qué no está casada.

Lisa recogió su libreta y se levantó dispuesta a irse.

—Perdone, perdone, yo es que hace mucho que no hablo con más hembras que las monjas y ya no sé cómo se hace eso.

Volvió a sentarse.

—Me parece a mí que nunca lo supo ni lo sabrá mientras nos siga llamando hembras. En fin, cuénteme lo que le dé la gana, que ya veré yo luego cómo lo escribo.

Así, con vía libre siempre que no traspasara la línea invisible que Lisa había dibujado entre los dos, empezó Rebollo su relato.

Lo hizo con una frase que marcó el resto:

—Yo estuve a las órdenes del que llamábamos el Comandante Velorio, un tal Raimundo Calle...

162

¿Dónde había oído antes Lisa ese nombre?

—Un jodío canalla… —siguió Rebollo.

Pero, por Dios, ¿dónde?

—Que tenía un lunar como un guisante aquí mismo, junto a la oreja…

A Lisa le recorrió un relámpago por la espalda.

—Un mal bicho que delató a todos sus compañeros, según me contaron. A saber dónde estará ese ahora, escondido bajo una piedra, fijo, como las culebras.

Pepe siguió y le dijo que Raimundo Calle primero se hizo guardia civil de la República y después anarquista para seguir los pasos de Bernabé López Calle, el que más tarde se convirtió en el famoso comandante Abril del maquis. Después, tejió ante Lisa una tela de araña embrollada y plagada de traiciones junto a sermones sobre el bien y el mal sin más fundamento filosófico que la locuacidad de un patán que olía a orujo y mentira.

De modo que la joven decidió ejercer de periodista de verdad y, sin encomendarse a su padre ni a nadie más, quiso ahondar por su cuenta.

Investigó y lo hizo profundamente. Había más republicanos españoles en el Peñón, bastantes más de los que le había contado Emil. No le costó encontrarlos. Eran gente humilde, buena y, sobre todo, callada. Todos llevaban muy dentro lo sufrido y les costaba sacarlo a flote. Pero conservaban el alma libertaria.

Habían huido de la dictadura franquista y se habían asentado en la Roca, solo que estos eran maquis de verdad, de los que realmente se apostaron la vida rojo contra negro a que podrían ganarle la partida al tirano y la perdieron, porque atrás dejaron hijos vivos, familiares y amigos muertos y un país desgarrado cuyas luces encendidas miraban durante noches enteras desde sus ventanas anhelando lo que tenían tan cerca y a la vez en otra galaxia.

Hablaron con Lisa y lo hicieron con honestidad en la mirada. Todos conocían a Pepe Rebollo, pero ninguno había cruzado con él ni una sola palabra desde que llegó a Gibraltar.

Uno de ellos, Alfonso Altamirano, se atrevió a explicarle por qué, a pesar de su parquedad.

—Yo, con traidores, ni media, señorita.

—¿Cree usted que Rebollo traicionaba a sus compañeros?

—Allí donde iba ese, después llegaba la Benemérita, ya me dirá usted cuántas casualidades aguanta la vida...

—Pero él dice que el traidor era un tal Raimundo, el comandante Velorio.

El hombre saltó en la silla y casi se cae con el ímpetu.

—Eso sí que no, señorita, por ahí no paso. El Velorio era el hombre más bendito de la sierra, un pedazo de pan que salvó a mi hijo cuando los civiles llegaron y él mismo se llevó el tiro que iba para mi chaval. —Se calmó un poco y se acomodó mejor en la silla después del bote—. No sé qué fue del Velorio, esto a mí me lo contaron cuando yo ya llevaba unos años en Gibraltar y Rebollo estaba recién llegado. Lo que sí puedo decirle es que para mí que el comandante está muerto, y mi hijo, vivo. Dio la vida por mi criatura. Eso es lo único que sé y lo único que me importa.

—Entonces ¿no cree usted que Raimundo traicionara a su tropa?

—¿Traicionar el Velorio? Jamás. Si hubo traidor, perdone usted el lenguaje, me juego las pelotas a que fue Rebollo. Y no las pierdo, señorita, se lo aseguro. No sé cómo lo hizo desde aquí, pero lo hizo, aunque algo me barrunto, que hay civiles de paisano cruzando la Verja cada día con recaditos del cabrón del generalísimo a ver si le ayudamos a hacer que caiga el Peñón.

—Rebollo miente... —No fue una pregunta, sino una constatación.

—Miente en eso como en todo. Si ni siquiera sabe nadar...

REBOLLO

Lisa pidió una nueva entrevista con Pepe Rebollo. Ya empezaba a darse cuenta de que la táctica para extraer lo mejor de sus entrevistados era dejarlos hablar. El que dice verdad la dice escuetamente, con convencimiento. El mentiroso, sin embargo, es víctima de su mentira: habla y habla hasta que se enreda tanto en sus propias palabras que cae rodando por el precipicio abajo con las piernas atadas a ellas.

Envalentonado por que la periodista quisiera verlo de nuevo, Rebollo comenzó contándole otra de sus proezas, esta ya en Gibraltar y en beneficio de los gibraltareños, quienes, según él, le debían un favor.

—Pues no voy un día, hará como diez años ya porque fue de cuando vino la reina vuestra, que aunque yo soy republicano me cae bien la cabrona, siempre con su bolsito… que le decía yo que no voy un día y aquí mismo, en la escuela, me veo a una mujerona de negro cosiendo en la ventana de la habitación de enfrente, donde las monjas, y me digo coño, a esa la conozco yo, y cómo no la iba a conocer, si era la mujer del demonio en persona, la Mari, Mariquilla para todos, la satanasa del Velorio, y voy y me digo esta hijaputa ha venido por algo, y voy y me quedo escuchando, pero nada de nada, que ya entonces me fallaba la oreja por un tiro que pegaron cerca en la guerra, pues eso, que pasan unos días, y yo, como decís ustedes, *aliquindoi* todo el rato, y la satanasa era, sí señora, porque a poco llega por aquí un señor muy fino y bien vestido, con una pajarita de cuadros,

algo cojo y renqueando como una mula vieja, y le dice a la Madeleine que tiene que echar a la mujerona, porque es tan hija de la gran
puta como su marido, que entre los dos son el infierno, que ella ha
llegado al Peñón para espiar a cambio de que dejen suelto al malparido del Velorio, si el cojo hasta sabía que estaba metido en el Hoyo
de Medina Sidonia, que es una cueva que me conozco estupendamente y muy buena para esconderse, y que Franco va a invadir esta
piedra para que ustedes dejéis de ser ingleses, y que la mujerona se lo
cuenta todo, traidora como su hombre, y que ya la está largando a
patadas de la escuela, pero la buena de la monja no se lo creía hasta
que llegué yo y le dije mire usted, hermana, lo que le ha contado el
pimpollo de la pajarita es todo verdad de pe a pa, que esa mujer es
tan falsa como su marido, una familia de satanases, si no, ya me dirá,
me acuerdo muy bien, dos hijos tuvieron y a los dos los llamaron
igual, dos Manueles clavaditos, para que en el infierno sean lo mismo
y nadie los distinga, ¿son o no son satanases todos, hasta los hijos...?

Fue la última mentira que Lisa estaba dispuesta a oír. Impidió
que siguiera hablando con una pregunta a bocajarro.

—A usted le conocían como el Peseta, ¿verdad? ¿Le gusta mucho el dinero?

Tomó al hombre desprevenido, lo notó.

—A ver, dicho así... A mí lo que me gusta es comer, señorita,
y para eso hace falta parné.

—¿Cuánto le pagaba y le sigue pagando a usted la Guardia Civil?

Eso sí que no se lo esperaba.

—¿Mande...? ¿Qué mierda es esa de que...?

—Y usted no llegó aquí nadando, ¿a que no?

Rebollo enrojeció y respondió tartajeando:

—Pero, pero... ¿qué dice usted, jodía?

—Que no. Que usted no sabe nadar, que vino escondido en uno
de esos camiones que cruzan la reja cada día. Escondido como lo
que es, un cobarde.

—¿Cobarde? —Rebollo no entendía esa reacción, con lo convincente que había sido y lo atentamente que esa niñata le había
escuchado—. ¿Cobarde yo, que me he jugado la vida contra Fran-

co? Tú lo que eres es una puta porculera que come caliente todos los días y no respeta a los que...

—Yo no respeto a los traidores, señor Rebollo, y usted es el mayor de ellos. Me ha mentido en todo, absolutamente en todo, de principio a final.

Lisa se había encendido como una antorcha. No podía dejar de hablar y, aun así, no le salían tantas palabras como quería decirle. Él trató de interrumpirla, pero no pudo.

—Usted es un embustero de tres al cuarto, señor Rebollo. Ya he investigado de verdad, que es lo que me han enseñado a mí que debe hacer una periodista, y lo sé todo de usted. Cuando lo publique, veremos si vuelven a llamarle valiente.

Se irguió y levantó la mano para imponerse y ser la última en hacer uso de la palabra.

—Prepárese, Rebollo, porque a todo cerdo le llega su San Martín.

El vello del cuerpo entero de Lisa seguía electrificado cuando abandonó la misma habitación en la que estaba aquella piltrafa de hombre. No recuperó la tersura de la piel ni el aliento hasta que salió al aire fresco de la puerta de la escuela.

Lo primero que pensó fue: «No, mi padre no pudo hacer lo que dice ese *filthy little man*, no, no pudo contarle a la monja... para delatar al padre de... No, ese Rebollo miente como en todo lo demás. Emil no...».

Y lo segundo: «Lo que sí es verdad es que el niño al que este miserable dejó sin padre ha estado a punto de ser el del hijo que perdí. Alguien tiene que contárselo a él o al menos a su madre, y yo voy a encontrarlos a los dos».

MARIQUILLA Y TOÑI

La noche en que Mariquilla y Toñi se reconciliaron, la Búcara reprodujo ante la Diezduros lo que ese día le había contado Lisa y, para colocarlo en su contexto, juntas se vieron obligadas a recordar lo que tanto se habían empeñado en olvidar durante años.

Como que, nada más acabar la guerra, después de que Bernabé López Calle luchase en Madrid en defensa del golpe de Casado contra Negrín y mientras era encarcelado por los que ya se veían triunfadores del otro golpe, el fascista, el por entonces padre de un solo Manuel creyó que los picos abruptos de las montañas que van de Ronda a Medina Sidonia serían el refugio desde donde quizá se podrían recomponer las filas maltrechas de los últimos leales al Gobierno republicano.

Allí se instaló Raimundo, investido como Comandante Velorio, en el verano del 39 para formar un ejército de hombres, mitad guerrilleros mitad bandoleros, que le dieran la vuelta a España. Uno de ellos era Pepe Rebollo, conocido por todos como el Peseta por el amor que le tenía a guardarse en los bolsillos todas las que pudiera.

A Bernabé lo mataron en 1949 de veintitrés disparos, delatado por un traidor. Y, cinco años más tarde, la historia se repitió.

Un día de 1954, la Guardia Civil irrumpió por sorpresa en el campamento que dirigía el Velorio en la cueva del Hoyo. Hubo muchos tiros, mucho miedo. Los hombres no estaban preparados, ni siquiera bien comidos y apenas habían dormido. Una ratonera, como en el 49.

Murieron casi todos en el sitio, excepto un crío de diecisiete años, hijo de un tal Altamirano, al que iba destinada una bala que terminó en la tripa de Raimundo porque tuvo tiempo de esconder al muchacho a su espalda. A pesar de quedar muy malherido del cañonazo, el comandante consiguió llegar hasta la casa de su mujer, ver por última vez a su hijo Manuel y morir en los brazos de la que le había querido toda la vida, aunque él no hubiera podido corresponderle como merecía.

Y excepto Rebollo, que unas cuantas semanas antes del asalto al campamento, vaya coincidencia, había dejado dicho que bajaba al pueblo a robar pan y algunas botas de vino y del Peseta nunca más se supo.

Lo cierto es que, misteriosamente, había amanecido en Gibraltar en vísperas de la escabechina, aunque nadie llegó a saberlo en la serranía hasta que Lisa dio cuenta de él ante Mariquilla la tarde en que se vieron.

Rebollo siempre les contaba a los llanitos que era un republicano fiel al Gobierno legítimo que tuvo que huir de Franco y que fue uno de los intrépidos que llegaron a nado a la Roca, lo que le otorgaba un aura de héroe que le vino muy bien al otro lado de la Verja.

Dormía en un barracón y limpiaba los suelos del Loreto Convent School. Un lunes que vio a Mariquilla en el colegio, hacía diez años, cuando la mujer zurcía para las monjas, ella no lo reconoció. Pero él a ella sí. Cómo iba a olvidar a la esposa del comandante que le llamó cerdo traidor un día que dejó en la estacada a sus compañeros durante una escaramuza en la que casi terminan atrapados. Cómo iba a olvidar Rebollo al Velorio, de quien al fin pudo vengarse cuando por casualidad oyó a un hombre cojo y con pajarita revelando ante la monja Madeleine el paradero exacto del campamento maquis, la cueva del Hoyo de Medina Sidonia.

Cómo iba a olvidar con cuánta astucia fue capaz de informar al guardia civil emboscado de La Línea que llegaba cada mañana a trabajar en las obras del astillero donde se encontraba el Velorio, a cambio de las cien pesetas que le trajo en mano el benemérito una semana después.

Y cómo iba a olvidar que el verdadero héroe era él, Rebollo, un aventurero capaz de huir indemne de la caza de maquis gracias a los guardias civiles que siempre le atendieron a cambio de información y le ayudaron a viajar escondido en una camioneta hasta la misma frontera con Gibraltar para que allí obtuviera información de otros rebeldes huidos.

La camioneta en la que se ocultó, por cierto, transportaba estiércol. Así pudo llegar a la Roca oliendo a lo que era.

Rebollo también tenía su metáfora.

LISA Y MARIQUILLA

La tarde en que se encontraron en la Main Street de Gibraltar, Lisa le contó a Mariquilla que, hacía diez años, Rebollo estaba escondido escuchando sin ser visto una mañana en que su padre, Emil —«¿Se acuerda de él?», «Como para olvidarle, hija de mi vida»—, llegó muy airado al colegio y le dijo a *sister* Madeleine que tenía que echar inmediatamente a la matutera de Ronda porque era una espía de Franco a cambio de inmunidad para su marido, escondido en una cueva concreta de Medina Sidonia, y…

—¿Una espicha yo…? ¡Madre del amor hermoso! —Mariquilla interrumpió a Lisa con un alarido—. ¿Y eso qué es lo que es, espicha o como se diga? La puta que parió al Rebollo…

—Baje la voz, por favor, que todo esto se lo cuento yo en confidencia… en secreto, quiero decir. Déjeme seguir, por favor, que hay más.

Lisa le dijo que después de hablar con Rebollo se fue derecha a su padre y que este no negó lo que el hombre había dicho de él. Es más, lo corroboró orgulloso: sí, él había conseguido que los Drake se libraran de esa matutera que estaba echando a perder a su hija, aunque hubiera tenido que hacerlo con una mentira. El fin, decía con frecuencia Emil, justifica los medios.

—El fin fue que mataran a un hombre —le dijo ella en voz muy baja— y eso no hay medio que lo justifique.

Por eso estaba allí con Mariquilla, porque creía que la mujer tenía derecho a conocer la verdad sobre la muerte de su marido y sobre el porqué de su expulsión de la casa de Armstrong Steps hacía diez años.

Trató de explicarle, además, que ella no le estaba contando todo eso para obtener algo en pago de su información, porque se lo habría dicho de todos modos. Pero sí que tenía un favor que pedirle y le rogaba de todo corazón que la atendiera.

—Hace un año yo estuve en Madrid y me enamoré de un chico. Se llamaba Manuel y tenía un lunarcito aquí, junto a la oreja, en forma de guisante. No he vuelto a saber nada más de él, y eso que he pasado por un infierno desde entonces. —Bajó todavía más la voz—. A ver, yo se lo voy a contar en confianza, aunque usted es muy libre de juzgarme o no. Me quedé embarazada aquella noche, sí, señora, sí. Me quedé embarazada y estoy segura de que él se habría hecho cargo del niño de haberlo sabido, pero cuando mi padre se enteró… En fin, perdí a la criatura, no le diré cómo, no la voy a entristecer más, que ya tiene usted bastante con lo que le he contado. El caso es que, desde entonces, mi padre no me quita ojo ni me deja salir sola ni a por el pan. No le cuento el lío que he tenido que organizar para venir a verla.

Mariquilla estaba sin habla, sin aliento, sin alma. Solo la miraba con los ojos muy abiertos.

Lisa siguió:

—No sé cómo de grande será Ronda, pero igual usted conoce a mi Manuel, lo mismo que aquí nos conocemos todos. Y yo no es que quiera ponerla en un compromiso, pero este es el favor que le quiero pedir.

Dejó sobre la mesa del *coffee shop* un sobre cerrado de color rosa. Mariquilla no quiso tocarlo siquiera, solo se apartó un poco de Lisa, abrazó más el bolso y lo apretó contra el pecho.

—Por favor, quédeselo —insistió Lisa acercándole el sobre—. Seguro que usted conoce a mucha gente en Ronda y encontrará a alguien que le pueda dar alguna razón de él. No necesito nada más. Le he escrito una carta y dentro va una cosa que quiero devolverle para que vea que no lo he olvidado. Me la dio en Madrid. Tanto si ya no me quiere como si ni siquiera se acuerda de mí, creo que debe tenerla otra vez. ¿Me haría usted ese grandísimo favor?

Mariquilla seguía muda. Más que muda, paralizada. La columna vertebral se le había vuelto una viga.

Al final, Lisa encontró el camino.

—Usted perdió al amor de su vida y yo al mío. Ya he renunciado a él, ha pasado demasiado tiempo para que Manuel recuerde a la chica con la que estuvo una sola noche de la vida. Lo único que espero es que esté bien y que pueda leer esta carta para que no tenga que morirse algún día preguntándose qué fue de mí. Por favor, señora, por favor, se lo suplico, llévese esta carta. Estoy segura de que usted podrá encontrar al Manuel del que le hablo.

Lisa sabía que Manuel era hijo de Mariquilla, pero no se lo dijo. Mejor así.

Obtuvo la respuesta que esperaba: silencio.

Del ojo de la mujer se escapó una gota, alargó una mano, se acercó a la carta arrugándola al agarrarla con fuerza y salió disparada hacia la Verja sin despedirse de Lisa.

LISA

La carta.

Solamente estaba al tanto de ella Marisol, su única amiga, hija de llanita y linense, otra híbrida como ella. Se conocieron en el Imperial la última vez que Lisa fue a La Línea antes de que su padre se lo prohibiera, cuando pasó una tarde, como siempre que podía, en el cine con su abuela.

—Anda, hija, a ver si tu niña arregla a la mía y le devuelve algo de alegría, porque ya no tiene pestañas la pobre de tanto llorar desde que llegó de Madrid —le había pedido Pepa a su amiga y vecina doña Sole, que ese día recibía la visita de su nieta—. Mal de amores tiene la muchacha, fijo. Y es que mira que le ha dado fuerte, ay, Señor, que se le va a pasar la juventud en un suspiro de dolor, pobrecita mi criatura.

Al salir del Imperial, Marisol y ella y cada una con su abuela terminaron en el Café Modelo ante un chocolate con churros. Marisol y Lisa, ya inseparables.

Marisol era modista y cosía como seguramente los ángeles cosen en el cielo, así hablaba de ella su abuela doña Sole. Aunque debía de ser eso lo único en lo que se parecía a un ángel, porque la niña había salido rebelde. No tenía pelos en la lengua ni en el cerebro.

Fue ella quien se lo sugirió.

—Mira, nena, yo que tú le escribía una carta al prenda ese de Ronda que te tiene loca. Dices que el fantoche de Rebollo ya te ha puesto sobre su pista al contarte por dónde para su madre, ¿no?, y encima la conoces de cuando eras pequeña. Pues a por él, hija mía, por Dios, a por él, si encuentras a la madre, encuentras al hijo, que ya no tienes nada que perder, con todo lo que has pasado desde que lo conociste, a ver si se te quitan de una vez esas ojeras. Si el cabrón no te contesta a la carta y no vuelve a ti, le olvidas de una puta vez y a por otra cosa, que el mundo está lleno de hombres.

—Ya, pero es que si no me contesta…

—Si no te contesta, es que no te quiere y punto.

—Sí, sí que me quiere… bueno, me quiso.

—Vale, vamos a decir que al menos te quiso un rato.

—Pero un rato largo.

—La perra gorda para ti, un rato largo. Vamos, lo que dura un polvo, te vienes a referir.

Qué bien sentaba reír entre lágrimas.

Le hizo caso. Lisa buscó de un lado a otro de Gibraltar a Mariquilla, la matutera de su infancia a la que recordaba muy bien. No tuvo más que preguntar por las pocas españolas que iban quedando en la Roca y que hacían las labores que ninguna gibraltareña haría, desde fregar suelos hasta cuidar a los ancianos. La encontró, al fin, en casa del doctor Cazes y consiguió que el buen médico la convenciera para verse con ella en un café y para que pudiera contarle lo que se había prometido que algún día contaría.

La mujer había accedido, le anunció el doctor, y la noche anterior a la cita se sentó a solas en su cuarto verde a escribir la carta.

Lo más difícil que escribió y escribiría jamás, aunque ella no lo supiera todavía:

Mi queridísimo Manuel:

No sé si en este año has soñado tantas veces como yo con lo que te diría si te viera. El momento ha llegado. Te tengo enfrente, Manuel, estás en esta hoja de papel en blanco que me asusta más que las tormentas del Estrecho porque tengo tanto que decirte y tanto miedo de hacerlo que me siento hundida en la tierra. Como si me hubieran plantado y ahora tuvieran que arrancarme de raíz.

Empezaré por decirte que soy Lisa, la mujer de Gibraltar que conociste en el concierto de los Beatles. Pero, si has llegado hasta aquí y solo ahora, después de mi explicación, caes en la cuenta de quién soy, mejor no sigas leyendo. Eso significará que me has olvidado del todo y, si es así, eres mucho más afortunado que yo. Rompe esta carta, ya no te interesa lo que voy a decirte, y continúa con tu vida. Deseo que la vivas muy feliz.

Sin embargo, también puede que me hayas recordado alguna vez durante este año. En ese caso, lee, amado mío, lee hasta el final y después decide.

Tengo que darte dos explicaciones, debo contarte los dos porqués que nos han cambiado la vida, al menos la mía: por qué no fui a encontrarme contigo aquella noche en Madrid y por qué desde entonces no he ido a Ronda a buscarte.

Pero los dos porqués se contestan con una sola respuesta y no la he escrito yo. Está en la página 59 (¿o a lo mejor en la 60?, no lo recuerdo bien) del libro de poemas que te di. ¿Has vuelto a ojearlo alguna vez? Nuestro poeta lo dice, me lo sé de memoria, si no me falla:

*No puedo olvidar
que no tengo alas,
que no tengo mar,
vereda ni nada
con que irte a besar.*

Esa es la contestación a todos los porqués: porque yo no tengo alas, Manuel. Me las quitó mi padre la misma noche que nos conocimos. Ni mar, entre nosotros solo hay montañas demasiado altas. Ni vereda, la que me lleva a ti me la cortaron. Ni nada. Nada con que irte a besar. Solo las metáforas que me invento cada mañana para poder inventarte a ti, una y otra vez, una vez y otra. Pero también tengo todos mis besos ahorrados, por si un día vienes, o voy, o por casualidad el viento nos sopla tan fuerte que termina dejándonos respirar otra vez el mismo aire.

He perdido lo más valioso que me dejaste, Manuel, y no, no fue la medallita de tu Virgen. Esa te la devuelvo ahora en esta carta, porque yo siempre cumplo mis promesas. Lo que perdí, lo que perdimos, era mucho más grande y más importante, sin que quiera yo menospreciar tu medallita. Lo que perdimos fue nuestro futuro. Yo me lo llevé dentro aquella noche. Tenía que haber nacido con la primavera, pero se marchó antes de tiempo. Me lo arrancaron, Manuel, me lo arrancaron como una vez me arrancaron de ti, como ahora siento que me estoy arrancando de raíz, te lo he dicho antes. Y ya ves… estamos en agosto y sigo vacía. Me vacié a finales de septiembre de ti y con nuestro hijo se me fue también para siempre un trocito del alma.

Hace tiempo que renuncié a recuperarlo, porque cada día que pasa estoy más segura de que tú me has olvidado. Si te escribo ahora no es porque pretenda ponerte la vida del revés. Seguro que ya la tienes empaquetada y lista para afrontar un mañana firme y sin los sobresaltos que yo te habría dado.

Eso has salido ganando, amor mío, y de eso me alegro por ti. Pero hay algo que quiero que sepas para que jamás vuelvas a preguntártelo: yo nunca te olvidé, ni aquella noche ni todas las que he pasado en blanco recordando la única que estuvimos juntos. Nunca podré hacerlo. Te tuve dentro tres meses y eso es suficiente para que me dures toda la vida aquí, en las entrañas.

Sí, yo sé quién eres, porque una noche me sirvió como cien vidas para saberlo. Y, porque lo sé, también sé que, si lo deseas, vendrás a buscarme. Yo no tengo alas. Haz que te crezcan por mí. Si hay alguien que pueda encontrar la vereda que te lleva hasta mi lado, ese alguien eres tú. Solo tú.

Aunque, si no quieres hacerlo, lo entenderé también. En ese caso, olvídame y sigue tu propia senda. Déjame a mí las metáforas y los recuerdos, yo los guardo por los dos. Tú libérate de los pocos que te queden y perdona los que haya podido despertarte esta carta. Libérate de todos ellos, límpiate de mí y sé feliz.

Te quiero, mi amor, siempre te querré.

LISA DRAKE

MARIQUILLA Y TOÑI

—Sí, la has cagado llevándote la carta, Mari, es verdad, vaya tela, a ver ahora cómo se la damos al niño... —Toñi se lo dijo pensativa, con tono de reprimenda pero de comprensión, cuando su hermana acabó el relato de su encuentro con Lisa esa tarde.

—No, no, esa no es la cagada.

—No me asustes, coño. ¿Qué más has hecho?

—Pues que he roto la carta.

—¿Que has qué?

—Que la he roto, cojones, Antonia, roto, asín, mira, como rompo esta hoja de laurel, ¿lo ves?, asín, rota de romperla del todo.

Mariquilla volvía a su estado de ira natural y, aunque Toñi no quería alentarlo, se le agolpaban las preguntas.

—Pero ¿no le dijiste a la muchacha quién eres tú... que Manolillo es tu hijo?

—Qué le voy a decir ni qué le voy a decir, Antonia, chiquilla, que pareces tonta. Es que mira, me entró una cosa por dentro... me dije si ella no lo sabe, no voy a ser yo la que prenda otra vez la leña, ahora que el niño está más tranquilito y medio ennoviado con la Pura. Asín que la rompí. Fue un pronto, pero aluego me entró una fatiga tan grande que he venido a contártelo, porque te lo tenía que contar, Antonia, te lo tenía que contar...

—¿Y qué más había en la carta? ¿Qué quería devolverle la niña a Manuel?

—La medallita de la Virgen de la Paz. Ya sabes, hija, la del pico roto por culpa de la bala que mató a mi Raimundo y que tenía guardada en el saco. Pero esa me la he quedado yo.

La Diezduros se detuvo un momento para pensar.

—Y no sabemos lo que decía la carta, claro.

—Yo qué voy a saber, mujer, entodavía si la fueras leído tú, que algunas letras ya sabes juntar…

—Pues eso, pa que aprendas a decirme las cosas cuando toca, coño.

—Aprendido, tienes razón. Y lo que me arrepiento, chiquilla, no sé cómo he sido tan hija de puta con mi propio hijo… La he cagado, ¿ves cómo la he cagado muy gorda y muy grande?

—Que sí, que la has cagado, no nos vamos a engañar, pero ven pacá y escucha, que tienes que hacer lo que yo te diga, Mari, hazme caso.

—Todo el caso, chiquilla, pero que todo el caso te voy a hacer yo a ti a partir de ahora, te lo juro. A ver…

—Tú el próximo lunes te vuelves al inglés, le dices a tu médico que te lleve donde la niña, le cuentas yo qué sé, que la carta te se cayó al río y que solo te dio tiempo de sacar la medalla del sobre, le pides perdón y que te escriba otra con lo mismo o parecido, seguro que se acuerda. Ella no tiene la culpa de que el padre sea un hijoputa y que por su causa el Rebollo delatara a tu Raimundo, asín que le explicas que Manolillo es tu hijo, ya verás la cara que pone cuando sepa que podrías haber sido su suegra…

—No estoy pa chistes, cojones, Antonia.

La Diezduros la miró con una sonrisa triste.

—No, Mari, ni tú ni yo lo estamos. Pero, los que menos, esos dos desgraciados que se rompieron la vida por mi culpa, coño, y por culpa de un puñetero viaje a la capital.

—Tu culpa no, hija, no. Por la mía, que lo dejé suelto.

—Ea, arriba, no vamos a llorar, ¿a que no vamos a llorar, hermana? Nos vamos a levantar y vamos a solucionar esto, que habemos podido con cosas peores. Pero lágrimas ni una, Mari, vida mía, ni una.

Sin embargo, el lunes 22 de agosto de 1966, ni Lisa pudo escribir una carta nueva ni Mariquilla pudo volver a cruzar la Verja.

Dos días antes, el sábado 20, el régimen de Franco, en una nueva vuelta de la cuerda con la que pretendía estrangular al Peñón hasta que cayera del lado español, suprimió los permisos de trabajo de casi dos mil mujeres en todo el Campo de Gibraltar y más allá, que de golpe y porrazo perdieron su modo de sustento.

Lo hecho hecho estaba, y no había marcha atrás.

—Ahora ya no nos queda más tela que cortar, hija mía —le dijo la Diezduros a su hermana con resignación—. La medallita me la das, yo la escondo, no te la vaya a ver el niño algún día por ahí, que eres muy descuidada. Y el resto te lo guardas tú, pero no en un cajón, sino dentro, Mari, ¿me estás oyendo?, muy dentro, la boca cerrada y tira que te vas, ni media a Manolillo en su puta vida, ¿tú me entiendes lo que te digo?

Mariquilla asintió. A guardarlo, sí, y a aguantar con aquello como pudieran las dos el resto de sus días.

Después de tomar la decisión, las hermanas lloraron y volvieron a abrazarse. La vida también se les había roto a ellas, pero de pura pena por Manuel.

Jamás volvió Mariquilla a poner un pie en la Roca. Ni cuando le prohibieron hacerlo ni cuando pudo regresar. Nunca.

Se lo había prometido a sí misma: «Asín se hunda en el mar el inglés entero, que yo no vuelvo a pisarlo, por mis cojones que no lo piso, me quede muerta en la mismita reja si me acerco solo».

Y, obstinada como una pared de cemento, lo cumplió.

EMIL

Para finales de 1966, los cielos de Gibraltar se habían convertido en una película de Hitchcock: nubes enteras de halcones y palomas comenzaron a sobrevolar la Roca, y no lo hacían pacíficamente, sino a picotazos entre sí.

A las palomas aún las estaba gestando el moderado Salomon Seruya, que trataba de conjugar la defensa de la soberanía británica del Peñón con alguna que otra concesión a España para evitar el choque frontal.

Pero Emil no era paloma, sino halcón.

La resolución de la ONU de 1965 había terminado de enloquecerle. ¿Que había que iniciar «conversaciones sin demora» con los fascistas? «¿Nosotros, pueblo colonial, me cago en la estampa de la ONU?».

Por eso se había convertido en halcón, porque su pluma aguda era capaz de caer en picado a velocidad de cernícalo sobre cualquier peligro con el que España quisiera amenazar a la ciudad sitiada.

Cayó en picado sobre la opinión pública para escribir artículos enardecidos reclamando a Londres que correspondiera a las medidas de Franco con la imposición de otras más duras aún, como tasas prohibitivas a los turistas ingleses que quisieran viajar a España y cierre de puertos y mercados a productos españoles.

Y se precipitó en picado, con vehemencia y pasión, contra el ministro español Fernando María Castiella, a quien siempre aludía en los editoriales como «el ministro del Asunto Exterior». «Porque este falangista no parece tener demasiado interés en solucionar los muchos problemas externos de España y que el país haya sido excluido de todo progreso internacional. No, para Castiella solo hay un Asunto Exterior, con mayúscula, al que dedica su tiempo por completo: Gibraltar. Nuestra pequeña roca es una gran china en el zapato del ilustrísimo. Qué gran honor, señor Castiella».

Eso escribía Emil en sus arrebatos febriles nocturnos para mandarlo directamente a la rotativa a primera hora de la mañana. Si hubiera dependido de sus manos, habría cortado con una sierra el istmo para que Gibraltar pudiera convertirse en isla y ser, al fin, independiente.

Pero, como sabía que lo del istmo y la sierra era solo una fantasía de sus sueños más encendidos, a la hora de la verdad optó por hacerse seguidor incondicional de propuestas realistas, como las integracionistas con Gran Bretaña de un político que iba tomando auge, Bob Peliza, de quien fue compañero en el *Chronicle* antes de la guerra.

Fueron Emil y su periódico los que seguramente dieron a Peliza la idea de un lema que en poco tiempo comenzaría a cuajar entre los simpatizantes del político.

«Never». Así se tituló el editorial más famoso del *Calpe Mirror*, escrito con el objetivo de rebatir todas las propuestas de España para la resolución del conflicto de Gibraltar, «Conflicto, dicen, me cago en su estampa, ¡conflicto!», rezongaba Emil por las esquinas de su casa.

«¿Nos va a dar ese dictador la libertad que lleva más de un cuarto de siglo negándoles a los suyos, pero que nosotros ya tenemos?», se preguntaba Emil en el editorial. «Si Franco se convierte en nuestro dueño, no nos uniremos a un país, nos uniremos a la pobreza y a la represión. Retrocederemos un siglo de golpe. Por eso, diga usted nunca a España. Nunca».

En las elecciones parciales que se avecinaban, ese fue el lema de Peliza y terminó convirtiéndose en consigna entre los halcones, acérrimos detractores de la soberanía española: «Diga nunca a España». *Never*.

LISA

Lisa nunca dijo nunca. Ni siempre. Ni tal vez. A ella, todo lo relacionado con la política visceral de su padre le era completamente ajeno. Solo anhelaba una cosa de España: una señal procedente de Ronda. Algo, lo que fuera. Una respuesta en forma de carta de vuelta o un mensaje en Radio Exterior. Cualquier cosa, cualquiera, le habría servido para saber que Manuel había leído sus palabras y que no se había olvidado de ella.

Sin embargo, del otro lado de la Verja solo le llegaba silencio. Ya no había mujeres de negro vendiendo embutidos por las casas. No había vuelto a ver a Mariquilla, ni siquiera su sombra. Desaparecida. Nada.

El vacío le abrió un pozo en el estómago que debía llenar para no sentirse muerta y, al principio, lo hizo con lo que tenía más a mano: un odio profundo e intrínseco hacia su padre, enredado en sus vísceras y agarrado como la hiedra al útero reseco. Era pensar en él y acordarse, como hacía en momentos de zozobra, de quienes le dieron su única noche de felicidad. Emil era un *real nowhere man*, un hombre de ninguna parte que no hacía más que volcar la oquedad del mundo en su cabeza, como diría Machado, para pergeñar sus planes de nada para nadie, como dirían los Beatles.

—Tenías razón, Marisol. No me quiso, ni siquiera un rato.

A su amiga le daba tanta pena que no le importaba cambiar de postura y abrir un poco la puerta a la esperanza.

183

—Dale tiempo, mujer, que no es tan fácil llegar hasta aquí desde Ronda.

—Pues su madre bien que llegaba todas las semanas.

—Pero ya no, que ahora las cosas están cada día más difíciles. Pregúntale a tu padre, si no.

—Mi padre no tiene ni una palabra que decir en esto. Ni en esto ni en nada. Si no hubiera sido por su culpa, Manuel y yo estaríamos ahora juntos.

Marisol no le contestaba. Si lo hacía, Lisa tendría que oír palabras duras de su boca: que la culpa, en realidad, había sido de ella por no haberse ido de Gibraltar cuando todavía podía, cuando aún llevaba un cigoto en la tripa que podría haber nacido junto a su padre en algún lugar de la España atrasada, cierto, pero la España en la que vivía el hombre que amaba.

Aquella era una visión cruel, pero así era Marisol, no tenía filtro.

Y Lisa, solo piedras en el corazón.

MANUEL

El mes de noviembre en Ronda era una acuarela. Todo un festival de colores a brochazos sobre la copa de cada arbusto, como si quisieran incendiar los bosques con fuegos artificiales. El mes preferido de Manuel.

Excepto el de 1966. El Día de Todos los Santos de ese año, al chico le dio un ataque agudo de realismo y se puso filosófico tumbado bajo una encina mientras dejaba que un cigarrito de perejil se le consumiera entre los dedos.

—Pues ya ves, tan bonito todo ahí, los árboles pintados de rojo y naranja que parecen que van a estallar de vida y, en el fondo, lo que pasa es que se están muriendo. Se secan. Esos colores, Bobby de mi alma, no significan más que la muerte de los árboles, que ya está cerca.

—Pero ¿qué te ha dado a ti hoy, *mate*? Te aseguro que yo solo he puesto hierba en el pitillo.

A Manuel no le había dado ese día nada que no le hubiera dado desde la noche en que conoció a Lisa. A Manuel solo le estaba dando el enésimo arrebato de tristeza.

Había accedido a salir un par de veces con Pura, tan buena chica, tan bonita y tan silenciosa. Tanto de todo y todo bueno. Pasar una tarde con Pura paseando por la calle de la Bola con un barquillo o un helado en la mano era lo más parecido a pasar una tarde a solas consigo mismo, así que a Manuel empezó a gustarle gastar sus días libres junto a la muchacha.

185

Además, hacía feliz a su madre y a su tía, que no le quitaban ojo en el almuerzo de cada domingo una vez consiguieron, por fin, que el puchero con pringá se lo comiera Manuel un día a la semana en casa de una o de otra, en lugar de llevárselo a Las Abejeras.

—¿Aluego te vas de paseo con la Pura, mi vida? —preguntaba una.

—Pues claro, si es que esa chica es un tesoro, lo que vale —respondía otra.

—No, si ya voy yo oyendo campanas de boda —apostillaba la primera.

—Ahora, que entodavía más es lo que vale mi Manuel. Con lo bueno, lo hermoso y lo honrado que es, menudo gachó se lleva la Pura, la chamba que tiene la jodía —remataba la segunda.

—Anda, sácale un flan al niño pa bajar el puchero, que parece una espanúa de lo flaco que está.

Aquel martes de 1966, día de cementerios, se calló mientras las oía y agradeció no estar obligado a contestar. Solo quería volver a la finca para escuchar un nuevo disco.

Poco antes, Bobby había ido con su padre a Málaga. Tenían que recoger a su hermana Caroline, que venía en autobús desde Madrid, donde había aterrizado el día anterior. Iba a pasar unos días con ellos en Ronda.

—Mira lo que me ha traído mi hermana, Manuel, calentito desde mi tierra…

Bobby le tendió con mano temblorosa de emoción un disco sencillo dentro de su carátula: «Yellow Submarine» y «Eleanor Rigby», leyó, solo dos canciones. Pero dos canciones de los más grandes; allí estaban ellos con sus flequillos. Ellos, otra vez. Los únicos, o casi, aunque Manuel todavía pensaba que eran los reyes absolutos desde aquella noche de ascenso al paraíso y descenso al infierno en apenas unas horas y en la que los tuvo casi al alcance de la mano.

El mérito estaba en seguir viéndolos como los mejores, a pesar de dudar ya de que fueran los únicos. Porque, para llegar a esa conclusión, Bobby y él habían contrastado su valía mojando en las salsas de otros platos, rebosantes de felicidad durante el rato que les duraba la música.

—Tú también eres mod, Manuel, como yo, lo supe desde el día que me llevaste al cementerio, con esa americana negra y el pantalón de pierna estrecha que te pusiste. Que no se te olvide.

—Pues claro… mod.

—Somos los mod. Dilo: somos los mod.

—Somos los mod.

—Somos los mod, somos los mod, otra vez y más alto.

—¡Somos los mod, somos los mod!

—Y odiamos a los rockers.

—Los odiamos.

Silencio.

—Pero, Bobby…, los mod, ¿qué son?

—Pues así, como nosotros, limpios y bien vestidos. La mejor tribu del mundo, *mate*.

—Ah.

Manuel decía a todo que sí, pero no lo entendía muy bien, de modo que Bobby se explayaba y le hablaba de su forma de entender la existencia. De su fe en un filósofo francés llamado Sartre, por ejemplo, que era quien mejor la resumía. De que el ser humano lucha cada día contra la náusea de su propio vacío, y que al final descubre, como Orestes ante Júpiter, que Dios ya ha perdido el trono, que las leyes y la moral no tienen valor, que todos somos libres y divinos. Aunque eso en la Ronda de los sesenta sonara a pecado de blasfemia que necesitaba con urgencia un confesionario.

Y le hablaba de otro de sus escritores fetiche, un tal Colin MacInnes, y de su novela favorita, *Absolute Beginners* —«Que todos somos principiantes en algo, *mate*»—, porque defiende a los distintos, a los que tienen la piel de colores que no son como la nuestra o a los que tienen gustos sexuales diversos, y porque dice que, en el fondo, por muy diferentes que nos creamos, todos somos iguales, así que «Ahora nuestro mundo va a ser nuestro mundo, el que queremos, y no vamos a estar ya más de pie en la puerta de los demás esperando no se sabe qué ni a quién…, todo eso y más dice el libro».

Se refería también a su forma de entender la música como un mod debe entenderla y se la resumía con estrofas de sus grupos favoritos

187

que sacaba de debajo de la cama. En aquellas tardes de música y perejil, Bobby aportaba su reserva de vinilos, y Manuel, su Cosmo de maleta.

—Escucha, escucha a estos, los Kinks se llaman.

Bobby limpiaba la aguja, la hacía descender suavemente y con pulso firme y sonaban nuevas voces, no tan familiares para Manuel como los Beatles, pero igual de acertadas, como si le hubieran hurgado en el alma:

There's too much on my mind...
My thought just weigh me down,
and drag me to the ground,
and shake my head till there's no more life in me...

Hay demasiado en mi mente...
El pensamiento me pesa,
y me arrastra a la tierra,
y me sacude la cabeza hasta que no queda vida dentro de mí...

Después, aligeraba el ambiente, cambiaba de disco y de registro y hacía que sonaran otros acordes:

I'm in love, I'm a believer,
I couldn't leave her if I tried.

Estoy enamorado, soy creyente,
no podría dejarla ni aunque lo intentara.

Entonces Manuel descubría que los primeros, los Kinks, y los segundos, los Monkees, le conocían y sabían que sufría de la peor de todas las enfermedades, el mal de amor.

Y los Animals, encerrados en su casa del sol naciente, que le recordaban que, a pesar de estar atado a una bola y una cadena, solo una maleta le separaba de la libertad.

Y Chubby Checker, quien, a ritmo de twist, quería regresar para siempre a otro verano, a otro año, tan cercano y a la vez tan lejos.

Incluso Simon y Garfunkel, sumidos como Manuel en el sonido del silencio y absorbidos, como el mundo entero, por esa vieja amiga llamada oscuridad.

—¿Y los rockers quiénes son, Bobby? Más que nada, para saber a quién odio.

—Los de las chaquetas de cuero y pelos grasientos. Ni acercarte a ellos.

Ningún problema, pensó Manuel, porque de esos no había en toda la sierra.

—Los odiamos a todos, excepto…

Por lo visto, había una excepción.

—Excepto, y no se lo digas a nadie… —a quién se lo iba a decir, pensó Manuel—, excepto Elvis Presley.

Era roquero, pero cada día menos, le explicó Bobby.

—A Lennon no le gusta Elvis porque está a favor de su presidente, ese Johnson que se está cargando Vietnam. Además, dice que no sabe tocar la guitarra. Pero ¿qué quieres, hijo mío? Elvis es mi debilidad, que no se enteren los Beatles.

Sacó un disco del doble fondo de la maleta y llegó la sorpresa.

Hasta ese muñeco con ojos de cielo y sonrisa deslumbrante le hablaba a la cara a Manuel y le advertía: hay cosas que están destinadas a ocurrir, lo mismo que un río fluye hacia el mar, y por eso es imposible evitar enamorarse.

—Entonces, a Elvis no lo odiamos.

—No, a Elvis no. Pero no se lo digas a nadie.

Por su parte, Manuel, aunque no entendiera de tribus urbanas —cómo iba a hacerlo en pleno campo, era obvio—, también tenía lecciones que impartir a su amigo extranjero, porque sabía, y mucho, de la música que se oía en la radio.

La mayoría eran representación fidedigna de la primera España, la triste y ojerosa y también cañí, como la de un tal José Luis que reivindicaba «la verdad, la pura verdad», para concluir que «bien lo sabe Dios, no tienen razón… Gibraltar español». O lo ultimísimo de los Tres Sudamericanos, que alababan a una gibraltareña a quien «España mostró el camino de la verdad» y por la que cantaban «su libertad».

Hasta esas tonadas —parte del circo y del poco pan de la primera España— hacían llorar a Manuel, pero no por los motivos que quienes las compusieron pretendían despertar en su público. Le avergonzaba reconocer que las escuchaba en secreto porque en todas, absolutamente en todas las letras de absolutamente todas las canciones del mundo, encontraba a Lisa. Pero de ellas no le hablaba a Bobby.

De lo que sí le hablaba a su amigo era de las músicas de la tercera España, la del futuro, porque eran músicas que podía enseñarle con orgullo y sin ruborizarse.

Manuel las conocía casi todas y esas, desde luego, le gustaban mucho más. Los universos musicales patrios, pequeños, pero no menos interesantes que los internacionales, se los traía Cefe de sus viajes de negocios por Sevilla, Granada, Almería y cuanta ciudad importante el cerrajero pisaba. El pobre hombre estaba obsesionado con hacer algo para suavizarle un poco el rictus de tristeza al muchacho, porque nadie mejor que él sabía por lo que había pasado y por lo que jamás dejaría de pasar, que lo ocurrido en Madrid son cosas que se le quedan para siempre a uno dentro. Cefe era un romántico.

Al menos consiguió que el chico se dejara aplicar el único ungüento capaz de obrar milagros: la música.

Así, gracias a Cefe y a Manuel, Bobby descubrió a Los Brincos, a Los Sírex, a Los Mustang, a Los Ángeles —que acababan de dejar de ser azules—, a Los Pekenikes... y, cómo no, a Los Bravos cantando lo obvio: que el negro es negro; que, cuando está gris, gris se queda, y que la chica de Mike Kennedy se había ido y él se moría deseándola *back* cuanto antes.

Pero lo bueno vino con otra canción de los mismos. Al oírlos gimiendo por una motocicleta, Bobby se levantó de un brinco.

—¡Pero si yo tenía una en Liverpool! Mi Lambretta... Trece retrovisores le puse.

—¿Y para qué tantos, grillao, si solo tienes dos ojos?

—Para protestar. Las leyes inglesas nos obligan a llevar al menos un espejo, así que, si no puedes ir contra la ley, al menos búrlate de ella.

Dos ácratas en alpargatas, eso es lo que eran.

—Mañana le pido a mi padre que me compre una aquí. ¿Tú sabes montar en moto, Manuel?

—No sé ni montar en bici, mi madre no me deja por si me estampo... ya me dirás tú.

—Es igual. Aprendes. «Yo quiero una motocicleta que me sirva para correr...» —cantaba Bobby mientras botaba bailando por toda la habitación.

—Pero «cómo la voy a comprar si no tengo una peseta...» —le acompañaba Manuel en sus botes.

—«Y no sé cómo ahorrar...». —Botaban los dos hasta el techo.

Las carcajadas de aquellos días fueron fáciles, además de curativas. La mezcla de anarquismo, música, existencialismo y perejil ayudó bastante.

Manuel no era feliz, pero era joven. Eso también ayudaba.

LISA

Emil tuvo que recurrir de nuevo a su imaginación periodística para volver a acercarse a su hija.

—Uno de esos melenudos que fuiste a ver a Madrid en la noche aquella de la que no quiero acordarme...

—Los Beatles, sí.

—Que te decía yo que parece ser que a uno de ellos le gusta mucho Gibraltar. Vamos, que viene fin de semana sí y otro también para verse con su novia lejos de las cámaras, que aquí otra cosa no, pero discretos somos la tira.

Lisa no entendía nada.

—A ver, a ver, qué novia, papá, qué novia. Y qué sabrás tú, si aunque los viste de cerca en Madrid ahora no reconocerías a uno solo de ellos por la calle.

—Sí que sé. Es el que canta muy bien, ese que lleva el pelo largo... ese...

—O sea que no sabes cuál de los cuatro es.

—No es eso, es que ahora no me sale el nombre, qué antipática te pones. *Anyway*, sé de buena fuente que el *beatle*-como-se-llame ha conocido a una artista medio china y se ha vuelto loco por ella.

—¿Una artista? ¿De música, como él?

—No. Una que hace cosas raras. Lo mismo se mete desnuda en una bolsa que pide a la gente que ponga clavos en un madero. A eso lo llaman arte, ya ves tú...

—Raras, raras… por mí, que cada cual se exprese como le dé la gana. A ver, qué le pasa a la supuesta novia de ese *beatle* sin nombre.

—Que está aquí, en Gibraltar. Creo que busca galería para exponer sus tontadas, aunque es muy posible que haya venido para encontrarse con su amante. Igual está al caer. Quiero que la entrevistes.

—Pero ¿qué pasa, *dad*, que ahora somos como un tabloide de los de Londres entrevistando a amantes o novias o lo que sea esa señora?

—No, mujer, no, es que había pensado en un reportaje sobre ella como artista, con la exposición de los clavos y el martillo, y…

—¿Y…?

—Y una pequeña información de despiece con una fotonoticia.

Lisa ya sospechaba por dónde iba.

—La foto de Ringo en el aeropuerto.

—Esa misma.

Lisa conservaba como oro en paño el negativo de la instantánea que sacó hacía un año y medio en Madrid en la que se veía a un gris con la porra en alto y a punto de dejarla caer con fuerza sobre Ringo Starr a su llegada al aeropuerto de Barajas. No era una foto, sino la foto. La única que no había sido requisada por el sargento y la que ninguna autoridad española sabía que existía.

No era el primer intento que hacía Emil de convencerla para que le dejara publicarla en el *Calpe Mirror*, pero Lisa siempre se resistía.

Lo intentó una vez más entonces porque, para él, aquel era el momento perfecto: sería un buen golpe contra la imagen de las fuerzas del orden de Franco y una forma de presión a esa ONU que tan peligrosamente se estaba acercando al dictador.

No lo era, en cambio, para Lisa. La propuesta de su padre de publicar la foto como una cuña forzada en medio de una entrevista con la que no tenía nada que ver —o, al menos, nada relacionado con el periodismo serio y no sensacionalista— le desagradó profundamente.

—A ver si lo he entendido bien: tú quieres que escriba un artículo ilustrado con la foto de Ringo para atacar a España ahora que la cosa está más caliente que nunca con Franco. Y quieres que lo disfrace de reportaje sobre una artista a la que no conoce nadie y que, de paso, deje caer que uno de los del cuarteto se ha liado con ella. O sea que la entrevista es una excusa, tú lo que quieres en realidad es publicar la dichosa foto.

—Hombre, nadie, nadie… En América es famosa. Además, la conoce ese *beatle* y, sea quien sea, los de su grupo sí que son famosos.

—Y medio mundo más la va a conocer si los periodistas nos ponemos a hablar de ella por cosas que no tengan nada que ver con su trabajo. Anda, que menos mal que aquí somos la tira de discretos, según tú. No, *dad*, yo no escribo así. Yo, si quieres, la entrevisto, pero hablo de lo que hace y punto. Ni mencionar a los Beatles. Si uno de ellos es su novio, es cosa suya. Porque, como no haya novio que valga, lo único que vamos a hacer es patinar al mezclar arte, cotilleo y política.

Sé que hoy algunos colegas pensarían que había que tener muy poco olfato periodístico para perder la oportunidad que, sin saberlo ninguno de los dos, Emil le estaba ofreciendo a su hija. Lo sé.

Pero también sé mejor que nadie que Lisa era Lisa, insobornable. Parecía mentira que no lo supiera su padre.

—Si te empeñas, yo la entrevisto a ella y sanseacabó, sin foto. A ver, ¿cómo dices que se llama la artista china?

—Yoko, creo… Yoko Ono o algo así.

MANUEL

Hubo un grupo que a punto estuvo de destronar a los Beatles cuando Manuel los escuchó por primera vez.

Sonaban una y otra vez en el Cosmo, tratando de abrirse paso a través de la neblina de humo de la habitación de Bobby, que les declaraba su amor incondicional siempre que podía:

This is my generation...

Esta es mi generación...

Las de los Who no eran canciones, eran himnos.

People try to put us down...
just because we get around...
I hope I die before I get old...

La gente trata de menospreciarnos...
solo porque vamos donde queremos...
Espero morir antes de hacerme viejo...

Manuel asentía mientras Bobby y él botaban con más fuerza, más alto todavía, cantando a coro con ellos:

Talking about my generation...

Y Manuel se llenaba de metáforas sombrías. Y se decía que la música es poesía porque de música y de metáforas también estaba repleto el libro del cabrero que se murió de pena antes de llegar a viejo, lo mismo que cantaban aquellos irreverentes, algo más descarados que los Beatles e igual de melenudos, pero, encima, despeinados.

Sí, durante unos días, los Who estuvieron al borde mismo de despojarles del cetro.

Pero no pudieron, porque entonces llegó Caroline con el nuevo sencillo de los de Liverpool y su llama volvió a brillar con fuerza suficiente para apagar definitivamente la de los demás.

Bobby estaba tan excitado que apenas le salían las palabras.

—Mira, mira, *mate*, pero mira… ¡«Eleanor Rigby»!

—Sí, y esta, un submarino amarillo, menuda cachondada.

—No, la del submarino no, que no vale nada. «Eleanor», esa es la buena. Vamos a escucharla otra vez.

Ah, look at all the lonely people…

Ah, mira toda la gente solitaria…

—¿No te das cuenta, Manuel, pero no te das cuenta…? —La exaltación de Bobby crecía por momentos, tanto como los violines, aunque no habían fumado nada aún.

—Es una maravilla de canción, pero… ¿de qué me tengo que dar cuenta?

—«All the lonely people…», ¿no lo ves? «The lonely people».

Pues no, Manuel no lo veía. Pero Bobby sí. Con absoluta claridad. Estaba convencido de que Eleanor era Robustiana.

Se lo explicó; al parecer, como discreto y respetuoso admirador que era de los Beatles desde que los conoció en The Cavern, había estado escribiendo cartas al cuarteto. En una de ellas, dirigida al más místico, George, le contó de su afición por visitar cementerios, encontrar a personas que murieron solas y después brindar por ellas. En esa carta le habló de una Eleanor Rigby, muerta a los cuarenta y cuatro y enterrada en el cementerio de la iglesia de Saint Peter, en un barrio de Liverpool llamado Woolton, cuya lápida vio un día en una de sus macabras incursiones.

Manuel seguía sin entender nada.

—«The lonely people...». Pero ¿de verdad que no lo ves, *mate*? ¡Esa canción se la inspiró a los Beatles la carta que le escribí yo a George, *as clear as day*! ¿Cómo se dice aquí? Más claro que el agua...

Manuel no supo qué contestar. ¿Seguro que Bobby todavía no había fumado perejil?

—Pues claro que sí, chaval, pues claro que sí, clarito del todo. —Eso fue lo que le contestó, aunque no lo creyera—. Si es que no hay ninguna duda, tú les diste la idea a los Beatles y ellos han sacado ahora esta canción gracias a ti. ¡Qué grande eres, Bobby!

Los dos se abrazaron y decidieron que aquella tremendísima revelación, que el inglés veía con tanta claridad, bien merecía un vaso de mistela. Otro brindis, pero esa vez por los Beatles.

Y por los amigos, que no dejan que se le frustren a uno las ilusiones, aunque sean inverosímiles, ni tampoco que la gente muera sola.

Y por las sorpresas.

Porque más importante aún que Eleanor Rigby fue la otra mujer que el señor Giles y Bobby trajeron de Málaga: Caroline.

LISA

—No me vas a dejar sola, ¿a que no me vas a dejar sola, Lisa?, anda, venga, que yo tampoco te dejé sola en la entrevista con la china esa que era más lacia que un choco, anda, hija, anda, vamos a ir, venga...

Marisol suplicaba a Lisa dando saltos en círculo alrededor de su amiga mientras caminaban como cada domingo por la Sandy Bay, su playa preferida aunque estuviera retirada —o tal vez precisamente por eso—, sobre todo en las tardes soleadas de otoño. Y lo hacía para conseguir algo de ella, aunque fuera mediante chantaje, recordándole que el día anterior había accedido a acompañar a su amiga periodista a la entrevista con una tipa rarísima que hablaba entre dientes con el pelo cubriéndole media cara. Vaya tarde aburrida que tuvo que pasar por amor a Lisa.

—Vale, qué *pain* eres, voy contigo, pero ¿adónde?

—A una fiesta. Sí, no pongas esa cara, una fiesta. Me ha invitado Nicky, ¿te acuerdas de Nicky? No, qué te vas a acordar, si tú solo tenías ojos ayer para la china...

—Ya, pues al final para nada, porque la entrevista no sale. Le he puesto condiciones a mi padre, se ha enfadado conmigo y dice que no la va a publicar. En fin, las cosas de Emil, para qué te voy a aburrir.

—Bueno, pues cuando estuve contigo donde la china...

—Qué perra os ha dado a todos con que es china. Que no, que es japonesa.

—Lo que sea —Marisol se estaba impacientando—, a mí la que me importa es su amiga Nicky. Estaba allí, en la galería, pero no te fijaste. Yo, en cambio, hablé con todo el mundo y estuve un rato largo de cháchara con ella.

—¿Y qué tiene de extraordinario esa Nicky?

—¡Que me va a dar trabajo en Marbella!

—¿En Marbella? ¿En España?

Qué suerte tenía Marisol.

—Nicky quiere que yo cosa para ella. Es irlandesa y está forrada, con decirte que vive en una casa en Marbella para morirse de envidia... Cuatrocientos años tiene el chalecito, menuda mansión debe ser. Nicky va a poner una boutique exclusiva y muy chic allí, porque esos sitios, que ahora les dicen de la Costa del Sol, están plagaditos de famosos de las películas americanas y se están poniendo muy de moda. O sea, el futuro, Lisa, ni más ni menos que el futuro, y Nicky quiere que yo esté con ella cuando llegue.

—Pero ¿esa Nicky qué años tiene para ser tan rica y para querer gastarse el dinero en trapos para los famosos de Marbella? A ver si te va a liar y te secuestra una vieja psicópata como las de la película esa que vimos hace poco, ¿sabes cuál te digo?, la de la Davis y la Crawford...

—*Baby Jane*, era la de *Baby Jane*. Pero calla, hija de mi vida, qué va a querer secuestrarme ni nada de nada la pobre Nicky, que se te va la chaveta a ti con el cine y a veces te crees que todo es una película. Resulta que tiene nuestra edad, vamos, un año o dos más como mucho. Lo que pasa es que está casada con un heredero riquísimo muy joven y un mujeriego de la leche. Ella se ha hartado de cuernos y se han separado, pero la familia de él le ha quitado a los hijos soltando pasta. Ahora anda de juicios...

—Pues qué pena me da, pero no sé para qué me cuentas todo eso, que te recuerdo que cada uno tiene la suya.

—Eso es verdad. Y con dinero hay penas y penas. La Nicky en cuestión ha decidido que se va a vivir a la casa de España que le compró el marido para quitarse la suya, ya te digo. Con una chabola así, da gusto tener penas. Pero mira, yo, mientras me dé trabajo, le hago de paño de lágrimas todo lo que haga falta y, si es necesario, hasta se lo bordo.

—Digo, anda que no lo bordarías tú bien ni nada… Pero, Marisol, es que yo no tengo cuerpo para ir a fiestas, chiquilla. Ni sé coser ni a mí se me ha perdido nada donde la Nicky esa.

—Si es solo una fiesta, mujer. Que te hace mucha falta, niña, que cada día estás más apalancada. Y más delgada y más triste y más apagada, como una vela consumida. Así no puedes seguir, que un domingo te encuentro hecha un charquito de cera y me quedo sin amiga. Tú te vienes a la fiesta y punto.

—Deja que me lo piense. ¿Cuándo es?

—Falta mucho, dentro de un mes, cuando vuelva Nicky a Gibraltar, porque ahora solo ha venido a acompañar a la china o lo que sea y de aquí se ha ido directamente a España. Solo que yo ya tengo que ir cosiéndome el trapo que me voy a poner y, si quieres, te hago a ti otro.

—Pero dentro de un mes ya será Navidad.

—Pues eso mismo. La Nicky quiere montar un sarao por Nochevieja para los ingleses que lleguen en avión aquí de camino a sus casas de Marbella para pasar enero al solecito tan ricamente. En la mansión de los Mackintosh ni más ni menos lo quiere celebrar, qué te parece.

—Lo que me importará a mí la mansión esa. Y dónde estaré yo dentro de un mes…

—Pues aquí, paseando conmigo por la playa y después probándonos los pedazo de vestidos que voy a hacer para ir juntas a contar las campanadas, nos ha jodido, dónde vas a estar. Ea, tienes un mes para hacerte a la idea. Ya puedes ir empezando a dejar de llorar, alma de cántaro, que ahora toca divertirse un poco.

* * *

Era verdad. En la Sandy Bay estaban un mes después, pocos días antes de Navidad, cuando Marisol le dio la noticia:

—Pues al final no sé si habrá fiesta. El ex de Nicky, el heredero riquísimo, ha muerto.

—¿Muerto? ¿No me decías que era joven?

—Tenía veintiuno o veintidós, como nosotras. Un accidente de coche, creo. Ya te diré si me entero de más.

Marisol se enteró, como se enteraba de todo lo que sucedía o se comentaba en el Peñón, y conoció cada detalle de cómo había sido el accidente de Tara Browne, el que fuera marido de Nicky y una celebridad del *swinging London* que en los sesenta estaba revolucionando las calles de la capital británica con jóvenes ansiosos de respirar nuevos aires de moda, música, arte y cultura para dejar definitivamente atrás a la generación de la guerra mundial.

Ocurrió el 18 de diciembre. Tara conducía un carísimo deportivo a casi doscientos kilómetros por hora cuando, al saltarse un semáforo, se incrustó contra un camión aparcado en la unión de los Redcliffe Gardens y la Redcliffe Square de Chelsea. El cráneo se le abrió en canal como una manzana arrojada desde la ventana. Murió unas horas después.

Tara viajaba con una mujer que no era Nicky, sino una de sus muchas acompañantes, modelo como casi todas, guapísima, delgadísima y jovencísima.

—Lo que pasa es que debía de ir hasta arriba de una cosa que toman todos estos ricos, ácido o algo. Dicen que fue un accidente muy extraño.

—¿Y la pobre chica que iba con él?

—Nada, no le pasó absolutamente nada. Raro, ¿no?

—Rarísimo.

—Por cierto, la chica esa está aquí, en Gibraltar. Me han contado que la han invitado por Navidad a la casa de algún famoso de la Costa del Sol para que se le pase el susto. Y también para que no tenga que oír todo lo que se está diciendo de ella en Londres: que si fue la que le dio la droga, que si fue la que le hizo girar el volante por una discusión, que si es una puta y no una modelo que Tara contrató para esa noche…

—Ya. Lo de siempre. Mientras haya una Eva cerca, la culpa nunca será de Adán.

—Menudo piquito de oro, qué bien hablas, hija de mi vida, cómo se nota que eres periodista.

—No me hagas la pelota, anda. ¿Y cómo se llama la pobre chica?

—Suki, creo, con apellido francés, no sé. La vi el otro día. No sabes qué *stylish*, Lisa, lo que yo daría por hacerle una minifalda.

—Hija, pues si te falla esa Suki, también puedes hacérmela a mí.

—Minifalda no, pero el vestido ya te lo he terminado, aunque te lo tendré que cobrar a precio de Marbella para ir ensayando como no vengas conmigo a la fiesta si al final la hacen.

—*Stop giving me the tin*,[6] que sí, que voy. Qué cansina eres, chiquilla, la Virgen, pero que muy cansina...

6. «Deja de darme la lata», una de las traducciones literales de expresiones españolas incorporadas al lenguaje llanito.

SUKI

Lisa detestaba los encargos de su padre. A ella solo le daba reportajes ligeros, «de chica», decía él, como si las mujeres vivieran en un planeta distinto donde todas las palabras eran de color de rosa y no fueran capaces de entender las cosas serias, o sea, las cosas de hombres. Pero, como estaba harta de discutir con él y como, en realidad, estaba harta de todo, decidió no perder más fuerzas en pugnas estériles.

—Suki Poitier es su nombre completo —le dijo un día Emil tendiéndole otro gurruño de recortes de periódico—. Iba en el coche con ese pobre desgraciado, pero a ella no le pasó nada. No es una entrevista formal lo que quiero que le hagas, Lisa, hay que respetar el dolor de la familia de Tara Browne, que no es precisamente admiradora de la chica. Solo habla con ella, infórmate, que te cuente lo que pasó la noche del accidente. *Background* para un reportaje sobre los *socialites*, nada más.

Lisa aceptó.

La cita fue concertada en la casa de los Peacock, donde Suki se alojaba, el 31 de diciembre de 1966, pocas horas antes de que el reloj diera las doce de la noche.

No había fiesta, ya estaba descartada. Ni siquiera ambiente de jolgorio. Lo que había era una aburrida y silenciosa reunión de gente como Suki: chicos de aspecto anémico, lánguidos, descorazonados, que caminaban por la casa y por la vida abatidos por un cansancio que pesaba más que sus esqueletos.

Marisol acompañó a Lisa también a esa entrevista, las dos embutidas en sendos vestidos de lentejuelas negras que había hecho la modista en ciernes para la fiesta frustrada. La primera tenía interés en saber si Nicky estaría allí, aunque lo dudaba teniendo en cuenta lo sucedido a su marido y que Suki y ella eran cualquier cosa menos amigas. Y la segunda no tenía interés en nada.

La anfitriona las acompañó hasta un sofá de cuero rojo en el que Suki parecía flotar, porque era tan liviana que ni la fuerza de la gravedad conseguía hundirla en los asientos mullidos. Era apenas un suspiro de adolescente, no tendría más de dieciocho años, de pelo castaño y enormes ojos con el maquillaje corrido.

No sonreía. En realidad, a Lisa le pareció que no había sonreído nunca en su corta vida.

—Mi más sentido pésame, Suki —comenzó Lisa.

La chica abrió la boca para contestar y entonces vio en ella lo mismo que veía en el espejo de su propio baño cada mañana: los surcos del llanto por el amor perdido. Vio dolor. Eso era lo que tenía debajo de los ojos y no maquillaje.

—Gracias. Dime lo que quieres saber y te lo cuento. Pero antes deja que tome algo. ¿Queréis una de estas?

Suki agitaba el dedo y lo dirigía hacia una gran mesa rectangular llena de sobras de comida tan excéntricas como una reunión social londinense: restos de caviar se mezclaban con migas de *kidney pie* y un pescado frito con patatas de aspecto revenido con pinzas de langosta vacías. Y, a lo largo de toda la mesa, distribuidos convenientemente cada dos platos de alimentos para que todo el mundo pudiera alcanzarlas, bandejas de plata en las que se apilaban pastillas, cápsulas de colores, polvos blancos dispuestos en finas líneas, otros polvos hechos montoncitos, jeringuillas, flautas diminutas...

Suki acercó a Lisa una de esas bandejas y ella la miró. Dudó un instante hasta que Marisol le dio un codazo para despertarla y habló en nombre de la hipnotizada.

—No, gracias, Suki, mi amiga solo ha venido a trabajar.

—Pues hacéis mal.

—¿Mal por qué? —preguntó Lisa con interés y ya de vuelta.

—Porque tú también estás sufriendo, lo veo. Una sola de estas sobre la lengua y te vas.

—¿Me voy…? ¿Adónde me voy?

—A otro sitio lejos del dolor. Te puedes ir adonde tú quieras, no tienes más que imaginarlo y… clac —chasqueó los dedos—, ahí estás, sin más.

Asustada al ver a Lisa mirar fijamente los destellos de plata y nieve de la bandeja, Marisol se atrevió a interrumpir.

—A ver, Suki de mi vida, que lo que mi amiga quiere solo es saber cómo era Tara, cuéntale algo, anda.

—Tara era el mejor hombre del mundo. Y si me queréis preguntar si iba puesto la noche del accidente, no, no iba. —Suki tomó una cápsula de una bandeja y dejó que se le fuera disolviendo en la boca mientras hablaba—. Y, si queréis saber por qué yo estoy viva y él no, os lo diré: porque cuando quiso esquivar un coche que venía de frente, prefirió empotrarse contra el camión por su lado, no por el mío, y dio un volantazo para salvarme la vida aun a costa de perder la suya. —Sacó un diminuto canutillo de oro y aspiró por él hasta disolver el camino de polvo blanco alineado en otra bandeja—. Y, si queréis saber si lo quería, sí, lo quería y lo sigo queriendo. —Más polvo blanco—. Y si queréis que os diga si cambiaría algo de aquella noche, sí, lo cambiaría todo, le sujetaría las manos para que no pudiera girar el volante y así habría sido yo quien habría perdido los sesos, porque era yo quien lo merecía…

Se echó a llorar como si nunca se fuera a detener el torrente de sus ojos rodeados de negro.

Después, súbitamente y ya exhausta, Suki se calmó y, al fin, se quedó adormilada. Parecía serena. Se había ido. Al lugar que ella había elegido, posiblemente uno en el que Tara todavía estaba vivo. A pesar del sopor, el gesto de amargura de su boca se había difuminado. Ahora había allí una sonrisa.

Conque eso, irse, era así de fácil y venía servido en bandeja de plata, pensó Lisa.

Sin más.

No dijo ni una sola palabra en el camino de regreso a Armstrong Steps ni hasta que llegó 1967.

1967

I read the news today, oh boy,
about a lucky man who made the grade,
and though the news was rather sad,
well, I just had to laugh.
I saw the photograph.
He blew his mind out in a car,
he didn't notice that the lights had changed...

Hoy he leído las noticias, oh, muchacho,
sobre un hombre con suerte que llegó a la meta,
y aunque las noticias eran tristes,
bueno, me tuve que reír.
Vi la fotografía.
Se voló los sesos en el coche,
no se dio cuenta de que las luces habían cambiado...

THE BEATLES,
«A Day in the Life», 1967

CAROLINE

Caroline vestía, se peinaba, andaba y hablaba como James Dean. De pecho casi plano, tanto como sus botas de montaña, llevaba una cazadora de cuero con hombreras rectas y camiseta de algodón metida bajo un cinturón muy ancho que sujetaba unos pantalones con el bajo vuelto del revés. Eran pantalones muy modernos, algunos ya los conocían en la serranía y otros incluso se atrevían a llevarlos.

—*Jeans*, se llaman *jeans* —repetía Caroline en un español tan bueno como el de su hermano cada vez que una chica la paraba por la calle y le preguntaba si la dejaba tocar esa tela áspera de mezclilla—. Pero ¿qué pasa? ¿No se los habéis visto a la pobre Marilyn, con lo que seguramente os gustaba a todos?

Y, para reafirmarse, seguía caminando de la forma más opuesta a como habría caminado Marilyn Monroe: sin contoneos, con el pelo rubio muy corto y elevado en un tupé engominado y unas gafas de sol que no se quitaba ni en los días más nublados.

Nublado estaba el 1 de enero de 1967 cuando aún no había amanecido.

Quedaban algunos borrachos por las esquinas con los que se encontraban los que iban a trabajar, que el campo y el jornal no conocen fiestas ni días de reposo.

Uno de los que trabajaba era Esteban, aunque más le habría gustado ser uno de los borrachos. Eso pensaba mientras caminaba y maldecía porque Dios le hubiera hecho panadero y porque los humanos quieran comer pan nada más abrir el ojo en lugar de quedarse durmiendo, qué coraje, con lo bien que se estaba en la cama.

«Pues por un día que esperen más de lo normal no se van a morir de hambre —pensó—, que hoy el horno abre más tarde».

Fue Esteban quien lo presenció todo y quien estuvo después dispuesto a jurarlo ante el altar de la Virgen de la Paz.

Ocurrió cerca de la plaza de la Oscuridad. Sentada en la escalinata de la Cuesta de las Piletas había una pareja comiéndose a besos. Él sujetaba con una mano la cabeza pequeña de ella, el pelo castaño derramado en una coleta muy tirante entre sus dedos, y con la otra hurgaba bajo la camisa de la chica y movía los dedos con habilidad para masajear los pezones y elevarlos hasta el cielo.

A Esteban ya no lo excitaba nada, hacía tiempo que el moscatel y los madrugones le habían quitado las ganas, y de eso se lamentaba con frecuencia la Dora, aunque él nunca hacía caso a las quejas de su mujer. Pero al ver de lejos a esos dos sorbiéndose a tragos, comenzó a notar un cosquilleo en los pantalones.

Se acercó con la morbosidad de lo inalcanzable. Qué inmoralidad, pero qué inmoralidad. La de la pareja, por supuesto, no la suya. Se iban a enterar.

—Eh, vosotros, ¿no os da vergüenza, aquí, en plena calle, hombre, por Dios...?

Sobresaltados por el vozarrón de Esteban y ajenos a todo lo que no fueran los labios del uno que mordían y devoraban los del otro, levantaron la vista al mismo tiempo.

Y Esteban frenó en seco. No podía creer lo que veía.

La chica era Pura, la que hacía honor a su nombre. La que en tiempos iba para monja y ahora salía con Manolo el de la Búcara. La que por recato no decía ni palabra cuando se cruzaba con un hombre por la calle. La misma que llevaba siempre la camisa abrochada hasta el cuello y ahora, sorprendida por Esteban, mostraba sin pudor un pecho escapado del sostén.

Pero ¿y él? ¿Quién era el sinvergüenza?

Del asombro, Esteban casi se cae rodando por las escaleras. Llevaba unos pantalones azules con el bajo vuelto y la bragueta abierta, el cinturón desabrochado y la camiseta subida. Tenía unos pechos leves, pero tan erguidos como los de Pura.

Era James Dean. Era Caroline.

Él no era él, sino la inglesa, el pecado en estado puro llegado a Ronda de más allá de los Pirineos, que es de donde viene todo lo malo.

Era el demonio con tupé.

MANUEL

Al señor Giles nunca le habían importado las habladurías de sus vecinos, sobre todo porque no las entendía, pero también porque le daban igual. La barrera del idioma servía justo para eso, para ser un parapeto que impidiera que el mundo se metiera en su vida.

Aquella habladuría, sin embargo, pudo con él. Ni el mismo Giles era capaz de transigir con ella.

Manuel estaba ese día en la finca cortando leña en el corral mientras Bobby, su hermana y su padre discutían en el interior de la casa con la ventana abierta, aunque no captó lo que decían.

Después de mucho alarido, se oyó un portazo. Y otro. Y al final, Bobby salió al corral.

Estaba pálido. Encendió un pitillo que le tembló entre los dedos.

—Manuel, *mate*, lo siento.

Su amigo calló y siguió cortando leña.

—A ver, entiéndeme, siento que haya sido Pura... tu Pura.

—No es mi Pura —dijo muy serio Manuel—, mía no es ninguna persona. Pero sí, no te voy a negar que estoy un poco... no sé, no sé cómo estoy. Es que tiene huevos la cosa, ¿eh?

—No, justo huevos es lo que no tiene la cosa.

Los dos se miraron y sonrieron con tristeza.

—Dime, Bobby, ¿tú lo sabías?

—Al principio no sabía que fuera Pura, te lo aseguro. Lo que sé es cómo es mi hermana. En toda su vida solo me sorprendió el día que se hizo rocker, pero algo como lo que ha pasado ahora sí que me lo esperaba.

—¿Y te parece normal?

Bobby tiró el cigarrillo, lo aplastó con el pie y, por primera vez, se enfrentó a su amigo.

—¿Normal? Pues claro que me parece normal enamorarse de alguien. Lo que no es normal, pero porque es un milagro, es que ese alguien se enamore de ti. ¿Se te ha olvidado tu propia historia?

—Ya, pero es que dos mujeres...

—Dos mujeres, dos hombres o dos ángeles... ¿a quién le importa, más que a los que se quieren?

—Entonces, se quieren...

—Se quieren. *A lot*, más de lo que muchos en este pueblo han querido en su vida.

—Y, si no lo sabías al principio, ¿cuándo te enteraste?

—Un par de semanas después de que llegara Caroline. Me contó que se enamoró de Pura la primera vez que la vio. —Bobby bajó la vista—. Ya te he dicho que lo siento, Manuel, siento habérmelo callado, pero es que yo también sabía que tú no amabas a Pura, que el amor de tu vida sigue siendo esa Lisa.

—Hombre, al menos podrías haberme dicho algo para que no siguiera haciendo el ridículo.

El inglés frunció el ceño.

—Mira, el teatrito este del macho hispano con el honor ofendido me toca ya un poco las pelotas, *mate*. ¿Ridículo? Ridículo es el que hacíais los dos comiendo altramuces los domingos, con el morro hasta los pies y paseando Bola arriba, Bola abajo, sin decir ni pío. Venga, hombre...

Manuel se vio a sí mismo con Pura y tuvo que reconocer que Bobby tenía razón. Volvieron a sonreírse el uno al otro.

Bobby siguió:

—Ni tú quieres a Pura ni ella a ti. Piensa en lo mucho que has sufrido por el amor de tu gibraltareña. Pues Caroline ama a Pura exactamente igual y va a sufrir lo mismo que tú.

—¿Cómo es eso? ¿Se va de Ronda...?

—Nos vamos, *mate*, nos vamos los dos. Es que hay algo más que tú no sabes aún...

Su amigo se retiró dos pasos, dispuesto a recibir una noticia peor. Siempre hay una noticia peor.

—Mi padre me trajo a España porque yo soy como Caroline. O sea, igual que ella, pero al revés, debimos de nacer con los genitales cambiados. A mí no me gustan las mujeres...

Manuel calló.

—Mi padre me mandó venir para separarme de Ronny, mi... ¿novio? Sí, no te escandalices. Los dos estábamos enamorados como perros y sufrí tanto como tú cuando volviste de Madrid.

—Pero si nunca me dijiste nada...

—¿Qué iba a decirte? ¿Que me había enamorado de un hombre lo mismo que tú de Lisa y que tenía el corazón tan destrozado como el tuyo? ¿Me habrías seguido viendo igual?

Manuel volvió a guardar silencio. Después, se atrevió a preguntar:

—Entonces ¿por qué quiere tu padre que vuelvas a Liverpool?

—Porque aquí me he vuelto a enamorar... —Manuel nunca imaginó lo que iba a oír a continuación—. De ti, *mate*, aunque no te lo habría dicho si no hubiera sido por lo de Caroline. Por eso me voy. Tampoco me importa, ya sé que nunca me vas a corresponder. Soy una causa perdida, no tengo solución, dice mi padre. Pero también cree que, si me van a linchar mis vecinos, mejor que lo hagan en inglés y lloviendo, así que me manda de vuelta a mi ciudad.

Manuel no supo qué decir. Él lo quería de una forma distinta a como lo amaba Bobby, y desde luego nada parecido a como seguía amando a Lisa, pero ¿y qué? Lo quería. La amistad es otra clase de amor, hacía tiempo que lo había descubierto. Y son los amigos quienes consiguen que uno no muera solo, era lo que le había enseñado aquel chaval de Liverpool.

Estaba empezando a entenderlo todo mucho mejor. Bobby se dispuso a entrar en la casa de nuevo, pero se paró bajo el marco de la puerta y terminó de explicárselo:

214

—Amar no es fácil, amigo mío. Y, a veces, tampoco es divertido. Es un tesoro y un don que no se le entrega a todo el mundo, tú deberías saberlo. A mí se me ha dado dos veces, con Ronny y contigo. ¿Me dejas que te dé un consejo de despedida? No juzgues a quienes aman. Envídialos, pero no los juzgues. *Don't spit to the wind*, decimos nosotros, porque si escupes al viento terminará dándote en la cara. Recuérdalo.

LISA

El primer viaje de Lisa no fue a Ronda. Fue a un sitio oscuro y boscoso en el que no había estado antes.

Ocurrió pocas horas después de su conversación con Suki, con 1967 recién inaugurado. Se escabulló de Armstrong Steps cuando calculó que Marisol, que se había quedado esa Nochevieja con ella en casa, debía andar por el quinto sueño. No podría soportar vivir lo que iba a vivir teniendo al lado a una amiga convertida en su conciencia. Para lo que Lisa quería, no necesitaba una.

Le abrió la criada de los Peacock, que la condujo sin preguntar hasta un patio lleno de plantas en grandísimos macetones. Allí estaba Suki sola, sorbiendo café mientras la familia que la acogía en su casa dormía, con el mismo negro alrededor de sus ojos inmensos que se dirigían, también como hacía unas horas, a un punto más allá de donde miraban.

La saludó con la mano y enseguida supo lo que buscaba Lisa.

—Has venido porque quieres irte, ¿verdad?

La chica calló unos segundos. Después, contestó con firmeza.

—No me gusta mi vida, no me gusto yo, no me gusta nada. En realidad, yo lo que quiero es ir a un sitio donde está la única persona a la que amo, pero ni me dejan ni él me ama ya. Así que, al menos, voy a intentar irme a otro lugar. Solo necesito encontrar uno que no sea este.

—Vale —respondió Suki lacónica y le tendió una pastilla blanca—. Póntela debajo de la lengua, deja que se disuelva un poco y luego traga. Tiéndete enseguida en el sofá, que puede hacerte efecto cuando menos te lo esperes.

Se tendió. Había pasado prácticamente toda su vida deseando salir de su interior, estaba preparada.

Pero fue ahí adonde llegó, aunque al principio no se dio cuenta. Todo lo contrario. Pensó que era otra y que no necesitaba pulmones, porque todos los poros del cuerpo se le habían abierto de par en par, como si no fueran suyos, para dejar que el aire entrara libre. Era una espectadora de sí misma viendo cómo el oxígeno la penetraba, molécula a molécula, a través de cada rincón de piel.

Después, el sofá rojo de cuero se volvió de sangre, y las volutas del humo que salían del cigarrillo de Suki, huracanes anaranjados que se enredaban en aros concéntricos hasta quedar adheridos al techo formando nubes.

Las nubes crecían, y crecían, y crecían. Se volvieron nubarrones. Y, de repente, toda la habitación se coloreó de un gris borrascoso.

Con los ojos teñidos así llegó Lisa al destino de aquel viaje. Ya estaba dentro; el rojo sangre era el color de su corazón, y el gris borrascoso, el de su alma.

Había alguien más ahí. Lo vio con nitidez. Era un bebé sin terminar, un feto viscoso que se columpiaba en el aire colgado de un larguísimo cordón que le salía del ombligo. La sonrisa del feto se volvió siniestra. La cuerda del ombligo se alargaba a medida que el engendro se acercaba a ella tratando de tocarla con una manita de cuatro dedos y un quinto atrofiado. Lisa intentó correr, pero era inútil. Solo podía dar vueltas despacio, muy despacio, en círculo. En el centro siempre veía al embrión maligno con su sonrisa maligna y sus cuatro dedos malignos. La iba a alcanzar, seguro que pronto la impregnaría de fluidos glutinosos. Quedaría envuelta en ellos como una larva en su cápsula. Terminaría convertida en una pupa de moco, atrapada para siempre en su propio infierno.

—Lisa, por Dios, despierta, vamos, vamos, vamos, despierta y mírame…

Era la voz de Marisol. ¿Qué hacía ella allí, dentro del corazón de Lisa? ¿Cómo había llegado a acompañarla en aquel viaje?

—Lisa, venga, haz el favor, que te daba de leches hasta matarte, pero ahora lo único que quiero es que te despiertes y me mires…

La miró. Poco a poco dejó de verse por dentro para empezar a verse desde fuera, reflejada en el espejo del salón de los Peacock. Estaba en el suelo, era un saco de lentejuelas negras ovillado en un rincón, y se abrazaba las rodillas flexionadas. Tenía el pelo y la entrepierna mojados.

Lo que más le impactó fue ver sus propios ojos en el espejo: eran los de Suki, los mismos ojos de Suki.

Marisol le contó que acababa de tener lo que aquella escuálida en minifalda llamaba un mal viaje. Muy malo debió de ser, le dijo su amiga, porque cuando ella llegó lo antes que pudo, después de que Suki y la criada la avisaran alarmadas y tratando de contener el aliento para que no se enterasen los padres de Lisa ni los anfitriones, se encontró a su amiga dando vueltas por el salón con la espalda pegada a las paredes, mirando hacia el centro del techo y aterrada por algo que solo ella veía colgando de él.

Lisa se incorporó muy despacio, chorreando de agua, no sabía por qué, y también de orina y de miedo.

—Venga, hija de mi vida, levanta, que te llevo a casa.

¿A casa? No, de ahí venía y ahí no quería volver.

Pero cómo contárselo a Marisol. Cómo explicarle que aquella pastilla de ácido lisérgico, la primera de su vida, la había hecho viajar al centro de sí misma.

Y cómo decirle que tenía que seguir intentándolo, porque aún no había encontrado el camino de vuelta.

EMIL

A Emil le pareció brillante el salto de trapecio de Gran Bretaña ante la resolución de la ONU en la que se le instaba a respetar los «intereses» de la población de Gibraltar. Madrid votó a favor de esa resolución y, para sorpresa del mundo, también lo hizo Londres, que se apresuró a precisar que, cómo no, estaba dispuesto a obedecer y a tener en cuenta los «deseos» de los gibraltareños. Gracias al simple truco semántico de cambiar «deseos» por «intereses», Gran Bretaña anunció que se veía obligada a poner en práctica el único mecanismo democrático posible para averiguarlos: un referéndum.

La ONU se opuso y España enfureció. Pero de nada sirvió. La fecha de la votación quedó fijada para el 10 de septiembre.

Emil descorchó la botella de champán francés que le había regalado hacía tiempo su amigo Balloqui y brindó con toda la redacción del periódico para celebrar el anuncio del plebiscito.

—Por fin lo hemos conseguido, Emil. A votar, para que aprendan los españoles cómo se manejan las cosas en un país como es debido y no con un dictador de tres al cuarto que todo lo hace pisando al pueblo con la bota.

—A votar, a votar, amigo Tony.

«Diga nunca a España», repetían cientos de carteles repartidos por todo Gibraltar, y el *Calpe Mirror*, en cada editorial. Otras tantas banderas Union Jack ondeaban en todos los rincones. Las casas se embadurnaron de rojo, blanco y azul, y el «God Save the Queen» sonaba a través de altavoces invisibles en cada esquina.

Euforia, Gibraltar entero vivía en un permanente estado de euforia.

De todos, el más eufórico, Emil. Hasta que llegaba Connie para volver a ponerle los pies en la tierra.

—Ojito, Emil, que estáis calentando mucho la cosa, a ver si nos explota a todos en la cara.

—¿Calentando? Aquí el único que la ha calentado hasta ahora ha sido Franco, *yes indeed*, porque nosotros solo queremos seguir como estamos. ¿O es que a ti ya no te importaría vivir bajo su puño?

—Líbreme la Virgen y Dios no lo quiera. Yo solo digo que lo tenemos aquí al lado y que más nos valdría no llegar a las manos con él, como parece que estáis llegando, porque convivir vamos a tener que convivir en la misma tierra toda la vida.

—No te enteras, *love*, es que no te enteras. No sé ni para qué hablo contigo, si tú nunca te has enterado de nada.

Emil sabía que frases como aquella eran las que despertaban a la rata que su mujer llevaba dentro y que tantos esfuerzos le costaba mantener dormida. Y lo peor era que le gustaba provocarla.

Aunque había veces que Connie se resistía y se le encaraba.

—¿Que no me entero? ¿Yo? Aquí el que está en la inopia eres tú, querido, que no sabes de la misa la media, ni siquiera de lo que le está pasando a tu hija.

—Pero ¿qué le va a pasar, mujer, pero qué le va a pasar a esa niña mimada, si no le falta de nada y hace lo que le sale del higo?

Mentar a su hija era devolver a Emil a una realidad que prefería no ver. De hecho, había tomado la decisión de no verla.

Se hacía el dormido cuando Lisa llegaba tarde por las noches y dejó de mirarla en el desayuno para no tener que fijarse en los círculos oscuros de sus ojos ni en sus pupilas dilatadas ni en sus pestañas entornadas ni en el tormento de su mirada.

Emil, que lo veía todo con su ojo de halcón, había optado por no ver lo que pasaba en su propia casa.

MANUEL

Bobby y Caroline se fueron de Ronda dos semanas después de Reyes y, cuatro más tarde, a la buena de Milú le disparó un guardia civil que se la tenía jurada a la pobre perra, ya sin oficio, por todas las veces que le burló por el monte con su matute bajo la manta.

Para San Valentín, Manuel ya era un huérfano de todo. De amigos, de música, de perejil y de la poca alegría que había recibido desde la llegada del inglés.

Hasta de casa, porque el señor Giles lo había echado con cajas destempladas. Un día de buena mañana le anunció que ya no lo necesitaba, que dejaría Las Abejeras definitivamente porque se la había vendido a un vecino de Benaoján al que se le había metido en la cabeza la tonta idea de que el clima de Ronda era ideal para hacer vino y pretendía plantar viñas en la finca.

Al señor Giles todo eso le parecía una estupidez, donde estuviera un *sherry* que se quitara un tinto de tempranillo, pero tomó las pesetas que le ofrecía sin cuestionarlas y solo le pidió quince días para desmantelar lo poco que quería llevarse. Demasiadas preocupaciones le esperaban en Liverpool cuando se reencontrara con la que un día fue su mujer y con sus hijos, en cuya educación obviamente los dos habían fallado tanto. Dejó atrás diez años de su vida como quien olvida un sueño dulce y se despierta para descubrir que la realidad es la verdadera pesadilla.

El día que Manuel llamó a la puerta de Mariquilla con una maleta llena de poca ropa y casi toda de faena, otra cargada de discos y libros en inglés y una motocicleta roja y negra aparcada en la calle San Francisco —ambas, legado de Bobby—, su madre no dijo ni una sola palabra. Solo le agarró la cabeza con las dos manos y, entre lágrimas, la cubrió de besos desde la coronilla hasta la nuez.

Cuando se le pasó el arrebato, lo mandó a la cocina de un empellón.

—Anda, pasa, jodío, que no tienes más que huesos. En cuantito me ponga el mandil te hago un puchero.

—No, madre, puchero otra vez no.

—Puchero sí, cago en todo lo que se menea, que tú a mí no me llevas la contraria porque te arreo una que esta noche duermes caliente, coño ya con el niño.

Ninguno vio al otro hacerlo, pero tanto Mariquilla como Manuel sonrieron al verse repitiendo una escena que creían olvidada y que ya nunca volverían a vivir.

Como también sonrió Toñi, asomada a la ventana de la casa de enfrente y atenta a cada gesto del regreso de Manuel.

—Por fin, copón, por fin ha vuelto el niño —se dijo para sí—, aunque no sé qué me da que entodavía la pena no se ha terminado en esa casa.

✳ ✳ ✳

Manuel estableció algunas cláusulas para pactar la convivencia con Mariquilla y con Toñi a su regreso.

La más importante, que no se pronunciase ni una sola palabra en contra de Pura en su presencia. Ni una sola.

A esas alturas, la chica ya estaba haciendo las maletas para irse de Ronda. Como último gesto de piedad, el señor Giles había dejado un dinero a la madre viuda para que enviara a su hija a un internado de Sevilla en el que curaban desviaciones como la de la niña. Y, si hacían falta un par de electrodos, pues un par de electrodos. A más de uno habían curado así. Que no fuera por dinero. No era generosidad, no, sino sentimiento de culpa vicaria por la perversión a la que la había arrastrado la pérdida de su hija Caroline, que ya no tenía cura.

La noche antes de la partida de Pura a Sevilla, Manuel, que no había conseguido olvidar cada una de las últimas palabras que le había dirigido Bobby, decidió acercarse a su casa y hacer con la muchacha lo que no había hecho durante los pocos meses en que salieron juntos: hablar.

El escupitajo que se lanza al viento termina volviéndose contra uno, le había advertido su amigo. Y Manuel no era quién para juzgarla, Bobby tenía toda la razón. Le debía una conversación antes de que los electrodos le hicieran olvidar hasta su nombre.

Llamó suavemente a su ventana y el cristal tras la reja se abrió con el impulso de sus nudillos sin que se encendiera ninguna luz.

Pura no estaba.

Manuel pensó y cayó en la cuenta enseguida. La encontró en la estación, casi a oscuras y con una maleta de cartón duro junto a ella en el suelo.

—Pura, soy yo, Manuel... ¿Te vas tú sola?

Pura lo miró un segundo y volvió la vista al frente.

—Pues ya ves. A lo que parece, sola me he quedado y sola me voy.

—Pura, hija..., es que no sé qué decirte.

La muchacha volvió a mirarlo. Tenía un gesto altivo, determinado. Orgullo, eso era lo que había en su mirada. Ojalá lo hubiera podido distinguir antes entre el pudor y la timidez de esos ojos tan abiertos.

—No hace falta que me digas nada, Manuel, porque si lo único que te va a salir es un reproche, mejor te lo tragas, que yo no tengo de qué avergonzarme.

Manuel agitó una mano.

—No, Pura, no. Si alguien tiene motivos para sentir vergüenza, ese soy yo. Nunca te prometí nada ni te hablé del futuro, nunca te pregunté qué era lo que pensabas tú y nunca te dije lo que pensaba yo...

—¿Y qué pensabas, Manolo, si puede saberse? ¿Que yo era tu juguetito mientras te acordabas de la otra, la que conociste en la capital? Que no hay que ser muy lista para enterarse de lo que todo el mundo sabe en el pueblo.

—Lo siento, Pura, de verdad...

—Pues, mira, una cosa te voy a decir, no lo sientas, porque el favor nos lo hicimos los dos. Mientras estuve saliendo contigo, mi madre dejó de darme la turra con que «no te vas a casar nunca» con que «eres una siesa con los muchachos» y con que «mejor te metes a monja». Que ahora querrán curarme, Manolo, pero ya te digo yo que no van a poder porque no estoy enferma. Yo he nacido así. Nacido, ¿me oyes?, nacido. Soy así de toda la vida. Solo que me lo tengo que mamar, y lloro por las noches, y muerdo la almohada, a veces de rabia y a veces de mucha pena... Pero lo único que sé seguro es que por más que ahora me quieran achicharrar la sesera yo no voy a cambiar. Por eso me voy, que no quiero darles el gusto de que me vean sufrir. Para eso, mejor sufro yo sola.

—Espera, mujer, al menos dime dónde vas... —Manuel trató de saber, pero no obtuvo respuesta.

El tren llegó silbando y enseguida se detuvo dejando una puerta abierta justo enfrente de Pura.

—Adiós, Manolo. A ver si puedes ser feliz algún día, tú que eres normal.

Se alzó de puntillas y le besó en la mejilla. Después, subió sin esfuerzo su maletita de cartón al vagón y se metió en él sin volver a mirar el andén.

Manuel contempló con una melancolía inmensa cómo el perfil de la chica, hierático detrás de la ventanilla, se alejaba hacia no sabía dónde, porque ni siquiera se había fijado en cuál era el destino del tren cuyo bufido sonaba cada vez más distante.

No volvió a saber de Pura hasta mucho, muchísimo tiempo después.

Pero nunca la olvidó. Ni a ella ni a sus ojos abiertos.

LISA

«Hundo, caigo, mientras descienden los siglos hacia los hondos barrancos». Lisa tampoco olvidaba. Ni a su poeta ni sus metáforas.

Quiso volver a ver a Suki antes de que la modelo partiera hacia Marbella.

—No, hija de mi vida, tú no vuelves a tomar mierda de esa mientras seamos amigas, por mis muertos te lo digo. —Marisol blandía el dedo amenazadora—. No te viste la cara, Lisa; bueno, sí que te la viste cuando te despertamos de la pesadilla porque tenías un espejo enfrente. Pero antes de despertar estabas hecha una loca, con los ojos fuera de las órbitas y arañando las paredes, toda calada como si te hubieras echado tres baldes de agua encima. No quiero volver a verte así nunca. Si vas otra vez donde la escuálida para buscar más pastillitas de la muerte, conmigo que no cuenten y que nadie me llame cuando te dé el ataque, que te lo dará. Si vas allí, tú y yo hemos terminado.

Lisa no encontraba las palabras para explicarle a su amiga que tenía más motivos que nunca para volver a tomar la pastilla de la muerte. Había dejado asuntos pendientes en el primer viaje y tenía que regresar allí donde se habían quedado, a lo más profundo de sí misma.

Llevaba mucho guardado, porque el terror paraliza y deja sin habla. Ahora que ya conocía a la criatura que aún llevaba dentro, debía despedirse de ella.

—Quiero irme, Suki, ayúdame.

Había ido sola, sin Marisol. Tan sola como iba a estar el resto de su vida, pensó.

—Yo te ayudo, pero no aquí. Suficiente han hecho ya los Peacock por mí y no quiero que se lleven un susto si te ven como el otro día. Te dejo esto —le tendió una bella y aparentemente inocente bolsita de terciopelo azul—, hay muchas, adminístratelas hasta que vuelva. Ten cuidado, Lisa. A mí ya no me importa mi vida, pero ve despacio con la tuya.

Lisa sonrió con tristeza.

—Tú eres demasiado joven, Suki, volverás a vivir. Yo iría despacio si tuviera vida. Por eso quiero esto, para ver si consigo una, aunque sea en sueños.

* * *

Lisa descubrió un barranco nuevo por el que descender en una cuevecilla poco profunda cerca de la Camp Bay, que convirtió en su refugio. Había sido lugar de descanso para los soldados de la Segunda Guerra Mundial y aún conservaba algunas butacas raídas y seguramente llenas de chinches. Pero a Lisa no le importaba. Solo necesitaba lo que la cueva le daba: un lugar oscuro y a salvo de miradas, a salvo incluso de la suya propia. Porque lo que más le dolió al regreso de su primer y mal viaje fue verse después, empapada y temblando, en el espejo del salón de los Peacock, Marisol tenía razón. Desde ese momento y en adelante, mejor evitar errores de principiante. Oscuridad, solo oscuridad era lo que le hacía falta para colocarse.

Y también dinero —por eso no podía dejar de trabajar con su padre— y buenos contactos —los consiguió en La Caleta— cuando se le vació la bolsita de terciopelo azul.

Hacía tiempo que Suki se había ido de Gibraltar y Marisol de su vida. Una, la novia del pobre Tara, estaba ya en Londres de vuelta de España, y la segunda, posiblemente establecida en Marbella como modista principal en la boutique de la viuda de Tara. Un muerto había unido y a la vez separado a las cuatro. Pero, de ellas, la que se había quedado vacía era Lisa.

Ricky, el colega del *Chronicle* que ayudó a su padre al venderle de tapadillo la entrada para el concierto de los Beatles, también la ayudó en esto. El chico parecía manejarse bastante bien en el borde de la moralidad.

—Llegan los miércoles en un yate muy lujoso, será para despistar. Se ponen cerca de la casa amarilla del fondo, junto a la roca. Pregunta por Gerald y dile que vas de mi parte. Es un poco caro, pero de buena calidad, ¿eh?, mejor sin riesgos.

Lisa encontró a Gerald sin problemas, aunque, si no lo hubiera hecho, él la habría encontrado a ella. Era un profesional.

El hombre le vendió lo que necesitaba, entonces y a partir de ese día. Se lo daba cada dos miércoles y así, de dos en dos semanas, conseguía superar el hueco de sus ausencias.

Gerald y su yate lujoso se convirtieron en la nueva vida social de Lisa, la única que le hacía falta.

* * *

Suki le escribió unas cuantas cartas —y cómo le vibró el pecho el primer día que vio un sobre con su nombre escrito en él hasta que leyó quién era la remitente y aprendió a distinguir su letra—, en las que le iba contando sus novedades: que, al fin, los tabloides habían encontrado otra presa y habían dejado de acosarla para que hiciera declaraciones, una vez tras otra, sin clemencia, sobre el accidente de Tara. Que Ossie Clark, el diseñador fetiche de todo el *swinging London*, le había ofrecido desfilar para él en la colección de abril de ese año. Que el *bastard* de Lennon se había reído de su novio muerto en una canción de su nuevo álbum *Sgt. Pepper's* («I read the news today, oh boy...», ¿no la había escuchado aún?), porque John nunca le iba a perdonar a Paul que se llevara mejor con Tara que con él. Que ella trataba de olvidarlos a todos y que había retomado la amistad con Brian Jones, ¿le sonaba a Lisa?, sí, mujer, el guitarrista de los Rolling, el que tocaba la armónica en aquello que tan bien las definía a las dos, «(I Can't Get No) Satisfaction»... Y que en agosto planeaba volver a Marbella vía Gibraltar porque Brian la había invitado a pasar el verano en la casa de un artista belga, ¿tal vez podrían verse, aunque solo estuviera unas horas en el Peñón?

Las cartas de Lisa eran mucho más parcas. No tenía nada que contar. Solo una cosa había sacudido su triste existencia con la excitación de lo peligroso: por fin había dado permiso a su padre para publicar la foto de Ringo Starr a punto de ser golpeado por un gris en Barajas.

La convenció un día de resaca, después de un viaje en el que, una vez más, no había logrado ver ni a su hijo nonato ni tampoco al hombre que se lo puso dentro, aunque al menos había aprendido ya a controlar los latidos del corazón y a cerrar los ojos de la mente cuando algún monstruo venía a visitarla.

Emil fue persuasivo:

—Si no la publicamos ahora, no la publicaremos nunca, Lisa, *sweetie*. Es el momento, qué mejor campaña para el referéndum podemos hacer que mostrar cómo es de verdad esa España que algunos quieren que nos gobierne. A ver si, poniéndosela delante de los ojos, se les quitan las ganas.

—Déjame, *dad*, que me duele mucho la cabeza.

—Pero Lisa, si es que es ahora o nunca. Hay que remover conciencias. Un policía fascista queriendo atizar a una gloria nacional como ese pobre *beatle*...

—¿Una gloria nacional? Pero bueno, ¿ya no es un melenudo para ti? ¿Y le llamas pobre?

Al final, cedió solo por no seguir oyendo a su padre y para que la dejara tranquila de verdad.

Qué más le daba. Qué más le daba todo.

Firmó la noticia, eso sí, porque fue lo único que le pidió a Emil. Pero no se lució. No le salió el mejor reportaje de su vida ni usó su vocabulario más selecto. Fue escueta e impersonal, sin pronunciamientos, sin literatura. Sin embargo, llegó a ser el artículo más laureado y felicitado de todos los que escribió en aquellos días. La foto se convirtió en cartel electoral y adornó cada farola, cada fachada y cada cabina. Fue la foto del verano.

Y ella, la heroína de los integracionistas.

* * *

Así, como una heroína de Gibraltar, la encontró Suki cuando llegó un mes antes del referéndum. Pero no fue eso lo que realmente vio en Lisa. Además de un esqueleto andante, con el pelo grasiento y descuidado, ropa sucia que olía a sudor y varias llagas en la boca, la modelo se topó con una tristeza aún mayor que la que había visto en enero en los ojos extraviados de su amiga gibraltareña.

—Pero ¿qué te ha pasado, Lisa, por Dios?

La muchacha ni siquiera sabía que le hubiera pasado algo. De hecho, creía que no le había sucedido absolutamente nada desde que Suki se fue.

—Este asunto se te ha ido de las manos. Así no, Lisa —le recriminó Suki—, así el LSD no funciona. Si estás mal por dentro, el ácido trabaja al revés de como tiene que trabajar. Que te has equivocado. Que las pastillas sirven para hacer que te sientas mejor, no para... esto. Si no te han arreglado ya la vida, lo único que pueden hacer es empeorártela.

Lisa la oía, sí, pero dejaba de escucharla según comenzaba a hablar.

—¿Por qué no te vienes a Marbella conmigo? —insistía Suki—. Ese sitio está lleno de gente importante, famosos, puedes entrevistar a unos cuantos... A lo mejor incluso puedes volver a ver a Marisol.

No, eso no, vive Dios, eso jamás. En lugar de convencerla, Suki pronunció la frase errónea. Marisol no podía verla así, en ese estado de absoluta calamidad. No resistiría un «te lo dije», aunque nunca recibiría uno más justificado ni más cargado de razón que aquel.

—No puedo, Suki, imposible, con esto del referéndum ahora tengo más trabajo que nunca. Si me voy, mi padre me mata. A lo mejor en otro momento...

Lisa sabía que no habría otro momento, porque la espiral por la que se deslizaba ya estaba en pleno descenso y ella no tenía la más mínima intención de pisar el freno.

¿Qué le había pasado?, le preguntaba y se preguntaba Suki, mirándola fijamente.

Nada. No le había pasado nada. Ese era el problema.

Lisa se encontraba sola, total y absolutamente sola. Y eso que no sabía que podía quedarse más sola todavía.

TOÑI

Toñi había sacado temprano a las cabras, antes de que el calor arreciara en aquel agosto duro y seco. Le costó arrancarlas, que las jodidas no querían avanzar hasta que estaban llenas de toda la mugre, buena y mala, amarilla o verde, que comían a su paso por los montes.

Las llevó al Hundidero, cerquita de Montejaque, uno de sus lugares favoritos, aunque un poco lejos de Ronda, lo que le permitía una buena caminata y pasar la noche al raso contando las estrellas y arropada por sus bichos, tan comprensivos con ella que la dejaban pensar sin interrupciones.

En la entrada de la cueva había acampado la mujer aquella noche.

Oyó una rama que se resquebrajaba, se giró y lo vio. Se alarmó, pero no se sorprendió.

—Vaya, hombre, tú tenías que ser...

Hacía mucho tiempo, años, que esperaba y temía algo así. Pero esa noche, quizá distraída por la paz del oasis de frescor en pleno verano o, mucho más posiblemente, por la emoción de volver a tener a Manolillo de vuelta en casa de su hermana, a tiro de piedra de la suya, esa llegada la encontró desprevenida.

—Pues sí, yo soy. Y tú, la que tiene la culpa de todo lo malo que me ha pasao a mí en la vida, na bueno, pero na de na, hijaputa.

—No, mi alma, no. La culpa es tuya, que vas por la vida daleao y asín no se puede ver na de frente. Daleao y mirando pa abajo. Tú sí que eres un hijo de la grandísima puta.

Algo abultaba en la mano del intruso, que lo aferraba como una tenaza.

En cuanto lo vio, Toñi buscó alrededor algo con que defenderse, intuía que le iba a hacer mucha falta.

Agarró el primer canto de punta que encontró e incluso consiguió atacar primero, pero después ya no tuvo tiempo de usarlo tanto o con tanta fuerza como habría necesitado.

El primer golpe reverberó en todos los huesos de su esqueleto. Toñi lo sintió a punto de desmoronarse como un castillo de naipes, pero se mantuvo en pie.

El segundo y el tercero consiguieron derribarla.

Y con el cuarto pronunció las últimas palabras de su vida:

—Te maldigo, cabrón, maldito seas...

Se quedó tendida, con el cráneo destrozado por una piedra dura aunque no muy grande, del tamaño que cabe en una mano de hombre. Se la habían incrustado varias veces y con saña en el hueso hasta dejar toda la hierba de alrededor y algunas rocas de más allá empapadas de masa encefálica y sangre oscura.

La garra del asesino que blandió la piedra ya no estaba, pero los restos de su vejiga sí, porque, además de la vida derramada de la pobre Toñi, con cincuenta años aún sin cumplir, también dejó sus ropas regadas de orina.

* * *

No tardaron en descubrir el cuerpo. Fue obvio que algo le había pasado cuando la Dentuda, que era la mejor cabra de Toñi, aunque un poco loca y a la que nunca perdía de vista, volvió a Ronda a la mañana siguiente sola y con el morro manchado de sangre.

Todos sabían adónde llevaba la cabrera a pastar a sus animales en verano, conque ni un segundo perdió la comitiva de búsqueda, liderada por Manuel, en dirigirse al Hundidero.

Allí estaba, empapada en rojo, como una amapola. Aún tenía los ojos abiertos.

Y había algo más de lo que se dio cuenta Manuel: la mano izquierda agarraba muy fuerte una piedra afilada. La piedra también tenía sangre y su sobrino estaba convencido de que no era de ella.

—Fíjese bien, señor guardia —le dijo al cabo que iba a levantar el atestado—, estoy seguro de que mi tía se defendió y le arreó a su asesino antes de que él le diera más fuerte. ¿No ve ahí la piedra, en la mano zurda y con la sangre del hijo de puta que le ha hecho esto? ¿No lo ve, señor guardia, no lo ve?

—Tranquilízate, hijo, lo veo, claro que lo veo, pero ¿qué quieres que haga yo? Todas las sangres son iguales, así que no me vale como prueba. Si a lo mejor esto lo ha hecho un gitano para robarle a tu tía, uno de esos que pasan un día por aquí, se van al siguiente y si te he visto no me acuerdo. ¿Cómo quieres que lo sepamos por una puñetera mancha de sangre?

Manuel negaba con la cabeza, cada vez con más fuerza e impaciencia.

—Que le digo yo a usted que no, hombre, que no. Mi tía lleva el monedero atado al mandil, como siempre cuando sale con las cabras. Está lleno de monedas, ¿lo ve? Así que déjese de culpar a los pobres gitanos y busque en el pueblo a alguien con una herida, joder, que ese es el asesino de mi tía.

—Oye, niño, o me hablas con respeto o el que duerme esta noche en el cuartelillo eres tú, ¿estamos? Y, ahora, lárgate si no quieres que te corra a patadas, coño, y deja que trabajen los mayores.

Manuel lo miró con furia pero impotente. Merodeó alrededor del lugar hasta que, en un descuido del guardia, pudo acercarse por última vez al cuerpo de su tía Toñi.

Se agachó, le cerró los ojos suavemente y la besó. Ya empezaba a estar fría. Por primera vez en la vida de Manuel, Toñi estaba fría con él. A Manuel también se le congelaron los labios y el corazón.

La miró, para llevarse esa imagen con él. Y vio lo que siempre había visto en ella: el fiel de la balanza inclinada de su madre. Era quien más le había comprendido y apoyado, quien le había soportado noches enteras en el regazo llorando por Lisa cuando regresó

233

de Madrid, quien sabía cómo era su alma y quien podía aliviarla de todos los dolores.

Toñi, la Diezduros… La que se había ido. La que estaba fría.

Manuel, que se había sentido muy solo desde que se marchó Bobby, hasta que vio a su tía con los ojos cerrados no supo que era posible quedarse más solo todavía.

MANUEL

Lo peor fue informar a Mariquilla. Y lo único bueno que la Búcara tenía un sexto sentido y no hizo falta que su hijo le dijera que traía una tragedia que contarle. Lo supo en cuanto lo vio.

—Lo siento mucho, Mari —le dijo el guardia civil, que al final se enterneció de ver al chico roto en mil pedazos incapaz de explicarse ante su madre—. Es la Toñi, la han matado donde el Hundidero.

—¿Matado? ¿Qué es eso de que la han matado? ¿Quién va a matar a mi hermana, cojones, si no le ha hecho daño a nadie? —Miró a su hijo—. Manuel, por tu vida, dime la verdad, dime que se han equivocado, que no es mi Toñi y que han matado a otra... —Él callaba y trataba de esquivarla—. Por tu vida, hijo mío, por tu vida, mírame y dime la verdad...

No pudo seguir hablando. Cayó de rodillas escudriñando los ojos de Manuel y tratando de ver en ellos la respuesta que esperaba y que nunca llegó.

Iba a ser verdad. Verdad, sin remedio. Toñi, su Toñi, su única amiga, su ángel de la guarda, la voz de su conciencia, su otro yo, estaba muerta.

Después, se desmayó.

* * *

Hubo que preparar el cuerpo para el entierro, la muerte tiene sus leyes y, por muy grande que sea la aflicción, los vivos deben respetar sus rituales para que otros lo hagan también cuando ya no podamos decidir y sean ellos lo que nos hundan en tierra sagrada.

Vinieron dos amortajadoras y hablaron con Manuel, encargado de organizar las pompas fúnebres, porque su madre no estaba para nada más que llorar y repetir sin parar el nombre de Toñi entre sollozos.

Una era Paquita, la partera, que lo mismo daba la bienvenida a la vida que ayudaba a despedirse de ella. La otra se llamaba Rosa Mari, una mujer menudita y con un moño veteado de hebras blancas que pocos habían visto antes por Ronda.

Paquita se dedicó a Mariquilla, y Rosa Mari, a Manuel. Iba vestida toda de negro por respeto a los dolientes y, por esa misma razón, lucía una sonrisa triste. Pero no podía ocultar una alegría natural que contrastaba con la tenebrosidad de su cometido. O tal vez no fuera contraste, sino necesidad.

Manuel no se detuvo a pensarlo, solo se puso en sus manos. Su imagen de profundísima desolación hablaba por sí sola, la mujer la entendió a la primera.

—Rosa María Pedregales, permita que me presente. No nos hemos visto antes, señor Calle, porque acabo de llegar de Benaoján, me ha llamado Paquita para que la ayude a atenderles a ustedes. Pero qué desgracia tan grande, Señor, qué desgracia. Reciba mi más sentido pésame.

Manuel lo aceptó con un agradecimiento apenas audible. Había algo en aquella mujer que le resultaba vagamente conocido. Quizá un gesto, una expresión, el tono de voz...

Siguió:

—No se preocupe usted que su tía se va a ir tan bella como seguramente lo fue en vida —Rosa Mari no conocía a la Diezduros, se notaba— y va a tener cristiana sepultura en todo su esplendor. Solo necesito un poquito de ayuda, si no le importa.

—Usted dirá.

—Pues tráigame un vestido, si es posible que no sea muy colorido. —Definitivamente, esa mujer no conocía a Toñi; jamás tuvo nada que no fuera de colores—. Es que a la gente no le gusta ver que alguien se va al otro mundo contento, ya me entiende.

Manuel asintió y dijo que buscaría, aunque no le prometía nada.

—¿Qué más necesita usted?

—Pues a mí me gusta poner algo personal en las manos del muerto. No sé, un rosario o un crucifijo, lo que encuentre usted entre las cosas de su tía y con lo que crea que a ella le gustaría llegar al más allá.

—Bien, ahora mismo busco. Vive... vivía aquí enfrente, así que no tardo nada.

—Pues no hay más, señor Calle, eso es todo, muchas gracias.

Manuel se volvió y le preguntó:

—¿Me ha dicho que se apellida usted Pedregales?

—Sí, señor, Pedregales me llamo por parte de padre.

—¿De Benaoján?

—Ahí estamos, del mismo.

—¿Y tiene usted algo que ver con una señora que, si no me equivoco, se llamaba Elvira Pedregales? Es que me recuerda usted mucho a alguien que la conocía.

—Digo, pues claro, mi tía era, que en paz descanse. Se fue a Madrid cuando era muy cría. Ya va para dos años que murió, pero aún conservo mucha relación con su viudo, que viene todos los años...

—Antonio Marchena.

—Antonio, sí, mi tío Antonio. ¿Lo conoce usted?

—Me tropecé con él en Madrid por casualidad hace dos veranos. No más de tres minutos, un buen tipo...

—El mejor hombre, sí, y usted que lo diga. Cuando era chica no me separaba de su sombra siempre que venía, me ha enseñado tantas cosas...

—Si es que ya lo decía yo, hay algo en usted que me ha recordado a él, aunque no sean familia de sangre.

—Pues qué alegría me da que diga eso porque lo admiro mucho, ojalá se me haya pegado algo de verdad.

—¿Querrá avisarme si su tío viene por aquí? En Madrid me quedé con ganas de charlar con él.

—Descuide usted, que estoy segura de que a él también le gustará mucho hacerlo.

—Así quedamos entonces.

El mundo era un pañuelo, pensó Manuel cuando se dispuso a salir de la casa en la que, mientras una mujer se deshacía en lágrimas por su hermana, otras dos trataban de poner presentable a la muerta para encontrarse con lo que tuviera que encontrarse al cruzar la línea de la vida.

Lástima que a Toñi y a él el pañuelo se les hubiera doblado por malas esquinas: a ella, con la que le juntó con su asesino, y a él, por ninguna de aquellas en las que estaba la mujer que amaba.

EMIL

Emil cumplía todos los requisitos para votar con pleno derecho. El principal, que era ciudadano de pura cepa porque había nacido en la Roca bastantes años antes del 30 de junio de 1925, día de la llegada al mundo en Gibraltar del primer hijo de padres indios, según prescribía la norma que desde 1962 definía la nacionalidad gibraltareña. Hasta en eso los hados lo habían tratado bien y lo habían convertido en un patriota desde su nacimiento. Lo que, además, le garantizaba un linaje de gibraltareños auténticos, aunque ese linaje, por ahora, solo incluyera a Lisa.

De eso, como de tantas otras cosas, se congratulaba Emil el domingo 10 de septiembre de 1967 por la mañana muy temprano.

Era un día grande. La fiesta de la democracia. Una jornada en la que todos y cada uno con sus papeletas en la mano dibujarían la raya que marcaría el futuro de Calpe, la atalaya de Hércules.

No quiso ser de los primeros en votar, prefería paladear despacio el día. Se paseó por las calles de su ciudad, dando un largo rodeo hasta llegar al periódico para disfrutar del ambiente: banderas y banderines del imperio británico se alternaban con los de Gibraltar y su escudo; algún que otro votante entregado que se había disfrazado de Churchill; las campanas de las iglesias y templos de todas las confesiones, lanzadas ya al vuelo en un anticipo del concierto que ofrecerían cuando el resultado fuese oficial; fiesta, mucha fiesta. Y Emil, en medio, paseante observador, inflado de felicidad.

Para las once y cuarto ya había votado el ministro principal, Joshua Hassan, y, para las doce, el cuarenta por ciento del censo. La cosa iba bien, pensó Emil. Aún podía saborear un poco más el día antes de acudir a la urna, unas horitas extra de deleite con las noticias que le iban llegando al periódico.

En el peor momento, el de más trabajo y cuando faltaban solo unas horas para el cierre de las votaciones, Emil recibió una sorpresa: la visita de su mujer y su hija.

Connie lloraba desconsolada y balbuceaba sílabas sin sentido. Emil no entendía nada.

—Connie, haz el favor, deja ya de llorar que hoy no es el día para tus estupideces, podrías haber esperado a mañana, digo yo.

Pero Lisa lo interrumpió.

—No, *dad*, haznos tú el favor y calla. Tienes que venir con nosotras a La Línea. —La voz de Lisa sonaba enfadada y muy distinta, parecía la de una anciana ronca, con palabras ahogadas en una afonía de pulmones sin aire.

—¿A La Línea? ¿Estáis locas? Pero ¿qué pasa ahora, vamos a ver?

—La abuela Pepa…

—Acabáramos, a saber qué le ha dado ahora a tu *nanny*.

—La muerte, eso le está dando. Que se está muriendo, *dad*, y dice que quiere hablar contigo. Tenemos que llegar a tiempo. Vámonos ya… ¡pero ya!

PEPA

La *nanny* Pepa nunca hablaba de penas, solo de alegrías.

Si su hija se enritaba y enritaba al resto de la familia, o sea, a Lisa, la que más le importaba, que no fuera por su culpa. Nunca.

Esa fue la razón por la que no les dijo a ninguna de las dos que hacía tres meses que le había pasado algo rarísimo: tuvo durante dos semanas un hipo persistente, molesto, incluso invalidante. Connie y Lisa se acordaban de que su amiga doña Sole estuvo esas dos semanas diciéndoles que no podían ver a Pepa, que estaba en cama con un resfriado muy gordo y muy contagioso. Que ni siquiera podían hablar con ella, porque se había quedado afónica.

Todo para ocultar ese hipo que tanta vergüenza le daba y le hacía parecer una tonta dando saltitos de la mañana a la noche.

Fue a varios médicos de La Línea, que la mandaron a otros de Algeciras, que la mandaron a otros de Jerez, hasta que acabó en uno buenísimo de Cádiz.

Primero le dio unos medicamentos que solo consiguieron espaciar los hipidos, pero no que desaparecieran. Después, formuló las preguntas adecuadas:

—¿Tiene usted tos? ¿Dificultad para deglutir...?

—¿Mande...?

—Para tragar.

—No, no, nada.

—¿Fiebre, dolor en el pecho, reflujo…? ¿Acaso jaqueca y dificultad para caminar, cansancio…?

—De eso sí, una mijilla de cada.

Después, le hicieron todo tipo de pruebas: rayos, auscultaciones, palpación, pinchazos, inyecciones, pastillas…

Hasta que llegó el veredicto: un tumor cerebral, un bulto que había empezado en la cabeza y se había extendido en mil tentáculos por todo el cuerpo. El hipo solo había sido su mensajero, el paladín precursor.

Desde el momento en que lo supo, Pepa decidió que, si iba a llegar su hora, quería que llegase con calma. No más perrerías sobre sus carnes, pero ni una sola más. Interrumpió todos los tratamientos y se sentó a esperar.

—Es que me cansé del manoseo, mi alma, que ni tu padre me tocó tanto en toda su vida —le dijo a su hija Connie el 10 de septiembre de 1967 cuando entró como un vendaval lloroso en el piso de la calle Jardines acompañada de Lisa y Emil.

Su madre estaba en la alcoba, que olía como siempre había olido: al azahar de la tierra en la que nació. La hora que le iba a llegar era la hora de aquella tarde de septiembre. Lo sabía porque ella sabía esas cosas de los demás, no iba a saberlo de sí misma.

Doña Sole la interrumpió para tratar de disculparse.

—Yo os lo habría contado, hijas de mi vida, pero ya veis cómo es esta vaca burra, cabezona como ella sola. Si os digo algo, me mata y la que se va antes al otro mundo soy yo.

Pepa no le hizo caso y siguió.

—El bicho ya me ha comido y no se puede hacer más nada. Hay que saber perder. Al menos se me ha quitado el hipo, válgame, menudo coñazo fue aquello. Ea, a despedirse, que me voy de viaje. Y ni una lágrima quiero, ¿me estáis oyendo? Ni una.

Pero ni Connie ni Lisa podían obedecerla, solo Emil.

Pepa continuaba hablando con desparpajo y naturalidad, como si la futura muerta no fuera ella.

—Vamos a ver un par de cositas más, que antes de nada van las de comer. Chelo, mi vida, a ti te dejo esta casa, porque en ella te criaste y en ella, creo yo, pasaste algún día feliz, aunque de esos tengas ahora pocos. Los días felices son lo único que nos llevamos y yo me llevo unos cuantos contigo, con tu padre y con mi nieta. Recuérdalo siempre, Chelito, amor mío.

Connie lloraba más, no podía parar.

—Y tú, Lisa, mi niña bonita, mi niña morena, te quedas con el Topolino, que tu padre lo ponga a tu nombre y te pida permiso a ti para usarlo y no al revés, porque a tu edad lo que hace falta es que te den libertad y no hay nada más libre que poderte mover por el mundo. Aprende a manejarlo, eso sí, y ni caso si te dicen que las mujeres no saben, aún me arrepiento de no haber aprendido yo, con el tiempo que me habría ahorrado en la vida, digo, que nosotras tenemos más cosas que hacer que los hombres. Tú aprende, pero con cuidadito, no te me vayas a escacharrar contra un árbol como el novio de esa amiga tuya que me contaste. Aprendes y después lo usas, pero lo usas bien. Ya me entiendes…

Lisa la entendía. Su abuela le estaba dando el medio para escapar de Gibraltar. Lo que la pobre mujer no sabía es que fuera del Peñón ya nadie se acordaba de ella y que no le quedaban fuerzas para más viajes que no fueran los que emprendía a solas por las noches en una butaca llena de chinches.

—No tienes que dejarme nada, *nanny*, tú no te vas a morir.

—Para ánimos tontos estoy, hija mía. Sabré yo mejor que todos los médicos juntos lo que hay. Ea, ea…, ¿eso qué es, niña? ¿No te acabo de decir que ni una lágrima quiero?

Después, dirigió la vista a Emil.

—A ti de llorar no te digo nada, yerno, que ni siquiera sabes cómo se hace eso. Ya sé que estarás deseando volver a tu pedrusco para celebrar que a los españoles no nos queréis ni en pintura. Pero dos cosas te tengo que decir antes de irme: una, cuídame bien a estas dos o subo del infierno para no dejarte dormir en las noches de vida que te queden. Dos, toma nota de lo que acabo de dejarles a mi hija y a mi nieta y que se cumpla todo de pe a pa, con el papeleo que haga falta, tal y como he dicho. Yo no sé nada de testamentos ni de leches. Yo, a la antigua, mirando de frente, que así me enseñaron a mí a hacer las cosas. Júramelo, Emil.

—Lo juro, *nanny.* —La voz se le quebró al hombre; hasta a los más impasibles se les quiebra ante la muerte, lo único más duro que ellos.

—Ea, pues ya puedo morirme tranquila.

Cerró los ojos y durmió un rato con la respiración serena y las manos de Lisa y Chelito agarrando las suyas.

Ya no los volvió a abrir.

A todos les pareció mentira que la verborrea de sus últimos instantes no presagiara una mejoría, sino todo lo contrario. Fue una despedida de la vida tal y como la había vivido, con exuberancia.

La exuberante *nanny* Pepa se fue de este mundo con setenta años recién cumplidos y los pocos flecos que se le habían soltado bien cosidos.

MANUEL

No fue fácil dar con la vestimenta que le sirviera a su tía de mortaja. Lo más apagado que encontró Manuel fue un traje de chaqueta de tweed en los colores marrones rojizos del otoño que, desde que él tenía memoria, solo le vio a Toñi en los entierros. Podría valer también para el suyo.

Faltaba el objeto religioso que sería la llave que le abriera las puertas del paraíso. Una cruz, un relicario, una medalla...

Una medalla.

Allí, en el segundo cajón de la cómoda, debajo de una combinación lila, había una. Era de latón malo y tenía un borde mellado, como si le hubiera pasado rozando una bala.

¿Una bala? Una bala.

¿La que mató a Raimundo? Esa.

La sostuvo en sus manos y se la acercó. Se limpió bien los ojos, peste de lágrimas, qué asco, engañándole todo el rato y haciéndole ver cosas imposibles.

Pero no, no eran las lágrimas. En la mano tenía la auténtica medallita de la Virgen de la Paz que Raimundo le había dejado en herencia dentro de un saco. La misma que vio por última vez después del concierto de los Beatles y la misma que había entregado a una mujer en prenda de su amor eterno. La misma.

Y estaba en la cómoda de su tía Toñi, que en paz descansara ya, si podía.

El chico estaba demasiado aturdido para pensar y demasiado desbordado de preguntas. Se le atragantaron todas y volvió a sentir que le silbaba el pecho, que no podía respirar, otra vez el asma, otra vez la asfixia, se ahogaba...

¿Qué había sucedido entre la noche que le dio esa misma medallita a una mujer en Madrid y la tarde que se la encontró en un cajón de la Diezduros al otro lado de la calle? ¿Lo sabía su tía? ¿Lo sabía su madre? ¿Lo sabían las dos, que se lo contaban todo y a todas horas?

Se metió en el bolsillo un rosario de plástico que encontró en la mesita de noche y salió temblando y respirando mal de la casa. Cruzó la calle. Entró en la suya sin que las piernas pudieran sostenerlo correctamente. Pero no le dijo nada a su madre.

Esperó. Muriéndose de dolor por dentro y por fuera, pero esperó.

Tuvo suficiente serenidad para hacerlo hasta que el féretro de su tía, vestida de marrón rojizo y con un rosario de plástico entre los dedos, se perdió bajo la tierra y fue consciente de que ya no podría preguntarle a Toñi. Nunca y nada.

Ni siquiera por aquella medalla.

* * *

Y entonces, el primer día sin vecinas dando pésames, sin tocinos envueltos en papel de estraza por cortesía de los tenderos del barrio y sin que Mariquilla se lo esperara, Manuel le soltó a bocajarro, mostrándole la palma de la mano abierta:

—Madre, ¿usted sabe por qué la tía tenía esta medallita guardada?

A la Búcara le desapareció el color de la piel de repente. La miró y se quedó callada.

—O sea que ya sabe usted de qué le hablo, a lo que se ve.

—Yo no sé na.

—Sabe, claro que sabe. No hay más que verle la cara.

—Yo no sé, cojones, pero, si lo fuera sabido, tampoco te lo fuera dicho, qué poca vergüenza, trastearle en los armarios a una muerta, yo no te he enseñado pa eso, jodío niño cotilla.

—No me cambie de tema, madre, y dígame: ¿qué hacía la tía con esto?

Acorralada. Por primera vez en su vida, Mariquilla se sintió acorralada, porque por primera vez tenía que enfrentarse a su hijo sin las murallas que levantaba su hermana alrededor para salvarla de cometer errores.

Dijera lo que dijera, esa vez sí que iba a cometer uno y muy grande. Así que optó por confesar la verdad y lo hizo todo seguido y sin respirar:

—A ver, Manolillo, que tu tía y yo solo queríamos tu bien, porque es que a mí la niña no me gusta ni un pelo, y eso que la conozco desde que no levantaba un palmo del suelo, y ahora es una pelandusca ligerita de cascos que quería cazarte, te lo digo yo, a esas lagartonas me las conozco muy bien, a mí no me engañan como me has engañado tú, jodío, y conmigo no te pongas gallito ahora, que tampoco me tenías dicho que te liaste con ella, y eso que bien que se lo contaste a mi hermana, coño, que esa espinita se la ha llevado clavada conmigo la pobre, que en paz descanse, y es que los asuntos del folleteo también se pueden contar a una madre, porque, si tengo que ser moderna, moderna me vuelvo, ya ves tú qué problema, pero mira, Dios hace las cosas como Dios manda, y lo que tú le pusiste en la tripa a la lagartona él se lo quitó después, bueno, Dios o su padre, que es lo contrario, el mismísimo demonio, menudo cabrón el hijoputa, la que me lio, pero ese es otro cantar, lo que cuenta es que no te cargó con un churumbel pa toda la vida, con lo que habemos sufrido ya todos pa que encima nos fuera venido eso… No sé si me estoy explicando bien.

Como un libro cerrado.

Mariquilla había soltado el discurso más deslavazado de su vida —y los tenía muy deslavazados en su haber— y, sin embargo, Manuel, también por una vez en su vida, lo había entendido todo a la primera.

Sin embargo, no era capaz de procesar tanta información. Su cerebro estaba a punto de explotar. ¿Estaba hablando de Lisa? ¿Lisa, su Lisa, el ángel de las metáforas, la mujer que le hizo tocar el cielo y ver en él mil nubes de polvo de colores? ¿La Lisa que no acudió a la cita en el bar El Coso? ¿Esa Lisa... acaso se quedó embarazada la noche del éxtasis? ¿Perdió el niño? ¿Lisa?

¿De verdad que era Lisa de quien hablaba?

—Pero la medallita...

—La muchacha del inglés me dio una carta pa ti con esto dentro, pero me encabroné mucho porque lo vi muy claro, Manolo, lo que la lagartona quería era liarte otra vez, vete a saber qué coño tenía puesto en la carta, pero una madre ve esas cosas, que te quería liar, hijo, que te quería enredar pa que la fueras preñado otra vez y pa tenerte pa ella sola pa siempre y separarte de mí, pa que te fueras ido al inglés y te fueras vuelto extranjero como ella, que tú no sabes la de malos bichos e hijos de la grandísima puta que hay allí, que ya no vuelvo en mi vida, aquello es el infierno, porque una cosa te voy a decir, que Gibraltar es español, todo el mundo lo sabe, asín que la rompí, la carta, sí, la rompí, que tú eres muy buena persona y dos tetas tiran más que dos carretas y que los consejos de tu madre, si lo sé yo...

Mariquilla siguió hablando, pero Manuel ya no la escuchaba. Una parte de la cabeza se le había velado y no veía más que sombras moviéndose por la cocina.

Tiró la medallita al suelo, se cubrió la cara con las manos y se puso a llorar. Un llanto sordo y mucho más triste que el de los meses que pasó llorando cuando volvió de la capital.

O eso creía su madre. La sorpresa llegó cuando Manuel se quitó las manos de la cara y le vio lo último que la mujer esperaba ver: una sonrisa bañada en lágrimas.

Sí, su hijo sonreía.

—Pues me acaba usted de hacer un favor, madre, además del hombre más feliz del mundo. En la carta que rompió Lisa debía de explicarme por qué me dejó plantado en Madrid. Y yo creyendo que se había olvidado de mí. Me voy, ahora sí que me voy, me voy a

Gibraltar para que me lo cuente ella en persona. Me voy y, como mueva un dedo para impedírmelo, le juro que no vuelve a verme.

Salió dando un portazo, se montó en su Ducati roja y negra y se perdió en la calle San Francisco, haciéndose cada vez más pequeño a los ojos de la Búcara, que aún no comprendía lo que había ocurrido.

EMIL

Las cosas no habían mejorado en Gibraltar desde el referéndum. Es decir, las relaciones con España no se habían pacificado. Todo lo contrario.

El resultado de la consulta había sido demasiado abrumador. Nada menos que doce mil ciento treinta y ocho personas dijeron sí a Gran Bretaña, y solo cuarenta y cuatro a España. Abrumador. Y eso que podrían haber sido doce mil ciento treinta y nueve si Emil hubiera llegado a tiempo de votar, porque, a causa de la *nanny* Pepa —que incluso a la hora de su muerte le dio por saco a su yerno lo mismo que había hecho en vida—, solo pudo regresar al día siguiente, cuando las urnas llevaban mucho tiempo cerradas.

Lo que habrían votado Lisa y Connie era algo que ya nunca sabría, así que Emil ni siquiera se entretenía en imaginarlo.

El resultado era lo que importaba: Gibraltar seguiría siendo británico, incluso con mejoras en su estatus. El fantasma de Franco se había ahuyentado del único modo en que había que ahuyentar el fascismo, con votos.

Sin embargo, no todo era así de sencillo. Estaba la ONU, y a la ONU no le había gustado que Gran Bretaña sometiera a plebiscito una decisión adoptada por la unión de naciones. ¿Para qué estaban ellos si los países iban a convocar una votación cada vez que se vieran reprendidos, cuando, además, todo el mundo sabía que a los referéndums los carga el diablo?

Y también estaba España. A Franco iban a irle los ingleses con votitos, estaría bueno. Por algo el país le funcionaba tan bien, porque ya pensaba él por su pueblo, sin necesidad de pedirle que realizara el enorme esfuerzo y casi siempre equivocado de elegir. Solo en casos puntuales, para cubrir el expediente y mejor sobre asuntos que la gente no entendiese, como en el 66 con la Ley Orgánica, una nimiedad. Así es como se hacían las cosas.

Sin embargo, bastante difíciles estaban ya cuando llegó una que terminó de sacar de quicio al régimen: la sugerencia de que Gibraltar tuviera una constitución acorde con las nuevas prerrogativas prometidas por el Reino Unido antes del referéndum y que estaba dispuesta a dar a su colonia después de conocer el apabullante resultado, para que no tuviera tanta sensación de serlo.

Una nueva carta magna, aquello eran palabras mayores.

Emil abrazó a su amigo Tony casi llorando.

—La libertad, *mate*, la libertad, que estaba tardando demasiado.

MANUEL

—Necesito entrar en el inglés, Cefe. Lisa me escribió una carta, pero mi madre la rompió, me cago en la mar serena. Debe de estar pensando que ya no la quiero. O peor, que no la quise nunca. Ayúdame, Cefe, por Dios te lo pido. Tengo que encontrarla.

Manuel era listo. Sabía que no podía plantarse de buenas a primeras en Gibraltar y pedir que le dejaran atravesar la reja así porque sí, por su cara fea o bonita, por eso pidió ayuda a quien mejor podía entenderle.

La bestia parda de la Mariquilla, fue lo primero que pensó Cefe, lo que le costaba reconocer el amor aunque lo tuviera delante mismo de los ojos. Nunca supo cuánto había llegado a quererla él y ahora tampoco se daba cuenta de que su hijo se moría por una muchacha que vivía en otro planeta, pero a la que no había conseguido olvidar. Después se quejaba la mujer de que Manuel no le contase sus cosas.

—Como para contárselas, chiquillo. Tu madre está como para que le cuentes tu vida, si no la va a comprender ni aunque se la dibujes... Ay, Señor, qué toro terco nos ha tocado al lado.

Pues claro que Cefe estaba dispuesto a apoyarle. Ya no le tenía tanto miedo a Mariquilla, incluso le daba gusto pensar que entre su hijo y él podrían darle un escarmiento, ahora que no tenía la sabiduría de Toñi alrededor para frenarla en sus embestidas.

—Pero, si quieres que te ayude, vas a tener que hacer lo que yo te diga, ¿estamos?

252

—Estamos, Cefe, venga, vámonos ya a buscar a Lisa.

—Quieto parado ahí, muchacho, que la cosa no va a ser así de fácil si queremos hacerla bien.

Manuel calló. La felicidad nunca se obtuvo gratis.

—Lo primero, hay que esperar.

—¿Esperar, Cefe, esperar? ¿Cómo esperar si estoy que me muero, hombre?

—Esperar, muchacho, hazme caso. En el inglés están a puntito de hacer esa cosa que ya se hizo aquí en diciembre pasado, ¿o no te acuerdas?, se llama referéndum o algo.

—Ya, ya me acuerdo... ¿Tú votaste?

—Pues claro, a ver qué iba a hacer.

—Yo no.

Cefe lo obligó a bajar la voz con un siseo:

—¿Te quieres callar, hombre, por Dios? Esas cosas no se cuentan.

—Perdona, Cefe. —Manuel habló en voz muy baja—. Es que ni me acuerdo de qué se tenía que votar...

—Ni yo, pero voté que sí por si las moscas, que las urnas tienen ojos, aunque eso no es a lo que vamos. A lo que vamos es a que en Gibraltar van a hacer lo mismo, solo que tampoco me he enterado muy bien de qué es lo que les van a preguntar. Me parece que si quieren ser españoles.

—¿Se puede elegir lo que uno quiere ser?

—Mira, niño, deja de preguntarme lo que no sé y escucha lo que te digo, que la cosa está caliente. Los de allí andan muy enfadados con España, si es que ya ni siquiera pueden entrar las mujeres. Tu madre misma... Habrás visto que hace tiempo que no va al inglés.

—Sí, pero yo creí que era porque se había emberrinchado con alguien y la habían despedido.

—La han despedido, pero de la Roca entera. Y a otras cien mil como ella, ya no puede entrar ninguna. O séase, chaval, que el asunto anda jodido y ahora no es el momento de ir al inglés si de verdad quieres ver a tu muchacha y que no te metan en una cárcel inglesa.

—¿Y entonces qué hago?

—Te vuelves a tu casa, haces las paces con tu madre, que no te note ni mijita, y esperas a que yo te lo diga. Un par de semanillas, a lo más, cuando pase lo del referéndum. Mientras, te voy consiguiendo un pase de trabajo, porque a los hombres todavía les abren la Verja, a ver si no quién les va a construir las casas y los barcos, que en el inglés pocos hay que sepan de tornillos.

Manuel le hizo caso, claro estaba, no había nadie mejor para darle consejos, si era el único que sabía sufrir como él sufría.

Pero cuánto trabajo le costaba todo en la vida para después no conseguir nada, se compadeció Manuel de sí mismo mientras conducía muy despacio la Ducati de vuelta.

Qué triste era la estrella con la que había nacido, una estrella sin luz y sin planeta al que alumbrar. Pero qué triste, coño, y qué oscura se le estaba volviendo.

Más oscura aún cuando volvió a entrar en su casa y se encontró a su madre en el suelo, con Paquita sujetándola, abanicándola y llorando sobre su pelo.

Síncope lo llamó la partera, que afortunadamente pasaba por allí para dar ánimos a la mujer porque la había visto llorando en la puerta, seguramente por el duelo.

Algo así como un infarto, pero sin infarto, dijo muy enigmático el joven médico que estaba de guardia en el ambulatorio.

Descanso y vigilancia, muchísima vigilancia, a todas horas y siempre bajo control, coincidieron Paquita y el médico.

Es decir, Mariquilla y su hijo, atados con cadenas e inseparables a partir de ese momento.

A Manuel se le había acabado la libertad.

1968

Invierno-primavera

Life is very short, and there's no time
for fussing and fighting, my friend (...).
Try to see it my way,
only time will tell if I am right or I am wrong.
While you see it your way
there's a chance that we might fall apart before too long.
We can work it out...

La vida es muy corta y no hay tiempo
para discusiones y peleas, amigo mío (...).
Intenta verlo a mi manera,
solo el tiempo dirá si tengo razón o estoy equivocado.
Mientras tú lo veas a tu manera
existe la posibilidad de que nos separemos dentro de poco.
Podemos solucionarlo...

THE BEATLES,
«We Can Work It Out», 1965

LISA

Desde la muerte de su abuela y el referéndum, ambos el mismo día, Lisa había vivido ajena al burbujeo del cazo en el que se encontraba sumergido Gibraltar entero.

Su única preocupación era encontrar un barranco nuevo por el que precipitarse.

A Gerald, el del yate lujoso, lo habían atrapado con un cargamento de pastillas y otras sustancias en las costas de Marruecos. No la policía, sino compañeros de profesión que traficaban con hachís y veían peligrar su reinado en las adicciones que entraban en Europa por Gibraltar. Nadie pudo darle cuenta a Lisa de dónde acabaron Gerald y su flete de ácidos. Tampoco quiso ella ni pensarlo, aunque en el fondo todos sabían que ambos debían de estar ya sirviendo de alimento a los tiburones del Estrecho.

La necesidad primero le abrió un vacío en el cuerpo y después tuvo sensaciones extrañas. Nunca había echado de menos algo con tanta fuerza. Pero apenas duró tres días, los que transcurrieron entre sus últimas píldoras, que tuvo que aprender a racionar, y una ventana abierta justo enfrente de sus ojos.

La abrió el mismo Ricky, el del *Chronicle*.

—Es algo nuevo, Lisa, pero me han contado que es simplemente *fabulous*.

—¿También puedes viajar?

—Mejor. Con eso se te quita el dolor.

Pues entonces era justo lo que quería. Tantos meses de LSD y todavía no había conseguido salir de sí misma, aquel había sido un viaje interminable.

Si no podía llegar hasta donde estaba Manuel ni él quería ya ir adonde lo esperaba ella, mejor vivir la vida que le quedara sin dolor.

Aquella sustancia, fuera lo que fuera y se administrara como se administrara, era lo que Lisa necesitaba.

* * *

El primer pinchazo se lo puso en abril Ahmed, su nuevo camello, a modo de demostración.

Depositó algo de polvo blanco en una cuchara y lo mezcló con un poco de agua y zumo de limón. Colocó un mechero debajo y lo cocinó hasta que el polvo se volvió del color del caramelo. Por fin, pinchó la aguja en el filtro de un cigarrillo para absorber a través de él lo que gorgoteaba sobre la cuchara.

—Ahora tú no mueves. Tú esperas.

No se movió y esperó, aunque no le hizo demasiado efecto. Sintió un golpe de euforia muy breve, la vida le pareció menos fatigosa, y aquel barranco nuevo, menos hondo que otros por los que ya se había deslizado antes. Pero enseguida se quedó dormida y los supuestos efectos milagrosos se le diluyeron en un sueño negro y profundo.

Despertó en el Topolino algo maltrecha, con la camisa manchada de vómito y desconcertantemente descansada.

Desde que heredó el coche de Pepa, a Lisa ya no le hacían falta el sillón desvencijado y sus chinches. Tenía un refugio que le recordaba a su abuela; estaba allí, sentada a su lado, y podía pedirle consejo, aunque solo le respondiera el silencio. El Topolino era suyo, solo suyo, un pequeño habitáculo únicamente para ella en el que esconderse de ojos, preguntas y escrutinios, sobre todo los de su madre, que ahora se había situado en el otro extremo de donde siempre había estado y, de la mañana a la noche, había decidido ejercer un control de hierro sobre su vida.

En el Topolino podía viajar, lejos de Connie y lejos de sí misma, aunque estuviera parado. Ya no tenía que ir a una cueva, le bastaba con sentarse en su interior, arropada por la penumbra del garaje de la calle Real de La Línea, y vivir lo que decidiera vivir sin dar explicaciones a nadie para después regresar a su vida átona antes de que se cerrasen las rejas de la Focona.

El Topolino era su casa y en él comenzó a conocer a su nuevo amigo.

Con el segundo intento, el 5 de abril, ella sola y dentro del auto, comprobó lo que aquel polvo blanco transformado en caramelo podía llegar a hacer por ella.

Sintió que todas las venas se le dilataban hasta quedar sin sangre y se llenaban de felicidad, de una felicidad peculiar y sorprendente, como flotar entre nubes altas, lejos del suelo y de todo lo que se arrastraba por él. Era un extraño estado entre el sueño y la vigilia, un coma ligero que le permitía estar lo suficientemente en vela como para no desmadejarse sobre el volante y, al mismo tiempo, lo bastante embriagador como para olvidar por un rato los recuerdos amargos que las noches estrelladas despertaban en su cabeza.

Después vomitó, y esa vez fue un vómito violento y purificador. Lo agradeció. Aquel polvo de caramelo era lo mejor que le había entrado hasta muy adentro desde que su padre la vació de una bofetada y le quitó aquello con lo que el amor de su vida la había llenado. Era lo más parecido al placer. Y expulsarlo después también.

Sí, merecía convertirse en su amante. Iba a ser callado y fiel, lo sabía. Nunca fallaría, nunca la traicionaría. El amante perfecto.

Costara lo que costara. Tuvo que aprender a vivir sin Manuel, pero no estaba dispuesta a renunciar a su nuevo amor. Lo buscaría donde fuera, lo supo desde el principio.

Mientras se introducía la aguja por segunda vez después de realizar todo el ritual que le había enseñado Ahmed, Lisa rememoró el momento en que Ricky le habló de un fascinante y todavía desconocido túnel por el que escapar de la soledad cuando ambos supieron que habían perdido el de las pastillas de ácido.

—¿Y cómo dices que se llama la *shit* nueva tan estupenda que tengo que comprarle a ese tal Ahmed?

—No te lo vas a creer, tiene un nombre precioso. A ti te va al pelo, te lo has ganado solo por tener que soportar a tu padre todos los días en casa, menudo martirio debes de estar sufriendo, *poor little thing*.

—Anda, Ricky, *come on*, dime cómo se llama eso que me voy a meter en el cuerpo, aunque sea por curiosidad.

—Lo mejor del mundo, te gustará. Se llama como tú, Lisa, heroína.

MANUEL

El infarto que no fue infarto de Mariquilla le costó muy caro a Manuel. Carísimo.

Él sospechaba que los desmayos y las languideces de su madre eran la mitad de las ocasiones fingidos. Cefe, en cambio, no lo sospechaba, lo sabía a ciencia cierta.

—Manolo, chiquillo, que te está tangando, ¿no lo ves?, que lo hace aposta para que te quedes a su lado, no tiene cuento ni nada la muy cabrona, mira que la conozco desde antes de que nacieras, hazme caso.

Manuel la observaba. Los días que él amanecía cariñoso y solícito, su madre ni siquiera se molestaba en fingir. Pero aquellos en los que una visera de tristeza se le instalaba al hijo sobre los ojos para terminar extraviándolos en un mundo al que ella no podía llegar, esos días, esos... esos eran los que tenía que llevarla otra vez al ambulatorio.

—Me muero, si es que me estoy muriendo, Manolillo, déjame aquí tirada, que ya me muero yo sola, tú vive tu vida, hijo de mi amor, que a mí me se escapa la mía, ay, Señor, llévame pronto, pero qué tristeza más grande...

Las primeras veces, Manuel se lo creía y sufría convencido de que su madre se moría en serio. Después se acostumbró a distinguir los ataques y los días en los que los sufría. Cefe estaba en lo cierto.

Pero él no tenía corazón para dejarla sola.

—¿Y si le está dando otra vez de verdad, Cefe, joder?

—Haz la prueba, hombre, tú prueba a ver y vete un día solo, aunque se haga la mártir y diga que le está entrando un jamacuco. Verás cómo esa noche se cena ella sola unas migas camperas con anís, como cada día y como si nada.

No, de ninguna manera. Manuel no se atrevía. ¿Y si...?

La excepción se fue convirtiendo en costumbre, pero, primero, la sorpresa se convirtió en hábito.

Manuel recibió una cuando don Ramón Cárdenas, el mejor notario de Ronda, le convocó junto a Mariquilla en su despacho.

—Siendo las doce horas de la mañana del día 15 de enero de 1968, en esta nuestra querida ciudad de Ronda, tengo el honor de poner en su augusto conocimiento que usted, doña María Martínez Palmar, es a partir de ahora la digna propietaria de la casa sita en la calle San Francisco de Asís número 3, antes propiedad de su hermana de usted, doña Antonia Martínez Palmar, Dios la tenga en su gloria, y que usted, don Manuel Calle Martínez, es el digno propietario del local hasta ahora dedicado al tratamiento de productos lácteos sito en los bajos del número 4 de la calle de Santa Cecilia antes propiedad de doña...

—¿Y no puede usted hablar en cristiano, hombre de Dios, que no me he coscado ni de media hostia? —Mariquilla se impacientó.

—Que su hermana le ha dejado la casa a usted y la lechería a su hijo, cabras incluidas.

Hubo unos segundos de silencio, los que madre e hijo necesitaron para asumir la frase desnuda de florituras. Después, la Búcara se echó a llorar, aunque Manuel siguió sin habla.

Lo de la casa era de prever, a quién se la iba a dejar si no. Pero ¿lo del local de Santa Cecilia? ¿A él? La muerte da sorpresas cuando nos pilla desprevenidos. Pero es que aquella era una muy grande y muy inesperada.

¿Qué iba a hacer él con una lechería si no sabía de cabras ni de leche ni de nada que tuviera que ver con los asuntos a los que su tía había dedicado toda la vida? Él sabía de siembras y de azadas y de cómo mantener una finca. También sabía de música, de algún que otro libro, sobre todo el de un poeta cabrero, y de las historietas animadas que se contaban en viñetas.

Eso y solo eso era de lo que entendía Manuel. ¿Una lechería? Pero ¿para qué carajo quería él una lechería?

La solución vino de la mano del marqués de Rómboli, que llamó un día a la puerta de Mariquilla con su monóculo, su chaleco fino y una oferta bajo el brazo.

—Yo te compro las cabras de Antonia, hijo. Si tú quieres vendérmelas, te pago un precio justo y me las quedo, porque el verano pasado con la sequía se me murieron unas cuantas. Es que ahora me he metido en un negocio nuevo, el de la pasteurización ultrarrápida que llaman, y me hacen falta más productoras sanas y lozanas como las que tenía tu tía. ¿Hace…?

Sin duda, hizo.

De hecho, Manuel vio el cielo abierto con aquella propuesta: un medio de quitarse de encima a las dichosas cabras y, a la vez, un dinerillo que le venía muy bien para darle otro uso al local distinto del de lechería, ya se le ocurriría cuál.

Algo provisional, por supuesto, porque su objetivo, único e irrenunciable, era dejarlo todo y partir a Gibraltar en busca de Lisa.

Eso, en cuanto se atreviera a dejar sola a su madre.

EMIL

En Gibraltar había nacido un partido ridículo. The Doves, se hacían llamar. O sea, los palomos. Eran de los que se habían visto alguna vez el año anterior sobrevolando aislada y tímidamente los cielos del Estrecho para huir después de los picotazos de los halcones.

Con el nuevo año, sin embargo, se volvieron más audaces. Seis de ellos, abogados y empresarios, viajaron en secreto a Madrid para proponer un plan descabellado, el acercamiento entre Reino Unido y España al objeto de alcanzar una solución negociada sobre la Roca que relajara de una vez y para siempre la cerrazón de ambos lados.

Los palomos dieron cuenta de sus intenciones en una carta publicada el 1 de abril en el *Gibraltar Chronicle* que dividió a la profesión periodística, confundió a la ciudadanía y terminó de exaltar a una parte de ella que seguía encrespada desde el referéndum.

—Pero ¿habrase visto, traidores, *fucking idiots*? —A Emil la indignación le salía a borbotones.

—Fascistas, eso es lo que son —le coreaba Balloqui.

Y renegados, delatores, falsos, desleales, ingratos, conspiradores, infieles, alevosos, blasfemos, judas, pero del Iscariote, no del bueno... A Tony, a Emil y a todo el *Calpe Mirror* con sus lectores se les acabaron los diccionarios en uno y otro idioma para describir su furia.

Los editoriales subieron de tono hasta volverse incendiarios, las tertulias se enardecieron, las familias se dividieron.

Hasta que el sábado 6 de abril de 1968, mientras Lisa dormía entre vapores tras su segundo pinchazo dentro del Topolino, aparcado en el garaje de La Línea, las calles del otro lado de la Verja fueron tomadas como rehenes.

La odisea empezó a las once de la mañana, cuando Tony Balloqui y Emil Drake, al frente de un pequeño grupo de ciudadanos enfurecidos, se dirigieron a la residencia del gobernador, el general Lathbury.

—Venimos a plantear una queja enérgica, señor gobernador —comenzó Balloqui.

—Ustedes dirán.

—Es sobre los *doves*. Queremos que haga pública una declaración diciendo muy claramente que esos señores no representan a Gibraltar —siguió Emil.

—Que no tienen derecho a negociar con España en nuestro nombre... —terció Tony.

—Y que todos deberíamos estar prevenidos y muy alerta ante las peligrosas actividades que sin duda planean en un futuro muy cercano. —Emil puso el colofón magistral.

—Bien, señores, tomo nota —les respondió educadamente el general—. Pero permitan que les señale algo: Gibraltar, a diferencia de España, es una democracia. Aquí todos pueden opinar y decir lo que quieran, nos guste o no. Además, les recuerdo que los únicos que tienen capacidad de decisión sobre el futuro de esta ciudad son los gobiernos de Su Majestad y de Gibraltar. Nadie más. Ni Franco ni ustedes.

Tony y Emil se miraron confundidos. No esperaban aquella salida del gobernador. Cuando trataron de trasladar a la exigua reunión de amigos que los había acompañado y les esperaba a las puertas de su residencia que la autoridad pertinente no apoyaría la rebelión contra los palomos, alguien gritó, puño en alto:

—¡Otro *fucking* traidor!

De repente aparecieron más personas, nadie supo de dónde. Los rumores de indignación crecían. El pequeño grupo estaba dejando de ser pequeño. Otros se hicieron eco de los primeros que habían chillado y entonces los gritos fueron tantos que se volvieron un único y atronador aullido.

Emil, al principio, se vio sorprendido por la reacción de la todavía reducida multitud. No imaginaba que pudiera llegar a ser tan iracunda y trató de refrenarla.

—A ver, *guys*, calma, calma. Hemos venido a hablar con el gobernador para que sea él quien denuncie a los traidores ante la reina, pero no hay que perder los nervios, *please, please...*

Fue inútil. Nadie lo escuchaba.

Llegaron más. Y más. Uno señaló con el dedo la dirección en la que debía dirigirse la turba y todos, como una marea movida por el levante de otoño, serpentearon por las calles hacia el lugar indicado.

A lo que ya empezaba a ser barahúnda se sumaban cientos que iban saliendo de los callejones y se incorporaban a la corriente principal. Eran más de mil y aumentando.

Estaban descontrolados. Después, estallaron.

Primero destrozaron la joyería de un palomo firmante de la carta de la ignominia. Luego, asaltaron un hotel y un restaurante de otros dos palomos. Siguieron con furgonetas, automóviles y yates. Terminaron allanando las casas de cualquier ciudadano que, según los vociferantes, estaba a favor de España o que, en muchos casos, simplemente se había manifestado en contra de la política de Hassan.

—Que no, que así no... no, *friends*, no, por favor. Con violencia no, por favor, *please...* —Emil se desgañitaba solo, sin conseguir retener las riendas de las hordas.

La policía también trataba de sujetarlas, pero se sentía impotente, incapaz de reducir a los vándalos. El comisario ordenó recurrir a los gases lacrimógenos. Inútil. La masa crecía como fermentada con levadura dentro de un horno lleno de humo e, inmune a la disuasión, gritaba casi al unísono: «¡Fuera traidores de Gibraltar!».

Hubo puñetazos, palizas, sangre.

Emil, agotado, terminó por callar para observar con las manos caídas y vacías cómo las calles se resquebrajaban bajo sus pies.

A última hora de la tarde, el general Lathbury se vio obligado a enviar al ejército para que ayudase a los agentes a contener la revuelta. Solo pudieron lograrlo al final del día, más por cansancio de la caterva que por falta de ganas de persistir en su locura.

A las nueve menos cuarto de la noche, el gobernador se dirigió a la población en una alocución por radio y televisión en la que anunciaba que el orden había sido restablecido, y la calma, recuperada.

Aquella jornada negra dejó dieciséis detenidos; incontables heridos, algunos de gravedad; un rastro por toda la ciudad en forma de coches calcinados y montañas de escombros en hogueras; una atmósfera irrespirable de desolación, y los seis palomos refugiados con sus familias en paradero desconocido y bajo la protección del gobernador.

Pero dejó algo más.

A Ricky, el amigo de Lisa que trabajaba en el *Chronicle* y trataba de cubrir en medio del tumulto la información sobre los peores altercados de los que se guardaba memoria en el Peñón, trasladado de urgencias a un quirófano en el que un día después perdió un ojo a causa de una pedrada.

Y a Tony y a Emil, como Nerón viendo Roma arder, solo que ellos con el fardo de la culpa a sus espaldas.

Habían traspasado una línea, pensaron mientras contemplaban desfallecidos los escombros desperdigados tras el galope de la manada. No sabían si sería suficiente con dar un paso atrás.

MANUEL

—¿Y una tienda?

Fue Cefe quien se lo propuso. Mientras iba o no iba en busca de Lisa, Manuel haría bien en emplear el dinero del marqués y el local de su tía en poner un negocio. Así, cuando volviera con su amada, los dos —«felices como tontopollas», cita del herrero— tendrían un medio de vida.

—Que del amor no se come, Manolillo, te lo digo yo, que he sido un muerto de hambre del corazón toda mi vida por culpa de tu madre, pero el pan de verdad no me ha faltado porque he puesto cada cosa en su lugar.

—Si es que montar un negocio lleva tiempo, Cefe, y yo, en cuanto mi madre se ponga buena...

—Otra vez el tonto de los cojones, que vivía de ilusiones. Que tu madre no está mala, a ver si te das cuenta de una vez, que si te largas de su vera no le va a dar otro chungo, porque el primero no fue de verdad. Ahora, que al paso que vas con ella, tú no sales de Ronda en tu puta vida.

Manuel no quería creer a Cefe. ¿Y si se iba y...?

Mariquilla presionaba y, de vez en cuando, sin venir a cuento, mientras cocinaba o lavaba, soltaba una de las suyas.

—Ay, Manolo, qué listo era tu padre cuando te dijo, ¿te acuerdas?, tú con tu madre pa toda la vida, muy listo mi Raimundo. Ahora que si quieres irte te vas, hijo mío, por mí no te quedes, total, yo ya no voy a durar mucho, que voy teniendo ganas de tierra... Ay, Señor, pero qué listo y bueno era tu padre, y cuánto te quería...

Así no. Así, Manuel no podía irse. ¿Y si...? Mejor lo de la tienda, por el momento.

Pero ¿una tienda de qué? La idea se la dio un día su amigo de la infancia Vicente, el de los calentitos de la romería, cuya amistad habían recuperado recientemente tras la partida de Bobby.

Llegó a la lechería una tarde en la que Manuel estaba solo en el local vacío para escapar un rato de los suspiros y de las ganas de tierra de su madre, sentado en el suelo y releyendo un *DDT* antiguo, del año anterior.

Manuel aún guardaba los *Blanco y Negro* con Tintín, el preferido, escondido entre sus páginas. Todos los de 1957, un tesoro clásico, de los que solo le faltaba el número 2.358, aunque se prometió que algún día lo encontraría.

Pero el belga y su perro ya no estaban solos. Se les habían sumado algunos más, que llegaron a ampliar notablemente la colección. Junto a Tintín dormía un universo entero de personajes dispares y mezclados, héroes de papel capaces de salvar el mundo junto a otros de los que Manuel se avergonzaba en lo más íntimo por considerarlos demasiado infantiles, aunque a solas se muriera de risa con ellos. Así, el Guerrero del Antifaz, El Coyote, Astérix y Roberto Alcázar y Pedrín convivían con Zipi y Zape, Carpanta, Rompetechos, Anacleto, el Botones Sacarino, las hermanas Gilda, Mortadelo y Filemón y toda la Rue del Percebe. Y con el tío Gilito y su sobrino Donald, y con Don Gato, y con el Super Agente 86, y con mucho mucho Tarzán...

Una auténtica y variopinta biblioteca.

No se cansaba de repasar los que tenía, no solo los *DDT*, sino también los *Din Dan*, los *Tele Color*, los *Jaimito*, los *Pulgarcito* y los *TBO*. Es que le gustaban todos, sin excepción.

Como a su amigo Vicente, que le dijo aquella tarde en la lechería:

—Mira, Lolo, te traigo un *DDT* del año pasado, que lo tengo más que leído, por si tú no lo has visto todavía. Te lo cambio por este de aquí, total, qué más te da uno que otro, con tantos que tienes...

—Eso que te dice tu amigo Vicente, lo de cambiarte un tebeo por otro, yo lo he visto en varios sitios, sobre todo en Sevilla, pero con dinero de por medio —intervino Cefe, que ese día también se había acercado al local a ver a Manuel—. Hay tiendas en las que solo hay tebeos usados, no nuevos: tú los prestas, o séase, como si los alquilaras, se los llevan, te los devuelven, te traen otros ya leídos y los pones en la estantería para que se los agencie uno que los ande buscando... y así. Los que saben de perras lo llaman la oferta y la demanda.

¿Una tienda de tebeos usados? A Manuel al principio le asustó. ¿Qué sabía él de negocios ni de ofertas y demandas? Pero después lo pensó despacio. De tebeos sí que sabía. Mirándolo bien, si rentabilizaba ese conocimiento, aquello podía ser como un puesto de trabajo en el mismo Edén: todo el día leyendo tebeos, cientos de tebeos que no tenía todavía, y cobrando por prestarlos después.

Cefe se informó de la logística en una de esas tiendas de Sevilla. A peseta estaba el préstamo de cinco tebeos en buen estado; a cincuenta céntimos los más toqueteados, y a siete y a dos, diez de cada. Más otra peseta por la adquisición de veinte usados, y un duro por la de una colección entera de la misma serie, con números consecutivos.

El margen de beneficio era aceptable, y eso, sin tener en cuenta el valor añadido del disfrute personal del propietario.

—¿Y tú crees que en Ronda hay clientela para tanto tebeo, Cefe, que somos cuatro gatos y tres no saben leer?

—Que te piensas tú eso. Pero si Ronda es la más culta de Málaga, hombre, y si me apuras de España entera. A ver por qué vienen escritores y gente leída de todas partes y se marchan con la boca abierta... Que hasta poetas extranjeros se han pasado aquí sus buenos ratos escribiendo cosas de poetas, ¿cómo se llamaba el alemán aquel...? ¿Y el otro, el americano...?

—Ya, ya, pero los cultos no leen tebeos.

—Los cultos leen de todo. Anda, prueba a ver, sin tienda ni nada, y empieza a correr la voz.

Vicente fue su mejor pregonero.

Era un apasionado del cómic que extendió la noticia por la serranía: en Ronda iban a poner un sitio donde encontrar todas las historietas del mundo entero y no hacía falta comprarlas. Por una peseta te llevabas alimento para una semana; después ibas, lo devolvías, y te llevabas otro tanto, hasta que el infinito se acabara.

El paraíso terrenal, pero en la calle Santa Cecilia de Ronda.

LISA

Todavía humeaban las calles de Gibraltar cuando llegaron dos cartas a Armstrong Steps.

Una la escribía Suki:

> Brian ha sido un bálsamo. Me ha dado un hombro en el que llorar la muerte de Tara. Recogió los pedazos que quedaban de mí y me ha hecho sentir una mujer otra vez. Ahora, él es mi vida y la que vivo a su lado me gusta. Quiero que lo conozcas. Mi amigo, el artista del que te hablé, Philip Meek, nos ha invitado a pasar la Pascua con él en su casa de Marbella y me gustaría que vinieras con nosotros. Te encantará, tanto la casa como el lugar, un adorable pueblecito de pescadores rodeado de algunas casas lujosas pero discretas. Allí tenemos todo lo que queremos, Lisa, y cuando te digo todo es que lo tenemos todo. Tú me entiendes... Además, he preparado una sorpresa para ti. En una de esas casas vive una actriz muy famosa que te encantará conocer, pero no voy a decirte su nombre a menos que me prometas que vendrás. Te aseguro que no te arrepentirás.

Esa vez, Lisa tuvo que admitir que la carta de Suki contenía un par de promesas interesantes. Eran promesas que, en lugar de despertar en ella el rechazo habitual, consiguieron provocarle una ligera comezón que empezó a picar más de lo que habría podido imaginar apenas quince días antes.

272

Una de las promesas venía vestida de intriga; eso de la actriz muy famosa.

No podía imaginar cuál, pero, si iba a presentarle a Carmen Sevilla o a Sara Montiel, la verdad, mejor se ahorraba el viaje.

Sin embargo… ¿y si era, por ejemplo, Jane Birkin? Suki le había contado que le habían ofrecido un papelito en una película psicodélica con la Birkin como protagonista y con un elenco impresionante: Eric Clapton y George Harrison a las partituras y Guillermo Cabrera Infante, del que algo había leído ya, al guion.

Sí, era Jane Birkin, seguro, una belleza francobritánica que comenzaba a despegar, de cuerpo y mente desinhibidos, un prodigio de naturalidad e inteligencia femenina que sin duda agitaría una industria de hombres en busca de rubias dóciles.

Le apetecía conocer a Jane Birkin. Puede que hubiera motivos para pensar que un viaje así no resultaría tan mala idea, a fin de cuentas.

Pero la promesa que estaba inclinando la balanza a favor de Marbella en la mente de Lisa era la más importante, porque atañía a una necesidad que para ella se estaba volviendo cada día más urgente.

Dos pinchazos, solo dos, y ya se había enamorado de su nuevo amante. El problema es que ahora quería y necesitaba más. Las venas de su cuerpo se le iban a quedar vacías si no las llenaba pronto.

Ahmed no aparecía, tal vez no quería correr riesgos, algo comprensible dadas las turbulencias políticas en el Estrecho, y Ricky seguía en una cama del Saint Bernard con la cuenca vacía del ojo vendada.

Un rayo de luz, sin embargo, brilló a través de la carta de Suki. Ya sabía ella a qué se refería su amiga cuando hablaba de «todo».

Justo lo que necesitaba: una dosis de «todo», con una dosis se conformaba. En Marbella había de «todo», Brian y ella lo tenían. Y ese fue el argumento definitivo para convencerla.

* * *

La otra carta no iba dirigida a Lisa, sino a su padre.

Llegó al periódico y provenía de Sotogrande, en San Roque, provincia de Cádiz, aunque en la práctica y oficiosamente podía decirse que era provincia de Gibraltar.

Hacía unos años que Sotogrande, el sueño hecho ladrillo de un americano de origen filipino, acogía a riquísimos del otro lado del Atlántico que encontraban en aquella urbanización privilegiada todo lo que necesitaban: casas unifamiliares ajardinadas al más puro estilo Palm Beach, instalaciones deportivas, puertos de recreo, campos de golf y tiendas de lujo. Muchos consideraban a Sotogrande-Gibraltar, así, convertido en uno solo, como un edén que les permitía residir en un lugar abierto y geográficamente privilegiado de España sin las estrecheces claustrofóbicas de la Roca y, al mismo tiempo, sin las inspecciones de la Hacienda de Franco.

Según la ley local, a quien residía seis meses seguidos en España se le consideraba un contribuyente fiscal español y, por lo tanto, sujeto a las normas españolas. Y ahí estaba la enorme ventaja que ofrecía Gibraltar a los sotograndinos, porque hasta allí podían los riquísimos viajar en apenas media hora y lograr que se contabilizara el viaje como una salida de España, de modo que, cada vez que lo hacían, el cronómetro del tiempo de residencia se ponía a cero. Ida y vuelta en un abrir y cerrar de ojos y en el mismo día.

Algunos aprovechaban el corto trayecto para vigilar sus inversiones en la Roca y otros para dirigir sus despachos de abogados y sucursales de los bancos de su propiedad en Gibraltar. Y después, de regreso a España, a seguir con la *dolce vita* de sol y placer, pero a precio de impuestos ultrarrebajados.

Sin embargo, el aumento de la tensión se estaba volviendo peligrosamente amenazador y a los riquísimos se les estaba quitando el sueño entre sus sábanas de seda.

Uno de ellos era Ian S. Greyhound, felizmente retirado en Sotogrande y antes presidente del Greyhound Brothers, uno de los bancos con mayor capitalización bursátil del mundo desde hacía tres generaciones, con sede en Carolina del Norte y varias sucursales en Gibraltar.

En su carta, lanzaba una advertencia a Emil: en el caso de que los de Sotogrande no pudieran seguir residiendo en España ni entrar y salir de Gibraltar con las pocas facilidades que les iban quedando y que habían mermado considerablemente en los últimos tiempos, el capital que invertían en empresas gibraltareñas y que daba prosperidad a la Roca tendría que buscarse otro lugar más acogedor. El Caribe estaba lleno de playas hermosas y era fácil y cómodo viajar de una isla a otra para cambiar de país, dependiendo de cuál tuviera el régimen fiscal más, digamos, amigable.

Conclusión: si tanto en Sotogrande como en Gibraltar querían evitar una debacle absoluta y la espantada del dinero que les llegaba a raudales, había que convencer a Franco de que desistiera en sus planes de mano dura. Pero no a sus mastines, sino al generalísimo en persona.

A Greyhound le constaba que Emil sabía jugar al golf, aprendió cuando vivió en Irlanda durante la evacuación, porque algún artículo suyo sobre tan honorable deporte había leído en el *Calpe Mirror*.

Señor Drake, ¿aceptaría usted venir esta Semana Santa a jugar un partido en el Real Club de Golf de Sotogrande en el que tuviera como compañero casual al generalísimo? Hace tiempo cursamos una invitación a El Pardo para que el jefe del Estado nos concediera el honor de mostrarle nuestras instalaciones y acabamos de recibir una contestación positiva.

Si usted accede, tendría una ocasión inmejorable para hablarle de manera informal de la necesidad de iniciar una desescalada en la hostilidad a los dos lados de la Verja.

Por ejemplo, prométale que, a partir de ahora, su *Calpe Mirror* rebajará la beligerancia contra España. Franco sabe que si se gana a una parte de la prensa gibraltareña, sobre todo la más dura contra él, tiene la mitad del camino recorrido.

Puede usted negarse, claro está; sin embargo, permítame recordarle que nos lo debe, señor Drake. Ni siquiera con este servicio patriótico a Gibraltar quedaría saldada del todo su deuda después de los disturbios del pasado día 6, que usted ayudó a instigar, pero sí al menos una parte. Una deuda con sus compatriotas y con todos los que hemos arriesgado nuestro dinero para proporcionarles el bienestar del que hasta hoy han disfrutado en la colonia y que ahora, con esos panegíricos enardecedores de multitudes que han desembocado en tan lamentables revueltas, ha contribuido usted a poner en un peligro cierto y muy real.

Por favor, traiga esta carta con usted si decide venir a Sotogrande.

Suyo atentísimo,

IAN SAMUEL GREYHOUND III

P. S.: No creo necesario recordarle que, por supuesto, está usted en la obligación de perder el partido.

MANUEL

Tebeos Lisa. Ese fue el nombre que eligió Manuel para su tienda, con letras grandes de color rojo a la entrada del local que un día fue lechería, Lisa.

Solo por si ella se le adelantaba y viajaba a Ronda antes de que a él le diera tiempo de ir a buscarla a Gibraltar. En letras bien visibles y encarnadas, como su corazón. Que las distinguiera enseguida: Lisa. Allí, detrás de esa puerta, estaba él esperándola.

Vicente fue su abastecedor. Con su arsenal y el del propio Manuel, sobraba mercancía para arrancar una tienda con todas las de la ley. No tardó mucho en montarla ni le hizo falta demasiado mobiliario, tuvo suficiente con un par de caballetes y un tablón largo encima a modo de mostrador en el que colocar los tebeos en oferta divididos por pequeñas mamparitas de cartón para distinguir las categorías: «seminuevos», «en buen estado», «legibles» y «frágiles, cuidado», aunque a los pocos días tuvo que cambiar la palabra «legibles» por «se pueden leer» y quitar la de «frágiles» para dejar solo «cuidado». No había que pedir peras al olmo, que tampoco era una librería para intelectuales de París.

A Manuel aquello le enseñó muchas cosas y, sobre todo, le mostró cómo relacionarse con objetos que antes había visto solo como mercadería de usar y tirar, pero que ahora, en aras de su negocio, necesitaban otro tipo de atención.

Se acordó de Bobby, del cariño y precisión con que trataba sus discos, cómo los limpiaba delicadamente con una bayeta muy suave antes y después de hacerlos sonar en el tocadiscos, cómo los envolvía en sus delgadas fundas de papel o de plástico para devolverlos a la carátula, cómo se aseguraba de que estos después quedaran perfectamente apilados en vertical, sin que corrieran el más mínimo riesgo de doblarse o partirse...

De Bobby aprendió que los discos no solo eran un vehículo inmaterial para viajar a los mundos que eran su verdadero mundo, sino también cosas. Y, como cosas que están hechas para ser durables, necesitaban cuidado y vigilancia.

A Manuel le ayudó mucho Mariquilla, justo es decirlo, volcada en cuerpo y alma en la tienda. Ahora, sin cabras ni matute, tenía libre todo su tiempo, le dijo, cómo le iba a importar a ella estar allí pasando el plumero, fregando suelos y ordenando cajas. Menos llevar las cuentas, porque eso aún no había aprendido a hacerlo y ya era difícil que algún día lo hiciera, estaba dispuesta a darlo todo para que la tienda luciera como los chorros del oro y el sol brillante de la mañana.

Aunque calló el resto de lo que pensaba: que aquel lugar, pese al disgusto que se llevó al ver el nombre en letras rojas que le había puesto su hijo, el de la lagartona, también podía llegar a ser su ancla en Ronda, la argolla que lo mantuviera encadenado para siempre a su lado. La vida... la vida entera iba a dar para que esa tienda saliera adelante y Manuel ya no quisiera alejarse nunca de ella.

Muchos de los tebeos venían con todo tipo de manchas; desde moho y óxido los que estaban en mejor condición hasta los que tenían impresos claramente cinco dedos con grasa de chorizo o panceta.

Mariquilla no solo se hizo experta en desempolvar tebeos con pelusa acumulada desde que Noé construyó el arca, sino que ideó un sistema para limpiar aquellos cuadernillos llenos de letras que ella no entendía, aunque sí que llegó a aficionarse a los dibujitos.

A la mujer no había mancha que se le resistiera. Ingenió una mezcla de lejía y agua en proporciones que solo ella conocía con la que empapaba un mondadientes al que había enroscado un algodoncillo en la punta. Después, con santa paciencia y sumo cuidado, frotaba, casi sin rozar el papel, la mancha en cuestión.

Si el lamparón era de aceite o de cosas más serias, usaba la plancha: la colocaba con pulcritud sobre la hoja emborronada, esperaba unos segundos y repetía la operación. Así hasta que la mancha salía y el tebeo, si no podía llegar a engrosar el montoncito de los seminuevos ni de los que estaban en buen estado, al menos sí que adquiría la categoría de los que se pueden leer.

Imprescindible. Mariquilla quería ser imprescindible para su hijo, que no pudiera vivir sin ella.

Porque la Búcara sabía que, por el momento, solo había una mujer sin la que Manuel no podía vivir y esa era Lisa. Se lo veía en los ojos, en la lágrima que a veces le asomaba a alguno de ellos cuando creía que nadie lo observaba, en la mirada perdida que no entendía de atardeceres ni de más belleza que la de la mujer que recordaba. Ni un segundo, durante aquel maremoto de su vida que lo convirtió en empresario de la noche a la mañana, dejó de pensar en ella.

Pero las madres están para corregir los errores de los hijos, por qué las habría puesto Dios en la tierra si no. Y aquella lagartona era un error, uno garrafal, porque no le merecía. Además, vivía en una ciudad que la había tratado a ella a zarpadas y tampoco se lo merecía, qué cojones, claro que no mereció que la difamaran como lo hizo aquel periodistilla cojo de la pajarita que se creía Dios, culpable último de que mataran a Raimundo y al que, si volviese a ver, le gritaría a la cara sin ningún comedimiento y para joderle que Gibraltar era español, coño ya, español hasta la última piedra y más que las castañuelas.

Mariquilla tenía razón. Ni un segundo dejó de pensar Manuel en Lisa, ni tampoco de escrutar la palidez de su madre a ver si le volvían de una vez los colores a la piel y, con ellos, a él se le devolvía la libertad.

Del mismo modo y con las mismas intenciones, ni un segundo dejó de estar alerta la Búcara para dosificar sus amenazas de soponcio y recordar en momentos estratégicos:

—Pero qué razón tenía tu padre, cago en todo, Manolillo, que te dijo aquella noche que una madre es lo más sagrado que te da la vida, ya verás cuando yo te falte, hijo de mis entretelas, y eso que no queda mucho pa eso, cuando yo no esté vas a enterarte de lo dura que es la vida sin una madre, coño, ya lo verás, ya, dentro de poco...

Por eso, por su madre moribunda y por su padre muerto, Manuel no salía corriendo de Ronda en busca de Lisa. Solo por eso.

LISA Y EMIL

Lo que animó a Lisa a viajar a Marbella fue, además de ir en busca de su nuevo y recién descubierto amante intravenoso, la necesidad de respirar otros aires y otro mar. Los mismos de su Estrecho, pero un poco más arriba. Eso no podría hacerle más daño del que ya le había hecho la vida y del que se hacía a sí misma cada día.

Su padre no solo no se opuso a que fuera a la Costa del Sol, sino que, para sorpresa de Lisa, le propuso que viajaran juntos.

Sin embargo, antes de partir, tuvieron que pactar. Y antes de pactar, Emil se sintió obligado a deshacerse en explicaciones para persuadir a su hija de que lo que estaba a punto de hacer no era una traición a sí mismo.

—No soy un palomo, *sweetie*, tú lo sabes mejor que nadie. Lo sabes, ¿verdad?

—A mí me da igual lo que seas, *dad*, palomo, halcón o pavo. A mí lo que de verdad me tiene asombrada es que hayas accedido a pasar cinco horas con tu bestia negra, con ese Franco al que tanto odias.

—A él lo odio, pero amo más a mi pueblo. Me he dado cuenta de que lo que ocurrió hace unos días no puede volver a pasar porque nos la estamos jugando.

—¿Por qué? ¿Sabes algo que los demás no sepamos?

Emil desvió la vista. Estaba claro que sí. Disponía de información confidencial a la que solo un periodista de su nivel podía tener acceso.

—¿Y eso que sabes es muy serio?

—Mucho, hija, mucho, *yes indeed*.

—¿Cómo de serio?

—Como que, si la cosa sigue por el camino que va, nos vamos todos a la mierda.

—¿Qué todos? ¿Todos los de España? ¿Todos nosotros? ¿O todos juntos?

—Pues solo nosotros, pero la hecatombe sería para todos. Y deja ya las preguntitas, pesada. A ver, ¿hay *deal*? Cruzamos juntos la Verja, cogemos el coche, tú me dejas donde el campo de golf y te vas con tu amiga Suki a Marbella. El sábado por la tarde me recoges y volvemos a casa juntos antes de que cierren la frontera, ¿de acuerdo?

Había trato, solo que no estaba segura de que al cabo de un día y medio quisiera regresar a Gibraltar. Pero ese momento no había llegado aún y más valía callarse a tiempo, por si la puerta de la cólera de Emil se abría para cerrarle la suya y se quedaba sin excursión a España.

Aunque no parecía que eso fuera a suceder, porque a él solo parecía importarle una cosa.

—Lisa, *sweetie*, por Dios y por la Virgen te lo pido, ni una palabra de esto a nadie, que yo no soy un palomo.

Salieron de Armstrong Steps el 11 de abril por la tarde con un termo de ajoblanco preparado por Connie y un par de maletas pequeñas, cruzaron a La Línea andando e hicieron noche en la casa vacía de la calle Jardines, la que había sido hogar de la abuela. De esa forma podrían salir el Viernes Santo lo más temprano posible con el Topolino, que tantas tardes de paz le había dado a Lisa aunque Emil no lo supiera y que, debido a las restricciones de la Verja, seguía durmiendo en su garaje.

Pasaron esas horas como pudieron, es decir, juntos y en silencio. Y así partieron a la mañana siguiente, mucho antes de que amaneciera: Emil, dispuesto a quemar sus naves; Lisa, a dejarse incinerar para que terminara de arder lo que quedaba de las suyas.

Hernán Cortés y el Ave Fénix, camino de Sotogrande y Marbella, en busca de su día.

EL DÍA

1968

Primavera

What do I do when my love is away?
(Does it worry you to be alone?)
How do I feel by the end of the day?
(Are you sad because you're on your own?)
No, I get by with a little help from my friends,
Gonna try with a little help from my friends.

¿Qué hago cuando mi amor está lejos?
(¿Te preocupa estar solo?)
¿Cómo me siento al final del día?
(¿Estás triste porque estás solo?)
No, lo puedo conseguir con un poco de ayuda de
    mis amigos,
voy a intentarlo con un poco de ayuda de mis amigos.

THE BEATLES, «With a Little
Help from My Friends», 1967

EMIL

El día que Emil entró en el Real Club de Golf de Sotogrande, a las siete en punto de la mañana, se sintió como el general Montgomery cruzando el Rin y poniendo un pie en territorio hostil.

Atravesaron el río Guadiaro y pasaron junto a varias canchas de tenis y un hotel. Algunas mujeres de uniforme y pelo negro recogido barrían frente a las puertas de una discoteca que tenía aspecto de haber cerrado hacía muy poco. Vieron una caseta de brezo en la playa, en la que también había barrenderas morenas, pero que, a diferencia de las de la discoteca, la preparaban para abrir en unas horas.

«Son las más afortunadas —pensó Lisa—, las españolas que ya no pueden limpiar casas en Gibraltar y han tenido la suerte de que las dejen ahora limpiar las de los ricos de aquí, el mismo misérrimo trabajo de siempre, sí, menuda suerte».

Al fin, encontraron una señal que les indicaba cómo acceder al Real Club de Golf de Sotogrande, estratégicamente situada para que al lugar solo pudieran llegar quienes sabían de su existencia y no cualquier curioso advenedizo.

Lisa condujo boquiabierta. Nunca había estado en un campo de golf. De hecho, nunca había estado en un campo, ya fuera de golf o de pastos salvajes, de esas dimensiones, interminable, kilométrico. Un campo que ni siquiera cabría en Gibraltar.

La alfombra de hierba, recortada y regada de manera meticulosa e impecable, estaba bordeada de alcornoques, pinos y palmeras, salpicada de un par de laguitos con patos y pespunteada con pequeños arenales, los más relucientes que había visto jamás, mucho más que la Sandy Bay en los amaneceres de primavera.

Maravillada, siguió al volante por el caminito que les conducía a la Casa Club. Era la simplicidad convertida en lujo. Un edificio moderno, sencillo y lineal, de solo dos pisos y con una balconada llena de geranios.

En la puerta los esperaba Ian S. Greyhound en persona. Lisa lo vio de lejos, pero se negó a participar en el teatro que estaba a punto de comenzar. Había tenido suficiente con todo el verde que se llevaba en los ojos después de atravesar el campo de golf.

—Yo te dejo aquí, *dad*, lo que queda te lo haces tú andando, que para eso vienes a hacer deporte.

No le dio ocasión de protestar. Lisa ya había sacado su equipaje del coche y arrancaba para dar la vuelta.

Y ahí se quedó Emil. Solo, con una maleta en la mano y un pasaporte en la cartera que poco valor tenía en España, todavía preguntándose qué demonios hacía él allí.

* * *

Tuvo que echar mano de todas y cada una de sus sonrisas fingidas desde el mismo momento en que fue recibido por Greyhound.

El poderosísimo banquero tenía ademanes de amo del mundo, porque seguramente lo era, y también de ser muy consciente de ello.

—Señor Drake, ya era hora, veo que lo de la puntualidad británica no se estila en el Peñón.

—Pero si son las siete…

—Por eso. Alguien que de verdad tiene interés en conocer al que dirige los destinos de un país como España habría estado aquí a menos cuarto.

—Pues siento mucho haber hecho esperar al señor Franco —respondió con sorna.

Se miraron, cada uno desde el pedestal de su propia altivez. Obviamente, el pulso se inclinó del lado del riquísimo, que era el del dinero y la imperiosa necesidad de conservarlo y hacerlo crecer, y en ese pedestal la derrota no existe.

—No perdamos más tiempo. Ahora que por fin está usted aquí, a ver, lo primero, ¿ha traído la carta que le escribí, como le dije?

Emil la sacó arrugada de un bolsillo. Greyhound abrió el sobre y comprobó rápidamente que era el papel que le había hecho llegar unos días antes. Después, extendió sobre y carta a uno de sus ayudantes sin mirarlo siquiera:

—Quémela.

Luego se dirigió a Emil con un tono similar al de la orden impartida al ayudante:

—Vaya a los vestuarios, por favor. Tenemos un juego completo de palos para usted y un cadi del club a su entera disposición desde ahora mismo y hasta que abandone Sotogrande.

Emil obedeció y decidió armarse de paciencia. Después, dispuso de bastante tiempo para perderla, porque a las once de la mañana llegó él.

—Su excelencia... —exclamaron todos los trabajadores del campo de golf, con Greyhound al frente de la comitiva, doblados en una reverencia inclinada en varios grados de más sobre el protocolo.

Apareció acompañado por un séquito incontable de edecanes y ayudantes vestidos con uniformes militares cuajados de medallas. A Emil no le impresionó el desfile ni le sorprendió el personaje. Era tal y como se lo había imaginado: bajito, con cara de gavilán, calvo, bigotillo, una gorra que bailaba sobre un cráneo demasiado pequeño, sahariana beis y una corbata más larga por detrás que por delante y escondida dentro de un pantalón elevado por tirantes hasta la altura de la tetilla.

Sonó una voz de flauta:

—Bueno, a ver, a ver, qué me van a ofrecer ustedes aquí. Muy bueno debe de ser este campo para que haya renunciado yo al mío de toda la vida en la Zapateira, ¿eh?

Greyhound, al mando de la situación, tomó la palabra.

—Confiamos, excelentísimo señor, que el esfuerzo que tanto le agradecemos de venir hasta estos parajes al sur de su bello país pueda compensarle con creces...

—Prescripción médica, amigo mío, prescripción médica y no placer. A un jefe de Estado solo le mandan los médicos y los míos dicen que el deporte lo cura todo. España me necesita fuerte, no importa los sacrificios que deba hacer.

—Sí, todos nos sacrificamos por los nuestros, unos más que otros. —A Emil se le escapó, harto ya de tanta pelotita cruzando la red de la coba, y el juego, que es a lo que se suponía que habían venido, sin dar comienzo.

Greyhound lo miró con ojos inyectados en sangre.

—Excelencia, permítame presentarle a su compañero de partido, don Emil Drake.

—Hombre, Drake, como el pirata...

—De esa familia me han contado que vengo, señor.

—Pues espero que sea usted más leal en el campo de golf de lo que fue su antepasado en el mar con la Armada española, aunque lo dudo si todavía le queda algo de sangre de la Pérfida Albión... —Lo miró más de cerca—. Pero usted no es inglés ni tampoco americano, ¿a que no?, esas eses que pronuncia, mejor dicho, que no pronuncia...

—Británico y de Gibraltar, señor, y a mucha honra.

El generalísimo dio un paso atrás.

—Anda —dijo solo y calló unos segundos, mirándolo fijamente.

Después, se volvió a Greyhound, que temió que la respuesta del impertinente periodista hubiera provocado la suspensión inmediata del partido y un conflicto diplomático más, Señor, qué mal empezaba aquello, a ver si lo de Drake no había sido tan buena idea.

—Pues nada —reaccionó al fin el general, que se caló la gorra grande en su cabeza pequeña y lanzó una seña al teniente coronel de uniforme que le hacía de cadi—, cuando ustedes digan. Andando al campo del honor. Porque de eso ya sabrá usted, señor pirata, que a los españoles nos sobra.

LISA

Esa vez no fue tan difícil como llegar al campo de golf de Sotogrande. Suki era buena dando explicaciones y Marbella no era demasiado grande, al menos no lo era la zona a las afueras del pueblo en la que se desperdigaban casas blancas aquí y allá escondidas entre árboles sin demasiado orden ni concierto, algo menos pretenciosas que las de Sotogrande, aunque sin duda igual de opulentas por dentro.

La del artista estaba en medio de un pinar y en lo alto de una pequeña colina. Era una especie de granja reconvertida en mansión.

Encontró a Suki en la reja que daba entrada a la finca, fumando mientras la esperaba. Cuando el Topolino verde brilló al fondo del camino, la modelo apagó el cigarrillo y corrió al encuentro del coche de su amiga.

Primero la abrazó sin mirarla y Lisa sintió una cosquilla que le subía desde el estómago. Hacía mucho que nadie la abrazaba con esas ganas. Hacía mucho que nadie se entusiasmaba al verla. Hacía mucho de todo. Tanto que pensó que tal vez nunca se había sentido como se estaba sintiendo ante Suki en ese momento.

Después, la joven se separó de ella y la escrutó de arriba abajo. No le gustó lo que encontró.

—Te veo peor que la última vez que estuve en Gibraltar, aunque un poco más limpia.

Lo dijo muy seria y no sonó a insulto, sino a preocupación.

—He tenido mucho trabajo, Suki, no me regañes.

—No, no pienso hacerlo más, solo ahora. Hay una cosa que te quiero decir y ya no volveremos a mencionarla: sé que soy yo quien te dio tu primer ácido la noche del mal viaje creyendo que te hacía un favor y que, a pesar de lo catastrófica que fue aquella vez, sabrías usarlo después como es debido. Así que soy yo quien te va a sacar de esto, o al menos te va a reconducir y a llevar por el buen camino.

—¿El buen camino? Pareces un cura, hija. —Lisa se burló, pero en el fondo las palabras de Suki la asustaron. ¿La habría invitado a un retiro espiritual del tipo de los *ashram* a los que iban los famosos y que los Beatles estaban poniendo tan de moda?

La modelo la tranquilizó cuando siguió hablando:

—No sé qué te estarás metiendo ahora que ya no estoy yo cerca, pero voy a enseñarte la primera norma en esto: que sea de primera calidad, sea lo que sea y cueste lo que cueste. Ya te dije que aquí teníamos de todo. Podrás elegir. Pero siempre lo mejor.

Lisa respiró aliviada. Las dos se sonrieron, cómplices y felices. Se mostraron mutuamente el símbolo de la paz con los dedos índice y corazón y caminaron abrazadas hacia la puerta de la casa.

* * *

El tercer pinchazo la llevó al éxtasis.

Además, ayudó a que Lisa descubriera el gran error que había cometido hasta entonces en su adicción y tal vez el motivo por el que se había sentido siempre más sola después de abandonarse a cualquiera de ellas: las drogas sientan mejor en compañía.

—Los humanos somos gregarios —le dijo aquella misma noche un Brian Jones de lengua pastosa y ojos somnolientos bajo el flequillo—. Ni siquiera lo prohibido, lo que no queremos que nadie vea, nos produce el mismo placer si no lo compartimos al menos con una persona, alguien que juegue con el peligro lo mismo que nosotros.

—A mí, por ejemplo —intervino Meek—, me gusta bastante masturbarme solo, pero me gustaría mucho más si me mirase Suki.

Rieron a carcajadas y la modelo le lanzó un cojín a la cara que hizo que del cigarrillo que el artista fumaba saltaran chispas y un riesgo claro de incendio.

—Más quisieras tú, degenerado...

Las palabras de Brian Jones ayudaron a Lisa a entender por qué fue tan dulce aquel encuentro, el tercero de su vida, con su nuevo amante en polvo blanco: porque los cuatro lo compartieron esa noche en una orgía de los sentidos.

Ninguno de ellos tocó al otro y, sin embargo, todos sintieron lo mismo, que algo los acariciaba de arriba abajo al mismo tiempo que el cuello se les volvía de goma y que, al inclinarlo sobre el pecho, se sumergían juntos en un almíbar de sopor, en una yema batida con azúcar y algodón de feria, idéntica y sincronizadamente.

El milagro de la muerte compartida, como diría Brian.

EMIL

Cuando Emil agarró con los dedos muy apretados, casi blancos, un *driver* en el *tee* de salida del hoyo uno, el séptimo más difícil del campo, y sintió sobre su nuca la mirada del hombre que más despreciaba en el mundo, no logró darle a la bola. Lo que salió disparado fue un lengüetazo de tierra y hierba, pero la pelotita blanca seguía a su lado, impasible y ociosa.

—Tranquilo, señor pirata, tranquilo. Si es que no debe usted practicar mucho, está oxidado. A ver, cómo no iba a estarlo si en la montañita esa en la que vive lanza una bola con un palo la mitad de corto que este y le llega a Ceuta.

El generalísimo era único dando ánimos, pensó Emil, parecía mentira que hubiera ganado así una guerra. Pero la atenta mirada de águila de Greyhound hizo que se contuviera y dejó el comentario sin respuesta.

El golpe de Franco fue mejor. No bueno, pero mejor. Al menos, la bola corrió unos metros, rodó un poco y se detuvo en la maleza que bordeaba la calle.

—Para que vea, amigo Drake, cómo hacen las cosas un español y un inglés.

Emil suspiró. Y pensar que les quedaban aún unos cuantos cientos de metros hasta llegar al *green* y, lo que era todavía mucho más desesperante, diecisiete hoyos y medio para que acabara una pesadilla que aún no había comenzado siquiera.

Greyhound se dio cuenta de lo mismo que Emil y se echó a temblar. Definitivamente, aquello les podía llevar a todos al desastre.

Los dos se mordieron los labios.

Emil, además, se santiguó por dentro. «Dame lo que no tengo, Señor, prudencia y algo de la paciencia que traje cuando llegué, que no me quiero pudrir en una cárcel franquista».

—Hágame caso, señor pirata, y use usted aquí un *pitching*, no un *putter*, que la bandera le queda a más de veinte metros y se ha parado usted al borde del collarín, más fuera que dentro del *green*, es preferible chipear que arriesgarse.

Nada podía gustarle menos a Emil que le dijeran qué palo usar en un campo de golf y menos con aires de docta sabiduría repelente. De hecho, nada podía gustarle menos que le dijeran qué hacer y cómo hacerlo.

Obedeció las instrucciones del general de la gorra grande y mandó la bola al otro extremo del *green*. Tardó cinco golpes en dejarla a cuatro metros de bandera.

A Franco le costó tres, más otros dos en sendas corbatas alrededor del agujerito. Al final, ganó a Emil por un golpe de ventaja.

Greyhound respiró aliviado y levantó disimuladamente un pulgar para que solo pudiera verlo el periodista.

¿Lo felicitaba por haberse puesto nervioso y por haberse dejado ganar?, se preguntó Emil, «Me cago en tu estampa, *you stupid fuck*».

Caminaron hacia el hoyo dos, que era peor todavía, un par cinco de casi quinientos metros, el más difícil de todo Sotogrande y del resto del mundo, pensó Emil.

Pero para Franco no había hoyos difíciles, lo mismo que en la política.

—¿Sabe usted que yo estuve en Gibraltar?

El paseo entre golpe y golpe con las manos vacías por desgracia daba para mucha conversación.

—Pues sí, a esa Roca suya fui yo por el año 35. Bonito, ¿eh?, muy bonito, qué vistas. Y qué ventiladito todo, con los aires de un lado y de otro soplando a elegir.

Ventilado. Nunca se le hubiera ocurrido a Emil definir así a su territorio, pero tenía razón, los vientos cruzados del Estrecho sirven para borrar muchas cosas y traer otras nuevas.

—Lo que pasa es que algunos de esos aires no les han llevado a ustedes mucho bueno desde entonces. —El hombrecillo seguía—. Dígame, ¿qué tal se vive ahora, con todo lo que ha pasado desde el 35, en un sitio tan pequeño?

—Pues muy bien, señor mío, muy bien se vive. Sobre todo, con mucha libertad, decimos lo que queremos cuando queremos, ya lo está viendo usted.

A Emil cada vez le quedaba menos dosis de prudencia y ya ninguna de paciencia.

El teniente coronel cadi, que no sabía lo que hacía, le tendió a su jefe un hierro nueve para hacer frente al cuarto golpe cuando aún le quedaban noventa metros para coronar el hoyo. El pobre sudaba y no era de calor.

El general calló, frunció el ceño, devolvió el palo al cadi y le ordenó secamente que sacara de la bolsa un hierro siete. Lo tomó por el *grip* como quien empuña una espada, impactó fuerte en el centro mismo de la bola y la dejó a apenas cinco metros de la bandera. Todos sabían que le había salido más bien un golpe de poderoso enfadado que de buen jugador de golf.

Ya no era solo el cadi, Greyhound también sudaba a mares.

Era más de mediodía y la temperatura había subido. Camino a otro hoyo, es decir, hacia el abismo.

Pero, de repente, todo se oscureció. Y entonces cayó la primera gota.

En un segundo, los cielos se abrieron y descargaron sobre la decena de cabezas presentes una tormenta de las que se recuerdan, con un aparato eléctrico furioso y goterones que dolían.

Nada extraño, nunca falta una buena tormenta cada año por Semana Santa en el Campo de Gibraltar, todos lo sabían, pero aquella fue como si les cayera encima maná bendito. No quedaba más remedio que suspender el partido hasta el día siguiente.

Al fin, ese Dios al que tanto se habían dirigido el periodista y el banquero en la última hora y media había escuchado sus plegarias.

LISA

La primera mañana que Lisa despertó en Marbella lo hizo con la cabeza pesada, como si se la hubieran rellenado de serrín. También tenía serrín en las manos, que sentía ásperas. Y en las fosas nasales y en la boca. Toda ella era una bola de serrín. Además, sentía algo nuevo que el ácido jamás le produjo y era más inquietante que el serrín: ansia. No era hambre, sino un desasosiego que la electrizaba por dentro.

—Venga, Lisa, vístete y ponte guapa, que nos vamos a tomar el aperitivo a un sitio que te va a encantar.

Cómo decirle a Suki que lo que le habría encantado de verdad era quedarse a solas en su habitación con una jeringuilla a ver si así calmaba el ardor que le abrasaba los intestinos. No lo hizo. Solo obedeció, las leyes del buen huésped y del agradecimiento lo mandaban así.

Lo único bueno era que la estancia en Marbella no sería tan breve como estaba planeado, tenía tiempo para regresar a la jeringuilla.

Lo supo la noche anterior, cuando Lisa recibió una llamada telefónica mientras todavía tenía los sentidos lo bastante en orden como para entenderla. Porque en aquella casa había teléfono, se notaba que allí sabían lo que era el lujo.

—¿Lisa? Lisa, hija, ¿me oyes bien…? —No, Lisa no le oía bien ni mucho menos, solo un runrún de interferencias y una voz de la que apenas podía distinguir vocales sueltas.

—No, *dad*, habla más alto, ¿qué me dices...?

—Que no te preocupes por mí, que tengo que quedarme aquí mañana todo el día porque se ha aplazado el partido por la lluvia.

¿Lluvia? En Marbella brillaba un sol de justicia. Por algo esa costa se llamaba como se llamaba.

—¿Que llueve? ¿Y que te quedas en Sotogrande, dices?

—Sí, eso, que me quedo.

—¿Y yo qué hago entonces?

—Tú, a tu aire...

—¿Cómo? Más alto, *dad*, que no te oigo.

—¡Que te quedes ahí! ¡Que me voy para atrás yo solo! ¡Que ya encontraré un Portillo o algo! ¿Me oyes?

—¿Entonces no te recojo mañana? Es que no te entiendo bien...

—¡Que no, que te quedes en Marbella el fin de semana si quieres!

—*Okey*, me quedo, ¿no?

—¡Que sí! ¡Que nos vemos ya en casa el domingo y...!

Se cortó, pero no importaba porque se habían dicho lo necesario y Lisa había entendido lo suficiente: tenía un día más para calmar su ansia.

* * *

El Marbella Club, aquello sí que era lujo.

Suki le contó la historia del complejo, medio hotel, medio comuna privada, como quien narra un cuento de hadas: la de un príncipe millonario que tuvo que apretarse el cinturón solo un poco tras la guerra mundial y viajó junto a su hijo al sur de España en un Rolls Royce Phantom con motor de carbón en los años cincuenta.

Lo hicieron invitados por un primo que no dejaba de cantar las alabanzas de una aldeíta de pescadores y mineros que comenzaba a despuntar, tenían que verla, les iba a fascinar. Pero, cuando llegaron, el primo se había ido de pesca, de forma que padre e hijo acamparon en un pinar junto al mar y merendaron allí.

Aquel era el sitio, lo vieron claro. El príncipe buscaba sol y paz, viento fresco y calor, naturaleza y silencio, todo sazonado con una dosis comedida de algarabía. De lo primero podía nutrirles esa naturaleza privilegiada, plácida y al mismo tiempo desbordante. De lo último se encargaría su hijo, que decidió comprar una casa de campo abandonada, la finca Santa Margarita, en la que encontró el lugar perfecto: recóndita, bañada de calidez y a buen precio de compra y de mantenimiento; desde luego, menos costosa que calentar la casa que tenían en los alrededores de Madrid, un poco más pequeña que el palacio de El Escorial, pero casi igual de fastuosa.

El primo de los príncipes se llamaba Ricardo Soriano, marqués de Ivanrey; el padre, Maximiliano Eugenio de Hohenlohe-Langenburg, y el hijo, Alfonso.

—Míralo, míralo, por allí va, es Alfonso... —Suki le dio un codazo a Lisa para señalarle a un cuarentón exageradamente bronceado que sonreía sin parar a diestro y siniestro bajo un bigotito a lo Valentino—. Quién diría que es todo un príncipe, ¿verdad?

Alfonso de Hohenlohe parecía un señor de pueblo venido a más, con pañuelo al cuello, camisa amarilla pollito y patillas de bandolero, que se volvía a mirar el trasero de cada chica que se cruzaba en su camino.

Hacía apenas quince años que lo había inventado todo: los paraísos acotados para el uso personal y singular de los famosos, con intimidad garantizada; los clubes de playa verdaderamente privados, a salvo de flashes y focos, y el turismo caro y exclusivo, sobre todo exclusivo, para huir de la riada de españoles de tartera, sombrilla y tumbona que habían inundado las playas de Torremolinos.

Alfonso de Hohenlohe había inventado Marbella.

—Quién lo diría... —Lisa dio la razón a su amiga.

Allí, dorándose al sol y sorbiendo cócteles con sombrillitas, paseando descalzos sobre césped de México a lo largo de un caminillo bordeado de palmeras y plantas tropicales que llevaba directamente al mar, estaban todos con los que Suki, Brian y Philip compartían su tiempo en la Costa del Sol. Lisa buscó entre ellos a Jane Birkin mientras su amiga se los iba presentando uno a uno, pero no la encontró. Algunos nombres y rostros le resultaron familiares, aunque eran tantos que terminaron confundiéndose en su cabeza.

De pronto, distinguió a una persona que la dejó sin aliento. Bellísima, la elegancia hecha mujer, majestuosa en una madurez que sobresalía por encima de toda la juventud en *minishorts* reunida en el Club de Playa del hotel.

Lisa reconoció al momento su moño del color rojizo de los atardeceres de Escocia.

—¿Deborah Kerr...? Suki, dime que no estoy soñando, ¿es Deborah Kerr?

Lisa había visto cinco veces *De aquí a la eternidad* y cada una de las cinco no pudo evitar que la piel se le erizara al ver rodar por la arena a su segunda actriz favorita comida a besos por Burt Lancaster. Cuando ese día en Marbella le dio la mano, volvió a sentir lo mismo por sexta vez, pero con más intensidad, como si estuviera de nuevo en el Imperial junto a su abuela, arrobadas las dos frente a la playa de Pearl Harbor.

Fue un encuentro breve pero intrigante.

—Encantada, señorita Drake, estábamos deseando conocerla.

—¿A ella? ¿A Lisa? ¿Suki le había hablado de ella a Deborah Kerr, nada más y nada menos que a Deborah Kerr?—. Es usted preciosa, tal y como nos había contado su amiga.

Lisa no supo qué responder, abrió la boca para hacerlo, pero volvió a cerrarla. De verdad que no sabía qué decir.

Deborah rio con risa cristalina al ver su confusión y se volvió hacia Suki.

—¿Ya la ha conocido...?

Suki la interrumpió arrebolada.

—No, no. Todavía no. Esta tarde.

La sonrisa de la escocesa brilló más que el sol que daba nombre a la costa.

—Entonces, mejor me callo. Debo dejaros, salgo esta misma noche para Los Ángeles, pero volveré dentro de unos días, no sé vivir lejos de Marbella. Lisa, te dejo en las mejores manos... esta tarde lo verás. Ha sido un placer conocerte, en serio. Espero que volvamos a encontrarnos pronto.

La muchacha seguía sin palabras, pero al menos pudo sonreírle y no dejó de hacerlo mientras la observaba marcharse del bar levitando en una cadencia perfecta y levantando todos los ojos a su paso.

Después se acordó de sus palabras: si las manos eran las de Suki y Lisa ya las conocía, ¿por qué habría de ver cuán buenas eran por la tarde? ¿Y por qué sabía Deborah Kerr, nada más y nada menos que Deborah Kerr, lo que Lisa iba a hacer después si ella seguía sin tener ni idea? ¿Y por qué tanto misterio?

¿Y por qué todo aquello le estaba pareciendo un sueño, si apenas unas horas antes se había sentido miserable, devorada por un ansia que todavía no conseguía explicarse y con la mente y el corazón llenos de serrín?

¿Y a quién, por el amor santo, a quién conocería ella esa misma tarde?

EMIL

—Tiene usted buen *swing*, señor. —Emil fue el primero en hablar, tragándose la bilis, cuando al día siguiente retomaron el partido.

Ya le había avisado Greyhound la víspera muy seriamente: el cielo —nunca mejor dicho— había llegado en auxilio de todos al final del hoyo dos, cuando las cosas se estaban poniendo calientes, y contribuyó a salvar la situación.

—Le quedan dieciséis hoyos para arreglar esto, ya sabe lo que quiero decir...

De modo que el sábado Emil intentó seguir con un tópico estrella entre jugadores de golf: las alabanzas, casi siempre hipócritas, por el juego del compañero.

—Son muchos años ya, amigo pirata —respondió Franco con falsa modestia a la de Emil—. En el 32 empecé yo y hasta hoy. Si Dios no me hubiera llamado para servir a España, vaya usted a saber... A lo mejor sería más importante que Bobby Jones, por lo menos.

—No lo dudo, no lo dudo —mintió Emil.

—Una cosa le voy a contar: a punto estuve de inclinarme por el golf, ¿sabe usted? En el día del glorioso alzamiento estaba yo de capitán general en la jefatura militar de las Canarias, ya lo sabrá. Cuando me llamaron los comunistas de Madrid para preguntarme, yo estaba jugando. Menudo *birdie* acababa de hacer. No quise contestar, un ayudante habló con ellos. Y, aunque fue una estrategia militar de las mías para ponerlos nerviosos, en el fondo no se crea, me dieron ganas de acabar el partido.

—Ah, ¿no lo acabó?

—No, hijo. Me fui a Marruecos, me llamaba el deber. No volví a ver un palo hasta después de la guerra...

—Pobre, cuánto debió de sufrir.

Franco se detuvo para mirarlo. ¿Era burla?

—La que estaba sufriendo era España, a punto de caer en las garras bolcheviques.

—Ya, y menos mal que ahí estaban ustedes.

—Pues sí, gracias a Dios, ahí estábamos. Y ahí deberían estar ustedes también, hombre, a nuestro lado y no enfrente.

—Cada cual que esté donde quiera. Yo me conformaría con que a nosotros nos dejaran quedarnos donde estamos.

—Pero es que no están en el sitio correcto. Su sitio es debajo de la rojigualda y no de esa que le dicen Jack o yo qué sé. Ahí, bien alta, amarilla y roja con los símbolos de la patria, ondeando orgullosa en todo el risco. Si ustedes son tan españoles como yo, que es que lo veo y lo oigo, con ese acento y esa piel curtida, y estoy viendo y oyendo a un patriota de los pies a la cabeza en lugar de a un pirata inglés.

—Será que usted ve más de lo que veo yo en el espejo cuando me afeito cada día...

«Cuidadito, Emil», se alarmó mentalmente Greyhound.

—Claro que lo veo, no lo voy a ver. Que ustedes son más españoles que los espárragos de Tudela, por Dios. Mucho apellido inglés llevará, pero le corre sangre viril de los Tercios por las venas, como a todos los que están aquí, ¿no ve cuántas medallas? Bueno, les corre por las venas a todos menos a este, que es americano.

«Vamos bien, vamos bien, que se meta conmigo, no me importa», pensó aliviado el banquero.

Pero no, no iban bien. Iban fatal. Las últimas frases de la voz de flauta colmaron el vaso de Emil. Y en ese mismo instante decidió mandarlo todo al carajo.

—Así que ya ha estado usted en Gibraltar, según me dijo ayer, ¿verdad?

Habían acabado el hoyo cuatro, un par tres relativamente fácil, que les salió algo mejor a los dos: *bogey* para el español y doble de lo mismo para el gibraltareño. Nada mal, de hecho, dado el pésimo día que los dos estaban teniendo.

«Buena aproximación al tema —Greyhound siguió con los dedos cruzados por el camino hacia el hoyo cinco—. Así, Emil, así, y sin perder la compostura».

—En el 35 estuve, sí señor.

—Acababa usted de ser nombrado jefe de las tropas en Marruecos…

—Pues sí, así fue.

—Solo que entonces a usted no le parecía que Gibraltar fuera tan español como cree que es ahora.

A Greyhound se le volvió a encender la luz roja.

—Vamos, que le prometió usted el oro y el moro a Churchill para que apoyara el golpe: que si iba a respetar Utretch, que si nada de reclamar soberanía, que si británicos éramos y británicos nos quedaríamos si le ayudaba a ganar en caso de guerra… Y todo, a cambio de que le dejara usar el Peñón como base militar antes de que se sublevaran.

«Por ese camino, no, Emil, así no, por Dios y por todos sus santos…». La luz roja de Greyhound ya era una sirena que ululaba.

—Oiga usted, un momento…

—Menos mal que al final Churchill le paró los pies. Si no, mete usted a su país en otra guerra para apoyar a Hitler.

—Pero ¿se puede saber qué…?

—Y después, en represalia, venga a escribir y a escribir articulitos en contra de Gibraltar con otro nombre que no es el suyo, sin dar la cara, como un cobarde, que si Jakim Boor, que si Macaulay… hay que ser ridículo, copiándonos lo sajón… Hasta Hispanicus, peor aún. ¿Qué se cree, que no lo sabemos todos en esta profesión?

Ya no pudo más. El generalísimo de gorra grande y cabeza pequeña lanzó con fuerza al aire el *sand wedge*, que cayó sobre las ramas de un pino y una nube de pájaros escapó revoloteando como quien escapa de un bombardeo.

—Mire usted, piratucho de tres al cuarto, muerto de hambre, inglesillo sin tierra, desgraciado de mierda —chilló a pleno pulmón—, no tiene ni la más pajolera idea de lo que los españoles de verdad hicimos por nuestro país en el 35 y en el 36.

Emil sí que lo sabía y se dispuso a decirlo, pero uno de los militares del séquito dio dos pasos hacia él y pensó que mejor no.

—¡Que se calle de una vez, he dicho! —Franco siguió, ya desatado— ¿Quiere que le cuente lo que pasó de verdad en Gibraltar, eh, quiere? Pues que ustedes y su peñasco fueron los que me hicieron ganar la guerra, como lo oye, porque son españoles de verdad, aunque le pese. Engañaron al gobierno soviético de la República, le dijeron que sí, que le iban a dar los cargamentos que llegaran a su puerto, pero después los gibraltareños se quedaron con las armas y los abastecimientos, ni una mosca les pasó a los republicanos a través del pico ese en el que usted vive. Porque así son los patriotas y no los traidores que lo solucionan todo con votos... una papeleta sin nombre, eso sí que es de cobardes. Los suyos, sus antepasados y sus presentes, que muchos aún quedan, estaban entonces y siguen estando con nosotros y no con los cuatro rojos como usted, imbécil, que por lo que veo hasta le gustaría que su reina invadiera España lo mismo que Brézhnev en Praga... ¡Gibraltar español, coño...!

No pudo seguir. La tos se lo impidió. A Franco le estaba dando algo y era algo malo. Todos lo intuyeron y entonces empezó la verdadera pesadilla para Emil.

Carreras, empujones, un botiquín, un médico al trote, después tres enfermeras aparecidas por ensalmo, una botella de oxígeno de nadie sabía dónde, nervios, gritos, alguna que otra caída...

Y de repente, sin darse cuenta ni saber cómo, cuando ya estaba a punto de anochecer, Emil se vio a sí mismo en la Focona presentando los papeles para cruzar a toda prisa la Verja.

Lo habían sacado del campo con la americana cubriéndole la cabeza y lo habían llevado a cien por hora en un Ochocientos Cincuenta del primo del conserje de la Casa Club, por caridad y como favor especial, para que el Real Club de Golf de Sotogrande no se viera más señalado de lo que ya estaba ante el régimen por aquel partido nefasto.

Solo recordó de esos momentos las últimas palabras que le oyó pronunciar a Greyhound:

—Le salvo la vida, pero nada más que la vida. La libertad más allá de su roca se le ha terminado, *you fucking asshole*. A partir de ahora, como ponga un pie fuera, yo mismo me ocuparé de llamar a la DGS al completo para que lo espere en la Verja y lo lleve a que le hagan un juicio sumario o como se llamen los juicios que hace Franco. Yo la vida se la salvo, aunque solo por hoy, porque usted ya la tiene perdida para siempre.

LISA

Suki seguía misteriosa:

—Voy a cumplir lo que te prometí. Te voy a presentar a alguien muy especial, Deborah ha conseguido la cita.

Las dos juntas y solas llegaron con el Topolino a otra casa magnífica, de elegantes rejas negras, muros blancos y enredaderas verdes escalando alrededor de muchas ventanas, todas abiertas.

Cuando Lisa atravesó la cancela de entrada de la finca Santa Catalina, notó que súbitamente se le calmaba el ansia que la había ido consumiendo poco a poco durante el día y de la que ni la mano ni la sonrisa de Deborah Kerr ni el aspecto cómico de Hohenlohe y su cohorte de jovencitas la habían podido distraer.

Allí, en Santa Catalina, a Lisa se le fue de un soplo el deseo voraz y todo el vacío que le había dejado en el estómago se inundó de calma. Una extraña serenidad que le nacía de dentro de la misma forma que poco antes la ansiedad le brotaba de las venas.

Paz, eso era.

Un niño rubio y precioso, de unos siete años, se acercó a ellas botando un balón.

—Ho-la-yo-me-lla-mo-Sean —lo dijo silabeando muy despacio en un español recién aprendido, a modo de ensayo.

Suki le acarició el pelo.

—Y yo, Suki, ¿no te acuerdas de mí? Vine el otro día con Deborah —dijo ella en inglés— y estuve un ratito con tu madre.

—Ah, sí, la drogadicta. Mamá me ha dicho que, si me das un caramelo, no lo coja.

Suki enrojeció.

Lisa la miró, las dos eran iguales. Y después se miró, casi un año y medio. Un año y cuatro meses desde su primer mal viaje, para ser exactos. Demasiado tiempo arrastrada por la corriente. El suficiente para que ningún niño del mundo quisiera nunca aceptarle un caramelo.

Por un instante, se sintió sumamente cansada. La fatiga de esos dieciséis meses le hundió el alma y volvió a decirse: «Llevo mi ansia para siempre y es insaciable. Soy su prisionera. Esto es cadena perpetua».

Suki la trajo de vuelta:

—No le hagas ni caso, es una familia muy tradicional. Su madre nos recibe porque yo se lo he pedido a Deborah y Deborah a ella, son íntimas amigas. Pero es que sé que a ti te va a hacer mucha ilusión y no quería que te fueras de Marbella sin conocerla.

A lo largo de una senda bordeada de buganvillas vieron llegar a una mujer.

Era alta y muy delgada, con pantalón corto de vichy azul y blanco, sencilla camisa de algodón celeste, sandalias planas, cuello largo, cabeza erguida, pelo oscuro y corto con un pañuelo de flores anaranjadas sujetándolo a modo de turbante y unas gafas de sol grandes y redondas que le ocultaban los ojos.

Pero lo más singular de aquella figura que se aproximaba era su halo: emanaba luz, un cirio encendido caminando despacio. Además de un vago aire familiar para Lisa, como si hiciera mucho que ya formase tanta parte de su vida que ni siquiera podía recordar cuándo o por dónde entró en ella.

Se quitó las gafas. La sonrisa se volvió aún más perfecta. Y entonces, mirándola de frente, Lisa al fin supo cuándo y dónde la había conocido: muchas tardes, todas las que le fue posible, en La Línea y junto a su *nanny* Pepa, y después cada noche de cada una de esas tardes mientras soñaba que algún día sería como ella.

—Lisa, tú eres Lisa, mi querida Debbie me ha hablado de ti. Tengo entendido que os habéis conocido esta mañana —hablaba un español impecable y le extendía una mano igual que la brisa del Mediterráneo que tenían frente a ellas: abierta, pequeña, cálida y enérgica—. Me ha encargado que te cuide, le has caído muy bien.

Lisa todavía no tenía voz. Se le había escapado del cuerpo. Muda.

Aceptó el saludo y tuvo la sensación de que, con la mano que aquella mujer le tendía, también se le tendía el futuro.

El día que Emil hizo volar su vida por los aires y Franco estuvo a punto de perder la suya atragantado por un ataque de ira, Lisa conoció a Audrey Hepburn y, por fin, empezó a vivir una de verdad.

1968

Primavera-otoño

A love like ours
could never die
as long as I
have you near me.

Un amor como el nuestro
nunca podría morir
mientras te tenga a mi lado.

THE BEATLES,
«And I Love Her», 1964

AUDREY

El día que Lisa conoció a Audrey lo pasó casi ausente.

Siempre dijo que recordaba poco de aquellas primeras horas. Hubo una merienda, sí, de eso se acordaba. Con té, café, muchos chocolates suizos y una gran tarta que Fernanda, guardesa de la finca junto a su esposo Felipe, hacía para Audrey cada vez que tenía invitados.

También hubo risas; Sean quería ser el centro de atención, aunque tuvo que limitarse a serlo con el comedimiento y los límites que su madre marcaba.

—Mira, mira, Lisa, tengo un balón de reglamento porque voy a ser futbolista.

—Mira, mira, Lisa, un toque puntera tacón como Pirri.

—Mira, mira, Lisa, he dibujado una ballena.

—Mira, mira, Lisa, ya llego a los limones de ese árbol.

—Mira, mira, Lisa, me sé de memoria «Yellow Submarine», ¿te la canto…?

Hasta ahí le permitieron llegar:

—Deja tranquila a la invitada, Sean, por favor, nada de canciones. —Audrey hizo un gesto ante Lisa y Suki para decir sin palabras que su hijo, el ser que más amaba en el mundo, Dios la perdonase, había nacido con una oreja enfrente de la otra.

Al fin consiguió que Sean les hiciera una demostración del puntera tacón de Pirri en la distancia y en silencio para dejar charlar a los mayores.

Audrey era una conversadora excelente y generosa, tan atenta a la opinión de sus interlocutores como dispuesta a ofrecer la suya en los asuntos que eran del interés de los demás.

Hablaron de mucho y de poco, de intrascendencias principalmente. O eso creyó Lisa.

De la vida en una ciudad de estatus especial como Gibraltar: «He estado un par de veces y me fascina». Del trabajo de Lisa como periodista: «Qué profesión tan interesante, aunque no debe de ser nada fácil para una mujer». De sus impresiones en la visita de Lisa a la Costa del Sol: «La primera vez se recuerda toda la vida, esta luz no se te apaga nunca en la memoria». Y, con cada «mira, mira, Lisa» de Sean a lo lejos, de la cantidad de paciencia que hace falta para ser madre, aunque Audrey no lo cambiaría por nada del mundo.

—Dime, Lisa, ¿cuánto tiempo vas a estar en Marbella? —Con esa pregunta comenzaban sus recuerdos más nítidos de aquella tarde en Santa Catalina.

—Apenas unas horas más, me marcho mañana.

Audrey la miró con detenimiento. Era una mirada extraña. La horadaba, podía ver dentro de sus ojos.

—Qué pena, tan pronto.

Guardó silencio unos segundos y, de repente, garabateó unos números en la hoja de una libreta que tenía cerca. La arrancó y se la tendió a Lisa.

—Mira, te doy el teléfono de esta casa, por si algún día vuelves por Marbella. Si no estoy yo, Fernanda me mandará aviso enseguida.

Siguió mirándola con vista de halcón, volvió a arrancar otra hoja, pero esta en blanco, y añadió:

—Y tú, si no te importa, dame el tuyo. Tengo muchas ganas de regresar a Gibraltar, podrías enseñarme todo lo que no he visto aún.

Lisa titubeó.

—Bueno, yo no tengo... A ver, sí, apunto el número del periódico de mi padre. Yo trabajo ahí, así que, si no estoy, también me avisarán. Me encantará enseñarte la ciudad, *yes indeed*.

Que algún día Lisa pudiera servir de cicerone a Audrey Hepburn era un sueño, pero nada más. Son cosas que se dicen por educación, pensó. Y al final se quedan en eso, en simple cortesía.

Siguieron charlando sobre banalidades hasta que Suki le recordó que habían sido invitadas a una fiesta en el Marbella Club. No convenía llegar tarde.

Audrey y Lisa se despidieron con un abrazo. Era cercano, como el de dos amigas que se quieren de antiguo.

Al estrecharla, Lisa pudo oler su perfume a rosas mientras Audrey deslizaba una frase en su oído suave e imperceptiblemente:

—Ten cuidado, querida, te lo ruego. Mira que hay hambres que solo se sacian con hambre.

LISA

—Bella, ¿puedo invitarte a una de esto *on the rocks*?

Antes de saber quién le hablaba, Lisa pensó que sería alguno de los adinerados de incógnito que se refugiaban en el Marbella Club para huir del neón o del cuché. Después se dio cuenta de que era eso y más.

—Lo hacen en mi tierra —le mostró una botella, dispuesto a derramarla sobre el vaso vacío que sostenía Lisa—, un Macallan excelente. Y envejecido en barriles de la tuya, de Jerez de la Frontera. ¿Tú eres española?

Lisa lo reconoció por las cejas espesas y los ojos de taladro. De hecho, los había visto hacía bien poco en el Imperial, salvando el mundo.

—No le aceptes la copa, Lisa, que este James Bond tiene la mano demasiado larga. —Suki se había colocado delante de su amiga a modo de parapeto al ver que Sean Connery se dirigía hacia ella como ave de rapiña—. Aquí este buen hombre dice en público que le gusta pegar a las mujeres. Ya ves, quién lo diría, el gran 007, haciendo cosas de cobardes.

Él puso cara de indiferencia.

—No, no me gusta. Solo cuando os lo merecéis.

Y se dio la vuelta, aún con su botella de Macallan en la mano, en busca de otra presa. Aquellas dos muchachas insolentes habían dejado de tener interés de golpe.

No era el único rostro conocido que se abría paso entre el humo espeso del Champagne Room del Marbella Club aquella noche, la que siguió al día más extraordinario, que fue el que Lisa conoció a Audrey.

En medio de la nube, junto a todos los demás, flotaba Lisa. Estaba en el mismo hotel de Hohenlohe al que la había llevado Suki por la mañana, pero en otra Marbella diferente. Muy distinta de la de Santa Catalina y también de la que conoció a la hora del aperitivo.

Mientras veía a Connery alejarse, comprobó que había una Marbella de día, la de la playa, el sol, la arena de oro y el cielo de plata, pero también una segunda que despertaba cuando el resto del país se echaba a dormir.

La Marbella de noche seguía siendo un festín de lujo discreto, solo que con menos inhibiciones. De noche se dejaban ver las altas cunas, bronceadas y con sus mejores galas, y todas mezcladas: empresarios, políticos del régimen, condes de nacimiento, otros de matrimonio, roqueros con melena, intelectuales con pipa y actores con botellas de champán y de otras delicias que nunca se vaciaban.

La España de la franja más alta y Hollywood al completo, ambos mundos unidos en una burbuja hedonista, lejos de las mojigaterías y restricciones de moral austera del país que los rodeaba, y los dos bajo el paraguas protector de un príncipe visionario. Era una cápsula de privacidad infranqueable, una especie de desierto de libertad primaria y sin necesidad de ostentación, para qué, si todos estaban en la misma rasante social y sin público ante el que exhibirse, al menos todavía y durante algunos años más.

Alguien pasó delante de Lisa varias veces con bandejas de plata como las que vio en la casa de los Peacock, llenas de senderitos de polvo blanco alineados y algunos canutillos de plata. En los reservados había tranquilidad, discreción y agujas suficientes para todo lo demás.

Lisa dudó. La avidez la devoraba, sí, pero se acordó de la enigmática última frase de Audrey y rechazó todas y cada una de las bandejas y los reservados con los que trataron de tentarla.

Bebió, eso sí. Y bailó.

Forever, and ever,
you'll stay in my heart and I will love you...

Por siempre y para siempre,
estarás en mi corazón y te amaré...

Sonaba Aretha Franklin suavemente en altavoces escondidos.

To live without you
would only mean heartbreak for me...

Vivir sin ti
solo me rompería el corazón...

Y Lisa cantó con ella, a dúo. Y siguió bailando. Y cantando. Con los ojos cerrados, sola, girando como un derviche. Intentando convertirse en otra con cada remolino.

I say a little prayer for you...

Digo una pequeña oración por ti...

Hasta que necesitó descansar y decidió hacerlo en una mesa con tapete verde, allá al fondo, en un rincón.

Acababa de sentarse cuando un hombre se acercó a ella.

—¿Tú también juegas al bridge?

—¿Perdón...? —Vio la baraja que acababa de depositar en la mesa—. Ah, no, no, es que estaba cansada y necesitaba quitarme los tacones un momento. Disculpe, ya me voy.

—No te vayas, mujer, si aún no han llegado mis compañeros.

Pronto descubrió Lisa quién era: un médico ruso en plena Revolución, otro personaje con el que ya se había encontrado antes en el Imperial de La Línea y que le recordaba a su amiga Mariela, descendiente de una enfermera coetánea de Zhivago, quién sabe si se conocieron.

Omar Sharif le tendía la mano.

—Encantado de saludarla, señorita.

Además del recuerdo de Mariela, Lisa tuvo otra evocación, porque aquellos ojos no eran los de un ave de rapiña, sino todo lo contrario. Eran ojos cálidos y con una expresión familiar; eran los suyos. Los de Lisa. Aquellos ojos sufrían. Eran ojos de enamorado.

De nuevo volvió a pasar cerca de ellos una bandeja con remedios contra el ansia, pero Sharif la apartó sin mirarla siquiera y clavó en Lisa sus ojos gemelos. También se había reconocido en ellos.

—A mí me ha abandonado el amor de mi vida, nunca querré a nadie como la quise a ella —le dijo de repente, sin que ninguno de los dos supiera por qué—. Y puedo asegurarte que no lo he recuperado en ninguna de esas bandejitas. Ve en busca del tuyo lejos de ellas, niña.

Los interrumpieron tres señores con sendos puros humeantes, ruidosos y carcajeándose, más que dispuestos a disfrutar de una partida de bridge con el rey indiscutible del juego, aquel egipcio de bigote imponente y sonrisa perenne.

Lisa les dejó libre su sitio en la mesa mientras volvía a estrechar la mano de Omar Sharif, que se había levantado para despedirse de ella.

Suki le hacía señas, era hora de regresar a la casa de Meek.

Answer my prayer...

Responde a mi oración...

Antes de abandonar la fiesta, Lisa volvió la vista hacia la mesa del fondo y su tapete verde y se topó de nuevo con los ojos tristes del doctor Zhivago, que eran sus propios ojos.

Le habían dicho lo mismo que Audrey. Lo mismo que ella, en lo más profundo, ya sabía.

* * *

Al día siguiente, Lisa se despidió con abrazos, lágrimas y agradecimientos interminables de Brian, Philip y Suki, y les hizo prometer que irían a verla muy pronto.

Se sentó al volante del Topolino y condujo hasta la Verja.

La cruzó.

Se instaló de nuevo en su habitación verde del 1 de Armstrong Steps.

Volvió a oír sus discos y a releer a sus poetas.

Volvió al *Calpe Mirror*, clasificó teletipos y llevó café a los periodistas que se lo pedían sin apenas mirarla.

Volvió a recoger la mesa de la cena y a ponerla para el desayuno.

Volvió a preparar en cajitas minúsculas las pastillas que su madre necesitaba a diferentes horas del día.

Volvió a su vida, a su silencio, a su tristeza.

Sin embargo, no volvió a abrir el cajón donde se escondía la bolsita de terciopelo azul, a pesar de que había vuelto el ansia. Ahí estaba, martilleándola por dentro, no se le iba.

Pero, más alto aún que sus latidos, en el cerebro de Lisa atronaba una frase: «Hay hambres que solo se sacian con hambre».

Y esas palabras sí que volvían, una y otra vez, sin descanso, a su memoria.

VICENTE

Vicente, además de lector empedernido de tebeos, era zapatero remendón de profesión. Había aprendido el oficio de los mejores, los
Ordóñez, una saga de maestros con el capote, pero también con
hormas, tirapiés y mandiles. Hacía mucho que la zapatería de la familia, La Palma, ya no estaba en Santa Cecilia 8, pero Faustino Castaño, el tío de Vicente, había abierto una nueva pegadita a la de los
Ordóñez, aprovechando la estela de fama que había vivido el local
contiguo, y había dado empleo en ella a su sobrino. Zapatería Castaño se llamaba, como su dueño, menos concurrida y menos famosa que la de los antiguos vecinos, pero zapatería al fin y al cabo.

En ella estaba Vicente, sentado ante un burro y tratando de cla-
vetear una bota de montaña que se le resistía, cuando un lunes de
marzo apareció el descendiente más ilustre de toda la dinastía tore-
ra: Antonio Ordóñez en persona, con su nariz y sus orejas importantes, su sonrisa de medio lado y una cadena de oro al cuello.

Antonio el Grande, como lo llamaban muchos. Había sobrevi-
vido a todo: al suicidio de un escritor americano que lo quería como
a un hijo e incluso, contaban algunos, le había dedicado un libro; a
las zancadillas y dentelladas de su cuñado e íntimo enemigo, Luis
Miguel Dominguín; a su anuncio de retirada de los ruedos en uno
de Lima; a su regreso en olor de multitudes hacía tan solo tres años,
y al éxito rotundo e histórico de su presencia en la Feria de Abril de
Sevilla de hacía solo uno, en 1967.

Y, como solía ocurrir con maestros de su ralea, admirados mucho más allá de las fronteras, venía acompañado de dos extranjeras y una nube de fotógrafos.

—¡Olé el arte de mi gente! —Entró en la zapatería igual que entraba siempre en la vida, ruidoso, alegre y derrochando donaire—. ¿Habéis visto ustedes cómo huele aquí dentro? A cuero, goma y otras cosas que no digo, a lo que debe oler una zapatería. Y tú, muchacho, ¿quién eres y cuál es tu gracia?

—Vicente, señor... Vicente Robledo Castaño, para servirle, un honor...

—No, muchacho, ese honor es el mío, que no me olvido de mis raíces —se dirigió a las extranjeras—. Aquí al ladito empezó mi abuelo, que también se llamaba Antonio y también toreaba, y aquí se crio mi padre Cayetano, que hacía lo mismo que hace este chaval, Vicente te llamas, ¿verdad?, pues lo mismo que Vicente, todo el día dándole al encurtido y, cuando salía de trabajar, a batirse con los novillos. Así se hacen en mi tierra los toreros, señoras, con trabajo y mucha paciencia.

Vicente escuchaba maravillado al ídolo de Ronda, pero tenía la impresión de que las damas que lo acompañaban no sentían la misma fascinación.

Una de ellas, alta y muy delgada, de pelo corto castaño, se dirigió a él sin timidez.

—Señor zapatero Vicente, mire usted lo que le traigo.

La mujer era elegante y exquisita. Distinta a todas, extraordinaria, rodeada por un halo de fascinación que arrastraba tras ella a quienes la miraban.

Con gesto suave sacó un zapato de una bolsa de tela, una manoletina de tacón casi plano. Vicente la distinguió enseguida y no pudo evitar acariciarla. Estaba fabricada con una hermosísima piel de cordero que hacía de ella una zapatilla flexible, cómoda y al mismo tiempo elegante. Un prodigio.

—Está muy bien terminado, señora.

—Sí, gracias, lo sé. Es que usé estos zapatos en una película y jamás he vuelto a sentirme tan ligera caminando. Ya están un poco estropeados, como puede ver en este que le traigo. Me ha dicho Antonio que ustedes hacen calzado a medida con hormas especiales y solo por eso he venido a Ronda. Tienen fama de buenos zapateros por aquí, lo saben en el mundo entero. Mi pie, ya ve usted, es demasiado grande, nunca encuentro algo de mi número. Yo lo que quiero saber es si sería usted capaz de hacerme un par exactamente igual que este.

Vicente volvió a acariciar el milagro negro que había salido de la bolsa de la extranjera; un verdadero reto. Pero él era joven y amaba su oficio. Los retos eran lo suyo.

—Déjeme verlo despacio, señora… Sí, sí, qué bien hecho… Bueno, al menos puedo intentarlo, señora. Estaré encantado, señora, faltaría más.

La mujer sonrió, divertida con la pomposidad del muchacho.

—Siéntese ahí, señora, si me hace usted el favor, que voy a tomarle medidas.

Ella obedeció y aprovechó para mirarlo despacio. Qué joven tan bello. Y qué piel tan sedosa, qué ingenuidad en los ojos, qué delicadeza en las manos, qué limpieza en las palabras, qué dignidad en el cuerpo, qué hermosura todo él.

—¿Sabes…? Perdona, ¿puedo tutearte? ¿Sí? Pues ¿sabes cómo llaman a estos zapatos?

—No, señora.

—Le pusieron nombre por mi película, ahora los llevan muchas chicas; sabrinas, los llaman sabrinas.

Vicente sonrió y siguió enrollando el metro alrededor de sus pies.

Eran perfectos, largos y estrechos, con las uñas pintadas en un cereza suave, aunque a él le parecieron simplemente del color rosa más bonito y distinto que había visto jamás. Como los pies, nunca había encontrado unos así. Si conseguía fabricar unos zapatos tan magníficos como esos pies, habría logrado culminar su carrera, aunque fueran tan joven y el éxito le llegara tan pronto.

—Una cosa, Vicente: si no te importa, hazlos medio número más grandes que el mío. Siempre los pido así, para que no se deformen.

—Cómo no, señora.

Terminó de medir teniendo en cuenta la solicitud.

—Pues ya estaría, señora. En unos días se los tengo. Dígame usted su nombre, que aquí los dejaré apartados en una caja especial.

—Muy bien, pero tú también puedes tutearme. Me llamo Audrey Hepburn, aunque prefiero que apuntes mi nombre corto: puedes llamarme Auds.

LISA

El teléfono sonó en el *Calpe Mirror* el martes.

—Soy Audrey, querida Lisa. Cuánto me alegro de hablar contigo, espero no interrumpirte en tu trabajo.

Lisa contestó aturullada, no podía creer que realmente fuera su voz, ni tampoco que la gran Hepburn pensara que una llamada suya podría ser menos importante que lo que nadie jamás en el mundo estuviera haciendo en ese instante.

La voz seguía hablando.

—No sé si es un atrevimiento, pero te llamo porque me gustaría hacerte una propuesta.

¿Propuesta? ¿Había entendido bien o estaba soñando?

—Verás, voy a quedarme en España hasta después del verano. Se lo he prometido a Mel. Ahora las cosas no están demasiado bien entre nosotros y vamos a intentar salvar lo que queda de nuestro matrimonio en estos meses antes de volver a La Paisible, mi casa en Suiza... ¡No sabes cómo la echo de menos! Pero, en el tiempo que me queda en España, aunque Sean tendrá profesores que lo ayudarán a estar al día antes de retomar el curso en otoño, me gustaría mucho que aprendiera español.

Lisa no sabía dónde encajaba ella, ni siquiera si Audrey pretendía hacerla encajar en algún lugar de ese futuro inmediato que le había descrito.

—Te propongo algo, querida: ¿querrías venir a vivir con nosotros este tiempo, desde ahora hasta el final del verano, y ayudarme a conseguir que el pequeño terremoto de mi hijo llegue a hablar un español al menos comprensible?

Sin lugar a dudas, aquello era un sueño.

Lisa vaciló, con miedo a despertar de golpe.

—Es que… yo no soy maestra y mi español, ya sabes, es más bien mestizo. Ya ves que mezclo palabras y algunas quizá no signifiquen nada ni en español ni en inglés. Si a veces ni siquiera sé en qué hablo…

—Para enseñar es más necesario conocer el idioma del corazón del alumno que la técnica para su educación. Y yo creo que Sean y tú habláis el mismo lenguaje, no tuve más que ver cómo te miraba feliz cuando estuviste aquí. Eso es todo lo que necesitas. No me contestes aún, piénsalo despacio. Además…

Pausa. Había un «además».

—Además, está tu hambre.

El hambre. Lisa sabía de qué hablaba. Lo que aún no sabía era cómo Audrey había llegado a saberlo.

—Sí, tu hambre. La reconocí cuando estuviste en casa. Me gustaría mucho charlar contigo sobre ella si tú quieres.

A Lisa se le escaparon dos lágrimas, pero su interlocutora no pudo verlas. ¿O sí?

—No llores, querida. Soy mayor que tú, sé distinguir esas cosas. No hay nada que ocultar, ningún secreto merece tanto sufrimiento como el que debes estar viviendo. Solo te pido que me dejes ayudarte. Ven a Marbella. Pasa el verano con nosotros. Por favor, ven…

—Pero ¿de verdad, Audrey? ¿En serio quieres tenerme cuatro meses en tu casa… sabiendo lo que sabes de mí? ¿Y si no puedo…?

—Por supuesto que te lo digo en serio, Lisa. Y por supuesto que vas a poder, aunque no será fácil. Nos espera un duro trabajo, y no te hablo solo de lo que vas a tener que soportar de mi querido monstruo.

En realidad, le hablaba de su propio monstruo, no del de Audrey. El suyo no era pequeño, como Sean. Ni adorable como él.

Lo que le estaba diciendo era que su contrato como institutriz amateur sería solo una excusa. Que si volvía a Marbella, en realidad estaría regresando a lo subterráneo de sí misma, pero sin ácido ni heroína.

—Es que no sé, Audrey...

—No, no, Audrey no. Ahora ya somos amigas, llámame Auds.

Amigas. Fue Lisa quien sonrió. La felicidad se le desbordaba del corazón. Y decidió dejar que se le derramara.

—*Okey*, sí..., iré..., claro que iré... Si no hay nada que desee más que pasar ese tiempo con Sean y contigo, Auds. Pero antes tengo que decírselo a mis padres. Te llamaré enseguida, hoy mismo.

—Claro que sí, querida, tómate el tiempo que necesites, te esperamos. Pero no tardes, puede que la tranquilidad no te dure mucho y regrese el hambre. Quiero estar contigo cuando eso pase.

Lisa nunca sentiría un ansia recorriendo sus venas que le diera un viaje mejor que el que aquella voz que sonaba a fuente de agua fresca le estaba proponiendo.

Y, sin embargo, pese a saberlo, no dejaba de preguntarse lo que aún no sabía: ¿por qué Audrey la había llamado a ella, precisamente a ella? ¿Por qué se preocupaba por su hambre? ¿Por qué quería que la combatieran juntas? ¿Por qué..., pero por qué quería ayudarla?

VICENTE

La extranjera distinguida y bellísima regresó a la zapatería del muchacho a las pocas horas sola, sin Ordóñez ni fotógrafos.

—Perdona, Vicente, es que esta mañana olvidé pedirte algo más, aparte de lo del medio número. Necesito que almohadilles un poco la suela. Tengo que pasar muchas horas de pie por mi trabajo y… tú me entiendes.

—Desde luego. Ahora le enseño las plantillas que yo hago, a ver cuál le gusta más. ¿Quiere usted un café mientras espera? Tengo un termo aquí mismo.

Al cabo de un par de horas seguían charlando en la trastienda. Observándola mejor, a la luz cada vez más tenue del ocaso que entraba por la claraboya, Vicente vio en ella algo que solo había visto antes en otro rostro: una tristeza profunda y sin final como las cuevas de la serranía, lo mismo que había en el de su amigo Lolo.

—Señora… Auds, perdona, es que no me acostumbro, como no lo sé pronunciar… Mejor deja que te llame Señora. Que te decía que tengo un amigo que es mucho más listo y más leído que yo y que me ha enseñado lo poco que sé. Pero creo que sé lo suficiente. Por ejemplo, que el dinero no da la felicidad, porque tú debes de tenerlo a dos manos y te veo con una pena muy grande.

Audrey lo miró seria.

—No, chico, claro que el dinero no da la felicidad. Yo ofrecería todo el que tengo por que Mel, mi marido, me comprendiera. Ya ves qué poco pido, solo eso, para ser feliz.

Vicente se atrevió a rozarle una mano.

—Pruebe... prueba conmigo, Señora. Yo parezco un poco acarajotado, pero mi amigo Manuel, yo lo llamo Lolo, dice que sé escuchar muy bien.

Audrey siguió mirándolo. Y pensando. Un desconocido, quizá lo que le hacía falta era un desconocido que ni siquiera sabía quién era ella ni quién Mel Ferrer, el huraño marido que había escogido en el apogeo de la carrera de él y que ahora, en el apogeo de la suya, sentía unos celos irreprimibles.

Un desconocido que sabía escuchar.

Por eso, quizá, ella supo explicarse, sin esperarlo y sin planearlo. Simplemente, se abrió ante Vicente con la misma sencillez con la que él la había acogido.

—¿Cómo se vive con un hombre que no cree tener a una mujer a su lado, sino a una rival? —le dijo preguntándose a sí misma y al aire—. ¿Cómo se respira junto a quien no te respeta? ¿Cómo se duerme y con qué se sueña cada noche? ¿Cómo se despierta después?

—Si yo durmiera contigo no tendría que despertarme, porque no pegaría ojo. —Vicente no pudo reprimirse—. Te estaría mirando hasta que amaneciera. Después, te haría unos zapatos duros y que te apretaran en la punta, para que no te alejaras mucho de mi vera. Eso haría.

—¿Y tú dónde has aprendido a hablar así, que pareces un poeta?

—Mi amigo Lolo, que me ha enseñado. Se enamoró de una extranjera y no hace más que contarme metáforas para no olvidarse de ella.

—Bendito sea tu amigo Lolo, que te enseña metáforas.

—También me ha enseñado que el amor no tiene fronteras.

—Pero sí tiene edad y tú eres muy joven.

—No, de eso tampoco tiene.

Se lo demostró con un beso.

Ella se sorprendió de su audacia y de sus labios esponjosos, pero no los rechazó.

Y, mientras lo hacía, después de tanto besar y ser besada delante y detrás de una cámara, pensó que el beso de Vicente era el primero de verdad que recibía en muchísimos años.

* * *

—Quiero que conozcas a mi amigo Lolo, tiene una tienda aquí al lado, en esta misma calle —le dijo Vicente el viernes por la tarde, antes de que anocheciera, después del quinto encuentro clandestino.

Audrey vestía completamente de negro aquel día. Creía que así pasaba desapercibida, sin darse cuenta de que una mujer de su porte y elegancia no podía resultar inadvertida para nadie, y menos en un lugar como aquellas montañas.

Lo más difícil cada día era escaparse de Maud, su relaciones públicas, empeñada en que cumpliera en Ronda un apretado programa de actividad social ante los flashes mientras esperaba que le terminaran sus sabrinas, y que incluía varias corridas de toros, a pesar de que la actriz las odiaba, por supuesto sin atreverse a confesarlo a nadie en la patria del toreo.

Al principio, deseaba con todas sus fuerzas regresar a Marbella cuanto antes, al refugio de Santa Catalina y al olor a vainilla de la cabecita de Sean. Pero, desde la tarde del lunes, el deseo imperioso de volver se le había ido atenuando. Ahora sentía algo distinto, aunque prefería no pensarlo.

El viernes se vistió toda de negro, el color predominante en su armario: un suéter de perlé de cuello vuelto y manga sisa, pantalón pitillo a la altura del tobillo, zapatos planos en una interpretación libre de las sabrinas originales, una horquilla de color rojo intenso que sujetaba el lado derecho del pelo corto y un bolso blanco y negro.

Así entró en un lugar llamado Tebeos Lisa acompañada de Vicente. Así la vio entrar Manuel al trasluz.

Casi se desmaya.

—¿Lisa...? —preguntó casi sin voz.

—¿Perdón...? Ah, no, no, me ha confundido. Lisa debe de ser la amiga suya que da nombre a este local, ¿verdad?

—Sí, señora… Lisa se llama, Lisa Drake.

—¿Como el pirata?

—Como el pirata mismo, sí, señora. Familia suya dice que es. Discúlpeme usted, es que se parecen mucho y por un momento pensé que era ella, aunque hace casi tres años que no la veo.

—Pues no conozco a esa Lisa, pero es un honor que nos parezcamos. Debe de ser una gran mujer para que usted la recuerde después de ese tiempo, tanto como para ponerle su nombre a este negocio.

Vicente intervino.

—Lisa es la extranjera de la que te hablé, Señora, de la que se enamoró el Lolo cuando estuvo en Madrid. Y ahora el muy panoli no se decide a ir a buscarla. Ya le he dicho que yo me puedo quedar a cargo de la tienda hasta que vuelva, pero nada, será mulo…

Manuel lo miró con los ojos incendiados de rabia. ¿Con qué derecho le había contado Vicente sus intimidades a una extraña, una actriz de fuera, famosa como muchas de las que últimamente aparecían con grandes pamelas y gafas de sol por Ronda, pero a la que él no conocía de nada, por más que Vicente hubiera caído rendido ante sus encantos, que sin duda eran muchos?

El zapatero, sin embargo, ignoró la mirada.

—¿Y de dónde es esa tal Lisa, si no le importa que se lo pregunte?

—De Gibraltar.

—Hombre, eso está aquí al lado.

—Ya, eso le parece a usted. Para mí, como si estuviera en Marte.

—Pero ¿qué le impide ir a por ella, Manuel, hijo?

—Pues al principio era mi madre, que se puso muy mala y no pude dejarla sola. Se lo prometí a mi padre, que la cuidaría siempre. Pero, ahora que ya está más recuperada…, no sé, es que estoy seguro de que Lisa me ha olvidado, cómo se va a acordar, si me escribió una carta que nunca pude leer y debe de estar pensando que no quise contestarle, que soy yo el que no la quiere. Seguro que ya tiene novio o está casada y todo. Así que… no, no voy a sufrir más, que ya he tenido bastante, mejor me quedo donde estoy.

Ahora es Manuel el que cuenta sin pudor sus pensamientos y sus temores más profundos a una extraña, pensó Vicente. Si es que esa americana o lo que fuera tenía un magnetismo especial que atraía las confesiones como el imán al hierro, ya se había dado cuenta él el primer día. Nadie mejor para saberlo, cautivado por ella como estaba desde el lunes.

Audrey sintió un golpe de dulzura inmensa hacia aquellos dos muchachos.

Del primero, el de los besos esponjosos, aunque era bastante más joven que ella, podría llegar a enamorarse si tuviera más tiempo para intentarlo.

Por el segundo se colmó de compasión.

Sabía que terminaría haciendo daño a Vicente, era inevitable, cuando tuviera en sus manos las sabrinas. Entonces se le ocurrió. Aquel impulso fue una decisión tomada en el mismo instante en que salió de la tienda de tebeos: buscaría a la tal Lisa Drake aunque se escondiera debajo mismo del peñasco de su ciudad y se la traería a ese chico que era el vivo espíritu de la pena.

Un corazón por otro, el de Vicente por el de Manuel.

Era injusto, Audrey lo sabía. Pero también ella partiría de Ronda sin el suyo.

LISA

—¿Cómo que te vas? ¿A España? ¿Otra vez? ¿Con lo mal que nos trataron en Madrid y en Sotogrande?

—No te confundas, *dad*. A quien trataron mal en Madrid y en Sotogrande fue a ti, pero a mí el único que me ha tratado mal en la vida has sido tú. Y no me hagas hablar.

Lisa empezó a hacer la maleta el mismo martes. No tardó más de diez minutos en pensar a solas en su habitación. Después, reunió a Emil y Connie y se lo anunció a los dos juntos y sin mucho preámbulo: le habían ofrecido un trabajo maravilloso en una casa maravillosa con una jefa maravillosa. Nadie podría rechazar tanta maravilla junta.

Emil, obviamente, se opuso. Gritó y siguió gritando, pero no sirvió de nada. Ahí estaba ella, haciendo de nuevo el equipaje, esta vez más abultado, para irse sola y con las llaves de su Topolino, suyo y de nadie más, en el bolsillo.

Cuando Emil hizo una pausa en los gritos para bajar a la cocina a comer algo, Connie entró en la habitación de su hija. Estaba muy pálida y temblaba.

—¿Y cuánto tiempo dices que quieres estar en España?

—Solo unos meses, mamá, hasta el final del verano.

La realidad golpeó a Lisa en el estómago. Dejaría sola a su madre. Sola no. Peor, la dejaría con Emil.

Pero la voz de la *nanny* Pepa sonó con claridad en su cabeza: «Tú no tienes la culpa de la enritación de tu madre, mi niña bonita, mi niña morena. Vete y vive tu vida, que ya llevas rato perdiéndola aquí encerrada con ella. Aún te queda mucha juventud. Vete, vete, mi niña morena, mi niña bonita».

—Mira, mamá, este es el teléfono y la dirección de la casa en la que me voy a quedar. Es una familia muy buena, por mí no tienes que preocuparte, y me van a pagar un sueldo más que decente. Pero, si tú tienes algo, cualquier cosa, nada más me llamas y yo vengo enseguida. Si voy a estar aquí al lado, vamos, que desde la casa veo La Caleta en los días claros, no te digo más.

Connie empezó a temblar. Lisa temía un regreso abrupto de la rata y el inicio de un día rojo, pero, para su sorpresa, su madre contuvo las lágrimas y le apretó las manos con fuerza:

—Es verdad, mi alma, tienes que irte. Vete, Lisa. Y, si puedes, no vuelvas. Pero, si vuelves, que no sea a esta casa. Vete, mi amor, y vive.

La caricia de su madre fue un roce también desconocido. Y el beso que vino después… el primer beso desde su infancia y ya entonces fueron escasos.

Pasó mucho tiempo antes de averiguar si lo que sintió con aquel beso fue miedo o melancolía. Entonces pensó que solo era cariño. Pero le dio el impulso que necesitaba. Se iba. Llevaba la bendición de su madre y la maldición de su padre, aunque esa era lo que menos le importaba.

Se iba.

AUDREY

Casi un mes después de su visita a Ronda, Audrey recordó su semana de fuego en una trastienda de zapatería mientras veía cómo se acercaba el Topolino verde botella de Lisa por la calle que conducía a Santa Catalina.

Recordó las lágrimas del zapatero remendón. Recordó las que ella fue incapaz de derramar al despedirse de él y cómo las lloró todas por dentro.

Recordó que, mientras aún seguía penando en Marbella por el amor que podía haber tenido, llegó un día su amiga Deborah Kerr acompañada de una joven de aspecto enfermizo, Suki Poitier.

Recordó el favor que aquella Suki le había pedido: pasar al menos un ratito con una amiga gibraltareña que tenía apellido de pirata y que estaba atravesando momentos difíciles. La joven la admiraba tanto que había visto todas sus películas mil veces e incluso trataba de vestirse como ella.

Audrey recordó la conversación con Manuel y, una vez más en su vida, se asombró de cómo los engranajes se acoplan a veces con tanta exactitud que nos parecen inverosímiles y por eso terminamos llamándolos casualidades.

Puede que fuera casualidad, sí. O puede que fuera simplemente un adelanto en el tiempo de lo que habría ocurrido más tarde o más temprano, porque, cuando Audrey se empeñaba en algo, lo conse-

335

guía, vaya si lo conseguía. Aunque hubiera tenido que ir nadando a Gibraltar para buscar a esa Lisa.

Como quiera que fuese, la gibraltareña a la que se había propuesto encontrar había aparecido un día en Santa Catalina de la mano de Suki. Pero había llegado con algo con lo que no contaba: Audrey nunca habría esperado conocerla en el estado de miseria y devastación en el que se presentó aquella tarde en su casa.

Tenía que curarla antes de devolvérsela a Manuel. La llevaría ante sus ojos entera y sana. Esa era su misión.

Y cuando Audrey se proponía algo, lo conseguía. Vaya si lo conseguía.

LISA

Lisa llegó con un equipaje lleno de preguntas a Santa Catalina el miércoles por la mañana, cuatro días después de su primera visita.

Lisa abrazó a Audrey muy fuerte y lo primero que le dijo, después de darle mil veces las gracias, fue una pregunta, todavía con la cabeza apoyada en su hombro.

—¿Tú lo sabes, Auds? ¿Tú sabes qué puedo hacer con mi hambre?

Ella acarició el pelo de Lisa con ternura. Si Connie hubiera sido capaz de acariciarla así una vez, una sola…

—Claro que lo sé y voy a decírtelo, criatura, cómo no iba a hacerlo —susurró mirándola a los ojos.

Acto seguido, rio con una risa de cristal y exclamó:

—Pero antes hay que saciar el hambre de comer. Vamos a hacer pasta, ¿te gusta la pasta?

Y comenzó el baile.

—Lisa, corta la cebolla y el ajo en trocitos pequeños. Sean, trae albahaca de las macetas de fuera y ve lavándola bajo el grifo. Fernanda, ¿sabes dónde pusimos las latas de *pelati*? ¡No, Sean, no!, tú ni te acerques a los cuchillos, deja, yo corto la zanahoria y el apio. Fernanda, ¿podrías darme la olla? La alta, que hoy hacemos pasta larga. ¡Sean…!

Una guirnalda de sabores, olores, risas, gritos y alegría.

—Estos espaguetis te van a encantar. —Audrey anticipaba el festín.

337

Y Fernanda y Sean coreaban:

—Pues espera a ver sus *penne* al vodka.

—O el pastel de chocolate con nata.

—O cuando hace dibujos en el plato con espinacas y zanahorias.

—O la ternera *à la cuillère*...

—Sí, ese me sale bien, es el favorito de Hubert... hablo de Givenchy, perdona, Lisa, es la confianza.

Cuarenta y cinco minutos después, los cuatro, manchados de tomate y regados con salpicaduras de aceite, estaban sentados a una mesa ante una fuente de mucha salsa con algunos espaguetis debajo y una ensaladera gigantesca repleta de lechuga y cebolla aliñadas con una emulsión de aceite de oliva, pimienta y soja.

—Baja en sodio, hay que vigilar la salud —precisó Audrey.

Lisa comió y descubrió con el primer bocado que tenía hambre, pero de la de verdad, la que se satisface con la comida que deja el cuerpo lleno de placer y no de serrín.

—Me gusta la cocina italiana y la española —le explicó Audrey durante el café mientras Sean, habituado a la sanísima costumbre de la siesta, les regalaba un rato de paz—, porque solo se necesita tener a mano ingredientes frescos que se cocinan al momento. La francesa también es maravillosa, pero a mí me empalaga un poco. ¿Sabes de dónde vienen tanta mantequilla y tantas salsas cremosas? Pues de la propia opulencia de Francia. Esas recetas las crearon los cocineros reales para dar gusto a los lujos de la corte, siempre con mesas de decenas de comensales en las que debían servir platos que tardaban días en cocinar; la densidad de los aderezos no era más que un truco para ocultar la poca frescura. Pero a mí no me gusta lo recargado, prefiero lo simple; bello y al mismo tiempo sabroso. Menos es más, como en la ropa. Así de sencillo.

Estaban sentadas en un salón sobrio y elegante, como su anfitriona. Otro remanso de paz dentro del que ya era en sí la finca entera. Cuando Fernanda las dejó solas, Audrey tomó el brazo izquierdo de Lisa y, con mucha delicadeza, lo giró para dejar a la vista la parte interna del codo.

Lisa lo miró también y fue como si lo viera por primera vez. Allí estaban las huellas de su ansia: la vena delatora y los picotazos de su amante.

Audrey pasó el dedo suavemente por ellos. Sin decir nada, fue al baño, trajo un botiquín y muy despacio empapó algodón en un antiséptico de color rojo intenso con el que limpió las heridas, algunas transformadas en pequeños quistes, dando ligeros toques sobre ellas. Después, las ocultó a la vista con una venda discreta.

Las dos guardaron silencio unos segundos. Lisa lloraba.

Audrey, secándole las lágrimas con un dedo, le empujó la barbilla hacia arriba con otro y la obligó a mirarla de frente.

—Quiero contarte un cuento, ¿me dejas?

AUDREY

Comenzó su historia en una estación de tren de Arnhem, en Holanda, durante la ocupación nazi. Audrey tiene once o doce años, no más. La han convencido unos soldados vecinos y ha accedido a llevar un mensaje para la resistencia oculto en el tacón de un zapato. Las tropas alemanas son permisivas con los niños, sobre todo con los desnutridos, ¿qué van a hacer con esas caras de muertos de hambre? ¿Derrocar a Hitler?

El padre de Audrey, un excónsul convertido al fascismo, se había marchado a Londres en 1935 y no quiso volver a ver a su hija. La niña se quedó con su madre, una baronesa, en Bélgica, donde había nacido. Ante el avance de los nazis, la mujer decidió enviarla a Arnhem. Un error, porque la guerra pronto extendió el espanto sobre esa ciudad. El hambre fue la mejor arma de los invasores. Los adultos morían de ella y los niños solo podían alimentarse con galletas para perros podridas o pan verde hecho con harina de guisantes resecos. Audrey comía bulbos de tulipanes. Sufrió raquitismo y anemia, pero sobrevivió.

Así que allí, en la estación, está ella, con un chaquetón ajado y unos zapatos viejos y subversivos, persuadida por sus amigos de que es una heroína y de que, como tal, debe hacer algo para expulsar al intruso alemán.

De repente, sus ojos se posan en alguien. Otra niña como ella, tal vez uno o dos años menor, que viste un precioso y deslumbrante abrigo rojo en el que Audrey se fija con una envidia profunda. Se miran y se siguen mirando unos instantes, son solo dos niñas que se miran, dos niñas y nada más.

«Qué suerte tiene, qué abrigo tan bonito —se dice Audrey—. Esa niña sí que es afortunada y no yo, que tengo que comer tulipanes».

Después, la otra, con una pena sin palabras, se sube a un vagón de ganado conducida por soldados con esvásticas. Ya no es una niña nada más. Es una niña judía que monta en un tren para judíos lleno de familias judías.

Audrey sueña con eso desde entonces.

Casi treinta años después, se lo confesó a Lisa:

—A veces hay un abrigo rojo que nos distrae del horror, amiga. Una luz muy débil que sin embargo nos ciega y oculta la oscuridad que está a punto de tragarnos. Creo que Suki ha sido para ti un abrigo rojo.

Sorbió un poco de café y siguió hablándole de Suki Poitier. Todos conocían el desgraciado accidente de Tara Browne con el coche en el que también viajaba ella. Pero asimismo sabían que aquel accidente estaba anunciado. Aquel o cualquier otro; todos sabían que Tara dejaría un cadáver joven a no tardar, lo mismo que le ocurriría a Suki si no ponía freno a su caída.

—Por los hondos barrancos… —recitó Lisa para sí misma, aunque en realidad lo hizo en voz alta.

—Eso es. Tara arrastró a Suki con él, pero hace unos días, en cuanto te vi, me di cuenta de que tú estás ya recorriendo el mismo camino que ellos. El viaje al infierno es más corto si se hace acompañado.

—Eso mismo me dijeron Brian y Philip.

—Sí, ellos van juntos a ese sitio siempre que pueden. Suki no pretende hacerte daño, al contrario, te quiere mucho y cree que te ayuda. Pero en el fondo lo hace porque está sola. No se lo permitas, Lisa, no lo hagas.

—Tengo miedo de que sea tarde…

—Nunca lo es.

—¿Y cómo lo hago si me está comiendo esta ansia? No puedo con ella, Audrey, me devora, me muerde… Mi madre dice que tiene una rata en la cabeza. Yo la tengo corriendo por la sangre. Tengo que alimentarla o me voy a volver loca.

Se echó a llorar y Audrey la abrazó.

—Vamos a luchar juntas contra esa rata. Afortunadamente, estamos en el momento adecuado, aún no has llegado al fondo; este es el punto crítico, justo cuando todavía no te ha mordido. Yo sé cómo puedes echarla fuera de ti si me das permiso para que te enseñe.

—¿Por qué, Audrey? No me conoces de nada, no habías oído de mí hasta ahora, no sabes si soy buena o mala persona... ¿Por qué quieres hacer esto por mí?

No era suspicacia. Era sorpresa. Hacía tiempo que el egoísmo le había ganado la guerra a la compasión en el mundo. Las personas buenas no existen.

—Mi niña, te ayudo simplemente porque lo necesitas. Y porque puedo. Solo tienes que dejarte ayudar.

Lisa calló un momento antes de que se le escapara un hilo de voz.

—¿De verdad vas a ayudarme...?

—Claro que sí. Para empezar, se acabaron las jeringuillas. Deja de distraerte con el abrigo rojo y cuéntame por qué has llegado hasta aquí. Dime cuál es tu verdadero dolor. Después, encontraremos juntas los tulipanes que hagan falta para que no te mueras de hambre.

Lisa la miró entre lágrimas y recordó un verso de su poeta añorado: «No sé lo que me pasa que tropiezo en las nubes...». Ella había tropezado con todas las nubes que habían encapotado su cielo desde que se alejó del que estaba lleno de colores y brillaba sobre un parquecillo de Madrid.

Era verdad, necesitaba ayuda.

* * *

Mientras hablaba, Lisa fue descubriendo cuántas cosas le unían a Audrey que no eran su forma de vestir, su extraordinario parecido físico o la admiración que le profesaba.

—Yo he tenido unos cuantos abortos, sé cómo te sientes —le dijo Audrey en la primera de las escasas interrupciones, solo tres, a la confesión de Lisa y en el momento en el que le habló de la bofetada que la rompió por dentro.

—Yo tuve un padre ausente y llevo buscando amor desesperadamente toda la vida, sé lo sola que te sientes —confesó Audrey en la segunda.

—Yo estuve en Ronda hace un mes, qué casualidad, sé cuánto debes desear ir allí… —Eso dijo en la tercera.

Cuando Lisa terminó de verter su corazón ante ella ya casi había anochecido.

Sean había cenado con Fernanda en la cocina para no molestar a su madre y a su nueva amiga. Después, el niño fue hasta ellas en pijama para dar las buenas noches y a Audrey la emocionó verlo abrazar a Lisa.

—Buenas noches, Sean, duerme bien —le dijo devolviéndole el abrazo.

—¿Estarás aquí mañana cuando me levante?

Fue su madre quien contestó:

—Creo que vas a ver mucho a Lisa a partir de ahora, así que vete a la cama y descansa, mi niño, luego iré yo a arroparte.

Y Lisa, que hasta entonces había vivido envuelta en un abrigo rojo cegador, sintió súbitamente que ya nada le cubría los hombros, que estaba desnuda. Desnuda y libre.

DEBORAH Y AUDREY

Audrey tenía preparadas varias sorpresas para su invitada.

La primera, una habitación abuhardillada con geranios en la ventana y lirios bordados en la colcha que invitaban al descanso.

La segunda estaba en un armario y se la entregó a Lisa a la mañana siguiente: un biquini. De algodón y estampado con cuadraditos que se alternaban en tonos verde lima y amarillo limón. Una fruta deliciosa de dos piezas, lista para vestir y exactamente de su talla.

Preciosa, alegre, llamativa, colorida...

—Y prohibida, Auds. Yo esto en España no me lo puedo poner. Lo sé muy bien, que me lo advirtió mi *nanny* Pepa.

Audrey rio con su risa de música.

—Así será en el resto de este país, no te digo yo que no, pero en Marbella sí que se puede.

—¿Aquí sí? ¿Estás segura?

—Segurísima, *my dear*.

Esto último lo dijo una voz distinta a la de Audrey. Allí estaba, de nuevo ante su vista, el color de los atardeceres rojizos de Escocia, Deborah Kerr, recién llegada de América, que acababa de entrar en la habitación de Lisa.

Fernanda no había anunciado su llegada, no hacía falta. Deborah sabía convertirse en parte de la vida cotidiana de todos los que la rodeaban con la misma naturalidad que Audrey.

Sus ojos del azul más azul sonrieron antes que la boca. Después, las abrazó a las dos y siguió hablando.

—A mí España me fascina y me enfada a partes iguales, ya verás cómo a ti también, querida niña.

—Debbie tiene una casa preciosa aquí cerca, Lisa, y es una de mis mejores amigas, creo que ya te lo he dicho.

—Nunca le agradeceré lo suficiente a Auds que me haya traído a Marbella, gracias a ella he conocido este hermosísimo lugar y aquí es donde mi marido, Peter, y yo queremos quedarnos para siempre.

—Marbella es... —Audrey no encontraba la definición.

—Una isla. —Deborah terminó la frase.

—Una isla, sí, un paraíso de futuro en medio de este país al que aún le falta un rato para salir del pasado.

Un microcosmos de la tercera España, aquella que Lisa ya había conocido tres años antes en la plaza de toros de Las Ventas, pero en una versión lujosa y desinhibida.

—Por ejemplo, en esto de la moralidad —siguió Deborah—. Tienes razón, Lisa, en España nadie puede llevar algo tan bonito y tan inocente como un simple biquini, pero es que ni siquiera se puede comer una paella en la arena de la playa si no va una vestida de arriba abajo.

—Sin embargo... —Audrey, que sabía adónde quería llegar Deborah, reía tratando de ayudar a su amiga a completar la historia.

—Sin embargo... el dinero tiene más fuerza que la moral, al parecer. Y los que mandan han hecho varias excepciones. A ver si me acuerdo...

Audrey siguió colaborando:

—Santander, Benidorm y...

—Sí, esas dos ciudades..., y Marbella.

—En los tres sitios se puede hacer de todo, incluso llevar biquini —redondeó Audrey.

—Aquí ha sido, fíjate qué cosas tiene la vida, gracias a un sacerdote, el padre Bocanegra, Rodrigo, que ha convencido al mismísimo Franco de que el biquini no es pecado en la Costa del Sol porque ayuda a que haya más turismo.

—O sea que donde hay dinero no hay pecado. —Audrey corroboró lo dicho por Deborah.

—El poderoso caballero, según uno de los poetas que mi padre tiene guardados en un arcón —se animó Lisa a participar, todavía sin creer que dos de las grandes divas del Imperial estuvieran allí, en carne y hueso, frente a ella, hablando sencillamente de ropa de playa.

—Y esta vez el caballero poderoso juega a favor de las mujeres y no en nuestra contra. Porque no me negaréis que una se baña mucho más cómoda con esto que con esos corsés de falda a media pierna que llevaban nuestras madres.

Volvieron a reír y siguieron un rato entre carcajadas, hasta que su alegría, las buganvillas y el aroma a libertad la convencieron. Lisa terminó atreviéndose a meterse dentro de esa prenda que estaba prohibida en el resto del mundo menos en aquel oasis.

El *culotte* le cubría el vientre hasta mucho más arriba del ombligo y el sujetador no sujetaba todo lo que podría haber sujetado, sino nada más que unos pechos pequeños, apenas insinuados. Pero al mirarse en el espejo, por primera vez desde un lejano concierto de los Beatles en Madrid, se sintió bella.

Lo malo llegó en el momento de usar el biquini para lo que había sido creado.

Fue cuando las tres, también en sendos trajes de baño, tomaron sus toallas y se dirigieron a la piscina de Santa Catalina.

Entonces, al borde de ese minúsculo lago azulísimo, Lisa se dio cuenta de que no se había bañado en el mar desde que tomó su primer ácido, es decir, desde la noche desventurada en que despertó de una pesadilla psicodélica empapada de un agua que jamás supo cómo ni quién había derramado sobre ella.

No, desde ese día no había ido a la playa ni había dejado que sobre su cuerpo cayeran más de las cuatro gotas que se necesitan para una ducha rápida.

Ante Audrey Hepburn y Deborah Kerr, que la animaban a imitarlas entre risas y chapuzones, Lisa se dio cuenta de que la aterrorizaba dejar que su cuerpo volviera a mojarse hasta quedar tan inundado como la noche en que viajó al centro de sí misma.

El ansia había vuelto y ahora los terrores que le provocaba eran líquidos. Le daba pavor el agua.

Por eso, allí, al borde de la piscina y a la vista de dos mujeres que le regalaban sin condiciones el afecto que tanto le había faltado y que solo había podido encontrar en las drogas, Lisa no pudo evitar una convulsión, se dobló por la mitad y sufrió la primera venganza de su ansia no satisfecha: vomitó sobre el maravilloso biquini lima limón.

LISA

El malestar físico creció y creció a medida que el miedo al agua se convertía en el barómetro de su ansia.

—No tienes que meterte en la piscina si no quieres, Lisa —le decía Audrey cada vez que hacía un tímido intento de acercarse a la escalinata de gresite—. No tienes que hacer nada que no desees. Tienes que comprenderte primero. Después, aceptarte. Y, solo cuando estés preparada, cambiar lo que sientas que te gustaría cambiar. Nada más, querida, nada más. Yo voy a ayudarte.

La voz de Audrey reverberaba en las paredes del barranco de Lisa, que seguía siendo hondo.

En los días que siguieron hubo nuevos episodios de vómito, siempre unidos a otros de fiebre y diarrea. Algunas veces, Lisa creía morir, pero otras sabía que, si sobrevivía, aquello la haría irrompible. Estaba doblegando al ansia en un campo de batalla que ella conocía mejor que nadie porque había estado allí muchas veces desde que un ácido le mostró el camino.

Cómo se llegaba a lo más profundo de sí misma era fácil de descubrir, ya lo sabía. Lo difícil era encontrar la salida. A ella intentaba dirigirse Lisa con todo su ser, hasta la última célula, ayudada por Audrey y con cada una de las fuerzas sumadas de las dos.

Después, paulatinamente, todo se fue estabilizando.

Las tardes de risas con Sean mientras conseguía que poco a poco el niño dejara de chapurrear frases ininteligibles para empezar a hilarlas en un español más que correcto, junto a las comidas de alborozo en familia, consiguieron que Lisa comenzara a sentir que tenía sangre nueva, sangre limpia.

El ansia iba convirtiéndose en deseo y, con el paso los días, en simple recuerdo.

—Menos mal, querida —le dijo Audrey más de dos meses después de su partida de la Roca—. Un médico me contó en Grenoble que eso que tú llamabas ansia y yo hambre ellos lo llaman ahora abstinencia. Por suerte, no le diste tiempo al veneno para que se te instalara en el cuerpo y comenzara a pedirte más y más hasta que te matara. Pudiste parar a tiempo…

—Nunca lo habría conseguido sin tu ayuda, Auds.

—Entonces, digamos que hemos parado a tiempo las dos.

Las dos, qué expresión tan sencilla y tan hermosa. Las dos, Audrey y Lisa eran las dos.

Lisa supo que había empezado a cruzar su propio Rubicón cuando una mañana se levantó decidida a ponerse en contacto con su amiga Marisol, a la que creía cosiendo para una boutique exclusiva de Marbella. Ardía en deseos de hacerlo. Tenía tanto que decirle. Lo primero, «gracias». Lo segundo, «perdón». Pero, por desgracia, no pudo ver a Marisol. Se había casado con un suizo de Ginebra que pasó el verano anterior en Marbella, y allí estaba ahora, a orillas de un lago en lugar de una playa, en una ciudad más fría y más gris, seguramente añorando su Sandy Bay y, confiaba Lisa, añorándola a ella también.

Entonces, al pensar en Marisol con gratitud y no solo con remordimientos, supo que, al fin, había llegado otro día grande.

Esa mañana, Lisa sorprendió a Audrey presentándose en el desayuno vestida con una ligera camisola de encaje blanco que le había prestado y debajo de la cual se transparentaba el biquini a cuadraditos lima y limón.

—Quiero bañarme, Auds.

—¿Estás segura, Lisa?

—Me parece que sí… Al menos, voy a intentarlo.

—¿Quieres que te acompañe?

Lisa dudó.

—Te lo agradezco, pero no, Auds. Siento que esto tengo que hacerlo sola.

—Pues ahí tienes la piscina, es toda tuya, nadie te va a molestar. Te dejo a tu aire. Pero no olvides que yo voy a estar detrás de esa ventana, siempre cerca.

Lisa se despojó de la camisola y dejó que el aire le soplara en la piel, apenas cubierta por el biquini que ya se había convertido en el símbolo de la conquista de su libertad: la liberación de sí misma.

Anduvo dubitativa hasta el borde de la piscina. Era una estatua de mármol, rígida, nerviosa. Pero, al sentir a sus espaldas la calidez de una pared pintada de albero por la que se deslizaban ramilletes de buganvillas en melena y un gran ventanal con visillos fruncidos desde el que Audrey la vigilaba para acudir en su auxilio si la necesitaba, se sobrepuso a sus temores.

Miró al ansia de frente. Ya no tenía poder sobre ella.

Con los brazos abiertos en cruz para guardar el equilibrio, extendió la punta del pie izquierdo hasta rozar el agua con los dedos y comprobar la temperatura. Era cálida. Como la vida que empezaba para ella.

Se sonrió a sí misma. Por primera vez, olvidó su vientre vacío y su corazón rechazado.

Pensó que el mundo era grande, el cielo azul y la mañana bella. Y se lanzó al agua.

* * *

—Ya estás preparada —le dijo Audrey mientras la envolvía en una enorme toalla cuando salió de la piscina tiritando y todavía sonriendo.

—¿Preparada? ¿Para qué?

—Para que tú y yo hagamos un viaje. Mel regresa mañana, ya lo conocerás a la vuelta. Puede quedarse aquí cuidando a Sean unos días. Mientras, tú y yo nos vamos juntas.

Juntas significaba las dos.

Lisa la miró con interrogación y Audrey solo sonrió.

—Sorpresa, querida amiga. Tú solo tendrás que conducir, que lo haces muy bien y a mí no me gusta. Pero no el Topolino. Mejor le decimos a Felipe que nos prepare el Dodge Dart, que es descapotable y así vamos más fresquitas. Además, para llegar adonde vamos hay que pasar por muchas curvas.

Lisa ya había atravesado unas cuantas en su vida. Sintió que las que vinieran ahora, si las cruzaba en compañía de Audrey, solo podrían conducirle a una llanura.

Sin hondos barrancos. Ya no. Nunca más.

MANUEL

Vicente lo tenía decidido, de ese otoño no pasaba: se iba a la Borgoña francesa a recoger remolacha.

Manuel envidió a su amigo. Estaba a punto de curarse de la enfermedad del amor por la vía rápida, amputando y sin anestesia, después de que la Señora le dejase el corazón desmigado y sin recomposición posible en tan solo una semana.

—Qué suerte tienes, cabrón, al menos tú la tuviste una semana entera.

—De suerte nada, Lolo, mi alma, que te equivocas en lo primero, yo nunca la tuve. Tú, en cambio, sí. Tú tuviste a Lisa y ella te tuvo a ti. Solo una noche, pero la tuviste de verdad.

Todo lo demás que Manuel tuvo o dejó de tener en aquel viaje tan lejano ya se había fundido en la memoria del mundo. Quién sabe lo que pasó la noche de aquel día, quién sabe si de verdad vio a los Beatles cantándole a él y a una mujer de negro, quién sabe si realmente estuvo en Madrid.

Lo único que Manuel no había olvidado ni olvidaría jamás era que Lisa existió. Y que se tuvieron el uno al otro, aunque después se perdieran para siempre.

—Yo cambio los zapatos por la remolacha, Lolo, hijo, que no puedo más. El otro día me llevé un dedo con el fleje y casi me quedo sin él, porque es que estoy que no estoy, a todas horas pensando en la Señora. Si supieras lo dulce que es su boca, Manuel, si tú lo supieras…

«Y si tú supieras, Vicente, que yo todavía noto el sabor de la suya, la de Lisa, que los años no lo han borrado de la mía», pensó Manuel sin decirlo.

Las dos almas en pena de Ronda, más tristes que la del rey moro a la que todavía se oía llorar por los intestinos de las cuevas, eran sin embargo dos almas muy diferentes.

La de Vicente era realista y tormentosa. Si no podía vivir la vida que quería junto a la mujer que amaba, prefería encontrar otra vida, aunque fuera una a base de arrancar raíces de la tierra en lugar de coser zapatos, pero lejos y respirando aires nuevos.

El alma de Manuel, en cambio, era apocada y melancólica, y se había dejado arrastrar por el vendaval de la de su madre, que se había llevado el nervio que necesitaba para dejarlo todo y volar.

Vicente no podía ir en busca de su amada porque era ella quien no deseaba ser encontrada. Manuel no iba en busca de la suya porque ya era demasiado tarde para hacerlo.

—Venga, Vicente, anímate, anda. Hoy la cosa está tranquila y ya es hora de echar el candado, así que tú y yo nos vamos ahora mismo a tomar unos carajillos, que nos hacen falta.

No es que a Manuel le gustara cerrar la tienda a su hora justa, siempre había algún cliente rezagado en busca de un tebeo para pasar la noche. Pero menos le gustaba dejar solo a un amigo con su dolor a cuestas.

Cerró y se fueron calle arriba las dos almas en pena montadas en una Ducati.

Paco les atendió como siempre, con ojos de conmiseración porque sabía de dónde les venía la pena a cada uno. Cuando ya llevaban tres carajillos, se negó a darles el cuarto, pero a cambio les regaló un consejo:

—Si es que sois muy jóvenes, cago en la mar, y todavía creéis que vais a terminar encontrando el amor. Anda, desgraciados, tirad para casa de una vez a soñar con los angelitos, hombre, que algún día ya os daréis cuenta, ya. Que el amor, en realidad, solo es cosa de las películas, chavales. Que el amor, hijos de mi alma, no existe.

LISA

Se instalaron en el Reina Victoria, un hotel que parecía un *cottage* inglés rodeado de palmeras y encalado, una pequeña joya blanca en medio del verde serrano.

Desde la habitación de Lisa se oía cantar a los pájaros y se veían las palmeras del jardín. Cuando abrió la puerta, antes de deshacer la maleta, inspiró y solo pensó: «Estoy en Ronda. Al fin, en Ronda».

Ya lo había sospechado cuando enfilaron con el Dodge Dart las curvas de caracolillos que iban de Marbella a algún lugar en lo más alto de las montañas, aún no sabía cuál, porque Audrey lo mantuvo en secreto desde que salieron de Santa Catalina.

Pero al instante regresaron los miedos: ¿y si el viaje era en balde y Manuel ya no vivía en ese pueblo? ¿Y si todavía vivía allí, pero ya la había olvidado? ¿Y si no la había olvidado, pero la recordaba con rencor por haberle abandonado llevándose la medallita de su padre? ¿Y si la recordaba con indiferencia y se reía en sus narices cuando la tuviera ante sus ojos por haberse hecho unas ilusiones de niña estúpida? ¿Y si Manuel estaba ya felizmente casado y con familia, la que pudo haber tenido con ella, pero quedó convertida en charco de sangre al pie de unas escaleras…?

Audrey oyó todos sus «y si» con paciencia y después contestó escuetamente:

—¿Y si cree que cada chica que aparece en su tienda eres tú y sueña con volver a verte?

—¿Su tienda? ¿Qué tienda? ¿Y tú cómo sabes…?

—De todo eso hablaremos más tarde. Ahora date prisa.

Lisa obedeció. Ya había aprendido que, por muchas preguntas que le hagamos a la vida, lo que de verdad importa son las respuestas.

Después de dejar el equipaje, bajaron por el Camino de los Ingleses, serpentearon y llegaron a una calle estrecha. Se pararon delante de una reja. Estaba cerrada.

—Qué pena, tendrá que ser mañana… —se lamentó Audrey.

Pero a Lisa el corazón se le echó a temblar y no de pena en cuanto vio el letrero que adornaba los bajos del número 4 de la calle Santa Cecilia de Ronda.

Por primera vez en años, rompió a llorar de alegría o de algo opuesto a la tristeza, porque la alegría todavía no la conocía aunque estuviera cerca.

Tebeos Lisa, leyó.

Él no la había olvidado.

LISA Y MANUEL

Vestidas las dos de negro se pararon bajo el cartel rojo a primera hora de la mañana, pero solo Lisa entró en el local.

Manuel la vio a contraluz. Era la Señora, pensó, y acto seguido su mente empezó a calibrar el modo de retenerla en la tienda y conseguir que Vicente viniera lo más rápidamente posible; si pudiera mandarle recado solo con la mente...

Lisa avanzó dos pasos.

Manuel, otros dos.

—Buenos días...

Y el saludo se le congeló en los labios.

Se miraron.

—Hola, Manuel, soy yo, Lisa —sonrió serena—. La del cartel rojo de ahí fuera... creo.

Siguieron mirándose.

Ella extendió la mano para saludarle y él volvió a sentir en sus dedos perlas y terciopelo. Pero no le resultaron extraños; no los había olvidado. Tres años después, fue como si nunca hubiera tocado nada diferente.

Manuel retuvo la mano. Sonrió también.

Se acercaron. Se miraron más. Se acariciaron muy despacio las mejillas. Se rozaron para asegurarse de que ninguno de los dos era un sueño. Se dijeron por dentro que no, que allí no había fantasmas, que lo que estaba pasando era real.

Se callaron. Quisieron hablar, pero se callaron. Se les olvidaron todas las preguntas y todos los reproches. Se les acabaron los porqués y los nuncas.

Y así, sin decir más, qué más podían decir, se besaron.

* * *

No hubo días suficientes en la primera semana para todo lo que tenían que decirse y hacerse.

Pasaron ocho antes de que quitaran el candado y levantaran el cierre metálico nuevo que Cefe había instalado en la tienda, porque «Hay mucha necesidad, Manolillo, los honrados se van a la emigración y aquí nos dejan a los chorizos, qué lástima de país, me cago en la mar».

La reja de Cefe fue la frontera entre el mundo y Ellos. Era Ronda y no Gibraltar, pero allí tenían su propia verja. Durante ocho días, no hubo galaxia ni siquiera sol alrededor del cual girar distintos de los que crearon en la trastienda de los tebeos, solos los dos porque no cabía nadie más.

Audrey debía resolver asuntos propios en Ronda, le dijo a Lisa antes de dejarla en la tienda y después de revelarle que ya había estado allí antes, que ya conocía a Manuel, que ya le había hablado de su desesperación de amor y que todo, todo lo sucedido hasta entonces entre las dos respondía a un plan que ella misma había trazado.

Se quedaron los dos solos cuando el mundo se detuvo.

Algún día abrirían la reja y saldrían al exterior. Pero ya no lo harían como entraron. Saldrían como si fueran uno. Saldrían Ellos, con mayúscula.

En esos ocho días, la poca tregua que el amor les dio no la emplearon para el descanso, porque no lo necesitaban. El amor les hacía fuertes. La usaron para explicarse el uno al otro lo ocurrido en los tres años más intensos y desoladores de sus vidas.

—Cuéntame otra vez lo que me decías en aquella carta —le pedía Manuel a Lisa, al tiempo que acariciaba con delicadeza, igual que lo hizo Audrey, las heridas cicatrizadas de sus venas y recorría con un dedo el rastro de huellas oscuras que le habían dejado para que nunca se olvidara de que el ansia le pasó una vez por el cuerpo.

Ella se lo recitaba, se acordaba de cada palabra.

Después volvía el amor. Y después del amor, él paseaba la mano sobre el cuerpo liso de ella, todavía palpitante y húmedo —«menos tu vientre todo es oscuro», releyeron al poeta cabrero recuperado—, para recordar que por allí pasó el hijo que no llegó a nacer.

En el Cosmo de maleta sonaban los mismos que les unieron:

Eight days a week
is not enough to show I care.

Ocho días a la semana
no es suficiente para demostrarte que me importas.

—No quiero salir de aquí, ni en ocho días ni nunca.

—Pues aquí nos quedamos. Para siempre, hasta que se nos acabe el lomo embuchado y nos muramos de hambre.

Reían. Y volvía el amor.

En el siguiente paréntesis, Lisa deslizaba los dedos por el pecho liso y sin pelo de Manuel para recordar que por allí pasó la tristeza, tumbados los dos en el catre de la trastienda en el que el chico solía dormir con frecuencia, rodeados de tebeos viejos, de amores nuevos y otra vez de una nube de polvo de colores.

Los dos leían y volvían a leer su biblia en un ritual de amor reencontrado, el libro del poeta que compartían, de nuevo en manos de Lisa, a quien la vida, pensó mientras volvía a hojear su tesoro, le iba devolviendo poco a poco todo lo que le había quitado.

Ya no lo perderían otra vez ninguno de los dos.

Y, para reafirmarlo, Lisa escribió una dedicatoria en la primera página: «De Manuel a Lisa, de Lisa a Manuel, que nunca nadie nos vacíe con ausencias».

* * *

Al cabo de una semana y un día, tal vez sugestionados por los Beatles de su corazón, por fin se atrevieron a volver a ver la luz del sol y lo primero que hicieron fue ir a casa de Mariquilla.

Querían que Audrey los acompañara, aunque la Búcara no hubiera estado jamás en el cine ni hubiera visto una película en su vida, cuánto menos iba a saber ella quién era la diosa Hepburn.

Fue Manuel quien la invitó. Era tan grande su agradecimiento por haberle traído a Lisa que, excepto aquellos ocho primeros días de amor en exclusiva y nubes de colores, se prometió a sí mismo que le daría las gracias cada minuto de su vida y de todas las formas posibles.

Pero también le movía algo de egoísmo. Para enfrentarse de nuevo a su madre y para mirarla a los ojos en esa nueva etapa de su vida, necesitaba algo más que valor, necesitaba un equipo.

Conocer a su madre sería inolvidable, le dijo Lisa a Audrey para convencerla tras transmitirle la invitación de parte de Manuel. Ya vería cómo se las gastaba una rondeña enfadada, toda una experiencia, por si necesitaba inspiración para películas futuras. E iba a estar enfadada, eso seguro, después de ocho días sin ver a su hijo.

No, no podía. Audrey se vio obligada a rechazar cortésmente la invitación porque había sucedido algo que requería su regreso inmediato a Marbella. Nada grave, tranquila, Sean estaba bien; ya se lo explicaría despacio en otro momento, cuando a Lisa el corazón le permitiera abrir un hueco en el cerebro por el que pudiera entrar otro pensamiento que no fuera su propia felicidad. Pero la dejaba en buenas manos, en las mejores manos y en las más soñadas, unas manos de las que no querría soltarse jamás, lo sabía.

Y había una razón más por la que ella no debía acompañarles a la casa de Mariquilla:

—Es tu momento, Lisa, no el mío. Recuerda que has vuelto de tus barrancos y que no me necesitas. Ahora eres fuerte. Ya sé que en España los hijos vienen al mundo con varias deudas contraídas con sus padres solo por el hecho de nacer, pero Manuel y tú las habéis saldado todas con los vuestros en una penitencia de tres años. No le debéis nada a nadie que no sea mucho amor a vosotros mismos.

MARIQUILLA

El primer relámpago le salió por la piel a Mariquilla y no por la boca.

Vicente se lo había contado para ir preparando el terreno: que Manuel se había reencontrado con la chica que había conocido en Madrid, que estaba con ella en la tienda y que no se preocupara, que estaba bien, que pronto vendría a verla.

«No, si encima estarán los dos ahí enganchados como perros y dándole a la jodienda, seguro, con la reja echada y todo el pueblo poniendo a trabajar a la sin hueso que les sale humo, pero mira que, como me se atraviese, a esta guarra que está llevando por mal camino a mi hijo la mando yo a hostias pa el inglés, ¿eh?, coño ya con la lagartona».

Eso fue lo que pensó.

Y esto, lo que dijo:

—Vaya, cuánto bueno por aquí, mire usted quién aparece por la puerta...

El miedo a perder a su hijo era más fuerte que su furia, así que, cuando llegaron los dos a su casa y Mariquilla se vio obligada a preparar café con pastas para agasajar a la extranjera, se lo tuvo que tragar todo, las palabras que pensó, las que no dijo y la hiel.

—A ver, Manolo, ya estamos aquí, suelta por esa boquita, chiquillo, pa qué quieres ahora a tu madre, porque te veo tan bien acompañado que no creo que te haga yo mucha falta.

—No, madre, si es que no vengo a pedirle nada. Solo quiero que conozca a Lisa porque es la mujer a la que amo y con la que me quiero casar.

—¿Casarte? Pero si no lleváis más de cuatro días.

—Tres años, madre, no cuatro días. Tres años, aunque hayamos vivido lejos, en los que nos hemos estado queriendo. Tres años son suficientes para saber con quién quieres pasar el resto de la vida, que padre y usted se casaron mucho antes de ese tiempo.

—Porque me preñó de tu hermano, nos ha jodío. ¿No será que has vuelto a hacerle una barriga a esta, Manolo? Mira que te cruzo la cara ahora mismo si…

A la mujer empezaba a hinchársele la vena que subía desde el cuello y se perdía en la oreja.

—¡Madre, por Dios, que Lisa llegó a Ronda hace una semana, compórtese, por favor!

—Oye, niño, en mi casa yo me comporto como me sale del coño y eso pa mí ya es comportarse, qué modales ni qué pollas me vas a venir tú a enseñar ahora…

—A ver, a ver, tengamos la fiesta en paz, que yo he venido con la bandera blanca.

—¿Con lo qué has venido tú?

—Por las buenas, quiero decir.

—Pues muy por las buenas no será cuando me metes en la casa… a esta.

—No le consiento que hable así de ella, madre, se llama Lisa. Cálmese un momento, por favor. Es muy importante para mí su visto bueno, que ahora mismo estoy con las dos mujeres más importantes de mi vida y por eso…

—A mí me dejas tú de zorrerías —Mariquilla había terminado de calentarse y ya estaba a punto de estallar—, que no veo yo cabal que nos metas a las dos en el mismo cesto, porque yo te di la vida y en eso esta muchacha tan finolis a mí no me gana, ay, qué pronto te se ha olvidado a ti que yo te quiero más y de más tiempo.

—Madre, si no le habla a ella con respeto creo que es mejor que nos vayamos y…

—Perdona que te interrumpa, amor, ¿puedo decir yo algo?
—Lisa, al fin, se decidió a participar en la conversación, harta de
que los dos hablasen de ella como si no estuviera presente y antes
de que aquel encuentro se precipitara corriente abajo y terminara
en el mar—. Verá usted, doña María, primero, tiene razón Manuel. No hace una semana que nos conocemos, sino tres años y, si
en ese tiempo no nos hemos visto, le recuerdo que ha sido en
parte por su culpa, porque todos sabemos que una carta que yo le
di para Manuel nunca llegó a su destino. Pero yo no he venido a
su casa para reprocharle nada, Dios me libre, sino todo lo contrario. Además de para decirle otra vez, como le dije en Gibraltar,
que desde que conocí a su hijo en Madrid no he dejado de amarlo
y que ahora que lo he vuelto a ver lo quiero más todavía, también
he venido para pedirle perdón porque entonces, cuando la cité en
la Main Street, no le dije que yo sabía que era usted su madre.
Creo que las dos nos hemos callado algunas cosas que, por suerte,
no han impedido que el amor que Manuel y yo nos tenemos llegue a un final feliz, como en el cine. Así que por eso estoy yo aquí
y es lo que quería decirle, doña María, que usted y yo estamos en
paz. Empatadas en errores y deseo de todo corazón que, a partir
de hoy, lleguemos a estarlo en cariño.

Mariquilla se puso de pie de un salto.

—Anda y vete a tomar por culo cagando leches pa tu tierra, so
lagartona. —Emprendió a zancadas el camino de salida y en la
puerta se detuvo para lanzar un último grito—. ¡Y Gibraltar español, coño ya!

No, la cosa no había empezado nada bien. De hecho, había tenido el peor de los comienzos.

Si aquello era la calma, qué sería de ellos cuando empezase la
tormenta.

AUDREY

Audrey Hepburn no lloraba en la vida real. Sabía fingirlo muy bien en la pantalla, pero hacía mucho tiempo, cuando aún era pequeña, que había aprendido a tragarse las penas y encerrarlas lo más adentro posible.

Quien le enseñó a domesticar las lágrimas fue su padre. La abandonó a ella y a su madre al comienzo de la Segunda Guerra Mundial para asegurarse de ser libre cuando Hitler llegara a gobernar el mundo, sin ataduras de corazón ni de familia. Su libertad empezaba donde acababa la del resto de los seres humanos. Era un fascista por convencimiento.

Y libre fue hasta que un día alguien que decía ser su yerno se puso en contacto con él a través de la Cruz Roja. La sorpresa no fue que le dijeran que su hija era una actriz muy conocida y que lo buscaba, sino que tenía una hija. Se había olvidado completamente de ella.

Cuando Audrey volvió a ver a su padre, más de veinte años después de que la dejara bajo las bombas de los suyos, lo que vio fue un témpano de hielo. Gélido y silencioso. Audrey pensó que, si lo tocaba, se le quedaría pegada la piel a sus escamas de serpiente de sangre fría y moriría congelada.

El reencuentro fue corto. Mel se fue de compras para dejarlos charlar y, cuando regresó, vio a su mujer sentada en un banco, sola.

No lloraba. Al llegar su marido, se levantó, con la barbilla más erguida que nunca, y tan solo dijo:

—Ya está, vámonos a casa.

Desde entonces, Audrey le enviaba dinero cada mes, pero no había vuelto a ver a su padre ni a hablar de él.

¿Por qué regresó a su memoria aquella mañana de gloria y belleza infinitas mientras desayunaba frente a la ventana abierta del saloncito de su suite en el hotel Reina Victoria, con el cuerpo desnudo y terso de Vicente dormido todavía bajo las sábanas, y ella, con su sabor a cuero y betún metido hasta el alma? ¿Por qué?

Lo adivinó: porque pensaba en el padre traidor siempre que se le abría un hueco hondo en el corazón, constantemente en busca de un cariño que pocas veces había encontrado, y las lágrimas se le atascaban allá dentro, incapaces de salir.

Aquella mañana de gloria y belleza había una razón poderosa. Maud le había hecho llegar un ejemplar de *The Sun* de varios días atrás con una nota de su puño y letra grapada:

> Esto es todo lo que he podido hacer por ti, Auds. Te vieron en Ronda con el chico y alguien os fotografió. Afortunadamente, la imagen no es buena y no se le ve la cara. Y, por suerte también, todos los españoles parecen iguales, morenos, bajitos, repeinados, con buena planta pero aspecto de pueblerinos. No puedo evitar que te sigan, pero sí que el río del escándalo cambie de cauce, ese es mi trabajo. Así que lo admito: la que ha dado la información para ese artículo soy yo. No te enfades conmigo. Más vale que crean lo que pone ahí y no que duermes con un zapatero remendón cualquiera. Recuerda a Ava con Cabré y con Dominguín. Ahora, Antonio está de moda y nosotras tenemos que aprovecharlo. He elegido un mal menor, porque el mal grande hace tiempo que lo tienes tú en tu casa y tendrás que resolverlo cuando vuelvas a Marbella.
>
> Abrazos,
>
> MAUD

Primero leyó la nota que firmaba su relaciones públicas, y después, cuando el corazón ya estaba alerta y a punto de escapársele por la boca, leyó el titular de *The Sun*: «Audrey Hepburn y Antonio Ordóñez, amor matador bajo el sol de España».

Debajo, una foto en la que un hombre de espaldas, con el rostro ligeramente de perfil, besaba con pasión a una mujer vestida del negro más reluciente de Givenchy y con el paisaje de la vega del Guadalevín al fondo. A ella sí que se la distinguía con claridad. En ella sí que se reconoció a sí misma. A pesar de tener los ojos cerrados, Audrey se vio tal y como era hacía quince años, cuando se llamaba Sabrina y dentro pero también fuera de la película se enamoró de William Holden como hay que enamorarse a los veinticinco, hasta la locura.

Esa misma Audrey estaba de nuevo en la foto de *The Sun*. Gracias a esa foto, sabía que había vuelto a rendirse de amor con la fuerza de la juventud.

Pero la maniobra de Maud era inadmisible. ¿Ella, con el torero más famoso del momento? ¿Ella, prestándose al juego de mentiras y falsos robados que tanto criticaba en algunas de sus colegas actrices para conseguir notoriedad?

Furiosa, se vistió y bajó a recepción. Pidió línea, deseaba realizar dos llamadas y no quería hacerlas desde su habitación para que no la oyera Vicente.

Cuando la obtuvo, levantó el auricular y miró la mano que sostenía el aparato. Estaba temblando.

—Mel, tenemos que hablar.

—No lo dudes, Auds. Tenemos que hablar y tenemos que hacerlo ya. ¿Vas a volver? —Sintió la voz de un bloque de hielo como la de su padre hablándole al otro lado de la línea.

—Desde luego, hoy mismo. Pero no es de la foto de lo que quiero hablar contigo.

Silencio.

—Lo que quiero que discutamos —siguió Audrey— son las condiciones del divorcio.

Colgó.

La segunda llamada sonó en el cortijo de los Ordóñez.

—Antonio, acabo de verlo, supongo que tú también lo has leído. No sabes cuánto lo siento, ha sido cosa de mi relaciones públicas, que...

—Tranquila, mujer, tranquila —la interrumpió el torero con un tono en el que podía adivinarse que sonreía—. Pero si a mí me viene de maravilla, criatura...

—No digas eso, Antonio, hombre, por Dios, piensa en Carmina y en tus hijas...

—Carmina ya sabe que es mentira, se lo he dicho a los pies de la Virgen y me cree, porque nunca antes con ninguna otra se lo he negado tan en serio. Pero también sabe que su hermano Luis Miguel me toca mucho los huevos y ahora con la ganadería tengo que mirar por mi negocio y estar ahí arriba, en lo más alto, ¿tú me entiendes?, que ya me lo dijo Papá Ernesto, el escritor americano al que yo quería tanto, hasta me lo dice siempre Orson, igual de listo que el otro aunque se llevasen a matar: que lo malo no es que hablen sapos y culebras de uno, sino que no hablen. Así que a mí me viene esto divinamente, mi alma, porque tú eres una reina, lo más bonito del cine entero, y, sintiéndolo mucho por ti, no tengo mi mijita de ganas de desmentirlo.

La tercera conversación la mantuvo a su regreso a la habitación del Reina Victoria, donde Vicente ya se había despertado.

—No, Señora, por tu vida te lo pido, no te vayas, no me dejes.

Audrey lloraba, pero lloraba por dentro. Como siempre que la vida le daba un mordisco.

—Vicente, amor mío, los dos sabíamos que esto debía acabar. Siento mucho haberte hecho daño, pero es lo único que siento de verdad. Después de lo que ha pasado, querría decirte que me arrepiento de haberte conocido, de haber entrado en tu vida y de haberte dejado entrar en la mía. Pero es que no puedo arrepentirme. Ha sido la semana más feliz en mucho tiempo, como la otra que pasé contigo hace unos meses, cuando conocí a Manuel. Tú has sido una luz en mi oscuridad, pero ahora tengo que irme para que por fin se haga completamente de día. Me has dado las fuerzas, Vicente. Ahora soy capaz.

El chico no entendía lo que le decía, pero tampoco podía dejar de llorar, plegado en un rincón en el suelo. Sabía que no le quedaba nada más que lágrimas, que no había palabras suficientes para convencer a la Señora de que siguiera a su lado. Que todo estaba perdido.

Audrey hizo el equipaje, le dio el último beso y dejó la habitación. Él seguía llorando.

La cuarta y última conversación tuvo lugar en la tienda de tebeos para despedirse de Lisa y Manuel, cuya invitación para ir a ver a la madre de él, la rondeña enfadada, estaba obligada a rechazar.

Después, mientras Audrey conducía el Dodge Dart cuesta abajo por las curvas de caracolillo que la alejaban de Ronda, volvió a sentir en la boca el sabor a cuero y betún.

Y entonces, sola y al borde del precipicio de las montañas de la serranía, al fin, hizo lo mismo que Vicente y lo único que nunca había podido hacer ante las cámaras sin tener que fingir: lloró hacia fuera, con lágrimas de verdad.

EMIL

A Emil la vida se le había reducido tanto como su ciudad. Con Connie aislada en su propia concha y su hija más allá de la Verja, él buscó también dónde encerrarse. Lo hizo en sus obsesiones y en lo que él consideraba su guerra numantina. Hasta que una llamada telefónica le devolvió al mundo real.

—*Dad* —parecía un iceberg—, tengo que pedirte dos favores.

Lisa, la traidora, le estaba llamando a él, que trataba de encaramarse a lo más alto de la élite que diseñaría el futuro de su pueblo con una nueva constitución, para volver a ponerle los pies en la tierra con favorcillos, seguramente dinero para comprarse trapos.

—Ya no estoy en Marbella. Estoy en Ronda, con el hijo de la matutera que tú conoces, la que venía a casa cuando yo era pequeña y a la que vendiste con una mentira. Se llama Manuel y estoy enamorada de él. Es el padre del hijo que me quitaste, nunca he dejado de quererlo. Sí, estoy enamorada, *dad*, y voy a casarme con él.

Emil se quedó conmocionado unos segundos.

—Nos vamos a casar aquí, en Ronda, lo antes posible. El primer favor que te pido es que me mandes mi partida de bautismo, imagino que la traeríais de Irlanda y que la tendrás guardada en algún cajón. La necesito para casarme, como podrás suponer. ¿Puedes meterla en un sobre y enviármela por correo urgente, *please*? Ya te digo que queremos casarnos enseguida.

Calló, a la espera de unos gritos que no llegaron.

Emil había acusado el golpe. Ya estaba rodando y aún quedaba otro favor.

—Lo segundo que te quiero pedir es que mamá y tú vengáis a mi boda cuando tengamos fecha. Ya, ya sé que vas a decirme que tú no puedes. Pero, si no quieres venir, al menos deja que lo haga mamá. No tienes más que llevarla a la Verja y yo le pido a alguien que vaya a recogerla para traerla a Ronda.

Se acabó. Ni una palabra más estaba dispuesto a soportar Emil.

Habló con una voz tan baja que Lisa debió pegarse el auricular a la oreja hasta hacerse daño.

Pero no dijo lo que ella esperaba. Solo se oyó:

—*Okey*. Dame tiempo para organizar las dos cosas. Llámame esta tarde y te digo.

Después colgó, aun cuando Lisa no pudo oír la fuerza con la que descargó el auricular sobre la horquilla.

Fue tanta que el manitas del *Calpe Mirror* solo pudo arreglar el aparato con una buena cantidad de esparadrapo.

*   *   *

Emil tomó la decisión casi al minuto siguiente de acabar la conversación con su hija, pero tardó un tiempo en pensar el modo más hiriente de decírselo.

Cuando el teléfono aún vivo gracias al esparadrapo volvió a sonar esa tarde en el *Calpe Mirror*, Emil trató de parecer muy sereno y convincente.

Lisa le había pedido dos favores y él se los iba a devolver con dos mentiras.

—A ver, *sweetie*, primero, me temo que lo de la partida de bautismo, imposible. Vete tú a saber dónde andará ese papel, puede que ni siquiera nos lo diera el cura, con lo mal que estaba todo en aquellos tiempos, la guerra recién terminada y tanta miseria, si ni siquiera teníamos casa ni cajón donde guardar papeles, como para encontrarlos ahora. Así que olvídalo, no hay partida de bautismo. —Emil hablaba sin respirar, como un lanzallamas, para no dar a Lisa ni la más mínima oportunidad de intervenir—. Y, de lo segundo, menos todavía. No porque no quiera yo, ya ves tú, qué más me dará a mí que tu madre vaya o no a Ronda, como si te la quedas para siempre ahí contigo. Pero es que es ella la que no quiere ir, mi alma. Se lo he preguntado y dice que no sale de aquí ni así la arrastren, que te cases tú solita si puedes, aunque, a ver, te digo yo desde ahora que te va a ser difícil sin bautismo que demostrar, pero vamos, que resumiendo, no cuentes con nosotros para nada. Adiós, hija, que te vaya muy bien.

Esa vez colgó despacio. El teléfono no admitía más trastazos.

Después, sonrió igual de despacio.

Apenas una hora antes, se había acercado un momento a Armstrong Steps para hablar con Connie, confinada como siempre entre las sábanas.

—Despierta, *love*. —Emil tiró bruscamente de la colcha—. Acaba de llamarme la niña.

Connie se irguió.

—¿Lisa? ¿Mi niña? ¿Cómo está, le pasa algo?

—Ahora mucho «mi niña», pero cuando estaba aquí bien poco caso que le hacías. Bueno, a lo que iba: que me ha llamado y que me ha dicho que ya no viene para atrás, que no vuelve, que no quiere vernos más.

—¿Que te ha dicho qué...?

—Lo que oyes. Que nos vayamos olvidando de ella. Así es la vida, mujer. Los hijos vuelan y los viejos nos quedamos aquí, mirándolos volar.

—Eso no es volar, Emil. Eso es huir. Mi hija no me dejaría sola sin decírmelo antes, con lo mucho que ella sabe que la necesito. Voy a llamar ahora mismo a la actriz esa con la que vive.

—Ni te molestes, *dear*, ni te molestes. Lisa ya no está en Marbella. Se ha ido a París a drogarse y a armar escándalo por las calles con todos los melenudos amigos suyos con los que se juntaba aquí, que menuda tienen organizada en Francia.

—Pero ¿eso no fue en mayo? Si se había acabado ya...

—Pues a lo que parece no, porque allá está tu hija montando el follón con los gritones que quedan.

Connie calló. Francia estaba demasiado lejos. Si Lisa hubiera estado en La Línea, o en Marbella como mucho, pero París... Cómo iba a llegar ella a París para ver a su hija, con lo cansada que estaba, que no podía ni llegar a la puerta de la calle, y sin dinero propio siquiera, solo un billete de cien pesetas viejo y manoseado.

Volvió a acurrucarse en la cama. Cuando creía que nada podía hundirla porque ya estaba postrada en el fondo, descubrió que siempre habría un escalón más que la condujera al demonio.

Emil cerró suavemente la puerta de su dormitorio al creerla dormida.

Y sonrió. Todo estaba en orden.

Podía regresar en cuerpo y alma, sin distracciones, a su guerra numantina.

LISA Y MANUEL

—Pues si no me demuestras que eres católica de las buenas, yo no os caso.

El padre Guerrero era cerril. No le gustaba la idea de casar a dos amancebados, que eso ya era voz pública en toda Ronda. No le gustaba la idea de que uno de los dos fuera una extranjera vestida y peinada como una ramera. Y no le gustaba nada, pero nada de nada, la idea de que esa extranjera viniera de un lugar proscrito como Gibraltar, el pellizco de tierra que los ingleses le habían robado a España con malas artes y que ahora, como bien decía el caudillo, se negaban a devolver a los que siempre fueron sus legítimos dueños.

—Sin partida de bautismo yo no os caso, que no, que no pienso casaros, ea.

Manuel se vino abajo.

—¿Y qué hacemos ahora, Lisa, mi vida? No vamos a poder casarnos, nos van a separar otra vez y, si no nos separan, a mi madre le vuelve a dar algo.

Lisa, por el contrario, se creció.

—Vamos a ver, Manuel, ¿qué es eso de que nos van a separar y de que a tu madre le da algo? Que somos libres, amor, libres. Que, con lo que nos ha costado llegar hasta aquí, no vamos a darnos por vencidos ahora. Mira lo que han hecho los de nuestra edad en París. ¿Y nosotros nos vamos a rendir por un papelito de nada?

Manuel la miró. Era la mujer más fuerte, la más animosa, la más valiente. Todo lo que no era él. Y estaba a su lado, ni siquiera quería moverse de ahí. Qué suerte tenía.

Haría todo lo que ella dijera, aunque lo que le dijo fue lo que menos esperaba y lo más difícil de hacer.

—Si el cura no nos casa, pues nos casamos por lo civil. Y, si para eso tenemos que apostatar, pues apostatamos. Tú no te preocupes, cariño mío, que casarnos, nos casamos.

Lo de la apostasía resultaba fácil decirlo, pero no hacerlo. En la España de 1968, a pesar de un Concilio Vaticano II y un papa como Juan XXIII que se murió sin verlo terminar, y a pesar de una flamante ley de libertad religiosa que era lo más progresista a lo que había accedido a regañadientes el régimen, aunque dejando huecos abiertos por los que todavía colisionaba con el Código Civil…, a pesar de todo eso, en la España de 1968, apostatar de la fe católica era un calvario, valga el símil menos apropiado para la ocasión.

El procedimiento estaba lleno de vericuetos laberínticos, algunos legales y otros de simple interpretación al arbitrio de los custodios de la ley, para hacer desistir al anatema dispuesto a vivir en el nauseabundo pecado del matrimonio civil, que era como no casarse.

Consultaron con el notario Cárdenas, siempre tan resabiado, quien les informó con su mejor vocabulario de lo que les esperaba:

—Vais a tener que probar de forma suficiente y adecuada una actitud ostensiblemente desvinculadora de la dogmática fundamental del catolicismo.

¿Y eso cómo se hacía?

—Convenciendo al juez de que no estáis motivados únicamente por el deseo de eludir la disciplina canónica del matrimonio…

—Pero es que sí que lo hacemos por eso, lo otro nos da exactamente igual —protestó Lisa.

—Ya, solo que el juez no debe notarlo.

—¿Pues qué le decimos entonces?

—Que lo hacéis porque sois ateos o, por lo menos, acatólicos, y que no os importa arriesgaros a la pena de excomunión.

—Vale, y si lo hacemos... —Lisa hablaba y Manuel la miraba espantado, ¿cómo iba a contarle a su madre que habían dicho todo eso ante un juez?, pero dejó que siguiera—, ¿cuándo nos dan el certificado de apóstatas o lo que sea?

—Ya solo tendréis que mantener varias reuniones con el cura, juntos y por separado, para que os explique que estáis cometiendo un error al dar ese paso y, si no consigue convenceros, cuando cumplimentéis el último trámite emitirá el correspondiente documento acreditativo de que os habéis borrado de la Iglesia católica.

Lisa se impacientaba.

—Muy bien, muy bien. Oiré al cura durante un par de horas llamarme de todo. ¿Y cuál es ese último trámite?

—Al final, para terminar de apostatar, ya nada más tendréis que presentar cada uno vuestra partida de bautismo.

* * *

—Imposible —ratificó Manuel, otra vez hundido—. No vamos a poder casarnos y nos van a terminar separando, porque lo de vivir juntos en este país de meapilas es imposible. Me lo veo venir.

—Ya te he dicho que eso no va a pasar y no va a pasar, Manuel, hombre. —A Lisa ya se le estaban acabando los ánimos que darle al chico, a cada paso más desalentado—. Si no nos dejan apostatar, aún nos queda una última opción: Gibraltar. Es lo último que quiero, para mí no es fácil volver, pero es que allí arreglamos cuatro papeles y ya somos marido y mujer. Me ha dicho Audrey que han cerrado la puerta de La Línea para todo el que no viva en mi ciudad. Yo puedo entrar, porque aún no he cambiado de residencia, pero tú puedes ir a través de Tánger, Auds nos ayudará.

—No, por Tánger yo solo no...

Si había que ir al moro y después al inglés, a ambos se iba. Pero juntos.

Manuel estaba dispuesto a llegar al fin del mundo para que nunca nadie volviera a separarle de la mujer de negro que era ya toda su vida, siempre que no la perdiera de vista en ese viaje.

Nadie. Y nunca.

MANUEL Y LISA

El primer vahído le dio cuando subían por la cuesta que llevaba a la que un día fue la finca del señor Giles.

Vicente estaba triste, no era él. No hacía más que hablar de penas y de remolachas, y lloraba solo con ver la puesta de sol. Mientras reunía fuerzas suficientes para emprender el proyectado viaje lejos de Ronda en busca de un futuro nuevo que le ayudara a olvidar a la Señora, remolcaba su vida cada mañana por la calle Santa Cecilia hasta llegar a la zapatería y lo hacía como quien escala el Everest, sintiendo que estaba empleando su último aliento en el esfuerzo inmenso de dar un paso tras otro.

A Manuel le apenaba su amigo y pensó que, como decía Bobby, lo que le hacía falta era respirar, que eso es algo que de tanto hacerlo sin pensar a veces se nos olvida. Así que, acordándose de Bobby, del que le había hablado mucho a Lisa y al que echaba de menos cada día, propuso que los dos se llevaran a Vicente a dar un paseo hasta la finca de Las Abejeras para ver qué había hecho con ella su nuevo propietario.

No les vendría mal a todos una excursión que les ayudara a pensar en asuntos más ligeros. Aún no habían concluido con el papeleo que les permitiría llegar a Gibraltar dando un rodeo por Tánger. Manuel no tenía pasaporte y las ventanillas eran farragosas, claramente creadas con fines disuasorios. Solo que a Ellos, juntos y con mayúscula, no había burocracia ni funcionario malhumorado que les disuadiera de su objetivo: formalizar su unión para que nunca nadie pudiera volver a separarlos. Nunca ni nadie.

La última cuesta hasta Las Abejeras era empinada. El verano venía tórrido y Lisa no pudo soportarlo: vomitó todo el desayuno.

—Un golpe de calor, mi vida, no te preocupes. Mira, ya llegamos. Vamos a pedirle a los de la finca que te dejen sentarte un rato y que te den un vaso de agua, seguro que se te pasa enseguida.

Manuel temblaba más que Lisa cuando llamó a la puerta. Para su asombro mayúsculo, le abrió Rosa Mari Pedregales.

—Hombre, señor Calle, qué alegría verle, cómo usted por estos lares...

—Pero, señorita Pedregales, ¿trabaja usted aquí? No me diga que ha habido un fallecimiento...

Rosa Mari rio mientras daba asiento, abanico y agua a Lisa, blanca como la nata.

No, le explicó. No había muerto nadie ni estaba ella allí en misión profesional como amortajadora. Su hermano, Miguel Ángel Pedregales, y ella eran los dueños de Las Abejeras.

—Mi padre nos dejó un dinerillo cuando murió y a mi hermano se le antojó cumplir con un capricho que ha tenido toda la vida, el del vino. Así que ya ve, le compramos esto al inglés y aquí nos hemos venido unos días para vigilar en persona las viñas, porque, aunque tenemos una charcutería en Banaoján, nosotros somos una familia de campo de toda la vida y nos gusta ver crecer las cosas. Yo estoy aquí también para acompañar a mi tío Antonio Marchena, que ha venido de Madrid a visitarnos. Acaba de bajar mi hermano con él un ratillo a Ronda para hacer un par de mandados, pero si quiere usted venir otro día a charlar con Antonio... Que me recuerdo yo de que me dijo que le había conocido en Madrid, ¿a que sí?

Por supuesto que regresaría otro día, Manuel estaría encantado de volver a verlo, qué alegría.

—Y muchas gracias por ayudarnos, es que mi novia vive en un sitio muy pequeño y no está acostumbrada a caminatas tan largas.

Rosa Mari rio.

—No, no, a lo que no debe de estar acostumbrada es a la otra cosa.

—¿La otra cosa...?

—Sí, hombre, sí. —Rosa Mari seguía riendo—. Cuídela usted bien, que engorde un poco, que va a necesitar algo de grasilla en el cuerpo para lo que llega.

—Perdone, Rosa Mari, pero es que no entiendo nada.

—No, ni yo tampoco, señora, oiga usted, que me está preocupando —intervino Lisa, que ya había recuperado el habla—. ¿Me ve enferma? ¿Me pasa algo?

Y la mujer, tan acostumbrada como la partera Paquita a despedir la vida lo mismo que a recibirla, le puso a Manuel la mano en el hombro y dio unos golpecitos en el brazo a Lisa.

—Pues lo que le pasa a usted es lo mejor del mundo, que está esperando, hija mía, si es que se lo he visto nada más entrar. Y, si me lo pregunta, aunque sea demasiado pronto, para mí que lo que espera es niña. Que yo entiendo de esas cosas.

* * *

Imposible.

—Va a ser imposible. —Esta vez fue Lisa la que se sintió al borde de la capitulación y aquello sí que preocupó a Manuel—. Yo, así, no voy a Gibraltar.

—¿Así cómo?

—Embarazada.

Enseguida supo Manuel a qué se refería y un calambrazo le recorrió de arriba abajo la espina dorsal.

Oyó claramente cómo resonaba la bofetada de Emil en la mejilla de su hija, cómo caía rodando por las escaleras, cómo se le rompía algo dentro y cómo ese algo se le deshacía después en un charco de sangre.

—No, amor, no. A Gibraltar ni nos acercamos. Y, si tu padre te pone la mano encima, lo mato, por estas que lo mato.

—Pues por eso precisamente, Manuel. Si me presento embarazada en mi casa y a mi padre le entra otro ataque de los suyos, no sé qué va a ser de nosotros, de cada uno de nosotros: de ti porque le matas y de mí porque me mato. Pero, sobre todo, no sé qué puede ser del niño y eso es lo que más me importa. Porque este sí que va a nacer, mi vida. Dime que este sí que va a nacer.

—Pues claro que nacerá. Y nos cuidará cuando seamos viejos, te lo prometo.

Se besaron los dos riendo y llorando al mismo tiempo.

—¿No te importa que no nos casemos por ahora? —preguntó Lisa preocupada, porque sabía que Manuel necesitaba ver un anillo en su dedo mucho más que ella misma, especialmente por su madre, que, una vez aceptó a Lisa en sus vidas, los quería legalizados cuanto antes.

—A mí lo único que me importa es estar contigo. Y que no nos separe...

—Nadie, nunca.

—Eso, nunca ni nadie.

—Pues no te preocupes, porque con papeles o sin ellos, tú y yo ya estamos casados. Nos casamos en Madrid, ¿no te acuerdas?

—¿Cómo lo voy a olvidar, vida mía?

—Y, para lo que sentimos, no nos hace falta el cura.

—Ese, el que menos falta nos hace.

Volvieron a reír, pero ya no lloraban.

—Solo que hay algo en lo que no tienes razón.

A Lisa le extrañó que Manuel le llevara la contraria.

—¿Ah, sí? ¿Y en qué me he equivocado yo, si puede saberse?

—Que el niño no nacerá... porque será niña. Lo ha dicho Rosa Mari.

—Será niña, pues claro. Y se llamará Regina, como Audrey en *Charada*. Me encanta en ese papel.

—Pues yo quiero que también se llame Lucía. Por una de las últimas de los Beatles.

—¿La del cielo con diamantes?

—Esa.

Lisa se oscureció.

—¿Y tú sabes lo que dicen algunos que significa ese título, Manuel, las iniciales juntas...?

—Me lo explicó Bobby en una carta, aunque no termino de creerme que lo hayan hecho aposta.

—Yo tampoco, cómo me voy a creer algo así. Pero es que solo de imaginarlo me vienen unos recuerdos…

—Es igual, mi vida. A mí el nombre de Lucía me recuerda lo fuerte que eres. Tú has subido a lo alto del cielo de Lucy y has encontrado la forma de bajar, así que nuestra hija será como tú, indestructible, igual que los diamantes.

—Cómo te gustan las metáforas.

—Por eso me gustas tanto tú, que eres mi metáfora, la que buscaba cuando te conocí.

Lisa se acarició el vientre.

—Pues aquí tenemos otra nueva. Esta es nuestra y para siempre.

—No nos la van a quitar.

—Nunca.

—No, nunca. Ni nadie.

1969

Happiness is a warm gun (bang, bang, shoot, shoot).
Happiness is a warm gun, mama (bang, bang, shoot, shoot).
When I hold you in my arms (oh yeah)
and I feel my finger on your trigger (oh yeah)
I know nobody can do me no harm (oh yeah).

La felicidad es una pistola caliente (bang, bang, dispara, dispara).
La felicidad es una pistola caliente, mamá (bang, bang, dispara,
    dispara).
Cuando te tomo en mis brazos (oh, sí)
y siento mi dedo en tu gatillo (oh, sí)
sé que nadie puede hacerme daño (oh, sí).

THE BEATLES,
«Happiness Is a Warm Gun», 1968

MARIQUILLA

Desde que supo que la lagartona no quería casarse con su hijo, «Vaya usted a saber por qué, seguro que ni siquiera es cristiana, me lo ha dicho el cura, que en el extranjero todos son protestantes y herejes», Mariquilla emprendió la batalla más cruenta y sanguinaria, la de la maledicencia.

Que no, que no podía con ella. Que había intentado quererla, pero que no podía. Que había preferido arrejuntarse que pasar por la vicaría y estaba obligando a su hijo a vivir en pecado. Que al pobre Manuel lo había hechizado porque ya se sabe que a los hombres se los hechiza enseguida con dos bien puestas y no hace falta más. Pero que, mira por dónde, igual estaba de Dios que no se hubieran casado porque así, el día que el chiquillo abriera los ojos, sería tan libre como cuando los cerró, que fue cuando esa bruja lo metió entre sus piernas, maldita fuera la hora.

Así, en la Nochevieja de 1968, cuando a Lisa ya había empezado a notársele la barriga y a los dos la felicidad que nada podía enturbiar, ni las habladurías ni el rechazo ni los corrillos a sus espaldas ni los sermones indirectos y directos del padre Guerrero..., esa noche se echó a dormir la Mariquilla más desgraciada de España y se despertó la más desdichada del mundo.

«Que el niño es feliz ahora como jamás en tu vida lo has visto, coño, Mari», le habría dicho su hermana si hubiera estado viva.

Pero ella le habría replicado: «Sabrás tú si es feliz o no, Antonia. El niño lo que está es enchochado, hija de mi vida, que a ti como no te tocó nunca nadie no sabes lo que se echa de menos cuando no se tiene».

Y Toñi: «Pues entonces eso es ser feliz. Si el niño echaba de menos algo que tiene ahora, es que es feliz, y tú ahí, con el martillo, dándole en toda la cabeza cada vez que te lo echas a la cara».

Y Mariquilla: «Feliz puede, pero con una lagartona, y esa felicidad no puede ser buena, con lo que me gustaba a mí la Pura, pobrecilla, dónde andará…».

Y Toñi: «O séase que la Pura, que no le quitó los llantos a Manolo ningún domingo de los que salieron juntos, sí que te gustaba. Y a esta, que no le afloja la sonrisa ni de día ni de noche, la tienes crucificada. Menuda madre de mierda que eres, Mari, coño».

Y Mariquilla: «Y qué sabrás tú de ser madre».

Y Toñi: «No empecemos, que ya dejamos claro que Manolo es tan tuyo como mío. Madre no fui, pero mujer sí».

Y Mariquilla: «Pues vaya mujer estás hecha tú, muerta y bajo tierra, dejándome aquí sola».

Y Toñi: «Qué lastimita, cojones, qué lastimita que esté muerta, porque si no te diría una cosa que falta te hace saber: que las mujeres que no defienden a otras mujeres van de cabeza al infierno, asín que por eso tú ya hueles a quemado y yo aquí estoy esperándote».

Y Mariquilla: «¿Y qué coño es eso que tú me estás diciendo a mí?».

Y Toñi: «Que tú tendrías que entenderla mejor que nadie, hijaputa. ¿Tú te has parado a pensar cómo se siente esa pobre niña en un país extranjero?, que sí, Mari, que Gibraltar no es español por mucho que te empeñes y esa criaturita viene de allí. ¿Te has dado cuenta de lo que debe estar sufriendo sin sus padres y sin sus cosas, que solo tiene a Manuel porque tú ni los buenos días le das? ¿Te se ha pasado eso por la chirimoya siquiera una vez?».

Y Mariquilla: «Yo no tengo tiempo pa pensar».

Y Toñi: «Eso es verdad. Tiempo pa todo has tenido en la vida, menos pa pensar».

Y Mariquilla: «Qué hija de la gran puta eres, Antonia».

Y Toñi: «Y tú qué cabrona con tu hijo, coño, Mari».

Y Mariquilla: «Pues tú entodavía peor, mala hermana, que te has ido de mi lado, Antonia, con lo que yo te necesito, cojones, eso sí que es una putada, lo que tú me has hecho a mí».

YO

Nací en Las Abejeras el 5 de mayo de 1969.

Permitan que, antes de continuar, me presente, puesto que ya he aparecido en el relato y no sería cortés ocultarles por más tiempo mi identidad: María Regina Lucía Calle Drake, abreviada como Reggie, y así es como se me conoce desde entonces.

No me bautizaron —el cura de Ronda se negó; no le importaba que se condenaran los nacidos del pecado, porque, si los padres no estaban casados ni tenían partida de bautismo, a ver para qué iban a querer que sus retoños fueran al cielo—, pero sí decidieron colocarme el «María» delante de mis nombres aun cuando no tuvieran dónde inscribirme todavía. Por si acaso.

Me vieron nacer la partera Paquita y mi abuela Mariquilla. Y Antonio Marchena, que también estaba allí.

El verano anterior, después del primer vahído, Lisa y Manuel fueron de nuevo a Las Abejeras para ver al anciano, a quien Manuel había conocido en Madrid durante el mejor día de su vida. Hubo muchos abrazos y muchas sonrisas. Después repitieron la visita varias veces.

Fue Antonio el que se lo propuso a su sobrino Miguel Ángel.

—Como tú te tienes que ir para Benaoján, Miguel, hijo, que ya toca que abras la charcutería, en el otoño podrías dejar aquí al cuidado de la finca a esta pareja tan maja, que mira que me caen bien los dos. Los vendimiadores estarán en plena faena y no darán abasto para vigilarlo todo y mantener la casa en condiciones. Además,

Manuel se conoce esto, no hace falta que le enseñes nada, ya ha vivido aquí antes, ¿a que sí? Así, cuando venga la criatura, van a tener un sitio decente donde criarla.

Marchena sabía que, desahuciados de la casa de Mariquilla para evitar discusiones, Lisa y Manuel vivían apretados en la tienda de tebeos y allí no habría mucho espacio para un bebé. Pero, en el fondo, él, que ya había tomado la decisión de irse de Madrid y pasar lo que le quedara de retiro en la serranía, en realidad quería disfrutar de más tiempo con ellos. Porque mira que le caían bien los dos, repetía, tan jóvenes, tan enamorados, tan felices en su escasez, tan llenos entre tanto vacío.

El sentimiento era mutuo. Marchena era un pozo de sabiduría y también de sorpresas compartidas con sus dos nuevos amigos. No solo había leído a Miguel Hernández, sino que admiraba a Audrey Hepburn («Hombre, ya me la presentaréis si vuelve por aquí, menudo bombón de mujer») y escuchaba de vez en cuando a los Beatles («Aunque mi preferida es la Callas, no puedo evitarlo, cada uno es de su época»).

Pero había otra sorpresa, y es que Antonio Marchena había sido médico en un hospital de la capital.

—Uno muy bueno —se enorgulleció su sobrino Miguel Ángel—, ¿no, tito?

—Sí, el Provincial de Madrid. Ahora lo llaman San Carlos, creo. Bueno y antiguo, lo segundo casi tanto como yo.

—¿Y cuál era su especialidad?

—Una de la que me gusta hasta el nombre; yo era médico de familia. ¿No es bonito? Como si la familia fuera un cuerpo único y pudiera curarse entero.

—Tan bonito como si existiera la especialidad de médico del alma —bromeó Lisa.

—Bueno, querida, la hay y la llaman «psiquiatría», aunque te advierto que yo he curado más almas que muchos psiquiatras que conozco.

Por eso estaba Marchena en la habitación en la que yo nací, porque era bueno curando heridas, tratando catarros y trayendo niños al mundo si hacía falta, pero también sanando almas, lo mismo que aquella enfermera Mariela que atendió a Lisa cuando se frustró su primer embarazo, de la que tanto se acordaba.

* * *

Mi madre siempre me contó que el sufrimiento que le costó a su cuerpo pequeño y flaco, que apenas tenía carne para mantenerse vivo, alumbrar uno nuevo después de alimentarlo durante nueve meses no fue nada comparado con la alegría que sintió al notar mi piel contra la suya.

Paquita me colocó sobre su pecho, todavía con los ojos cerrados, sin haberme acostumbrado siquiera a respirar y hecha un atadijo de fluidos sanguinolentos. Pero fue suficiente para Lisa, según me contó hasta el final de sus días, para saber que allí, encima de ella, tenía el verdadero sentido de su existencia: con veinte dedos, una nariz y una boca, el sentido de su existencia era perfecto.

Mi abuela, por su parte, no dijo nada al verme, pero lo primero que hizo cuando aún no habían cortado el cordón que me separaba de Lisa fue comprobar que yo era yo.

Me aupó y vio que sí, que lo era, porque tenía un lunar en forma de guisante en la mejilla izquierda, muy cerca del lóbulo de la oreja. Por ese lado, nada que decir de la lagartona. Había que resignarse, la niña era de Manuel.

Después, me colocó en el regazo de mi madre, cuentan que me acarició la nariz y no quiso volver a tomarme en brazos hasta dos semanas más tarde. Decía que olía a leche agria y eso a ella le daba mucho asco.

Pero lo que pasaba no era que yo oliera mal ni que mi aliento estuviera podrido, sino que me ahogaba cada vez que intentaba echarlo.

A los quince días, Mariquilla hizo su primera visita a la recién parida y al padre con una cesta de buñuelos y un ensayo de sonrisa. Se inclinó sobre mí y oyó una especie de silbato flojito, de bebé sin fuerzas para respirar. Entonces sí que me levantó de la cuna, me miró por todos lados, acercó la oreja a mi boca y le dijo muy seria a su hijo:

—Esta te ha nacido con el asma, Manolo, como me naciste tú. Que te la vigile bien el viejo, tan amiguitos que sois ahora los dos, si dice que es médico al menos que sirva pa algo, no vayas tú a sufrir lo que yo tengo pasado contigo, que no se lo deseo a nadie.

Mariquilla acertó con el diagnóstico.

Todavía hoy, cada vez que me parece que no hay atmósfera suficiente en todo el planeta para que yo pueda respirar, recuerdo que ella fue la primera en conocerme por dentro.

LISA

Los primeros vientos del huracán se desataron el 31 de mayo, casi cuatro semanas después de que yo naciera.

Vinieron en forma de telegrama: «Urgente hablar. Llama periódico. Urgente».

A Lisa, aquellos dos «urgentes» le volcaron algo en la cabeza.

Había vivido hasta ese momento en un estado de felicidad absoluta. Tenía un bebé sonrosado que a ella le olía a canela y no a leche agria y por el que habría entregado la vida; un hombre que le daba tanta alegría como jamás imaginó que tendría junto a alguien; residían en una bonita finca, rodeados de pinos y vides; la tienda funcionaba bien, incluso habían añadido una selección de discos en oferta, con algunas aportaciones de Marchena, incluida una *Carmen* de Bizet cantada por Maria Callas, y con otros que le había dejado Bobby a Manuel; hasta Mariquilla parecía haberles dado una tregua en sus ataques.

Pero, si la vida le había enseñado algo hasta ese momento, era que la felicidad absoluta no existía. O que, de existir, solo duraba un rato.

Llamó a Emil desde el Reina Victoria. La voz de su padre se entrecortaba:

—Lisa…, hija…

—¿Qué pasa, *dad*?

Sin respuesta.

—Por Dios, no me asustes.

—Tienes que venir para atrás enseguida, Lisa, por favor, vuelve...

—Dime qué es, no me tengas así, *dad*, por favor te lo pido yo a ti...

—Tu madre, Lisa, tu madre...

—¿Qué ha pasado con mamá? ¿Está bien? —Lisa gritaba—. ¡*Dad*, por favor, dime qué le pasa a mamá!

—Que se nos ha ido, Lisa... Lo ha hecho, no sé cómo, pero lo ha hecho...

Emil se echó a llorar y a Lisa se le cayó el auricular de las manos. Ninguno de los dos colgó.

A Emil se le olvidó y ella se desmayó. Tuvieron que socorrerla entre el conserje y la camarera de habitaciones, que en ese momento bajaba con toallas limpias y corrió a mojar una con agua fría para colocársela en la frente.

Lisa no lloraba. No podía. No le salían las lágrimas, aunque le dolían los ojos, como si los tuviera llenos pero cerrados herméticamente, a punto de explotar.

Mandaron aviso a Manuel, que casi se estrella con la Ducati de camino al hotel.

Cuando llegó, ella empezaba a reanimarse. Lo miró y entonces sí que le estallaron los ojos.

—Ya lo ha hecho, Manuel. Mi madre, esta vez sí...

—¿Qué es lo que ha hecho, mi amor?

—Lo ha hecho, Manuel, lo ha hecho...

Él calló. Era demasiado grande la conmoción, no sabía lo que decía, pensó.

Pero sí que lo sabía, aunque en ese momento ni Emil ni ella acertaran a explicarlo más que con esa frase que solo ellos dos entendían.

Connie lo había hecho, había dejado que la rata se la comiera entera.

EMIL

El viernes 30 de mayo de 1969 entró en vigor la nueva Constitución de Gibraltar. Esa era la mejor respuesta a las presiones de la ONU. «Ea, se acabó el problema», repetía Emil.

Porque el último ataque, el del 18 de diciembre de 1968, había sido intolerable. La augusta Asamblea General y no un simple comité había aprobado una resolución histórica por sesenta y siete votos a favor, dieciocho en contra y treinta y cuatro abstenciones, por la que se obligaba a Gran Bretaña a poner «fin a la situación colonial de Gibraltar no más tarde del 1 de octubre de 1969».

Por eso, aquel 30 de mayo, poco más de cinco meses después, era un día importante. Gibraltar tenía nueva constitución y en ella no se decía que fuera una colonia, la palabra que tanto molestaba a la ONU, sino «parte de los dominios de Su Majestad». Y hacía tiempo que el mundo había acordado que no podía haber acuerdo internacional que contraviniera la carta magna de un país.

Gibraltar ya no era una colonia. Estaba protegido. Era dueño de sus decisiones.

Emil llegó a Armstrong Steps ese viernes por la noche exultante de emoción. Entre Tony y él se habían bebido tres botellas de Rioja. El último vino español. A partir de ahora, solo whisky escocés.

Entró en su casa trastabillando y tuvo que sentarse en el primer escalón, muy cerca de donde el primer hijo de Lisa perdió la vida antes de tenerla, para reunir fuerzas y emprender la subida.

La constitución y los riojas le había levantado tanto el ánimo que se le había levantado todo y, de pronto, se le antojó imperiosamente lo que hacía años que no hacía, «Qué coño, que soy joven todavía y tengo mis necesidades, qué hartura ya de tanta *fucking* tristeza en esta casa».

Llamó suavemente a la puerta del dormitorio de Connie. Primero, para lo que él quería, era necesario hacer las paces.

Porque ese día de luz para la Roca había sido un día negro para su mujer, que se despertó lúcida, pero también más impertinente que nunca.

—Estáis locos, Emil, si creéis que con una constitución le paráis los pies a Franco. Al contrario, le vais a poner furioso. Ese no tiene fin. Ha sido capaz de cargarse un país en treinta años, ya ves tú lo que le costará acabar con nosotros. Media hora como mucho.

—Eso era antes de que la ONU corriera a salvarle el culo. Ahora ¿qué va a hacer? ¿Invadirnos, para que esa ONU que tanto le besa en los morros se le ponga en contra? Dile a todos los países del planeta que has largado un cañonazo a tu vecino porque te ha dado una rabieta. Eso ni a Franco se lo perdonan.

—Hay más cosas que puede hacer, además de la invasión.

—¿Como qué?

—Pues como cortarnos las pocas alas que tenemos. Mira, Emil, a mí me da miedo quedarme encerrada aquí contigo teniendo a mi hija por ahí fuera, que vete tú a saber si sigue o no en París. Quiero irme de aquí, mañana mejor que pasado. Me voy en busca de la niña.

—¿Irte? Pero ¿adónde vas a ir tú, desgraciada?

—Por lo pronto, a la casa de mi madre, que la tengo vacía en La Línea y me han ofrecido algunas pesetas por ella. Igual la vendo y con ese dinero…

—¿Dinero? ¿Tú sabes lo que vale tu dinero en España? Pues cero, un cero grande y redondo, porque allí se comen los mocos unos a otros y nada más. Si hasta la niña se fue a Francia porque no podía con los españoles. ¿Que vas a por ella, dices? A ver, ¿cómo la vas a encontrar? Con esa amargura que siempre llevas dentro, ¿vas a ser capaz de cruzar los Pirineos sola? *Come on!* ¿Y dónde vas a ir, además, con ese cuerpo de foca, que no cabes ni el asiento de un autobús? ¿Y con quién vas a ir si ya no queda nadie que te quiera…?

A Connie se le iba ensombreciendo todo con cada interrogante de Emil. Primero los ojos, después el rostro y al final la cabeza.

A lo largo del día, mientras Emil se bebía las tres botellas de Rioja con su amigo Tony Balloqui, terminó de ensombrecerse entera.

Por eso, cuando por la noche su marido llamó a la puerta para reconciliarse con ella, aunque fuera durante los diez minutos que necesitaba para lo que los necesitaba, nadie respondió.

Hacía horas que la rata se había instalado en la cabeza de Connie y el día se le había vuelto más rojo que todos sus días rojos.

CONNIE

Esa tarde, Connie entró temblando en el santuario prohibido de Emil, donde estaban su escritorio y sus papeles. Tomó su pluma preferida. Agitada y sin dejar de tiritar, borroneó en la punta arrancada de una hoja de papel.

Después volvió a su dormitorio, pero allí, de repente, se sosegó.

Se vistió despacio, sonriendo. Se puso la única falda que consiguió abrocharse, la azul plisada con un fino ribete morado en el bajo, con una rebeca del mismo color violeta, una camisa de batista fina de un blanco inmaculado y unos zapatos planos que Lisa se había dejado en casa porque le quedaban grandes y a ella impecables.

Tomó una píldora del bote rojo, de las que cada mañana la ayudaban a abrir los ojos. Eso era lo que necesitaba en ese momento, tenerlos muy abiertos.

Salió de casa sin bolso y sin llaves, solo con una sonrisa. Qué tranquilo estaba todo, qué tranquila estaba ella, qué extraño tanta tranquilidad en su vida.

Gracias a los zapatos planos de su hija, trepó hasta un promontorio escarpado y terminado en pico que pocos conocían, cerca de donde un día estuvo la Devil's Tower. Allí iba de joven a llorar, recién casada con Emil, antes de la guerra, para tratar de ver su casa añorada de La Línea.

La noche del 30 de mayo de 1969 regresó al promontorio e intentó divisar París.

No lo veía. Se inclinó más. Se subió de puntillas, los zapatos eran demasiado bajos, no alcanzaba a ver Francia.

Después, pensó que Emil tenía razón, que el esfuerzo que una mujer sola, gorda y con una rata en la cabeza debía hacer para cruzar Europa en busca de su hija y pedirle perdón por haberla atormentado toda la vida con su hiel y sus rechazos era demasiado grande. No tenía fuerzas suficientes.

Así que decidió gastarlas todas en un último intento de descansar para siempre.

La altura la llamó por su nombre y ella obedeció.

Mientras saltaba, solo pensó en Lisa.

«Mira, hija, me voy, soy valiente y me voy».

Qué orgullosa habría estado de ella.

LISA

Lisa tardó poco en dejarlo todo arreglado y un siglo entero en olvidar el momento en que tuvo que separarse de su hija y de Manuel.

Dudaron sobre cómo debían hacer las cosas. No podían resistir la idea de separarse de nuevo, a Manuel le daban escalofríos de pensar que pasaría una sola noche sin el calor de su cuerpo. Pero eran padres y el bien de la criatura estaba por encima de todos los bienes del mundo.

Antonio les convenció.

—No, no podéis marcharos los dos. La niña no está para viajar y menos allá abajo. Mira la pobrecita con qué agonía respira a veces. Es demasiado pequeña y tampoco le conviene ahora el aire húmedo del mar. Dentro de lo malo, donde mejor está es aquí, tragando ozono de estas montañas, que no hay otras iguales en el mundo. Además, para bien o para mal, no tienes leche, Lisa, pero eso ayudará a que podamos alimentarla entre todos sin que tengas que estar tú. Manuel debe quedarse para cuidarla, no hay otra. Hacedme caso, hijos míos, de verdad, hacedme caso.

Los dos sabían que no se equivocaba. Ni se les habría pasado por la imaginación dejar a la niña con Mariquilla, que no había vuelto a ir por La Indiana a verlos. Rosa Mari tenía que volver a Benaoján, Cefe andaba constantemente por esos mundos vendiendo cerrojos, Vicente se había ido a la remolacha y Antonio se veía mayor y con poca fuerza para cuidar de un bebé.

Sí, tenía razón. Pero ¿cómo se arranca un miembro del cuerpo sin que sangre?

Sangrando se marchó Lisa de Ronda. No quiso que Manuel la acompañara ni siquiera a La Línea. Se despidieron en la puerta de Las Abejeras cubriéndose de besos como si acabaran de enamorarse en un concierto de los Beatles.

—Vuelve pronto, mi amor.

—Enseguida estoy de vuelta, solo una semana, diez días como mucho.

—Recuerda que estoy contigo siempre.

—Siempre.

—Y que te quiero con toda mi alma.

—Y yo, vida mía.

—Y que te espero aquí con nuestra hija.

—Cuídamela, Manuel, por Dios te lo pido, que es nuestra niña preciosa, nuestro tesoro.

—Aquí estaremos los dos, pensando en ti.

—No tardo, no nos vamos a alejar más que un momento.

—Solo un momento. Nadie nos va a separar...

—Nadie.

—Ni nunca.

—Jamás.

* * *

El huracán ya estaba soplando fuerte cuando Lisa llegó a La Línea.

Get back to where you once belonged...

Vuelve al lugar al que una vez perteneciste...

La última de los Beatles sonaba bien en la radio que un agente de alguna de las dos aduanas había sintonizado a toda potencia.

A medida que se acercaba, no solo pudo sentir el huracán, sino también verlo. Las barbas del levante dejaban jirones de nubes lamiendo la ladera de la Roca. Debajo, el mar se rizaba enfadado, mientras en tierra atronaba una levantera tan arisca que se llevaba volando los pensamientos.

Qué bien había hecho al obedecer a Antonio Marchena y dejar a Reggie en casa con Manuel, a salvo bajo un sol de aire tranquilo y limpio para que su pecho pequeño no terminara extenuado.

Ahí se veía la Verja. Y ahí se encontraba ella, después de un año más largo que siete vidas. Detrás de esos barrotes de hierro estaba lo que tuvo. Una parte se había ido para siempre y la otra no quería volver a tenerla.

Get back to where you once belonged...

Extendió los papeles y las identificaciones pertinentes ante el guardia civil del lado español. Hizo lo mismo con los *bobbies* de la parte británica.

Distinguió a Emil a lo lejos, esperándola.

En ese momento, miró hacia atrás. Vio cómo la reja se cerraba a su espalda y la de delante estaba a punto de abrirse. Pensó que así debían de sentirse los presidiarios en su primer paso hacia otro mundo.

Get back to where you once belonged...

El huracán de levante rugía cada vez más fuerte.

Y Lisa, al fin, cruzó.

DESPUÉS

1969

Primavera

Jo Jo was a man who thought he was a loner
but he knew it couldn't last.
Jo Jo left his home in Tucson, Arizona
for some California grass.
Get back, get back,
get back to where you once belonged.

Jo Jo era un hombre que creía ser un solitario,
pero él sabía que no podía durar.
Jo Jo dejó su hogar en Tucson, Arizona,
en busca de algo de hierba californiana.
Vuelve, vuelve,
vuelve al lugar al que una vez perteneciste.

THE BEATLES, «Get Back»,1969

LISA

Los trámites para el entierro de Connie en el North Front se realizaron en silencio. Nadie fue a verla por última vez, porque, en cualquier sitio donde la superstición tenga asentados sus reales, una suicida no es digna de entrar en el cielo acompañada del llanto de los que la conocieron. A quienes se niegan a sí mismos la vida nadie está obligado a darles algo en la muerte. Ni siquiera un adiós.

Solo la lloraron Lisa, Emil y doña Sole, la amiga de Pepa que había venido desde La Línea para ayudar en lo que pudiera, que bien sabía ella lo que cuesta desprenderse de lo que dejan los que mueren.

También la despidieron silbando los vientos cruzados de la Roca a cuya sombra Consuelo Requena había pasado la mayor parte de su vida y bajo cuya vigilancia imponente descansaría para siempre.

El entierro duró poco, porque Emil debía regresar urgentemente a la redacción aduciendo que algo se cocía. Lo mismo de siempre. Lisa ni siquiera había cruzado más de dos palabras con él desde que regresó. Su padre era un desconocido, aunque le hubiera hecho falta un año sin mirarlo de frente para descubrirlo.

Lo que sí sabía era que se le había truncado para siempre su felicidad, que ya jamás volvería a ser absoluta. Recordó la piel de su bebé de canela y los labios de Manuel. «Nunca ni nadie», se dijo a sí misma. Esa separación sería todo lo corta que pudiera, porque ya no era capaz de vivir sin su felicidad, la porción de ella que le quedase, que, fuera cual fuese, estaría siempre al lado de los dos seres que más amaba en la tierra. Nunca ni nadie volvería a separarla de ellos.

Pero le quedaba lo peor de la muerte para los vivos, como le había dicho doña Sole. Tenía objetos que liquidar, desechar o regalar, además de muchas gestiones que realizar, y eso iba a mantenerla ocupada durante unos días.

El sábado ya había decidido que se llevaría con ella una pequeña maleta con los recuerdos más queridos de su madre: un rosario de carey; un patito de porcelana que le compraron Connie y Emil en una Cruz de Mayo de La Línea cuando aún no había cumplido cuatro años y sus padres todavía creían que podían superar el recuerdo de una guerra y criar a una niña juntos; un billete de cien pesetas que su madre siempre guardaba por si acaso, uno de los porsiacasos en los que siempre buscaba la seguridad que nunca llegó a encontrar, y un camafeo.

Esto último fue una sorpresa que su madre le enviaba desde la tumba, un camafeo de nácar en cuyo interior ovalado se encontró con dos rostros familiares. A la izquierda, el de la *nanny* Pepa, con su moño blanco en alto, tan risueña como lo fue hasta el final de sus días, hermosa, fuerte y poderosa. A la derecha, el de una niña, también con moño y pinchado en él un clavel más grande que su cabeza, que sonreía porque acababan de comprarle un patito de porcelana en un puesto de La Línea.

En ese camafeo se resumía la vida de Connie, pero también todo lo que había perdido. Cuando se fue, lo hizo sin nada. Tenía las manos vacías, pensó Lisa, «y yo no estuve cerca para sujetarlas y evitar que se marchara por el cerro abajo».

«Que no es tu culpa, mi niña bonita, mi niña morena —le habló la *nanny* Pepa desde el camafeo abierto—. Que no, que fue la enritación. Que mi hija era muy desgraciada y, cuando la pena te muerde, te contagia de una rabia que ya no se quita nunca».

«Pero, *nanny*, yo no estaba aquí. Me fui. Y las dos supimos siempre lo que pasaría si me iba. Me fui y he sido feliz. Cambié mi vida por la de ella. ¿Y ahora cómo sigo yo con esto dentro, *nanny*, dime cómo lo hago...?».

La abuela Pepa no le respondió.

* * *

Doña Sole llamó con suavidad a la puerta de la habitación de Connie en la que Lisa terminaba su penosa misión aquel sábado.

—Ay, muchacha, cómo se me parte el corazón al verte así, vida mía. Mira, niña, te voy a dar algo. Tu padre no lo va a hacer y yo creo que debes tenerlo. Es la letra de tu madre, estoy segura, la reconozco porque tu abuela guardaba todas sus cartas y alguna me enseñó.

Le tendió la punta arrancada de una hoja de papel.

Lisa no se atrevió a tocarlo.

—¿Qué es eso?

—Tómalo, mujer, me parece que es para ti. Te lo dejó tu madre, a lo que se ve, aunque tu padre lo tenga guardado como un secreto. Estaba yo haciendo limpieza, que me voy ya mismo y quiero dejártelo todo bien apañadito, y me lo he encontrado.

Lisa tomó el pedazo de papel con mucha prevención.

Tenía unas letras garabateadas que pudo leer a duras penas. Las había redactado una mano de pulso inestable. Una mano con la prisa de alguien perseguido por la muerte, se dijo.

Leyó: «Espérame, Lisa, me voy a París contigo, espérame...».

—Pero... ¿esto lo escribió mi madre? ¿París? ¿Cómo que a París? ¿Qué es eso de París?

—Pues, hija, yo qué voy a saber. Piensa que la pobre Chelo estaba muy malamente y en los últimos tiempos más. Yo no la veía mucho, porque ella no salía de casa y yo de La Línea me muevo cuanto menos mejor, que la cosa no anda muy bien por aquí y en los últimos días menos, algo he oído, aunque no me he enterado muy bien...

Lisa le dio muchas gracias. Tenía razón. Aunque no supiera lo que significaba, esa nota estaba dirigida a ella y era ella quien debía tenerla.

Cuando doña Sole se marchó, se llevó el papel y se encerró con él en la habitación de su madre.

París, París, París… ¿Por qué París, si solo se había ido a Marbella? ¿Por qué no la llamó nunca a casa de Audrey? Lisa intentó hablar con ella muchas veces, pero no respondía a sus cartas.

París, París, París…

Se lanzó en tromba a la mesa de trabajo de Emil, descerrajó los cajones, revolvió los estantes… Nada. Después, cayó en la cuenta de que había un lugar en cuyo interior no había mirado porque su padre no lo guardaba en el estudio, sino en su dormitorio.

Él estaba en el periódico. Le había dicho que regresaría pronto a casa, pero pronto, para Emil, significaba tarde, a veces bastante tarde. Tenía tiempo.

Buscó el baúl de las lecturas prohibidas que trajeron de Churriana y lo abrió. Quedaban pocos libros dentro, la purga de Emil había llegado también a la literatura española, aunque fuera la vetada por Franco. Había salvado de la quema a Lamartine, Voltaire, Camus y Orwell, pero ¿dónde estaban Machado, Lorca, *La Celestina*, *La Regenta*… o Jardiel Poncela, al menos?

La escasez dejaba al descubierto el fondo del baúl, que tenía un pico levantado. Lisa trató de arreglarlo y descubrió que el pico servía de palanca para extraer la tapa entera.

Debajo de ella estaba todo: su partida de bautismo fechada y firmada en Belfast; cada una de las cartas que Lisa le escribió a su madre en el año transcurrido, sin abrir, y una más, distinta, especial, que no era de su hija.

Ella también distinguió la letra, como doña Sole.

Rasgó el sobre de un tirón y tuvo que tragarse la ira que empezó a consumirla de la cabeza a los pies desde la primera línea para poder llegar a la última.

Lisa, mi vida, mi alma entera. Te escribo a la casa de la actriz que me dijiste, es que es la única dirección que tengo. Ojalá ella te haga llegar esta carta, porque tú a mí no me escribes nunca y yo ya no puedo llamarte, no sé dónde estás. Tu padre me ha dicho que te has ido a París porque allí te han llevado tus amigos, puede que haya sido esa chica tan delgada que yo sé que te metió por el camino equivocado. Le pido a Dios cada noche que te encuentres bien y que no sigas tomando más veneno. Yo también intento dejar de hacerlo, pero ya sabes que la rata siempre tiene hambre y si no la sacio me va a terminar volviendo más loca de lo que estoy.

Pero tú eres joven, mi niña, tú aún puedes salvarte y yo quiero vivir lo suficiente para volver a verte y pedirte perdón por la mala vida que la rata y yo te dimos cuando eras chica. No sabes cuánto me arrepiento.

Deseo de todo corazón que seas feliz, solo te pido que me digas algo, unas letras siquiera, dime que estás bien y así me quedo tranquila.

Espero que te esté gustando París. Me han dicho que es muy bonito. Lo que yo daría por estar ahí contigo.

Te quiere,

TU MADRE

LISA Y EMIL

—Eres un miserable, un villano, un mentiroso y un mierda.

Emil volvió a casa el sábado, muy avanzada la noche, ya domingo de madrugada, y con los hombros más desplomados que nunca. Lisa lo esperaba sentada en el primer escalón, donde unos días atrás se había sentado él mismo sin saber que Connie ya se había ido y donde unos años antes ella había perdido a su hijo.

—Un mierda, Emil, eres un mierda, *yes indeed*.

Había alfombrado el suelo del vestíbulo con todas las cartas cerradas que le había enviado a su madre durante un año y, encima del montón, su partida de bautismo.

Él se agachó para recoger las cartas, pero Lisa volvió a lanzarlas de un puntapié lo más lejos que pudo.

—¿No tienes nada que decirme?

—¿A esa sarta de chabacanerías quieres que responda? No, hija, a eso solo puedo decirte que cómo se nota que ahora vives con la matutera que tanto trabajo me costó echar de esta casa hace más de veinte años.

—Es decir, que la culpa de que hayas guardado estas cartas sin que nadie las haya leído, ni siquiera tú, ahora es de una pobre mujer que no sabe leer ni escribir.

—De ella y tuya. Te fuiste, Lisa, y desde ese mismo día perdiste todos los derechos sobre esta casa y sobre tu madre.

—¿Derechos? ¿Derechos, dices? ¿Qué derechos hemos tenido mamá y yo contigo si siempre fuimos tus marionetas? ¿Derechos?

Mira, *dad*, yo solo he tenido derechos cuando me he alejado de ti. He tenido derecho a enamorarme libremente de quien he querido. Y he tenido derecho a tener una hija, una criatura divina que ha podido nacer porque tú no estabas cerca para arrancármela de un golpe antes de que viniera al mundo.

A Lisa no se le escapó el gesto de Emil.

—¿Qué? ¿Te sorprende, *dad*? Pues sí, tienes una nieta y también eso lo sabrías si le hubieras dado mis cartas a mamá o si al menos te hubieras molestado en leerlas tú antes de guardarlas en el baúl.

—Tengo una nieta...

—La más bonita que te puedas imaginar. Pero tú no la vas a conocer. —Lisa se acercó mucho a él, y entonces se dio cuenta de que su padre había menguado, ya no era el gigante que recordaba, sino un pobre hombre torcido y vencido por su amargura—. A ella no le vas a pegar, como a mí, ni a matar de tristeza, como a mamá. Ella va a tener una vida muy diferente de la nuestra.

Después, con mucha calma, recogió una a una las cartas del suelo y comenzó a subir las escaleras. Se volvió a medio tramo y le dijo a un Emil que continuaba atónito:

—Mírame bien, porque es la última vez que me ves. Duermo un rato y me voy mañana temprano, no estaré cuando despiertes. Adiós, *dad*. Espero que no volvamos a vernos nunca.

* * *

Poco después, Lisa bajó a la cocina a por el vaso de leche sin el que no podía conciliar el sueño desde que tenía nueve años.

No quedaba. Se puso nerviosa. Sabía que últimamente la leche escaseaba en la Roca, por eso había intentado racionar la que había en la casa para que le durase hasta su partida. Sin embargo, esa noche la necesitaba desesperadamente. No sería capaz de dormir sin ella.

Buscó por los rincones hasta que encontró en uno escondido otra botella. Estaba abierta y con dos tercios de contenido. La olió y decretó que estaba en buen estado. Más o menos. Suficiente.

La casa seguía en silencio. Su padre debía de estar en el estudio o durmiendo ya.

Oyó murmullos agitados en las calles, pero así eran los fines de semana en su ciudad, a todos les costaba dar por concluida la noche, siempre deseosos de que durase al menos un ratito más antes de que el despertador sonase la mañana del lunes siguiente. A la laboriosidad británica nadie podría quitarle nunca las ganas españolas de alborozo. Era lo bueno del mestizaje. Qué tremendo error que un lado y otro quisieran imponerse al de enfrente.

Con ese pensamiento sorbió despacio la leche, ya en la cama. Estaba demasiado cansada. Había sido una semana funesta, pero había terminado. Por fin. Dentro de unas horas, cuando despertara antes del amanecer, se iría y ese mismo día volvería a abrazar a Reggie y a Manuel.

Siguió bebiendo leche. Pensó que siempre llevaría consigo el vacío de Connie, pero ella, a diferencia de su padre, sí conocía el modo de llenar el hueco. Tenía la felicidad, aunque fuera relativa, esperándola en Ronda.

Tomó más leche. No había salido de casa desde el día anterior y se dio cuenta de que hacía varios que no leía el periódico. Su padre solía traerlo por las noches aún caliente de tinta, pero no recordaba haberlo visto llegar con los de los últimos días.

De nuevo, un sorbo de leche. Le daba igual. No quería saber lo que ocurría en Gibraltar, esa ya no era su casa.

Se iba, sí; se iba y se llevaba a Connie con ella, aunque en Gibraltar se quedaba su rata… ¿Era una rata de lo que le hablaba su madre o de un ratón…? Dudó, qué extraño se había vuelto todo en su cabeza.

Estaba agotada, sintió un dulce sopor, se le cerraban los ojos. Mañana iría derecha al garaje donde había dejado su Topolino, en la calle… ¿en qué calle estaba ese garaje, Dios, dónde estaba?

Desvariaba. La Virgen, qué sueño, pero qué sueño tenía. No podía mantener los ojos abiertos.

Bebió lo que quedaba de leche, todo de una vez, así, un último trago largo, eso la ayudaría… Y perdió la conciencia.

* * *

Cuando su padre la despertó en la cama de Connie era lunes 9 de junio, muy avanzada la noche, cerca del martes ya.

Había dormido casi dos días.

Ella aún no lo sabía, pero en esos dos días el mundo se había acabado.

MANUEL

Manuel miraba a su hija y no se sentía solo, pero sí vacío. Pronto volvería Lisa, muy pronto. Se lo había prometido. No podía tardar. Connie, la pobre, ya no necesitaba a su hija. Y quien sí lo hacía, Emil, no tenía derecho a que Lisa le diera más tiempo del estrictamente necesario, por lo que sabía de él.

Esa mañana bajó muy temprano a Ronda con la pequeña Reggie en un capacho. Lisa y él le habían comprado a Cefe un Seiscientos blanco que no usaba a precio de ganga, la cantidad simbólica que el hombre les pidió para no herir el orgullo de una pareja joven y pobre. El cerrajero los convenció de que necesitaban un vehículo adecuado para transportar un bebé, algo imposible en la moto, y el Topolino ya estaba dando sus últimas boqueadas. Había que prevenir.

Manuel iba a casa de Mariquilla para pedirle que cuidara a la niña unas horas, un par como mucho. Él tenía algo importante que hacer. No le dijo qué para no preocuparla y para que su relación con ella, que se iba recomponiendo lenta pero progresivamente, no entrara de nuevo en barrena.

A Manuel le flaqueó el brazo que sostenía el capacho cuando llamó a la puerta de su madre, porque el suceso del día anterior le había dejado mal cuerpo, el peor cuerpo que un suceso podía dejarle a nadie.

Ocurrió de noche, muy tarde, cuando oyó ruidos en la finca. Una silueta oscura se deslizaba por las viñas nuevas. Andaba a trompicones pisoteándolas, caía sobre los pámpanos de hojas verdes y brillantes, tan prometedoras, tan llenas de savia, y las aplastaba bajo las botas. Cantaba y hablaba al mismo tiempo con voz gangosa. La barba blanca contrastaba con el negro del cielo.

Manuel estaba allí para dos cosas: para cuidar de su hija y de la finca. Por eso, primero se aseguró de que la niña dormía y cerró la puerta del cuarto, de modo que ningún borracho pudiera interrumpirle el sueño. Después, salió con lo primero que encontró, un bastón de madera de fresno que usaba Marchena cuando le visitaba para dar paseos por el monte.

Lo distinguió enseguida. Con razón su tía Toñi no quería tenerlo cerca.

—¿Qué hace usted aquí, Domingo, hombre?

—Pues ya ves, Manolo, a ver si me das tú un poco de vino, que tengo sed, o lo saco yo mismo de estos hierbajos, que ya deben estar a puntito de soltar algo de jugo.

—Ande, Domingo, vuelva usted a casa, que a su edad y a estas horas, con lo que ya lleva bebido, está tentando a la suerte.

—A mí la suerte me la tiene jurada. Tú lo has dicho, con la edad que tengo y va el cabrón del marqués y me despide después de treinta años a su vera. Qué mala estrella he tenido desde lo de tu tía, cago en todos mis muertos.

Manuel calló. No quería escuchar las penas del que había sido capataz del marqués de Rómboli y al parecer ya no lo era, ni mucho menos que mencionara a su tía. Solo quería que se fuera. Mejor no preguntaba. El hombre siguió cantando y el chico trató de asirle por el brazo para obligarlo a salir del viñedo.

—Que me sueltes ya, idiota del culo…, que ustedes sois los que me habéis estropeado la vida, mamón, capullo de mierda, niño mimado de los cojones, tú y la puta de la Toñi, que hasta hizo que la llamaran Diezduros pa burlarse de mí.

Manuel sabía de qué hablaba y le parecía mentira que el hombre todavía le guardara rencor a su tía por los cien billetes de diez pesetas metidos en un sobre que encontró junto a la Cueva del Moro en la prehistoria, hacía ya tanto que ni el propio Manuel recordaba aquel día.

—A ver, a ver, Domingo, que se está usted pasando de la raya. Váyase ya a casa, hombre, por favor, que si no llamo al cuartelillo.

—Pues llama, llama, imbécil, ya verás tú el caso que te hacen, que el sargento es mi primo. ¿Quieres que venga? —Se colocó las manos en forma de paréntesis alrededor de la boca para usarlas de altavoz, miró al cielo y comenzó a aullar a las estrellas—. ¡Francisquín, hombre, Francisquín, ven acá pacá corriendo, que aquí hay un vaina que quiere que me metas preso!

—Cállese usted, por Dios, que tengo una niña muy chica ahí dentro y me la va a despertar.

—¡Francisquín, primo, vente ya y a ver si me llevas a la cárcel lo mismito que me llevaste cuando le reventé la cabeza a la Toñi, hombre, venga, a ver si esta vez tienes huevos...!

Manuel creyó que había entendido mal lo que salió de la lengua de trapo de aquel despojo borracho.

—¿Qué ha dicho, Domingo? ¿Qué es lo que ha dicho usted?

Apretó fuerte la empuñadura del bastón.

—Lo que has oído, cojones, lo que has oído. ¿Me pasó a mí algo cuando maté a tu tía? No, señor, na de na, limpito me quedé y aquí me tienes. Ha tenido que venir el señoritingo del marqués pa fastidiarme la vida, ahora, a la vejez, cuando ya no tengo donde caerme muerto... Anda y que te jodan, me voy, claro que me voy. Y aluego dicen de los borrachos, con lo buena gente que semos que no decimos más que verdades...

Se dio la vuelta para marcharse riendo y trastabillando en medio de las vides que apisonaba a su paso.

Y Manuel no pudo resistir el impulso. Le subió una serpiente por el esófago y recordó los sesos de su tía esparcidos a la entrada del Hundidero y sus ojos abiertos pidiendo justicia.

Había tenido que esperar a aquella noche para dársela.

Manuel golpeó a Domingo con el bastón y volvió a hacerlo cuando lo tenía ya en el suelo. La sangre del hombre se le escapó de la sien. Corrió por la tierra de lo que algún día se convertiría en buen vino, pensó, y eso fue lo que le detuvo.

La idea de que un líquido noble pudiera quedar contaminado con la sangre podrida de aquel desgraciado hizo que la mano se le congelase en el aire antes de asestarle un tercer golpe.

No, él no era Domingo. Él no haría lo mismo que aquel malnacido le había hecho a Toñi.

El hombre aprovechó el momento de duda para llevarse la mano a la cabeza, notar el fluido caliente, levantarse y echar a correr soltando gotas de sangre en su carrera, aunque lo bastante recuperado como para que las piernas obedecieran al poco cerebro que tenía.

Manuel lo vio huir, pero pensó en Reggie y no salió tras él.

No importaba adónde fuera. El mundo era un pañuelo, bien lo sabía él, y la serranía, apenas una servilleta. A la Guardia Civil no le costaría dar con su paradero. Algún agente honrado habría que no fuera primo de Domingo y que lo pusiera entre rejas, aunque tuviera que irse a Málaga para encontrarlo.

Por eso, nada más amanecer estaba llamando con mal cuerpo a la puerta de su madre. Lo primero era dejar a su hija en un lugar seguro. Lo segundo, hacer lo que tenía que hacer ante una autoridad que fuera de verdad pertinente.

LISA

Lisa dormía mientras todo se vino abajo, pero pudo reconstruirlo paso a paso después porque durante mucho tiempo no se habló de otra cosa.

El domingo 8 de junio, cuando el reloj de la Catedral de Gibraltar y el de la torre de la iglesia de la Inmaculada de La Línea marcaban al unísono las once y media de la noche, se acercaron a la Verja varios policías españoles de los que hacían guardia en el puesto aduanero.

Llovía, pero no les importaba a los cientos de ciudadanos y otros tantos periodistas o más que se habían congregado a un lado y a otro de las rejas. Los flashes centelleaban sin parar enfocando a los agentes y a la muchedumbre.

En el lado gibraltareño, medio millar de personas agitaban en el aire banderas británicas y cantaban. Unos tarareaban «La Zarzamora» y otros «La Violetera». Las tonadillas de la España folclórica se mezclaban con el «Himno de Riego» mientras algunos republicanos todavía exiliados y todavía vivos coreaban a Carmela puño en alto, «rumba, la rumba, la rumba, la...».

Muchos insultaban a voz en grito a los agentes de policía españoles, allí quietos, muy derechos y muy silenciosos, esperando la hora prevista: «¡Fascistas!»; «¡Estáis separando a las familias, criminales!»; «¡Vergüenza tenía que daros, cabrones!».

En el lado español, los congregados hacían lo mismo que en el inglés, pero por dentro. No se atrevían a insultar en voz alta a las fuerzas del orden, pero en su corazón deseaban que mal rayo les partiera en ese mismo instante. No cantaban, pero en su cabeza rezaban. No llevaban banderas, pero en el alma se preguntaban por qué un trapo los había llevado a eso.

Y todos, absolutamente todos, en una parte y en otra, lloraban.

Padres, hijos, hermanos, sobrinos, tíos y amigos, muchos amigos, se decían adiós con la mano y con sus lágrimas.

En el momento de la noche del 8 de junio de 1969 en que uno de los agentes al fin dio la vuelta al candado de la Verja del lado español que lo separaba del Peñón, cumpliendo las órdenes del régimen franquista en represalia por la flamante constitución gibraltareña, se levantó un nuevo muro de la vergüenza.

Ocho años después del de Berlín.

Qué poco tenía Franco que envidiar de los comunistas a los que tanto odiaba, se dijeron todos.

* * *

Cuando Lisa despertó, todo eso había ocurrido ya y era irremediable.

La desesperación nace de la impotencia. Por eso se abalanzó sobre Emil, por desesperación e impotencia.

Fue él quien la despertó.

Acababa de regresar a Armstrong Steps del periódico después de los dos días más intensos de su carrera profesional, en los que se había olvidado por completo de su hija. No le extrañó encontrar la casa tan silenciosa, lo que le sorprendió fue ver su maleta en la puerta, tal y como la había dejado la noche del sábado. ¿Seguía Lisa allí?, ¿aún no se había ido a España?

Cuando Emil discutió con su hija al pie de las escaleras de la casa ya sabía que Franco iba a cerrar la Verja, hasta lo había anunciado Radio Nacional de España, pero no se lo quiso decir. ¿A ella qué más le daba? Se iría antes de que sucediera, seguiría con su vida y nunca volvería. Mantendría a su nieta lejos de él.

Pues que se fuera. No le hacía falta. Que se fuera y lo dejara solo. No necesitaba a nadie para seguir en su lucha. Y, en el fondo, que España tampoco quisiera a Gibraltar era un favor que le hacía a su ciudad. Solos serían más felices. Además, lo serían por poco tiempo. Quién se iba a creer que Franco pretendía de verdad mantener el cerrojazo. Impensable, imposible. Era una fanfarronada más de un dictador senil y jactancioso que jugaba con los pueblos como en el campo de golf, con arrogancia, a ver quién metía la bolita en el agujero con menos golpes y se llevaba el partido.

Pero ocurrió lo que nunca imaginó que pudiera ocurrir: mientras él estaba en el periódico, atento al desenlace de la peor de las noticias, Lisa se quedó profunda e irreparablemente dormida.

Cuando la joven despertó mucho más tarde de lo que debía, con la cabeza nublada, barro en la boca y un velo en los ojos, no comprendió lo que pasaba.

Emil tampoco. La encontró todavía en la cama, aturdida y balbuceando junto a una botella vacía. Primero trató de que volviera al mundo real, al principio con palmaditas ligeras en las mejillas y después zarandeándola por los hombros.

Al recuperar por fin la consciencia, vino lo más difícil. Emil tuvo que explicárselo todo. Que no podía regresar a España. Que los habían confinado a los pies de la Roca. Que la Verja se había cerrado y que Franco había tirado la llave al mar.

Entonces fue cuando su hija se despertó por completo, lo entendió todo y se le echó encima como una leona.

Golpeó a Emil con los puños en el pecho, en los brazos, en el vientre.

No tenía demasiada fuerza, aunque le hizo mucho daño, del que no deja marcas en el cuerpo. Y, aun así, no dolía ni una ínfima parte del que ella estaba sintiendo.

FRANCISQUÍN

La familia es la familia y, cuando lo de la Diezduros, el sargento Francisquín cerró filas alrededor de su primo Domingo. Falseó unas cuantas pruebas y sobornó a unas cuantas lenguas. Las había que iban contando que al capataz del marqués, cada vez que se ahumaba, y eso sucedía día sí y día también, le daba por presumir de que era él quien había reventado a palos a la Diezduros. Después se echaba a llorar y confesaba haber matado también a Manolete, como buen borracho de libro.

Pero es que lo último que le había hecho Domingo... Eso es que no tenía nombre.

Se lo contó la noche anterior, ya casi amanecido. Pegó a su puerta sangrando como un cochino en día de matanza, parecía un muerto recién salido de la tumba.

Le abrió Pepi y casi lo abre a él en canal, pero al verlo tan herido sacó vendas y alcohol y terminó preparando un puchero de café para los dos, porque una mujer de verdad atiende a los primos de su hombre sin hacer demasiadas preguntas.

—Primo, que esta vez la he cagado en serio. Me se ha escapado y se lo he contado al Manolo...

—¿Al sobrino?

—A ese mismo. Es que no sé qué me pasó, me se encendió la cabeza...

—Ya, ya veo cuánto se te encendió, que casi te la enciende él a ti y te deja sin sesos, aunque no es que tengas tú muchos de esos.

421

—El caso es que ahora el gachó seguro que se va a otro cuartelillo que no sea el tuyo a denunciarme y contarlo todo.

—¿Contar qué?

—Pues lo mío y lo de la Toñi, y también…

—¿Qué? ¿También qué, Domingo, a ver, también qué?

—Pues lo tuyo, hijo, Francisquín, lo tuyo.

—¿Y qué es lo mío si puede saberse?

—Ahora no te hagas el longui, hijoputa, que yo, tú y algunos
más sabemos que lo tapaste todo, y yo bien que te lo agradezco, mi
alma, que eres el mejor primo del mundo, pero estás tan pringao en
esto como yo, los dos juntos pa lo bueno y pa lo malo.

Lo de Domingo es que no tenía nombre. ¿Y ahora qué hacía él?

Pensó un rato. Bastaba con que al menos uno de los dos primos
fuera capaz de hacerlo.

—Ya hablaremos tú y yo despacio, que eres peor que una almo-
rrana, pero ahora a ver cómo salimos de esta. Por el momento, vamos los dos a registrar la tienda esa de Santa Cecilia por si encontramos algo.

—¿La de Manolo? Yo ahí no entro, que era la lechería de la Toñi
y la muy puta me echó una maldición mientras se moría, primo, e
igual sale el ánima a buscarme.

—Lo tuyo no tiene nombre, Domingo. O vienes conmigo por
las buenas o el que te da con una maldición en toda la cabeza soy
yo, que ya verás lo que duelen mis maldiciones.

Fueron, claro que fueron. Se dieron maña y terminaron forzan-
do la cancela que había forjado Cefe sin hacer demasiado ruido.

—¿Qué hacemos aquí, primo? —preguntó Domingo en un susurro.

Sí, menos mal que uno de los dos pensaba. Ya encontrarían algo,
le respondió Francisquín.

—Busca y calla, papafrita, que solo vales para darle al porrón.

Domingo el papafrita no encontró nada y, si lo hizo, no supo
distinguirlo. Pero su primo sí, que para eso era el que pensaba.

Y lo que se encontró fue el Gordo de Navidad, entero para ellos
solitos.

* * *

—Manuel Calle Martínez, queda usted arrestado en nombre de la autoridad militar competente por posesión de material subversivo y por incitación a la rebelión general continuada.

En la puerta de la tienda de Manuel había tres militares y un sargento de la Guardia Civil. De los primeros, dos llevaban metralletas bajo el brazo, y uno, medallas. Le pararon antes de que pudiera entrar, cuando el chico se había acercado a la tienda después de dejar a su bebé con Mariquilla y antes de ir a denunciar a Domingo, en busca de la cartera que había olvidado el día anterior.

El de las medallas hojeaba un libro. Manuel lo distinguió claramente: era su biblia, la de Lisa y suya, el *Cancionero y romancero de ausencias* que tanto le había ayudado a suplir la de su amada en el pasado y le seguía ayudando en la nueva de ahora.

—Pero ¿qué pasa? No entiendo... ¿Y qué hacen ustedes con eso? Es mío. —Alargó la mano hacia el libro, pero al instante los otros dos militares levantaron sus metralletas y se interpusieron entre Manuel y el de las medallas.

—¿Puede usted explicar esto, señor Calle?

—No tengo nada que explicar. Es un libro.

El de las medallas leyó sin entonación ni afán poético alguno, todo de corrido, como quien lee el informe de unas maniobras en Cuenca:

—«Pupila-del-sol-que-te-entreabres-en-la-flor-del-manzano-ventana-que-da-al-mar-a-una-diáfana-muerte».

El militar lo miró satisfecho:

—Así que la flor del manzano dando a una diáfana muerte.

—Sí, eso dice... ¿y qué?

—A ver si con esto lo vemos todos más claro: «Cuando-en-la-dentadura-sientas-un-arma...» y aquí... en este otro, déjeme buscar... sí, lo tengo: «Ansias-de-matar-invaden-el-fondo-de-la-azucena-acoplarse-con-metales-todos-los-cuerpos-anhelan...». Ya me contará usted.

—¿Y qué quiere que le cuente?

—Pues que después de lo de sus amigos dándole el año pasado diáfana muerte a la flor del manzano, o sea, a Melitón Manzanas, que aunque lo hicieran allá arriba sabemos de buena tinta que hasta aquí abajo llegan los tentáculos del monstruo comunista, usted y sus amigos de la ETA andan planeando acoplar a alguien más con metales, o sea, meterles plomo, y armados hasta los dientes. Si es que está más claro que el agua.

¿Quién era ese Manzanas? ¿Qué era eso de la ETA? ¿En qué idioma hablaba aquel hombre?

Fuera lo que fuese cada cosa, nunca imaginó Manuel que nadie, jamás, pudiera hacer una lectura retorcida, torticera y malsana de los poemas más hermosos del mundo, como era la que hacía el militar laureado de aquellos versos, hablando de matar y meter plomo.

—Ya veo que calla y el que calla otorga. —El de las medallas estaba muy satisfecho—. Usted, por lo pronto, se viene conmigo al calabozo del cuartel y cuando hable con Madrid ya veremos qué hacemos con usted.

—Pero, pero… ¿yo qué he hecho, señor general o lo que sea, dígame qué he hecho?

—Por lo pronto, tener guardado un libro de la lista negra.

Era un libro prohibido, le había dicho Lisa hacía cuatro años. Pero… ¿seguía estando prohibido? ¿No había servido de nada que la humanidad tuviera ahora aviones ultrasónicos y cohetes para llegar a la Luna, ni siquiera que Massiel y Salomé hubieran ganado Eurovisión? ¿Es que seguía habiendo libros prohibidos en el mundo? ¿De verdad que lo que seguía habiendo era mentes tan corrompidas como para buscar al diablo en la belleza y encima encontrarlo haciendo malabares con unas palabras que ni siquiera entendían?

En el momento en que esposaban a Manuel llegó Cefe corriendo, avisado por una vecina.

—Cefe, por Dios, habla con mi madre, que cuide bien de Regina…

—Pero, a ver, a ver, señores generales, si el pobre no ha hecho nada malo… Tú tranquilo, mi alma…

—Y que se lo diga a Lisa, que va a volver un día de estos. Que no se preocupen, que no me va a pasar nada, que es todo un malentendido y que me van a soltar enseguida.

Uno de los militares le dio un tirón por las esposas.

—Que te crees tú eso. A otros rojos por menos los han fusilado.

Manuel miró al soldado y no pudo evitar contestarle en voz más alta de la debida:

—¿Ah, sí? ¿Es que puede haber menos que esto...?

El soldado le respondió con un culatazo en la nuca y el chico perdió el conocimiento.

El sargento de la Guardia Civil que acompañaba a los militares y que lo había presenciado todo desde el principio sonrió aliviado.

La cosa había salido según lo planeado y el de las medallas había picado el anzuelo que él mismo había colocado estratégicamente la noche anterior doblando los picos de determinadas páginas del libro. Qué más daba qué páginas. Si uno quería, encontraba rojos hasta en una sopa de letras.

Sí, el sargento Francisquín sonrió aliviado. Al menos por esta vez, se habían librado los dos. A ver qué era lo próximo con lo que le salía Domingo.

Porque, desde luego, lo de su primo es que no tenía nombre.

LISA

La propia Gran Bretaña ayudó sin saberlo a la confusión hasta el último minuto. Veinticuatro horas antes del cierre, el ministro John Silkin, de visita en Gibraltar, tranquilizaba a los ciudadanos. No, España no iba a retirar a su fuerza laboral, tranquilos todos, empresarios, comerciantes, mucha calma.

Se equivocó. Con una sola vuelta de llave, en un abrir y cerrar de ojos, al Peñón le habían amputado cuatro mil ochocientos trabajadores españoles. Cundió de todo menos calma. Porque, a las pocas horas del cerrojazo, en Gibraltar ya empezaba a escasear el pan. Y poco después, la carne. Y de todo, muy pronto.

La Roca vivía de los negocios financieros, del contrabando, de su fiscalidad asequible, de su atractivo como escala hacia lugares turísticos. Pero no tenía campos de cultivo ni ganadería ni mano de obra suficiente para ciertos trabajos. Franco no solo sabía todo eso cuando los encerró, sino que había contribuido a fomentarlo permitiendo a los gibraltareños creer que seguiría haciendo la vista gorda ante los alimentos que algunos introducían a escondidas y otros de manera ostensible, para que no estuvieran tentados de convertirse en autosuficientes por si algún día España les faltaba.

Con todo, a Lisa lo que le faltaba era mucho más que pan o carne. Le empezó a faltar la vida, porque se la había dejado en Ronda junto a sus dos amores.

Tuvo mucha fiebre. Deliraba y llamaba a Regina confundiéndola con la Audrey de *Charada* y a Manuel con un poeta cabrero de Alicante mientras veía a los cuatro juntos en un cielo lleno de diamantes comprados en Tiffany.

El doctor Cazes la atendió como pudo, pero cuando vio el estado en el que se encontraba, con una postración mental que empezaba a convertirse en física, se mostró muy preocupado.

—Pero, Emil, hombre de Dios, esta muchacha está *very badly*. ¿Ha tomado algo que le haya podido sentar mal? Porque esto no es solo el disgusto de haberse quedado aquí encerrada que tenemos todos, me parece a mí.

—Yo qué sé, doctor, y yo qué sé lo que toma la gente joven ahora.

—Pues algo habrá tomado y sería bueno averiguarlo. *Listen*, Emil, igual no debería decírtelo, pero me contaron que Lisa anduvo tonteando con las drogas nuevas, alucinógenos *so they say*. La chiquilla esa que era amiga suya, Marisol, me contó que un día le dio lo que en la jerga de los jóvenes le dicen mal viaje. O sea que vio cosas despierta como si estuviera en un sueño. Y eso es muy peligroso, algunos no saben salir de la *nightmare* y otros incluso terminan…, bueno, no voy a mencionarlo después de lo que acabáis de pasar.

«Vigila, Emil, vigila…», volvió a resonar en su cerebro la voz de Connie.

El doctor seguía.

—No sé yo lo que le habrán dado en España. *Perhaps* más de lo mismo, igual ha seguido drogándose allí. ¿A ti no te ha contado nada?

«Vigila, Emil…».

—¿Y qué me va a contar a mí si solo me habla lo justo?

—Yo lo único que te vengo a decir es que esta muchacha ha tomado algo para estar como está, lo más seguro es que haya vuelto a las drogas, eso no se deja así de *easy*, muchacho, te lo digo muy *seriously*. Tú, a partir de ahora, *aliquindoi*, Emil, *aliquindoi* y cuidadito con Lisa, que un disgusto más y se nos va al otro barrio, *yes indeed*.

Emil vigiló en su cabeza lo que debió haber vigilado sobre el terreno en su momento y entonces fue cuando recordó.

Lo recordó todo y con claridad aterradora.

Recordó que en la nevera se había quedado escondida la botella de leche en la que Connie, de idéntica costumbre que su hija, solía disolver las pastillas que le habían prescrito para que la rata que le comía el cerebro le diera una tregua y le permitiera conciliar el sueño al final de sus días rojos y negros. Eran pastillas poderosas, había que tener cuidado con ellas. No relajaban, narcotizaban, porque era la única manera de que Connie pudiera dormir.

Recordó que Emil había olvidado retirar la botella tras la muerte de su mujer aun sabiendo lo que contenía. Recordó, o más bien supuso, que Lisa había bajado a beber leche antes de acostarse el sábado por la noche, lo mismo que hacía siempre desde niña, porque hay cosas que no cambian con la madurez. Y recordó la botella vacía que encontró junto a su cama cuando la despertó.

No, Lisa no había vuelto a las drogas. Al menos, no voluntaria y conscientemente.

Pero, sí, él tenía que haber vigilado. El doctor y su mujer muerta tenían razón.

Emil sintió algo que no había sentido nunca, culpa e impotencia. Y algo más. Se sintió muy solo.

Por eso, aunque le escociera tener que claudicar, lo mejor era dejar de estar solo, así tuviera que pedir ayuda al enemigo en persona. Rebuscó en el equipaje de Lisa, pero no encontró información relevante. Al final, pensó que tal vez pudieran dársela en Ronda. Franco no había cortado las líneas telefónicas ni de telégrafos, todavía podía comunicarse con alguien.

Tragándose la pena y la rabia, redactó un telegrama pidiendo señal de un tal Manuel Calle o, en su defecto, de María Martínez. Debía ponerse en contacto urgentemente con cualquiera de los dos para proporcionarles información acerca de Lisa Drake, la prometida del interfecto.

Pidió al telegrafista del periódico que lo enviara enseguida.

—¿Adónde lo mando? —le preguntó.

Emil lo pensó despacio. Al único lugar en el que lo sabían todo y, aunque fuera un agujero negro de maldad, el único en el que podrían darle respuesta.

—Al cuartel de la Guardia Civil de Ronda.

MANUEL

Vinieron Antonio Marchena, sus sobrinos Miguel Ángel y Rosa Mari Pedregales, y también la partera Paquita. Los había llamado Cefe. A Mariquilla le había dado un síncope y esta vez parecía de verdad. Respiraba mal. Pero Marchena los tranquilizó a todos cuando la auscultó.

—No, nada, nada. Que se le ha disparado el pulso, ya le he dado algo y está más tranquilita —dijo al salir de su cuarto y cerrar la puerta tras él—. Ahora vamos a dejarla descansar y a pensar entre todos qué se puede hacer para sacar a Manuel de donde esté.

Las acusaciones, le había dicho a Cefe el sargento Francisquín, eran graves. Había una panda de criminales suelta muy lejos de la serranía, en el norte y ya cerca de Francia, pero que se movían como culebras por toda la piel de toro española. Asesinaban a policías y guardias civiles, hasta habían matado a un pobre taxista de Burgos que no le había hecho daño a nadie hacía dos meses escasos. Por eso entonces se impuso el estado de excepción en toda España y no solo en las Vascongadas, le contó el sargento, aunque todos seguían en máxima alerta.

—Mire usted, Francisquín, perdón, sargento —el nombre que le había puesto su primo… ese nombre vergonzoso le perseguía y Cefe lo sabía, por eso lo llamó por él, remarcando cada letra—, el chaval no ha hecho mal a nadie en toda su vida ni es capaz de hacérselo jamás. El crío lo único que quiere es cuidar de su hija.

—La bastarda que ha tenido con su fulana amancebada, quieres decir. A ella también le tenemos ganas como aparezca por aquí. Fue la extranjera quien debió de darle el libro ese, no hay más que leer el mensaje en clave que hay escrito a bolígrafo en la primera página, vaciar de ausencias, habrase visto tontería mayor, ellos sabrán lo que significa, pero igual es la contraseña para matarnos a todos y dejar Ronda vacía, lo más seguro, porque me he enterado de que la fulana es periodista y los periodistas tienen sus trucos para decir sin decir y que nadie se entere.

A Cefe le costó mucho contenerse. «Para el carro, Cefe, que ya tendrás tiempo de partirle la boca a este desgraciado algún día, ahora no», se dijo.

—Llámela como quiera, sargento, pero la hija de Manuel es una niña chica y necesita a su padre. Por el amor de Dios, dígame solo para dónde se lo han llevado.

—Para donde no pueda hacerle daño a nadie, ahí se lo han llevado.

Cefe estaba a punto de perder los nervios. Y la paciencia. De eso último ya casi no le quedaba. Apretó los puños, empezó a contar hasta diez, uno, dos, tres, y estrujó el bocadillo de chorizo que traía como excusa:

—Al menos déjeme darle esto, que el pobre tendrá hambre y…

En ese momento, el cabo irrumpió para entregar un telegrama a su jefe. El sargento lo leyó.

—Hablando del rey de Roma… —se le escapó y calló enseguida.

Puso el telegrama boca abajo sobre la mesa y siguió.

—A ver, ¿por dónde íbamos, Ceferino, mi alma, que no tengo toda la mañana?

Cuatro, cinco, seis… El cabo volvió antes de que Cefe pudiera contestar. Entreabrió la puerta y solo asomó la cabeza.

—Mi sargento, que venga usted corriendo, que su primo está en el bar rompiéndolo todo, que esta vez la tajada es importante.

A Francisquín le cambió el color de la cara. Le había comprado a Domingo un billete de autobús para Madrid y de ahí otro a Alemania que salía al día siguiente por la noche. Hasta le había encontrado un trabajo apretando bujías en una fábrica de Múnich. Que se fuera para siempre de España, incluso puede que él mismo también lo acompañara algún día, por si llegaba alguien que se creyera la historia que tal vez contase Manuel en el caso de encontrar quien le escuchara. Pero, por Dios, que el papafrita de su primo no lo estropeara justo ese día, el último que pasaría en Ronda. Porque era muy capaz. Tenía que evitarlo como fuera.

—Si es que esto no tiene nombre —murmuró creyendo que Cefe no le oía—. Yo me voy, pero espérese usted aquí, que ahora viene el cabo y le toma nota.

Cefe fue rápido y, en cuanto salió el sargento, le dio la vuelta al telegrama y lo leyó:

«Busco razón Manuel Calle o María Martínez. Lisa Drake en Gibraltar. Muy enferma. Verja cerrada. Contactar periódico *Calpe Mirror*. Preguntar Emil Drake. Urgente».

El cerrajero tenía algo que no había ido a buscar, pero que agradeció mucho saber.

Esperó a que llegara el cabo y le dijo:

—Mire, cabo, es que quería darle este bocadillo de chorizo a Manuel Calle, me manda su madre, pero yo me tengo que ir yendo ya. ¿Se lo baja usted mismo a Manolo aquí, al calabozo? Porque está aquí, ¿no?

—Uy, qué va, no, no, aquí no está Manoliño —ni veinte años en Ronda le habían quitado al cabo el acento de Betanzos—, que se lo llevaran a la Provincial de Málaga. Lo trajeran aquí un rato, pero un rato solo, porque viniera un general o alguien importante de la capital y dijera que era muy peligroso, que tuviera libros prohibidos, que fuera de la ETA y que no sé cuántas cosas malísimas, conque para allá se lo llevaran. Más no le puedo decir. Mejor me deja usted el bocadillo a mí, que ya se lo guardo yo hasta que lo traigan de vuelta.

* * *

Una vez superado el síncope, Mariquilla encajó la noticia como nadie esperaba que la encajara, en silencio. Calló como una muerta cuando le contaron dónde estaba Manuel porque así es como se sintió, muerta.

Sin embargo, saber que su hijo estaba en Málaga era algo más de lo que tenía hacía una hora. Ahora ya solo necesitaba conseguir una escopeta para ir a la ciudad a cargarse a todos los hijos de puta que lo tenían preso. Sencillo.

—A ver, Mariquilla, para los pies un rato —la contuvo Cefe—. Déjame seguir averiguando, que para irte a Málaga a matar soldados siempre habrá tiempo.

—Y también está la niña, que necesita a su madre, no te la puedes quedar aquí para siempre. —Fue Rosa Mari quien pensó en las dos personas de las que todos parecían haberse olvidado.

Mariquilla no tenía cabeza ni para acordarse de su nieta, aunque no parase de llorar en su capacho. Rosa Mari le había traído las cosas que podía necesitar la bebé, pero había que ir haciendo planes para un futuro un poco más largo que unos días en la casa de San Francisco. Ni siquiera sabía Mariquilla por qué había tenido que irse la madre así, tan de pronto, sin avisar y de malos modos, que ni siquiera se despidió. Seguro que a recoger cuatro trapos, esa descastada. Y encima dejó a su hijo solo con la criatura, dónde se había visto eso, un hombre haciendo de madre, por Dios.

—Sí —Miguel Ángel interrumpió sus pensamientos negros—, yo creo que habría que ir llamando a Gibraltar, al periódico que decía el telegrama que vio Cefe…

De nuevo, fue su hermana quien volvió a poner sensatez en la situación:

—Pero ojito, que Lisa no puede venir, ¿eh? Entre que la Verja está cerrada y que los de aquí también la buscan a ella porque están deseando colgarse una medallita haciendo pasar a la pareja por lo que no son, terroristas o como los llamen, ni se os ocurra traerla otra vez a Ronda hasta que se aclare lo de Manuel.

—¿Y qué hacemos con la niña? —preguntó Paquita— Yo me la quedaría, pero es que…

—Aquí nadie se queda a nadie, los niños tienen que estar con la madre que los parió, que para eso los parió. Ya me imagino yo cómo debe estar la pobre Lisa ahora mismo. —Y una vez más, Rosa Mari la racional—. Vamos a ver, ¿alguno de vosotros sabe cómo se puede entrar en el inglés?

—Desde España, imposible —contestó Cefe, que de eso sabía—. Nadie que venga de Pirineos para abajo puede cruzar la Verja.

—¿Pues desde dónde entonces?

—Dicen que por Tánger, pero llegar hasta allí también está complicado, hay que ir primero a Málaga o a Algeciras y, si no hay barcos, desde Londres por avión. Y caro que ni te cuento, no tenemos entre todos aquí pesetas suficientes. Aunque eso es lo de menos, porque, si hay que juntarlas, yo las busco donde haga falta.

Silencio.

Por último, la voz de Rosa Mari:

—Se me ocurre otra solución. ¿No había por ahí una actriz que era amiga de Lisa? ¿Cómo se llamaba…?

—Audrey Hepburn, qué pedazo de mujer…

—¡Pero, tito, si está usted hecho un viejo verde! Bueno, pues la Audrey esa. A ver, se le manda recado, a lo mejor saben cómo en el Reina Victoria, que durmió allí varias veces, y la convencemos para que le lleve la niña a Lisa, por Tánger o por donde pueda. Si ella no tiene medios ni dinero para eso, es que no los tiene nadie.

—¿Y si la acusan a ella también de algo y nos quedamos sin la niña?

—¡Vamos, hombre, solo faltaba! No hay gris en toda España que se atreva a meter a una extranjera famosa en la cárcel para que después salga en los papeles de medio mundo, eso os lo garantizo yo desde ahora.

—Fácil no va a ser, Rosa Mari, hija, que es una persona muy importante y tendrá compromisos, ni siquiera se acordará de Lisa, y, si se acuerda, vete a saber si acepta meterse en tanto lío.

—Pero ¿queréis dejar todos de poner pegas? No perdemos nada por intentarlo. Habrá que convencerla como sea, porque Mariquilla no está para cuidar a su nieta, ya la veis, ahí, dándole a la mollera y pensando en cómo matar a un regimiento entero ella sola.

La miraron. Rosa Mari estaba en lo cierto, a la Búcara se le estaba yendo la razón.

—Pues si Mariquilla está así porque se han llevado a Manuel, ya me diréis ustedes cómo estará Lisa sin su bebé. Tenemos que llevar a Regina con su madre como sea. Que es ley de vida, señores, ley de vida, que una niña tiene que estar con la madre que la parió, aunque respire un poco peor a su lado, con asma o sin él, porque para eso la parió. Y no hay más.

AUDREY

No existe aire más limpio ni cielo más azul que los de los montes de
Málaga.

En eso —y en lo poco que le gustaba conducir— pensaba Audrey
Hepburn mientras subía de nuevo por los caracolillos que llevaban
a Ronda.

Hacía solo algo más de un año que había realizado el recorrido
inverso y lo había hecho llorando, pensando en el cuerpo de Vicente
bajo las sábanas que dejaba atrás e imaginando el dolor que la esperaba en Santa Catalina cuando llegara, con un divorcio por resolver tan
triste como eran todos los divorcios y con un marido ofendido al que
aplacar hasta hacerle comprender que, aunque tuviera motivos para
sentirse dolido, hacía tiempo que había dejado de ser su marido.

Había pasado mucha vida por encima de ella desde entonces.

Mel Ferrer no siempre manejaba su ira de la mejor manera, por
eso, aquel verano Audrey decidió aceptar la invitación de su amiga
la princesa Olimpia Torlonia para alejarse de él hasta que se completara toda la burocracia de la separación.

Un crucero en yate privado por las islas griegas, eso le vendría
bien. Aceptó y se propuso abandonarse al dulce placer de no hacer
nada, de no pensar en nada.

Había un médico a bordo, Andrea Dotti. Muy atractivo, lo suficiente como para no fijarse en lo demás. Neuropsiquiatra, le dijo, y
por eso pudo ver en sus ojos desde el primer día de dónde le nacía a

Audrey la tristeza que nada del dulce placer de no hacer nada a bordo de un crucero de lujo estaba consiguiendo borrarle.

Charlaron. Bebieron cócteles juntos contemplando las puestas de sol sobre el Egeo. Audrey se sintió bien y, en algún punto entre Atenas y Éfeso, llegó a pensar que ese mar y ese psiquiatra podrían hacerle olvidar a Mel.

—Y también —dijo Andrea—, por qué no, al torero español que...

—No hubo torero. Fue todo mentira, un montaje.

—Pues mejor sin torero.

—Pero sí hubo un español...

—¿Lo amabas?

—Empecé a hacerlo, pero me fui. Me dio miedo.

—Yo tengo la misma fuerza en la sangre que él, soy italiano. Y no doy miedo. ¿No te valgo yo para olvidarlo?

Sí, le valía.

Había mucho en Andrea que le recordaba al rondeño: su juventud, el brillo de los ojos, la travesura en la mirada, la osadía de sus gestos. Todo eso consiguió aplacar el dolor del recuerdo de Vicente durante un tiempo.

No tardaron ni cuatro meses en casarse. Fue a comienzos de 1969, en Suiza, con ella vestida por entero de rosa para intentar que la vida se volviera al fin de ese color.

Pero no pudo. La vida era negra, como los vestidos que le diseñaba Givenchy.

Apenas otros cuatro meses después llegaron las primeras fotos. Era su flamante marido en brazos de una modelo brasileña. Después fueron otras, no importaba la profesión ni la nacionalidad, solo el cuerpo. Todas rubias, sensuales, de grandes pechos y caderas redondas listas para albergar muchos hijos. Justo lo contrario de ella.

Ella era Audrey, la de silueta escueta y plana, marcada a fuego por una infancia famélica. La que solo le pidió a la vida ser bailarina y tener una familia numerosa, y la vida, en cambio, le entregó fama, dinero y un vientre vacío que expulsaba los embriones sin dejar que anidaran. Sean había sido un milagro, el único.

No lo dudó cuando recibió una llamada telefónica en el ático de Roma en el que vivía con Sean y Andrea. Era Fernanda, su querida Fernanda.

—Han llamado de Ronda, señora, del hotel Reina Victoria...

A Audrey le dio un vuelco el corazón.

—Es por la señorita Lisa, que se ha quedado encerrada en Gibraltar y no puede salir, pero la niña está todavía en Ronda.

—¿Reggie? ¿La bebé está en Ronda, lejos de su madre?

Fernanda le explicó lo poco que sabía de lo que había entendido a duras penas de aquella llamada del recepcionista, habituado a presenciar conversaciones de los dos muchachos con la actriz desde el locutorio del hotel y preocupado por lo que le habían contado Cefe y Rosa Mari.

Audrey había mantenido el contacto con Lisa y Manuel durante el último año. Los llamó varias veces y se interesó por sus vidas. Había llegado a querer a aquella pareja por lo que era y por lo que había vivido junto a ella. Por todo lo que habían dejado atrás y por lo mucho que tenían por delante. Manuel y Lisa, a su vez, la idolatraban, pero no era eso lo que Audrey buscaba en ellos, sino simplemente cariño y, aunque tardó en hacérselo comprender, al final consiguió que entre los tres naciera una amistad sincera.

Fernanda le dio unos cuantos datos más de los que Audrey dedujo lo principal: Lisa la necesitaba para recuperar a su hija Regina Lucía.

Sus amigos estaban en apuros. Por eso estaba ella subiendo los caracolillos que la llevaban a Ronda, después de dejar a Sean con su padre unos días en Santa Catalina.

Y por eso estaba ella aspirando aquel aroma y sintiéndose plena, feliz y útil.

No, no había aire más limpio ni cielo más azul que los de los montes de Málaga.

LISA

Mientras la Verja permaneció cerrada, Gibraltar se veía obligada a convertirse en una comuna en la que todos tenían que hacer de todo, desde repartir alimentos, elaborar pan y otros artículos de primera necesidad hasta barrer las calles.

Los periódicos dejaron de publicarse durante unos días, todas las manos eran pocas para ayudar. Además, ¿qué información iban a dar? ¿Que les acababan de colgar en la horca para que casi treinta mil personas murieran de inanición, de miseria, de soledad y de caos? ¿Que todavía no se les habían secado las lágrimas a las familias desgajadas de golpe por un candado? Solo malas noticias que no contribuirían en absoluto a levantar la moral de la población.

El primer día que volvió a aparecer el *Calpe Mirror*, lo hizo con un titular a toda página que pocos olvidarían: «We can take it Franco». Gibraltar entero le decía al dictador vecino que estaba dispuesto a aguantar. De nuevo, como cuando Hitler lo intentó doblegar y no pudo. Una vez más, todos a la resistencia.

La de Lisa, en cambio, menguaba a cada minuto. Inmovilizada en su cama, sin ánimo para ponerse en pie, se le iban apagando las fuerzas, era una vela en una habitación sin oxígeno que pugnaba por seguir alumbrando, pero abocada sin remedio a la extinción.

Un día, Emil entró en tromba en el cuarto, sin llamar y sin anunciarse.

—Lisa, *sweetie*, despierta, tengo noticias de Ronda.

Sweetie. Cuánto tiempo hacía que su padre no la llamaba así. Se incorporó a duras penas. Todo le daba vueltas. Casi no se notaba el pulso y, sin embargo, sintió un leve galope en el pecho. Ronda, noticias de Ronda... No tenía energía suficiente para preguntar, pero lo hizo con la mirada.

Emil se sentó en la cama junto a ella.

—Me ha llamado alguien de allí, no recuerdo el nombre, y me ha contado algunas cosas. Hay una mala, pero el resto son todas buenas.

—El mal trago primero...

—La mala es que a Manuel lo han metido en la cárcel.

Lisa volvió a marearse y tuvo que tumbarse de nuevo.

—Tranquila, hija, que su familia ya está trabajando para sacarlo de allí, verás como lo sueltan enseguida. Ha sido ese Franco, el mismo que nos ha encerrado a nosotros lo ha metido a él también entre rejas por un libro subversivo, dicen...

El libro que escribió un poeta que terminó muriendo de pena, supo enseguida Lisa. La biblia de los dos, que hablaba de gente que se va y no vuelve, y de gente que se queda y llora. La gran metáfora de sus vidas.

Emil continuó.

—El caso es que, ahora que se han librado de nosotros, a España le ha salido otro grano en el culo. Ven a terroristas de la ETA en cada esquina, están cagados de miedo. Esta vez le ha tocado a Manuel, pero me han dicho que también van a por ti.

—¿A por mí?

—Sí, a por ti, dicen que fuiste tú quien le dio el libro ese y con no sé qué mensaje en clave, tú sabrás.

—No entiendo nada...

—Pero también hay algo bueno y es más grande que lo malo: tus amigos han llamado a la actriz amiga tuya, ¿no es esa que...?

—¿A Audrey? ¿Y para qué?

—Ahora viene la mejor noticia: para que nos traiga a Gibraltar a tu hija. Mi nieta, Lisa, mi nieta, que nos la trae la actriz. Tú no puedes ir a España, ya lo ves, que te meten presa en cuanto pongas allí un pie. Pero mientras todo se aclara, sueltan a Manuel y vuelven a abrir la Verja, que esto no puede durar mucho, vamos a tener aquí a Regina. Mi nieta, Lisa, mi nieta, que viene…

A Lisa, el galope del pecho se le convirtió en jauría. No, la que venía no era la nieta de Emil. Cuánto le gustaba a su padre que todos los planetas del universo giraran alrededor de su sol. Venía su hija, suya, de Lisa, un pedazo de su vida.

—Llegará dentro de una semana, más o menos, en cuanto se arreglen los papeles.

Audrey. Otra vez Audrey. Bajaría volando del cielo como una cigüeña con su hija en el pico.

Dentro de una semana. ¿Y cómo podría resistir Lisa hasta entonces?

Por lo pronto, pensó, tenía que levantarse de la cama, vestirse, peinarse, lavarse, oler bien para que cuando abrazara a su hija la niña siempre recordase que ese día su madre olía a flores. Que esas cosas no se olvidan, por muy pequeños que seamos cuando nos suceden.

De pronto, sintió un impulso e hizo lo que creyó que no haría jamás: abrazó a Emil.

Lloró sobre su hombro y le susurró al oído, sin saber muy bien por qué.

—Gracias…

AUDREY

El día que Audrey me conoció, se enamoró de mí.

Nada más entrar en casa de Mariquilla notó algo que pocas veces notaba.

Fue recibida con agasajos, respeto, admiración y mucho agradecimiento, a eso sí que estaba acostumbrada. Ella respondió como siempre, con sencillez y algo de rubor tímido; no quería ese tipo de atenciones. Sabía que todos veían a su alrededor una especie de aura de glamour y fascinación, seguramente porque la tenía, aunque ella no lo creyera. Pero en Ronda solo se sentía una amiga más de Lisa y Manuel que trataba de compartir su tragedia para aliviarla en lo que pudiera.

Lo que no le pareció tan común fue la expresión de la madre de Manuel, que enrarecía el ambiente de la casa. Estaba sentada en un rincón, vestida de un negro distinto a todos los negros y que en nada se asemejaba al negro de Givenchy o al de la ropa humilde y al mismo tiempo refinada de Lisa. Era un negro de cuervo negro, pensó Audrey. Un negro de alma negra. De silencio negro y cejas negras arrugadas, con la mirada negra vuelta al lado contrario de donde descansaba un capacho del que salía luz y lo iluminaba todo. Allí había un bebé precioso, pero esa mujer de negro intenso y apagado no quería ni mirarlo.

Después de que la pusieran al tanto de las noticias, Audrey tomó a la niña en brazos. Acercó la nariz a su pelo. Para ella, olía a especias y a leche fresca.

Y se enamoró.

La niña abrió los ojos y le sonrió con ellos, le agarró un dedo con una mano tan pequeña que apenas podía abarcarlo con la palma abierta.

Y se enamoró aún más.

—Cuídela usted mucho, parece que la cría ha heredado el asma del padre. Hágale vahos con esto y déselo a Lisa cuando la vea, la ayudará a respirar mejor por las noches —le dijo un anciano que la miraba con veneración y hablaba con autoridad de médico mientras le tendía un frasquito con un aceite esencial.

Audrey se oyó a sí misma, porfiando a veces por aspirar un aire que se resistía a entrar en sus pulmones asmáticos. Ella padecía la misma afección que la criaturita.

Y Audrey perdió el corazón por la niña.

Se miró a sí misma sosteniéndola y, ya embargada de amor, todo le vino a la mente a ráfagas de metralla.

Vicente no estaba en Ronda. Ella había vuelto al pueblo calzando los zapatos que él le había fabricado hacía un año en memoria de lo que tuvieron, pero también como una especie de silbato de reclamo, por si el simple ruido de su taconeo por la calle Santa Cecilia podía llamar su atención. Solo que eso era imposible, estaba demasiado lejos para oírlo. Allí le contaron que, roto de amargura, se había ido a la Borgoña francesa como trabajador en la recogida de la remolacha.

Después, Audrey se acordó de Andrea, seguramente conquistando a otra rubia en Roma, y se tocó la tripa lisa.

Sean ya era independiente. Los dos estaban llegando a ese punto al que todos los seres humanos llegan algún día, uno en el que los hijos dejan de necesitar a sus madres y, en cambio, son ellas las que dependen de su cariño.

Puede que eso fuera lo que le sucedía al cuervo negro de la esquina, que tenía al hijo encarcelado. Y, desde luego, aunque de forma menos dolorosa, era lo que sentía Audrey: Sean se le escapaba de las manos y debía permitirle volar, pero al mismo tiempo eso la dejaba a ella en tierra con las alas cortadas.

Y, de pronto, en sus brazos había aparecido una criatura divina que olía a leche fresca y a especias y que le sonreía, le sujetaba un dedo como si fuera el cordón umbilical perdido y lo apretaba como si de ese dedo dependiera que su pequeño mundo siguiera girando.

Se enamoró. Perdidamente.

Porque hacía mucho tiempo que lo sabía, desde que su padre se fue de su lado y tuvo que esconderse sola de las bombas que lanzaban sobre ella aquellos a los que el que la abandonó tanto defendía.

Audrey sabía que todo lo que necesitaba en la vida era querer y ser querida, y que no hay amor más puro que el de un niño.

* * *

El día que Audrey terminó de resolver todos los trámites a base de cuantiosos sobornos y disgustos, leyó lo que figuraba en aquel documento y no pudo creer que en una simple hoja de papel cupiera una felicidad tan inabarcable.

Vio la firma del delegado del Gobierno y el sello del Registro Civil. Después, leyó un simple nombre: María Regina Lucía Hepburn-Dotti.

Ese nombre era su pasaporte, ya podía sacarla de España y llevársela a Lisa. De hecho, podía llevársela adonde quisiera. A cualquier rincón del mundo, ya fuera Gibraltar... o no.

En el aeropuerto malagueño de San Julián, en una pista nueva que todavía olía a asfalto, la esperaba el avión privado que había contratado para la ocasión. Audrey siempre se negó a tener uno propio, prefería viajar en vuelos regulares y además en clase turista. La tripulación aguardaba a que la clienta ratificara el destino para que todo el engranaje se pusiera en marcha: permisos de vuelo, de despegue y de aterrizaje, y también una hoja de ruta viable, con los horarios exactos en los que podrían iniciar y finalizar el periplo.

Eso les llevaría unas horas, mejor empezar cuanto antes.

—Señora Hepburn, si fuera usted tan amable, debemos comunicarlo ya a la torre de control o no podremos volar hasta mañana. Díganos, ¿adónde quiere viajar?

Audrey dudó una vez más, tanto como había dudado cada noche desde que salió de Ronda con esa criatura en los brazos.

Al fin, se decidió.

—A Roma. Nos vamos a Roma.

LISA

Lisa pasó un mes menos un día junto a una pista de aterrizaje, mirando al cielo y abrazada a un conejo de peluche.

No tenía noticias de Manuel ni de Audrey. No tenía noticias de su hija ni del mundo. Gibraltar estaba cerrado y ella vivía en un frasco de vidrio, transparente y estanco, desde cuyo interior veía la vida pasar, pero no la oía ni la entendía.

Así que el último día de ese mes se vino abajo.

Cuando salió por la mañana de Armstrong Steps, en lugar de dirigirse al miniaeropuerto de la ciudad, cada vez con menos tráfico aéreo porque el que había tenía que dar unos rodeos agotadores para soslayar los cielos cerrados de España, se encaminó al promontorio del diablo, desde el cual su madre se había despedido de ella y de la vida.

Se sentó allí a esperar. Así vería antes llegar el avión de Audrey, si es que llegaba. Porque si no lo hacía ese día, concretamente el día que ella había señalado con tinta roja en el calendario como el día final de su espera, en lugar de ir al encuentro de Reggie iría al de Connie.

Emil se temió lo peor cuando vio en el vestíbulo el conejo de peluche que su hija no se había llevado ese día. No hubo mañana que saliera sin él. Que aquella vez lo hubiera dejado en casa solo podía significar que había tirado la toalla.

Supo al instante adónde había ido y entró en pánico.

Con razón. La encontró mirando al cielo y al precipicio alternativamente, y al hombre se le vinieron a los ojos todas las lágrimas que no había descargado en su vida.

La agarró por los hombros y, con suavidad, la apartó del filo de la roca. Ella lloraba también. La llevó a casa y la acostó.

La rata y los días rojos, creyeron los dos, estaban a punto de instalarse de nuevo en sus vidas.

1969

Verano

I got arms that long to hold you
and keep you by my side.
I got lips that long to kiss you
and keep you satisfied.

If there's anything that you want,
if there's anything I can do,
just call on me and I'll send it along
with love from me to you.

Tengo unos brazos que anhelan abrazarte
y retenerte a mi lado.
Tengo unos labios que anhelan besarte
y tenerte satisfecha.

Si hay algo que desees,
si hay algo que yo pueda hacer,
solo tienes que llamarme y te lo enviaré
con amor, de mí para ti.

THE BEATLES,
«From Me to You», 1964

AUDREY

Emil no podía soportar tantas catástrofes seguidas y pensó que, si al final se repetía la historia de la madre en su hija, sería él quien terminaría trepando al promontorio de la Devil's Tower e iría al encuentro del diablo para pedirle cuentas en persona.

Sin embargo, no hizo falta ni se cumplieron ninguno de sus oscuros augurios, porque, en lo peor de la tormenta de pensamientos tenebrosos del padre y de la hija, llamaron al timbre del número 1 de Armstrong Steps.

Cuando Lisa oyó la voz de Audrey sintió que un resorte le movía las piernas y las lanzaba escaleras abajo.

Allí estaban. Audrey con un pañuelo sobre la cabeza atado a la barbilla y los ojos bajos. Y Reggie, su pequeña, su ángel, su vida, dormida en un capacho.

—Lisa, perdóname...

Pero no necesitaba oír disculpas, no necesitaba nada, solo abrazarlas a las dos.

Izó a la bebé y la cubrió de besos y de lágrimas mientras se colgaba del cuello de su amiga, todo al mismo tiempo, todo junto y todo llena de tanta emoción que sintió cómo estallaba en pedazos el frasco de vidrio en el que vivía.

Por fin tenía a su hija. Había recuperado a uno de los amores de su vida, el trozo de ella misma que se había arrancado cuando se fue de Ronda y por el que había estado sangrando hasta ese mismo momento.

No sabía lo que había ocurrido ni por qué Audrey había tardado tanto. Solo sabía que no quería que la vida siguiera arrebatándole partes del corazón. Quería tenerlo entero, con cada una de las personas que amaba dentro.

Su hija estaba allí, qué más daba todo lo demás. Había recuperado el órgano principal de su cuerpo, eso era lo único que importaba.

* * *

Hablaron toda la noche mientras la bebé dormía en la cama grande a falta de cuna, rodeada de almohadas que servían de barrera.

Primero, Audrey le contó una noticia terrible. Brian Jones, el novio de Suki…

—¿Brian, el que conocí en Marbella? —interrumpió Lisa.

El mismo. Había aparecido muerto en la piscina de su casa de campo de Sussex.

—¿Una sobredosis…?

—Aún no se sabe. Encontraron un inhalador para el asma al borde de la piscina, pero no descartan nada.

Lisa anotó en su cabeza que tenía que escribir a Suki cuanto antes, debía de estar destrozada, aunque Brian y ella ya no estaban juntos. Y sintió una pena inmensa al imaginar al joven muerto junto a un inhalador que, fueran cuales fuesen las causas de su fallecimiento, no pudo salvarle la vida.

—El asma es como el ansia, nos persigue a todos —reflexionó Lisa en voz alta.

—Así es. Al saber lo que le ha ocurrido a ese pobre muchacho, lo mal que estaba, se me vino a la cabeza lo que te pasó a ti el verano pasado, cuando nos conocimos. Ya tuviste suficiente dolor. Por eso aceleré los trámites para poder traerte a tu hija lo antes posible y que no sigas sufriendo. Siento haber tardado, no ha sido nada fácil, como comprenderás.

Después, Audrey le habló de alegrías. O, al menos, de las que deberían serlo.

Primero, de su nuevo esposo, Andrea, aunque Lisa tuvo la impresión de que ese segundo matrimonio no había llegado acompañado de una nueva puerta a la felicidad.

Audrey no le dijo que Andrea tenía el cariño repartido por medio mundo y que apenas le sobraba para dárselo a ella, pero sí reconoció que se sentía algo sola en Roma, a pesar de vivir en la ciudad eterna en la que la tristeza no existe.

Sin embargo, también le dijo que, si todo iba bien, posiblemente dejaría de sentirse sola muy pronto:

—Estoy embarazada, Lisa. Lo supe hace dos días.

Lo dijo como quien comunica que va a llover o que tiene un resfriado. Átona, sin expresión.

Lisa volvió a abrazarla y esta vez lo hizo muy fuerte. Pero no notó en Audrey la misma fuerza cuando le devolvió el abrazo.

¿Por qué?, se preguntó Lisa. ¿Por qué, si iba a conseguir lo que tanto deseó siempre, la razón por la que abandonó a hombres a los que amaba, pero que no estaban dispuestos a formar una familia con ella? ¿Por qué, si iba a tener otro hijo, que era lo que más ansiaba?

Lisa la miró con todos sus porqués y volvió a felicitarla. Sin embargo, Audrey no sonreía. ¿Por qué no sonreía?

MANUEL

Mariquilla nunca supo lo que le había pasado a su hijo durante los más de tres meses que lo tuvieron preso. Ni Mariquilla ni nadie, ni siquiera yo. Solo lo supo Lisa, y ella tampoco lo contó jamás.

Todos sospecharon que fue la mano invisible y discreta del marqués de Rómboli la que intercedió a favor de Manuel, pero nadie pudo confirmarlo, porque en torno a aquellos tres meses de dolor se extendió un manto de silencio, incluido el que cubrió los labios del propio Manuel, que no volvió a hablar de Domingo ni de su primo, el sargento Francisquín. En Ronda se rumoreaba que habían huido juntos a Alemania y habían dejado aquí a Pepi, sola y sin pensión. Por algo muy malo que habrían hecho, seguro. Si es que ese par de dos nunca le gustó a nadie en todo el pueblo. Mejor que estuvieran lejos.

Manuel regresó un día de finales de septiembre. Esa tarde llamó a la puerta de la casa de su madre con un petate lleno de manchas al hombro. La Búcara le abrazó llorando hasta casi perder el sentido y después, sin decir nada, le puso enfrente un plato de sopa caliente.

—Que la tengo guardada pa ti, Manolo, mi vida. Todos los días desde que te llevaron he hecho la sopa de picadillo, la que más te gusta, por si te dejaban suelto y pa que no me pasaras tú hambre, porque seguro que en la cárcel esa donde te han tenido ni de comer te daban, que hay que ver, ¿eh?, hay que ver cómo me llegas.

454

Triste, escuchimizado, macilento, sucio y oliendo a telarañas.

—A telarañas, sí, Manolo, a telarañas, asín que ahora mismo te vas a la pila que ya te voy calentando yo el agua.

Manuel seguía tan triste como había llegado. Miró a su madre y al fin habló.

—Déjese de sopas, madre, que yo solo necesito una cosa.

—¿Qué, vida mía, qué necesitas tú?

—Ya lo sabe. Que me diga dónde están Lisa y mi hija, porque acabo de ir a la finca y aquello está vacío, ni un alma he visto.

—Pues dónde van a estar, Manolillo, hijo de mi corazón, dónde van a estar. En el inglés, con los suyos. Allí se fue Lisa, que eso tú ya lo sabes, y entodavía no ha vuelto. Aluego vino la cursi esa, la amiga vuestra que hace películas, y se llevó a la criatura. Ya no sé más na.

—¿Y usted dejó que se la llevara, madre?

—No, yo no dejé ni dejé de dejar, a ver si nos entendemos. Yo hice lo que me dijeron, porque me acojonaron y soy muy buena mandada cuando estoy mustia. A mí me dijeron que la cría tenía que estar con su madre y pensé de que tenían razón, esta casa no es sitio pa niños chicos, contigo enchironao y yo muerta de la pena. Si no me crees, te vas donde Cefe y que te lo cuente él, pero a mí no vengas a montarme bulla, cojones, que una hace lo que puede y parece que nunca acierta, coño ya.

Manuel no probó la sopa, pero le hizo caso. Se levantó, dejó a su madre con la palabra en la boca y se fue a ver a Cefe.

El cerrajero se lo explicó todo hasta que lo entendió. Que mejor estaba la niña con su madre, le dijo, porque nadie en Ronda sabía cuándo volvería Manuel ni si lo haría algún día. Eso fue lo primero que entró con cierta lucidez en la cabeza ofuscada del muchacho.

Después, Cefe le describió despacio y con detalles lo que había pasado con el Peñón hacía tres meses, cerrado de la noche a la mañana, con un abismo hondo e insalvable en lugar de istmo. Y con Lisa a un lado y Manuel, por fin ya de vuelta, al otro.

—Pero alguna manera habrá de entrar o salir, digo yo. A ver, ¿cómo pudo Audrey llevar a mi niña hasta Lisa?

—En avión privado y cambiando de aparato en Roma.

—¿Y ya está? ¿No hay otra forma de ir al inglés?

—No. O muy pocas y todas igual de caras.

Manuel calló.

—Mira, Cefe, si tú me prestas el dinero, yo te prometo que voy a trabajar toda mi vida hasta que me rompa la espalda para devolvértelo. Pero necesito ir a Gibraltar, lo necesito, no puedo vivir sin Lisa y sin mi hija. O que ellas vengan, me da lo mismo. Pero que estemos juntos, no pido más.

—No, que ella venga no, que corre peligro. También van a por Lisa, por lo que me dijo el sargento y por lo que he ido sabiendo después. Anda que no le vendría bien a Franco meter en el trullo a una gibraltareña y gritar a los cuatro vientos que en el inglés hay gente de la ETA y que por eso lo ha cerrado. Así que, si las quieres, que ellas no vengan por ahora.

El chico se echó a llorar como un niño pequeño. Qué le habría pasado en la cárcel a ese pobre demonio, se preguntó el hombre.

—Tranquilo, hijo, tranquilo. Mira, aunque tenga que venderle cerrojos al mismo Franco en persona para que vaya cerrando las verjas de Andorra y Portugal, yo te juro, Manolillo, que voy a juntar el dinero y tú te vas a ir con tu mujer y tu hija, no me sufras. Pero, por ahora, vamos a ir tú y yo a otro sitio.

Manuel le siguió, no le importaba adónde ni por qué.

En el Reina Victoria, el recepcionista salió del mostrador para abrazar a Manuel.

—Hombre de Dios, muchacho, vaya pintas que nos traes, Virgen santa. Menos mal que te han soltado. Ea, ahora, a comer pucheritos de tu madre y verás cómo te recuperas.

Cefe le cortó por lo sano. Que no, que ellos no venían a por consejo. Que ellos querían poner una conferencia a Gibraltar, al periódico que él ya sabía y para hablar con quién él ya se imaginaba.

—Eso está hecho, Cefe. Se venís ustedes en media hora y la tengo al aparato.

Lisa. Iba a hablar con Lisa.

Manuel tenía media hora para dejar de llorar.

LISA Y MANUEL

—¿Lisa…? Lisa, vida mía, ¿eres tú?

—Manuel, mi amor, sí, soy yo, te oigo. Mal, pero te oigo.

—Yo también… digo que también te oigo mal, pero que me da igual, que solo quiero oírte. Lisa, cariño mío… Qué alegría, por fin. Dime cómo estás, mi vida, cómo está la niña, cómo estáis las dos…

—Bien, Manuel, estamos muy bien. Ni te imaginas cuánto te echamos de menos. La niña está preciosa, no sabes cómo sonríe cada vez que le enseño tu foto.

—¿Mi foto? ¿Le enseñas mi foto? Qué feliz me haces, Lisa…

—La llevo siempre conmigo. ¿Y cómo estás tú? No sé ni qué puedo preguntarte ni qué me puedes contar, dime solo que estás bien y de lo demás cuéntame lo que quieras.

—Te lo contaré todo algún día, pero prefiero que sea en persona. Está Cefe buscando el dinero para que pueda ir a verte, amor, aunque tenga que dar la vuelta al mundo.

—Ojalá pudieras, Manuel, ojalá. Pero la cosa va a peor cada día. Mi padre no me deja salir, dice que si voy a España me meten en la cárcel como a ti.

—Sí, tu padre tiene razón, a mí me han dicho lo mismo. No, no. Tú ahí quietecita, que ya iré yo en cuanto pueda. Y eso va a ser muy pronto, mi cielo, te lo prometo. No me llores, Lisa, por Dios te lo pido, que te oigo desde aquí, no me llores, cariño de mi alma.

—No, si es que lloro de alegría por sentir tu voz otra vez. Tenía miedo de no volver a hacerlo nunca, pero ahora es como si no hubiera pasado el tiempo, como si no hubiera pasado nada. Te quiero tanto…

—Y yo, mi vida, mi alma, mi todo…

—Ahora no me llores tú, Manuel, que si lloras me contagias.

—Claro que no, aquí no vamos a llorar ninguno. Y dime, Lisa, ¿tenéis de todo? Ya sé que la situación está malamente. ¿Puedes alimentar bien a la niña? ¿Os falta algo?

—Pues mira, todos creíamos que eso iba a ser lo peor, pero resulta que nos mandan cargamentos desde Londres, incluso han venido panaderos del ejército, que dicho así tiene gracia. Parece que los políticos se han dado cuenta de que, si nos morimos todos de hambre, el punto se lo anota Franco en su cuenta, victoria para él.

—Menos mal, qué alegría acabas de darme, hija mía.

—Además, ha llegado gente de Marruecos para trabajar, que los que quedamos no damos abasto. Yo limpio las pocas oficinas que quedan en pie, ya ves, y gano algo de dinero.

—Lisa, amor, pero si tú eres periodista…

—Eso hoy en día no da de comer aquí. Cuántas españolas hacían antes lo que yo hago ahora y cuánto las entiendo. Al menos estamos aprendiendo todos mucho, vaya que si aprendemos, *yes indeed*.

—Me gustaría que no hubieras tenido que aprender nunca así, tú, que eres tan inteligente y que ya lo sabes todo.

—No, Manuel, mi vida, ahora me doy cuenta de que no sabía nada.

—Eres la persona más lista que conozco.

—No me hagas reír, hijo. Yo de lista tengo cada vez menos, porque el pánico no me deja ni pensar. He tenido unas pesadillas horribles, que me quitaban a Reggie y la perdíamos para siempre.

—Eso no va a pasar, mi amor.

—No, ya sé que no, porque Emil ha conseguido inscribirla por fin en la Registration Office, así que ahora estoy más tranquila.

—¿Inscribirla? Si Reggie nació en España…

—Ya, ya. Y el cura no quiso registrarla en ningún lado, que ni en un libro de familia está la pobre.

—Eso es verdad. Pero aquí tiene a su padre...

—Pues claro que sí, eso no lo duda nadie. Solo que tú no estás en Gibraltar y, hasta que podamos volver y después de todo lo que llevamos vivido, más vale prevenir y que la niña conste en algún sitio. Emil me ha dicho que si las cosas se ponen peor de lo que ya están y al final entramos en guerra con España...

—Calla, por Dios, no digas eso.

—No, si yo tampoco lo creo, pero mi padre dice que Reggie tiene que estar protegida, por si acaso. Que soy madre soltera, Manuel, y tú ya sabes lo que eso significa, en Gibraltar, en Ronda y en todas partes.

—Pero ¿por si acaso qué?

—Por si acaso nos invade España. Mira lo que les pasó a muchas mujeres como yo en el 39, les quitaron a sus hijos y nunca más volvieron a verlos.

—¿Invadiros? ¿De verdad? ¿España...?

—Eso dice. Que la cosa está muy fea.

—Bueno, si él lo dice... Seguro que es por el bien de la niña.

—Eso espero, porque ya te digo que cuando se trata de nuestra hija se me nubla la inteligencia.

—No te preocupes, ese miedo se te quitará cuando volvamos a estar juntos y nos casemos de una vez.

—Así será en cuanto podamos, porque he encontrado mi partida de bautismo.

—No me digas, qué buena noticia.

—Sí. Solo espero que todo empiece a ser normal poco a poco, aunque no creo que volvamos a ser nunca los mismos. Porque, aunque tengamos comida y ya veamos algo de luz, se nos ha quedado dentro una pena que...

—Lisa, mi reina, no llores.

—Es que se me atraviesa aquí la tristeza, Manuel, en medio de la garganta, y hay días que no me deja ni tragar. Todos nos preguntamos por qué, pero por qué nos han hecho esto, por qué nos han dejado encerrados, por qué quieren matarnos...

—Si pudiera abrazarte...

—Ay, si pudiera yo… Que ya ves, los americanos han llegado a la luna, y a ti y a mí, que estamos mucho más cerca, los nuestros nos han dejado tan lejos.

—Si pudiera, me iba a la luna contigo. Este mundo es una mierda.

—Una mierda, Manuel, una mierda. Y, por desgracia, nos tenemos que quedar en él y separados. Porque nos han separado a todos, mi amor, nos han partido por el medio. No solo a nosotros dos… Hay tanta gente llorando por las calles de aquí y de allí, tanto dolor, tantos corazones rotos… Mira, ¿sabes lo que hacemos muchos cada día?

—¿Qué, mi vida?

—Nos vamos a la Verja de nuestro lado cada mañana y la seguimos abriendo todos los días, aunque España no abra la suya. Yo voy allí con Reggie a la hora en que los guardias le dan vueltas al cerrojo por las mañanas y también por las noches cuando lo cierran, como hacían antes y como han hecho toda la vida. Siempre hay españoles en el lado de La Línea mirándonos, hablándonos desde lejos, porque la otra Verja, la vuestra, no está nada cerca, pero aun así nos gritamos y nos hablamos como podemos. Nosotros les cantamos para que nos oigan, les decimos que son nuestros hermanos, que siempre les hemos sentido como un pueblo amigo, aunque hablemos distinto y tengamos otra bandera. Y ellos nos gritan también y nos dan ánimos, nos dicen que aguantemos, que esto se va a acabar.

—Ay, Lisa de mi vida, me estás poniendo la piel de gallina.

—Pues no sabes cómo se me pone a mí cada día, delante de esa Verja cerrada y desde la nuestra abierta. Yo he ido hasta ahora cada día, como todos. Pero, además, por dentro siempre tenía la esperanza de que alguna vez, a lo mejor, en las rejas españolas te encontrase a ti. Ahora que te oigo soy tan feliz, amor mío, tan feliz…

—Y yo, mi niña, y yo, pero no me llores.

—Si es que no lo puedo evitar.

—Ni yo… Se acabó, mañana mismo nos vemos.

—Pero ¿qué dices, Manuel?

—Lo que oyes. Que me has dado la idea, porque no sabía yo lo de la gente que va a la cancela. Mañana mismo me bajo a La Línea y te veo, aunque sea de lejos. Algo es algo, hasta que Cefe pueda ayudarnos.

—No me lo puedo creer, Manuel, ¿mañana vamos a vernos de verdad?

—Te lo juro por la medallita de la Virgen que me devolviste. Espérame mañana y llévame a Reggie a las cinco, que yo creo que a esa hora ya estaré allí.

—A las cinco en punto. No voy a vivir hasta entonces.

—A las cinco, pero no me llores más.

—Ni tú tampoco, cariño.

—Espérame, que no tardo ni un momento… ¿te acuerdas? Eso es lo que me dijiste en junio.

—Y va a ser verdad. Solo ha sido un momento, porque la vida empieza mañana para nosotros.

—Dime que nada, ni una reja ni nada, nos va a separar…

—Nada.

—Ni nadie.

—Y nunca.

—Jamás.

1969

Otoño

I've got every reason on earth to be mad
'cause I just lost the only girl I had.
If I could get my way
I'd get myself locked up today.
But I can't, so I'll cry instead.

Tengo todas las razones del mundo para volverme loco
porque he perdido a la única chica que tenía.
Si pudiera hacer lo que quisiera,
hoy me encerraría.
Pero no puedo, así que, en lugar de eso, lloraré.

THE BEATLES,
«I'll Cry Instead», 1964

MARIQUILLA

Cuando el 1 de octubre Manuel le dijo a su madre que se iba a La Línea para ver a Lisa, la reina de los síncopes volvió a llevarse la mano al corazón y empezó a respirar fuerte.

—Espera, Manolo, que voy a decirte una cosa...

—¿Ahora tiene que ser, madre? ¿Ahora precisamente, para que llegue tarde a La Línea? A ver, dígamela, pero en un minuto, que no tengo más tiempo.

Mariquilla sudaba. Se sentó.

—A ver cómo te lo digo yo pa que me entiendas. Tú no te puedes ir al inglés, Manolo...

—Ya me gustaría a mí irme allí, ya. Por ahora, me voy solo a La Línea.

—Pero, si lo abren, que lo abrirán, tú no puedes entrar.

—¿Y eso por qué, vamos a ver?

—Pues porque en el inglés está un bicho muy malo, bueno, dos bichos muy malos.

Manuel rio.

—Bichos malos habrá muchos, como en todas partes.

—Pero es que allí hay dos malísimos que te pueden hacer mucho daño. Los dos mataron a tu padre.

Se hizo el silencio. Mariquilla lloraba. Manuel se sentó a su lado.

—Madre, si es otro truco de los suyos para que no me vaya...

—Que no, Manolo, coño, que esto es verdad. En el inglés está Pepe Rebollo, el hijoputa que vendió a tu padre por un puñado de pesetas.

—¿Y eso cómo lo sabe usted?

—Porque me lo contó la lagartona, ella habló con él y el mierda ese se lo cascó todo. Mira cómo eso no te lo ha contado, tanto que te quiere, dices tú.

No, no se lo había contado. Sus motivos tendría, pensó él.

—¿Y el segundo bicho? Me ha dicho que hay dos, ¿no?

—El segundo bicho te va a doler, Manolo.

Ese era el motivo.

—A mí hay poco que me duela más de lo que me está doliendo la vida entera, madre, suéltelo ya.

—El segundo bicho es el padre de tu Lisa, que fue el que le dijo al Rebollo dónde estaba el tuyo pa que después se lo fuera rajando a los civiles. Entre los dos mataron a mi Raimundo, Manolo, a tu padre, el que te pidió que le prometieras que siempre estarías conmigo —la voz se le empezó a entrecortar—, y tú se lo prometiste, hijo, coño, se lo prometiste, y yo ni siquiera te estoy pidiendo venganza, solo te pido que olvides a esa lagartona —temblequeaba, no pronunciaba bien—, porque mientras estaba en Ronda, ea, pero ahora que quiere llevarte a su vera donde el inglés, que es el mismito infierno —Manuel apenas podía entenderla—, no quiero que te acerques ni a la sombra de esos bichos, y que te quedes conmigo, que me lo debes, que yo...

Mariquilla calló. Resoplaba. El corazón le latía muy fuerte. Otro síncope muy oportuno, pensó su hijo, tenía razón Cefe cuando le advertía de que esa mujer sabía administrarlos en los momentos adecuados.

Pero la piel poco a poco se le fue poniendo como la cera. Primero, se llevó una mano al hombro, después se le cortó la respiración y, por último, se desmayó.

Manuel se asustó. Esa vez parecía que iba en serio.

* * *

Y tan en serio.

Una embolia, eso fue lo que le dijeron en el hospital de Santa Bárbara y eso lo que ratificó Antonio Marchena cuando la visitó horas después.

—Es grave, Manuel. Los médicos no saben cómo quedará. En el mejor de los casos, con el lado izquierdo paralizado. Aunque eso puede que se vaya solucionando con el tiempo, no te preocupes. Lo que sí va a necesitar es mucha atención, hijo mío, y toda la ayuda del mundo, lo siento por ti. Te ha tocado la peor lotería.

A Manuel las loterías siempre le tocaban por la lista más baja de los premios, pensó. Pero se castigó a sí mismo por pensarlo, porque, en esa ocasión, la que más tenía que perder era Mariquilla. Sus problemas no eran nada comparados con los que le esperaban a la mujer.

Después, trató de reorganizar su vida inmediata. Lo primero era avisar a Lisa de que no podría ir a La Línea, contarle lo que había pasado y prometerle que la llamaría pronto, que ya concertarían otra cita a través de la reja en cuanto pudiera dejar sola a su madre. Lisa lo entendería.

De hecho, lo habría entendido de haberlo sabido.

Cuando Manuel se escapó del hospital para hacer una llamada desde el Reina Victoria, el recepcionista le informó de todo, muy compungido.

—Manuel, hijo de mi alma, si es que lo tuyo con esa muchacha está gafado. Hoy mismo acaban de cargarse todas las líneas telefónicas y de telégrafos con Gibraltar, nos lo han dicho ahora, hace nada, poco después de las cuatro y media. Si antes esos pobres de ahí abajo estaban encerrados, ahora los han dejado mudos.

Mudos y sordos. Sin comunicación posible con España.

Franco había cortado literalmente el cable de teléfonos que llegaba a la Roca. Incluso había militarizado a los trabajadores de Telefónica para que, si facilitaban de alguna manera el contacto con el Peñón, pudieran ser juzgados por un tribunal del ejército. Cualquiera se arriesgaba.

Sí, el 1 de octubre de 1969 Manuel se llevó un premio de la lotería en dos décimos consecutivos.

«Y la noche se amontona», decía el poeta de su biblia, la que se quedaron los que le metieron preso, que ya ni eso tenía... «Y la noche se amontona sin esperanzas de día».

LISA

Lisa esperó toda la tarde del 1 de octubre hasta que anocheció, cuando de nuevo un pequeño enjambre se congregó junto a la Verja gibraltareña para cantar el «God Save the Queen» unos y para preguntar a gritos por la abuela, el tío o los hijos a los del lado linense otros. Lo de cada día.

Y Lisa, aquella tarde, con más desolación que nunca. Perder lo que se tiene es triste, pero no alcanzar lo que queda en la misma punta de los dedos es bajar más hondo en la pena.

Primero se enfadó. No, Manuel no tenía derecho a jugar así con sus sentimientos ni crearle falsas ilusiones a su hija que, aunque fuera solamente un bebé, ya podía sentir los aleteos del corazón y distinguir la esperanza de la decepción.

Pero fue un momento tan solo. Si algo les había enseñado su historia de amor era que los proyectos no servían para nada. Que Ellos proponían, pero una mano negra o blanca, según los astros decidieran, disponía.

Supo cómo se debió de sentir Manuel el día que Lisa no apareció en el bar El Coso y recordó cómo se sintió ella cuando no tuvo noticias de él tras el cierre de la Verja. Ellos proponiendo y la mano disponiendo. Así eran sus vidas.

Por eso, decidió seguir con la suya y con la de su niña hasta que la mano negra o blanca se apiadara de las dos.

Y continuó con su rutina.

Primero, iba a la Verja por las mañanas para ver cómo la abrían y enseguida se marchaba al trabajo. Limpiaba en silencio las oficinas que le tocaban, despachos de banqueros y abogados cada vez más vacíos de papeles y de gente, con Reggie dormida dentro de su capacho en un rincón, porque la niña era un ángel y no daba guerra ninguna. Trabajaba sin parar, callada, ajena a cualquier conversación, sin lamentarse de su suerte ni maldecir la de quienes les habían metido en eso. Solo deseaba terminar para acudir de nuevo a la cancela, un momento solo, cantar con sus vecinos, saludar con la mano en la distancia a los desconocidos de la otra parte, regresar a su casa, ignorar a Emil, que siempre estaba encerrado en su estudio, ya solo eran dos extraños compartiendo casa, y dormir agotada con su niña al lado, las manos enrojecidas por la lejía y los ojos iluminados por el recuerdo de Manuel.

Esa era su vida. Cada día de la semana, excepto los domingos, el único que se daba de asueto, sin trabajo ni ceremonias de apertura o cierre junto a la Verja porque era cuando más gente había y no necesitaban tanto de su presencia, para pasarlo respirando yodo y paseando por la Sandy Bay con la niña. Un día entero con Reggie, mirándola, acariciándola y besándola. A su niña, su único tesoro. Y su única distracción en toda la semana.

La mano dispuso que Lisa supiera lo que había ocurrido el 1 de octubre mucho más tarde, cuando apareció en su buzón una carta fechada hacía casi un mes y medio y con los permisos postales estampados por las oficinas de Ronda, Londres y Tánger. La firmaba Manuel. En ella estaba lo que necesitaba saber: el dolor, la esperanza y los porqués de todas las ausencias.

Una nueva muestra de que los relojes de sus vidas, como tantas veces desde que se conocieron, estaban desacompasados y no daban la misma hora.

La maldición de los relojes.

MANUEL

Queridísima Lisa:

Te escribo estas letras a la espera de que nuestra niña preciosa y tú estéis bien de salud. Y también te escribo para pedirte perdón por muchas cosas. La primera, por mi escritura y mis faltas de ortografía. Yo no soy tan culto como tú ni he leído tantos libros. Yo solo sé de metáforas y eso es gracias a ti, pero lo que tengo que decirte no es una metáfora, es algo muy real, por desgracia, que te va a ayudar a comprender y espero que a perdonar por qué no fui hace una semana a La Línea a las cinco de la tarde, como habíamos quedado.

A mi madre, que tantas veces nos había amenazado con que le iba a dar un soponcio, al final se lo ha dado de verdad. Fue el mismo día 1 de octubre. En el hospital lleva ya siete con una embolia y no creo que vaya a quedar muy bien. Para cuando salga, el amigo Marchena nos va a prestar su silla de ruedas, porque él solo la usa de vez en cuando y dice que ahora, con el aire puro de la sierra, respira y anda mejor y ya no la necesita tanto. Estoy a la espera de bajar a Málaga a ver si puedo comprarle una nueva, aunque para eso hacen falta muchos duros y yo no los tengo. Tendré que gastar los pocos que tenía ahorrados para el viaje a Gibraltar, qué le vamos a hacer.

Le rezo a la Virgen todos los días con la medallita que me mandaste en la carta que nunca leí. Rezo por mi madre, Lisa, porque es mi madre y no la puedo dejar sola, tú me entiendes, que también

471

pasaste por unas cuantas penas con la tuya. Yo tengo que cuidarla, no me queda más remedio, sin hermanos que me ayuden, sin mi tía Toñi que me dé consejos y, sobre todo, sin ti, mi amor, que eres lo único que hace que abra los ojos por las mañanas. Lo que me cuesta, vida mía, cada día más. Si supieras cuánto te echo de menos a mi lado, cuánto, cuánto...

También rezo para que nos encontremos pronto, y ese es el segundo perdón que te quería pedir: perdóname, cariño mío, perdóname por no haber ido a La Línea cuando te dije que iría. Te prometo que, en cuanto vea yo que mi madre mejora un poquillo y encuentre quien se quede con ella al menos un día entero, voy a ir a la reja, por si da la casualidad de que estás allí. He pensado que, si Dios no planea lo contrario, que nunca se sabe, visto lo que nos ha hecho desde que nos conocemos, iré todos los domingos a las cinco de la tarde. Ahí estaré, mi vida, cada domingo sin falta, a las cinco en punto. Y, si algún día tú también estás en el otro lado, seré por fin feliz. Después de haberlo tenido todo a tu vera y de haberlo perdido después, con eso me conformo.

Dale muchos besos de mi parte a Regina. Dile que la quiero como te quiero a ti, con toda el alma y con todo el corazón, y dile que si no os quiero más es porque no tengo más alma ni más corazón que daros.

Tuyo siempre y para siempre,

MANUEL

LISA Y MANUEL

Se reconocieron enseguida desde lejos. Él, detrás de la reja verde, y ella, de la negra con pomos dorados.

Estaban más delgados y más tristes. Vacilaban un poco más en sus movimientos. Tenían más miedo, estaban más inseguros. Pero se identificaron. A pesar de que les separaban cien metros, cien pasos sobrados de Manuel y unos ciento veinte de Lisa, y aunque ninguno de los dos estaba autorizado a darlos, supieron que allí, a esa distancia, que era la más corta que se había interpuesto entre los dos en los últimos cinco meses, estaba el otro.

Volvían a ser Ellos. Lejos, pero Ellos, los de siempre, los del amor irrompible.

Los domingos había una multitud en las rejas de La Línea. Lisa no había formado parte de ella antes de ese día de noviembre, porque hasta entonces había sido el único de la semana en el que no acudía a la Focona. Manuel, en cambio, había pasado un mes y medio presentándose allí puntual, a las cinco de la tarde de cada domingo desde que redactó la carta, sin darse cuenta de que Lisa iba a tardar ese mismo mes y medio en recibirla.

La maldición de los relojes. Pero la maldición acababa ese mismo domingo.

Algunos chavales trataban de encaramarse a los barrotes para ver el otro lado desde más alto a pesar de los culatazos que los guardias civiles les daban en los zapatos para impedírselo.

473

—Que te bajes ya he dicho, chiquillo, que como vuelvas a poner el pie en la cancela te vas a hartar de reja porque te meto en el calabozo hasta que hagas la mili.

Manuel se quedó en segunda fila, pero era alto, no necesitaba subirse a nada para otear por encima de las cabezas.

Había madres con niñas vestidas como si fueran a una boda, con falditas de tul y flores en el pelo, todas de colores muy vistosos y fácilmente reconocibles desde lejos:

—Mira, Reme, mira, aquel es tu padre.

—¿Cuál, mamá?

—El del chaleco verde, mi alma, ¿no lo ves?

Había ancianos con bastón:

—Hijo, dígame, ¿ve usted a uno muy rubio y muy guapo? Ese es mi nieto. Señáleme por dónde está, es que yo no ando bien de la vista.

Había de todo. Pero, al otro lado, una mujer bellísima, morena y esbelta, vestida de negro y con un bebé en brazos brillaba por encima de todos los demás. No se distinguían bien, pero supieron que se estaban mirando.

No dijeron nada. No gritaron como los demás. Solo sonrieron.

Lisa se tocó el corazón y después subió un poco más a la niña para que Manuel la viera bien. Era una muñeca vestida toda de rosa. Y tenía luz, pensó su padre. Algo dentro de ella irradiaba un resplandor que iluminaba el hierro de la Verja.

Él también se tocó el corazón, que palpitaba con fuerza.

Estuvieron así mucho rato, sin hablarse, sin mover siquiera los labios, cada uno con la mano apoyada en el lado izquierdo del pecho, hasta que se disolvieron los dos grupos.

Solo quedaron Ellos, con su hija como testigo.

Al fin, la misma mano con la que pasaron no sabían cuánto tiempo sosteniéndose el corazón se movió en el aire simulando que lanzaban ese mismo corazón al otro lado de cada reja. Después, con ella se dijeron adiós.

Les separaban cien metros y la tarde estaba ya declinando, se acercaba el invierno. Y, aun así, los dos supieron que había lágrimas en los ojos del otro. No les hacía falta verlas para saberlo.

MANUEL Y LISA

El régimen de Franco, a la vista del terremoto humano que había provocado el cierre de la Verja, mayor aún que el que había calculado en un principio, empezó a estudiar la forma de redimir su imagen ante los ojos de los españoles de La Línea y de otros lugares, de los gibraltareños confinados, de los británicos indignados y del mundo en general, con la ONU a la cabeza, apiadada ahora de aquellos a los que hacía muy poco amonestaba por no querer negociar con España.

La Navidad era una magnífica excusa, de modo que Madrid anunció a bombo y platillo que, movido por su magnanimidad, permitiría que se abrieran excepcionalmente las líneas telefónicas a los dos lados del istmo entre las doce del 24 de diciembre hasta la medianoche del 25, «Dados los numerosos vínculos familiares y de amistad existentes entre los habitantes de la Roca y del territorio español circundante», como explicó algún periódico del régimen.

En esas pocas horas se registraron mil trescientas cincuenta llamadas. Más otras tres, realizadas desde el hotel Reina Victoria de Ronda al *Calpe Mirror*, aprovechando que ese día Emil sufrió un ataque agudo de lumbago y no podía ni moverse de la cama.

El periódico estaba cerrado, nadie trabajaba en las fiestas. Lisa y Manuel mantuvieron esas tres conversaciones a solas y fue como si volvieran a vivir en la bodega trasera de la tienda de tebeos de la calle Santa Cecilia.

No hablaron con urgencia, a pesar de que la tenían toda para enviarse en apenas unos minutos la vida entera a través de un cable de teléfono.

Se dijeron que se querían nada más descolgar. Después, que se seguían queriendo. Y, al final, que nada iba a hacer que dejaran de quererse.

Entre cada «te quiero» lloraban. Y, entre cada lágrima, Lisa procuraba que Reggie trinara con sus gorgoritos ininteligibles que según ella parecían palabras, para que Manuel los oyera.

Tres veces se llamaron durante la tregua. Habrían sido muchas más, pero el recepcionista del hotel solo pudo conseguirles línea en tres ocasiones porque todo el día estuvo saturada y a punto de reventar.

En la última llamada hubo algo más que declaraciones de amor. La última, al filo de la medianoche del día de Navidad, fue ejecutiva.

Los dos tomaron la decisión. Iba a ser dura, pero no tenían más que una vida y se les estaba yendo sin sentirlo. Era preferible correr riesgos juntos que vivir en calma por separado. Para Ellos, si estaban unidos, el mundo era ancho, largo e infinito. Había llegado su momento.

Volvieron a declarar el amor eterno de los tres, volvieron a llorar y a reír. Pero pactaron que era la última vez que lo hacían en la distancia.

Aquellas horas se conocieron más tarde como la tregua de Navidad, una de las más cortas de la historia.

Y la más necesaria, porque, a partir de entonces, para Lisa y Manuel ya no habría rejas ni candados.

EMIL

Emil, que ya creía que todo lo importante se le había terminado y que estaba condenado a sobrevivir en lugar de vivir, recibió de repente el indulto.

Pensó que llegaría antes, el día de agosto de 1969 en que su líder, Robert Peliza, se convirtió al fin en ministro principal. El segundo de la nueva Gibraltar, después de Joshua Hassan. Pero Emil estaba muy equivocado y, cuando lo descubrió, se sintió un estúpido iluso por pensarlo.

Resultó que Gibraltar era demasiado pequeño para mantener en secreto la historia de su partido de golf con el dictador, el artífice de aquel cierre brutal, contada de varias formas diferentes durante un año. Además, por si todavía alguien no se había enterado, Greyhound se encargó de difundirla entre todos sus inversores el mismo día del cierre con el dedo acusador bien alto. Para los de Sotogrande, la hostilidad de Emil con Franco había contribuido al cerrojazo. Para los del Peñón, su servilismo con el dictador nunca pretendió evitarlo. Y todas las versiones acababan con una misma estampa denigrante: Emil y Franco, juntos, compartiendo *green*.

Los círculos políticos gibraltareños que antes le acogían como su gurú le fueron haciendo gradualmente el mismo vacío que España le había hecho a la ciudad. Le repudiaron. Al final, nadie quería al traidor Emil Drake en sus equipos ni en sus tertulias, ni siquiera sentado a su mesa. Incluso Tony Balloqui, el amigo que le había acompañado en sus enardecimientos, le dio la espalda cuando llegó el desconcierto para no caer por la misma pendiente que su colega.

Después, el *Calpe Mirror* tuvo que dejar de publicarse a diario. Se convirtió en semanario, reducido a una hoja, cuatro páginas en un solo astralón que se limitaban a informar de los horarios de las misas católicas, los servicios protestantes, rezos musulmanes y oraciones hebreas.

No había información ni presupuesto para más. Emil no podía pagar los sueldos de periodistas, secretaria, maquetadores y técnicos de taller. Casi no podía comprar papel y tinta, y no solo por falta de dinero, sino de suministros. La rotativa se estaba empezando a oxidar, pero tampoco había quien la reparase ni donde pudiera comprar piezas nuevas. Otros se beneficiaban con algunas de las libras que empezaban a llegar desde Londres para ayudar a la población y a sus empresas. Pero Emil no. Él estaba excluido.

Al periódico que había sido su segundo hijo —a veces, el primero— y que tantas alegrías le había dado porque había sido su voz y sus ojos en la crisis que estaban viviendo solo le quedaban unos meses de vida. Menos mal que tenía la cabecera registrada. Podía dejarla en barbecho hasta que se levantara el candado de la Verja y recuperarla algún día. Esos eran sus sueños. Al menos, tenía sueños. Todavía.

Hasta que le llegó el indulto, un frenazo en el descenso al inframundo, lo mejor que le había pasado desde que sostuvo a Lisa por primera vez en sus brazos en un barracón de Belfast después de comerse una sopa con gusanos. Era un regalo que lo mantenía en pie y no olía a tinta ni estaba impreso en cuerpo diez: su nieta.

Nunca estaba con ella a solas, porque Lisa no se separaba de la niña ni de día ni de noche. Pero cuando padre e hija comían juntos en silencio, con el capacho en un sillón cerca de ellos, Emil sentía mariposas que le aleteaban por dentro y de arriba abajo oyendo los gorjeos de la criatura.

La contemplaba admirado. Sonreía, había venido al mundo sonriendo y feliz. Era el futuro. Y se felicitaba por que no tuviera padre. Aquel miserable, seguramente un melenudo… Emil no lo conocía y esperaba no hacerlo jamás. No, su nieta no tenía padre; le tenía a él.

Esa niña era el futuro, su futuro. Un símbolo de la nueva Gibraltar, se decía su abuelo. Ella salvaría el mundo.

Seguía comiendo y mirándola. Masticaba el pan de tres días atrás, que guardaban y dosificaban como un tesoro, y después volvía a mirarla satisfecho. Ahí estaba, el futuro en un capacho.

Pero él, el pasado más oscuro, aún tenía un presente del que hacerse cargo y que, lo mismo que sucedía casi desde que nació, no paraba de enfrentársele y amargarle la vida: Lisa.

* * *

Ni siquiera pestañeó cuando su hija se lo anunció la última noche del año.

Comieron de postre unas almendras rancias que pretendían recordar al turrón y se lo dijo. No quería empezar 1970 sin hablar del asunto:

—He vuelto a ver a Manuel.

Silencio.

—Cada domingo, y hace ya cinco, en la Verja.

Silencio.

—Él va a La Línea y desde allí nos vemos; por fin, después de tanto tiempo.

Silencio.

—¿Sabes que a su madre, la que tú conoces, Mariquilla, le ha dado un ataque y ahora está en una silla de ruedas?

Emil enarcó una ceja. Pero en silencio.

—Por eso Manuel no puede venir aquí para quedarse con nosotras, tiene que cuidarla.

—Por eso y porque el candado está echado, quieres decir, ¿no?
—Se rompió tanto silencio.

Lisa se irguió, al fin había conseguido empezar una conversación.

—No, eso no sería un problema para nosotros si pudiera venir. Le pedimos a Audrey que nos ayude y lo hace encantada. Ya sabes cuánto nos quiere.

—Hasta que se canse de vosotros, porque sois muy jartibles, todo el santo día pidiendo favores a los demás sin mover vosotros un dedo.

—Lo que un amigo hace por otro no son favores, sino cariño. Pero, claro, qué sabrás tú de eso, que no tienes ni amigos ni cariño.

—Mira, niña, *fuck off* y que te den por saco. Me voy a dormir.

Emil se levantó dispuesto a irse cuando su hija lo sorprendió.

—No, *dad*, espera, perdona por lo que te he dicho. Es que aún tengo algo más que contarte.

Se sentó.

—Lo que quería que supieras es que me voy.

Volvió el silencio.

—Manuel no puede venir, así que soy yo la que se va. Ya lo tenemos hablado. Fue por teléfono, el día de Navidad, cuando la tregua.

Silencio un instante. A Emil el lumbago volvió a darle un ramalazo de dolor como el de hacía una semana, pero se sobrepuso.

—Pues muy bien, vete, ahí tienes la puerta, arreando.

Lisa no esperaba esa reacción.

—Te digo que me voy a vivir a España con Manuel, no sé si me estás entendiendo. Que ya lo he decidido, porque lo mismo que Audrey puede ayudar a Manuel a entrar, también puede ayudarme a mí a salir.

—Otro favorcillo, ¿verdad, hija?

—Otra muestra más de cariño, *dad*.

—Nada, ea, nada, que te vas me estás diciendo, ¿no? Y yo te digo que *bye*, que no tengo más que añadir, que adiós y que te vaya muy bien.

—Entonces ¿no te importa que me vaya a vivir fuera de aquí, a España?

—Ni mijita.

El silencio fue de Lisa. Lo miró dentro de los ojos.

—Yo no quiero que nos despidamos así, *dad*. Vete a saber cuánto tardamos en volver a vernos, que igual en España me meten presa, pero prefiero arriesgarme antes que quedarme aquí. Me gustaría que hiciéramos las paces, ya hemos vivido muchas cosas y va siendo hora de que algunas las olvidemos.

—Olvidadas están y paces hechas, *yes indeed*. ¿Se te antoja algo más?

Lisa se detuvo un momento y optó por hacerse caso a sí misma. Era mejor dejar en calma su corazón antes de abandonar la casa, de modo que decidió dar por finalizada una conversación que tenía todas las trazas de terminar en pelea.

—Está bien. Mañana llegan unos amigos de Audrey. Ella no puede venir, pero ya lo ha arreglado todo. Nos recogen en el yate y nos vamos juntos. Al menos dale un abrazo de despedida a tu nieta, *dad*...

—Ah, no, *sweetie*, no, en eso estás muy equivocada. Si tú te quieres ir para atrás a Ronda, te vas, ya te he dicho que no voy a ser yo quien te lo impida. Pero la niña se queda aquí.

Aquello no fue silencio, sino una cortina de hielo. Solo pudo romperla el filo de una voz de cuchillo.

—No, eso es imposible. Es mía, no me la puedes quitar. La niña se viene conmigo y con su padre. Es mi hija...

—Y yo su tutor legal.

—¿Qué? Pero ¿qué estás diciendo...?

—Pues que así está inscrita Reggie en la Registration Office, conmigo como su tutor. ¿Crees que iba a registrar a la niña solo con tu nombre, para que puedan quitártela en cuanto a Franco termine de darle la ventolera y nos invada?

—Pero tú no puedes...

—Claro que puedo. Tú eres libre para irte adonde te salga del higo, hoy mismo, mañana o pasado, adiós muy buenas. Pero a Regina no le doy permiso. A saber lo que va a ser de ella si os vais a España y a ti te meten en la cárcel. Porque buscarte te siguen buscando, ya lo sabes.

—*Dad*, no me hagas esto, por favor...

—Buenas noches, me voy a la cama, que no tengo ganas de campanadas.

Y entonces el silencio sí que se hizo definitivo. De cementerio.

MARIQUILLA

Mariquilla se había encerrado en una crisálida de cuatro paredes en la calle San Francisco de Ronda. Por ese capullo se movía en silla de ruedas, no necesitaba más. Ojalá nunca tuviera que salir volando.

Así vio llegar el nuevo año. Los médicos le dijeron a su hijo que, afortunadamente, habían intervenido a tiempo y que las consecuencias, la parálisis del brazo y la pierna izquierdos que la mantenía inmovilizada, se irían suavizando con el tiempo y algo de trabajo por su parte.

Pero ella no deseaba que se suavizara nada.

Desde que Mariquilla llegó del hospital, Manuel dormía en un catre muy cerca de su cama por si le necesitaba a lo largo de la noche, lo que ocurría en varias ocasiones y con tanta frecuencia como violenta hubiera sido la discusión con su hijo durante el día. «Que se joda», decía para sí la Búcara cada vez que le despertaba, convencida de que el chico no tendría vida en los años que le quedaran para pagar la deuda que mantenía con ella y con su padre muerto.

Y no quería que eso cambiara. Quería dormir con su hijo al lado para siempre, que siguiera pegado a ella como estaba entonces cada hora de las que la tienda le dejaba libre. Una voz en su interior le decía que ese sentimiento no estaba bien, que algo se le había enquistado ahí, en el corazón, y se lo había dejado con una tara hacía mucho tiempo. Pero no podía evitarlo.

Manuel no tenía otra vida que los tebeos y su madre, y eso era lo más cercano al estado de felicidad total para Mariquilla. Todos y cada uno de los días de la semana, allí estaba él, puntual, diez minutos después del cierre de la tienda.

Cada día de la semana, excepto uno. El peor.

Los domingos salía muy temprano por la mañana con el Seiscientos blanco y no volvía hasta que el sol hacía tiempo que se había ido. Regresaba llorando. Y esa noche, por muy cerca que lo tuviera y por mucho que tratara de importunarlo con peticiones absurdas —«Tráeme otro vaso de agua, Manolo, que esta sabe a lejía»; «Que me se ha dormido el pie bueno, dame una friega»; «Que me meo otra vez, vuelve a levantarme que me siente en el orinal, y deja de poner cara de asco, que el meado de una madre es meado santo, coño ya con el niño melindres»—, lo notaba lejos. A dos mundos de su lado.

Eran los dos mundos, este y el del inglés, que lo separaban de la lagartona.

MANUEL

Llegó el primer día de 1970. Y, después, algunos más.

Uno de entre todos ellos, no recordaba bien cuál, Manuel recibió una carta dentro de una carta. Venía de Roma y el sobre principal lo enviaba Audrey. Contenía una breve nota de su puño y letra:

> Querido Manuel, aquí tienes una carta de Lisa. Unos amigos acaban de estar en Gibraltar y me la han traído para que yo pueda enviártela desde aquí. Espero que no tardes mucho en recibirla.
>
> *Love,*
>
> AUDS

Manuel sostuvo el sobre cerrado en sus manos. Llevaba mucho tiempo creyendo que estaba muerto porque ya no le quedaba aliento después de gastarlo en pensar que ese día, ese día sí, sería el que, como habían acordado en Navidad, llegaría Lisa con Reggie en sus brazos y podría ahogarlas a las dos a besos.

Tardó un buen rato en reunir las fuerzas necesarias para abrir la carta de Lisa. Y, después, no hubo vida lo bastante larga para olvidar su contenido.

* * *

Queridísimo amor de mi vida:

Qué cruel ha sido siempre el destino con nosotros. Nos concedió un año de felicidad en el que tuvimos tiempo de pintar el cuadro más hermoso y de componer la canción más bella. Van por ti estas dos burdas metáforas para hablar de nuestra hija, perdónamelas.

Es que no sé lo que digo. Ni siquiera sé cómo tengo fuerzas para escribirte, precisamente hoy, el día en que debía estar viajando con los amigos de Auds que me iban a llevar en su yate porque a ella se le ha complicado el embarazo. Hoy, cuando debería estar subiendo por los caracolillos que me llevan hasta ti. Hoy, vida mía, estoy postrada en esta cama que ahora es mi cárcel.

Siempre supe que, en el campo de batalla que mi padre y yo abrimos hace mucho tiempo y que se ha ido agrandando con los años, él obtendría algún día la victoria. Yo solo he tratado hasta ahora de que mi derrota tardara el máximo tiempo posible en llegar. Pero ya está aquí, Manuel. Emil nos ha ganado.

Mi padre nos robó a nuestro primer hijo y ahora amenaza con quitarnos a nuestra niña preciosa si salgo de Gibraltar. Ya te dije que la había inscrito en la Registration Office y yo creí que lo hacía de buena fe. Ahora sé que, además de registrarla, se inscribió a sí mismo como tutor legal de nuestra niña sin decírmelo antes. Jamás me perdonaré haberme dejado engañar. Acababan de cerrar la Verja, todos estábamos asustados. Emil me hablaba de guerra, de la que podía venir y de la que ya pasó mi familia cuando nací, y yo temblaba, me aterrorizaba pensar que podían separarme de Reggie por ser una madre soltera, me espantaba incluso no encontrar con qué alimentarla. Hasta mi cuerpo reaccionó, mi amor, y mis pechos, que no fueron suficientes para dar leche cuando la niña nació, un día supuraron y me mojaron la blusa. Ellos, con tanto miedo como yo, olvidaron que eran flácidos y que estaban vacíos y, por instinto, hicieron un esfuerzo supremo para poder dar de comer a nuestra hija por si la escasez apretaba. Cuando mi padre me dijo que iba a dar una identidad legal a la niña registrándola... ¿cómo iba yo a sospechar? ¿Y cómo iba a decirle que no si me sentía igual que una náufraga en medio del mar picado y él me estaba tendiendo una tabla?

Mi padre me cubrió con un abrigo rojo, mi amor, que es una metáfora que me contó Audrey una vez por algo que le había pasado a ella de verdad cuando era niña y se refiere a las pequeñas cosas en las que nos fijamos para distraernos del espanto que nos rodea. Mi padre me puso un abrigo rojo encima y no fui capaz de ver lo que ocultaba.

El resultado de tanta confusión fue ese registro, así que ahora Emil tiene en sus manos nuestro destino, el que siempre ha sido tan cruel con nosotros. El mío no le importa, podría irme mañana si lo deseara. Pero quiere a Reggie para él. Y yo no soy capaz de separarme de ella, vida mía, no puedo.

Te confieso que ni siquiera he considerado esa posibilidad. Solo he tenido que recordar que, cuando nos encerraron en este Peñón y me vi sin ninguno de los dos, estuve a punto de seguir los pasos de mi madre. Solo me impidió hacerlo la llegada de nuestra hija. Ella me salvó la vida.

Si no existiera Reggie, no podría vivir sin ti porque ni siquiera podría vivir. Y por eso, hasta que tú y yo volvamos a tocarnos, solo ella puede mantenerme con vida. Es así de sencillo y al mismo tiempo tan complicado de explicar. A ti te necesito para vivir y a Reggie la necesito para respirar.

Tengo que quedarme a su lado, Manuel, y sé que tú habrías hecho lo mismo en mi lugar. No pudiste cuando la tenías contigo en Ronda porque te encarcelaron, pero estoy segura de que, si el destino no hubiera vuelto a repartirnos las peores cartas posibles, habrías seguido cuidando de nuestro tesoro hasta que yo hubiera logrado salir de Gibraltar y ahora viviríamos los tres juntos y felices. Tú tampoco habrías renunciado a Reggie.

Este es mi lugar, sufriendo lejos de ti, pero al lado de nuestra hija. Siempre junto a ella. No existen alternativas.

Lo siento mucho, mi amor, lo siento tanto…

Mientras esperamos a que la vida nos dé al fin una mano ganadora, ven a verme cada semana si puedes.

Te esperaré todos los domingos, sin faltar ni uno, en nuestra reja, a las cinco de la tarde. Solo con saber que estás ahí, a lo lejos, se me alivia lo que me queda de alma.

Desde ahora y para siempre, te espero en mi vida, que es la mitad de la tuya, hasta que podamos reunir los pedazos y ser felices eternamente.

Te quiero, mi vida, te quiero y jamás dejaré de quererte,

LISA

LOS AÑOS
DEL SILENCIO

1970-1974

Close your eyes and I'll kiss you.
Tomorrow I'll miss you.
Remember I'll always be true.
And then while I'm away, I'll write home everyday
and I'll send all my loving to you.

Cierra los ojos y te besaré,
Mañana te echaré de menos.
Recuerda que siempre te seré fiel.
Y, mientras esté lejos, escribiré a casa todos los días
y te enviaré todo mi amor.

THE BEATLES,
«All My Loving», 1963

LISA Y YO

Nuestra casa de Armstrong Steps era lo más parecido a un sepulcro, siempre callada, a oscuras y cerrada.

La pequeña ventana del piso de abajo que daba al callejón solo se abría para orear un poco la cocina. Lo que sí se ventilaba cada día era la alcoba que yo compartí con Lisa hasta que cumplí tres años. También se abría el cuarto de enfrente, que perteneció a Connie y se convirtió en mío cuando empecé a dormir sola. Pero no hubo otro viento fresco recorriendo el resto de las habitaciones que las corrientes que mi madre y yo conseguíamos que nos barrieran las penas gracias a esos dos ventanales opuestos.

La casa, además, estaba dividida.

En el piso inferior se encontraban las posesiones de Emil. Mi abuelo, como un señor feudal, ocupaba su estudio, en el que había instalado una cama estrecha y siempre sin hacer, y una pequeña salita a la izquierda del vestíbulo cuyas persianas jamás vi levantadas, ni descorridas las espantosas cortinas de cuadros teñidas de azul y amarillo chillón. Solo recibía luz de una araña de cristal en la que había al menos tres bombillas fundidas y que colgaba sobre una mesa de caoba antigua.

Aún me parece estar viendo esa mesa, siempre cubierta por un mantel de hule que un día fue blanco y, sobre él, un reloj de arena y decenas de libros amontonados, muchos llenos de polvo y otros limpios como la patena porque se hojeaban casi a diario. Más allá de la mesa, solitario en un rincón, un sillón orejero de pana marrón raída y, junto a él, a sus pies, un arcón cerrado con candado. Emil tardó cuatro años en dejarme entrar en esa salita, pero la estampa de la primera vez se me quedó clavada para siempre y aún puedo describirla como si la estuviera viendo.

Del piso a ras de calle, Lisa y yo solo nos atrevíamos a pisar la cocina, único espacio común que compartíamos los tres en desayunos, cenas y algún que otro almuerzo, y en los que mi abuelo me observaba con atención, tratando de encontrar en mí trazas de sí mismo. Seguro que alguna veía y entonces hacía con la boca una mueca muy peculiar que nunca supe si era de contento o de rechazo. Otras veces me miraba el lunar en forma de guisante que tengo junto a la oreja y apartaba los ojos de mí enseguida.

Exceptuando las cuatro palabras que cada uno de nosotros pronunciaba en la cocina, todo lo que se llevaba a cabo en los lugares de la casa que quedaban al alcance del oído de Emil se hacía en completo silencio. Sin ruidos, sin música, sin voces.

Tanto que yo aprendí a susurrar antes que a hablar. Incluso a gritar bajito.

* * *

La habitación de mi madre seguía pintada de verde esmeralda, «el color de la esperanza, mi vida, eso es lo que nunca vamos a perder», me decía besándome. Porque Lisa nunca dejaba de besarme, y decía que al hacerlo nos besaba a los dos, «a tu padre y a ti, que sois la misma carne que la mía».

En el planeta verde de Lisa había color, risas y gritos si nos daba la gana. Allí podíamos escuchar música, bailar y cantar a todo volumen, sin que los vecinos se atrevieran a quejarse ni una sola vez, posiblemente porque a ellos también les hacía falta algo de viento fresco y verde en sus ventanas.

Del mismo modo en que aprendí a susurrar antes que a hablar, en el planeta de Lisa aprendí a bailar antes que a andar. Mi madre me sentaba en sus rodillas, me levantaba los brazos y movía las piernas al ritmo de cada canción para que yo me acostumbrara a bambolearme sobre ellas al son que hubiera elegido.

—Escucha, escucha, mi niña...

> *Dondequiera que estés, piensa en mí*
> *y espérame.*
> *Aquellos momentos que yo recuerdo deben volver, babe,*
> *junto a mí.*
> *Espera, oh, no, espera...*
> *Dondequiera que vaya, estás cerca de mí...*
> *Te necesito, oh, babe, junto a mí.*
> *Espera, oh, espera...*

—Vecinos míos, Reggie, los que cantan eran vecinos míos. ¿A que son buenos? Los mejores. Bueno, después de los Beatles, claro. Pero a estos los teníamos casi puerta con puerta. En realidad, con la puerta de mi *nanny*, tu bisa Pepa, cariño mío, que en paz descanse. Estos eran los Rocking Boys, puro rock de la Roca —reía con su risa cristalina de verde ola ante el juego de palabras—, y además en español de La Línea, a la vuelta del Imperial vivía uno, ya te digo, vecinos nuestros. Canta, mi niña, cántale a tu padre: «Espera, oh, espera...».

Y me volvía a hacer bailar sentada con los pañales botando sobre sus rodillas.

Después, se ponía melancólica. Era el momento más esperado por las dos.

—Ahora, estos.

Al final, siempre terminaba haciendo que sonaran ellos, los únicos, los de Liverpool.

—Con esta bailé yo por primera vez con tu padre en la plaza de toros de Madrid, y con esta otra, creo yo que fue con esta... sí, con esta te hicimos, amor mío, con esta te creamos los dos en la parte de atrás de una tienda que tu padre tiene en Ronda.

Mi madre siempre me habló como si yo fuera una persona mayor. Siempre, desde que ni siquiera podía entenderla ni mucho menos responder. Pero hay sonidos que se me grabaron y después, cuando ya supe hilvanarlos, los traduje a palabras con sentido.

Todo lo que Lisa me contó, me cantó o me leyó en los años del silencio hablaba, sonaba y versaba sobre lo que mi padre y mi madre compartían. Directa, pero también indirectamente.

Incluso las veces que Lisa se metía en honduras demasiado profundas para una niña y me decía, velada por las lágrimas, lo que se decía a sí misma, solo que en voz alta.

—Qué malas son las banderas, mi alma, cuando la gente no sabe llevarlas...

Entonces callaba unos instantes, perdía la mirada en el infinito y seguía para explicarse mejor, a mí y también a ella.

—Auds siempre dice que la ropa es importante, que refleja por fuera lo que llevamos en el interior. Y que es una señal de respeto, porque la imagen que damos, si estamos limpios y bien vestidos, aunque sea ropa humilde, es lo que queremos presentar a primera vista a los demás antes de que nos conozcan por dentro.

Yo la miraba callada pero muy atenta. Qué iba a decir, si no sabía hablar aún, aunque ya empezaba a comprender lo que a muchos no les resulta comprensible en toda una vida.

—Pues las banderas son para algunos como las ropas mal llevadas. Hay que saber vestirlas con elegancia o mejor no te las pongas. Eso es lo que nos ha pasado aquí, en este lado, pero sobre todo en el otro, en el lado triste que no nos quiere solo porque no le damos capricho a un dictador. Qué pena, mi niña, que haya quien no sepa ponerse las banderas con estilo y así les sientan, fatal. Pero qué pena, qué pena da todo...

De ese modo solía hablarme mientras hacía conmigo todo lo contrario y me adornaba con mis mejores puntillas. Recuerdo un vestido de tergal azul celeste, con cuellecito bordado en flores de color violeta y un cinturón de raso que mi madre me ataba primorosamente a la espalda con un gran lazo.

—Dos pueblos que se querían y se necesitaban, uno le daba al otro lo que podía y al revés. Nos juntábamos, formábamos familias sin importarnos de dónde era cada cual, salían niños preciosos como tú, vida mía, niños de la mezcla aunque en realidad sois hijos de la misma sangre, y todos felices, sin fijarnos jamás en el color de la bandera que colgaba del balcón o la que se levantaba en el pico de la piedra...

Y seguía hablándome sin detenerse en su labor de acicalarme mientras me ajustaba las bragas con volantes de encaje, abultadas por encima del pañal que todavía llevaba cuando di mis primeros pasos y que se veían por debajo del vestidillo tan corto.

—Dos pueblos así y, de repente, separados por dos banderas de rejas de hierro, a una parte una y a otra parte la otra. Si es que todavía no lo entiendo, cariño mío, que no, que no entiendo cómo hemos podido llegar a esto...

Me peinaba, ya vestida, pero no paraba de hablar para que yo no llorara mientras me desenredaba el pelo.

—Tu abuelo tiene razón, pero solo en parte, aunque nunca se lo pienso decir. Claro que en el 67 aquí se votó lo que se votó en el referéndum, porque a ver cómo íbamos a querer perder lo que entonces teníamos para meternos en una dictadura, eso lo entiende cualquiera. Solo que no iba nada contra los españoles, ya ves tú si los queremos. Que no, que la cosa iba contra Franco. Y en eso es en lo que tu abuelo tiene razón, aunque nunca se lo pienso decir, que no me oiga a mí darle la razón en algo.

Yo me tragaba el dolor para que no dejara de hablar. Porque ir guapa era muy duro y costaba mucho sacrificio, el peine daba tirones que hacían que se me saltaran las lágrimas. El resultado, sin embargo, lo merecía. Cuando ya empecé a tener pelo suficiente, Lisa me sujetaba con una goma un mechón de la parte de arriba y me quedaba una coletita enhiesta en forma de fuente en lo alto de la cabeza.

—Pero en lo que Emil no tenía razón, y eso sí que se lo he dicho muchas veces, es en no darse cuenta de que hubo cosas que se hicieron mal. Porque tenían que haberse hecho por las buenas, como hay que hacerlo todo en la vida. Al final, Franco se portó como se espera que se porte alguien que gobierna con el ordeno y mando y no le importa la gente, ni la suya ni la nuestra. ¿Pues qué iba a hacer? Darnos un zarpazo y dejarnos sangrando, eso es lo que hace un dictador y eso es lo que hizo.

Me ponía unos zapatos de charol que me apretaban al doblar los dedos, pero que me gustaban mucho.

—Así que aquí estamos, corazón mío. La gente. No Franco ni las banderas. La gente, mi niña, la gente, que es la que lo sufre cada día. La gente, nosotros, que estamos divididos, separados, día tras día más.

Me daba un beso cada vez que lo decía, porque yo también era parte de ese grupo de personas tan importante llamado gente.

—Si es que alguno ya empieza a creer que Franco es España y a hablar mal de los españoles que antes eran nuestros amigos, incluso de esos a los que no les gusta nada el régimen, que los hay y muchos, y ahí está el peligro, porque no es verdad, porque ellos no son los malos ni son los que nos han encerrado.

Más besos.

—Como también te voy a decir otra cosa, que los hay en el lado de allá que cuando gritan la tontería esa de Gibraltar español no saben ni lo que dicen, vamos, que por no saber ni siquiera saben por dónde queda nuestra Roca ni quién es el que le ha dado la vuelta al candado, porque muy españoles no nos considerará cuando nos ha arrancado de cuajo de sus entrañas.

Y terminaba el discurso.

—Tú hazme caso, mi alma, y recuerda siempre lo que te digo, que yo me conozco bien los dos lados y tengo conocimiento de causa. Hemos llegado a esto, que no me explico siquiera cómo... ¿y todo por qué? Porque no sabemos llevar las banderas, como los hay que no saben llevar corbata o tacones con elegancia. Que las banderas hay que saber ponérselas, mi alma, acuérdate de esto toda la vida.

Después me daba una palmadita cariñosa en el culo en señal de que me había dejado perfecta, me tomaba de la mano y nos íbamos a la Focona las dos, yo con mi fuente en la cabeza y ella toda de un luto elegantísimo, que nadie como mi madre supo jamás llevar el negro con esa prestancia.

Qué importaban las lágrimas que me provocó el peine o que los zapatitos de charol me hicieran daño. Yo llegaba allí con el corazón en la boca y los ojos saliéndoseme de la cara.

Era el día principal de la semana, el mejor y el más importante.

Era domingo.

MANUEL Y YO

La Verja española se iba a abrir más pronto que tarde, claro que se abriría. Nadie lo dudaba en La Línea, porque nadie como los linenses para saber que la esperanza es lo último que se pierde y ellos no estaban dispuestos a renunciar a más de lo que ya les habían quitado en los últimos tiempos.

La vida que unos y otros vivían cada domingo tan cerca y al mismo tiempo tan lejos, pero tan extraordinariamente lejos, desgajados por una reja de hierro y un candado, era la más absurda que podía imaginarse. Cómo no se iba a abrir pronto la Verja para que todos pudieran volver a su existencia vulgar, lo que más ansiaban en el mundo.

De esperanza consiguieron entre todos contagiar a Manuel, a quien, domingo a domingo, empaparon con el compañerismo que imprime el dolor de la separación. Que eso, el dolor, une más que la alegría, le repetían.

Muchos aprovechaban la espera para contarse sus historias. En realidad, casi todos se las contaban a Manuel, uno de los pocos que no se había criado en el Campo de Gibraltar y que no conocía lo unidos que habían estado los pueblos de la zona, incluido el de la Roca, cuando no había más que un puesto aduanero apodado con un nombre tan gracioso como el de la Focona, que atravesaban cada día como quien va al quiosco de la esquina a comprar tabaco.

Le contaban que distinguían a los llanitos porque, según los de La Línea, tenían dos pies izquierdos y lo demostraban cada vez que intentaban bailar sevillanas en las Veladas. ¡Lo que se reían de ellos!

—Qué desaboríos, señor mío, ni se lo pinta usted, si los hubiera visto, qué risa. Ahí es donde se les nota la sangre inglesa.

Pero también qué guapos y qué elegantes, mucho más que nosotros, matizaba una muchacha, con esos ojos azules que robaban el corazón de un solo guiño, tan educados y tan cultos.

—Y, ahora, ahí enfrente tengo al de los ojos azules, mi novio, a él vengo yo a verlo, en la Roca sigue porque en La Línea, desde que nos encerraron, ya no hay trabajo, qué dura es aquí la vida ahora.

—¡Pacooo, que la niña ha sacado notable! —gritaba alguien mientras tanto, pero el padre de la criatura no entendía lo que decía y seguía ondeando el brazo desde la distancia.

Había quien intervenía para criticar el famoso plan de desarrollo.

—Que ni plan ni plon, aquí naide del Gobierno se acuerda de nosotros por mucho que lo prometieran, han dado la vuelta al cerrojo y si te he visto no me acuerdo, así nos va, con las casas cayéndose a pedazos porque los muchachos han marchado casi todos a la emigración.

Manuel los escuchaba con la mayor atención posible y aprendía mucho, no era el único que llevaba a cuestas su tristeza hasta la Verja. Solo que él no se la contaba a nadie, porque ese era un tesoro que únicamente podía compartir con Lisa.

De entre todo lo que le narraron, siempre recordó el domingo en que conoció a una mujer que, como Mariquilla hacía mucho, acababa de perder un hijo. Tenía solo seis años. Lo arrolló el tren mientras jugaba en la vía del ferrocarril de Cádiz. El día que se lo contó a Manuel, había regresado a la Verja después de unos cuantos en los que no había podido salir de la cama ni del pozo en el que la dejó hundida la muerte del niño. Siempre lo llevaba a la cancela para que viera al abuelo gibraltareño, pero ese domingo no. Ese era el primero que volvía a ver al hombre y el primero que lo hacía sola, sin el niño.

—¿Y cómo se lo digo yo a mi padre desde tan lejos, a ver, cómo se lo digo yo? —Las lágrimas le empapaban el vestido de los domingos—. Dígamelo usted, que parece buen muchacho, ¿cómo se le dice algo así a un abuelo, a un padre, a alguien que la última vez que vio a mi criatura fue saltando de alegría desde la Verja y gritándole que pronto irían juntos a pescar al río? ¿Cómo se dice eso, señor, dígamelo…?

Manuel no lo sabía.

* * *

Ese domingo presionó más que nunca la mano sobre el corazón cuando vio aparecer a Lisa conmigo en brazos. Yo estaba allí y estaba viva. Solo por eso, la vida era bella para él, mientras que para la mujer que tenía al lado, sencillamente, ya no había vida.

Además, yo estaba guapa ese día. Era mi primer cumpleaños. Ya tenía pelo suficiente para que Lisa me hiciera una fuente en lo alto y la estrené aquel domingo.

Manuel vio saltar de alegría mi fuente mientras mi madre me aupaba y también vio cómo ella me movía el bracito para hacer que mi mano ondeara a modo de saludo. Después me enseñó a llevarme esa misma mano al corazón, como ella y como el señor tan alto que estaba allá lejos, al otro lado.

Y, aunque pueda parecer mentira porque los niños de un año no se acuerdan de nada ni tienen memoria para hacerlo, de aquel domingo guardo varios recuerdos nítidos y meridianos, como ráfagas imborrables. Fue el día del estreno de la coleta fuente y del vestidito celeste con un gran lazo, pero, sobre todo, fue el día de la primera imagen de mi padre.

Cristalina, de verdad. Una estampa imborrable.

Un hombre altísimo, moreno y muy delgado, con ojos como farolas, encendidos y brillantes; camisa de un blanco impoluto; una mano de dedos muy largos sosteniendo un globo verde esperanza enorme que sobrevolaba por encima de las cabezas de todos los que estaban junto a él en la Verja para que lo viera bien y no tuviera dudas de dónde estaba situado, y la otra mano apoyada sobre su lado izquierdo.

Entonces yo no sabía dónde está el corazón, pero aquel día lo aprendí, aunque nadie me lo dijera.

Desde ese día y ya para siempre supe que, dondequiera que mi padre me tuviera enfrente y me estuviera mirando con una sonrisa y la mano sobre el pecho, ese era el lado en el que estaba el corazón.

El suyo, el de Lisa y el mío.

AUDREY

El viaje a Gibraltar a través de Tánger era aún más caro de lo que había calculado Cefe. Y llevaba tiempo, mucho más del que ninguno de ellos estaba en disposición de permitirse. Manuel no podía dejar sola a su madre cuatro días seguidos, pero es que tampoco era factible que ambos pudieran encontrarse en Tánger, porque a Lisa le aterraba dejarme a mí ni un solo día a solas con Emil, a saber lo que encontraría a su vuelta. A saber incluso si me encontraría.

A Lisa y a Manuel les habían cortado su mundo por la mitad, después lo habían separado poniendo cien metros entre los dos pedazos y les habían plantado una verja a cada lado. Eso era lo que les había pasado.

Pero Ellos eran Ellos con mayúscula. Se negaban a estar separados. Por eso, ya que habían destrozado su mundo y no tenían tiempo ni dinero para reconstruirlo, se inventaron otro.

En el nuevo mundo de Lisa y Manuel no había rejas ni distancias. Lo compartían todo, de la misma manera en que lo compartieron en el único año de felicidad que les había proporcionado la vida y del que yo era prueba palpable.

En el nuevo mundo de Lisa y Manuel pasaban las mismas cosas que en el mundo real, pero les pasaban a los dos juntos.

Lo inventaron en mayo de 1970, cuando Audrey Hepburn, de nuevo el hada madrina Auds, les propuso servirles de enlace.

En realidad, según le contó un día a Lisa, conocer los detalles de su historia de amor con Manuel, a pesar de que la vivían de forma tan desgraciada, era una cura de felicidad para su alma dolorida.

Porque Audrey seguía sin conocer el amor verdadero, le confesó.

El pequeño Luca Dotti había nacido en febrero y ella había renunciado a todo por sus dos hijos: a su carrera y al amor.

El embarazo fue difícil, tenía miedo de sufrir otro aborto, de forma que, cuando se acercaba el momento, en los últimos meses de 1969, guardó reposo absoluto para que el niño naciera sano y fuerte. Eso ya lo sabía Lisa, porque fue la causa de que no pudiera acompañarla personalmente en los planes frustrados del viaje a Ronda el día de Año Nuevo.

Pero fue difícil por más cosas. Entre otras, por las amantes de Andrea, que entraban y salían de la casa de Roma mientras ella descansaba inmóvil en su habitación intentando proteger al hijo que iba a nacer.

Con todo, pasó el tiempo y Luca había llegado, un bebé hermoso y fuerte. Audrey era libre, podía abandonar la cama.

Ese mayo, la habían invitado a la inauguración de un nuevo puerto deportivo muy cerca de Marbella, construido por un hombre del negocio del ladrillo que se estaba haciendo de oro en la España del régimen tardío.

Se llamaba José Banús y, para presentar a la flor y nata de la sociedad internacional su nueva marina de ocio y placer, destinada a convertirse en escaparate de los mayores lujos para envidia de los españolitos ávidos de personajes a los que admirar, organizó una fiesta con lo mejor de lo mejor.

—No tengo la más mínima intención de acudir a esa fiesta, Lisa. —Audrey fue muy rotunda—. Irán personas con las que no deseo mucho trato, como uno que no conocerás, pero que es el dueño de una revista muy famosa cuyo único mérito es publicar fotos de chicas desnudas que llevan orejas y rabo de conejo, ¿no sabes cuál te digo?, mejor para ti. Aunque también habrá otras personas a las que me habría gustado ver, como Grace Kelly, que ahora está casada con el príncipe de Mónaco. En fin, no quiero aburrirte con cosas de ricos. Solo que esa fiesta me viene muy bien como excusa para salir de Roma y alejarme un tiempo de Andrea. Sean quiere ver a su padre y a mí no me importa pasar unos días en el hotel de Hohenlohe descansando con Luca y charlando con Deborah.

Todo eso, al final, sirvió para decirle lo que en realidad quería proponerle cuando la llamó por teléfono:

—Si quieres, puedo pasar por Gibraltar antes de ir a Marbella. Además de darte un abrazo, puedo llevarle a Manuel lo que quieras. Una carta o lo que sea, yo se lo haré llegar. Después, esperaré en España hasta que Manuel me envíe su respuesta el tiempo que haga falta. Y ojalá sea mucho, porque ahora lo último que deseo es estar en Roma con mi marido.

Así empezó a romperse el silencio.

Unas veces era Audrey la mensajera, otras Deborah Kerr cuando estaba en Marbella y las más lo eran sus muchos amigos distribuidos a lo ancho del mundo y cuyos pasaportes de cualquier nacionalidad les daban vía libre para atracar o aterrizar en Gibraltar, siempre que lo hicieran por aguas o cielos que no pertenecieran a España.

Audrey y sus amigos tenían lo que los demás ciudadanos de los territorios separados no: dinero para viajes larguísimos y tiempo para hacerlos. Y estaban dispuestos a emplearlo en ayudar a Lisa y Manuel porque conocían su historia. Les llamaban la Julieta y el Romeo del Estrecho, divididos por una reja en lugar de balcón y por sus respectivos linajes de Capuleto y Montesco, que los retenían junto a cada uno de ellos bajo la coacción de sus particulares enemistades. Todos suspiraban por su historia y, mientras aquella situación absurda continuase, deseaban contribuir a mantener viva la llama de una pareja a la que el alma siempre generosa y respetada de Audrey había cobijado bajo su paraguas protector.

Así, una vez más desde el día que mi madre conoció a Audrey Hepburn y el cielo se convirtió para ella en el suelo que pisaba cuando su amiga lo ponía a su alcance, Lisa y Manuel comenzaron a construirse un nuevo mundo.

LISA

Queridísimo Manuel, amor mío:

Qué alegría preparar las maletas para irnos juntos a Wight. Me tiemblan las manos mientras doblo la ropa. No conoces el lugar, ¿verdad? Yo tampoco he estado nunca, pero Emil me ha hablado tanto de esa isla que es como si hubiera nacido en ella en lugar de en otra más grande y más arriba.

Va a ser un festival histórico y nosotros vamos a estar en él juntos y con nuestra niña, que ya va siendo hora de que la eduquemos en las cosas importantes de la vida. Vamos a estar allí, en el centro del mundo otra vez, en un concierto como ese en el que nos conocimos, pero ahora los tres con las manos enlazadas, sin soltarnos ni un momento, noche y día; la noche durmiendo al raso bajo las estrellas, no olvides llevar mantas, y el día escuchando nuestra música. Porque es la música, la buena música, lo que nos unió, y es la música lo que todavía hace que me corran hormigas por dentro cada vez que la oigo, que toda la música, sea la que sea siempre que sea buena, me recuerda a ti.

Aunque ya no hace falta que nada me recuerde nada, porque estamos juntos, corazón mío, y no nos vamos a separar jamás.

Prepárate. Creo que a Wight van a ir Jimmy Hendrix, y los Doors, y los Who... Esos mismos, Manuel, mi alma, esos que a tu amigo Bobby tanto le gustaban y a ti también, tienes algunos de sus discos en la tienda. Esta misma noche hemos oído juntos tú y yo su «I can't explain», ¿te acuerdas?, porque habla de nosotros, que tampoco podemos explicarnos todo esto que nos pasa, y lo hemos bailado juntos, besándonos, igualito que bailamos en Las Ventas, nosotros siempre bailamos así.

Sé que a ti te gustan los Who, pero a mí, ya ves tú, de todos los que van a Wight, la que más me ilusiona es Joni Mitchell. ¡Vamos a ver y a oír a Joni Mitchell, vida de mi vida, Joni Mitchell! No puedo esperar…

Te decía que estoy muy emocionada con nuestro viaje a la isla de Wight, pero, sobre todo, con lo que estoy emocionada es con volver a pasar una noche entera contigo y con Reggie, juntos los tres. Bajo las estrellas y sobre la hierba, da igual, allí donde vosotros dos estéis estará mi hogar.

Nunca nada ni nadie podrá separarnos.

Te quiero, mi amor, nos vemos enseguida,

LISA

P. D.: Te mando junto a esta carta un disco. Es una versión nueva, de este mismo año, de «Get Back». No sé si has oído todas las canciones, pero escucha una en especial, «Two of Us». Sabrás por qué en cuanto la oigas.

MANUEL

Queridísima Lisa, amor mío:

No sé cómo darte las gracias por el disco. Me ha recordado lo mucho que hemos llorado juntos este abril, cuando supimos que nuestros Beatles se separan. Menos mal que después nos fuimos a dar un paseo por la serranía, juntos de la mano y con nuestra Reggie, para quitarnos la pena de encima. Qué bonitos estaban los árboles y qué fresquitas las cuevas, ¿verdad, mi vida?

Para mí que la culpa de todo es de la novia de John. Conociste a esa Yoko Ono, ¿verdad? Creo que me contaste que era la artista rara a la que entrevistaste y que gracias a ella llegaste a tener relación con la otra, Suki, ¿no? Dime si me equivoco. Pero, si tengo razón, entonces lo he decidido: no me gusta Yoko Ono. Te hizo a ti lo que te hizo. No ella en persona, tú me entiendes, pero te lo hizo, meterte en lo que te metió. Y ahora esto, nos separa a nuestros Beatles. Porque ha sido ella, estoy seguro.

Me ha encantado la canción que dices. ¡Es que somos nosotros mismos! Cuando cantan eso de que los dos conducimos los domingos camino a casa sin llegar nunca... Y que tú y yo tenemos recuerdos más largos que el camino que se abre ante nosotros, que parece que se está refiriendo a los cien metros que hay entre esas dos verjas... Dios mío, Lisa, ¡los Beatles se despiden hablando de nosotros!

Es triste que se separen, pero nosotros no lo haremos nunca. Teneros cerca es más importante que ellos y me compensa todas las tristezas. Esta noche volveré a comerme a besos a nuestra niña y después oleré tu pelo y te acariciaré entera, voy a beberte otra vez, como cada noche, porque tú eres el agua que me hace falta para no morirme de sed. ¿Ves cuántas metáforas he aprendido ya?

Porque tienes razón, siempre la has tenido: nunca nada ni nadie podrá separarnos.

Te quiero, mi amor, nos vemos enseguida,

MANUEL

LISA

Queridísimo Manuel, mi amor:

Qué alegría recibir tu carta. Sobre todas las cosas, qué alegría saberte a mi lado siempre.

Y que, a pesar de estar tan juntos, podamos también pensar diferente. Porque, cielo mío, por esta vez discrepo de ti. No, yo no creo que Yoko Ono sea la culpable de nada, ni siquiera de mi caída a los infiernos, y eso que siempre te dije que no me resultó demasiado simpática cuando la conocí. ¿Culpable de qué? ¿De que nuestros Beatles hayan tomado caminos separados? ¿Acaso no era John Lennon el *beatle* y no ella? ¿Acaso no es él quien ha tomado la decisión? Y si fue ella la que se entrometió en la banda, la que puso a los otros tres en su contra, que todo eso no lo niego yo ni tampoco la defiendo… ¿tan poco y débil criterio crees que puede tener un genio como Lennon, hasta el punto de dejarse persuadir con artimañas para romper el grupo de música más importante de la historia? ¿Es tonto alguien capaz de crear «Strawberry Fields»? ¿Alguien tan brillante que escribe letras que parecen textos del mismo Joyce?

Una vez le dije a mi amiga Marisol que, mientras haya una Eva cerca, la culpa nunca será de Adán. Ahora, creo yo, el mundo ha encontrado a una Eva a quien achacar la responsabilidad de que los Beatles hayan mordido la manzana.

511

Querido mío, cuántos prejuicios tendríamos que revisarnos todos. Lo de culpar a la mujer de lo que hace un hombre no solo es injusto para ella, sino también para él, porque le llama pelele. Todos deberíamos sentirnos ofendidos, hombres y mujeres. ¿Alguien ha dicho alguna vez que la genialidad de «Blackbird» se debía a Linda, por ejemplo, que también es artista y hace música, como Paul? Pues no, amor, pues no, nadie lo ha dicho. Si un hombre hace algo mal, la culpa es de la mujer que tiene cerca; si lo que hace está bien o, más aún, si es extraordinario, el mérito es solo de él. Culpa y mérito, mi amor, culpa y mérito. Así es como se distribuyen los papeles en la vida. ¿No te parece realmente injusto?

Además, yo tengo otra teoría sobre la razón por la que nuestros cuatro favoritos se han separado: sencillamente, porque dejaron de pasárselo bien juntos. ¿No te acuerdas de cómo sonreían en Madrid cuando los vimos en persona? Eran niños jugando. Saltaban, bailaban, se carcajeaban del mundo. Como nosotros a los veinte. Pero ya no. Ya ni reían ni jugaban. Estaban serios, eran profesionales, se enfadaban con ellos y con los demás, incluso se demandaban unos a otros... Mordieron ellos solitos la manzana. Se les pasó la juventud, amor, se les pasó la risa. Qué miedo tengo de que a nosotros nos ocurra lo mismo...

Pero no, no va a ser así, estoy segura. A nosotros no nos va a suceder. Y la prueba es esta, cariño mío, que podemos opinar aunque pensemos diferente y sin que regañemos. Esta noche tomaremos juntos una copa de vino, brindaremos por nuestro amor y seguiremos hablando de John y Yoko, que no es discusión, sino debate.

Y no te preocupes, porque a nosotros nunca nada ni nadie podrá separarnos.

Te quiero, mi amor, nos vemos enseguida,

LISA

MANUEL

Queridísima Lisa, amor mío:

Qué bien escribes. Me quedo impresionado una vez más con lo lista que eres. La más lista del mundo, qué suerte tengo de que seas mi mujer. Ahora voy a tratar de responderte, aunque sé que no voy a estar a tu altura. Yo jamás podré estarlo.

Primero, te diré que no sabes qué feliz me hace que esta noche, juntos y de frente, después de hacer el amor, mientras tomamos una copa de vino, hayamos tenido nuestra primera discusión de pareja.

Soy tonto, lo sé. ¿Cómo va a hacerme feliz una discusión? Bueno, yo lo llamo discusión, pero no es más que dos puntos de vista distintos. Lo que realmente me hace feliz es que seamos normales. Pensar diferente es ser normal. Quererse es ser normal. Tener hijos y ver cómo crecen es lo normal.

Yo quiero ser normal a tu lado, mi amor. Quiero vivir una vida aburrida, monótona y muy empalagosa a tu lado. Quiero vivir contigo una vida normal.

La gente normal hace eso que esta noche hemos hecho tú y yo delante de una copa de vino. Hemos dicho lo que pensamos, aunque no sea lo mismo. Qué normal me siento.

Ahora, también te digo que todo lo que me has explicado me ha dado mucho que pensar. Mi tía Toñi decía cosas parecidas. Mi madre la sacaba de quicio porque siempre hace eso que dices, echarle la culpa a todas las mujeres que se le cruzan por el camino de lo malo que pasa en el mundo. Eso era lo que desesperaba a mi tía. Que se iba a ir al infierno por no defender a las suyas, le decía, y mi madre, el día que se lo decía, se portaba un poco mejor, pero después volvía a las andadas. La pena es que ahora ya no le queda quien se lo diga, porque a mí ni caso me hace. Mi madre no tiene remedio, tú lo sabes muy bien.

En fin, de lo que te hablaba, que, después de leerte, empiezo a creer que tienes razón, aunque no sé si del todo. Es verdad que fue John y nadie más que él quien rompió el cuarteto. Pero no puedo dejar de pensar en que Yoko tuvo su parte. He leído que incluso estaba allí, como una chincheta, en el estudio de grabación durante los ensayos, mientras que a las novias y esposas de los otros tres no las dejaban participar en nada y también eran mujeres como ella, o sea que no es que yo haga como mi madre, que no las defiende... Así que, no sé, cariño mío, ahora ya no sé muy bien qué pensar. Puede que yo la culpe porque así me ha enseñado mi madre a ver la vida, pero también puede que algo haya hecho ella mal... O no. O sí. O yo qué sé.

En cualquier caso, si solo uno de nosotros dos está en lo cierto, en esto como en todo, esa eres tú, siempre tú. Qué feliz me hace también que seas tú quien está educando a nuestra pequeña Reggie. Qué persona tan bella por dentro va a ser, vida mía, gracias a ti.

Qué normales seremos los tres cuando todo esto acabe.

Hasta entonces, voy enfriando el vino, para que brindemos juntos otra vez esta noche.

Porque nunca nada ni nadie podrá separarnos.

Te quiero, mi amor, nos vemos enseguida,

MANUEL

AUDREY

Mi querida amiga Lisa:

Ya lo he reorganizado todo y nuestros amigos van a seguir haciéndoos llegar vuestras respectivas cartas, ahora te explicaré la razón. Como es habitual, no sé cuánto tiempo tardaréis en recibirlas, ni siquiera cuánto pasará hasta que leas esta mía, pero confío en que todas alcancen sus destinos. Incluso espero de todo corazón que lo hagan cuando esta sinrazón del cierre de la Verja haya terminado ya.

El caso es que no he podido trabajar más por vosotros estos días y lo siento. Debo contarte que los he vivido muy preocupada. En Italia la situación es convulsa, creo que empieza a parecerse a la Holanda de mi infancia durante la guerra. La agitación política está desembocando en mucha violencia y eso, por más que entienda algunas ideas que comparto, jamás podré justificarlo.

Hace unas semanas trataron de secuestrar a Andrea en plena calle. Sí, hemos estado al borde de la tragedia. Menos mal que había unos *carabinieri* cerca e impidieron que se lo llevaran los terroristas. Desde entonces estoy muerta de miedo. No por Andrea, que vive su vida cada vez más alejado de la nuestra. Ni siquiera por mí misma. Tengo muchísimo miedo por mis hijos. Ahora estamos rodeados de guardaespaldas, pero no es eso lo que quiero para ellos, no deseo que vivan así. Estoy planeando trasladarme de forma permanente a La Paisible para que Sean pueda estudiar en Tolochenaz.

Solo cuando vea que está a salvo de secuestros me sentiré segura. Tú mejor que nadie eres capaz de entender el pavor que se siente ante la posibilidad de perder un hijo.

Te cuento todo esto para que sepas que tal vez desde Suiza me resulte más difícil actuar de mensajera para vosotros, pero para decirte también que he dejado a nuestra red de amigos en España y en otros lugares encargados de trabajar para mantener encendida la llama de vuestro amor.

Sois Romeo y Julieta, los Julieta y Romeo del Estrecho, recordadlo. Y todos os queremos y deseamos de corazón que pronto podáis encontraros, porque la Verja se va a abrir, estoy segura. Muy pronto, ya lo veréis.

Mientras, siempre estaremos aquí para ayudaros.

All my love always,

Auds

P. S.: Permíteme un pequeño obsequio. Es un disco y te lo envío con esta carta. Canta un joven que seguramente conoces, Joan Manuel Serrat. No sé si sabes que era suya la canción con la que ganó Massiel, aunque a él no le dejaron ir a Eurovisión porque quería cantarla en catalán. Lo que te mando aquí es algo que sé que te va a gustar: Serrat, cantando lo que escribió un poeta del que me has hablado mucho, Miguel Hernández. A Manuel lo apresaron por un libro suyo, ¿verdad? Este disco me lo regaló un español exiliado en Suiza, pero yo quiero que lo tengas tú. Quién sabe, a lo mejor encuentras en estas melodías alguno de los versos que perdisteis…

EMIL

Emil ya no era un halcón. Era un caracol. Se había encerrado en su propia concha y caminaba por la vida metido en ella. Cada vez asomaba menos de su cuerpo.

El *Calpe Mirror* había dejado de publicarse, qué sentido tenía, con toda la profesión en su contra. Se había quedado sin fuerzas. Y sin ganas. Y sin medios para seguir adelante. En realidad, casi sin motivos para vivir.

Casi, porque aún le quedaba uno: yo.

En la casita mata que había albergado un periódico relativamente próspero ahora había una librería. Drake Bookstore se llamaba, un lugar que olía a papel, polvo y algo más que me desagradaba, aunque con el tiempo se convirtió en uno de mis refugios vitales. Todavía hoy, cuando pienso en aquella tienda, lo hago con tristeza y nostalgia.

He de reconocer que Emil encontró algún que otro modo de acercarse a mí, además de los libros, que muy pronto aprendí a devorar gracias a él.

Como el día de febrero de 1971 en que me regaló una simple moneda, que para él tenía un valor que no se podía calcular en dinero. Era una libra predecimal, es decir, una de doscientos cuarenta peniques o doce chelines de veinte peniques, y que Londres había decidido sustituir por otra de cien peniques decimales. Era el signo de los tiempos modernos, cuando el comercio de Gran Bretaña con el resto del mundo empezaba a tener más peso que la economía interna.

Emil, cómo no, encontró en el asunto un caballo de batalla y se lanzó a una feroz campaña para salvar el *sixpence* predecimal, todo un símbolo secular de la cultura británica. En su campaña me incluyó a mí como espectadora.

—Esta, Reggie, es una libra gibraltareña de verdad y no la nueva, que solo sirve para darle gusto a esos que nos tienen encerrados y a sus amiguitos de la ONU. Es una fortuna, aunque no valga nada. Pero para ti y para mí, toda una fortuna.

Aún la conservo y me acuerdo de Emil, tan aislado y solo en su propio mundo que con una moneda trataba de invitar a entrar en él a una niña que no entendía nada.

Pobre abuelo mío.

Y también recuerdo cuando me explicaba las causas del cierre de la Verja.

—*Dada*, cuéntame otra vez cuando Franco se vengó de Gibraltar porque le ganaste jugando al golf.

Entonces a Emil, que había ido engordando lo de su hazaña en Sotogrande hasta añadirle algo más de picante del que ya tuvo e incluso inventarse el resultado de un partido que ni siquiera llegó a su fin, se le inflaba el pecho y volvía a sentir que él era Gibraltar y que lo que Gibraltar era se lo debía a él.

Nunca terminé de creerme que él hubiera sido protagonista y causa directa de la decisión tomada en El Pardo en junio de 1969, pero Emil estaba convencido de cada palabra que decía y, aunque yo no, me gustaba oírlas.

Solo hasta que cumplí cinco años, claro está. Después supe la verdad y era mucho más triste y dolorosa que la que él me describía.

Por eso a los niños se les cuentan cuentos, porque siempre hay un Emil dispuesto a erigirse en príncipe azul para que los ogros que encierran a la gente detrás de una reja den risa y no miedo, y así puedan dormir tranquilos hasta que se hagan adultos.

Pobre abuelo mío.

YO

Cada domingo había menos gente en la Verja, y cada domingo las pocas caras apretadas contra la reja para mirar más de cerca a la de enfrente reflejaban una desolación mayor.

Eso de que nadie dudaba de que la Verja se abriría era cada día menos cierto.

Por el contrario, mucha gente creía que se quedaría así para siempre. Incluso la había que ya se había dado por vencida: parejas deshechas sin remedio, madres que murieron sin que sus hijos pudieran enterrarlas, niños que crecieron huérfanos y, además, repudiados por el estigma del padre desconocido...

Hubo casos de desesperación y de hartazgo que tuvieron su castigo, algo que las autoridades del régimen utilizaron como aviso a navegantes, porque el escarmiento en cabeza ajena suele ser efectivo.

Como el del español que se quedó en Gibraltar, donde tenía trabajo, hasta que un día se enteró de que su padre estaba muy enfermo en La Línea, al borde de la muerte. Ni siquiera supo lo que hacía hasta que se vio a sí mismo saltando los barrotes de la Verja. De pronto, cinco guardias civiles lo rodearon, le tumbaron en el suelo y le apuntaron con sus cinco pistolas. Nadie supo qué fue de él después de que se lo llevaran detenido.

Sí, la esperanza estaba empezando a disolverse en la bruma del Estrecho.

Pero llegué yo e hice algo para evitarlo, al menos a favor de mis padres.

Después supe que fue la misma historia de miles de españoles y gibraltareños. La nuestra resultó ser solo un fideo dentro de una sopa gigantesca.

* * *

Ocurrió un sábado de 1974, cuando el planeta entero burbujeaba en el caldo.

En la madrastra patria, el laborista Harold Wilson había vuelto a Downing Street con un segundo mandato. Gibraltar, que con los años había hecho que el rencor contra España le anidara dentro con visos de permanencia, tenía depositadas en él sus esperanzas de cambio con mano dura y sin concesiones al país vecino. No en vano había sido hasta el momento el único primer ministro que se había dignado a poner un pie en la Roca, allá por 1968.

En el mundo, sin embargo, ocurrían sucesos contradictorios que llevaban de la incertidumbre al optimismo, y viceversa.

Un presidente de Estados Unidos acosado por el mayor escándalo de espionaje y corruptelas políticas de la historia del país y el reciente golpe de Estado en Chile, dos ejemplos entre varios otros, hacían presagiar que los fascismos habían cruzado el charco y se preparaban para una larga vida, como bien habría escrito Emil a modo de advertencia si hubiera tenido periódico en el que hacerlo.

En la península ibérica, las cosas iban por otros derroteros, aunque era difícil augurar dónde terminarían desembocando.

En Portugal estalló la revolución más atípica. Los militares se levantaron contra la opresión del salazarismo del gobierno de Caetano. Uno de ellos pidió un cigarrillo a una muchacha con un ramo de claveles que pasaba junto a él, pero la chica no lo tenía y le dio una flor. El soldado la colocó en el cañón de su tanque y, muy poco después, todas las metralletas y los fusiles de Lisboa quedaron taponados con claveles.

Todo un símbolo, pensó Emil, y además una premonición, convencido de que poco después le llegaría el turno a Franco.

Pero no hubo revolución, sino algo mucho más prosaico: el dictador fue ingresado en el hospital con flebitis. Mala cosa para él, buena para el resto de la humanidad, siguió diciéndose Emil. Con Carrero Blanco asesinado por la ETA y un Borbón en el poder interino, no es que el futuro se pintara llano y sin obstáculos allende la Verja. Pero, al menos, el caldo hervía. Ya era algo más, y esperaba que mejor, que la calma chicha de los últimos años desde el cerrojazo.

Y entonces fue mi turno, el del pequeño fideo dentro de la sopa que bullía por todas partes.

* * *

Puede que, a los cinco años y yendo para seis, yo no hubiera visto en mi corta vida una gallina ni una vaca. Puede que no hubiera probado jamás un queso curado ni una morcilla de arroz ni unos chicharrones ni un jamón de bellota.

Puede que no supiera lo que era viajar más de dos kilómetros en línea recta sin tener que girar en redondo y sin dar vueltas y vueltas por lo que entonces ya comenzábamos a llamar el *scalextric*, Europa Road arriba, Europa Road abajo, para empezar otra vez.

Pero sí tenía algo que posiblemente los demás niños de mi generación en otros lugares no tenían: libertad.

Los que vivíamos en Gibraltar éramos los que éramos. No había más y nos conocíamos todos. Nadie venía a nuestra ciudad, nadie salía, ni siquiera era lugar de paso como antes. Llegar a Gibraltar era como llegar a ninguna parte, una carretera cortada. Si se venía a la Roca, se venía a algo. Y después, a los pocos días, se salía de ella. Ni hoteles en condiciones teníamos, para qué.

Estábamos solos y eso, para un niño, significa lo que he dicho: libertad absoluta.

De modo que en mi absoluta libertad vivía en el verano del 74, brincando de peñasco en peñasco y serpenteando de cueva en cueva con mis amigos de entonces: Leonora Torres, la hija de nuestra vecina de enfrente, la del 8 de Armstrong Steps, y Maximilian Balloqui, algo mayor que yo y nieto del que fuera colega de mi abuelo, aunque esa relación dormía en un congelador.

Guardábamos las formas cuando estábamos bajo la vigilancia de nuestras familias, pero lejos de ellas éramos niños salvajes. Nos asilvestró la Verja, así que no se me puede reprochar que yo, por aquel entonces, pensara que el cerrojazo fue lo mejor que puede pasarle a una cría con ansias de respirar sola.

A Max le habían regalado por su cumpleaños un aparato extraño, recién llegado en el último cargamento de cachivaches electrónicos *made in England* que ya comenzaban a copar nuestros comercios. *Walkie-talkie*, decía Max que se llamaba. Era muy divertido y, para nuestra fortuna, era un juguete que requería de otros niños para que siguiera siendo divertido. Si no había nadie al otro lado con un segundo transmisor, perdía toda la gracia.

Max llevaba consigo el principal y Leonora y yo nos turnábamos con el secundario.

—Aprieta y habla, suelta y escucha.

Era fácil.

—Me toca, me toca, me toca. —Yo saltaba alrededor de mi amiga pidiendo la vez.

—Más lejos, prueba ahora más lejos, Reggie, vete allí, a lo alto… No, allí no, para atrás, *back*, *back*, más arriba… Que más *back* te digo, que esto llega hasta ahí.

Y *back* para atrás y hasta allá me fui porque lo decía Max y, si no obedecía, perdía mi turno de *walkie*.

Tan *back* me fui que me caí. No era una piedra demasiado alta y aterricé en blando, contra la arena de la Little Bay.

Pero, aun así, me rompí un brazo.

JOSÉ MARÍA

Pocas veces en mi vida he vuelto a ver a mi madre tan pálida como el día que me llevó llorando al hospital. Llorando las dos, quiero decir, y no solo yo.

Es posible que yo no lo hiciera de dolor, aunque todavía recuerdo el crujido de mi huesecillo sin terminar de formarse al quebrarse como una rama. Creo que lloraba de miedo, porque ver a Lisa la valiente, la animosa, la que jamás se arredraba ante los oleajes de la vida, la que siempre creía que todo lo malo estaba a punto de terminar, temblando como una hoja de otoño en la sala de espera del Saint Bernard…, aquello sí que daba miedo de verdad.

Mi madre vio mi caída en directo, desde la toalla en la que tomaba el sol junto a la madre de Max, Paula Balloqui. Los dos, el niño y ella, nos acompañaron al Saint Bernard.

El chaval, angustiado por los remordimientos, sollozaba bajito, como yo, y su madre consolaba a la mía.

—Lisa, mi alma, cuánto lo siento…

—No, si no es culpa de nadie, hija, Paula, que esta Reggie es un rabo de lagartija y no para quieta, si esto *sooner or later* tenía que pasar. —Mi madre me acusaba, pero al mismo tiempo me acariciaba el pelo y me besaba en lo alto de la fuente sin parar.

—Mira, Reggie, bonita, mira lo que te da Max para que juegues un rato mientras viene el doctor. —La madre del acusado buscaba por todos los medios una amnistía para su hijo.

Entre todos, trataban de distraerme para que no pensara en lo mucho que me dolía y yo, como buena hija de la libertad, me mostraba completamente receptiva al soborno.

El más eficaz estaba en la mano de Max, que me tendía el *walkie* principal.

—Venga, Reggie, tómalo, me voy detrás de esa puerta y a ver si me oyes...

Lo encendí con la mano buena. Ya sabía yo cómo funcionaba aquello.

—¿Hola...?

Pero no, a él no lo oí. Lo que oímos todos fue otra cosa.

—¿Hola? ¿Hola? ¿Hola, hola, hola...? Aquí Pequeño Monstruo. ¿Hola, hola?

—¿Y quién es Pequeño Monstruo? —preguntó Paula—. ¿Mi Max? No me digas que os habéis puesto motes.

Las madres rieron, la mía entre lágrimas.

Yo estaba perpleja. Nadie era Pequeño Monstruo. Ni Leonora ni Max ni yo. Aquella voz ni siquiera era de ningún niño conocido.

Max llegó corriendo y, cuando oyó el último «hola», me arrancó el aparato de la mano y, excitadísimo, contestó:

—¡Hola! Yo soy Max, ¿quién eres?

—¿Yo...? —La voz del otro lado dudaba—. Yo... yo soy... José María.

Algo estaba ocurriendo, algo distinto a todo lo que había pasado hasta el momento en nuestras vidas y, con un instinto que siempre envidié de mi madre y que estoy segura de no haber heredado, fue Lisa quien de golpe lo comprendió todo.

Le dio un tirón al *walkie* que sostenía Max y habló:

—José María, hijo, dime una cosita, ¿tú dónde estás?

El aparato chisporroteó. Todos temimos que José María hubiera cortado la comunicación antes de desvelar el misterio. Pero enseguida volvió a oírse claramente su voz.

—Pues dónde voy a estar, señora, aquí, al lado de mi casa.

Lisa se impacientó.

—¿Y dónde vives tú, niño?

—En la calle Clavel…

Fue mi madre quien calló, paralizada. Despúes habló con voz temblorosa. Y aquello también daba mucho miedo. Desde luego que algo estaba pasando, de eso ya estábamos todos completamente seguros.

—¿La calle Clavel… de La Línea? ¿Esa calle Clavel?

—Sí, señora, esa misma. Si es que, que yo sepa, otra no hay.

Increíble, pero cierto. Lisa, Paula, Max y yo estábamos al habla con el espacio exterior desde nuestro pequeño y cerrado planeta.

Al oír el nombre de La Línea, se acercaron varias enfermeras y enfermos.

—Ese chisme —comentaban entre ellos—, ese que es como un teléfono, pero sin cable. Ahí están las dos mujeres, hablando con La Línea…

El chisme no era ni más ni menos que un túnel que llevaba hasta fuera de la Roca.

El pequeño José María nos acababa de abrir a todos la puerta a una nueva dimensión.

* * *

José María Yagüe usaba un *walkie-talkie* RadioComand de Bianchi que le había regalado su padre, José Luis.

Dando vueltas y vueltas a la ruedecilla había oído a dos niños que no conocía y trató de entablar conversación. Así de sencillo y así de grandioso. No sabía que esos niños estaban fuera del sistema solar y que, para él, eran lo mismo que marcianos.

A mi madre se le puso el dedo blanco aquella mañana en el hospital de la fuerza con la que pulsó el botón. Durante unos segundos le temblaron aún más las palabras solo de pensar que su voz estaba sonando a través de un artilugio en algún lugar fuera de Gibraltar, cerca de la calle en la que Lisa vio por primera vez a Audrey, la calle donde pasó las mejores tardes de su vida junto a la *nanny* Pepa, las dos sentadas a oscuras en el Imperial…

O sea, en el espacio exterior.

—José María, mi alma, escucha bien lo que te voy a decir: pídele a tu padre que llame al hotel Reina Victoria de Ronda, por Dios te lo pido, y dile que avisen a Manuel Calle, ¿me estás oyendo bien?, a Manuel Calle, el hijo de Mariquilla para más señas, que le digan que su hija está mala, que se ha roto algo y que la he traído al hospital, que mañana no podré estar en la Verja, para que no se asuste… José María, vida mía, te lo suplico, por Dios y por la Virgen, hijo mío, por favor…

Después, el niño recibió muchas peticiones más, las de todos los que se habían acercado a Max y a mí y que conservaban familiares y amigos en España. Todos tenían algún recado que enviar, y los que no lo tenían al menos querían transmitir su cariño de viva voz, algo que los cien metros entre verja y verja escasamente permitían.

José María era un pedazo de pan. El niño más bueno que he conocido nunca. Y, además, el niño más listo del mundo y con una memoria de elefante.

Se lo contó todo a su padre, que era igual de bueno y listo que él, y el hombre, emocionado, consiguió comunicar a sus destinatarios la mayor parte de los mensajes de los que le habían hecho depositario aquella mañana de sábado en el hospital de Gibraltar.

Entre ellos, consiguió comunicarse con Ronda y de lo que ocurrió después les hablaré en breve.

Pero antes les diré que José María, desde ese momento, pasó a formar parte de nuestras vidas, como de las de casi todos los habitantes de Gibraltar.

Su padre y él, con unos *walkies* de Bianchi de un deslumbrante color azul eléctrico, hicieron aquel día lo que ni la ONU ni los diplomáticos ni los ministros ni toda la troupe de saltimbanquis gritones alrededor del mundo dedicada a estudiar el complejo «caso de Gibraltar» habían sido capaces de hacer hasta entonces: José María y su juguete abrieron la Verja ellos solos.

LISA

Cuando varias mujeres se reúnen, el mundo echa a temblar, hace cruces con los dedos y lo llama aquelarre.

Que lo llame como quiera, lo que importa son los resultados. Este planeta gira porque las personas listas y honradas se levantan y caminan mientras las tontas insultan sentadas.

El resultado del aquelarre de Gibraltar, congregado todas las tardes en la playa de Levante, lo más cerca de la Verja posible, pero a escondidas, fue lo que marcó una nueva era en nuestra ciudad.

Lisa y unas cuantas madres más nos requisaron los *walkies*. Algunas con promesas de reemplazos más atractivos, otras con amenazas de castigos truculentos. Pero, desde ese día, la llave del espacio exterior quedó en sus manos.

Pequeño Monstruo y su padre acogían en su casa a quienes quisieran comunicarse con Gibraltar y los ponían en contacto con sus seres queridos siempre a las seis de la tarde, todavía hora de la siesta en verano, cuando las constantes vitales, incluidas las de la Guardia Civil, se relajan y cualquier actividad clandestina pasa más desapercibida.

Así, cada día a las seis, había por fin una conexión con la vida exterior. Unas madres tenían y daban noticias de sus familiares, otras preguntaban por nimiedades, otras contaban asuntos de máxima importancia y otras transmitían su sabiduría para que no se perdiera a través de las generaciones y simplemente dictaban recetas de cocina… El aquelarre de la playa de Levante a las seis de la tarde era el motor que hacía que cada día nos levantáramos y camináramos.

A la semana exacta de mi accidente, un día antes del domingo en que íbamos a volver a la Verja para ver a mi padre, José María pidió comunicación con Lisa. Mi madre, líder del aquelarre, era la custodia del aparato mágico y era ella quien daba la vez, ordenaba la cola y cronometraba los tiempos, con rigor, pero con ecuanimidad y justicia, para que todas pudieran hacer uso del *walkie*. Max se lo había cedido sin rechistar. Después de lo mío, los Balloqui no estaban en condiciones de negarnos nada.

Lisa, que siempre era la última en preguntar si había noticias de lo suyo, se sorprendió de que la primera persona con quien José María quisiera hablar fuera ella.

—Aquí Pequeño Monstruo, ¿me recibe, doña Lisa?

—Hola, hijo mío, te recibo. Qué alegría oírte, ¿ha sabido tu padre ya algo de Ronda?

—Sí, señora, aquí lo tengo, que quiere hablar con usted.

—Válgame el cielo, pues claro que sí, pásamelo.

—Muy buenas, señora. Encantado de saludarla.

—Lo mismo digo, usted y su hijo son dos ángeles, no sé cómo darles las gracias.

—Ya me las dará cuando abran el candado, señora, yo lo hago de mil amores. Por ahora, vamos al grano, que me han dado recado para usted.

—¿Para mí?

—Sí, para doña Lisa Drake, que es usted, ¿no?

—La misma.

—Le cuento, porque han pasado muchas cosas, a ver si me acuerdo de todas… Me han dicho lo que ha sido de don Manuel Calle, que me parece que así se llama su marido…

—Así se llama, sí.

—Pues le mandé a don Manuel el recado que me dio y parece que se vino el domingo pasado a La Línea. Se echó al agua para ver si podía llegar a Gibraltar nadando…

—Dios mío de mi vida…

—Pero los civiles le dieron el alto y se tuvo que volver.

—¿Le pasó algo, lo han detenido? —Lisa había vuelto a palidecer.

—No, no, nada. Después, resulta que tiró para el otro lado, para Marbella, creo, porque allí conocía a gente, o conocía a gente que conocía a gente, o algo por el estilo...

—Sí, tenemos algún conocido allí, pero él no sabe...

—Bueno, el caso es que se presentó en Marbella y, a lo que se ve, encontró a alguien que le dio razón, yo los detalles no los sé, y entonces...

Lisa estaba desencajada, esperaba lo peor.

El padre de José María terminó:

—A lo que vamos: que hoy lo han llevado a Tánger y llega mañana a Gibraltar en el ferri. Más no le puedo decir, señora.

Sin palabras. Mi madre, que las tenía todas en sus libros, se había quedado sin una sola con que responder al buen hombre que le hablaba desde La Línea.

—¿Señora? ¿Hola...?

—Sí, sí, hola, perdone usted, ha sido el shock...

—No me extraña, hace mucho que no se ven, ¿verdad?

—Mucho. Desde que nuestra hija tenía un mes y ahora tiene cinco años para seis.

—Entonces, señora mía, no sabe usted qué feliz me siento de haberla ayudado. Se lo digo muy en serio.

—Y yo le digo igual de en serio que son ustedes dos ángeles.

—Aquí nos tiene siempre que lo necesite, que ya estoy yo dándole vueltas a ver cómo podemos ayudar a más gente y algo se me ocurrirá...

Un ángel, sí, y José María, otro más pequeño y no un monstruo. Dos ángeles mensajeros que habían traído la mejor de las noticias.

Por fin. En cinco años, por fin una buena en nuestras vidas.

LISA, MANUEL Y YO

La figura alta, delgada y con un globo que yo veía cada domingo a lo lejos era mucho más alta y delgada vista de cerca.

El primer recuerdo de mi padre fue el de la lejanía a través de dos verjas, y el segundo, aquel tangible, de carne y hueso, cuando mi madre me llevó a recibirlo a su llegada en ferri al puerto.

Lisa me sostenía en alto y, cuando los dos se abrazaron fuerte conmigo en medio, me hicieron daño en el brazo. Pero no abrí la boca. En mi pequeñez, sabía que estaba presenciando la grandeza de algo único. Aún no sabía lo que era. Puede que no lo haya llegado a saber en todos los años que he vivido; desde luego no en mi propia carne. Solo que era algo grande. Hermoso, único y grande.

Cuánto amor cabe en un abrazo, eso sí lo supe aquel día. Y, a pesar del dolor de la escayola que se clavaba en mi piel con la fuerza del cariño, yo en medio, interponiéndome entre mis padres, recibí mi primera lección magistral de vida: el amor duele a veces, pero más vale sufrir por amor que no haber amado jamás.

Porque aquel abrazo del amor también me incluía a mí, no era solo una intrusa que entorpecía el contacto entre dos cuerpos que se habían añorado hasta la locura. Es que yo también era la amada en el trío.

Cuando consiguieron poner algo de distancia entre Ellos, sin dejar de tocarse las manos, la cara, los labios, el pelo…, cuando lo lograron, mi padre me tomó en sus brazos. Su cuerpo como un junco era mucho más fuerte de lo que parecía. De repente, subí de estatura. Estar en los brazos de mi padre era ver el mundo desde mucho más arriba que cuando me tomaba Lisa. Había otro horizonte desde esa altura, Gibraltar parecía menos pequeño.

—Mi niña —decía el junco—, mi niña linda, mi niña preciosa..., cuánto has crecido y qué bonita eres.

Mi madre lo acariciaba a él, me acariciaba a mí y precisaba, para que quedara bien claro:

—Y lista, Manuel, no sabes lo lista que es.

Para demostrarlo, mientras caminábamos los tres entrelazados y yo en lo más alto, se lanzó a contar anécdotas mías de cuando empecé a andar, de cuando empecé a hablar, de cuando empecé a leer, de cuando empecé a ser insumisa... A mí no me parecía relevante que se enorgullecieran de que había empezado a hacer cosas, porque era obvio que en algún momento de la vida la gente tiene que empezar a hacerlo todo, no hay nada de curioso en ello. Pero, por algún motivo, a aquellos dos enamorados entre sí y ambos de mí cualquier movimiento mío narrado por mi madre les parecía una proeza de heroína.

Así, en las horas que pasamos juntos los tres tras la llegada del ferri, hubo otra primera vez, aquella en la que me sentí admirada mientras hablaban de mí en tercera persona.

Confieso que entonces descubrí el ego. Me sentí halagada, me sentí reconocida. Pero, sobre todas las cosas, me sentí querida.

* * *

Los oí en la distancia de mi habitación, donde al fin consiguieron que me quedara para dejarlos solos en la suya. Hablaban en voz baja y con prolongados silencios entre frase y frase. Hasta que una de mi madre me hizo adivinar lo que venía a continuación porque me la había dicho a mí muchas veces.

—Amor mío, hemos recuperado a nuestro poeta cabrero. Escucha, escucha esto que me ha regalado Audrey. Es un disco de Serrat.

—¿El de Eurovisión?

—Ese, ese. Verás qué sorpresa.

Y entonces sonaron versos que yo había oído muchas veces en forma de melodía:

Canción que vuelve las alas
hacia arriba y hacia abajo.
Muerte reducida a besos,
a sed de morir despacio,
dando a la grana sangrante
dos tremendos aletazos.
El labio de arriba el cielo
y la tierra el otro labio.

¿Era llanto lo que noté en el temblor de la voz de mis padres al terminar la canción?
—Le han puesto música a nuestras metáforas, mi amor...
—Le han puesto música a nuestra vida...
—Es que nuestra vida es música. Y hay más. Escucha esta otra:

Una mujer morena,
resuelta en luna,
se derrama hilo a hilo
sobre la cuna.
Ríete, niño,
que te tragas la luna
cuando es preciso.

—Así te he imaginado tantas veces con Reggie cuando se la llevaron de Ronda...
—Y cuando nos quitaron a nuestro poeta, menos mal que nos lo sabíamos ya de memoria. Mira, una más:

Menos tu vientre,
todo es confuso.
Menos tu vientre,
todo es futuro,
fugaz, pasado,
baldío, turbio...

La canción siguió sonando y el disco también, pero Ellos, después de esos versos, dejaron de hablar.

Terminaron las tres heridas y me quedé sola con la del amor, la de la muerte y, sobre todo, con la de la vida. Solo que a Ellos no los volví a oír. Solo hubo unos suspiros ahogados. No me preocuparon. Eran felices. Yo conocía a mi madre y sabía que ese disco la hacía feliz, me lo había puesto muchas veces. Si mi padre era tan parecido a ella como Lisa me decía, los imaginaba a los dos nadando en felicidad, por eso no hablaban. Debían de estar meditando.

De modo que me dispuse a dormir, yo también inundada de una dicha que no había conocido hasta aquel día de cuento de hadas con final feliz.

EMIL Y MANUEL

Emil era listo porque era un caracol que vivía en su concha y no dejaba ver nada de lo que había dentro. Pero también porque había aprendido a convertirse en un camaleón. Llegó a ser tan diestro en el arte del camuflaje para confundirse con una de las muchas sombras que poblaban nuestra casa que había días que Lisa y yo incluso olvidábamos que compartíamos paredes con él.

Primero intentó sonsacarme algo a mí.

Me faltaba poco para empezar a soñar con una vida gozosa junto a mis padres cuando me zarandeó suavemente en mi cama.

—Niña, niña…

—¿*Dada*? ¿Qué pasa?

—No, nada, que he visto que ha llegado tu *dad*, ¿no?

—Sí… es muy guapo.

—¿Y os vais a ir con él?

—¿Ir? No, no sé… ¿adónde?

—Pues lejos, fuera de aquí, a otra casa…

—No sé, *dada*, tengo sueño.

—Pero ¿cómo ha podido hablar tu madre con él?

—Por el *walkie*. —La somnolencia empezaba a dar paso a la emoción, la que siempre me entraba cuando se trataba de aquel juguete milagroso que tan feliz hacía a todas las madres—. Es muy chachi…[7]

7. Se cree que este vocablo coloquial fue acuñado en el Campo de Gibraltar

—¿Chachi...?

—Eso me lo ha enseñado mi amiga Leonora. Significa que me gusta mucho.

Un juguete. Tanto misterio con la llegada del melenudo y todo gracias a un simple juguete.

Nada. Por ahí no conseguiría algo útil de mí, así que se fue y me dejó dormir.

Al día siguiente tuvo peor suerte. Porque el camaleón y el caracol, por mucho que lo fueran, no pudieron evitar encontrarse de frente con Manuel.

Fue por la mañana en el pasillo y durante un descuido de mi abuelo. Mi padre, cordial y sonriente, mirándole a los ojos, extendió la mano.

—Señor Drake, soy Manuel Calle. Encantado de conocerle al fin...

Emil no le correspondió ni le aceptó la mano ni le devolvió la mirada. Al contrario, subió la cabeza, se acercó al intruso y murmuró un discurso junto a su oreja. Debía de tenerlo preparado desde hacía mucho tiempo.

—Usted no es bienvenido aquí, que lo sepa. Limítese a las habitaciones de mi hija y de mi nieta, que por desgracia esta casa también es suya, pero, si lo veo volver a pisar este pasillo o el piso de abajo, llamo a los guardias de la aduana y se lo llevan esposado para atrás, al sitio ese en el que vive. Me ha contado un pajarito que, desde que lo vieron en plan sirena por nuestras aguas, le tienen ganas. Así que a nadar, a La Línea, pero aquí dentro ni respire. ¿Me ha entendido usted bien? Ya es suficiente que me haya dado una nieta española para que encima tenga yo que dormir en mi propia casa con uno de los cerdos que nos han encerrado. ¿Me ha entendido o no me ha *fucking* entendido usted?

Manuel lo había entendido todo tan bien que se había quedado petrificado, todavía con la mano extendida esperando un saludo de vuelta.

---

para ensalzar los productos que llegaban de contrabando a través de la Verja desde Inglaterra, es decir, del país que gobernaba Churchill, pronunciado como «chachi» por los gaditanos.

Se lo contó a Lisa, aún temblando, y al final los dos terminaron riendo.

—¿Te acuerdas de cuando me llevaste a tomar café con tu madre, vida mía?

Rieron más.

—Ay, Señor, qué cruces…, pero qué cruces nos ha tocado llevar en la vida con estos dos.

Y siguieron riendo. La vida, en aquel momento, era bella y nada ni nadie podía afearla.

LISA, MANUEL Y YO

Esos días los dedicamos a pasear los tres juntos, como una familia de verdad, mientras Lisa y yo le enseñábamos a Manuel las bellezas de nuestra tierra.

—Mira, amor, este faro es la puntita misma de Europa, por eso se llama así. Y, además, es el único que administra la Trinity House fuera de Inglaterra.

—¿Y qué es la Trinity esa, mami? —Yo también quería hacer turismo, como mi padre, y tenía curiosidad de turista.

—Pues una asociación muy antigua, de cuando el rey Enrique VIII, que se dedica desde entonces a ayudar a los marineros.

—Y para eso sirve un faro, mi niña. —Mi padre también sabía mucho de todo, como mi madre, por lo que estaba viendo—, para ayudar a la gente del mar. Se enciende por las noches o en los días oscuros y señala a los barcos dónde está la costa para que no se estrellen.

Cuánto sabían los dos. Así, ellos enseñando, yo aprendiendo y los tres flotando en la dicha total, pasamos juntos aquel par de días.

El tercero, Lisa y Manuel tenían una cita en un despacho de abogados de la Casemates Square. Querían comenzar cuanto antes los trámites necesarios para anular la tutoría que Emil ejercía sobre mí. No sería fácil, mi padre no era nadie en mi vida legalmente y sus riendas pertenecían a mi abuelo hasta la mayoría de edad. Pero lo conseguirían, costara lo que costara, aunque mi madre tuviera que fregar más suelos que nunca y mi padre trabajar hasta de noche estibando en el puerto. Y no importaba el tiempo que les llevara, porque, estando juntos, todo el del mundo estaba en nuestras manos.

Lo mejor era que se casaran cuanto antes. Eso, lo primero. En Gibraltar resultaría mucho más rápido. Ya ni partida de bautismo necesitaban. Y encima, la boda tendría un significado muy especial, porque en la Roca se habían casado Yoko Ono y John Lennon poco antes del cierre —«Y de ese tema ya hablaremos tú y yo largo y tendido», se dijeron entre risas y besos— y, hacía apenas dos años, unos cantantes españoles que a Manuel le gustaban mucho, aunque Lisa no los conocía, Ana Belén y Víctor Manuel. A la nómina de parejas modernas, encargadas de diseñar cantando o escribiendo el mundo del futuro, se unirían Lisa y Manuel conmigo en brazos cuando se pusieran un anillo en el dedo.

Además, habían decidido que, tan pronto como se vieran libres de la tenaza de Emil, no volverían a España. Se quedarían en Gibraltar por mi bien, decían, para no desarraigarme más de lo que me había desarraigado el cierre. Manuel encontraría trabajo enseguida, en el Peñón todas las manos eran necesarias. Ya se las apañaría él para hacer llegar dinero a Ronda de forma que Rosa Mari pudiera contratar a alguien que velase correctamente y sin privaciones por Mariquilla. Sus obligaciones de buen hijo habían durado el tiempo suficiente. Era el momento de buscar un relevo.

Por lo pronto, Cefe y ella la estaban cuidando, como se aseguró al llamarlos desde Marbella antes de viajar al Peñón.

Cuando el recepcionista del Reina Victoria le dijo a Manuel que alguien había mandado aviso sobre no sabía qué de su niña, no quiso hablar con su madre. Sabía que, si lo hacía, terminaría convenciéndolo para que se quedase a su lado y él estaba decidido a llegar hasta Lisa y su hija como fuera.

Primero lo intentó a nado, pero dos elementos se aliaron en su contra: el asma, que casi lo ahoga en una playa de La Línea, y una lancha de la Guardia Civil, que lo persiguió hasta que regresó a tierra.

El único lugar al que se le había ocurrido ir después de aquel intento fallido fue Santa Catalina, la casa en la que había vivido

Audrey y de la que tanto le había hablado Lisa. Y tuvo suerte, porque seguía existiendo. Mel Ferrer, temeroso de que a la muerte de Franco —que no debía de estar muy lejana— los comunistas le despojaran de su propiedad, la había puesto en venta, pero aún no había encontrado comprador. Allí, en Santa Catalina, todavía estaba la buena de Fernanda; a ella los comunistas no le daban miedo y ese día preparaba su especialidad, una muy proletaria tortilla con papas, ahora que la señora Hepburn ya no estaba a los fogones.

Fernanda fue quien lo ayudó, le dio de comer y le puso en contacto con algunos de los amigos ricos de la señora Auds, tan bella y tan buena, sobre todo tan buena, la mejor persona del mundo, y tan desgraciada en el amor, qué lástima, por eso se desvivía tanto por quienes sí sabían amarse.

Por suerte, en Marbella estaba otra actriz, una que se llamaba Deborah, nos contó, y que conocía muy bien la historia de los Romeo y Julieta del Estrecho. Quién no sabía de Ellos en toda la Costa del Sol.

—¿Tú eres Manuel? *Goodness*, al fin conozco a Romeo. —La voz de aquella belleza pelirroja le recordó a la de Audrey.

Su marido, Peter Viertel, que ya bosquejaba en su cabeza un guion digno de Hollywood con la historia de aquellos dos muchachos de amores distanciados, le estrechó la mano con fuerza.

—Si a tu hija le ha pasado algo —lo tranquilizó Deborah Kerr—, no vas a tardar ni un día en saberlo. Nosotros nos encargamos.

Y así fue como entre los dos, con la ayuda de Fernanda, pusieron en marcha todos los mecanismos al alcance de la red social del amor creada por Audrey y, gracias a ellos, Manuel pudo embarcar en el ferri que lo trajo hasta nosotras.

Tuve que romperme un brazo para que tanto Lisa como Manuel se decidieran a soltar las amarras que los mantenían atados a sus respectivos bolardos y pudieran al fin navegar libres conmigo en la popa. Un brazo roto, solo un brazo roto. Pagué el precio con gusto.

Por eso estábamos ahí los tres, en la Casemates Square, para legalizar nuestra vida y que nadie pudiera arrebatárnosla de nuevo.

Algún día, mis padres y yo sabríamos cómo agradecer toda la bondad que encontramos desde el día que mi madre conoció a Audrey Hepburn.

En eso pensaban mientras estaban a punto de entrar en el despacho del abogado.

Y fue entonces cuando el *walkie* de Max, del que mi madre jamás se desprendía, volvió a emitir chispazos.

MARIQUILLA

Hacía un par de años que Mariquilla se había despertado con cosquillas en la pierna paralizada. Trató de moverla y consiguió elevarla un poco del suelo, pero ni siquiera se atrevió a intentar levantarse sola de la silla de ruedas. Con lo que le había costado a su Manolo reunir el dinero necesario para comprarle una nuevecita en Málaga, no iba a ser ella tan desagradecida como para curarse y no necesitarla más.

A los dos días, fue el brazo lo que logró mover. Entonces se asustó. ¿Y si se ponía buena de pronto y Manuel ya no tenía que dormir en el catre junto a su cama? ¿Y si su hijo dejaba de sentirse obligado a cuidarla? ¿Y si se le iba? Si todo eso pasaba, sobre todo lo último, Mariquilla sabía que sería para siempre.

Manuel tenía una hija, eso no se le había olvidado.

«Y si dos tetas tiran más que dos carretas, como no te cansas tú de decir, que eres muy traidora a las tuyas y muy basta, mi alma, muy basta, un hijo tira más que una manada de bueyes, coño, Mari, que no te enteras», le recordó su hermana Toñi desde la tumba.

«A mí me lo van a decir...», le contestaba ella.

Por eso, no, jamás. Nadie sabría nunca de ese cosquilleo en el brazo y en la pierna. Había que amortizar la silla de ruedas, se mintió como excusa. Tenía que mantener cerca a Manuel, se dijo la verdad.

Los cinco años transcurridos desde su síncope fueron los mejores de su vida, excepto los domingos, cuando se quedaba sin hijo.

Al principio se pasaba los domingos llorando, murmurando sola y hablando con su hermana muerta: «Me he quedao sin hijo, Antonia, que me he quedao sin él, hoy ya no vuelve, seguro…».

Pero Manuel volvía, siempre volvía, y poco a poco se le fue quitando el miedo de los domingos.

Cómo podía ella imaginar que lo que siempre temió no llegaría un domingo, sino la víspera, un sábado de agosto de canícula aplastante.

Hacía ya más de una semana que Manuel se había ido de su vera y Mariquilla no vivía desde entonces.

Se lo contaron las lenguas más viperinas de Ronda: alguien de La Línea había llamado al Reina Victoria y había contado que a la niña le había pasado algo, un accidente o así, la niña de Gibraltar, «la nieta de Mariquilla, mira que es fría la mujer, parece la bicha, que ni siente ni padece con esa criatura que es de su sangre, hay que ver, hay que ver…», apostillaban las víboras.

Era cierto, a Mariquilla no le importaba su nieta, eso era innegable. Lo que le molestaba de verdad era que le importara tanto a Manuel que la alejara de ella. Algo que parecía haber empezado a suceder.

Manuel había hablado con Cefe y le había dicho que estaba bien, que andaba por no se sabía muy bien dónde de la costa y que ya volvería a llamar. Rosa Mari la cuidaba desde entonces.

Pero Mariquilla no creía que todo estuviera bien. Al contrario, pensó que, al fin, había sucedido lo que siempre temió. Había perdido a su hijo, porque ya sabía ella dónde estaba: en Gibraltar, con la lagartona. Jamás volvería a su lado. Estaba segura. Ahora quería otra vida.

Era el fin. A la Búcara no le quedaba nada.

Y si su Manolo, «qué cojones tiene», quería otra vida, que se la buscara solito, porque a ella ya no le hacía ninguna falta la suya.

TODOS

José Luis, el padre de José María, tenía noticias para Manuel, por eso crujía el *walkie* en la misma puerta del despacho de un abogado en Casemates. Y no eran buenas.

—Don Manuel, verá usted...

—Hombre, don José Luis, antes de que me diga usted nada, quiero darle yo las gracias por todo lo que...

—Espere, espere, que tengo que contarle algo. Por Dios, siéntese usted.

Ya llevaban seis años conociendo lo malo. Ahora llegaba algo peor. Siempre había algo peor.

—Verá usted, es que me han llamado de Ronda...

—Mi madre... —dijo Manuel muy despacio, masticando cada letra de las dos palabras.

—Su madre, don Manuel. Está ingresada. Me han contado que, aunque nadie sabe cómo pudo llegar hasta ahí, porque creo que la mujer no puede moverse y va en silla de ruedas, ¿no es así?, pues que parece que llegó a un puente, se subió al borde y ha intentado tirarse a una cosa que ustedes le llaman el Tajo. El caso es que quiso tirarse porque dice que está usted en Gibraltar y que no piensa volver, eso es lo que parece ser que gritaba la pobre mujer antes de saltar... Pero, tranquilo, se tiró por un sitio que tenía una piedra grande debajo y la vieron a tiempo. La sacaron enseguida y ahora solo tiene algunas heridillas y una costilla fracturada.

Manuel ni siquiera podía responder.

—Pero es que me han dicho más…

Ahora venía lo peor, mucho peor todavía. Siempre hay algo peor.

—Dígalo, don José Luis, por favor —le pidió Lisa, porque Manuel no era capaz de hablar.

—Es que no sé si…

—Por favor… —A mi padre apenas se le oyó.

—Su madre pidió que le dijeran a usted algo si alguien conseguía ponerse al habla con Gibraltar.

—Lo que sea, por favor, dígalo ya.

—Pidió que le dijeran a usted, don Manuel, que si no volvía a Ronda ya no quería vivir y que volvería a intentarlo todas las veces que fueran necesarias.

Se hizo de noche de pronto.

—Lo siento mucho, de verdad.

El hombre lo sentía profundamente, sí. Todos lo sentimos igual.

O casi todos, porque Lisa y Manuel lo sintieron de una forma diferente.

A ella le trajo recuerdos que no tenía porque no los había vivido, pero su mente los había recreado una y otra vez, sin parar, a lo largo de los años. Vio a su madre subida a un promontorio escarpado y terminado en pico cerca del diablo y se vio a sí misma extendiendo una mano y deteniéndola justo en el instante anterior a la caída. Si hubiera estado ahí, si hubiera podido hablarle en ese momento, si hubiera podido evitarlo…

Acarició a mi padre con un amor inmenso y, sin pronunciar una sola palabra, le habló de todos sus «si hubiera…» y le dijo que no, que no quería que él viviera también con unos cuantos de ellos pesándole en el corazón.

Que lo entendía.

La maldición de los relojes volvía a aplastarlos contra el suelo.

Habían cometido la osadía de llevarle la contraria y habían intentado sincronizar sus manecillas, pero eso tiene un castigo. Siempre había sido tan duro y cruel para Ellos que simplemente intentarlo había terminado costándole a alguien la vida.

Aún veo el rostro de abatimiento de mi padre, sentado en el bordillo de la acera junto a la plaza, con los ojos cerrados. Lloraba. No temblaba, ni siquiera gemía con su llanto. Solo caían lágrimas y se estrellaban contra el empedrado.

Ese es el tercer recuerdo de Manuel que me viene a la cabeza.

* * *

El cuarto, el de mi padre subiéndose a la embarcación que le devolvería a Tánger para hacer el camino inverso al de la felicidad que había emprendido apenas tres días antes.

Esta vez, en dirección contraria. Iba al infierno, él solo, más solo que nunca y con las tres heridas de los versos sangrantes sonando aún en su cabeza.

Y mi madre y yo, en tierra, diciéndole adiós con la mano.

Pero sin alma, porque se nos estaba yendo con él y con la vida que solo habíamos rozado y que ya no tendríamos, navegando en un ferri por el Estrecho.

1974-1982

Here comes the Sun...
Little darling,
I feel that ice is slowly melting,
little darling,
it seems like years since it's been clear.

Here comes the Sun,
here comes the Sun,
and I say
it's all right...

Aquí llega el sol...
Mi pequeño amor,
siento que el hielo lentamente se derrite,
mi pequeño amor,
parece que han pasado años desde que estuvo despejado.

Aquí llega el sol,
aquí llega el sol,
y yo digo
que está todo bien...

THE BEATLES,
«Here Comes the Sun», 1969

NOSOTROS

En el mundo, todos soñamos lo que somos, aunque ninguno lo entiende.

Calderón de la Barca fue uno de los poquísimos autores españoles indultados por mi abuelo. *La vida es sueño* dormía permanentemente en un anaquel de la Drake Bookstore porque nadie lo compraba. De allí lo despertaba yo muchas tardes después de salir de la escuela, cuando llovía y los niños dejábamos las playas vacías.

Yo entraba en la librería, mi abuelo me dirigía una brevísima mirada callado, después volvía a sus papeles y dejaba que me fuera derecha a las estanterías de mis libros favoritos sin dirigirme la palabra.

Allí estaban Rosaura, Clotaldo, Basilio y Astolfo, todos con Segismundo. Y, aunque entonces no lo entendía bien, ya sabía yo que entre sus versos se escondía el secreto que explicaba lo que a mi madre y a mí nos estaba ocurriendo desde hacía varios años: que nuestro vivir solo es soñar, y que quien vive sueña lo que es hasta despertar.

Así se reanudaron los años del silencio y del sueño después del breve intervalo de tres días en los que el amor y las risas ahuyentaron el mutismo del número 1 de Armstrong Steps. E incluso puede que aquellos tres días fueran también un sueño dentro del sueño, siempre me lo pregunté.

Calderón tenía la respuesta: vivir solo es soñar.

Nosotras estábamos vivas, eso fue lo único que supimos con certeza en los primeros años del silencio. Pero después pasamos los ocho restantes como los que les habían precedido, sin entender lo que soñábamos y, a pesar de eso, soñando con despertar algún día.

* * *

Nada más irse Manuel, Lisa intentó con todas sus fuerzas y todos sus medios que pudiéramos salir las dos detrás de él cuanto antes, pero el abogado de la Casemates Square le hizo ver que nuestra situación era aún más difícil de lo que mi madre había imaginado.

Emil no constaba en los registros como mi tutor legal, sino como mi padre.

Así me había inscrito oficialmente en la Registration Office cuando Audrey llegó conmigo y sus apellidos, Hepburn-Dotti, en un capacho. Entonces Gibraltar era un hervidero de incertidumbre. Todos creían que los cañones de Franco nos apuntaban desde cada flanco posible y, después de tanto sufrimiento y tantas decepciones, desconfiábamos de las promesas de apoyo incondicional que nos enviaba Gran Bretaña.

Esa era la ciénaga en la que nos hundíamos juntos. Y, para que no termináramos de ahogarnos en el lodo, a Emil solo se le ocurrió inscribirme como hija suya. De ese modo, como hombre que era y padre de la familia a la que yo pertenecía, quedaría bajo su tutela hasta la mayoría de edad.

A Lisa le dijo que lo hizo solo como tutor legal. Pero le mintió. Hoy, cuando lo recuerdo, creo estar segura de que obró por miedo, como cada gibraltareño en aquellos años difíciles. Puede que Emil pensara que la capa de su protección nos cubriría mucho mejor siendo mi padre que un simple tutor. Puede que lo hiciera por prudencia y por previsión. Puede que fuera un acto de amor, aunque mi madre no lo creyera cuando se enteró.

Lo cierto es que era legalmente mi padre y eso, según le explicó el abogado a Lisa, ni siquiera lo revertiría su casamiento con Manuel. Mi padre no era mi padre, ni nada ni nadie, en mi vida. Tampoco sería fácil impugnar el registro, añadió el letrado adivinando el pensamiento de mi madre, que bullía como un caldero mientras se iba pintando de negro su futuro, porque a Emil aún le quedaban contactos e influencias, al menos para ese tipo de asuntos, y Lisa solo era una mujer. Una que, para colmo, trabajaba fregando suelos.

De modo que no nos quedó más remedio que seguir soñando nuestra pesadilla. No había despertar posible. La Verja no se abriría jamás. Manuel no volvería jamás. Lisa no sonreiría de nuevo jamás.

Ya no quedaba esperanza. Ya no éramos dueñas de nuestras vidas, que se habían quedado en un frenesí, una ilusión, una sombra, una ficción…

Solo nos quedaba seguir soñando, aunque no lo entendiéramos, porque el día que vimos partir el ferri a Tánger con Manuel y con sus lágrimas, dejando en tierra las nuestras, nos dimos cuenta de que toda la vida era sueño.

Y, como el mundo siempre ha sabido, los sueños sueños son.

LOS YAGÜE

Los *walkie-talkie* que una vez nos cambiaron de golpe la vida después empezaron a hacerlo poco a poco, el único modo en que esos cambios resultan duraderos.

El ingenio y la inteligencia de José Luis y José María Yagüe lo consiguieron. Juntos, padre e hijo, al comprobar emocionados la necesidad imperiosa de contacto entre las gentes de España y Gibraltar, convirtieron aquellos ingenios en algo más que inofensivos radioteléfonos. Primero, lograron que se cumpliera lo que prometía la publicidad de algunos de ellos, que los anunciaban como aparatos «para jugar en serio». Después, los transformaron en verdaderas armas de subversión.

José Luis y su hijo se hicieron con una pequeña emisora de radio naranja que ocultaron dentro de la carcasa de un inofensivo transistor antiguo de madera, igual que los que se usaban para escuchar a Elena Francis o rezar el ángelus. En su interior, vaciado de las vísceras originales, escondieron el artefacto más sedicioso de todos los tiempos modernos, una emisora de radiofrecuencia como las que hacía tiempo que se habían inventado en Estados Unidos para que los conductores de camiones, por ejemplo, pudieran hablar entre sí. En España se empleaban en los barcos y solo en ellos estaban permitidos.

La del padre de José María servía para algo más, comunicaba a las personas que no tenían otro medio para hablar. Su mismo nombre lo decía. Banda Ciudadana, o Citizen Band o CB, o más exactamente CB-27, por su frecuencia de veintisiete megahercios.

Para recibir correctamente las ondas de radiofrecuencia y que su alcance fuera el necesario, los Yagüe extendieron en su azotea una antena que casi tocaba el cielo, un dipolo en vertical y horizontal que disimularon gracias a la abuela de José María: la mujer tendía en sus brazos la ropa al viento y así nadie sospechaba de su verdadera utilidad.

La imaginación siempre pudo vencer a la cerrazón. La radio fue uno de los grandes inventos de la humanidad para burlarla.

José Luis y su hijo fueron pioneros. Después, muchos siguieron sus pasos. La posibilidad de hablar con familiares a los que hacía años que solo podíamos ver de lejos a través de la Verja trascendió y las emisoras instaladas por los que ya se conocían como cebeístas se multiplicaron en todo el Campo.

Así fue como Lisa se convirtió en Abrigo Rojo; Manuel, en Poeta Cabrero, y yo, en Verso Suelto. En los años del sueño, guiados por Pequeño Monstruo, esos fueron nuestros nombres de batalla en las ondas.

Y el canal catorce, el túnel que comunicaba La Línea con la Roca y el que a nosotras dos nos mantuvo unidas con la realidad para demostrarnos que el hombre alto y delgado al que las dos amábamos era de verdad, no un producto de nuestra imaginación somnolienta.

Todo gracias a la entonces prohibidísima radio de comunicación civil porque eso era lo subversivo. Hablar nunca estuvo bien visto por los dictadores.

AUDREY

Mi querida amiga Lisa:

Siento no haberte escrito en los últimos meses. Qué alegría tan
grande saber que, al menos, ese ángel del que me hablabas en tu última
carta, José María, suple mi inacción con el milagro de la tecnología.
Quiero explicarte el porqué de mi silencio. El pasado verano,
poco después de que se fuera Manuel de Gibraltar —qué feliz me
hizo saber que los amigos de Marbella os habían ayudado, pero qué
tristeza tan profunda por todo lo que me contaste que sucedió después—, yo sufrí un aborto. El quinto de mi vida, querida Lisa, el
quinto. Eso me hizo caer en una depresión que he ido superando
poco a poco. No te lo conté entonces porque no quería amontonar
más dolor sobre el tuyo. Pero ahora que ya me encuentro mucho
mejor, estoy en disposición de compartirlo contigo.

Mi relación con Andrea está en el fondo de esos hondos barrancos que tú tan bien conociste, ¿los recuerdas? Él viene a visitarnos a
La Paisible, pero también nos llegan las fotos con sus amantes que
publican constantemente las revistas. Andrea dice que son alumnas,
compañeras, pacientes... Debe pensar que soy estúpida. No solo por
contarme esas patrañas, sino porque, cuando lo hace, yo solo callo y
tuerzo la vista. No es estupidez, Lisa. Es cansancio. Estoy muy cansada de que no me quieran. Es extenuante mantener encendida una
luz que solo alumbra otras esquinas.

Ahora, además, tengo distintos cansancios que me absorben, como mi madre, que está mal de salud y se ha instalado con nosotros en Suiza. Ya sabes que mi relación con ella se parece mucho a la que tuviste tú con Connie. Sé que me quiere, pero lo demuestra a su manera. Por eso, vivir a su lado es agotador.

Sin embargo, te escribo para contarte también una buena noticia: voy a hacer otra película. Lo cierto es que necesito afrontar los gastos de La Paisible y de mi madre, y este guion es de los pocos que me han gustado de todos los que me han ofrecido últimamente. Cuenta la historia de Robin Hood y Marian en su madurez. Me acompañará Sean Connery, ya sabes que nos conocimos en Marbella, y el director será Richard Lester. Sí, ese en el que estás pensando, el de las películas de los Beatles. Me he acordado mucho de ti desde que sé que Lester será quien me dirija, porque cuenta una historia de amor y a mí todas las historias de amor me recuerdan a vosotros. Además, adivina dónde vamos a rodar: ¡en España! En Navarra, un poco lejos de donde tú estás y de esa Verja cerrada. Pero todo en España me recuerda a Manuel y a ti, querida mía. Me inspiraré en vosotros para interpretar a Marian.

Y sí, te lo contaré absolutamente todo del rodaje, como sé que me pedirás, no lo dudes.

Te envío un beso enorme y otro muy especial para Reggie.

All my love always,

AUDS

EMIL

Hablando de dictadores, el de España murió un año y tres meses después de que viéramos partir a mi padre.

Muchos creyeron que aquello le daría la vuelta a todo, en especial al cerrojo de la Verja y que esta por fin quedaría como siempre debió haber estado, abierta.

Muchos lo creyeron, aunque no mi abuelo Emil. Franco habría muerto, pero aún no había democracia en España. Y la Verja seguía cerrada. Si no servía para algo tan simple como hacer girar la llave en una cerradura, ¿para qué vale que un dictador se muera? Pues para lo mismo para lo que siempre sirvió en vida: para nada. Eso refunfuñaba Emil ante todos los que se tropezaban con él al torcer cada esquina. «Si es que España no tiene solución…».

Como tampoco la tenía, según él, la España democrática que asomó por primera vez en el referéndum de ese mismo año, 1978. «Ellos sí, ¿no? Ellos sí que pueden votar su constitución y aquí nos cerraron la Verja cuando nosotros tuvimos la nuestra, hay que joderse. Esto sin Franco no es más que lo mismo que con él».

No le caía bien la España que votó a Adolfo Suárez en las primeras elecciones después de cuatro décadas ni la España por la que dimitió dos años más tarde. Pero tampoco, por supuesto, la que estuvo a punto de ser si, al grito de «Se sienten, coño», de verdad hubiera vuelto a sentarse, porque esa vez se habría quedado sentada para siempre.

En cuanto a lo que ocurría en la cuna del imperio, tampoco es que la sintiera más como madre que como madrastra durante los años del sueño y del silencio. Porque no podía decirse que Londres hubiera hecho demasiado en ese tiempo para acabar con el aislamiento de Gibraltar, las cosas como eran.

Los había ayudado, y mucho, a superar el cerrojazo con el envío de todo tipo de ayudas materiales, eso era verdad. Había construido barriadas nuevas y ampliado la cobertura de la sanidad, auspició la creación de suelo nuevo ganándole terreno al mar, fomentó la construcción naval en el astillero... Sí, todo eso, pero sin diezmar demasiado sus arcas, porque lo que Gran Bretaña les daba con una mano lo recibía de la OTAN con la otra y en forma de diferentes beneficios, que la Roca, como punto militar estratégico, no tenía precio.

Sin embargo, había carencias, sobre todo morales. Los trabajadores gibraltareños ni siquiera estaban equiparados en sueldos y derechos con los británicos.

Se acordó de una de las pullitas que tanto le gustaba a Connie lanzarle:

—A ver si te enteras de una vez de que los British están dispuestos a considerar a los gibraltareños sus iguales siempre y cuando los gibraltareños los consideréis a ellos superiores, hijo de mi alma, que no hay peor ciego que el que no quiere ver...

Nunca le dio él la razón en voz alta, pero tampoco se la quitaba para sus adentros. Y, en aquellos años, menos.

Después, optó por la indiferencia. Primero hacia el vecino y después hacia el imperio. No quiso saber nada de España ni de Gran Bretaña, «Que les den a los dos».

Y, aun así, no pudo evitar que se le alterase el pulso en tres ocasiones.

Se emocionó una vez cuando el joven heredero Carlos puso de nuevo el pie en Gibraltar del brazo de su esposa, Diana, para embarcar en el Britannia y emprender la luna de miel, en un gesto que para él fue de desafío al vecino enemigo, porque los Borbones, en protesta, declinaron acudir a su boda.

Se enfadó otra cuando Margaret Thatcher se convirtió en primera ministra, así, con «aes» finales en cada palabra, qué raro sonaba y qué suerte tenían en Inglaterra con su idioma sin géneros, dónde se había visto antes, qué mundo loco era este en el que una mujer se ponía al timón de algo tan grande, adónde íbamos a llegar.

Y se alarmó una tercera cuando, al otro lado del mismo Atlántico que compartían con Gibraltar, estalló la guerra de las islas Malvinas, como las llamaban en español, o las Falklands, que para él era su nombre legítimo. Demasiadas similitudes con Gibraltar. Del desenlace de aquella guerra dependería el acuerdo de Lisboa sobre la soberanía del Peñón, aún en la cuerda floja, en el que lord Carrington se había bajado los pantalones ante el ministro Oreja, «Me cago en la estampa de los dos».

Por eso, de las únicas tres emociones de aquellos años, esta, la de la guerra de la primavera de 1982, librada a miles de kilómetros de su ciudad, pero en el mismo mar, fue la única que Emil vivió con el aliento contenido.

LISA

Yo crecía, pero lo hacía más triste que en mis primeros cinco años de vida. Solo eran alegres unas pocas tardes de lunes a sábado, cuando el canal catorce de la CB-27 de los Yagüe conseguía comunicarnos con Manuel.

Tuve a un padre invisible y esporádico durante ocho años. Pero era mi padre. Y se comportaba como tal. Gracias a la hospitalidad de los Yagüe, que le abrían con gusto las puertas de su casa, me preguntaba por radio acerca de las cosas del colegio, me ayudaba a hacer los deberes, me regañaba si ese día mi madre le contaba que no me había portado bien, me felicitaba si sacaba buenas notas, me cantaba canciones de su serranía, «Ya viene la cruz de mayo, ya se van los segadores...».

Era mi padre, aunque no pudiera verle la cara, que se me iba borrando de la memoria. Y eso, junto a la certeza de que Lisa era mi madre y que los dos me querían, fue el único asidero feliz que tuve en los años del silencio y del sueño.

No obstante, aun cuando nuestro canal catorce nos unía de vez en cuando de lunes a sábado, los domingos seguían siendo irreemplazables. Ese día, el 1 de Armstrong Steps sí que se ventilaba, de un lado a otro y de arriba abajo. Después, nos vestíamos de fiesta y, a las cinco en punto de la tarde, mi madre y yo nos íbamos a la Verja.

Porque los domingos, el día que el resto de nuestros paisanos usaba con más asiduidad el canal catorce para hablar con los suyos, nosotras lo dejábamos libre.

Los domingos eran sagrados y, para Lisa y para mí, no precisamente por aquello por lo que toda la vida lo fueron.

Los domingos seguían siendo el día en que los tres, nosotras en este lado y mi padre en aquel, nos llevábamos la mano al corazón, nos sonreíamos y nos besábamos en la distancia.

Los domingos eran sagrados desde 1969 y eso ninguna cancela podía alterarlo. Ni siquiera una emisora de radio, por grande que fuera la nueva ilusión que había traído a nuestra vida.

* * *

También debo reconocer que, además de ilusión, nuestras existencias fueron escalando algunos peldaños hacia un bienestar que años atrás ni siquiera habríamos imaginado.

Fue mérito de Lisa.

Dejó de fregar suelos porque le ofrecieron un trabajo de lo suyo, como ella decía. Lo suyo era el periodismo. Ricky, el colega que después de perder un ojo en los disturbios de 1968 ganó la suficiente sensatez y sentido común como para alejarse de las drogas y de sus traficantes, había ascendido a redactor jefe del *Gibraltar Chronicle*.

Ricky tenía una espina clavada con Lisa. Nunca olvidó que, animada por él, la muchacha había seguido varios pasos adelante en un camino que podría haberles despeñado a los dos, aunque por suerte había parado a tiempo, como el propio Ricky un poco antes.

Quiso recompensarla.

—Pero a ver, que no es porque me remuerda la conciencia, aunque me equivoqué de cabo a rabo al presentarte a aquel, ¿cómo se llamaba?, Ahmed, creo. Yo era joven y tonto por entonces. Si ahora quiero que trabajes conmigo es porque eres muy buena, *yes indeed*. Aún recuerdo el reportaje que hiciste en el periódico de tu padre sobre los republicanos españoles y sobre aquel sinvergüenza que se hizo pasar por maquis, pero era un delator… *gosh*, qué bien estaba ese artículo.

Lisa aceptó el halago y el puesto de redactora que le ofrecía Ricky con el mayor de los agradecimientos y se estrenó con un emotivo reportaje sobre los domingos junto a la Verja. Recopiló historias tristes y alegres, las trufó con anécdotas, todas reales y emotivas, y concluyó con aquello que me decía a mí de lo mal que muchos llevan las banderas cuando no saben ponérselas.

No hubo ciudadano de Gibraltar que no se sintiera reflejado en alguno de los casos de los que hablaba Lisa en su artículo. Ni con lo de las banderas; cuánta razón tenía, pensaron todos.

Así, gracias al *Chronicle* y a que los años del sueño y del silencio seguían su curso inalterables, Lisa también pudo rehacerse a sí misma.

Incluido el cuerpo, que se le comenzó a redondear. Al principio, todos alabaron que hubiera abandonado la delgadez extrema. Después, comenzaron las miradas a hurtadillas de arriba abajo para comprobar que aquello que veían debajo de la ropa era carne que antes no estaba ahí.

Pero a ella, por entonces, aún no le importaba nada de eso, ni las miradas ni la carne. Le importaba yo, seguida de lejos de su carrera.

MANUEL

En 1976 mi padre se fue a vivir con su madre a Los Barrios. De alguna manera consiguió convencer a Mariquilla para que saliera de Ronda, aunque no perdió mucho tiempo en explicárselo a Lisa. El poco del que disponían con el canal catorce abierto tenía que utilizarse para cosas mucho más importantes, como decirse «Te quiero» veinte veces seguidas.

Solo supimos que la razón por la que se habían mudado allí era porque Manuel había encontrado trabajo en una fábrica de acero que acababa de instalarse en la zona y, sobre todo, porque Los Barrios estaba a poco más de veinte kilómetros de nosotras, en lugar de los ciento y pico y por malas carreteras que separaban a Ronda del Peñón.

Después del cerrojazo y en apenas unos años, La Línea, que había llegado a tener más habitantes que Algeciras, había perdido la mitad de su población. La ciudad y todos sus alrededores se habían venido abajo. Las casas estaban abandonadas y solo los viejos, los nostálgicos y los que tenían a sus seres queridos al otro lado de la Verja seguían allí, aunque los tejados se les cayeran encima.

El franquismo había anunciado con alharacas planes de desarrollo rimbombantes para todo el Campo de Gibraltar cuando nos dejó encerrados, pero ocurrieron dos cosas con esos planes: una, que la mayoría eran mentira; dos, que eran insuficientes.

Con todo, los que sí funcionaron al menos consiguieron que lo que antes había sido un motor de progreso para toda España no se convirtiera en un erial.

Al calor de la declaración de la región como Zona de Preferente Localización Industrial, algunas factorías se instalaron en la bahía de Algeciras y proporcionaron puestos de trabajo que aliviaron en parte la debacle económica que había causado el cierre de la Verja. Una de ellas era Acerinox, la compañía que acababa de contratar a mi padre.

Además, paradójicamente, en la debacle humana hubo cierto impacto positivo. En especial, en la de nuestra familia, porque a Lisa le reconfortaba saber que Manuel estaba más cerca de ella, a pesar de que la separación física fuera la misma.

La cercanía sirvió también para que las visitas de Manuel a los Yagüe y su uso del canal catorce se intensificaran, aunque a partir de 1977 hicieron menos falta porque se levantaron, con cautela y en casos contados, algunas restricciones telefónicas.

Así, Lisa y Manuel conseguían hablar de vez en cuando desde la oficina del jefe de Manuel en Acerinox y de Ricky en el *Chronicle*.

—Amor mío, pronto volveremos a estar juntos.

—Espérame, que solo será un momento.

—La vida empieza mañana para nosotros.

—Nada, ni una reja ni nada, nos va a separar.

—Nada.

—Ni nadie.

—Y nunca.

—Jamás.

La conversación eterna entre mis padres, la conversación siempre inacabada. La única voz de la esperanza en los años del silencio.

* * *

Un buen día, Manuel nos dio otra alegría. Había retomado los estudios de bachillerato porque Acerinox había prometido pagarle una beca para que ingresara en la flamante Escuela Universitaria de Ingeniería Técnica Industrial de Algeciras cuando terminase. Si todo iba bien y se aplicaba, podría obtener el título de ingeniero técnico en Química industrial en 1982.

Eso era lo que quería, nos dijo, esa era su nueva ilusión.

Pero lo que realmente deseaba era labrarse un porvenir digno en el que nosotras pudiéramos estar a su lado, y para eso necesitaba el suficiente dinero que le permitiera, en cada uno de los días que el trabajo y su madre le dejaran libres, viajar a Gibraltar a través de Tánger o de la Conchinchina, si fuera ese el único camino que lo llevase hasta nosotras.

Y así, entre el silencio y las alegrías, entre la esperanza y la desilusión, entre el recuerdo del pasado y las dudas sobre el futuro, se nos fue pasando la vida.

AUDREY

Mi querida amiga Lisa:

He vivido unos días tan intensos que, de repente, he necesitado compartir algo de ellos contigo. Lo primero que quiero contarte es que ya, por fin, me he dado cuenta de que el amor siempre me será esquivo. Nunca voy a encontrarlo ni él me va a encontrar a mí.

Por el contrario, el amor es mi lastre. O debería decir que, más bien, lo es Andrea. He abierto los ojos. Sí, él es mi escollo, la piedra que más me pesa ahora en los intestinos y que necesito expulsar cuanto antes.

¿Sabes que acabo de enterarme por nuestra doncella de Roma del número de amantes que ha tenido en los años que llevamos casados? Doscientas. Doscientas mujeres, Lisa, con las que mi marido me ha engañado. Doscientas personas no son únicamente doscientas infidelidades. Es un insulto, uno solo pero gigantesco, porque la peor forma de faltarle al respeto a alguien es burlarse de su corazón.

Estoy en Cerdeña, rodando una nueva película con mi viejo amigo Terence Young. No sé si tendrá éxito o no, eso apenas me preocupa ya antes de un rodaje. Lo que sí sabía antes de empezarla es que la necesito. Necesito una burbuja de oxígeno, porque mi vida me asfixia y solo sé respirar cuando me pongo en la piel de otra.

Y, sin embargo, querida Lisa, no aprendo de mis propios fracasos. He llegado a esta película con el corazón tan roto que creo haber cometido un nuevo error. Esta vez, mi equivocación se llama Ben. No sé qué he visto en él. Sí, en realidad sí lo sé. En Ben he visto a Vicente. Sé que él no me querrá nunca, está casado y muy acostumbrado a tener romances de rodaje que duran lo que dura una filmación. Sé que Ben es otro Andrea y que yo, en lugar de la esposa insultada, solo soy una de sus doscientas infidelidades. Pero es que en sus ojos he creído encontrar a Vicente. En realidad, busco a Vicente en todos los hombres, en cada sangre latina a orillas del Mediterráneo, como Andrea y como Ben, que se apellida Gazzara porque viene de familia italiana, ya ves, dos tropiezos en la misma piedra. En todos busco a Vicente, Lisa, lo busco y lo añoro. Pero no lo he encontrado todavía. Busco que me quieran y solo me devuelven rechazo. Busco que alguien me acaricie y me bese como me acarició y me besó él y, sin embargo, fui yo quien renunció a sus manos y a sus labios. A veces pienso que merezco tanto desamor como recibo en castigo por el daño que le hice a Vicente.

Perdona este desahogo, querida. Manuel y tú podéis entenderlo bien. Yo os hablo de mis amores frustrados y vosotros tenéis uno solo, pero aún tan vivo como el primer día. Yo os hablo de mi libertad para no ser amada y vosotros, en cambio, vivís en vuestros calabozos, separados pero queriéndoos con una intensidad que pocos llegan a conocer. Cambiaría mucho de lo que tengo, dinero, fama, halagos, por la riqueza de vuestros corazones. Y quién sabe, tal vez algún día lo haga…

Sé que pronto se abrirán las rejas que os impiden llegar el uno al lado del otro, pero, si, mientras, el destino os da una ocasión, escapad. Huid con vuestro amor y vividlo juntos para siempre. Solo tenéis una vida y es únicamente vuestra, de nadie más. Dejadlo todo y volad, vosotros que podéis.

All my love always,

AUDS

MARIQUILLA

—Escucha, Antonia, que tengo la cabeza como un trombo…

—Trompo, será trompo, mi alma, la cosa esa que da vueltas y que tenía Manolillo de chico. Pero qué mal hablas, Mari, vaya tela.

—Peor hablas tú, hijaputa, que estás muerta.

—Ahí te doy la razón, mira tú. A ver, qué te se ha cruzao hoy a ti.

—Na, el niño otra vez, que no ha tenido suficiente con que nos vayamos de Ronda.

—Eso sí que ha sido una putada, Mari, que no sé qué coño es lo que hacéis allá abajo en Los Barrios si en Ronda habemos pasado toda la vida y en Ronda estoy yo enterrada. Pero bueno, a ver, ¿qué es lo que le ha dado ahora a este?

—Va a ser algo de la lagartona. No me lo ha dicho, pero es por ella, me lo sé yo. Si es que este hijo mío todo lo que hace lo hace por ella, el muy cabrón está encoñado, por más años que pasen no se la quita de la mollera, cago en todo lo que se menea.

—¿Y qué ventolera le ha entrado ahora al niño?

—Pues pa mí que quiere dejarme sola. Antiayer le vi hacer la maleta. Muy pequeña era, eso sí, ahí no le caberían más de tres calzoncillos y esas no son mudas pa toda la vida.

—¿Y tú no le dijiste na?

—¿Que si le dije? Anda que no le dije… De todo le dije yo. Y, a lo último, que como se largue me tiro otra vez, pero se lo dije a grito pelado, pa que se enterase bien.

—¿Y qué te contestó el pobritico?

—Na, qué va a decir, na, si no me dice nunca na de lo que le anda por dentro. Esta vez solo cogió y deshizo la maleta, na más, o séase que no se va, pero no sé yo cuánto le va a durar lo de quedarse conmigo, porque el ansia de lagartona que tiene no le deja ni de vivir, asín que dentro de poco otra vez le veo sacando la maleta.

—¿Y tú? ¿Qué más le has dicho tú?

—Pues lo que te digo, cojones, na más que lo que te digo, que como me se vaya me tiro por la primera piedra que vea, porque, aunque aquí no haiga Tajo, tirarme, me tiro.

—Qué hija de la grandísima puta eres, Mari, aunque sea la misma la tuya que la mía. ¿No te entra na por el cuerpo hacerle eso al crío, toda la vida acogotao que me lo traes, y ahora chinchándole con la peste esa de que me tiro, que me tiro? Anda y tírate ya, eso es lo que tienes que hacer, vente pacá conmigo y déjalo tranquilo de una vez al muchacho que viva su vida.

—Eres mala, Antonia, qué mala hermana eres, peor entodavía ahora que estás en el otro barrio…

—No me llores, Mari, no me llores, que ya me sé yo que no son na más que lágrimas de cocodrilo. Tú lo que tienes que hacer es dejarle que se vaya, mujer, que se vaya, déjalo que se vaya, cojones.

—Si es que no puedo, Antonia, si es que no puedo. Y es que tampoco sé qué hacer más na que gritarle y decirle chalaúras.

—Pobre criaturita mi Manolo, encima sin mí pa que le aconseje.

—La cosa es que el niño en el fondo no es malo, dice que me quiere de llevar a un médico muy bueno en Algeciras pa que me ayude con lo mío.

—¿Y qué es lo tuyo?

—Lo que me tiene comido el seso, Antonia, hija, esta angustia que me lo deja a veces más seco que una mojama en verano, no sé qué es lo que es, me dan ganas de hacerme un bujero en la tapa y meterme la mano ahí dentro pa ver si me lo saco a cucharadas.

—O sea que te quiere llevar a un loquero.

—Pues un loquero será, coño, y yo qué sé, a mí no me ha dicho cómo se llama.

—Pa eso sirven los loqueros, pa curar la cabeza.

—De loquero la tengo yo, como un trombo.

—Y pa que dejes de joderle la vida a Manolo.

—Pues no sé si pa eso también servirá, Antonia, mi alma, que hay días que me levanto con todo negro aquí dentro y yo solo quiero tener al niño a mi lado sin despegarse de mí y en vez de hacerle carantoñas voy y le digo que me tiro y yo sé que el niño sufre, pero no puedo hacer na y aluego vuelve lo negro que llevo dentro...

—Como una rata.

—Eso mismito, como una rata que me araña, raca raca raca... y me dan ganas de tirarme de verdad, pero tirarme del todo y quedarme ahí aplastá como una lagartija pisada, qué ganas tengo, cojones, pero qué ganas tengo de acabar con todo.

—Anda que la rata y tú no sois malas pécoras ni na, que lo que le estáis haciendo de sufrir a Manolillo no tiene perdón de Dios.

—Que lo sé yo, coño ya, que lo sé yo, deja de tocarme los huevos todo el rato. Pero no es mi culpa, es culpita entera de la mierda de rata esa. Yo no puedo hacer más na. Ahora, que si el niño me se va, Antonia, por mis muertos y los tuyos, y por ti que estás tan tiesa como ellos, que me tiro. Con la rata y todo, me tiro.

—Tú lo que tienes que decirle al loquero es que te enseñe a dejar de hablar conmigo, que pa estar muerta no me dejas ni descansar en paz.

—Eso no, mi alma, Antonia, eso no, que si yo dejo de hablar contigo voy a tener que empezar a hablar conmigo y eso sí que me da susto, me cago por la pata abajo. Dejar de hablar contigo, nunca, ni te se ocurra, ni mentarlo otra vez, coño ya con la muerta de los cojones, la mala leche que tiene.

MANUEL

Manuel no podía dejar sola a su madre. Lo intentó muchas veces, me consta, pero era imposible.

De niña, fantaseaba yo con que Lisa y Manuel me raptaban a lomos de un toro blanco como Zeus a Europa, y que entre los dos me llevaban a una Creta en la que no había separaciones y las distancias eran infinitas, a diferencia de aquel peñasco pequeño.

Soñaba con ello y creía que soñaba. Pero solo supe que no era Segismundo cuando, ya adulta, encontré en un baúl perdido una bolsa con el dibujo descolorido de una Barbie y, dentro de la bolsa, cachivaches que mis padres habían guardado allí hacía miles de años.

Había un biquini de cuadraditos en tonos desvaídos que un día debieron de ser verde lima y amarillo limón. Había también decenas de cartas, de Ellos y de Audrey. Algunas las estoy transcribiendo aquí y otras las guardaré siempre en la memoria para mí sola.

Pero también encontré un billete de ferri de Transtour, que cubría la ruta Algeciras-Tánger-Algeciras, con las fechas impresas con tinta de tampón: ida, 8 de diciembre de 1978; vuelta, 10 de diciembre de 1978. No presentaba ningún sello ni estaba picado por ningún revisor. Era un boleto que jamás había sido utilizado. Su dueño había pagado una fortuna por él, novecientas cincuenta pesetas. Pero las había pagado en vano.

No sé cuántas veces uno de los dos compró un billete como aquel, aunque sí sé que en todas ellas el asiento del ferri viajó vacío.

Hoy, al fin, ya sé que no eran mis sueños. Eran los de Ellos, rotos en mil pedazos.

* * *

Pero es que Manuel de verdad no podía dejar sola a su madre. No, sencillamente, no podía. Su inestabilidad emocional, sus obsesiones, sus amenazas suicidas —que tal vez un día dejasen de serlo si las dos primeras se acentuaban—, hasta sus diálogos en voz alta con la hermana muerta... Había que tomar todo eso muy en serio, le dijeron varios médicos. Sobre todo, tenerla siempre vigilada.

Por eso no podía Manuel dejarla sola más de un día, ni mucho menos los tres que necesitaba para ir, estar y volver de Gibraltar. Y no porque la quisiera a ella más que a nosotras. La quería de forma distinta.

Mi padre me enseñó que solo los seres humanos nos empeñamos en medir el amor constantemente, tratando de saber si el que recibimos es mayor o menor que el que se les da a los otros. A diferencia de los animales, como su dulce Milú, a la que nunca olvidó y que lo amaba incondicionalmente, pero que nunca se preguntó a quién quería más Manuel.

Mi padre amaba a su madre y al mismo tiempo se compadecía de ella. Mariquilla era lo que él había intentado toda su vida no llegar a ser. Pero, al mismo tiempo, trataba de comprenderla. Una mujer a la que se le habían muerto tres de sus seres más queridos de mala manera y cuando no debían. Se quedó sin hijo, sin marido y sin hermana. ¿Cómo podía él, Manuel, lo único que tenía, abandonarla? ¿Cómo podía llegar a ser un buen padre si no sabía ser un buen hijo? ¿Cómo podía ser bueno si hacía cosas malas?

Mariquilla era hija de su tiempo y de su circunstancia. Manuel aún no había leído a Ortega y Gasset, pero ya sabía que su madre no pudo salvar su circunstancia porque no le dieron herramientas para hacerlo y porque una posguerra marca a veces más que una guerra y a ella la marcaron las dos, muy a fuego y muy para siempre. Mujer, analfabeta, sola... Todas, todas las circunstancias en su contra. Por eso no pudo salvarlas. Y por eso no había podido salvarse a sí misma.

No, no es que la quisiera a ella más que a nosotras. Es que Manuel era bueno y su madre estaba sola. Nos quería a todas. Pero nosotras éramos fuertes, podíamos salir adelante, estábamos preparadas para esperarlo el tiempo que hiciera falta. Mariquilla no.

* * *

Sin embargo, del árbol seco de sus planes malogrados un día brotaron frutos. Uno fue especialmente positivo, por el que Manuel había luchado y que terminó poniendo como condición inexcusable para quedarse al lado de su madre: Mariquilla accedió a ir al loquero.

Cuando su hijo oyó el diagnóstico del psiquiatra, repleto de palabras que no entendía, solo algunas como manicomio y electrochoque que le daban dentera solo de pronunciarlas, Manuel supo que ya no, nunca, podría separarse de ella.

Sin embargo, no se hundió. Al contrario, aquella era otra razón más para avanzar en su formación, convertirse en ingeniero técnico y ganar un sueldo razonable con el que pudiera conseguir para su madre el mejor de los cuidados y siempre cerca de él y bajo su techo.

Solo había que aguantar.

Primero, hasta que la Verja se abriera. Estaba seguro de que no faltaba nada para que pudiéramos entrar y salir en quince minutos como lo que éramos, un solo pueblo y una familia de verdad, sin necesidad de arruinarnos viajando por dos continentes y sin que Mariquilla creyera que la habían abandonado.

Y después, unos años más de estrecheces hasta 1982, cuando completara la carrera, para que, al fin, todos pudiéramos tocar la meta y ver la luz al final de ese túnel largo y oscuro que no se acababa nunca.

LISA

Lisa siguió especializándose en asuntos relacionados con la Verja, aunque hubo dos noticias en un corto espacio de tiempo que por poco la devuelven a las tinieblas que estábamos tratando de dejar atrás.

Supo de ellas de la peor forma posible, por sendos teletipos asépticos e impersonales.

La primera llegó a la redacción a última hora de la tarde de un lunes. Había ocurrido también un 8 de diciembre, este de 1980, pero Lisa la conoció a primerísima hora de la mañana del día 9. Cuando la leyó, no comprendió nada. Hablaba de un tal Mark David Chapman, del edificio Dakota de Nueva York, de Holden Caulfield, de Salinger y de *El guardián entre el centeno*, el libro que, curiosamente, ella acababa de leer… No entendió ni una coma hasta que vio un nombre conocido, Yoko Ono. Entonces el cerebro se ordenó a sí mismo y pudo colocar lo demás. Sus ojos leyeron correctamente lo que su cabeza se negaba a comprender: «John Lennon, asesinado».

No fue la única en el mundo que sintió en ese momento que estaba viviendo el fin trágico de una época. Pero fue ella sola quien recordó que se había enamorado de Manuel viendo a John con un sombrero cordobés en la plaza de toros de Madrid y supo que se había llevado con él el secreto del amor verdadero. Temió que su muerte fuera una metáfora, que todo puede perderse en un segundo o en una década, qué más da, que todo termina perdiéndose.

Los Beatles habían muerto. Y, si ellos morían, moría la música. Otra vez. Como cuando murieron Buddy Holly y Ritchie Valens. Como decía *American Pie* y como cantaba Don McLean.

La música, en diciembre de 1980, había vuelto a morir.

* * *

La segunda noticia fue todavía peor para Lisa. La conoció el 24 de junio de 1981, también por un teletipo: «La modelo Suki Poitier, conocida por sus relaciones personales con varios miembros de los Rolling Stones, falleció ayer en un accidente de tráfico ocurrido en una carretera del sur de Portugal. La modelo y su esposo, el empresario de Hong Kong Robert Ho, con el que tenía dos hijos, regresaban a casa después de una cena con la madre de Ho cuando...».

Lisa no pudo seguir leyendo.

Suki, su amiga Suki, siempre perseguida por la desgracia hasta que la alcanzó. Suki, quien a pesar de tener una profesión y una carrera, al final solo sería recordada, como decía el teletipo, «por sus relaciones personales» con algunos de los Rolling. Suki, a quien toda la vida ocultaron tras las sombras de los que tenía alrededor y a quien no dejaron ser ella misma...

Recordó sus palabras cuando la conoció. Entonces, a finales de 1966, le dijo que, si pudiera dar marcha atrás al reloj de la vida, le habría sujetado las manos a su novio, Tara Browne.

«Para que no pudiera girar el volante y así habría sido yo quien habría perdido los sesos, porque era yo quien lo merecía...».

No, ella no lo merecía, nadie merecía eso. Pero la vida, que a veces es un chiste macabro, terminó accediendo a sus deseos.

Lisa estrujó el teletipo. Se había enterado de la muerte de su amiga por la prensa. Y se acordó también de los Beatles muertos y de la canción que John escribió y por la que le acusaron de burlarse de la muerte de Tara movido por los celos de Paul: «I read the news today, oh boy...».

Sí, la vida, redonda como el mundo, a veces es un chiste macabro.

Para 1982, Lisa ya era la jefa de la sección de «Local News» y mano derecha de Ricky. No faltaron las bromas de sus amigos sobre el tándem perfecto: él, con un parche en el ojo, y ella, con apellido de pirata.

Sospecho que Ricky intentó alguna vez que el tándem profesional se convirtiera en personal, pero debió de desistir enseguida. El corazón de Lisa no era de Lisa. El corazón de Lisa salía volando de su pecho cada domingo, cuando lo lanzaba al aire y volaba invisible a través de las rejas cerradas. Y es imposible dar lo que no se tiene, por más que alguien intente conquistarlo.

Muchos años después, con todo el material que recopiló para aquel artículo sobre nuestros domingos junto a la Verja y que no pudo usar por falta de espacio, además de con su propia e íntima experiencia, Lisa Drake publicó su primer libro: *Our Sundays*.

El segundo fue una novela y se tituló, simplemente, *Suki*.

AUDREY

Mi querida amiga Lisa:

Te escribo de nuevo ahora que he regresado a La Paisible. Ya sé
que recibirás mi carta dentro de un mes como mínimo, esa idiotez
del cierre de la Verja está durando demasiado, aunque me consta
que algunas cosas se mueven. Confío en que pronto alguien se vuelva inteligente por fin y acabe con la situación de Manuel y tuya, que
sigo sin entender todavía.

He pensado mucho en vosotros. Lo hago constantemente, en realidad, no solo en los últimos tiempos. Siempre dices que yo te salvé la
vida y yo siempre te contesto que no es así, que nos la salvamos mutuamente, que el viento nuevo que me entró en el alma al conocer a
Vicente, a Manuel y a ti disipó parte de la neblina que llevaba dentro.

Me quedaron otras, lo reconozco, pero esas son las que estoy
dispuesta a limpiar en breve. Por eso te escribo, para contártelo.

El divorcio con Andrea ha sido largo, pero ya está consumado.
Se acabó, Lisa, se acabó. Quiero respirar y ser libre, sin llorar por
las noches y sin que mis hijos me vean hacerlo.

Quiero deshacerme de todas las neblinas. Y creo que la industria
del cine es otra de ellas, aunque también haya sido mi pasión. Si lo
analizo bien, lo mismo que los hombres de mi vida.

Sí, estoy pensando muy seriamente en abandonar el cine. La
última película me ha dejado un sabor agridulce. Es *They All Laughed*,

aunque no todos reímos, como dice el título. La terminamos el año pasado. Dulce sabor por dos razones: una, porque he coincidido en ella con Ben Gazzara y no he sentido nada, absolutamente nada; si quiso hacerme daño en algún momento, ha fracasado. Ben no era Vicente, aunque yo lo buscase en él. Y dos, porque en ella he podido trabajar con mi hijo Sean, que tiene un papel muy divertido. No sabes cuánta felicidad me ha dado eso.

Pero también agrio, porque hemos sufrido una tragedia. Fíjate, con ese título y el que más ha llorado ha sido su director, mi amigo Peter Bogdanovich. Durante el rodaje se enamoró de una de las actrices, una chica encantadora llamada Dorothy, y cuando ella trató de dejar a su marido, él la mató y la violó, en ese orden, y después se suicidó. Es una historia de horror que, por más que se repita constantemente, no deja de partirme el corazón primero y enfurecerme después. Si fuera Dios, no lanzaría fuego contra Sodoma y Gomorra, sino contra quienes aman mal, porque hacerlo mal no es amar. Amar mal es el peor de los pecados, porque amar mal es peor que odiar. Y el primero que ardería sería el asesino de la pobre Dorothy.

Más desgracias han ocurrido en mi vida. Mi madre ha empeorado con una nueva apoplejía y el año pasado murió mi padre. Fui a Dublín para despedirme, pero no sabes cuánto me dolió comprobar que seguía siendo el ser de hielo que recordaba. Murió una semana después de que me fuera. Me contaron que partió acordándose de mí y pronunciando mi nombre. Sin embargo, yo me pregunto cada noche por qué no lo hizo en vida, si tuvo medio siglo de oportunidades.

Además de furiosa con quienes no saben amar, también estoy muy triste. Los golpes me llegan por cada lado al que me dirijo. Estoy destrozada, pero intento hacer todo lo mejor que puedo. Solo que ya siento que me quedo sin fuerzas, estoy abatida.

Lamento no poder darte noticias alegres, Lisa, pero después de escribirlas en esta carta que leerás dentro de mucho tiempo, cuando seguramente yo ya tenga nuevas neblinas en el alma, me siento mucho más aliviada.

Vuestra historia, la del amor inquebrantable entre Manuel y tú, es para mí como un lago apacible en el que me gusta navegar cuando me puede la tristeza.

Hazlo tú también cuando tengas un ratito, por favor, mándame una carta que dé la vuelta al mundo, como esta, pero cuéntame de vosotros.

Sois mi lago tranquilo.

All my love always,

AUDS

EMIL

A Emil le diagnosticaron cáncer de colon a finales de 1982, cuando no había cumplido aún sesenta y ocho años.

No le dijo nada a su hija. El único que supo algo, y no todo, fue Tony Balloqui, con quien había retomado la amistad después del 74 y de la fractura de mi brazo mientras jugaba con su nieto. A ambos les volvió a unir el resentimiento con sus respectivas familias, que estaban educando a sus hijos, o sea, a Max y a mí, en el olvido de lo malo vivido.

—Valiente *fucking* educación —se decían el uno al otro—, si es que hasta hablan español en casa. Que nosotros lo hagamos pase, porque loro viejo no aprende a hablar o, en nuestro caso, a dejar de hacerlo, pero ellos que son jóvenes...

—Pues tendrán que hablar en inglés sí o sí, porque ahora ya pocos quedan que les entiendan en español —se contestaban el otro al uno.

Solo Tony supo de su enfermedad y solo él lo acompañó a cuantas consultas fueron necesarias. Todos los médicos coincidían en que podían operarlo para aguantar un año como mucho, pero que la situación era terminal.

—El Saint Bernard es buenísimo, Emil, pero una cosa te voy a decir. —Tony bajó mucho la voz—. Sé que ahora España está dando algún permiso suelto para salir por motivos que ellos llaman «humanitarios».

579

—¿Y qué me quieres decir con eso? —ladró Emil.

—Pues que en Algeciras hay un oncólogo de primera, ¿no te acuerdas, *mate*? El que trató a aquella doña Sole que era amiga de tu suegra Pepa. Ahora trabaja allí, eso me han contado.

—Sigo sin ver adónde quieres ir a parar.

—Qué cabeza dura eres, hijo, si está más claro que el agua. Yo te consigo un permiso de esos humanitarios y te llevo a que te vea el médico de doña Sole. No pierdes nada por tener una tercera opinión.

—¿A España?, ¿ir yo a España…?

A España, eso era lo que le decía su amigo. A la trinchera enemiga. Al mismo sitio del que había tenido que salir humillado hacía catorce años con una chaqueta cubriéndole la cabeza, insultado por un generalucho de pacotilla y un banquero engreído que quería hacerle creer que le debería la vida para siempre.

Balloqui tardó una semana en convencerlo de que España ya no era esa España, era otra. Y de que la otra España, por mucho que les doliera, era más grande que Gibraltar. Médicos había, todos los que quisiera. No tenía mucho que perder, ya no, y tal vez ganase algo.

Pasaron los dos una semana así, con Balloqui acumulando razonamientos a favor y Emil negándolos con la cabeza. Hasta que al cabo de esa semana dejó de moverla. Y solo fue una semana porque, para casos como el de Emil, el tiempo corría el doble de rápido que en una persona sana.

Ese fue el argumento definitivo. Solo así pudo persuadirle Tony Balloqui y únicamente al advertirle de eso consiguió que, aunque a regañadientes, fuera a Algeciras.

MARIQUILLA

A Mariquilla no le gustaba nada que la sacaran de su casa de la calle Cervantes de Los Barrios. Era una casita baja y encalada, de una sola planta, lo más parecido que su hijo encontró a la que tenía en Ronda. No era un palacio, pero ya se había acostumbrado a ella después de seis años.

De fuera de sus cuatro paredes le molestaba todo: el sol en los ojos y esa humedad pegajosa, más acusada todavía allí, en Algeciras, adonde la había traído ese día Manuel. Estaba al borde del agua, que sí, que muy bonitas serían las vistas, pero a ella aquel sitio le dejaba los pulmones encharcados, con lo estupendamente que se respiraba en la serranía. Qué se le iba a hacer, más valía tener a su hijo cerca que respirar bien, así que, si había que tragar aire mojado, se tragaba.

Manuel la había llevado a la consulta de un médico nuevo en el hospital Punta de Europa, uno muy bueno que, según le prometió, la ayudaría a terminar de recuperarse del todo. Ya no necesitaba la silla de ruedas. Andaba con muletas y eso era mucho más de lo que nadie predijo después de la embolia. Quizá habrían contribuido también en algo unas pastillas amarillas que le había dado el loquero. Mariquilla sabía que la medicación le relajaba todos los músculos del cuerpo, pero, a cambio, la dejaba tan aturdida que hacía tiempo que ni siquiera hablaba con su hermana. Era un precio demasiado alto y, no obstante, se las tomaba obediente.

Así que allí estaba ella, en Algeciras, para que el médico nuevo hiciera su magia, a ver si podía dejar de una vez por todas las muletas lo mismo que dejó la silla de ruedas.

Esa mañana de finales de noviembre, después de la consulta y con una caja nuevecita y sin abrir de pastillas en el bolso, Manuel le pidió a su madre que lo esperara en la cafetería del hospital, porque él tenía que acercarse un momento al centro de Algeciras para recoger no sabía qué papeles que le hacían falta. Qué orgullo de hijo, a punto de acabar una carrera y de las más difíciles.

El hospital llevaba funcionando solo cuatro años y era un lugar que daba gloria, todo tan limpio y tan nuevo. Además, no estaba al borde del mar, así que se respiraba un poco mejor allí dentro. Que tardase lo que hiciera falta.

Mariquilla pidió un café con leche y un suizo. Una enfermera se ofreció a llevárselo a la mesa, porque la pobre mujer no tenía manos suficientes con las muletas.

—Gracias, hija, Dios te lo pague, corazón mío.

La cafetería estaba a rebosar. Mucha bata blanca, mucho niño gritón y mucha silla de ruedas; menos mal que ella ya no necesitaba la suya.

Mira, por ahí entraba otro cojo como ella, si es que en un hospital nada más que los médicos están sanos. El cojo buscaba mesa y no la encontraba, pero Mariquilla estaba sola en la suya y con tres sillas más vacías. Se temió lo peor.

Ni siquiera le pidió permiso. El cojo quitó de malos modos el bolso de Mariquilla que descansaba en una de las sillas y lo puso en otra. Después, dejó en la mesa un vaso de Duralex con su plato de un golpe y, sin mediar palabra, se sentó.

Mariquilla ya estaba a punto de ponerle de hoja perejil, qué modales eran esos, hombre, al menos podía preguntar, cuando le vio el cuello. Llevaba pajarita. Después, lo miró a la cara. Tenía un bigote cano y el ceño fruncido.

Él, era él. No podía ser nadie más que él. Más viejo y arrugado, pero él.

MARIQUILLA Y EMIL

Lo mismo, exactamente, pensó Emil.

Sus guedejas eran más blancas y había mermado un poco, aunque hasta el momento solo la había visto sentada. Pero esa cara de mal café, como si la hubieran despertado de la siesta con un petardo... Era ella, la matutera.

Ninguno de los dos se anduvo con preámbulos.

Empezó él.

—Vaya, vaya, vaya, pues sí que da vueltas la vida.

—Usted que lo diga, quién me iba a contar a mí que aquí...

—¿Anda usted enferma o algo?

—¿Y usted? ¿Anda perdido o algo, que ha cruzado la cancela y eso que está prohibido? ¿O es que Gibraltar ya es español y yo no me he enterado entodavía?

—No, señora, gracias a Dios, español no es. ¿Qué pasa? ¿La han abandonado a usted en este bar a ver si la recoge alguien? Que me han contado que en España se estila mucho lo de dejar a los perros en las gasolineras y si te he visto no me acuerdo. Igual hacen lo mismo con los viejos.

—A mí no me ha abandonado nadie ni yo voy perdiendo hijos, como otros.

—¿Qué hijo se me ha perdido a mí?

—La suya, la Lisa esa. Una perdida.

Emil ni siquiera se molestó en contradecirla.

—Sí, a mí la Lisa esa hace tiempo que se me perdió, pero ya sabrá que tenemos una nieta a medias usted y yo, ¿no?

—¿La pequeña bastardita? ¿Y cómo está la criatura? ¿Ya anda?

—Y también corre, señora, que ha cumplido trece años. Pero, si cree usted que me va a hacer daño porque la llame bastardita y cosas peores si quiere, va lista. A mí ya solo me hacen daño los médicos, y ni a esos creo que les voy a dejar que me lo hagan ya.

Los dos callaron y bebieron sus cafés. Emil se manchó el bigote con el cortado. Mariquilla sorbió con mucho ruido y el dedo meñique enhiesto, como siempre que estaba delante de gente fina.

Se miraron. Los años los habían tratado como se merecían, pensó cada uno del otro.

—Ya, dice este… Si de mi edad debe ser usted y entodavía nos queda mucha vida.

—Le quedará a usted, señora mía, que a mí me han desahuciado.

—¿Desa… qué?

—Que me muero, señora, que me muero. Quieren operarme y que lleve una bolsa pegada a la tripa llena de mierda, total, para aguantar un año o menos. Vivir así no va a ser vida.

—No tiene usted cara de estar medio muerto. Que no digo yo que no esté mañana muerto entero, pero hoy ni medio.

Los dos volvieron a mirarse y, por algún motivo que a ellos mismos les sorprendió, se hicieron gracia y se sonrieron levemente. ¿Cuánto hacía que no sonreían? No el uno al otro, que eso no había ocurrido jamás. Cuánto hacía que no sonreían en general. Es lo que se preguntaron.

—Y dígame, mister Emilio…

Cuánto hacía que no sonreía y cuánto que no oía a nadie llamarlo mister Emilio, cuánto…

—Pregunte usted, doña María.

—¿Sabe usted que por su culpa mataron a mi Raimundo? Que no se lo digo a las malas, que ya ha pasado tanto tiempo que me se hace como si eso le fuera pasado a otra. Solo es pa que lo sepa.

—¿Por mi culpa? Ni *fucking* idea de lo que habla.

—Pues de que le dijo usted a las monjas dónde se escondía, y por allí andaba un chivato de los civiles con la oreja puesta, y aluego fueron y lo mataron. Todo porque usted lo cascó.

Emil se quedó pensativo.

—Ah, ya... Ya me voy acordando. ¿Y dice que había uno por allí escuchando?

—Eso mismo es lo que digo.

—Rebollo... ¿no era un tal Rebollo?

—El que vestía y calzaba, espero que ya no lo haga más nunca y esté chamusquina en el infierno.

—¿Y cómo sabía yo dónde estaba su marido?

—Pues yo me pregunto tal que eso también, que cómo lo sabía usted.

—Espere, espere que haga memoria... —Emil la hizo de verdad y no le costó hurgar en ella, porque era lo más sano que tenía en el cuerpo—. Me acuerdo, claro que me acuerdo, ya sé. Su marido estaba escondido en una cueva, no recuerdo el nombre, pero sí que usted misma se lo contó a mi mujer, Connie, y le dijo el lugar exacto y todo, por eso me enteré yo, que la oí. ¿No cae en la cuenta? A ver si va a ser usted la que no se acuerda de lo que se tiene que acordar.

Mariquilla sintió un escalofrío.

—¿Yo? ¿Fui yo la que se lo largó a su señora...?

—Usted misma. Si no, a ver de dónde me lo iba a sacar yo. ¿Así que eso es lo que tiene usted guardado contra mí? Pues míreselo bien, doña María, que si su marido está muerto tenemos repartida la culpa, pero recuerde que la suya fue la primera, así que es la más importante.

«Pa que veas, Mari, que en esta vida no todo es blanco y negro, que las monedas tienen dos caras y que lo mismo que se viene la noche no ha habido entodavía una sin que le llegue la mañana». A Mariquilla le pareció estar oyendo otra vez a su hermana Toñi.

Tuvo que limpiarse una lágrima que se le escapó del ojo derecho. Lo hizo con la manga de la camisa negra que llevaba, todavía de luto por el primer Manuel y por Raimundo, el marido que ella había matado, al que había delatado en una indiscreción con la que se había dejado viuda a sí misma.

A Emil la conciencia le dio un vuelco con aquella historia de su mentira sobre la matutera, que acababa de recordar hasta el último detalle. Claro que sabía cuál era su parte de culpa, mucha. Y, aunque tantos años después había conseguido con un poco de labia que a esa pobre mujer el rencor se le hubiera dado la vuelta y hubiera virado los dardos para clavárselos a sí misma, le dio pena. Trató de cambiar de tema y de paso quitar hierro a todo aquello.

Volvió a mí como asunto de conversación.

—Venga, mujer, vamos a hablar de otra cosa. Pregúnteme lo que quiera de la nieta que tenemos, que yo se lo digo.

—Pues no sé... ¿se encuentra bien?

—Si se refiere a si está sana, como una lechuga. No he visto nunca a nadie triscar como ella por todos los peñascos de la playa. Se rompió un brazo a los cinco años y lo que no sé es cómo no se ha roto el cuerpo entero y varias veces desde entonces.

—Me alegro mucho. —Otro sorbo de café, ¿qué le estaba pasando dentro que de repente había sentido una alegría rara si lo de Raimundo la había dejado achatada contra el suelo?—. ¿Y la niña es... está...?

—¿Feliz? Usted quiere saber si es feliz.

—Eso mismo.

—Pues, mire usted, en Gibraltar todos somos felices porque no tenemos que mirarlos a ustedes a la cara, que si nosotros no podemos salir, mejor es que ustedes no puedan entrar.

—Y dale Perico al torno, coño ya con lo de la piedra esa... La niña, cojones, que me hable usted de la niña.

—La niña... pues la verdad es que podría ser algo más feliz de lo que es ahora. Su madre la adora, trabaja mucho, la mima demasiado, creo yo, pero...

—Pero ¿qué?

—Pues que le falta su padre. —Emil se sorprendió a sí mismo diciéndolo, lo hizo sin pensar, era la primera vez que una verdad así salía de su boca.

Y Mariquilla, en lugar de reprochárselo, bajó los ojos.

—Eso va a ser culpa mía. —¿Lo había dicho ella? Tantas verdades aquella mañana... debía de ser cosa de las pastillas—. Mi hermana decía que yo tengo a mi hijo acogotao, pero si no se fuera ido de Ronda la suya...

—Lisa se marchó porque yo la llamé. Su madre se había suicidado.

—¿Se había qué...?

—Se había quitado la vida. Se tiró por un risco y se mató.

Mariquilla tragó saliva y, de pronto, notó los ojos calientes.

—¿Se mató?

—Se mató.

—¿Tirándose abajo?

—Abajo se tiró, sí, señora.

Mariquilla calló unos segundos. Después, no pudo evitar que le cayera más llanto, pero esta vez eran lagrimones como puños que rebotaron sobre la mesa.

Y por fin, al igual que las lágrimas, le salieron las palabras a borbotones.

—Qué hijaputa soy, pero qué hija de la grandísima puta soy, como me llamaba la Antonia... Y yo todos estos años diciéndole a mi Manolo que me tiro, que me tiro como te vayas con la lagartona, y la lagartona sufriendo en la piedra, encerrada y pensando que me iba a tirar como ya se fuera tirado su madre, y yo ahora lo voy entendiendo todo, y que mira que me lo decía mi Antonia, que si me tengo que tirar que me tire, pero que eso de andar acojonando pa na era de mala persona, lo que pasa es que ahora ya no me habla, no me dice más na la Toñi, ay, Jesús crucificado, y mi Manolo no me lo contó, porque si me lo fuera dicho...

Aquella mujer desvariaba, pero Emil, asombrosamente, no había perdido el hilo. Entendió todo lo que dijo e incluso se permitió intervenir con un arranque de sinceridad.

—Ea, no se martirice tanto que no fue solo su culpa, doña María. Ahora que esto se termina ya no me da vergüenza contarlo, porque yo también tuve mi parte.

—¿Usted, que se piensa que no ha roto un plato y anda con la vajilla entera hecha migas? No sé yo. Tan malo como lo mío no será, endeluego.

—Igual o peor. Yo le dije a mi hija que, si se iba con el suyo, le quitaba a la niña.

Otra vez la vergüenza les hizo apartar los ojos y volvieron a concentrarse en los cafés.

—Pues sí que es una cabronada, no le voy a decir a usted que no.

—Usted, que se tira de un puente o de lo que sea, y yo, que les rompo a los dos por la mitad quitándoles lo que más quieren.

—Pero… ¿en verdad que fuera sido usted capaz…? O séase, ¿en verdad que le fuera usted quitado la criatura a su hija, mister Emilio?

Emil se detuvo un momento a pensar.

—Pues sí, mire usted, sí. Hasta ayer mismo, si mi hija se hubiera ido de Gibraltar, habría tenido que irse sin la cría. No habría vuelto a verla en su puta vida, todo antes que tener una nieta española, ya me habría encargado yo. Lisa lo ha sabido siempre y ni siquiera lo ha intentado. Pero eso fue hasta ayer mismo…, aunque ahora ya sea tarde.

La Búcara volvió a bajar los ojos.

Emil abrió la boca para seguir hablando, pero ella se le adelantó.

—Pues yo no estoy muy segura si me tendría tirado por un puente abajo si me se fuera ido mi Manolo. Eso es lo que me iba usted a preguntar ahora, ¿a que sí, jodío? Le digo que no estoy segura, pero lo que más susto me da es pensar que me parece a mí que sí, que le tendría dejado huérfano o como se diga si me fuera faltado otro hijo como me faltó el primero.

—Más o menos como yo, entonces.

—Ea. Usted toda la vida creyéndose la sartén y yo el cazo, pero aquí na más que habemos dos de lo mismo.

—Mala gente, doña María, eso es lo que somos.

—De la muy mala, mister Emilio.

—Vamos a ir al infierno, doña María.

—De cabeza, mister Emilio.

Silencio. Vuelta al café, que se les estaba enfriando.

—¿Quiere usted otro?

—No, gracias, que no duermo. Ya ve, me dan pastillas para que coja el sueño y yo aquí, tomando café. Si me ve mi Manolo, me mata.

Las intrascendencias sirven de mucho cuando se acaban de confesar las miserias más importantes de dos vidas que convirtieron a otras dos en más miserables todavía.

Las habían reconocido así, por sorpresa, sin haberlo planeado siquiera. Que esos dos, sentados ante sendos cafés en la cafetería de un hospital, habían sido los artífices de mucho sufrimiento.

El de sus hijos y el de ellos mismos, que se habían declarado mutuamente enemigos irreconciliables sin que ninguno hubiera hecho méritos suficientes para ganarse el galón. Con el paso cambiado en la vida, enfrentados el uno al otro sin siquiera conocerse bien. Y, no obstante, se las habían arreglado para unificar sus fuerzas en la distancia de forma que ambos, en un dúo sincronizado, consiguieron el mismo resultado: que dos personas que se querían llevaran más de trece años separadas.

Allí estaban, en la cafetería del hospital Punta de Europa, una y otro admitiendo la conspiración eterna de quienes no conocen el amor o hace mucho que lo olvidaron.

Mariquilla, que no era culta, que ni siquiera sabía leer y que tomaba pastillas, tuvo un momento de lucidez: «Tanto dar por culo por miedo a que me se fuera muerto como el primer Manuel y al final tenía razón mi Antonia, lo he matado en vida. ¿Y para qué, Señor, para qué?».

Emil, que sí era culto, pensó lo mismo, pero lo hizo recordando el diálogo final del epílogo de *Romeo y Julieta*: «Ellos solo buscaron el amor, el odio ajeno los llevó a la muerte. ¿Y ahora dónde están los enemigos? ¡Qué maldición, Montesco, Capuleto, ha caído en el odio que sembrasteis...!».

Lo recordó en español. Shakespeare, en español. Un sacrilegio.

Se dio cuenta tarde de la jugada que le había hecho su buena memoria. Citar a Shakespeare en aquel momento era reconocer que se había comportado con su hija como un malvado de drama teatral, y hacerlo en español era la señal más clara de que todos sus principios, por los que tanto había luchado en la vida, se le estaban desmoronando ante la llamada de la muerte.

* * *

Salieron juntos del hospital, Mariquilla un poco mareada. Ella le dijo que prefería andar para que le diera el aire fresco en lugar de esperar a Manolo allí sentada, y Emil se ofreció a acompañarla un trecho solo, tampoco mucho, que su amigo Tony le aguardaba al otro lado de la Verja y ya llegaba tarde.

Todavía no se sentía segura con las muletas, le habría gustado tener la silla de ruedas, ese día le hacía falta. Mierda del cojo, que la había puesto a pensar, se dijo. En que ella era quien había delatado a Raimundo sin saberlo, en lo mal que se había portado con su propio hijo, en que no conocía a su nieta, en que se pasó la vida insultando a una pobre chica que tuvo una madre suicida y que no hizo más que querer a su Manolo tanto como lo quería ella.

A lo mejor no era tarde todavía. Iba a decírselo al niño en cuanto viniera a recogerla: «Que ya está, Manolillo, mi alma, que te juro por todos mis muertos que no hago ninguna tontería y que te puedes ir con tu lagartona y con tu bastardita, que me dejes, que me muero cuando me toque y me muero bien, por las buenas, que tú tienes que vivir, mi alma, vivir, eso que no te he dejado hacer yo nunca y ajolá no haiga sido demasiado tarde...».

¿Y Toñi? ¿Dónde andaba Toñi? ¿Por qué ya no venía a verla? ¿Por qué no le hablaba, por qué no le daba consejos, por qué no la llamaba hija de la grandísima puta, que es lo que realmente había sido durante toda su vida? «Antonia, mi alma, ¿dónde estás, con lo que yo te necesito?».

Lo que sí necesitaba con urgencia era una pastilla de las del loquero para tranquilizarse. La última.

Se detuvieron los dos, Emil y la Búcara, en medio de la carreterilla que llevaba al puerto mientras la mujer buscaba y rebuscaba en su bolso esas píldoras que hacían milagros, Valium se llamaban, le dijo a su acompañante, para que el hombre viera que había cosas que ella sabía y él no.

Emil tuvo paciencia. Sujetó las muletas mientras ella revolvía entre pañuelos arrugados y monedas escapadas de una cartera que cerraba mal y, de repente, le invadió un sentimiento nuevo, inédito para él: compasión. Incluso, tal vez, ternura. No había sentido mucho de ninguna de las dos en su vida, así que no supo distinguirlas. Pero algo parecido a ambas fue lo que le inspiró la matutera a la que hacía muchos años solo odió. Antes era una mujer de bandera con morcillas en un hatillo, pero ahora él solo veía a una anciana medio inválida que pugnaba desesperadamente por encontrar un Valium en el bolso.

Y pensó algo más, que había llegado el momento de dejar a su hija y a su nieta libres y que, gracias a aquella conversación con la española, podría hacerlo más ligero de equipaje. Hablar con ella, quién lo diría, le había servido de mucho. Entre otras cosas, para un ensanchamiento del alma y una liberación de tanta amargura como llevaba acumulada. Ahora ya le quedaba suficiente espacio libre para lo que fuera a venir a partir de ese momento, aunque tuviera que pasar lo poco que le quedaba de vida con una sentencia de muerte en el bolsillo.

Mariquilla seguía buscando, no se daba por vencida. Se le estaban desquiciando los nervios. Si Manolo se enteraba de que había perdido la caja de pastillas, iba a enfadarse mucho. Y con razón. «Si es que lo pierde todo, madre, ya está bien…». Dónde estaban las pastillas de los cojones, coño ya con la caja, y con el bolso, y con su hermana que no daba señales ni de viva ni de muerta, y con la pena, con la pena, con toda la pena, que llevaba mucha más pena que pastillas, coño ya con tanta pena…

Y, encima, el cojo imbécil mirándola todo el tiempo, ahí parado junto a ella, quieto como un paragüero sosteniendo las muletas, y ella, obligada a apoyarse en él para no perder el equilibrio mientras buscaba.

Tanto y con tanta fuerza se reclinó sobre el brazo del de la pajarita que provocó que él también se tambaleara y se le cayera una muleta sobre el asfalto.

Los dos se agacharon a recogerla como pudieron, es decir, a duras penas.

Por eso, ni la Búcara ni Emil se enteraron de que en ese mismo momento circulaba por la misma carreterilla un camión a cuyo conductor, que llevaba varias horas repartiendo Fantas y tenía en casa un bebé que no paraba en toda la noche, le había vencido el cansancio y cerró los ojos una millonésima fracción de segundo.

No lo oyeron ni lo vieron.

Emil solo vio a su hija y a su nieta por fin libres y, después, a sí mismo cruzando una frontera sin verjas.

Mariquilla vio y oyó a su hermana: «Mari, mi alma, ya era hora de que te vinieras pacá, coño, ya era hora». Por fin había vuelto Antonia, «Por fin me diriges la palabra, mi alma, por fin…».

Ya no le hacía falta el Valium. «Espérame ahí, Antonia, no te muevas, que ya voy».

YA

1982

Diciembre

Imagine
there's no heaven,
it's easy if you try.
No hell below us,
above us only sky.
Imagine all the people
living for today.

Imagine there's no countries,
it isn't hard to do.
Nothing to kill or die for
and no religion too.
Imagine all the people
living life in peace.

You may say I'm a dreamer
but I'm not the only one.
I hope some day you'll join us
and the world will be as one.

Imagine no possessions,
I wonder if you can.
No need for greed or hunger,

Imagina que no existe el paraíso,
es fácil si lo intentas.
Ningún infierno bajo nosotros,
por encima de nosotros
solo el cielo.
Imagina a toda la gente
viviendo el hoy.

Imagina que no hay países,
no es difícil.
Nada por lo que matar o morir
y ninguna religión tampoco.
Imagina a toda la gente
viviendo la vida en paz.

Puedes decir que soy un soñador,
pero no soy el único.
Espero que algún día te unas a nosotros
y el mundo será solo uno.

Imagina que no existen propiedades,
me pregunto si puedes hacerlo.
Sin necesidad de codicia ni de hambre,

a brotherhood of man.   una hermandad de la humanidad.
Imagine all the people   Imagina a toda la gente
sharing all the world.   compartiendo el mundo entero.

You may say I'm a dreamer   Puedes decir que soy un soñador,
but I'm not the only one.   pero no soy el único.
I hope someday you'll join us   Espero que algún día te unas a nosotros
and the world will live as one.   y el mundo será solo uno.

YOKO ONO y JOHN LENNON,
«Imagine», 1971

MANUEL

Cefe y Rosa Mari llegaron esa misma tarde al hospital Punta de Europa, en cuanto se enteraron. Manuel los llamó deshecho de dolor.

No hacía más que repetirse que había sido una imprudencia y una temeridad dejar sola a su madre durante una hora mientras él, ya que estaba en Algeciras, iba a la Verja para ver a Lisa. Diez minutos, le había anunciado Poeta Cabrero a Abrigo Rojo por el canal catorce la víspera. No tendría más que diez para verla, pero con esos pocos minutos podría resistir el resto de la semana hasta que volvieran a encontrarse el domingo. Mirarse de lejos y a través de los barrotes era para Ellos recargarse el alma de vitaminas con las que aguantar unos días más.

Manuel había matado a su madre. Lo pensó, lo dijo y lo lloró durante horas, abrazado a sus ropas negras manchadas de sangre y sosteniendo las muletas rotas.

Tres filas de asientos más allá en la sala de espera había otros dos hombres.

El primero parecía perdido, confuso, con cara de no saber ni quién era él y con una carpeta llena de papeles en la mano; no hacía más que preguntar a todos los empleados con bata blanca que encontraba que dónde había que firmar para poder repatriar a su amigo, que se lo quería llevar a Gibraltar cuanto antes, que su hija tenía que saberlo.

El segundo era un hombre que repartía Fantas, pero no podía dormir por las noches porque tenía un bebé que no paraba y ahora era él quien lloraba sin consuelo.

Después vino el mismo loquero, como lo llamaba Mariquilla, que la trataba a ella y, al ver a esos hombres destrozados, no supo a quién atender primero.

Entonces Cefe y Rosa Mari entraron en la sala de espera como una ventolera y, llorando con la misma intensidad, se abrazaron a Manuel. Por eso, el psiquiatra tomó la decisión de consolar antes al camionero. El huérfano estaba recibiendo una terapia mucho mejor que la suya, mejor que cualquiera contra el dolor.

—Manolillo, mi alma, que no, que no, que tú no has matado a tu madre, que ni siquiera la ha matado ese pobre hombre de ahí que ya nunca más va a volver a ser el mismo. —Cefe, el cerrajero curtido, lloraba como nadie lo había visto llorar jamás.

—Que la ha matado la vida —le daba la razón Rosa Mari—, la vida, que es así de cabrona y que no distingue.

—No ha sufrido, chiquillo, piensa en eso. Muerta en el acto. Un pum sin que se diera ni cuenta, y hala, ya está con Dios.

Cefe a veces tenía la delicadeza de un trozo de cartón, como la piel, pero Manuel agradecía todo lo que se le dijera en ese momento a cambio de no sentirse solo. Demasiado solo se había sentido ya viviendo tantos años con su madre en una ciudad extraña y con los dos amores de su vida cerca y lejos a la vez. Tan solo que también él tuvo que recurrir alguna vez al loquero de Mariquilla en secreto para que le diera un empujoncito y poder levantarse cada mañana. Era un cuidador que no tenía quien le cuidara.

Solo que lo de entonces era todavía peor, porque se había convertido en un cuidador que ya no tenía a quién cuidar.

—Ahora tienes que mirar por ti, criatura, que eres muy joven para sufrir tanto —respondió Rosa Mari a sus pensamientos—. Yo creo que a la Verja ya no le queda nada para que la abran, pero, si no la abren, coges, hablas con la actriz esa que tanto os quiere y que te ayude a llegar a Gibraltar. Y de ahí ya no te muevas por si acaso, ¿eh? Tú a partir de ahora eres libre, mi vida, libre, Manolo…

Libertad. Eso que tanto cuesta conseguir y por la que se paga un precio tan alto.

Manuel lo había hecho. Había pagado a su madre por volver a nuestro lado. Por esa razón, se dijo de nuevo, quizá fuera por eso por lo que la había matado.

¿Y cómo iba a ser un buen padre si no había sabido ser un buen hijo?

LISA

Hay leyes en la naturaleza que nadie entiende. Y no son las del equilibrio, sino de todo lo contrario, las del caos y de la incoherencia.

Su padre, un hombre fuerte, todavía joven, que podría haberlo tenido todo para ser feliz simplemente si hubiera sido capaz de amar mejor, había muerto en un accidente en el último lugar en el que ni él mismo imaginó que podría morir.

La naturaleza, que es la que nos ha creado, es estúpida.

Lisa pensaba todo eso y lloraba furiosa mientras esperaba que regresara Tony Balloqui, a quien los *bobbies* de la Verja comunicaron la muerte de su amigo y le entregaron un pase humanitario de unas horas para que pudiera realizar las gestiones necesarias.

¿Qué hacía Emil en España? ¿Quién era la mujer con la que estaba cuando fue atropellado? Y la pregunta más difícil, ¿ahora qué? ¿Cómo podría Lisa vivir si ni siquiera recordaba qué fue lo último que se dijeron? ¿Tal vez había sido en el desayuno? No, Emil no hablaba por las mañanas hasta que se tomaba tres cafés y ella no tenía tiempo para esperar tanto. ¿En la cena del día anterior? Puede. Quizá fue «Cierra la puerta, que hay corriente» lo último que le dijo a su padre. O quizá fue «Baja la *fucking* música de una vez» lo que le gritó él anoche, justo antes de irse a dormir. Hasta eso se había llevado la muerte por sorpresa: su recuerdo, su último recuerdo, ese con el que nos quedamos para siempre cuando alguien se nos va.

Lisa creía que lloraba de rabia, pero de lo que de verdad lloraba era de estupor ante la muerte inesperada.

Sin embargo, cuando más lloró fue cuando un par de médicos del Saint Bernard que le habían tratado le dijeron que su padre padecía un cáncer terminal y que, si no hubiera muerto de una forma tan trágica bajo las ruedas de un camión, y puesto que se había negado a operarse, habría aguantado apenas unos meses, pero habrían sido terribles.

En un cajón encontraron, días más tarde, un informe del hospital de Algeciras que confirmaba su desahucio médico.

Curiosamente, quien la ayudó a atar cabos fue una amiga cuya pista hacía mucho tiempo que había perdido, aunque no su recuerdo: Mariela, la pariente de una enfermera legendaria de primeros de siglo, el ángel que le sostuvo la mano cuando Lisa creyó que, tras la caída por las escaleras y los hondos barrancos, se había quedado sin vida. Mariela le contó más tarde que hacía ya tiempo, antes del cierre de la Verja, que había regresado a España y ahora trabajaba en el Punta de Europa. Y le contó más. Que la mañana de su muerte, Emil había tomado café con la mujer con muletas que también murió atropellada. La recordaba muy bien, la propia Mariela la ayudó a sentarse y le llevó el café y el suizo a la mesa. Es decir, las dos víctimas se conocían de antes, no fue casualidad que terminaran juntas bajo el mismo camión. Una auténtica conmoción para todos los que trabajaban en el hospital, ninguno lo olvidaría.

Eso le contó Mariela mucho después, cuando Lisa ya sabía quién era la mujer que murió junto a Emil, pero Manuel y ella desconocían por qué estaban juntos, y esos fueron los cabos que entonces, por fin, quedaron atados.

Pero el día de la muerte de Emil, su hija lloró todo eso sin saber aún lo que lloraba. Y ni las caricias ni los consuelos ni los abrazos de todos los Balloqui, de Ricky y de sus colegas del *Chronicle* consiguieron secarle ni una lágrima.

Ni siquiera mis besos.

MARIQUILLA

A la Búcara, la muy clásica, tradicional y reaccionaria María Martínez Palmar, no le dieron cristiana sepultura, sino que le aplicaron el modernísimo método de la incineración porque así lo había ordenado ella en vida.

Y, por si cabía alguna duda, lo dejó dicho en un trozo de papel que grapó a la tapa de la carpeta azul con gomas en la que Toñi le metía siempre los documentos importantes, como escrituras, testamentos y los recibos que ella no podía leer, pero que debía guardar para los que vinieran después. En ese trozo de papel le pidió a su hermana que escribiera su instrucción postrera, la que no podría dar a nadie de viva voz cuando ya no estuviera: «Me quemen, gracias».

Muchos se escandalizaron en Ronda cuando supieron que Mariquilla había regresado de Algeciras en una urna del tamaño de una jarra. ¿Cremación? Eso era un billete al infierno de cabeza y sin escalas, dónde se había visto. Puede que así quisieran morirse los ateos de la capital, pero ¿en Ronda...? La democracia, aquello era cosa de la democracia, seguro, que no había traído nada bueno, con lo decente que se vivía con Franco y lo bien que se moría uno después.

Mariquilla había oído hacía mucho tiempo hablar de incineración en el inglés y enseguida supo que eso era lo que ella querría cuando le tocara el turno. Por dos razones: una, para que no la enterrasen viva, que eso ya pasó con más de uno cuando la guerra. Dos, porque quería dormir el sueño eterno junto a Raimundo. Pero su marido no estaba sepultado en campo santo, sino bajo un quejigo junto al Guadalevín que solo Toñi y Manuel, que lo supo ya adulto, conocían. Lo llevaron hasta él a duras penas las dos hermanas la noche que se les murió en la calle San Francisco para que nadie volviera a saber más nada del comandante Velorio y las dejaran a las dos vivir en paz.

Pues allí, y no en una tumba ni en un nicho, quería ella descansar para siempre. Y no había otra forma de hacerlo que convertida en cenizas. Desde que se enteró de que a los muertos se les podía quemar, Mariquilla rezó para que, cuando fuera ella el cadáver, pudiera arder en una pira y luego ser extendida bajo el mismo quejigo de Raimundo en forma de cenizas.

Todo eso significaba aquel escueto «Me quemen».

El día que Cefe y Manuel, sin nadie cerca porque a nadie se lo dijeron, fueron al lado del río con la urna, los dos se dieron cuenta con tristeza de que acababa de quemarse su propia historia, por muy zafia, bruta, obcecada y terca que hubiera sido la que la escribió.

Esparcieron el polvo grisáceo bajo el árbol. Hacía frío. Empezaba a llover, el invierno se anunciaba duro. Entonces Manuel se acordó de otro otoño como ese junto a Bobby y le dijo a su amigo el herrero:

—Ahora, vámonos a Ca Paco, que te invito a una ronda de mistela.

Cefe no le entendió, pero obedeció al chaval. Lo quería como al hijo que le habría gustado tener con la burra de Mariquilla. Por eso supo que aquello no era una frivolidad, conocía demasiado bien al niño para pensarlo siquiera.

Levantaron los dos sus vasos.

—Por Mariquilla —dijeron a coro, casi en un susurro, ante la mirada crítica de la parroquia, que no tardaría ni dos segundos en ponerlos de vuelta y media en cuanto abandonaran el local.

—Por la Búcara —repitieron tres veces más.

Y por Eleanor Rigby.

Y por todos los que merecen ser recordados después de muertos.

Y por los que lo merecen pese a no haber sabido querernos, y por los que con su cariño nos hicieron más daño que bien en la vida.

Y por que dejemos de estar todos condenados a cometer siempre los mismos errores, sobre todo los del amor, que son los que más duelen.

EMIL

A Emil lo incineraron una mañana, a las nueve en punto.

El hombre no había dejado más instrucciones que las que contenía un sobre cerrado que siempre descansaba sobre el mostrador de la librería encima de dos libros, sin que nadie supiera lo que había dentro. Nosotras nos enteramos al abrirlo. Era un papel que solo decía: «Incinérame con los dos y de lo demás pregúntale a Balloqui».

Por «los dos» supusimos que se refería a los libros, una edición de *An Excellent Conceited Tragedy of Romeo and Juliet* de 1616, el mayor tesoro de su librería, y un ejemplar de *Romeo y Julieta* en traducción al español de Pablo Neruda publicado en 1964 por la editorial Losada.

Y ya está. Esas eran sus últimas voluntades, dos auténticas y gigantescas metáforas que nosotras siempre veíamos ahí, en el mostrador, sin saber que lo eran.

Balloqui no aportó mucha más información, porque lo único que él sabía era dónde estaban los papeles, sobre todo los del título de propiedad de la cabecera del *Calpe Mirror*.

Ninguna otra indicación más de Emil por si se iba de este mundo. Pero si ni siquiera planeaba irse nunca de Gibraltar. Con tales ideas se martirizaba Lisa y martirizaba la memoria de su padre mientras veía el horno arder.

Lisa todavía estaba enfadada con Emil. Con él y, sobre todo, consigo misma. ¿Cómo no se dio cuenta de que estaba enfermo?

Tanto tiempo viviendo juntos y sin compartir nada, ni siquiera una despedida.

Lisa estaba enfadada con el hombre que la había obligado a irse de Madrid sin volver a ver al chico del que se había enamorado, el hombre que le había quitado a su primer hijo de un bofetón junto a unas escaleras que fueron sus hondos barrancos, el que la había privado de madre porque la mujer no pudo resistir tanta soledad y tanto desamor, el que había dejado a su propia hija vacía por dentro al hurtarle también a su segundo retoño, todavía hija de su propio abuelo y de una mentira infame...

Todo eso tenía contra él y nada de eso podía quitarse de la cabeza mientras lloraba y veía su cuerpo arder. Todo y más. Porque también era el hombre que había sufrido una durísima evacuación, que había regresado a la Roca para que ella pudiera tener un lugar al que llamar hogar y que, a su manera, había dedicado la vida a defender la ciudad en una de las etapas más difíciles de la historia gibraltareña y en uno de los momentos más oscuros de la española, aunque eso le hubiera torcido el camino rumbo a la inquina en lugar de a la concordia.

A Emil, el cierre de la Verja le clausuró también el corazón. Murió sin haber tenido tiempo de abrirle el cerrojo.

Pero su hija seguía enfadada. Y tardaría mucho en que se le pasara el enojo.

Creo que esta vez sí que fui yo quien pudo deshincharle el globo de la irritación. Lo hice al salir del crematorio y tomarla de la mano.

—Mami, esta noche hablamos con papi, ¿vale?, y se lo decimos.

Lisa estaba en otro mundo y tardó un rato en regresar a mi lado.

—¿Le decimos qué, reina?

—Que, ahora que *dada* está en el cielo, ya puedo volver a ser su hija, ¿no?

LISA Y MANUEL

El 7 de diciembre era martes. Ese día, Cefe y Manuel volvieron juntos de Ronda a Los Barrios. El cerrajero se había empeñado en acompañar al chico en su regreso para ayudarlo a recoger las cosas de Mariquilla. El niño tenía que dejar esa casa de malos recuerdos, donar todo lo que no quisiera y llevar para Ronda el resto.

—No me llores tú, Manolillo, que todo lo que ha pasado va a ser para bien. Tú estas Navidades las pasas con tu Lisa, ya lo verás.

Las calles estaban efervescentes. Algo ocurría.

Hacía menos de una semana que Felipe González había sido investido nuevo presidente del Gobierno de España, el tercero desde que había democracia. Los rumores de que la Verja se iba a abrir aumentaban.

Ya lo había prometido en San Roque el nuevo vicepresidente, Alfonso Guerra, cuando solo era candidato, el segundo de Felipe: lo primerito que los socialistas planeaban hacer cuando llegaran al poder —no si llegaban, porque eso ni ellos mismos lo dudaban— sería dar vueltas al candado.

Cefe y Manuel preguntaron a los vecinos y eso fue lo que les dijeron.

Lisa hizo lo mismo, pero ella, que llevaba los genes de su padre aunque algunos no le gustaran, no se lo creía.

El mismo martes 7 de diciembre de 1982, a la misma hora que Cefe y Manuel cruzaban de nuevo el umbral de la calle Cervantes,

607

nosotras arrojábamos las cenizas de Emil al Estrecho, justo enfrente del faro.

Milagrosamente, no había viento. Las cenizas volaron en vertical y cayeron al agua con placidez.

Un final que ni al mismo Emil le habría gustado. Seguro que habría preferido una buena levantera, para que el polvo en el que se había convertido se resistiera por última vez a su sino final.

«Si es que ni pa morirnos valemos, hijo de mi vida, que mira lo poquillo que abultamos hechos cenizas…», le dijo Mariquilla para darle la bienvenida al mismo lugar al que ella había llegado un rato antes.

LA VERJA

Lisa y Manuel, por fin, se convencieron. La Verja se abría. Era la noticia de ese diciembre, días antes de Navidad.

Los enterados la analizaban al detalle. De hecho, no había tertulia sin un enterado que lo explicara con mucha enjundia: la reja cerrada era un obstáculo a la permanencia de España en la OTAN, en la que había entrado hacía apenas unos meses, y otro muy grande a su admisión en la Comunidad Económica Europea. A Felipe y a Alfonso les iba a costar mucho convencer a sus correligionarios de partido de quedarse en la primera, porque el «no» a la OTAN había sido una de sus banderas hasta hacía bien poco. Sin embargo, entrar en la segunda era el paso necesario para dejar atrás el franquismo y en eso estaban todos de acuerdo. Que a España se le abrieran las puertas del club de los demócratas del Viejo Continente podría ser el mejor pie con el que empezar el mandato.

Pero para eso había que abrir la Verja —lo primerito, ya lo dijo Guerra—, porque era una de las condiciones que ponía el Reino Unido, crecido tras su victoria en las Malvinas, para no vetar a España en Europa.

Trece años y seis meses llevaba cerrada. Lo que no sabía nadie era lo que se iban a encontrar al otro lado.

Porque el pueblo de Gibraltar ya no era el de 1969, el pueblo amigo con una vía de doble sentido que se abría cada día para permitir que las familias y los que se querían continuaran abrazándose o bailando sevillanas en sus fiestas y que los trabajadores del lado pobre encontraran empleo y sueldos aceptables en el próspero.

Desde luego, lo que hubiera detrás de esa Verja tanto tiempo cerrada sería toda una sorpresa.

* * *

El 14 de diciembre de 1982, ese era el día.

El muro de Berlín seguía en pie y, sin embargo, el de La Línea iba a caer. Se convocó a la prensa, a las televisiones de medio mundo y a personalidades escogidas, aunque decidir estas últimas no fue tarea sencilla.

El momento culmen de la noche de la apertura sería la imagen de la llave girando en el candado, y se decidió que la mano que lo hiciera fuera la del gobernador civil de Cádiz.

El problema estaba en que no había candado. El responsable de Aduanas, que había soportado gritos e insultos durante trece años de quienes no podían ver a sus familiares del otro lado, se lo había llevado.

—Si quieren pasar, que pasen. Pero sin el teatrito este de la llave y la cerradura.

El gobernador civil, que no tenía ninguna gana de estar allí ni de salir en la foto aunque obedecía órdenes, vio el cielo abierto.

—Pues nada, se deja abierta, se entra y ya está.

—Pero ¿qué dice usted, con todo lo que tenemos montado aquí? —le respondió airado alguien del Gobierno de Madrid—. Si no hay vuelta de llave ni foto, no se abre esta noche.

El gobernador mandó traer uno nuevo, pero nada. Vuelta a la llave hacia la derecha, vuelta a la izquierda, y el candado nuevo tampoco se abría.

—Menudo ridículo estamos haciendo…

El gobernador sudaba. Se le ocurrió algo que había visto alguna vez en las películas cuando a alguien le daba un infarto y se buscaba un médico en la sala:

—Señoras y señores, atención, por favor, ¿hay aquí algún cerrajero...?

Se adelantó un hombre alto, enjuto y muy serio. Muy raro, como si fuera de cartón, pero parecía saber lo que hacía. Empujó suavemente la llave con una mano sin que llegara hasta el fondo, al mismo tiempo que elevaba el candado con la otra solo un poco. El chisme hizo clic y la Verja se abrió. Así, sin forcejeos y con la mayor delicadeza. Clic y ya.

Hubo unos segundos de silencio y al instante las doscientas personas presentes aquella noche estallaron en un aplauso.

Primero aplaudieron a Cefe, que no había sonreído ni una sola vez, pero había obrado el milagro. Después, aplaudieron para dar la bienvenida a lo que llevaban tanto tiempo esperando, que el sentido común venciera a la obstinación y que la convivencia se elevara por encima de las rencillas históricas o geográficas.

La Verja estaba abierta.

Habían pasado trece años, seis meses, seis días y media hora desde que se cerró.

* * *

Trece años, seis meses, doce días y siete horas desde que Lisa se fue de Ronda. De ellos, ocho años, cuatro meses y cinco horas desde que Lisa y Manuel se vieron y se tocaron por última vez.

La noche del 14 de diciembre de 1982 —en realidad, ya el día 15 por culpa de un candado que no se abría— un río de gente cruzó gritando de alegría la que había sido una Verja infranqueable. Había curiosos y periodistas, había botellas de champán descorchándose en cada rincón, una pancarta con un gigantesco BIENVENIDOS A LA LÍNEA desplegada por una asociación de vecinos e incluso una tuna cantando «Clavelitos», pero sobre todo había un pueblo llano buscando jubiloso a los que hacía mucho dejaron al otro lado.

No faltó quien al día siguiente denunció que todo había sido un montaje, que a los que estaban allí aquella noche los había llevado el

Gobierno para hacer bulto y para actuar en una pantomima preparada con antelación. Eso dijeron y eso escribieron.

Algunos en España consideraron aquello un tremendo error, una capitulación ante la Inglaterra que les había estado burlando durante siglos, especialmente en los últimos tiempos, usando a Franco como simple excusa, porque, según muchos recordaron, la Verja estuvo cerrada casi tanto tiempo en democracia como antes de ella sin que Gran Bretaña hubiera hecho el más mínimo gesto de acercamiento o de resarcimiento por las muchas ofensas perpetradas contra la integridad territorial española. Eso dijeron y eso escribieron.

Lo mismo que otros en Gibraltar, solo que al revés. En el lado del Peñón, lo que se dijo fue que la Verja se abría tarde, demasiado tarde, cuando los gibraltareños habían descubierto ya que se podía vivir, y muy bien por cierto, sin el vecino español. Que no lo necesitaban. Peor aún, que renegaban de él, que jamás le perdonarían el cierre, que el rencor ya había hecho nido. No había más que contemplar a «todos esos paletos», cita textual de algunos periódicos, saltando de alegría la noche anterior al cruzar una simple raya, cuando ni tenían ya familiares en la Roca ni la habían pisado nunca antes, porque lo único que querían era comprar su tabaco con impuestos reducidos. Eso dijeron y eso escribieron.

Pero yo solo digo y escribo lo que vi.

Vi a gente llorando, pero llorando de verdad, a cada lado de cada verja. Gente que se abrazaba, que se quería, que se había necesitado mucho, que se había añorado más, que no se había olvidado y que había pasado muchas horas de su vida en los últimos trece años soñando con ese momento.

Eso es lo que vi y eso es lo que escribo.

Y vi algo más. Nos vi a nosotros.

Por primera vez, nos vi de verdad.

NOSOTROS

No se dijeron nada, para qué.

Se besaron despacio, muy despacio. No tenían más prisa que la de pasar el resto de su vida juntos.

Después se miraron de cerca y a los ojos.

Lo que yo creí que vieron era lo que estaba viendo yo, que Manuel seguía siendo muy alto y que ya tenía las sienes plateadas, la piel morena, varias arrugas que no recordaba alrededor de la boca y la nariz, una expresión más triste y menos risueña, los ojos brillantes, como de vidrio, y el cuerpo, delgado, quizá demasiado, con el vientre tan hundido que parecía doblado en ángulo por la mitad y aun así se elevaba al cielo por encima del gentío. Y que Lisa ya no era la caña frágil que Manuel conocía, sino una belleza morena de carnes generosas; vestida de negro y elegante, como siempre, pero con ropas más holgadas; las mismas arrugas que Manuel, aunque en sitios diferentes, ojos también brillantes, sonrisa también perfecta y mirada también triste.

Eso es lo que yo creí que vieron.

Pero lo que en realidad encontraron el uno en el otro fue a la otra mitad de sí mismos. No se vieron las arrugas ni la delgadez extrema ni la carnosidad nueva. Se vieron como eran, dos enamorados que tenían mucho que recuperar, concretamente ocho años, cuatro meses y cinco horas, y toda la vida para hacerlo.

Lo que Ellos vieron fue algo que no habían visto antes: libertad para amarse.

* * *

Después me tocó el turno a mí.

Dios mío, qué guapo era mi padre, pensé cuando se puso de rodillas para que sus ojos quedasen a la altura de los míos. Qué guapo y qué triste.

Me abrazó tan fuerte que la trenza se me deshizo. Y qué, seguí pensando, aquel hombre era mi padre, el de verdad, no ese abuelo-padre de mentira que tuve y que apenas me dirigió la palabra mientras vivió, aunque yo sabía que en el fondo, a su manera, me quería. O eso traté de creer durante trece años.

Allí estaba mi padre-padre verdadero. El que me había dado el lunar en forma de guisante junto a la oreja. El hombre del que hablaban todos y cada uno de los discos de Lisa. Era el buen hijo que ahora empezaría a ser el mejor padre del mundo.

De todo eso me di cuenta yo con aquel primer abrazo y también con los besos en el pelo, en la frente y en las mejillas de después.

Así que eso era tener un padre-padre de verdad, un señor que me quería con besos y abrazos, igual que una madre.

Y así que eso era tener una madre feliz. Porque, de entre todo lo que sucedió aquella noche asombrosa del 14 al 15 de diciembre de 1982, lo que más me sorprendió por novedoso y jamás visto fue la alegría en la expresión de Lisa.

En ese instante aprendí que es posible encerrar el corazón durante ocho años sin que explote. Aquellos dos, aún jóvenes y sin embargo con tanta historia detrás, me lo estaban enseñando.

Me lo dijeron a mí y se lo dijeron a sí mismos por enésima vez cuando despertaron juntos el 15 de diciembre de 1982.

—No he tardado ni un momento, ¿lo ves?

—Sí, solo ha sido un momento, porque la vida empieza hoy para nosotros.

—Dime que nada, ni una reja ni nada, nos va a volver a separar...

—Nada.

—Ni nadie.

—Y nunca.

—Jamás.

De entre las muchas enseñanzas que recibí de Ellos a lo largo de los años, aquella fue la que más agradecí, que diecisiete años de amor, uno de felicidad y tres días de espejismo, que todo eso no es nada comparado con la eternidad.

LA ETERNIDAD

1982-hoy

When I get older losing my hair
many years from now,
will you still be sending me a Valentine,
birthday greetings, bottle of wine…?

If I'd been out till quarter to three,
would you lock the door?
Will you still need me, will you still feed me
when I'm sixty-four?

Cuando me haga viejo y pierda el pelo,
dentro de muchos años,
¿seguirás enviándome una tarjeta por San Valentín,
felicitaciones de cumpleaños, una botella de vino…?

Si salgo hasta las tres menos cuarto,
¿me cerrarás la puerta?
¿Seguirás necesitándome, seguirás dándome de comer
cuando tenga sesenta y cuatro años?

THE BEATLES,
«When I'm Sixty-Four», 1967

LISA Y MANUEL

Lisa y Manuel tenían treinta y siete años el día que se reencontraron en plenitud, después de haberse conocido cuando comenzaban a vivir, a los veinte, en un concierto de los Beatles en Madrid. También tenían un hijo que se les quedó sin nacer a los pies de una escalera y una viva que, aunque les salió un poco alocada y contestataria, los amó y admiró hasta su último aliento.

Y después tuvieron, al fin, una vida, que era todo con lo que en esos diecisiete años soñaron cada noche. Volvieron a ser Ellos con mayúscula, como si nunca los hubieran desgajado.

Yo misma me diluí en su todo, aunque para eso fue necesario que Manuel, ya casado al fin con Lisa, me adoptara. Era el único modo de que Emil dejara de ser mi padre oficial. Una broma más del destino. Otra.

Pero, cuando quedé inserta en ese grupo especial que eran Ellos, me sentí importante. Formaba parte de algo irrompible. Yo misma también me volví irrompible, incluso el día que me fui de casa para cometer sola mis propios errores y aprender a vivir con mis soledades.

Aun entonces, ya sabía que Ellos seguirían siendo Ellos y yo a su lado, porque, por muy lejos que me fuera y por muy alto que me llevaran las alas que me dieron, jamás estaríamos solos.

El amor nos había vuelto invulnerables.

Mi padre, después de mucho tesón y estudios, llegó a ser jefe de producción de la fábrica de Acerinox.

Aún me emociono al recordar su ilusión. Me hablaba de su trabajo y, nunca supe cómo, conseguía arrancar poesía de lo más prosaico del mundo, la fabricación de acero inoxidable.

—Si es que el acero es un milagro, mi niña Reina. —Siempre me llamó así, porque, me decía, eso es lo que significa mi nombre, Regina—. Milagro es que una cosa salga de otra y que salga completamente distinta y mejor. Por ejemplo, de tu madre y de mí has salido tú, que eres un milagro, lo mejor del mundo, mucho mejor que nosotros. Pues de la chatarra cocida sale el acero. Y, si encima le metemos cromo y algunas cosas más, nos sale inoxidable. ¿Sabes lo que significa eso, mi alma? —Yo negaba con la cabeza absolutamente absorta y encandilada por la descripción del milagro—. Pues que es invencible porque el oxígeno no puede con él, que no, que no lo oxida, porque es lo que hace el oxígeno, como su propio nombre indica, que igual sirve para respirar que para comerse las cosas. Al acero inoxidable, ni hablar. El oxígeno se queda en la puerta, ni a tocarlo se atreve. ¿Y sabes qué metales son también inoxidables? —Yo volvía a negar, con la boca abierta—. Los nobles, la plata, el oro, el platino. Los mejores, los más preciosos, como tú, mi niña Reina. Solo esos son iguales que el acero, invencibles. Pero el acero, además, tiene algo que no tienen los otros, que el acero es un prodigio humano, porque lo hacen nuestras manos. O sea, un milagro. Como tú, mi vida.

Yo asentía aún boquiabierta, porque mi padre era dios, mi dios particular, el que podía hacer milagros y crear acero de chatarra, el que lo sabía todo y al que podía preguntarle cuanto quisiera, porque él siempre tendría una metáfora como respuesta.

Mi madre, a su vez, era la diosa de nuestro Olimpo familiar. Ella también lo sabía todo. Y, además, lo escribía.

A mi madre le dieron premios por ser buena periodista. Y, después, por escribir libros. Viajó por mil países, siempre con mi padre al lado, por supuesto, defendiendo causas justas, porque de las injustas ya había quedado saturada durante trece años.

Nunca perdió la amistad con José María Yagüe y cuando el Pequeño Monstruo, que ya había dejado de ser pequeño, decidió montar un museo de emisoras de radio y accesorios CB en San Roque, en el que ha llegado a recopilar más de tres mil artilugios —entre ellos, todos los que nos mantuvieron con habla en los años del silencio—, mi madre contribuyó con sus reportajes y sus editoriales a que el mundo lo conociera. Y a que aprendiera de los errores cometidos, aunque eso hace tiempo que Ellos y yo supimos que era una misión demasiado complicada. De los errores solo aprende la Gente, la buena Gente. La otra, la que no lleva mayúscula, tropieza una vez y otra y siempre con la misma piedra.

Todo eso predicó mi madre desde el *Calpe Mirror* el poco tiempo que vivimos en el Peñón después de la apertura. Era la herencia de mi abuelo que conservó con más gusto, esa cabecera que él siempre deseó reactivar algún día. Fue ella quien lo consiguió. Hizo de él un diario bilingüe, en español y en inglés, y un ejemplo de concordia y entendimiento. Además de la demostración de cómo la gente con minúscula no sabe leer y por eso malinterpretó cada una de sus páginas, tanto en España como en Gibraltar, donde hubo ofendidos de los unos y de los otros y a cada lado, como si todavía estuvieran separados por sus propias verjas, hasta que tuvo que cerrar el periódico.

Cuando terminó la vida del *Calpe Mirror*, mis padres supieron que también había terminado la que tuvieron en el Peñón. Simplemente, lo supieron.

Vendimos el 1 de Armstrong Steps por una miseria —y menos todavía nos quedó después de liquidar la hipoteca a mil años que Emil había pedido para que el *Calpe Mirror* primero y nosotras después pudiéramos ir sobreviviendo— y llegó el día en que tuvimos que abandonar el que hasta entonces había sido mi hogar.

Lo recuerdo con claridad: las ventanas cerradas que ya no volverían a ventilar nuestras habitaciones, las cortinas teñidas de azul y amarillo chillón, la araña de cristal con sus tres bombillas fundidas, la mesa de caoba de Emil sin libros...

Y el escalofrío.

Un único escalofrío que fue como una descarga eléctrica reco-rriéndonos a los tres al cerrar la puerta de nuestra casa y otro igual al entregar los papeles a los guardias de la Focona en el momento de cruzar esas dos verjas que ya se abrían sin obstáculos.

Al dar el primer paso fuera de ellas, mi madre miró atrás. Des-pués, sin una lágrima, volvió los ojos al frente. Nos sonrió, nos tomó a cada uno de la mano y los tres echamos a caminar.

Aquello, hoy me doy cuenta, sí que fue una metáfora.

* * *

Nos instalamos en Algeciras, en un pisito alegre y soleado junto al mar desde el que se veía nuestra Roca, alta, erguida y majestuosa, la dueña de los dos mares.

Así no dolía tanto echarla de menos, le dijo Lisa sonriente a Manuel cuando encontraron la casa en la que íbamos a vivir.

Mi madre trabajó en el *Diario Área* y al mismo tiempo fue corresponsal de la agencia Efe para todo el Campo de Gibraltar, que cada día producía más y más noticias jugosas. Con el tiempo, le dieron la corresponsalía fija de *The New York Times* en Es-paña, gracias a lo cual pudo, por fin, desayunar un día frente a Tiffany.

Se hizo relativamente famosa en los círculos intelectuales del otro lado del mismo mar que bañaba nuestras orillas por lo certero de sus análisis políticos y por la ecuanimidad de sus opiniones.

Hasta que la ecuanimidad dejó de estar bien considerada en el periodismo. Fue el momento que Lisa eligió para dejar de escribir para los demás y comenzó a hacerlo para sí misma.

Entonces se convirtió en escritora de libros.

* * *

Eso y otras muchas cosas más pasaron después de aquella noche de diciembre de 1982.

624

Y todas, con Ellos juntos, a pesar de que el mundo intentase separarlos de nuevo desde entonces una y otra vez. Si no pudo volver a hacerlo fue porque ya no eran débiles. Eran fuertes, más fuertes que el mundo, y jamás volvieron a soltarse las manos. Sabían que más allá de ellas todo era barranco; uno solo, pero muy hondo.

Porque lo que ocurrió en 1982 fue importante, pero nada más que un tímido amago de acercamiento. Ese año, la Verja se abrió solo para los peatones, que únicamente estaban autorizados a cruzarla una vez al día en cada dirección. No podían atravesarla vehículos ni mercancías. Hubo que esperar a que las presiones europeas, que imponían condiciones para la entrada de España en la CEE, dieran sus frutos. Así, pasaron más de dos años hasta que en febrero de 1985 se restableció el paso vehicular. Los vuelos entre Gibraltar y España se reanudaron plenamente en 2006; las telecomunicaciones, en 2007, y el ferri entre Algeciras y la Roca, en 2009.

Hoy, cuando escribo, todavía andamos a vueltas en el mundo con las condiciones sin resolver de la supresión de fronteras o la creación de nuevas. Pero pocos como nosotros comprenden el daño que hacen todas ellas. Y lo perjudiciales que son las banderas cuando no acertamos a ponérnoslas correctamente y nos sientan tan mal que terminamos tapando con su sombra la luz del sol al de al lado.

Por eso, el tiempo que Lisa y Manuel se tuvieron el uno al otro y los dos a mí, todo lo demás, las piedras, las banderas y las fronteras, no fueron más que asuntos secundarios. El amor está por encima de todo, me decían. Sin amor no hay país ni patria ni vida. Sin amor solo hay guerras y candados que se cierran.

De amor llenaron sus vidas y la mía desde entonces, no de las otras cosas. Bajo esa consigna la vivieron. Como pudieron y como supieron, pero de esa forma.

Y siempre juntos.

LOS DEMÁS

Juntos entre nosotros, pero también con otras personas que entraron en nuestras vidas, algunas antiguas para mis padres y nuevas para mí.

Como Bobby, con quien Manuel se encontró un día en la redacción del *Calpe Mirror* cuando fue a buscar a mi madre, poco después de la apertura.

En realidad, fue Bobby quien lo encontró a él.

Alguien le dio varios golpecitos con el dedo por la espalda y le dijo al mismo tiempo:

—A ver, usted..., ¿es rocker o es mod?

Manuel reaccionó de inmediato, supo quién era desde la primera palabra y se volvió emocionado. Se abrazaron y se pusieron al día.

Bobby había ido para escribir un reportaje para la revista *Rolling Stones*.

—La *Rolling*, nada menos. ¿Conoces a Leibovitz? —preguntó Manuel, neoconverso a la fascinante pasión de la fotografía desde que descubrió en un cajón olvidado la Nikon F de Lisa.

—Pues claro. Hizo mi última portada.

—¡La leche...! Has triunfado, Bobby.

—No, eso no, pero al menos sí que hago lo que quiero y eso ya es más de lo que hacía cuando nos conocimos.

Se contaron desgracias y alegrías. Bobby había encontrado su lugar en San Francisco, donde también estaba su hermana Caroline.

Para grandísima sorpresa de mi padre, allí vivía con Pura, convertida en Prue para los americanos. La chica siguió a Caroline hasta Liverpool tras su huida de Ronda y nunca más se separaron.

En San Francisco vivían todos, felices y libres.

El don de gentes y los conocimientos musicales de Bobby consiguieron que la *Rolling Stones* le encargara artículos hasta que lo nombraron corresponsal especial. Estaba en ese rincón de España porque iba tras el rastro de dos grupos: aquellos Rocking Boys de La Línea que tanto le gustaban a mi madre, que llegaron a estar en las listas por encima de alguna canción de los Beatles y que se disolvieron en 1968 sin dejar rastro, y de otros genios de la música, unos locos simpatiquísimos que se hacían llamar Micky Bautista y Los Sacrificios, oriundos de la sevillana Utrera. Bobby escribía sobre cosas así.

Después de ese día, estuvo tres años en nuestra vida, con viajes constantes a través del Atlántico. Solo tres años en los que se convirtió en amigo también de Lisa y en mi maravilloso y loco tío Bobby, el de la cabeza pelada y lisa como la de Yul Brynner, pero mucho más guapo que él.

En 1986, meses antes de que un médico de Detroit hiciera pública la famosa AZT con la que se podría empezar a luchar contra el síndrome de inmunodeficiencia adquirida, a Robert Giles, mi maravilloso y loco tío Bobby, se lo tragó la sombra oscura del sida.

＊　＊　＊

También regresó Marisol, la amiga querida de mi madre. Era una gran diseñadora de moda, había vestido en Ginebra a todos los miembros de la realeza europea que tenían mansiones a orillas del lago Lemán y ahora volvía porque quería vestir a las españolas, «Pero a las de a pie, ya estoy hartita de divas con corona, yo quiero vestir a mujeres con michelines y cartucheras, como casi todas, o sea, a las normales, como tú y como yo, Lisa».

Marisol la buscó a su vuelta de Suiza hasta que la encontró en Algeciras. Quedaron en un chiringuito de la playa y lloraron agarradas de la mano por encima de la mesa.

—Marisol, mi alma, perdón porque…

—Ni media, Lisa, ni media más. Lo pasado pasado está. Si me he venido a vivir a la casa que me dejó aquí mi abuela Sole es porque a Antoine le ha salido trabajo en Cádiz y quiero que los niños se críen en mi tierra. Así que ni media de lo que pasó entre tú y yo. A partir de ahora, solo lo que nos queda por delante.

Fue mucho.

Gracias a ella, mi madre aprendió a superar las miradas que algunos amigos de los que no lo son de verdad le lanzaban de arriba abajo y después la criticaban por detrás: «Hay que ver, con lo delgada que era… Ahora que ya tiene marido y vive en España, se ha dejado».

—Ni caso, hija, tú, ni caso. Lo que importa no es tener la aprobación de los demás. Siempre van a ver tus defectos, los tengas donde los tengas y aunque ni siquiera sean defectos, y encima te van a culpar de ellos. Lo que importa es ser tú misma y serlo para ti. Mira, pruébate esto que tengo aquí.

Me acuerdo de aquella escena, yo la presencié un día que las dos me recogieron del colegio y me llevaron al pequeño atelier de Marisol. Sacó del guardarropa un caftán negro con flores y grandes ramas en terciopelo devoré, también negras; era largo hasta los tobillos, y si te acercabas mucho veías piedrecitas brillantes, minúsculas, inadvertidas, pero que de lejos hacían que el caftán luciese deslumbrante bajo las bombillas. Una verdadera joya de alta costura. Y negro, el color más elegante, el más distinguido, el más estilizado, el color eterno. El preferido de Lisa.

—Venga, mujer, pruébatelo.

Lisa, a la que tan poco le gustaba últimamente mirarse en los espejos porque no se reconocía en ellos, lo hizo y de nuevo volvió a encontrarse. Tenían razón Audrey y Marisol, la ropa, que es lo primero que ofrecemos a los otros antes de que nos conozcan, ha de servir ante todo para reflejarnos. Y para gustarnos. Eso fue lo que aprendió Lisa de sus amigas de verdad.

Marisol también ejerció como mi tía Marisol hasta que un cáncer de mama detectado tarde se la llevó y murió como hay que morirse, con su marido y sus hijos alrededor y agarrada a la mano de su gran amiga que era mi madre.

* * *

A otros seres queridos se les fue apagando la vida a lo largo de los años, como a Antonio Marchena, que tuvo una muy larga, pero se le terminó antes de que se abriera la Verja y no le alcanzó para conocer a la pequeña bebé con asma convertida en una preadolescente de trece años.

Mis tíos Cefe y Rosa Mari encontraron al fin el amor. Se casaron en 1984. Yo estrené mis primeros tacones en su boda y eso casi me cuesta un tobillo roto. Todavía hoy, sigo prefiriendo las sabrinas de mi madre.

Cefe se jubiló con una pensión que les permitió llevar una vida tranquila. La vivieron los dos muchos años en Las Abejeras, un viñedo consolidado y generoso de buena uva garnacha donde también aprendieron el secreto de las colmenas para que, además de calmar la sed de toda la serranía con sus caldos, pudieran endulzar la vida de sus paisanos.

Cefe murió en 2005 plácidamente, en su cama, sin darse siquiera cuenta de que se moría, sano hasta dos días antes de irse y extinguiéndose como una vela, sin dolor y sin arrugas en el alma, solo las que siempre tuvo en su piel de cartón.

En la actualidad, Rosa Mari es una anciana de pelo blanco azulado cuyos besos me siguen sabiendo a miel cada vez que la visito en La Indiana.

Hubo, además, una pérdida que mis padres vivieron en primera persona, a pesar de no haberla sufrido en la familia ni en sus círculos íntimos.

Los dos estaban casualmente en Los Ángeles cuando, en noviembre de 2001, la música volvió a morir.

Pocos sabían que allí, en una casa propiedad de Paul McCartney, agonizaba George Harrison. No fue una bala, sino un cáncer y sus metástasis, pero ya no había vuelta atrás. El día que de los Beatles solo quedó la mitad, mi madre escribió el obituario más bello de su carrera porque, según me dijo, además de sentir que de nuevo se le moría un pedazo de su propia historia, estaba escribiendo sobre el momento en que otra parte de su vida, que era la nuestra, se había vuelto inmortal.

* * *

Y aún nos quedaba por recuperar y perder a alguien más. La persona más importante, la que nos cambió a todos y sin la que ninguno de nosotros estaría donde habíamos llegado a estar.

Aquella sin la que ni siquiera yo habría nacido.

Nos faltaba encontrarnos todos de nuevo con ella y nos faltaba despedirnos.

Nuestra historia tampoco habría sido la misma sin ese último adiós.

AUDREY

Jamás olvidaré el día que conocí a Audrey.

Por supuesto, no fue el mismo que ella me conoció a mí, solo que ese yo no lo recordaba cuando nos vimos de nuevo.

Mis padres y Audrey se habían escrito mucho, pero solo se habían encontrado un par de veces desde que se abrió la Verja y en países que no eran este en el que vivíamos. Y nunca conmigo al lado.

El día que la conocí yo tenía diecinueve años y ella aún no había cumplido los sesenta.

Fue un día diferente a cualquier otro de mi vida, como lo había sido para mi madre veinte años antes. Audrey tenía el don de convertir en distinto lo normal y hacerlo especial y único. Imborrable e inolvidable.

Yo estudiaba segundo curso de Filosofía y Letras en la Universidad de Cádiz, pero estaba de vuelta en casa de mis padres por las vacaciones de Semana Santa.

Audrey llegó a España a finales de marzo de 1988. Había pasado un fin de semana en Marbella, invitada a un acto al que no podía negarse, un compromiso de los pocos que le iban quedando, pero no quiso alojarse en el hotel de Hohenlohe. Marbella, nos contó, ya no era lo que había sido ni lo que ella conoció.

—No quiero fiestas con vendedores de armas ni con gigolós en busca de viudas ricas ni con actores falsos que no han hecho ni una sola película ni con jeques que llevan a sus mujeres atadas con cadenas de oro ni con mujeres a las que no les importa que las lleven otras y que incluso buscan a alguien que se las ponga a ellas… No, no quiero nada de eso. Allí solo me queda Deborah y a ella la veo donde quiero y cuando quiero. Ya no existe la Marbella de hace veinte años, ahora es otra cosa.

Así que nos invitó a visitarla en su nuevo alojamiento. Había descubierto un hotel pequeño en Estepona, al borde mismo del mar y en la desembocadura del río Guadalmansa, rodeado de juncos y pinos. Era un edificio de dos plantas pintadas de blanco y albero por las que trepaban las buganvillas, como en Santa Catalina, y estaba a unos veinte kilómetros de Marbella, en un lugar que parecía pertenecer a otro planeta en el que la rotación se había detenido.

Allí no había fiestas. No había bullicio ni lujos ni excesos ni escaparates para el dinero y el boato. Solo había paz.

Nos esperaba en la terraza del hotel, sobre la misma arena del mar. Tuvimos que descalzarnos para llegar hasta ella.

Cuando mi madre y Audrey se abrazaron después de tantos años sin hacerlo, yo, que nunca las había visto juntas aunque había pasado toda mi infancia escuchando sus historias, me sentí llena de burbujas que me subían y bajaban por el pecho. Era verdad, se parecían como dos gotas de agua y eso que eran distintas como la noche y el día.

Audrey era un mujer alta y delgadísima, con arrugas que enmarcaban en ondas concéntricas unos ojos de expresión infinita. Mi madre, lo mismo, aunque ya con un cuerpo distinto al de la actriz. Pero eran iguales, un par de almas bonitas abrazadas, con los pies descalzos y el corazón desnudo. Allí estaban las dos.

—Te veo guapísima, Lisa, no ha pasado el tiempo por ti.

—Tú sí que sigues siendo una mujer gloriosa. —Mi madre hablaba con el corazón—. ¿Yo? Mírame, abulto el doble que tú. Voy camino de convertirme en Connie… en otra *whale* del Estrecho, como la llamaba mi padre.

Manuel puso cara de fastidio y no se reprimió.

—Si alguien llama ballena a una mujer, lo único que hace es insultarse a sí mismo y tu padre eso sabía hacerlo muy bien.

No soportaba ese tipo de comentarios ni que mi madre no se gustase tanto como le gustaba a él, si seguía siendo una diosa, la que vio por primera vez en una plaza de toros y a la que desde entonces adoraba.

Lisa y Audrey volvieron a abrazarse, una vez y otra más. Se querían, eso lo vi claro. Y también vi que Audrey quería del mismo modo a Manuel, al que rodeó con sus brazos después con la misma ternura.

Acto seguido se acercó a mí. Me acarició el contorno del rostro, me levantó un poco la cabeza y me sonrió.

—Así me imaginé siempre que serías, mi pequeña Reggie. Con la belleza y el espíritu de tus padres. No los pierdas jamás.

Me abrazó también. Fue un abrazo caliente. Decía mucho y lo decía en un lenguaje desconocido, pero, no sé por qué, comprensible. Recibí el don de lenguas con aquel abrazo.

Sentí su calidez toda la tarde mientras charlábamos los cuatro frente al océano inmenso. Seguí sintiéndola cuando, a medida que avanzaba la conversación, descubrí un mundo nuevo acerca de mis padres y también de mí misma.

No dejé nunca de sentir ese calor. Todavía lo llevo conmigo.

* * *

—¿Y cómo están Sean y Luca?

—Hechos unos hombres maravillosos, son mi orgullo. —Se volvió hacia mí—. Luca es más o menos de tu edad, Reggie.

Levantó la mano para pedir la merienda.

—¿Café o té? Aquí tienen una tarta de queso con mermelada de fresa riquísima, no podéis dejar de probarla.

—No, Auds, yo no quiero…

Era la frase habitual de mi madre cuando se hablaba de azúcar. Mi padre y yo conocíamos esa voz.

Audrey se inclinó sobre ella y, tomándole las manos, le habló a los ojos.

—¿Recuerdas *Breakfast at Tiffany's*? Aquí creo que lo titularon con algo de diamantes, ¿no?

—Pero ¿cómo no me voy a acordar, mujer, si esa fue la primera vez que te vi y el día que decidí que quería ser como tú?

—Pues te equivocaste, porque eres tú misma y eso es mucho más importante. A eso voy, ¿sabes a quién quería Truman Capote como actriz? Él era el autor de la novela y decía que solo él sabía cómo tenía que ser Holly.

—¿Capote no te quería a ti? ¿Y a quién quería entonces? Porque no creo que pudiera pensar en nadie mejor que tú.

—Capote quería a Marilyn. Ella sí que era voluptuosa y deseable. Pero yo, todo lo contrario. Ya me ves aún —abrió los brazos y se irguió un poco para mostrar su cuerpo delgado—, no tengo pechos ni caderas, mis dientes son raros, tengo la mandíbula más angulosa de lo que debería para no dar miedo a los hombres, soy un saco de huesos y demasiado alta, a más de uno he avergonzado a pesar de llevar siempre zapatos planos. Debe de ser que les gusta mirarnos desde arriba, si vieras lo mal que me trató Humphrey Bogart…

Los tres la contemplábamos y no podíamos creer lo que oíamos, era como si Audrey estuviera describiendo a una persona distinta.

—Sí, Lisa, Hollywood me hizo pagar muy cara mi infancia. Soy así porque tuve raquitismo y otros males, pero lo que se contó entonces en la industria fue que yo era anoréxica. Ya ves tú, ¡con lo que me gusta la tarta de queso con mermelada de fresa!

Reímos, aunque todavía faltaba la explicación de lo que quería que mi madre entendiera.

—Pero Hollywood no lo consiguió.

—¿Qué fue lo que no consiguió?

—Que me viera como tú te ves ahora. Yo querría tener tu piel perfecta, sin arrugas, y también tu cuerpo, Lisa. Y posiblemente tú el mío, ya lo sé. Pero, aun cuando consiguiéramos cambiarnos la una por la otra, las dos sufriríamos si antes no aprendiésemos a vivir en paz con nosotras mismas. Por dentro, quiero decir. La elegancia nace de ahí, no se lleva por fuera.

—Auds te está diciendo que eres muy hermosa, mi amor. —Mi padre intervino acariciándola.

—Y que, para serlo, solo hace falta un espíritu elegante. Como el tuyo —concluyó Audrey.

Mi madre no dijo nada. Solo sonrió y levantó la mano, igual que lo había hecho antes su amiga, para pedir al camarero:

—Una ración de tarta más, por favor.

Volvimos a reír. La tarde prometía, pensé.

* * *

—Te hemos seguido, amiga querida —le dijo Lisa cuando terminó de comer la tarta que mejor le había sentado en su vida—, pero no queríamos molestarte, con tantos viajes y tantos compromisos. Lástima que no te hayamos visto demasiado en el cine últimamente.

—No, ya te dije que iba a dejarlo. Acabo de rodar una película con Spielberg, el de *ET*, ya sabes. Solo un papel pequeñito y será el último. Ya está. He acabado con eso… también.

—Qué gran pérdida para todos, pero lo único que importa es tu felicidad.

—Esa es huidiza, Lisa, vosotros lo sabéis mejor que nadie. La que tienes un día al siguiente se te escapa sin que te des cuenta.

—Pero eres feliz ahora con Rob, ¿verdad?

—Digamos que soy bastante feliz. Sosegadamente feliz, diría yo.

—Cuánto me alegro, Auds. Por fin…

—Sí, Robby es un buen hombre, lo quiero muchísimo, lo compartimos todo. Pero…

—¿Pero…?

—Pero ha llegado tarde a mi vida. Si lo hubiera conocido antes… Siempre he buscado un amor como el suyo. En realidad, siempre he buscado amor. Es lo más importante.

—Tú siempre has tenido a mucha gente que te quiere a tu alrededor.

—Ya, no. Ahora tengo la necesaria. Me he despedido de la que sobraba. Los que adulan son otra cosa. Esos no quieren, solo tienen intereses.

La gente con minúscula, así la llamaban mis padres.

Audrey siguió:

—Y hablando de esto mismo, quería contaros algo en persona. Es la razón por la que os he pedido que vengáis hasta aquí. Bueno, por eso y por abrazaros una vez más, claro.

Estábamos intrigados. Audrey tomó un sorbo de té, respiró hondo y comenzó:

—Ya os dije en mi última carta que el pasado octubre estuve en Macao, ¿verdad?

Lisa asintió.

—Leopold, un primo de mi madre que fue embajador holandés en Portugal, me pidió que asistiera a un concierto a beneficio de Unicef y que diera un discurso. ¡Yo, un discurso! No soy política, Dios me libre, ni oradora.

—Tú hablas mucho mejor que todos los políticos y oradores que conozco —la interrumpió Manuel.

—¿Tú crees, querido…? —La sonrisa de Audrey siempre conseguía bañar de luz el rostro de mi padre, eso me contaba él y eso pude comprobar aquella tarde—. El caso es que, mientras escribía lo que quería decir ante aquel auditorio maravilloso, me di cuenta de que, si la vida sirve de algo, debe ser para ayudar a los que menos tienen y no hay nadie que tenga menos en todo el mundo que los niños pobres. Son incluso más pobres que sus padres. Nacen pobres y lo más terrible es que la mayoría están condenados a tener hijos pobres y después a morirse pobres.

Se emocionó y tuvo que detenerse. Volvió al té para recomponer la voz.

—Mirad, yo lo he dejado todo por amor. Primero amé a hombres que no me amaron y al único que me amó, vosotros lo sabéis —hablaba de Vicente, de quien mis padres nunca más volvieron a tener noticias y a quien recordaron de nuevo aquel día—, tuve que dejarlo marchar de mi vida. Pero el verdadero amor, el que no me ha fallado nunca, es el de mis hijos. En Macao, al escribir aquel discurso, decidí que voy a dedicar los años que me queden a conseguir que el resto de los niños de este planeta tengan lo que mis hijos tuvieron.

Lisa estaba llorando y Manuel tragaba saliva.

—La noche de aquel concierto —continuó Audrey—, recibí la mejor oferta de trabajo de mi vida. Me la hizo Jim Grant, el director de Unicef, y la he aceptado.

—Sea la que sea, vas a ser la mejor para el puesto. ¿Cuál es, Auds?

—Voy a ser embajadora. La nueva embajadora de Buena Voluntad de Unicef. Y ya os he dicho que es la mejor oferta de mi vida, me van a pagar un dólar al año. Nunca soñé con ser tan rica.

* * *

Atardecía sobre el Mediterráneo. Era un día muy claro que permitía ver la Roca a lo lejos.

Todos callamos, porque hay emociones que se estropean con las palabras. Audrey nos había abierto tanto la mente que preferimos dejar que entrara el soplo del viento marino en silencio.

Fui yo quien rompió el embrujo y lo hice mal, a destiempo, tímidamente y al más puro estilo de fan adolescente, es decir, trabándome y con mi lenguaje de entonces:

—Alucino con lo de la Unicef, Audrey, con las ganas que tenía de conocerte, que tus películas molan cantidad, y mis padres hablándome de ti todo el tiempo, o sea, pero todo el rato, siempre hablándome de ti, y ahora es todavía mejor, o sea, lo de los niños, verás, mis amigas van a alucinar en colores como yo cuando se lo diga, porque es que ahora que ya no eres actriz te admiro mucho más, te lo juro...

Mis padres no estaban seguros de que Audrey me hubiera entendido del todo. Pero yo sabía que lo había hecho, porque volvió a sonreír con los ojos húmedos y a acariciarme de esa forma tan singular como me había acariciado un par de horas antes.

—Gracias, preciosa, pero no busco admiración, nunca la he querido—. Se dirigió a Lisa y Manuel—. De vosotros solo quiero que me conozcáis.

—Te conocemos, Auds —repuso enseguida Lisa—, hace mucho que te conocemos y por eso te admiramos, hasta Regina te admira, ya lo has oído, que alucina… ¿cómo ha dicho?, en colores, que alucina en colores de lo mucho que te admira.

—No, no, no me conocéis del todo. Aún tengo que contaros algo más.

Callamos. El sol se había puesto, comenzaba a asomar la luna. El Peñón seguía allí, inmóvil, lejos, cerca.

—Cuando me llevé a Reggie de Ronda, hace diecinueve años, no fui directamente a Gibraltar…

Mi madre la interrumpió:

—Mi querida Audrey, lo que hiciste entonces está aquí hoy, con nosotros —mi madre me acarició—, tiene diecinueve años y es la alegría de nuestros ojos. Eso es lo que hiciste, Auds, eso es por lo que te estaremos siempre agradecidos y por lo que jamás dejaremos de quererte.

Audrey quiso volver a hablar, pero Lisa no la dejó. Para impedírselo, le tendió un paquetito que traía guardado en el bolso. Era una caja anaranjada con ribetes negros con la que yo la había visto salir de casa aquella tarde, aunque no quiso decirme qué era. Lo que hubiera allí dentro también iba a ser una sorpresa para mí, de forma que abrí los ojos tanto como Audrey.

—Hace tiempo me contaste la historia de un abrigo rojo que no he olvidado nunca —le dijo mi madre con mucho misterio—. ¿Me dejas que sea yo ahora quien te cuente a ti otra antes de que veas lo que hay dentro de la caja?

Nos confundió a los tres. Mi madre era así, una retórica sin remisión, aunque siempre con un propósito que, al final, dejaba conmocionados a sus oyentes, que suspiraban aliviados cuando lo entendían todo.

Empezó por los lotófagos, los habitantes de una de las tierras extrañas por las que Ulises perdió el rumbo hacia Ítaca en *La Odisea*. Según Homero, se alimentaban de las flores del loto.

—Las flores debían de ser alucinógenas, porque, cuando los marineros que Ulises había enviado a explorar aquel país comieron lotos, se engancharon tanto a ellos que se negaron a volver con su líder. Lloraban pidiendo quedarse. Así que el bueno y paciente de Ulises, una vez más, tuvo que atarlos al barco para curarlos de la adicción y llevarlos de vuelta a casa...

Audrey sonrió.

—Ya sé lo que estás tratando de decirme. Y hasta me imagino lo que hay en la caja...

No existía nada relativo a la moda que no supiera aquella mujer exquisita.

Acertó. Envuelto en papel finísimo, casi transparente, encontró, tal y como suponía, un soberbio *carré* de seda de Hermès con uno de sus estampados emblemáticos, un Fleurs de Lotus diseñado por Christian Vauzelle. Era de una belleza primorosa y delicada, un ramillete de flores de loto en tonos bronce, coral y rosa viejo, dispuestos en una cuadratura del círculo perfecta, otro de los milagros de Hermès.

—Tú has sido mi Ulises. Tú me ataste al barco y me salvaste de las flores de loto —le dijo Lisa.

Las dos se miraron profundamente y se comprendieron mejor que nunca.

—Gracias, amiga mía... —Audrey se había quedado sin palabras, no era capaz de decir nada más.

—Gracias a ti, querida. El día que te conocí fue el más importante de mi vida. Y creo que ahora muchos niños del mundo van a decir lo mismo que yo —le aseguró Lisa besándola en la mejilla, lo mismo que un día hizo Dios.

Hubo más risas, sonrisas, besos y lágrimas, hasta que, por fin, nos despedimos de ella con alegría.

Se marchaba a la mañana siguiente a Suiza y, algunos días después, a Etiopía. Quedamos en vernos todos de nuevo en Estepona y frente a una tarta de queso durante alguna de sus escalas entre los países a los que iba a dedicar sus energías.

El día que yo la conocí fue el primero de su nueva vida.

Pero también el último de la antigua que pudimos vivir a su lado.

Los siguientes cuatro años fueron frenéticos para Audrey.

Recorrió América, Asia y toda África predicando la verdad: que no hay mayor tesoro para la continuidad de la especie que los niños, y que no hay supervivencia de la infancia sin educación. Solo con educación se consiguen carreteras, escuelas y hospitales, no se cansaba de repetirlo.

No le importaba hacerlo incluso adentrándose en jardines que pocos se atrevían a cruzar por miedo a las críticas. «Países como Vietnam o como Cuba tienen un porcentaje mayor de gente con formación que incluso Estados Unidos, y hay infraestructuras. Se recuperarán por sí mismos», decía, sin miedo a las ideologías, en las entrevistas. África y la América deprimida, en cambio, no. En los continentes olvidados hay guerras y genocidios, y los niños mueren de la forma más evitable posible: por inanición. Lo decía en voz muy alta y clara.

En mi imaginación, viajé con Audrey a Venezuela, Ecuador, México, Sudán, Tailandia y Bangladesh, mientras que Robby y ella lo hacían en aviones militares, sentados en sacos de arroz o de arena y conscientes de que podían ser objetivo de los misiles en tierra. Supe también que Audrey había aprendido a pilotar avionetas para poder transportar comida de un país a otro con mayor rapidez, y que cada discurso que daba ante cualquier organismo que la llamase, porque a ninguno decía que no, se traducía al instante en miles, incluso millones, de dólares en donaciones.

Pero del mismo modo supimos que realizaba jornadas agotadoras de trabajo incesante, sin dormir ni descansar, a veces en zonas de guerra, bajo las balas y en constante alerta. Y que, a pesar de haber sido tan cuidadosa siempre con la calidad de su alimentación, estaba comiendo poco y mal, en muchas ocasiones comida insalubre y sin garantías.

—Peor comen estos niños y mucho peor comí yo cuando tuve que sobrevivir a base de tulipanes —respondió a quien se lo preguntó entre viaje y viaje y durante una de los cientos de entrevistas televisadas en la que creí distinguir alrededor de su cuello un *carré* de seda que lo cubría de flores de loto en colores coral, bronce y rosa viejo.

Después, llegamos junto a ella a Somalia en 1992.

Hicimos el recorrido completo a su lado, mis padres en su piso de Algeciras y yo en una habitación de La Viña gaditana con tres estudiantes. No la dejamos sola ni un instante.

Fue su último viaje.

Había enfermado de un cáncer raro, poco conocido. Dijeron que fue de colon, pero no era el mismo que había tenido mi abuelo. Siempre creímos que su cuerpo lo contrajo ayudando a que otros sanasen.

Cuando el 20 de diciembre de ese año regresó a su casa de Suiza, ya muy enferma, estaba en serio riesgo de sufrir una peritonitis mortal en cualquier momento.

Pero era fuerte. Vivió un mes más.

Tuvo tiempo de escribirnos unas letras. Venían en un sobre perfumado y dentro de una caja anaranjada con ribetes negros.

Mis queridos Lisa, Reggie y Manuel:

Que la vida era corta lo supe desde que creí perderla bajo las bombas de la guerra siendo muy pequeña. Pero después he visto que no es exactamente así, tenemos tiempo suficiente. Unos más que otros, pero todos tenemos tiempo suficiente. Eso es lo que siempre traté de explicarle a mi querida amiga Germaine antes de que saltara al vacío desde una ventana, mi pobre Capucine. Que amar es para lo que sirve el tiempo. Que solo si no amamos lo habremos vivido vacío y no habrá valido de nada tenerlo, aunque sea mucho. Ahora dicen de mí que me estoy yendo demasiado pronto. No, no es así. He tenido tiempo suficiente para amar a mis hijos, amar a mis amigos y amar a millones de niños. Para conocerlos a todos sí que me habría gustado tener tiempo suficiente, pero tú me enseñaste, Lisa, que la felicidad absoluta no existe. Yo soy una feliz relativa, como tú dices también. Me voy en el momento en el que me tocaba irme.

Os doy las gracias por haber estado en mi vida. Seguid viviendo felices, vosotros sí, absolutamente felices y unidos. Siempre juntos. Y no me olvidéis nunca.

All my love always and forever,

AUDS

P. S.: Lisa, te envío el pañuelo de Hermès que me regalaste con tanta generosidad. No te lo estoy devolviendo, solo te lo dejo en custodia. Estas flores de loto, que han iluminado mis últimas horas, cuentan nuestra historia. Ahora es solo tuya, recuérdame en ellas.

* * *

La muerte de Audrey fue el golpe más duro que nuestra familia tuvo que sufrir después del cierre de la Verja.

Pero la obedecimos. No solo no la olvidamos, sino que procuramos seguir sus pasos.

Durante muchos años, hasta que las fuerzas se lo permitieron, Lisa y Manuel emplearon muchos de sus días libres y vacaciones en colaborar con el Fondo Audrey Hepburn que sus hijos, Sean y Luca, crearon para dar continuidad al legado filantrópico de su madre.

Cada vez que conseguían ahorrar lo suficiente, mis padres viajaban a los mismos países que pisó Audrey y, con su trabajo como voluntarios, procuraban llevar el mismo mensaje que ella, aunque, por supuesto, de forma mucho menos pública y sin cámaras ni testigos. Que la vida de un niño es el futuro del mundo; que cuidarla con educación y bases sólidas es dar dignidad y permanencia a la humanidad entera, y que, por el contrario, dejar de hacerlo, es decir, dejar de amar, es su perdición.

Después, al regreso de cada viaje, de la pluma de Lisa salían artículos que conmocionaban las conciencias y revolvían los corazones, porque lo que escribía, estaba segura, era lo que Audrey habría querido leer si hubiera seguido viva.

Children. Ese fue el título, dedicado a todos los niños de Audrey, del tercer libro de Lisa. Una historia de amor, como ella misma lo describió, en el que recopiló sus escritos de aquellos días y por cuyas páginas todavía hoy revolotea el espíritu generoso de su amiga.

Sí, la obedecimos en todo y fuimos embajadores de la embajadora, de su amor infinito por los niños, por el mundo y por la vida.

Y no, no la olvidamos.

Dos años después de que se fuera de nuestro lado, en 1995 y para celebrar el centenario del cinematógrafo de los hermanos Lumière, Gibraltar emitió una colección de sellos con el rostro de Audrey. Nunca se lo pregunté a Lisa, porque no me hizo falta. Vi claramente su mano en aquellas estampas. Mi madre todavía tenía suficiente influencia y autoridad moral en su ciudad, a pesar de vivir lejos de ella, para conseguir eso y mucho más.

Sí, obedecimos a Audrey en todo.

También yo, que he tratado de seguir su ejemplo y el de mis padres, aunque con una vocación altruista imperfecta y mucho menos prolífica que la de Ellos. Pero lo he intentado, incluso cuando me fui de su lado y después regresé, y después volví a irme, y después ya ni siquiera supe dónde estaba.

Sí, la hemos obedecido, cada uno en su medida, porque, durante el tiempo transcurrido desde entonces, no la hemos olvidado.

Y porque todo lo que hemos hecho recordándola lo hemos hecho juntos.

Siempre juntos.

MANULISA

Un 28 de abril —a caballo entre el cumpleaños de Manuel, el 27, y el de Lisa, el 29— yo acababa de llegar de Delhi e iba camino de Buenos Aires.

En cada escala de mi vida, sea o no de un viaje, suelo hacer un alto para visitarlos en su casa de Estepona. Consiguieron instalarse allí tras la jubilación, después de vender las pocas propiedades que les quedaban en La Línea, Ronda y Algeciras.

Siempre quisieron vivir en el lugar en el que vieron a Audrey por última vez y en el que quedaron en volver a encontrarse con ella antes de que la enfermedad les dejara sin futuro juntos. Tal vez por si un día ocurría el mismo milagro que les había sucedido a Ellos y alguien en algún lugar abría el candado que impedía a Audrey regresar a nuestro lado.

Pedí a Araceli, la joya de mujer que los atendía y cuidaba cuando la necesitaban, que se tomara el día libre.

Los recogí por la mañana temprano. Mi madre, elegantísima, llevaba blusón, pantalones de punto y zapatos planos, todo negro. Y, rompiendo la uniformidad, enlazado al cuello aleteaba el bello pañuelo de Hermès y sus flores de loto.

Les conduje por la costa hacia Algeciras para que pudieran volver a admirar a través de las ventanillas el reinado augusto de la Roca sobre el horizonte cercano, casi al alcance de los dedos. Después nos adentramos en el bosque de alcornocales hasta llegar a Vejer de la Frontera.

Como cada abril, les había dado a elegir, aunque conocía la respuesta:

—A ver, que se acerca el cumpleaños de Manulisa —cómo se reían cuando les llamaba así—, ¿dónde queréis que os invite a comer?

Y, como cada abril desde hacía muchos años, contestaron sin dudarlo un segundo: en La Vinográfica de Vejer, su restaurante favorito del mundo, un lugar lleno de vino, libros, arte y música y, para Ellos, en el que mejor alcanzaban la exaltación de cada uno de los sentidos, aunque ya quedaran pocas cosas que, decían con picardía, se los exaltaran de vez en cuando.

Charlamos y reímos con sus grandes amigos Palmira y Miguel, dos de los dueños de La Vinográfica y, como mis padres, dos soñadores enamorados e inseparables, siempre risueños y siempre atentos a los gustos y deseos de sus amigos, que conocían tan bien. Palmiguel y Manulisa, así llamaba yo a aquellas dos parejas simbióticas.

Disfruté del huevo escalfado con setas y papada, especialidad de Miguel, uno de los cocineros, que tiene muy a gala ser tocayo del dueño. Saboreamos, además, la ensaladilla negra con chipirón y el atún pibil en torta de anís, estos salidos de la mano de Borja, el otro artista del fogón.

Cuando llegaron las velas de cumpleaños, vinieron sobre una nueva sorpresa de aquella comida inolvidable.

—Aquí tenéis: tarta Audrey, el postre estrella de la casa —anunció Palmira.

Lisa aplaudió feliz.

—¿La habéis llamado así por lo que te conté el otro día de la tarta que comimos con Audrey en Estepona hace muchos años, el último día que la vimos, Palmi?

Por eso era.

Aquella tarde me enteré de que, desde que Lisa aprendió a manejarse con Facetime, Teams, Skype, Zoom y otras plataformas que ni yo conozco, hablaba frecuentemente con sus amigas, Palmira entre ellas. Y de que, ahora que tenía tiempo y todavía memoria, había emprendido una campaña para contarles anécdotas de Audrey porque, decía, seguía intentando mantener viva la llama de su recuerdo y Lisa sabía cosas que no estaban escritas en los libros ni en los artículos sobre la actriz. Mi madre conocía a la mujer que guardaba dentro de ella y no solo a aquella otra a la que iluminaban las candilejas.

Y me enteré de más, como que Palmiguel compartían con Manulisa la pasión por la música en general y por los Beatles en particular, y que se enviaban unos a otros versiones de canciones olvidadas que descubrían por internet.

Aquel día conocí mejor a mis padres.

—La misma tarta, Lisa, sí, la de queso con mermelada de fresa —corroboró Palmira—. Se lo dije a Borja y ahora la borda. La hace con payoyo y le añade pimienta rosa. Os va a encantar.

Palmira no exageraba, estaba bordada. Con la primera cucharada de aquella delicia regresé a un hotel solitario junto al río Guadalmansa y volví a sentir en mis pies desnudos la arena del Mediterráneo y en el rostro la caricia tierna de la que un día fue mi madre postiza. Volví a vivir el día que conocí a la hija de Dios en persona.

Por último, brindamos los cinco por Ellos, por sus ochenta años de vida y sus sesenta de amor. Y, aunque yo no pude hacerlo demasiado allí porque quería devolverlos sanos y salvos a Estepona, en cada choque de copas sentí cómo las pequeñas cosas de la vida, cuando se encuentran, forman el todo más grande y más necesario.

* * *

Llegamos a casa antes de que anocheciera y entonces sí que brindé por nosotros y por Ellos. Lo estaba deseando.

Serví a mis padres un sauvignon que tenían abierto, un día era un día, y yo me puse en copa de balón un gin-tonic de los que parecen selvas flotantes.

En la bonita terraza con barandilla de cristal del piso de mis padres, en lo alto de un cerro, muy cerca del mar, pero a casi sesenta metros por encima de su nivel, nos sentamos los tres, cada uno con su bebida, después de un día feliz bordeando ida y vuelta la orilla que separa Gibraltar del resto del universo.

Desde la terraza se veía la figura del Peñón y cómo se iluminaba la línea que lo une a la península al caer la noche.

La admiramos en silencio, encajados dentro de —y no sobre— tres sillas Acapulco auténticas, recién enviadas de la fábrica del Estado de Guerrero, en México, que yo les había regalado por su cumpleaños. El último grito en decoración, les dije.

—¿Último grito? Anda ya, si estas sillas se llevaban en los cincuenta... —me contradijo mi madre, que seguía sabiéndolo todo.

—Deja a la niña, mujer, que lo hace con su mejor intención —le reprochó mi padre con sorna y después me miró—. Y lo cómodas que son, chiquilla... Quién lo diría, con esta forma de huevo tan rara. Sean de cuando sean, me gustan mucho, mi Reina, qué buena eres con nosotros.

—Algo díscola nos salió de joven, Manu, reconócelo.

Seguían con la sorna, si lo sabía yo.

—Un poco sí, pero ahora ya nos ha salido bien del todo.

—Claro, a los cincuenta y muchos... estaría bueno.

—Como cuando tenía cinco, mírala ahí, tan guapa, tan lista, tan parecida a ti, mi vida...

Dale con la sorna. Pero, en el fondo, me gustaba. De hecho, me encantaba oír a mis padres hablar de mí como si no estuviera.

De mi asunto saltamos a las conversaciones de siempre, no había pasado el tiempo.

Por ejemplo, el odio y los bulos que pululan desatados por las redes sociales:

—Tu abuela Mariquilla y tu abuelo Emil, esos sí que eran una red social del odio. —Nos reímos los tres.

Y las banderas mal llevadas.

—Dime de qué presumes y te diré de qué dudas —sentenció Manuel.

—Y lo horriblemente que les sienta a muchos, mi alma, lo mismo que a mí unos vaqueros.

—¡Ya estamos con el temita! —Mi padre nos interrumpió con una carcajada.

—¿El temita? ¿Qué temita?

—El de la gordura, hija de mi vida, que tu madre no ha parado todavía con él, a estas alturas. Más de cuarenta años llevo oyéndolo. —Manuel le acarició una mano—. Esta belleza de mujer desde la noche de la Verja no ha dejado de decirme que se ve… a ver cómo te diría yo…

—Gorda, dilo, Manu, mi alma, dilo. Gorda, estoy gorda. Con lo chupadita que era yo… Toda la vida a plan para terminar viéndome así, *dear me*.

—Tiene razón papá, ¿aún estás con eso?, pero si te veo estupenda. Vamos, que hasta me parece a mí que estás más delgada que la última vez que vine. No te habrás puesto otra vez a dieta, que a tus años eso no es bueno.

Me dedicó una mirada incatalogable, dos segundos de silencio, una sonrisa y una evasiva.

—No me hagas mucho caso, mi vida, que estoy de broma. En fin, menos mal que todavía me sirven los caftanes que me hizo Marisol.

—Me encanta tu ropa. Me dejarás los caftanes en herencia, ¿no?

—¿Y a quién se los voy a dejar si no? A tu padre no, que míralo cómo está, tan delgado todavía, qué envidia me da, y lo guapo que sigue siendo.

Manuel le apretó la mano y se miraron como solo Ellos sabían mirarse.

—Tú lo que estás es preciosa.

Después me miraron a mí. Los dos al mismo tiempo y aquello, por alguna razón, volvió a parecerme extraño. De nuevo, incatalogable.

—A ver, Reina, si tuvieras que contarle nuestra historia a alguien, ¿por dónde empezarías?

Otra rareza, menuda pregunta. Me pregunté si eso lo habrían ensayado.

—¿Vuestra historia…?

—No, la nuestra solo no, la tuya también, la de los tres.

—Pues no sé… supongo que por el día que os conocisteis, ¿no?

Volvieron a mirarse y terminaron de confundirme.

—Es que la semana pasada nos dio por pensar en eso —empezó Lisa.

—Ya sabes cómo somos los viejos —terció Manuel—, nos gusta hablar del pasado y nos entretiene mirar fotos. Es lo que nos queda.

—Lo que pasa es que a veces nos equivocamos cuando queremos comenzar por el principio.

—Ah, ¿es que las cosas no empiezan por el principio? —Aunque no sabía adónde querían ir a parar, aquello me empezaba a resultar entre raro y divertido.

—No, no, qué va. Las cosas toman un día una curva decisiva, una que a nosotros ni siquiera nos parece que es una curva. Nos damos cuenta después, con los años, eso es lo bueno de envejecer. Vuelves los ojos y entonces eres consciente de que todo sucede en torno a esa curva tan importante. Y hay que contarlo alrededor de la curva, o sea, hacia adelante y hacia atrás, pero sin perderla de vista.

—A ver, que me mareo con tanta curva. ¿Y para vosotros cuál es ese momento tan decisivo en vuestra historia?

—Eso es justo de lo que hablábamos la semana pasada y los dos estuvimos de acuerdo.

—Sí, mi niña Reina. La curva decisiva fue el día que tu madre conoció a Audrey.

—Eso es, mi amor. Ese día. Todo cambió ese día. Lo de antes no habría servido de nada y lo de después no habría llegado sin el día aquel.

Yo ya conocía la historia de ese día, me la habían contado muchas veces, pero no la había visto nunca así, como una curva.

Guardamos unos instantes de silencio y de recuerdo mientras la luna se reflejaba a lo lejos sobre el agua y proyectaba en la distancia la sombra de Gibraltar.

Después habló mi padre, al tiempo que acariciaba de nuevo la mano de Lisa.

—Mírala, Regina, pero mírala. ¿No es la mujer más maravillosa que has visto en tu vida? Está igualita que aquel día…

—Y que lo digas, papi, claro que es maravillosa.

Ahora éramos él y yo quienes hablábamos de Lisa como si no nos oyera.

Lo que me sorprendió fue la reacción de mi madre.

Se levantó con dificultad de su silla Acapulco, en la que se había mantenido encajada estoicamente, me dio cinco besos sonoros y en cadena en la mejilla y me dijo con su característica vehemencia, todavía intacta:

—Y tú eres la hija más bonita del mundo, madre mía, si es que te comería...

Después, se volvió hacia Manuel y le propuso lo que nunca imaginé que siguieran proponiéndose:

—¿Una partidita de parchís, amor?

Otra de sus metáforas, eso era aquella frase. Sacada de una película de Audrey, la escuché toda la vida antes de que corrieran a encerrarse en el dormitorio cuando uno de los dos lo preguntaba, porque así, creían Ellos, se les oculta a los niños lo que creen que no deben conocer, aunque a veces sepan más que los padres.

Manuel se levantó sonriendo enseguida, aunque con las mismas dificultades, y se dieron la mano, dispuestos a dejarme sola en la terraza. Pero, cuando salían, se giraron y mi padre, con una ternura distinta a toda la ternura con la que me había hablado siempre, me dijo:

—Te queremos, Reina, te queremos mucho.

—No olvides nunca cuánto te queremos —remarcó mi madre.

Lanzó una mirada brillante a la silueta lejana de Gibraltar, abrazó a mi padre por la cintura y él a ella por los hombros y se perdieron felices en la penumbra del pasillo.

Fundidos a negro, pensé. También como en las películas de Audrey.

UNO

Esa noche me levanté varias veces. Al baño, a beber agua, a asomarme de nuevo a la terraza para contemplar las luces de La Línea... El *jet lag* es algo que nunca aprenderé a controlar, por mucho que viaje. He debido de nacer con la maldición de los relojes, como Ellos cuando la vida no les daba más que desencuentros.

En uno de mis paseos por la casa no pude resistirme. Quise ver si dormían, si estaban bien o si necesitaban algo. Oí música y miré por la puerta que siempre dejaban entreabierta.

Entonces presencié la escena de amor más bella. Más que ninguna que yo haya vivido. Más bella que todas las que voy a vivir en mi vida.

* * *

Sonaba una canción muy suave que no reconocí. Allí donde estuvieran Ellos siempre sonaba una canción, a todas les encontraban un significado especial.

Estaban sentados desnudos en la cama, delante de un gran espejo apoyado en el suelo.

Manuel, detrás de Lisa, con las piernas abiertas, y ella, sentada entre ellas. Los dos de frente. Él la enlazaba por detrás hasta abarcarla por la cintura con sus brazos. Lleno de dulzura infinita, elevó uno por debajo de la axila y le colocó la mano bajo la barbilla para obligarla delicadamente a levantar el rostro y mirar su reflejo.

Lisa no quería. Hacía fuerza con la cabeza hacia el suelo, no le gustaba ver sus pechos arrugados y flácidos ni la tripa doblada en varias capas de pliegues ni los brazos de los que colgaban algunas pieles ni los surcos adiposos entrelazados con varices que le recorrían las piernas. Me reconocí en esa imagen, lo mismo estaba empezando a pasarme a mí también. Ley de vida.

Al final, Manuel consiguió que los ojos de Lisa subieran y se miraran de frente.

—Ahora te voy a decir yo lo que estás viendo ahí.

Primero, las manos treparon por el torso. Ascendieron muy despacio hasta llegar a los pechos mientras ella le veía hacer a través del espejo. Los masajeó muy despacio y con cuidado, como si sostuviera cerezas tiernas. No dejaban de observarse reflejados, uno al otro y también a sí mismos.

Después, las caricias de Manuel bajaron de nuevo y se posaron sobre el vientre erizado de Lisa. Jadeaban los dos. Ella, ya libre de complejos, había levantado los brazos para enlazarlos por detrás de la nuca de él, se había arqueado y tenía la cabeza apoyada sobre su hombro de forma que pudiera recorrerla entera sin obstáculos. Abrió las piernas y respiró más fuerte todavía.

Cerró un instante los ojos e imaginé lo que veía, a una mujer fuerte vestida de negro que no se dejó despeñar por los hondos barrancos, a un hombre que jamás se separó de ella a pesar de la distancia y a una pareja que supo esperar cuando parecía que ya no quedaba esperanza.

Las manos de Manuel habían llegado al ombligo.

—Abre los ojos, mi vida, ábrelos para que sigas viendo lo mismo que yo.

Lisa volvió a abrirlos. Y yo con ella.

Entonces conseguí distinguir la letra de la canción:

Reivindico el espejismo
de intentar ser uno mismo...

Era la voz de otro de sus grandes, Luis Eduardo Aute, acompañándolos frente a sí mismos.

Ese viaje hacia la nada
que consiste en la certeza
de encontrar en tu mirada...

La belleza.

Las dos la vimos, eso era lo que Aute y Manuel querían mostrarnos, la belleza. La verdadera belleza. Allí, reflejada en el cristal.

Yo la vi con claridad. Vi a dos jóvenes de veinte años llenos de arrugas. Él, encorvado y de pelo escaso y blanco, nariz grande y varias cicatrices. Ella, vestida de carnes blandas y pellejos.

Y vi también al hombre más guapo del mundo, que amó a pesar de todas las rejas y de todas las cárceles en las que le encerró la vida, arrullando a la mujer de cuerpo y alma más espléndidos que pisó la tierra. Los vi buscar una metáfora en Las Ventas para encontrarla bailando sentados frente a un espejo. Los vi lanzándose el corazón a través de una verja y confiando en que mañana, al fin mañana, empezaría el resto de sus vidas.

Ellos eran la belleza, dos hermosísimos, elegantes, deseables y deseosos seres de luz que centelleaban en una nube real de polvo de colores. En serio.

Esa noche, Ellos se vieron como realmente fueron y como seguían siendo.

Y yo también.

Las manos de Manuel habían bajado lo suficiente y ya estaban en su destino.

—Mira, mi amor, no dejes de mirar. —La voz se le entrecortaba.

Ella obedeció. No podía apartar la vista de su reflejo.

Y yo tampoco.

Los dedos de él se enredaron un instante en el vello, jugaron con él y después, con un movimiento rápido y experto, dos de ellos desaparecieron dentro, muy adentro de Lisa, abierta, húmeda y voraz.

Entonces, por fin, fui yo quien abandonó el juego y dejó de mirar. Volví a la realidad y sentí lo que debía haber sentido desde el principio: pudor y vergüenza.

Mis padres me habían enseñado que el sexo era sano y que era bueno, pero no me habían hablado del que tenían entre Ellos porque solo les pertenecía a los dos.

Después de la vergüenza, sentí remordimientos por no haberme apartado de la puerta antes.

Pero hoy ya no, nada de todo eso.

Hoy no me arrepiento, porque sé que esa noche no vi a mis padres haciendo el amor. Vi a un hombre tratando de mostrarle a la mujer que amaba cómo la había visto siempre, cómo no dejaría de verla jamás, y que al mismo tiempo me enseñaba mi propio origen. Los dos y su reflejo me mostraron de qué tipo de amor sublime salí yo y de qué historia irrepetible había nacido la mía.

Ellos, aquella noche y todas las noches desde que se abrió la Verja, se vieron en el espejo como siempre fueron: un solo cuerpo.

Uno e indivisible.

ELLOS

El día siguiente, el 29 de abril, era el cumpleaños real de Lisa.

Preparé el desayuno: café negro y tostadas con mermelada de naranjas amargas, las que les gustaban a Ellos. Coloqué una vela en la magdalena que puse en el plato de mi madre. Y esperé.

No salían del dormitorio y lo justifiqué pensando que la noche de amor fue más laboriosa de lo que yo había presenciado.

A las doce del mediodía, empecé a preocuparme.

Llamé suavemente a su puerta y los vi. Dormían. Lisa escondía la cabeza en la clavícula de Manuel y él la rodeaba entera con sus larguísimos brazos. Estaban desnudos, todavía rodeados de motas de polvo de colores. Un pañuelo cuadrado de seda había caído al suelo y lo cubría como una exquisita alfombra de flores de loto.

Mi mente, que es tan extraña como todas las mentes y realiza conexiones que a veces ni ella misma consigue explicarse, se acordó de la biblia de mis padres que tanto leí y en tantas ediciones desde que me hablaron por primera vez de ella.

La biblia de un poeta cabrero que recordaba los brazos de su amante, «donde late la libertad de los dos».

Ya no jadeaban de amor.

«Libre soy. Siénteme libre. Solo por amor».

Ya ni siquiera respiraban.

* * *

Pasé un tiempo, no sé cuánto, llorando en la butaca de su dormitorio y contemplándolos, hasta que llegó Araceli, que me condujo con delicadeza por los hombros hasta la terraza para alejarme de aquella habitación de la muerte.

Araceli, que era una joya y sigue siéndolo, no estaba sorprendida. Cuando me tranquilicé un poco, me explicó lo que yo no acababa de entender.

—Querían que tú estuvieras aquí —me dijo muy despacio.

—¿Querían…? ¿Cómo que querían…?

—Reggie, tus padres estaban muy enfermos, ella del útero y él del páncreas… Hasta en eso estaban, ¿cómo se dice?, sincronizados.

—No se decía «sincronizados»; se decía «la maldición de los relojes», así era como se decía, pero ella no lo sabía—. Ya no les quedaba tiempo a ninguno de los dos. Tomaron la decisión la semana pasada y esperaron a que llegaras tú para irse juntos.

—Entonces… ¿quieres decir que se han… se han…? —Creo que lo dije gritando.

—No, no es lo que estás pensando. Es un acto de amor, de piedad…, llámalo como quieras. Es justicia, Reggie.

—Pero si yo no he visto… si yo…

No entendía nada, no sabía lo que decía, no podía creer lo que sucedía.

—Mira, hija mía, no sé explicarte cómo lo han hecho, el médico que está viniendo te dará más detalles, ya lo he llamado yo. Él estaba dispuesto a ayudarlos en todo, porque ahora se puede, Dios bendito, ya era hora. Pero han debido de adelantarse. Ellos sabrían cómo hacerlo, tu padre era químico, ya ves, si no sabía él, a ver quién, y los dos más listos que el hambre. Lo que sí sé con seguridad es que querían que tú estuvieras cerca para evitar que vivieras como Lisa después de lo que les pasó a sus padres. Me contó que ella no había podido despedirse de ninguno. Lo que más la atormentaba era que ni siquiera se acordaba de qué fue lo último que cada uno de ellos le dijo. Las últimas palabras, eso la martirizó toda la vida. Ni Manuel ni ella querían que tú vivieras con ese dolor. Por eso te esperaron, por eso prepararon una noche bonita como la que debisteis de tener ayer. Seguro que te contaron cosas agradables. Si quieres, puedes decírmelo a mí también.

—Yo... no sé... sí, sí, claro... Pero... ¿qué quieres que te diga, Araceli? —El llanto apenas me dejaba hablar ni pensar.

—Qué fue lo último que les oíste. Recuérdalo y dímelo a mí. Si haces memoria ahora, ya no la pierdes después. Como cuando cuentas un sueño nada más despertarte. Es la mejor manera de que no se te olvide.

Me esforcé en recordar, a pesar de la conmoción. Pensé. Y, sí, cada pieza encajaba, Araceli tenía razón, todo estuvo preparado.

—Lo último que me dijeron fue... fue que me querían y... eso mismo que acabas de decir tú, que no lo olvidara nunca.

Sí, me acordaba, eso fue lo último que oí de su boca.

Y lo último que vi, a los dos reflejados el uno en el otro frente a un espejo que les devolvía su imagen centuplicada, hasta terminar fundiéndola a negro para siempre en las sombras.

Y lo último que supe, que, del mismo modo en que juntos vivieron, juntos se fueron también a un lugar que desconozco, posiblemente a la nada que les cantaba Aute en su último viaje, pero en el que, sea cual sea, ya nadie podrá separarlos jamás.

EL AMOR

Araceli, que todavía es una joya, se ha encargado de todo.

Después de nuestra conversación y con el mayor de los respetos, me dejó a solas con mi pena y con mi llanto, que con eso y con lo que ella me había revelado, me dijo la joya, ya tenía suficiente compañía.

El día que esparcimos en las aguas del Estrecho las cenizas mezcladas de Lisa y Manuel me acordé de lo que Ellos me habían explicado en mil ocasiones: que para el amor siempre ha de haber tiempo suficiente, como nos dijo Audrey, del mismo modo que «lo que puede amor... amor lo intenta», como dijo Shakespeare.

Tardé mucho en comprenderlo. Era joven, tormentosa, rebelde y aún tenía los ojos cerrados. Ya dije que oír constantemente el mismo relato me hizo mantenerlos así durante años, dormidos de aburrimiento.

Sin embargo, desde la mañana en que los vi desnudos y abrazados sobre la cama, para siempre juntos, he logrado abrirlos y despertar.

Ahora, al fin, lo he entendido todo.

He encontrado la curva correcta, como Ellos dirían.

Y he empezado a escribir sobre el día que mi madre conoció a Audrey.

VERDADES Y FICCIONES

Aunque en este mundo traidor nada es verdad ni mentira, me gustaría ayudar al lector a distinguir entre una y otra en estas páginas, con permiso de Campoamor.

Es verdad, por ejemplo, que Bernabé López Calle fue un guardia civil convertido en maquis tras la Guerra Civil. Es verdad que se le conocía como comandante Abril, que fue delatado por un traidor de sus filas y que murió de veintitrés disparos en el ataque a su campamento de Medina Sidonia mientras trataba de salvar a los suyos, algunos de los cuales pudieron retirarse a tiempo. Pero es mentira que tuviera un primo llamado Raimundo Calle, padre de dos hijos que se llamaban igual, Manuel, aunque mi personaje corriera una suerte muy parecida a la del legendario guerrillero de Montejaque (donde, por cierto, nació mi padre y donde mi abuelo fue, precisamente, guardia civil).

También es verdad la mayor parte de lo que describo sobre la estancia de los Beatles en Madrid, desde el casi irreversible error de un policía que confundió a Ringo con un fan en el aeropuerto, hasta la delirante rueda de prensa posterior. Pero hay un par de mentiras: que yo sepa, no hubo mención a Gibraltar en esta última, y George, al ser preguntado por su pelo, no respondió en Madrid «Yo me lo corté ayer», sino en Nueva York el año anterior.

Es verdad que Tara Browne, gran amigo de Paul McCartney y, según algunos, quien inició al *beatle* en las drogas, murió en el accidente de coche que menciono; es verdad que acusaron a Lennon, celoso de Tara, de aludir a él en un tono irrespetuoso en la primera estrofa de *A Day in the Life*, algo que John siempre negó, y que la modelo Suki Poitier iba con Tara en el auto esa noche, que Brian Jones la ayudó a superar el dolor, que pasó al menos un verano con él y con Philip Meek en Marbella y que la propia Poitier murió años después en un accidente de tráfico similar al de Tara. Pero es mentira, creo, que Suki tuviera la relación que le adjudico con Audrey Hepburn y, desde luego, lo es que la tuviera con mi ficticia Lisa.

Es verdad que el Real Club de Golf de Sotogrande invitó a Franco a conocer sus instalaciones, para, de paso, hablar sobre Gibraltar. Pero, evidentemente, es mentira que pidiera la mediación de un director de periódico llamado Emil Drake.

Es verdad que hubo un rotativo gibraltareño que, el 12 de junio de 1969, cuando el eco del cerrojazo todavía sonaba en los oídos de una población aterrorizada por el aislamiento que se le había impuesto, tituló desafiante en su primera página: «We can take it Franco». Pero es mentira que ese periódico fuera mi imaginario *Calpe Mirror*. El titular, hoy ya histórico, pertenece al *Gibraltar Evening Post* y es de justicia dejar constancia de ello.

Es verdad que «Diga nunca a España» fue una de las consignas de los seguidores de Robert Peliza. Pero no lo es que la inventara mi Emil Drake de ficción en un editorial. Obviamente. Como es mentira también que se publicara en Gibraltar la foto de un policía a punto de golpear a Ringo en Barajas.

Es verdad el incidente del candado que desapareció y el nuevo que no se abría la noche del 14 de diciembre de 1982. Es verdad que llamaron a un experto mecánico, que fue quien al final consiguió darle vuelta a la llave. Pero es mentira que el experto fuera mi cerrajero Cefe. De nuevo, resulta obvio.

Es verdad que mi personaje Emil Drake fue incinerado porque yo he decidido que lo fuera. Pero no sé si es mentira que en el Gibraltar de 1982 hubiera crematorios; he de admitir que no he encontrado registro de ninguno en aquellos primeros años ochenta.

También son verdad algunas fechas curiosas, como que *Blanco y Negro* publicó las aventuras de Tintín en 1957 —en cada número, durante cinco meses, excepto el 2.358, en el que el belga no acudió al encuentro con los lectores— o las de las publicaciones de los álbumes y canciones que menciono, entre muchas otras. Excepto una fecha, que es mentira y debo confesarla: Manuel no pudo oír la «Gibraltareña» de los Tres Sudamericanos en 1966 porque apareció en 1967. Y otras más que, entono un *mea culpa*, he retorcido para adaptarlas a mi ficción. Cuando el lector las descubra, pido benevolencia y que las admita como simples licencias literarias, no ignorancia... o, al menos, no siempre.

Es verdad que Gibraltar dedicó un sello conmemorativo a Audrey Hepburn en 1995, con motivo del centenario del cinematógrafo. Pero es mentira que fuera iniciativa de mi Lisa Drake. ¿O no...?

Es verdad que en la primera Marbella, la de los años 50 y 60, muchos famosos poblaron sus playas con discreción y sin ostentación, y crearon un pequeño hábitat reducido a la especie de la celebridad que quería pasar desapercibida. Y es verdad que, entre los que menciono, además de Audrey Hepburn, Mel Ferrer, Deborah Kerr y su esposo, el guionista Peter Viertel, estaba un gran amigo de estos últimos, Omar Sharif, entusiasta apasionado de la Marbella de Hohenlohe. Es verdad que Sharif sufrió prácticamente toda su vida por la separación de la mujer que más amó, Faten Hamama, y es verdad que era un experto jugador de bridge. Como también es cierto que Sean Connery admitió en la revista *Playboy* en 1965 que no veía nada malo en pegar a una mujer —y se ratificó en ello durante otra entrevista de 1987—, pero puede que sea mentira que estuviera en Marbella en 1968, porque no se afincó en la localidad de la Costa del Sol hasta 1970, cuando compró la mítica Casa Malibú. Y posiblemente sea mentira también que Omar y Sean compartieran noche marbellí en ese año, y del todo improbable que lo hicieran con Lisa.

Es verdad que Audrey tenía a una persona de confianza que la ayudaba cuando se instalaban en la finca Santa Catalina de Marbella y que hacía unas tortillas de papas que sabían a gloria. Pero es mentira que se llamara Fernanda. Su nombre era Antonia, aunque he preferido cambiárselo en estas páginas para concederle la exclusiva onomástica a la Diezduros. Confío en que el recuerdo de la verdadera Antonia me lo perdone.

Por último, es verdad y conocido lo que cuento sobre la infancia de Audrey y sus traumas, su familia y sus maridos; sobre sus carencias físicas derivadas de una guerra atroz; sobre el hecho de que nunca lloraba y sus opiniones acerca del amor y de la moda, que incluían su afición a los zapatos y los chales; sobre su humildad, sus esfuerzos por no aparecer ante el público como una diva engreída, sino todo lo contrario; sobre su forma de entender y ejercer la labor humanitaria, su inmensa generosidad, su grandeza como ser humano, la elegancia y la belleza de su alma, más deslumbrantes aun que las de su cuerpo... Incluso he citado literalmente en las cartas de esta novela varias frases de cartas verdaderas escritas por su mano. Y también es verdad la historia de la niña con un abrigo rojo. Audrey se la contó a Spielberg y este la recogió en una escena de *La lista de Schindler*: la niña y su abrigo fueron la única nota de color que apareció en aquella película, rodada en blanco y negro, como un símbolo de esperanza.

Pero todo lo demás es ficción. Imaginación, pura fantasía, quiero dejarlo claro. Sobre todo, es mentira que la actriz diera sus apellidos al bebé de dos enamorados y rotundamente lo es que viviera un romance con un zapatero llamado Vicente. Se dijo que lo tuvo con el torero de Ronda Antonio Ordóñez; no obstante, no he encontrado confirmaciones veraces de ese rumor, solo insinuaciones. Sin embargo, si hubo en realidad un amante rondeño, me parece a mí —por lo que intuyo de Audrey después de haberla estudiado hasta casi convencerme de que llegué a conocerla— que un humilde zapatero remendón aprendiz de metáforas habría sabido entender su espíritu elegante bastante mejor que muchos famosos, incluido el protagonista de una fiesta, la de matar toros —que, por cierto, a ella no le gustaba, según confesaba a los más íntimos—, aun cuando sí es cierto que admiraba en Ordóñez su inteligencia y su cultura, poco comunes entre la profesión.

Y si es verdad o mentira que llevó al cuello un *carré* de Hermès con flores de loto... permitan que les deje con la duda y que sea algo que quede para siempre entre Lisa, Audrey y yo.

Acerca del resto de lo que aquí se cuenta, pido perdón por mis incursiones, verdaderas o falsas, en arenas movedizas. Sé que las he pisado en ocasiones intrépidamente, inmiscuyéndome en asuntos que pulsan cuerdas sensibles y que abren heridas todavía sin cerrar para muchos. Pero esta no es una novela histórica ni política ni yo he buscado tener razón —si la razón existiera, nadie podría tenerla completa, ni mucho menos todo el tiempo que dura la redacción de un libro—, sino simplemente ilustrar una historia de amor y separación.

Por eso, invito al lector a que averigüe por sí mismo y con su propio criterio qué más hay en estas páginas de realidad, de ficción y de interpretación subjetiva.

Y que lo haga recordando, con permiso de Campoamor, que todo, tanto la verdad como la mentira, es siempre según el color del cristal con que se mira.

GRACIAS

Al terminar de escribir, suelo preguntarme dos cosas.

La primera es ¿qué sería de un libro sin libros? A ellos debo un agradecimiento sin fin, aunque no conozca a sus autores, porque de todos sí que sé el momento exacto en que llegaron a mis manos.

Para escribir esta novela, que solo quiere ser un canto al amor que supera todos los obstáculos y a una época que yo viví en parte y no recuerdo con la suficiente nitidez, he consultado, señalado y subrayado libros que tengo desde antes de que Lisa y Manuel vinieran al mundo de papel.

Por el que lleva más años conmigo quiero dar las gracias a quien me lo regaló, hace ya un cuarto de siglo: Karenna Aitcheson Gore, hoy escritora y enérgica activista en la defensa del planeta, con quien trabajé en *El País* en 1997. Karenna, además de compañera, se convirtió en mi amiga mucho antes de que yo supiera que era hija del entonces vicepresidente de Estados Unidos —algo que durante un tiempo prefirió ocultar y lo hizo con discreción y suma elegancia—, y, como muestra de su afecto, me regaló la obra *Ronda y la Serranía de Ronda*, de Francisco Garrido. Lo conservaba de los tiempos en los que su familia vivió en la localidad malagueña y, cuando le dije que yo ya entonces soñaba con escribir algún día una historia ambientada en la Ronda de mi madre, me dio su libro. Lo guardo con las notas de su anterior dueña en el interior. Si llegas a leer esta novela, Karenna, gracias por ellas. Algunas están en estas páginas. Tanto tiempo y tanta distancia después… Quién nos lo iba a decir.

El segundo regalo que he rescatado es otro libro que guardo como un tesoro. Está conmigo también desde 1997. Ese año me lo regaló —mejor dicho, me lo consiguió, porque era una joya descatalogada e imposible de encontrar— mi querido amigo Jesús Ruiz Mantilla. Por aquellos tiempos, en los que ni él ni yo nos habíamos lanzado aún al vértigo de la escritura de libros aunque ya éramos compañeros periodistas, Jesús se aventuró en otro sueño, el de ser librero. Gracias a su librería Tábula pudo obtener —nunca sabré cómo hizo el milagro— las mil quinientas páginas de un clásico, *Crónica del siglo xx*, de Plaza & Janés. Su obsequio hoy también reina en mi estantería y surfea por todas y cada una de las páginas de esta novela. No exagero.

Gracias asimismo y de todo corazón a mis queridos Palmira Márquez y Miguel Munárriz. Palmira no es solo mi agente literaria, sino también una amiga grande y generosa, lo mismo que su marido, Miguel, y nos conocen tan bien a Juma y a mí que entre los muchos regalos que nos han hecho en la vida está una de las estrellas de nuestra biblioteca: *Todo sobre los Beatles. La historia de cada una de sus 211 canciones*, de Jean-Michel Guesdon y Philippe Margotin. Palmira y Miguel saben lo mucho que compartimos, además de amistad infinita e incontables horas alrededor de una mesa —por cierto, La Vinográfica de Vejer existe y es mucho mejor de lo que describo—, como el amor por la literatura —gracias extra, Palmira, por el título—, por la buena conversación, por los Beatles y por la música. Esas pasiones fueron uno de nuestros salvavidas durante el confinamiento de 2020 y, además del cariño, lo serán siempre. Gracias por ese libro imprescindible, amigos. Gracias siempre por todo.

Mi agradecimiento va también, y mucho, a dos autores a los que no conozco en persona, Luca Dotti y Sean Hepburn Ferrer, que han publicado maravillosos libros y colecciones de fotografías sobre su madre, como *Audrey Hepburn, un espíritu elegante* (de Sean), y *Audrey en casa* y *Audrey en Roma* (ambos de Luca, el segundo escrito junto a Ludovica Damiani y Sciascia Gambaccini), entre otros. A ellos debo muchas de las frases textuales de Audrey que reproduzco en esta novela, su forma de entender la vida, su relación con quienes la rodeaban, hasta sus recetas de cocina. Ante Sean también admito el «plagio» de su título, que pongo en labios de la propia Audrey Hepburn. Confío en que los dos me perdonen y entiendan que, al utilizar la figura de su madre como personaje de mi propia ficción, con las extralimitaciones que confieso y que se deben a mi imaginación, solo he pretendido, con el mayor de los respetos, rendir homenaje a un ser humano que lo fue mucho más allá de su imagen pública y al que he admirado y sigo admirando profundamente.

Otros muchos libros me han ayudado a comprender aquello sobre lo que quería escribir. Entre ellos, destaco *Los contrabandistas de tabaco por el Campo de Gibraltar y la Serranía de Ronda (1945-1965)*, de Diego Andrés Quiñones Umbría; *El fin de una era*, de Aline Griffith, condesa de Romanones, que contiene información interesante sobre los orígenes de Marbella; *El Peñón de la discordia*, de George Hills, y *Gibraltar: la hora de la verdad*, de Erik Martel. Son solo muestras de muchas más lecturas. No comparto todas las opiniones que algunos de sus autores vierten, pero esa es la belleza de la literatura, ayuda a razonar.

Menciono por separado una novela deliciosa, *Las expulsadas*, de María Jesús Corrales, que recuerda a las mujeres que, en los convulsos años previos al cerrojazo de la Verja, fueron las primeras víctimas de lo que se avecinaba.

Y dos referencias especiales más, estas en celuloide. Una, la película de culto *Quadrophenia* (1979), basada en la ópera rock de los Who del mismo título, en la que se describen las hostilidades entre mods y rockers en los sesenta, que en realidad fueron un símbolo de la rebeldía contra sí mismos en un mundo que cambiaba y cuyo paso todos querían marcar. Dos, el documental *La Roca* (2011), dirigido por Raúl Santos, premiado en el Festival de Sevilla y con siete candidaturas a los Goya, que describe magistralmente con testimonios reales el factor humano del cierre de Gibraltar.

La segunda pregunta que suelo hacerme al poner el punto final es ¿qué sería de un libro sin las personas?

Mis personas, las que me han ayudado a escribir este, son muchas.

En Gibraltar, por ejemplo, he contado con colaboraciones extraordinarias, como la de Maximilian Torres, un apasionado del lugar en el que nació y, para mí, un regalo como fuente de información. Max tenía doce años cuando se cerró la Verja en 1969 y es el más ameno narrador, con pasión y al mismo tiempo objetividad, de lo ocurrido en su ciudad desde entonces. Le doy las gracias por guiarme en ella y por mostrarme todo lo que la rodea, por describirme con tanta vivacidad sus recuerdos, por mostrarme lo que no ven los turistas y por estar siempre disponible en la distancia y a golpe de teléfono para resolver mis dudas. Gracias, Max.

También debo agradecimiento a Anna Breen, secretaria del Loreto Convent School, y a Luis Mifsud, cuya hospitalidad y vehemencia, además de su mesa llena de libros en Armstrong Steps, todavía me conmueven.

Alguien muy especial aparece en estas páginas con su verdadero nombre: José María Yagüe, hoy jefe de prensa del Ayuntamiento de San Roque. Hizo todo lo que cuento siendo un jovencísimo radioaficionado. Apenas tenía cinco años cuando se cerró la Verja, pero en los setenta fue el ángel que consiguió abrir el cerrojo con un sencillo *walkie-talkie* de juguete. Su museo de CB-27 en San Roque, con más de tres mil aparatos, es un lugar indispensable para entender la historia reciente de todo el Campo de Gibraltar. José María me dedicó una tarde entera, con visita detallada al museo y explicaciones incluidas, que agradezco con el alma.

Y hay más.

Gracias inmensas a Ana Belén Fernández Arroyo, magistrada de primera instancia e instrucción, buena amiga y excelente profesional, que ha realizado una valiosa labor de investigación para asesorarme en asuntos legales que se pierden en la oscuridad de tiempos difíciles, aunque sean relativamente recientes. Gracias por su dedicación y su amistad.

Gracias igual de grandes a Braulio Vaello, mi cuñado y hermano, y la persona que más sabe de los Beatles entre las que conozco. Todos alimentamos nuestras pasiones como podemos, pero no todos sabemos hacerlo con la minuciosidad, la erudición y la sabiduría de Braulio, que además me las ha sabido transmitir con generosidad.

Aclaro que agradezco la información y los consejos que todos han aportado a la novela. Cuanta veracidad haya aquí es de ellos de principio a fin. Sin embargo, los errores al interpretarlos o transcribirlos son solo míos. Quede dicho.

Sigo y doy las gracias a cinco grandes amigos: a Pocha Rodríguez y Carlos Prego, que me han acompañado en mis viajes de exploración a Gibraltar, La Línea y San Roque; a Lola Higuera y Fernando Roca, que me ofrecieron hospitalidad y su propia casa como refugio de limpieza, paz y silencio en medio de la locura de una mudanza para que pudiera perfilar a Lisa y a Manuel con la suficiente tranquilidad de espíritu, y a Emilio Drake Thomas, verdadero descendiente de piratas y por partida doble, del que he tomado prestado el nombre.

Más y más gracias a mi agencia literaria, Dos Passos, de nuevo con mi imprescindible Palmira Márquez al frente, porque ha creído en mí, porque me apoya y porque es más, mucho más, que una agencia y una agente literarias.

Y a Plaza & Janés y a su editor Alberto Marcos, siempre brillante, que ha aportado inteligencia y oficio a este texto para enriquecerlo, gracias.

Por último, dos agradecimientos esenciales:

El primero, a mi madre, Kety, dondequiera que esté. Parte de su infancia en Ronda se describe en esta novela. Si pudiera leerla, reconocería a una cabrera deslenguada llamada Mariquilla que cada mañana le llevaba leche recién ordeñada. Y la calle San Francisco, y los altramuces de los de la Bola, y las pistas de tenis del hotel Reina Victoria, y los paseos por la Alameda del Tajo, y la zapatería de Santa Cecilia, y el Guadalevín y su murmullo, y los quejigos y los pinsapos... Con todas sus historias me he criado yo cuando me las contaba a los pies de la cama como si fueran las de Blancanieves o Caperucita, incluso mucho antes de pisar Ronda por primera vez. Gracias, mamá, dondequiera que estés.

Y un agradecimiento final, aunque no el menos importante, a Juan Manuel, Juma, mi marido. Gracias por saber tanto de todo y por contármelo tan bien; sobre cine, música, sobre los Beatles, sobre los rockers y los mods, sobre los años en los que el mundo cambió, sobre la buena política, que es la que de verdad mejora el mundo. Incluso sobre la producción de acero. Pero, por encima de todas las cosas, gracias por ser la inspiración de esta novela, escrita junto a ti en una casa desde la que vemos el contorno formidable de Gibraltar alzándose ante nosotros cada mañana. Gracias por el amor, que es algo para lo que nunca deja de haber tiempo suficiente en una vida. Y gracias por haber querido que gastemos el nuestro juntos. Siempre juntos.

YOLANDA GUERRERO
Verano de 2022

«Para viajar lejos no hay mejor nave que un libro».

EMILY DICKINSON

Gracias por tu lectura de este libro.

En **penguinlibros.club** encontrarás las mejores
recomendaciones de lectura.

Únete a nuestra comunidad y viaja con nosotros.

penguinlibros.club

Penguin
Random House
Grupo Editorial

 penguinlibros